『明文 中國正史 大系』

原文 註釋 國譯

漢書(二)

後漢 班固 著
陳 起 煥 譯註

明文堂

項羽(항우)

蕭何(소하)

韓信(한신)

張良(장량)

曹參(조참)

劉向(유향)

〖明文 中國正史 大系〗

原文 註釋 國譯

漢書(二)

後漢 班固 著
陳 起 煥 譯註

明文堂

차례

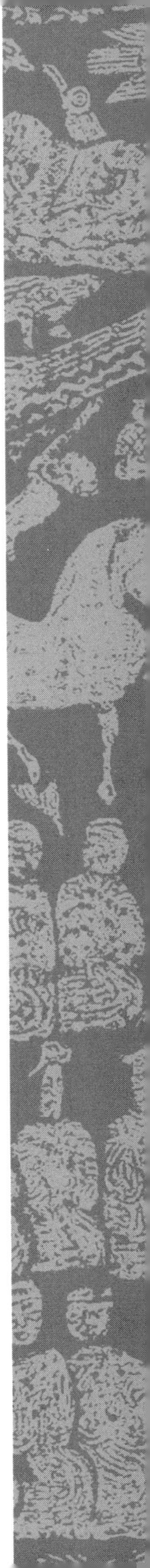

원문 주석 국역

한서(二)

31 陳勝項籍傳
〔진승,항적전〕

31-1. 陳勝

原文

陳勝字涉, 陽城人. 吳廣, 字叔, 陽夏人也. 勝少時, 嘗與人傭耕. 輟耕之壟上, 悵然甚久, 曰, "苟富貴, 無相忘!" 傭者笑而應曰, "若爲傭耕, 何富貴也?" 勝太息曰, "嗟乎, 燕雀安知鴻鵠之志哉!"

| **註釋** | ○《漢書》立傳의 순서는 시대의 선후에 따랐다. 시대가 다르더라도 事績이나 인물의 성격이 같으면 같이 입전하였다. ○陳勝(진승, ? - 前 208) - 《史記》에서는 陳勝의 사적을 〈陳涉世家〉로 기록했다. ○陽城 - 秦의 縣名. 今 河南省 南陽市 관할의 方城縣. 陽城은 본래 楚地에 속했고, 이전부터 '亡秦必楚' 라는 말이 있었다. ○吳廣(오광, ? - 前 208) - 나중에 그의 副

將에게 살해되었다. ○陽夏 – 縣名. 今 河南省 周口市 관할의 太康縣. ○輟耕(철경) – 농사일을 잠깐 쉬다. ○苟 – 만약에, 가령. ○若 – 여기서는 너(인칭대명사). 汝와 同. ○燕雀(연작) – 제비나 참새. 되새. 소인. ○鴻鵠(홍곡) – 큰 기러기와 고니. 큰 새. 영웅, 큰 뜻을 품은 사람.

〖國譯〗

陳勝(진승)의 字는 涉으로 陽城 사람이다. 吳廣(오광)의 字는 叔으로 陽夏 사람이다. 진승이 젊었을 적에 다른 사람과 함께 품팔이 농사일을 하다가 두둑에 앉아 쉬면서 크게 한숨을 쉬며 말했다. "만약 부귀해지더라도 서로 잊지는 말자!" 일꾼들이 웃으며 말했다. "너는 품팔이나 하면서 어떻게 부귀를 누리겠는가?" 진승이 크게 탄식하며 말했다. "아! 제비나 참새가 어찌 큰 기러기나 고니의 뜻을 알겠는가!"

原文

秦二世元年秋七月, 發閭左戍漁陽九百人, 勝,廣皆爲屯長. 行至蘄 大澤鄕, 會天大雨, 道不通, 度已失期. 失期法斬, 勝,廣乃謀曰, "今亡亦死, 擧大計亦死, 等死, 死國可乎?" 勝曰, "天下苦秦久矣. 吾聞二世, 少子, 不當立, 當立者乃公子扶蘇. 扶蘇以數諫故不得立, 上使外將兵. 今或聞無罪, 二世殺之. 百姓多聞其賢, 未知其死. 項燕爲楚將, 數有功, 愛士卒, 楚人憐之. 或以爲在. 今誠以吾衆爲天下倡, 宜多應者."

| 註釋 | ○秦二世(재위, 前 210 - 207) - 名 胡亥(호해). 秦始皇의 18子, 公子 扶蘇(부소)의 아우. 秦始皇 37년(前 210) 7월, 始皇이 沙丘에서 죽은 뒤, 胡亥와 趙高는 유조를 위조하여 호해를 태자로 삼고 부소와 蒙恬(몽염)을 賜死하였다.(沙丘之變). ○閭左(여좌) - 里巷(마을)의 좌측, 窮人 거주지. ○漁陽 - 地名. 漁水의 북쪽, 今 北京市 동북의 密雲縣. ○屯長 - 무리들의 우두머리, 戍卒(수졸)의 대표자. ○蘄(풀이름 기) - 蘄城, 今 安徽省 宿州市 埇橋區. 大澤鄕은 마을 이름. ○今亡亦死 - 지금 도망쳐도 죽기는 마찬가지다. ○少子 - 막내아들. ○扶蘇(부소, ? - 前 210) - 秦始皇의 長公子. 始皇 35년(前 212)의 '焚詩書 坑術士'에 반대하였기에 北方의 上郡(今 陝西 延安 부근)에 장군 蒙恬(몽염)의 부대를 감독하는 명목으로 방출되었다. ○項燕(항연, ? - 前 223) - 전국 말 楚國의 대장군, 項梁(항량)의 父, 西楚霸王 項羽의 조부. 秦將 李信에게 대패한 뒤, 秦이 楚를 멸망시킬 때 戰死. 자살했다는 주장도 있다. ○或以爲在 - 어떤 사람은 (項燕이) 살아있다고 믿는다.

〖國譯〗

秦 2세 원년 가을 7월에, 漁陽(어양)에 防戍(방수)할 마을 천민 9백 명을 뽑아 보내는데 진승과 오광 두 사람은 屯長(둔장)이었다. 일행이 蘄縣(기현)의 大澤鄕에 도착했는데 마침 큰 비로 길이 막혀 이미 날짜를 지킬 수 없을 것 같았다. 기일을 지키지 못하면 법으로 참수되기에 진승과 오광이 서로 말했다. "지금 도망가거나 큰일을 일으켜도 역시 죽는데, 어차피 죽는다면 나라를 위해 죽는 것이 좋을 것이다." 이어 진승이 말했다. "천하가 秦에 고통을 받은 지 오래되었다. 내가 알기로는 2세는 막내아들이라 즉위할 수 없고, 응당 즉위할 사람은 바로 公子 扶蘇(부소)이다. 부소는 바른말을 자주해서 등극하지 못하고 변방에서 군사를 통솔하게 시켰다고 한다. 사실은 죄도 없는데 2세가 죽였다고 한다. 많은 백성이 그가 현명하다고 알고 있지만 그가 죽은 사실도 모르고 있다. 項燕(항연)은 초의 장군으로 여러 번 공을 세우고 사졸을 아꼈기에 초나라 사람들이 그리워하고 있다. 어떤 이는 살아있다고 하는데 지금 우리가 정말로 천하를 위해 먼저 일어난다면 많은 사람이 틀림없이 호응할 것이다."

原文

廣以爲然, 乃行卜. 卜者知其指意, 曰, "足下事皆成, 有功. 然足下卜之鬼乎!" 勝,廣喜, 念鬼, 曰, "此教我先威衆耳." 乃丹書帛曰, '陳勝王', 置人所罾魚腹中, 卒買魚享食, 得書, 已怪之矣. 又間令廣之次所旁叢祠中, 夜構火, 狐鳴呼曰, "大楚興, 陳勝王." 卒皆夜驚恐. 旦日, 卒中往往指目勝,廣.

| 註釋 | ○行卜(행복) – 점을 치다. ○卜之鬼乎 – 점치더라도 귀신일 것이다. 이는 죽어 귀신이 될 것이라는 뜻인데, 진승과 오광은 귀신을 이용하라는 뜻으로 생각했다. ○此教我先威衆耳 – 이는 우리가 먼저 여러 사람을 위압하라는 것이다. 教는 시키다. ○丹書帛(단서백) – 붉은 글씨가 쓰인 비단. ○置人所罾~ – 罾 어망 증. ○又間令~ – 間은 몰래. ○廣之次所 – 次는 행군 중 머무는 곳. ○夜構火 – 밤에 횃불을 흔들다.

〖國譯〗

오광도 그렇게 생각하며 점을 쳤다. 卜者가 그 마음을 알고서 말했다. "그대의 일은 모두 잘 되고 성공할 것이다. 그러나 족하가 점을 치면 귀신일 것이다." 진승과 오광은 기뻐하며 귀신에 대해 말했다. "이는 내게 먼저 무리를 위압하라는 뜻일 것이다." 그리고서는 비단에 붉은 글씨로 '陳勝은 王'이라고 써서 다른 사람이 잡은 물고기 배에 넣었고 마침내 물고기를 사서 먹다가 글을 발견하고 괴이하게 여겼다. 그리고 사람을 시켜 오광이 머무는 숲 속 사당에서 밤에 횃불을 휘두르며 여우가 우는 것처럼 말했다. "초나라가 흥기하고 진승이 왕이다." 모든 수졸들은 밤중에 놀라며 두려워했다. 날이 밝자 수졸들은 자주 진승과 오광을 지목하였다.

原文

勝,廣素愛人, 士卒多爲用. 將尉醉, 廣故數言欲亡, 忿尉, 令辱之, 以激怒其衆. 尉果笞廣, 尉劍挺, 廣起奪而殺尉. 勝佐之, 並殺兩尉, 召令徒屬曰, "公等遇雨, 皆已失期, 當斬. 藉弟令毋斬, 而戍死者固什六七. 且壯士不死則已, 死則擧大名耳. 侯王將相, 寧有種乎?" 徒屬皆曰, "敬受令." 乃詐稱公子扶蘇,項燕, 從民望也. 袒右, 稱大楚, 爲壇而盟, 祭以尉首.

| **註釋** | ○爲用 – 爲는 '~이 되다'로 피동의 뜻. 여기서는 '따르다.' ○將尉 – 戍卒을 인솔하는 군관. ○令辱之 – 將尉가 吳廣(之)을 모욕하게(辱) 하다(令). ○笞廣 – 笞는 볼기 칠 태. ○劍挺 – 劍을 빼다. 挺은 곧게 펴

다. 여기서는 차고 있던 칼이 느슨해져서 땅에 떨어지다. ○藉弟令毋斬 - (장마 비) 핑계를 대고 혹 참수되지 않아도. 藉(자 jiè) 핑계를 대다. 가령 ~ 할지라도. 弟는 且也. 但也, ○固什六七 - 사실상 10에 6, 7. ○侯王將相 - 王侯將相. ○寧有種乎 - 어찌 씨가 있겠는가? ○徒屬 - 무리. ○從民望也 - 사람들의 희망에 따르다. ○袒右 - 袒 웃통 벗을 단.

〖國譯〗

진승과 오광은 평소에 남을 아껴주었기에 사졸들이 많이 따랐다. 인솔하던 위관이 술에 취하자 오광은 일부러 도망치겠다는 말을 여러 번 하여 위관이 격분하여 자신을 벌을 주게 해서 무리를 격노케 하려고 했다. 위관이 예상대로 오광을 매질하며 차고 있던 칼이 땅에 떨어지자 오광은 일어나 칼을 빼앗아 위관을 죽였다. 진승도 오광을 도와 위관 두 명을 죽이고 무리들에게 말했다.

"여러분은 비를 만나 모두 기일을 놓쳤고 응당 참수당할 것이다. (비를) 핑계대어 혹 참수되지 않는다 하여도 방수하다가 죽는 사람이 정말로 열에 여섯 일곱이다. 그리고 장사가 죽지 않는다면 그만이지만 죽어야 한다면 큰 이름을 내세울 뿐이다. 왕후장상이 어찌 씨가 있는가?" 무리들이 모두 말했다. "삼가 명을 따르겠습니다." 이에 공자 扶蘇(부소)와 項燕(항연)을 사칭하면서 무리들의 여망에 따랐다. 오른쪽 어깨를 벗어 다짐하고 大楚라 칭하면서 단을 쌓아 맹서를 하고 위관의 머리로 제사를 지냈다.

原文

勝自立爲將軍, 廣爲都尉, 攻大澤鄕, 拔之, 收兵而攻蘄, 蘄下. 乃令符離人葛嬰將兵徇蘄以東, 攻銍,酇,苦,柘,譙, 皆下之. 行收兵, 比至陳, 兵車六七百乘, 騎千餘, 卒數萬人. 攻陳, 陳守令皆不在, 獨守丞與戰譙門中, 不勝, 守丞死. 乃入據陳, 數日, 號召三老豪桀會計事. 皆曰, "將軍身被堅執銳, 伐無道, 誅暴秦, 復立楚之社稷, 功宜爲王." 勝乃立爲王, 號張楚.

| 註釋 | ○都尉 – 職名. 秦에서는 郡守 아래에 郡尉를 두어 郡의 군사업무를 관장케 했다. 前漢에서는 인구 20만 이상의 郡에 太守와 郡尉(군위, 秩祿 二千石)를 두고 군의 치안과 군사업무를 담당케 했다. ○大澤鄕을 차지한 것을 '大澤鄕起義'라 한다. ○符離人葛嬰 – 符離(부리)는 縣名. 今 安徽省 宿州市 동북. ○徇 – 빼앗다(略也). 차지하다. ○銍,酇,苦,柘,譙(질, 찬, 고, 자, 초) – 모두 縣名. 모두 安徽省 일대의 故地名. ○下之 – 함락시키다. ○比至陳 – 陳郡. 치소는 陳縣(今 河南省 周口市 淮陽縣). 比는 及, 等到의 뜻. ○守令 – 陳郡 太守와 현령. ○譙門(초문) – 城 망루의 성문. ○三老豪桀 – 여기의 三老는 공경대부의 총칭. ○計事 – 앞으로의 일을 의논하다. ○身被堅執銳 – 몸에 갑옷을 입고 무기를 들고서. ○張楚 – 前 209년, 진승의 기의에 의해 성립된 정권. 張大楚國의 뜻.

〖國譯〗

진승은 자립하여 장군이, 오광은 도위가 되어 대택향을 공격하여 차지하고 병사를 모아 蘄縣(기현)을 공격하여 점령하였다. 이어 부리사람 葛嬰(갈영)을 시켜 병사를 거느리고 기현 동쪽을 공략하게 하니 銍(질), 酇(찬), 苦(고), 柘(자), 譙(초)의 5현을 모두 점령했다. 군사를 모아 陳郡에 이를 즈음에는 병거가 6, 7백 승에 말이 1천 마리 병졸이 수만 명이었다. 陳郡을 공격하자 태수와 현령이 모두 도망갔고 오직 임시 縣丞(현승)이 譙門(초문)에서 막아 싸웠지만 이기지 못하고 죽었다. 진승은 입성하고 陳郡을 점거하였다. 며칠 뒤 군내의 三老와 호걸을 불러 모아 일을 의논하였다. 모두가 "장군은 몸소 갑옷을 입고 무기를 들어 무도한 자들을 치고 사나운 秦을 없애고 다시 楚의 사직을 세웠으니 그 공은 응당 왕이 되어야 합니다."라고 말했다. 진승은 자립하여 왕이 되어 張楚(장초)라 하였다.

原文

於是諸郡縣苦秦吏暴, 皆殺其長吏, 將以應勝. 乃以廣爲假王, 監諸將以西擊滎陽. 令陳人武臣, 張耳, 陳餘徇趙, 汝陰人鄧宗徇九江郡. 當此時, 楚兵數千人爲聚者不可勝數.

| **註釋** | ○應勝 – 應은 響應하다. ○假王 – 陳王의 대리. 假는 임시. ○滎陽(형양) – 현명. 今 河南省의 鄭州市 근처의 滎陽市. ○武臣(무신, ? – 前 208) – 陳人, 陳王 陳勝의 部將, 뒤에 自立하여 趙王이라 칭했다. ○張耳(장이, ? – 前 202) – 뒷날 항우에 의해 常山王이 되었다가 漢 高祖에 의해 趙王에 봉해진다. ○陳餘(진여, ? – 前 205) – 秦末 漢初의 代王. 32권, 〈張耳陳餘傳〉에 立傳. ○汝陰(여음) – 현명. 今 安徽省 중서부의 阜陽市(고양시). ○鄧宗(등종) – 人名. ○九江郡 – 치소는 壽春縣, 今 安徽省 六安市 관할의 壽縣. 江西

省 九江市가 아님.

〖國譯〗

이 무렵 여러 군현에서는 秦 관리들의 폭정에 고통을 받았었는데 제각각 그 관장이나 관리를 죽이면서 진승에 호응하였다. (진승은) 이에 오광을 假王(가왕)으로 삼아 여러 장수들을 감독하며 서쪽으로 형양현을 공격케 하였다. 그리고 陳人 武臣(무신), 張耳(장이), 陳餘(진여) 등을 시켜 옛 趙의 땅을 공략케 하고 여음현 사람 鄧宗(등종)으로 九江郡을 공격케 하였다. 이 무렵에 楚 땅에서 군사 수천 명을 모은 자들은 이루 다 셀 수도 없었다.

原文

葛嬰至東城, 立襄彊爲楚王. 後聞勝已立, 因殺襄强, 還報. 至陳, 勝殺嬰, 令魏人周市北徇魏地. 廣圍滎陽, 李由爲三川守守滎陽, 廣不能下. 勝征國之豪桀與計, 以上蔡人房君蔡賜爲上柱國.

|註釋| ○葛嬰(갈영) - 陳勝의 부하. ○東城 - 九江郡의 縣名. 今 安徽省 滁州市(저주시) 관할의 定遠縣. ○襄彊(양강, ? - 前 209) - 秦朝 말기 군웅의 한 사람. 갈영이 원래의 楚地를 공략하려고 東城에서 楚王으로 옹립했으나 陳勝이 陳縣에서 楚王으로 자립하자 양강을 죽인다. ○周市(주불, ? - 前 208) - 魏人. 진승이 기의한 이후 魏地를 평정하고 魏 왕족 魏咎(위구)를 위왕으로 세우고 자신은 魏相이 되었다. 市(무릎 가리개 불). 巾部 1획, 市(저자

시)는 巾部 2획. 흔히 혼동하는 글자이다. ○徇魏地 - 魏땅을 차지하다. 魏地는 河東의 魏가 아니라 魏가 大梁으로 천도한 이후의 魏의 땅. 今 河南省 開封市 일대. ○李由(이유) - 秦의 승상 李斯(이사)의 아들. ○三川守 - 三川郡의 太守. 高祖 이후 河南郡으로 개칭. ○房君 蔡賜 - 房(방)을 封邑으로 받은 蔡賜(채사). 君은 封號. ○上柱國 - 楚 관직명. 본래 수도 방위 책임자, 뒤에는 무신 최고 직위. 楚에서 令尹 다음 직위였는데 이때는 명예 관작.

〖國譯〗

葛嬰(갈영)은 東城에서 襄彊(양강)을 楚王으로 옹립했으나 뒤에 진승이 이미 자립했다는 말을 듣고 양강을 죽이고 돌아와 보고하였다. 陳에 돌아오자 진승은 갈영을 죽이고 魏人 周市(주불)을 시켜 북쪽으로 魏地을 공략하게 하였다. 오광은 滎陽(형양)을 포위하였는데 李由(이유)가 三川郡 태수로 형양을 방어하고 있어 점령할 수가 없었다. 진승은 정복한 지역의 호걸과 협의하여 상채현 사람으로 房君인 蔡賜(채사)를 상주국으로 삼았다.

原文

周文, 陳賢人也, 嘗爲項燕軍視日, 事春申君, 自言習兵. 勝與之將軍印, 西擊秦. 行收兵至關, 車千乘, 卒十萬, 至戱軍焉. 秦令少府章邯免驪山徒, 人奴産子, 悉發以擊楚軍, 大敗之. 周文走出關, 止屯曹陽. 二月餘, 章邯追敗之, 復走黽池. 十餘日, 章邯擊, 大破之. 周文自剄, 軍遂不戰.

| 註釋 | ○周文(? – 前 208) – 周章. 文은 그의 字. ○視日 – 천문을 보아 거동의 길흉을 점치는 일. 日官. ○春申君(춘신군, ? – 前 238) – 楚 考烈王 때 楚國의 令尹(영윤, 재상)을 지낸 黃歇(황헐). 趙의 平原君 趙勝, 齊의 孟嘗君 田文, 魏의 信陵君 魏無忌와 함께 戰國四公子. 《史記》 78권에 列傳. ○關 – 函谷關(함곡관), 今 河南省 서쪽 靈寶市 동북. ○戲(희) – 新豐縣의 亭名. 今 陝西省 西安市 臨潼區 ○章邯(장한, ? – 前 205) – 秦의 장군, 前 207년 鉅鹿(거록)의 싸움에서 項羽에게 패한 뒤 秦軍의 주력을 거느리고 항우에게 투항하였다. 항우에 의해 雍王에 봉해졌다가 나중에 韓信에 패해 자살했다. ○免驪山徒 – 秦始皇 능에서 노역을 하던 무리를 放免하다. ○人奴產子 – 백성의 집 노예(家奴)의 자식. ○曹陽 – 지명. 今 河南省 서쪽 三門峽市 陝州區. ○黽池(면지) – 今 河南省 서북부, 黃河 남안, 今 河南省 三門峽市의 黽池縣(면지현).

〖國譯〗

周文(주문)은 陳郡의 賢人이었는데 일찍이 項燕(항연)을 위해 군영에서 천문과 길흉을 담당하다가 春申君(춘신군)을 섬겼고 스스로 병법에 통했다고 말했다. 진승은 주문에게 장군 직인을 주고 군사를 모아 서쪽으로 秦을 공격케 하였다. (주문이) 군사를 모아 관문에 이르렀을 때는 병거가 1천 승에 병졸이 10만이었고 戲水(희수)에 주둔하였다. 秦은 少府 章邯(장한)을 시켜 驪山(여산)의 죄수와 노비들을 사면해 주고 이들을 동원하여 楚軍을 공격하여 크게 이겼다. 주문은 함곡관에서 후퇴하여 曹陽(조양)에 머물렀다. 두 달 뒤에 章邯이 추격하여 이들을 무찌르자 다시 黽池(면지)로 달아났다. 10여일 후에 장한의 공격으로 대패하자 주문은 자살했고 군사들은 싸울 수도 없었다.

原文

武臣至邯鄲, 自立爲趙王, 陳餘爲大將軍, 張耳,召騷爲左右丞相. 勝怒, 捕繫武臣等家室, 欲誅之. 柱國曰, "秦未亡而誅趙王將相家屬, 此生一秦, 不如因立之." 勝乃遣使者賀趙, 而徙繫武臣等家屬宮中. 而封張耳子敖爲成都君, 趣趙兵亟入關. 趙王將相相與謀曰, "王王趙, 非楚意也. 楚已誅秦, 必加兵於趙. 計莫如毋西兵, 使使北徇燕地以自廣. 趙南據大河, 北有燕,代, 楚雖勝秦, 不敢制趙, 若不勝秦, 必重趙. 趙承秦, 楚之敝, 可以得志於天下." 趙王以爲然, 因不西兵, 而遣故上谷卒史韓廣將兵北徇燕.

| 註釋 | ○武臣(무신, ? – 前 208) – 陳人, 陳王 陳勝의 部將, 뒤에 趙王으로 自立. ○邯鄲(한단) – 전국시대 趙의 국도, 北宋시대에는 北京大名府, 今 河北省 남부 邯鄲市. 黃粱美夢, 邯鄲學步, 圍魏救趙. 完璧歸趙, 刎頸之交(문경지교), 毛遂自薦(모수자천) 등 수많은 고사성어의 고향. ○捕繫(포계) – 체포하다. 억류하다. ○此生一秦 – 또 다른 秦를 만드는 것이다. 새로운 적대세력이 된다는 뜻. ○不如因立之 – 이 기회에(因) 그를 즉위시키는 것만 못하다. ○徙繫武臣等家屬宮中 – 武臣 등의 가족을 궁중에 데려다 놓아 우대하는 척 억류하는 것. ○趣趙兵亟入關 – 趙兵이 빨리 입관하라고 재촉하다. 趣 달릴 취, 재촉할 촉. 亟 빠를 극, 자주 기. ○王王趙 – 王(趙王 武臣)께서 趙의 왕이 된 것은. ○使使北徇燕地以自廣 – 사자를 北으로 보내 燕의 땅을 차지하여 땅을 넓히다. ○大河 – 黃河. ○北有燕,代 – 북으로는 燕과 代郡(河北省 북부지역)을 차지하다. ○上谷 – 郡名. 치소는 沮陽縣. 今 河北省 張家口市 관할의 懷來縣. ○卒史 – 曹史(官署의 吏屬).

〖國譯〗

武臣(무신)은 邯鄲(한단)에 와서 자립하여 趙王이 되었고 陳餘(진여)는 대장군, 張耳(장이)와 召騷(소소)를 좌, 우승상으로 삼았다. 진승은 화가 나서 무신 등의 가족을 잡아들여 죽이려 하였다. 이에 柱國(蔡賜)이 말했다. "秦이 망하지도 않았는데 조왕과 그 장상의 가속을 죽인다면 이는 새로운 秦이 생기는 것이니 그냥 인정하는 것만 못합니다."

그래서 진승은 사자를 보내 조왕을 축하하고 무신 등의 가속을 궁중에 데려다 놓았다. 그리고 장이의 아들 張敖(장오)를 成都君으로 봉하면서 趙의 군사가 빨리 關中(관중)을 공격하라고 재촉하였다.

그러나 趙王과 그 장상들은 서로 협의하며 말했다. "왕께서 趙의 왕이 된 것은 楚의 본 뜻이 아닙니다. 楚가 秦을 공격하고서는 틀림없이 趙를 공격할 것입니다. 서쪽으로 출병하지 말고 사자를 보내 북쪽으로 燕(연)의 땅을 차지하여 우리 땅을 넓히는 것이 좋을 것입니다. 趙나라는 남쪽으로 大河가 있고, 북쪽으로는 燕(연)과 代(대)가 있으니 楚가 비록 秦을 이길지라도 감히 우리를 제압할 수 없으며 만약 秦에 이기지 못한다면 필히 趙를 중시할 것입니다. 趙는 秦과 楚의 피폐를 기다려 천하에 뜻을 펼 수 있을 것입니다."

趙王은 옳다고 생각하여 서쪽으로 출병하지 않고 옛 上谷郡의 卒史인 韓廣(한광)을 시켜 군사를 거느리고 북쪽으로 燕 땅을 공략케 하였다.

原文

燕地貴人豪桀謂韓廣曰, "楚,趙皆已立王. 燕雖小, 亦萬乘之國也, 願將軍立爲王." 韓廣曰, "廣母在趙, 不可." 燕人曰, "趙方西憂秦, 南憂楚, 其力不能禁我. 且以楚之强, 不敢害趙王將相之家, 今趙獨安敢害將軍家乎?" 韓廣以爲然, 乃自立爲燕王. 居數月, 趙奉燕王母家屬歸之.

| 註釋 | ○燕地貴人 – 옛 燕 땅의 貴人. '燕故貴人' 이어야 한다는 주석도 있다. ○韓廣(? – 前 205) – 秦末에 燕王으로 자립. 前 209년에 趙王 武臣의 명으로 燕의 땅에 진출한 뒤 자립하여 燕王이 되었다. 前 206年에 項羽가 分封할 때 燕將 臧荼(장도)를 燕王에 봉하고 韓廣을 遼東王에 봉하자 한광은 불복하여 요동에 가지 않았다. 이에 장도가 한광을 죽이고 연과 요동의 땅을 모두 차지했다. ○萬乘之國 – 萬乘의 兵車를 가진 나라. 天子의 나라.

〖國譯〗

燕(연) 땅의 귀인과 호걸들이 韓廣에게 말했다. "楚와 趙가 모두 왕을 내세웠습니다. 燕이 비록 작다고 하지만 그래도 萬乘之國이니 장군께서 王으로 자립하십시오." 韓廣은 "나의 모친이 趙에 있어 불가합니다."라고 말했다. 燕人은 "趙는 지금 서쪽으로는 秦나라를 걱정하고, 남으로는 楚에 대비하여야 하니 그 국력으로는 우리를 막지 못할 것입니다. 그리고 楚의 힘으로도 趙王과 장상의 가족들을 해치지 못했는데, 이제 趙에서 어찌 홀로 장군의 가족을 해치겠습니까?"라고 말했다. 한광은 그렇다고 생각하여 바로 燕王으로 자립하였다. 몇 달 후에 趙에서는 연왕의 모친과 가솔들을 돌려보냈다.

原文

是時, 諸將徇地者不可勝數. 周市北至狄, 狄人田儋殺狄令, 自立爲齊王, 反擊周市. 市軍散, 還至魏地, 立魏後故甯陵君咎爲魏王. 咎在勝所, 不得之魏. 魏地已定, 欲立周市爲王, 市不肯. 使者五反, 勝乃立甯陵君爲魏王, 遣之國, 周市爲相.

| **註釋** | ○徇地(순지) - 徇은 軍令을 내리다. 일정 지역을 차지하다. ○狄 - 현명. 今 山東省 淄博市(치박시) 관할의 高靑縣 동남. ○田儋(전담, ? - 前 208) - 옛 齊의 王族인 田氏. 秦 二世 2년(前 208), 陳涉은 周市(주불)을 보내 옛 齊의 땅을 평정케 하였는데 옛 齊의 왕족이던 전담과 田榮, 田橫(전횡) 등이 현지의 지방관을 죽이고 전담은 齊王으로 자립하여 옛 齊地를 차지하였다. 秦將 장한이 魏王인 魏咎(위구)를 공격하자 전담은 군사를 거느리고 가서 魏를 구원하였으나 장한에게 대패하고 전담은 전사한다. 33권, 〈魏豹田儋韓王信傳〉에 입전. 《史記 田儋列傳》 참고. ○甯陵君(영릉군) 咎 - 魏咎(위구, ? - 前 208). 전국시대 魏國의 공자로 甯陵君에 봉해졌었다. 陳勝이 기병하고 칭왕한 뒤 전 209년에 陳勝은 魏人 周市(주불)을 보내 魏地를 공략하였다. 사람들이 주불을 위왕으로 삼으려 하였으나 주불이 끝까지 사양하자 진승은 魏咎를 魏王에 봉했다(魏國復國). 秦將 장한이 陳王을 격파한 다음 臨濟에서 魏王을 공격하였고 齊와 楚에서 魏王을 구원하였지만 前 208년 6월에 위구는 백성을 생각해서 장한에게 항복을 약속한 뒤 위구는 스스로 불에 타 죽었다. 《史記 · 魏豹彭越列傳》에 기록이 있다. ○五反 - 다섯 번이나 되돌아오다. 反은 返과 通. ○勝乃立甯陵君爲魏王 - 六國의 후예를 세워 자신의 세력으로 삼으려 했다.

〖國譯〗

이때에 땅을 차지하려는 장군은 다 셀 수도 없었다. 周市(주불)이 북으로 가 狄縣(적현)에 이르자 그곳 사람 田儋(전담)은 적현의 현령을 죽이고 자립하여 齊王이라 하면서 주불을 반격했다. 주불의 군사가 흩어지자 주불은 魏地로 돌아와 魏國의 후손인 옛 甯陵君(영릉군) 魏咎(위구)를 魏王으로 세웠다. 이때 위구는 진승이 있는 곳에 머물고 있어 魏에 갈 수가 없었다. 魏地가 평정된 뒤에 주불을 왕으로 세우려 했지만 주불이 따르지 않았다. 陳에 있는 위구를 모시러 간 사자가 다섯 번이나 와서야 진승은 영릉군을 세워 魏王으로 삼아 魏國으로 보냈고 주불은 재상이 되었다.

原文

將軍田臧等相與謀曰, "周章軍已破, 秦兵且至, 我守滎陽城不能下, 秦軍至, 必大敗. 不如少遣兵, 足以守滎陽, 悉精兵迎秦軍. 今假王驕, 不知兵權, 不可與計, 非誅之, 事恐敗." 因相與矯陳王令以誅吳廣, 獻其首於勝. 勝使賜田臧楚令尹印, 使爲上將. 田臧乃使諸將李歸等守滎陽城, 自以精兵西迎秦軍於敖倉. 與戰, 田臧死, 軍破. 章邯進擊李歸等滎陽下, 破之, 李歸死.

| 註釋 | ○田臧(전장, ? – 前 208) – 秦末 농민군의 장수. 吳廣을 죽이고 그 목을 진승에게 바치자 진승은 전장을 처벌하지 않고 오히려 上將으로 삼아

章邯(장한)과 싸우게 하였다. 오창에서 秦軍에 패해 죽었다. ○周章 – 周文의 本名. ○假王 – 吳廣을 지칭. ○不知兵權 – 用兵에서 임시변통을 알지 못하다. 權은 임시의, 通權達變. 임기응변. ○令尹 – 전국시대 楚國의 최고 직위. ○敖倉(오창) – 今 河南省 鄭州市 관할의 滎陽市 동북.

〖國譯〗

장군인 田臧(전장) 등이 서로 모의하며 말했다. "周章의 군사는 격파되었고 秦兵은 곧 들어올 것인데 내가 형양성을 지키며 항복할 수는 없으나 秦軍이 닥치면 필히 대패할 것이다. 그러니 적은 병력으로 형양성을 수비하고 정병을 동원하여 진군과 싸워야 한다. 지금 假王(吳廣)은 교만하여 用兵의 임시변통을 알지 못하기에 같이 계책을 꾸밀 수 없으며 오광을 죽이지 않으면 일이 실패할 수도 있다." 그리고서는 陳王의 명령을 사칭하여 오광을 죽이고 그 머리를 진승에게 바쳤다.

진승은 사자를 보내 전장에게 楚 令尹의 직인을 하사하고 상장으로 삼았다. 전장은 이에 李歸(이귀) 등 몇 장수에게 형양성을 수비하게 하고 자신은 정병을 거느리고 서쪽으로 가서 秦軍과 敖倉(오창)에서 충돌했다. 秦의 군사와 싸웠으나 전장은 전사했고 군사도 격파되었다. 장한이 진군하여 이귀 등을 격파하고 형양성을 함락시키자 이귀도 전사했다.

原文

陽城人鄧說將兵居郯, 章邯別將擊破之, 鄧說走陳. 銍人五逢將兵居許, 章邯擊破之, 五逢亦走陳. 勝誅鄧說.

| 註釋 | ○鄧說(등열) - 陳勝의 부장. ○郯(담) - 郟(고을 이름 겹)의 誤. 今 河南省 平頂山市 관할의 郟縣(겹현) ○銍(낫 질) - 현명. ○許 - 縣名. 今 河南省 許昌市 관할의 許昌縣. ○五逢 - 人名. 《史記》에는 伍徐(오서)로 기록.

〖國譯〗

양성 사람 鄧說(등열)은 郯(담)에서 군사를 거느리고 있었는데 장한의 별장에게 격파되자 등열은 陳으로 달아났다. 銍縣(질현)의 五逢(오봉)은 許縣(허현)에서 군사를 거느리고 있다가 장한에게 격파되자 오봉 역시 陳으로 도주했다. 진승은 등열을 죽였다.

原文

勝初立時, 淩人秦嘉, 銍人董緤, 符離人朱雞石, 取慮人鄭布, 徐人丁疾等皆特起, 將兵圍東海守於郯. 勝聞, 乃使武平君畔爲將軍, 監郯下軍. 秦嘉自立爲大司馬, 惡屬人, 告軍吏曰, "武平君年少, 不知兵事, 勿聽." 因矯以王命殺武平君畔. 章邯已破五逢, 擊陳, 杜國房君死. 章邯又進擊陳西張賀軍. 勝出臨戰, 軍破, 張賀死.

| 註釋 | ○淩 - 현명. 一作 陵. 今 江蘇省 宿遷市 관할의 泗陽縣. ○取慮(취려) - 현명. 今 安徽省 동북부 宿州市 관할의 靈壁縣. ○徐 - 현명. 今 江

蘇省 洪澤湖 서쪽의 宿遷市 관할의 泗洪縣. ○皆特起 - 모두 홀로 기병했다. ○東海 - 郡名. 치소는 郯縣(담현) 今 山東省 臨沂市 관할의 郯城縣(담성현). ○郯 - 나라 이름 담. 지명. ○武平君畔 - 畔은 인명, 밭두둑 반. ○大司馬 - 최고 군사 지휘관. ○張賀 - 陳勝의 部將. ○臨戰 - 監戰의 착오일 것. 《史記》에는 監으로 되었다.

〖國譯〗

진승이 처음 일어날 때 淩縣 사람 秦嘉(진가), 銍縣(질현) 사람 董緤(동설), 符離縣(부리현) 사람 朱雞石(주계석), 取慮縣(취려현)의 鄭布(정포), 徐縣의 丁疾(정질) 등이 모두 각각 기병하였는데 이들이 군사를 거느리고 秦의 동해군 군수를 郯(담)에서 포위하였다. 진승이 이를 알고서 곧 武平君 畔(반)을 장군으로 삼아 郯(담)의 군사들을 감독케 하였다. 秦嘉(진가)는 자립하여 대사마가 되었는데 남의 아래에 있는 것이 싫어 군리들에게 말했다. "무평군은 나이도 어리고 군사에 대해서도 모르니 그 명령을 따르지 말라." 그리고서는 왕명이라 사칭하고 무평군 畔(반)을 죽였다. 장한이 오봉의 군사를 격파하고 陳을 공격하자 상주국인 房君(방군)은 전사하였다. 장한이 또 진의 서쪽 張賀(장하)의 군사를 공격하자 진승이 나가 감군하였으나 군사가 격파되면서 장하도 전사하였다.

原文

臘月, 勝之汝陰, 還至下城父, 其御莊賈殺勝以降秦. 葬碭, 謚 曰隱王. 勝故涓人將軍呂臣爲蒼頭軍, 起新陽, 攻陳,下之, 殺莊賈, 復以陳爲楚.

初, 勝令銍人宋留將兵定南陽, 入武關. 留已徇南陽, 聞勝死, 南陽復爲秦. 宋留不能入武關, 乃東至新蔡, 遇秦軍, 宋留以軍降秦. 秦傳留至咸陽, 車裂留以徇.

| 註釋 | ○臘月(납월) – 秦 二世 2년 12월. ○下城父(하성보, 父 音 보) – 地名. 城父縣 東. 今 安徽省 亳州市(박주시) 관할의 渦陽縣(와양현). ○御莊賈 – 마부인 장가. ○碭(탕) – 碭山(탕산), 今 河南省 永城市 동북. 劉邦이 起義 이전에 한때 芒山(망산)과 탕산 일대에 숨어 지냈다. 碭縣은 지금 河南省 商丘市 夏邑縣. ○涓人(연인) – 謁者. 궁내에서 일 하는 사람. 환관. 여기서는 호위 무사. 시위관. ○呂臣 – 陳勝을 죽인 莊賈를 죽였다. ○蒼頭軍(창두군) – 당시 군졸들은 푸른 두건을 썼기에 창두군이라 했다. ○新陽 – 현명. 今 安徽省 서북쪽 阜陽市(부양시) 관할의 界首市. ○以陳爲楚 – 국호를 陳에서 楚로 바꾸었다. ○南陽 – 郡名. 今 河南省 南陽市. ○武關 – 今 陝西省 商洛市 丹鳳縣 동쪽. 函谷關, 谷關, 大散關과 함께 '秦의 四塞'라 불렸다. 關中에 들어가는 南門. ○車裂(거열) – 사람을 수레에 묶어서 찢어 죽이다. 車裂刑. 徇(순)은 각 지역에 돌려 보게 하다.

〖國譯〗

秦 二世 2년 12월, 진승이 汝陰으로 갔다가 下城父로 되돌아오자 그의 마부인 莊賈(장가)가 진승을 죽이고 秦에 투항하였다. 진승은 碭山(탕산)에 묻혔고, 시호를 隱王이라 하였다. 진승의 옛 涓人(연인)인 장군 呂臣(여신)은 蒼頭軍(창두군)을 조직하여 新陽縣에서 일어나 陳郡을 공격, 함락시켜 장가를 죽이고 陳을 楚라 하였다.

그전에 진승은 질현 사람 宋留(송류)를 시켜 군사를 거느리고 南陽郡을 평정하고 武關(무관)으로 진군하게 하였다. 송류는 남양군에서 진승이 죽었다는 소식을 들었고 남양은 다시 秦의 땅이 되었다. 송류는 무관에 들어갈 수도 없어 동쪽으로 新蔡(신채)에 이르렀을 때 秦軍을 만나자 군을 거느리고 진에 항복하였다. 秦은 송류를 함양으로 압송했고 송류를 거열형에 처해 그 시신을 군중에 돌려 보게 하였다.

原文

秦嘉等聞勝軍敗, 乃立景駒爲楚王, 引兵之方輿, 欲擊秦軍濟陰下. 使公孫慶使齊王, 欲與並力俱進. 齊王曰, "陳王戰敗, 未知其死生, 楚安得不請而立王?" 公孫慶曰, "齊不請楚而立王, 楚何故請齊而立王! 且楚首事, 當令於天下." 田儋殺公孫慶. 秦左右校復攻陳, 下之. 呂將軍走, 徼兵復聚, 與番盜英布相遇, 攻擊秦左右校, 破之青波, 復以陳爲楚. 會項梁立懷王孫心爲楚王.

| 註釋 | ㅇ秦嘉(진가) – 농민 기의군의 장수. ㅇ景駒(경구, ? – 前 208) – 秦末 楚王, 前 208년 陳勝이 마부 莊賈(장가)에게 살해된 뒤 진승의 부장 秦嘉(진가)가 자립하여 大司馬라 자칭하며 景駒를 楚王으로 옹립하였다. ㅇ方輿(방여) – 현명. 今 山東省 濟寧市 관할의 魚台縣. ㅇ濟陰 – 秦의 郡名. 今 山東省 菏澤市(하택시) 定陶縣. ㅇ首事 – 最先 起兵. ㅇ當令於天下 – 令은 호령하다. ㅇ徼兵(요병) – 군사들을 불러 모으다. ㅇ秦左右校 – 秦의 左校

尉와 右校尉. ○番(파) – 鄱縣(파현). 今 江西省 직할의 鄱陽縣. 江西省 동북, 파양호 입구. ○英布(? – 前 195) – 黥布(경포), 六縣(今 安徽 六安市)人. 項羽가 九江王으로 봉했고 한이 건국된 뒤에는 淮南王이 되었다가 前 196년 反漢, 실패 후 피살. ○靑波 – 淮水(회수)의 지류. ○項梁(항량, ? – 前 208) – 項燕의 아들, 項羽의 叔父. 秦將 장한에게 전사. ○懷王孫心 – 楚國 宗室, 楚懷王의 손자로 項梁에 의해 옹립, 楚 義帝. 前 206년 피살.

〖國譯〗

秦嘉(진가) 등은 진승이 패망했다는 것을 알고 바로 景駒(경구)를 楚王으로 내세우고 군사를 이끌고 方輿縣(방여현)으로 가서 秦軍을 濟陰(제음) 쪽에서 공격하려고 했다. 진가는 公孫慶(공손경)을 시켜 齊王에게 사신으로 보내 협력하여 같이 진격하고자 했다. 그러자 齊王이 말했다. "陳王이 패전하여 아직 그 생사를 알 수 없는데 楚에서는 어찌 齊에 물어보지도 않고 왕을 세웠는가?" 그러자 공손경이 말했다. "齊에서도 楚에 물어 보지 않고 왕을 세웠는데, 楚에서 왜 齊에 물어보고 왕을 세워야 합니까? 그리고 楚에서 먼저 기의하였으니 당연히 천하에 호령할 수 있습니다." 이에 전담은 공손경을 죽였다.

秦의 좌우 교위가 다시 陳을 공격하여 함락시켰다. 呂將軍은 패주했다가 군사를 다시 모았는데 番縣(파현)의 도적인 英布(영포)와 만나 秦의 좌우 교위를 공격해 靑波에서 격파하고 다시 陳을 楚라 하였다. 이때 項梁(항량)은 懷王(회왕)의 손자인 心(심)을 楚王으로 내세웠다.

原文

陳勝王凡六月. 初爲王, 其故人嘗與傭耕者聞之, 乃之陳, 叩宮門曰, "吾欲見涉." 宮門令欲縛之, 自辯數, 乃置, 不肯爲通. 勝出, 遮道而呼涉. 乃召見, 載與歸. 入宮, 見殿屋帷帳, 客曰, "夥, 涉之爲王沈沈者!" 楚人謂多爲夥, 故天下傳之 '夥涉爲王', 由陳涉始. 客出入愈益發舒, 言勝故情. 或言 "客愚無知, 專妄言, 輕威." 勝斬之, 諸故人皆自引去, 由是無親勝者. 以朱防爲中正, 胡武爲司過, 主司群臣. 諸將徇地, 至, 令之不是者, 繫而罪之, 以苛察爲忠. 其所不善者, 不下吏, 輒自治, 勝信用之, 諸將以故不親附. 此其所以敗也. 勝雖已死, 其所置遣侯王將相竟亡秦. 高祖時爲勝置守冢於碭, 至今血食. 王莽敗, 乃絶.

| **註釋** | ○凡六月 – 凡은 總. 共也. ○自辯數 – 스스로 하나하나 세면서 말하다. ○遮道 – 遮는 막을 차. ○夥(많을 과) – 여기서는 감탄사. 沈沈者는 궁궐이 크고 장대한 모양. ○謂多爲夥 – 多를 夥(많을 과)라 한다. 夥는 일종의 方言임. ○夥涉爲王 – 夥涉이 王이 되다. 陳涉을 夥涉(과섭)이라 했다. ○發舒 – 放縱(방종)과 같음. ○中正 – 人事 담당관. 司過는 감찰관. ○令之不是者 – 명령을 따르지 않는 자. ○不下吏, 輒自治 – 담당관에게 처리케 하지 않고 자신들이(朱防과 胡武) 직접 죄를 다스리다. 輒은 곧, 바로. 就와 同. ○置守冢 – 무덤을 지키는 민가를 두다. 冢은 塚. ○至今血食 – 至今은 사마천이 《史記》를 집필하던 그 당시. 血食은 제사. ○王莽(왕망, 前 45 – 서기 23) – 漢朝 劉氏의 禪讓을 받아 '新' 왕조를 건국(서기 9 – 23 재위) ○勝雖已死 ~ 至今血食은 《史記》의 기록이고. '王莽敗 乃絶' 은 班固의 기록

이다.

〖國譯〗

陳勝이 王을 한 것은 모두 6개월이었다. 처음에 왕이 되었을 때 옛날 같이 품팔이 하던 사람이 소식을 듣고 곧 陳에 가서 궁궐 문을 두드리며 "나는 涉(섭)을 만나고 싶소!"라고 말했다. 궁의 문지기가 체포하자 그 사람은 하나하나 꼽아가며 설명을 하자 그대로 두었으나 진섭에게 알리지는 않았다. 어느 날 진승이 외출하자 길을 막고 진승을 불렀다. 진승이 불러 만나보고 수레를 타고 같이 돌아갔다. 궁에 들어가자 전각과 휘장 등을 둘러보고 그 사내가 말했다. "대단하구나! 涉이 왕이 되니 으리으리하구나!" 楚人은 多를 夥(과)라고 말했는데 그래서 세상에 '夥涉(과섭)이 왕이 되다.'라는 말이 진섭에서부터 나왔다고 한다. 그 사내는 궁궐에 출입하면서 더욱 방자해져서 진승과의 옛일을 떠들어댔다. 어떤 사람이 진승에게 "어리석은 사내가 망언을 함부로 하여 위엄을 해칩니다."라고 말했다. 진승이 그 사내를 처형하자 옛사람들이 모두 떠나가 버렸고 이 때문에 진승과 친한 사람이 없었다. 진승은 朱防(주방)을 中正으로, 胡武(호무)를 司過로 임명하여 신하에 대한 사찰을 맡겼다. 여러 장수들이 지방을 평정하면 이들이(주방과 호무) 가서 명령에 따르지 않는 자를 잡아 처벌하였고 가혹한 사찰을 (陳王에 대한) 충성이라 생각하였다. 혹 나쁜 사람이라 생각되면 담당 관리에게 넘기지 않고 그대로 처리했는데 진승이 그들을 신임했기에 여러 장수들은 진승 편이 되지 않았다. 이점이 바로 실패한 이유였다.

진승은 비록 죽었지만 그가 내세운 왕후장상들이 결국 秦나라를 멸망시켰다. 高祖 때에 진승을 위해 碭山의 무덤을 지키는 사람을 두었고 이후로 제사를 지내왔다. 王莽이 없앤 이후로는 단절되었다.

31-2. 項籍

原文

項籍字羽, 下相人也. 初起, 年二十四. 其季父梁, 梁父卽楚名將項燕者也. 家世楚將, 封於項, 故姓項氏. 籍少時, 學書不成, 去, 學劍又不成, 去. 梁怒之. 籍曰, "書足記姓名而已. 劍一人敵, 不足學, 學萬人敵耳." 於是梁奇其意, 乃教以兵法. 籍大喜, 略知其意, 又不肯竟.

梁嘗有櫟陽逮, 請蘄獄掾曹咎書抵櫟陽獄史司馬欣, 以故事皆已. 梁嘗殺人, 與籍避仇吳中. 吳中賢士大夫皆出梁下. 每有大繇役及喪, 梁常主辦, 陰以兵法部勒賓客子弟, 以知其能. 秦始皇帝東遊會稽, 渡浙江, 梁與籍觀. 籍曰, "彼可取而代也." 梁掩其口, 曰, "無妄言, 族矣!" 梁以此奇籍. 籍長八尺二寸, 力扛鼎, 才氣過人. 吳中子弟皆憚籍.

| **註釋** | ○ 項籍(항적, 前 232 – 202) – 字는 羽, 項羽라 통칭. 前 207년 秦朝 멸망의 결정적 전투인 鉅鹿(거록)의 싸움에서 秦軍을 격파하고 스스로 西

楚霸王이 되었다. 楚漢戰爭 중 垓下(해하)의 전투에서 漢王 劉邦에게 패하자 長江의 북쪽 지류인 烏江(오강)에서 자결하였다. 그의 용기와 무예 힘은 천고에 최고였으며('羽之神勇 千古無二') 霸王(패왕)은 곧 항우를 지칭하는 고유명사로 통한다.《史記 項羽本紀》참고. ○下相 - 현명. 今 江蘇省 宿遷市 宿城區. ○季父 - 숙부. ○項梁(? - 前 208) - 楚 名將 項燕의 子. ○項 - 현명. 今 河南省 周口市 관할의 沈丘縣. ○學萬人敵 - 敵은 상대하다. ○櫟陽逮 - 櫟陽(역양)은 현명. 今 陝西省 西安市 臨潼區에 해당. 秦始皇兵馬俑, 華淸池가 있는 곳. ○蘄(풀이름 기) - 현명. 今 安徽省 宿州市 동남. ○獄掾(옥연) - 옥리. ○曹咎(조구, ? - 前 203) - 옥리 이름. 항량의 친구. 항량이 起義한 뒤에 장군이 되었다가 나중에 항우의 부하로 대사마가 되었다. 항우가 팽월을 공격할 때 成皐(성고)를 지키다가 漢의 激將計(격장계)에 말려 전사했다. ○司馬欣(사마흔, ? - 前 203) - 項梁을 체포했다가 풀어 주었다. 나중에 章邯(장한)을 도와 陳勝을 멸망케 했고 장한이 항우에 투항하자 사마흔은 항우에 의해 塞王(새왕)에 봉해진다. 漢王 유방이 三秦을 평정할 때 漢에 투항했다가 나중에 다시 項羽에게 갔다가 氾水(범수)에서 패전해 자결한다. ○吳中 - 今 江蘇省 蘇州市를 지칭하기도 하나, 여기서는 烏程(今 浙江省 湖州市 吳興區). 항우는 7살 전후에 숙부를 따라 吳中에 이거했다. ○繇役(요역) - 노동력 징발. ○部勒(부륵) - 부서를 정해 일을 나누다. ○會稽(회계) - 長江 이남의 吳國, 越國의 옛 땅을 통칭. ○浙江(절강) - 錢塘江(전당강). ○籍長八尺二寸 - 약 190cm. ○扛鼎(강정) - 세발의 솥을 들다. 扛(들 강).

〖國譯〗

項籍(항적)의 字는 羽이며 下相 사람이다. 처음 기병할 때 나이는 24살이었다. 그의 季父는 項梁(항량)이고, 항량의 부친은 곧 楚의 명장인 項燕(항연)이다. 그 집안은 대대로 楚의 장군으로 項 땅에 봉해졌기에 성을 項氏라 했다. 항적이 젊었을 적에 글을 배웠으나 대성하기 전에 그만두었고 검술을 배웠으나 또 성취하지 못하고 그만두었다. 항량이 이를 꾸짖자 항적이 말했다. “글은 이름만 쓸 줄 알면 되고 검술은 한 사람을 상대하는 것이라 배울게 못되니 만인을 상대하는 것을 배우겠습니다.” 이에 항량은 그 뜻을 기특하다 생각하고 兵法을 가르쳤다. 항적은 크게 좋아했으나 그 뜻의 대략을 알고서는 또 끝까지 배우려 하지 않았다.

항량이 전에 櫟陽縣(역양현)에서 체포되었는데 蘄縣(기현)의 옥리인 曹咎(조구)는 편지를 역양현의 옥리인 司馬欣(사마흔)에게 보내어 사건을 마무리하였다. 항량이 살인을 하고서 항적과 함께 원수 때문에 吳中에 피신했었다. 오중의 현사와 대부들이 모두 항량의 휘하에 있었다. 매번 큰 요역이나 喪事에는 항량이 늘 일을 도맡아 처리했는데 은밀하게 병법대로 빈객이나 자제들을 편성해 일을 처리하여서 그의 능력이 알려졌다.

秦 시황제가 會稽(회계) 지역을 동유할 때 浙江(절강)을 건너갔었는데 항량과 항적은 행차를 구경했다. 항적이 “저것을 빼앗아 내가 대신할 만하겠다.”라고 말하자, 항량이 입을 막으며 말했다. “함부로 말하지 말라. 멸족 당한다!” 항량은 이를 보고 항적을 기특하게 여겼다. 항적의 키는 8척2촌이었고 힘은 큰 솥을 들 수 있고 재기가 남보다 많았다. 오중의 자제들은 모두 항적을 두려워했다.

原文

秦二世元年, 陳勝起. 九月, 會稽假守通素賢梁, 乃召與計事. 梁曰, "方今江西皆反秦, 此亦天亡秦時也. 先發制人, 後發制於人." 守歎曰, "聞夫子楚將世家, 唯足下耳!" 梁曰, "吳有奇士桓楚, 亡在澤中, 人莫知其處, 獨籍知之." 梁乃戒籍持劍居外侍. 梁復入, 與守語曰, "請召籍, 使受令召桓楚." 籍入, 梁眴籍曰, "可行矣!" 籍遂拔劍擊斬守. 梁持守頭, 佩其印綬. 門下驚擾, 籍所擊殺數十百人. 府中皆讋伏, 莫敢復起. 梁乃召故人所知豪吏, 諭以所爲, 遂擧吳中兵. 使人收下縣, 得精兵八千人, 部署豪桀爲校尉, 候,司馬. 有一人不得官, 自言. 梁曰, "某時某喪, 使公主某事, 不能辦, 以故不任公." 衆乃皆服. 梁爲會稽將, 籍爲裨將, 徇下縣.

| 註釋 | ○秦二世元年 - 前 209년. ○假守 - 임시 태수. ○通 - 인명. 殷通. ○江西 - 今 九江市에서 南京 사이의 長江을 지칭. ○桓楚(환초) - 人名. ○澤中 - 호수나 늪지대. ○戒 - 誡와 같음. 주의를 주다. 방법을 일러주다. ○讋伏(섭복) - 慴服(섭복), 두려워 순종하다. ○裨將(비장) - 副將. 裨는 助也. 徇은 巡視하다.

〖國譯〗

秦 2세 원년, 陳勝이 기의했다. 9월에 회계의 임시 태수인 殷通(은통)은 평소에 항량을 현명하다 생각했기에 항량을 불러 일을 논의했다. 항량은 "방금 江西지역이 모두 秦에 반기를 들었으니 이 또한 하늘이 秦을 없애려는 때입니다. 먼저 나서면 남을 제압하지만 뒤에 일어나면 남의 통제를 받게 됩니다."라고 말했다. 태수가 감탄하며 말했다. "내가 알기로 당신은 대대로 楚의 장군이었으니 거사한다면 오직 당신뿐입니다!"

항량은 "吳에 桓楚(환초)라는 奇士가 지금 늪지대에 숨었는데 다른 사람은 그가 있는 곳을 모르나 항적만이 알고 있습니다."라고 말했다. 항량은 바로 항적에게 칼을 가지고 밖에서 기다리라고 일렀다. 항량은 다시 들어가 태수에게 말했다. "항적에게 환초를 불러오라고 시키십시오." 항적이 들어오자 항량이 눈짓으로 '실행하라!' 고 하였다. 항적은 바로 칼을 뽑아 태수를 참수했다. 항량은 태수의 머리를 들고 그 인수를 찼다.

문 밖의 사람들이 놀라 소요하자 항적은 백 수십 명을 격살하였다. 이에 모두가 겁먹고 엎드려 누구도 감히 일어나지 못했다. 항량은 곧 알고 지내던 현리들을 불러 할 일을 설명하고 마침내 吳中에서 거병하였다. 사람을 현내에 내려 보내 정병 8,000명을 모집하고 호걸들의 부서를 정하고 校尉, 候, 司馬 등을 임명하였다. 어떤 사람이 직위를 못 받았다고 말을 하자, 항량이 "언젠가 어느 상가 일에 그대에게 일을 맡겼지만 처리하지 못했기에 그대에게 일을 주지 않았소."라고 말하자 모두가 수긍하였다. 항량은 會稽(회계)장군이라 했고 항적은 비장이 되어 관할 현을 돌며 평정했다.

原文

秦二年, 廣陵人召平爲陳勝徇廣陵, 未下. 聞陳勝敗走, 秦將章邯且至, 乃渡江矯陳王令, 拜梁爲楚上柱國, 曰, "江東已定, 急引兵西擊秦." 梁乃以八千人渡江而西. 聞陳嬰已下東陽, 使使欲與連和俱西. 陳嬰者, 故東陽令史, 居縣, 素信, 爲長者. 東陽少年殺其令, 相聚數千人, 欲立長, 無適用, 乃請陳嬰. 嬰謝不能, 遂强立之, 縣中從之者得二萬人. 欲立嬰爲王, 異軍蒼頭特起. 嬰母謂嬰曰, "自吾爲乃家婦, 聞先故未曾貴. 今暴得大名不祥, 不如有所屬, 事成猶得封侯, 事敗易以亡, 非世所指名也." 嬰乃不敢爲王, 謂其軍吏曰, "項氏世世將家, 有功於楚, 今欲擧大事, 非將其人, 不可. 我倚名族, 亡秦必矣." 其衆從之, 乃以其兵屬梁. 梁渡淮, 英布, 蒲將軍亦以其兵屬焉. 凡六七萬人, 軍下邳.

| 註釋 | ○秦二年 - 二世 2년, 前 208년. ○廣陵 - 縣名. 今 江蘇省 揚州市 서북. ○徇 - 略地하다. ○乃渡江矯陳王令 - 이에 강을 건너와 거짓으로 陳勝의 명령이라면서. ○陳嬰(진영) - 漢이 건국되면서 堂邑侯가 되었다. ○故東陽令史 - 東陽은 東海郡의 현명. 今 安徽省 동부 省 直轄의 天長市(江蘇省 揚州市와 인접). 令史는 縣吏. ○異軍蒼頭特起 - 이들과 다르게 푸른 수건을 두른 기의군도 일어났다. ○英布(영포) - 34권, 〈韓彭英盧吳傳〉에 立傳. ○下邳(하비) - 縣名. 今 江蘇省 北部 徐州市 관할의 邳州市.

〖國譯〗

秦 2세 2년, 廣陵 사람 召平(소평)은 진승을 위해 광릉을 평정하려 했으나 함락시키지 못했다. 진승은 패주했고 진의 장군 장한이 곧 들어올 것이라는 소식을 듣고 바로 강을 건너와 거짓으로 陳王의 명령으로 항량을 楚의 上柱國으로 임명한다면서 말했다.

"강동이 이미 평정되었으니 급히 군사를 이끌고 서쪽으로 秦을 공격하시오." 항량은 바로 8천 명을 거느리고 장강을 건너 서쪽으로 향했다. 항량은 陳嬰(진영)이 이미 東陽을 함락시켰다는 말을 듣고 사자를 보내 그와 연합하여 같이 서쪽으로 진격하려고 했다.

진영이란 사람은 전에 동양현의 관리였는데 현에 살면서 평소에 성실 근신하여 사람들로부터 존경을 받고 있었다. 동양현의 젊은이가 현령을 죽이고 무리 수천 명을 모아 우두머리를 세우려 해도 적당한 사람이 없자 바로 진영을 모시었다. 진영이 못한다고 하였지만 강제로 내세웠는데 현에서 그를 따르는 자가 2만 명이나 되었다. 젊은이들은 진영을 왕으로 옹립하고 푸른 수건으로 머리를 싸매어 새로 일어난 군대라 하였다.

진영의 모친이 진영에게 말했다. "내가 이 집의 며느리가 된 뒤로 조상이 귀한 자리에 오른 사람이 없다고 알고 있다. 지금 갑자기 큰 이름을 얻었으니 좋은 일이 아니며, 다른 사람에게 넘기고 성사된 다음에 봉후가 되는 것만 못하며, 일이 실패하면 금방 도망을 해야 하니 세상 사람들에게 이름이 오르는 것은 좋지 않을 것이다."

진영은 곧바로 왕이 될 수 없다며 그 부하들에게 말했다. "項氏는 대대로 장군 가문이며 楚나라에 공이 많았으니 지금 대사를 시작하는데 그런 사람이 아니면 안 될 것이다. 우리들이 명가대족에 의지한다면 틀림없이 秦을 멸망시킬 수 있을 것이다."

그 무리들은 진영의 말에 따라 군사를 항량에 합치었다. 항량은 淮水(회수)를 건넜고 英布와 蒲(포) 장군 또한 군사를 합치니 모두 6, 7만 명이 下邳(하비)에 주둔하였다.

原文

是時, 秦嘉已立景駒爲楚王, 軍彭城東, 欲以距梁. 梁謂軍吏曰, "陳王首事, 戰不利, 未聞所在. 今秦嘉背陳王立景駒, 大逆亡道." 乃引兵擊秦嘉. 嘉軍敗走, 追至胡陵. 嘉還戰一日, 嘉死, 軍降, 景駒走死梁地. 梁已並秦嘉軍, 軍胡陵, 將引而西. 章邯至栗, 梁使別將朱雞石, 餘樊君與戰. 餘樊君死. 朱雞石敗, 亡走胡陵. 梁乃引兵入薛, 誅朱雞石. 梁前使羽別攻襄城, 襄城堅守不下. 已拔, 皆坑之, 還報梁. 聞陳王定死, 召諸別將會薛計事. 時沛公亦從沛往.

| 註釋 | ○秦嘉(진가) – 農民起義軍의 장수. ○景駒(경구, ? – 前 208) – 秦 2세 2년 정월에 대사마 秦嘉(진가)에 의해 초왕으로 옹립, 즉위 4월에 項梁에게 패사. ○彭城 – 현명. 今 江南省 徐州市. ○距 – 拒와 通. 막다. ○胡陵 – 縣名. 今 山東省 濟寧市 魚台縣 동남. ○栗(율) – 현명. 今 河南省 商丘市 관할의 夏邑縣. ○朱雞石(주계석) – 人名. 진승이 기병할 때 符離(부리)에서 기병했었다. ○餘樊君(여번군) – 人名. ○薛(설) – 今 山東省 棗莊市(조장시) 薛城縣. ○襄城(양성) – 今 河南省 許昌市 襄城縣. ○沛公(패공) – 漢高祖 劉邦(前 256 – 195), 沛縣 豐邑 中陽里(今 江蘇省 최북단 徐州市 豐縣) 출신으로 沛의 현령을 죽이고 기병한 뒤 沛公이라 칭했다. 秦亡 후에 항우에 의해 漢王에 봉해졌고 西漢 開國皇帝로 사후의 공식 廟號는 太祖, 諡號(시호)는 高皇帝로 漢高祖, 漢高帝, 漢太祖高皇帝로 불린다. 沛는 秦代의 泗水郡의 縣. 고조 즉위 후(前 201년) 沛郡. 군 치소는 相縣(今 安徽省 淮北市 관할의 濉溪縣), 沛縣 또는 沛郡으로 혼동하는데 秦代 출생했으니 沛縣이라 표기해야 한다.

〖國譯〗

이 무렵, 秦嘉(진가)는 景駒(경구)를 楚王으로 옹립하고 팽성 동쪽에 주둔하고 항량의 진출을 막으려 했다. 항량이 부장들에게 말했다. "陳王이 거사한 뒤로 싸워 이기지 못했고 어디에 있는지도 모른다. 지금 진가가 진왕을 배반하고 景駒(경구)를 옹립한 것은 대역무도한 일이다." 그리고서는 군사를 이끌고 진가를 공격했다. 진가의 군사는 패주했는데 그들을 胡陵(호릉)까지 추격하였다. 진가는 회군하여 하루 동안 싸웠지만 진가는 전사했고 그 군사는 투항했으며 경구는 도망쳐 梁의 땅에서 죽었다.

항량은 진가의 군사를 합치고 胡陵에 주둔했다가 군사를 이끌고 서쪽으로 진격하려 했다. 秦의 장한이 栗縣(율현)에 들어오자 항량은 별장 朱雞石(주계석)과 餘樊君(여번군)을 보내 싸우게 했다. 여번군은 전사했고 주계석은 패하여 호릉으로 도망쳤다. 항량은 군사를 이끌고 薛縣(설현)을 공격하여 주계석을 죽였다. 항량은 이보다 앞서 항우를 시켜 따로 襄城(양성)을 공격케 하였으나 양성이 굳게 지켜 함락시키지 못했다. 나중에 성을 함락시킨 뒤 그 사람들을 모두 묻어 죽이고 돌아와 항량에게 보고하였다. 항량은 陳王이 틀림없이 죽었다는 것을 알고 여러 장수들을 설현에 불러 모아 앞일을 의논하였다. 이때 沛公(패공)도 沛縣(패현)에서 기병하고 여기에 참여했다.

原文

居鄛人范增年七十, 素好奇計, 往說梁曰, "陳勝敗固當. 夫秦滅六國, 楚最亡罪, 自懷王入秦不反, 楚人憐之至今.

故南公稱曰, '楚雖三戶, 亡秦必楚' 今陳勝首事, 不立楚後, 其勢不長. 今君起江東, 楚蜂起之將皆爭附君者, 以君世世楚將, 爲能復立楚之後也." 於是梁乃求楚懷王孫心, 在民間爲人牧羊, 立以爲楚懷王, 從民望也. 陳嬰爲上柱國, 封五縣, 與懷王都盱台. 梁自號武信君, 引兵攻亢父.

| 註釋 | ○居鄛(거소) – 一作 居巢, 현명. 今 安徽省 중남부 巢湖市 동북. ○范增(범증, 前 278 – 204) – 項羽의 謀臣이며 막료. 항우는 범증을 '亞父'라 부르면서 존경했지만 陳平의 이간계에 말려 범증을 고향으로 돌아가게 했다. 범증은 도중에 병사했다. ○楚最亡罪 – 秦王 政(秦始皇)이 친히 원정하면서 王翦(왕전)은 60만 대군을 거느리고 前 224年에 楚軍을 격파하고 楚國을 멸망시켰다. 그 이전 楚 懷王(회왕)은 秦에 갔다가 돌아오지 못하고 그곳에서 죽었는데 이후 楚에서는 秦에 대한 반감이 강했다. ○懷王 – 기원 전 299년 楚 懷王은 秦 昭王과 武關에서 회동하기로 약속하였다. 회왕은 屈原(굴원)의 권고를 무시하고 武關에 갔다고 진에 억류되어 割地를 강요당한다. 회왕이 돌아오지 못하자 楚에서는 태자가 즉위하니, 이가 楚 襄王(양왕)이다. 前 297년 楚,韓,魏 연합군이 진을 공격하고 楚 회왕은 기회를 틈타 탈출했으나 실패하여 다시 억류되었다가 前 296년에 秦에서 병사했다. ○南公 – 성이 南氏인 노인, 또는 南方의 노인이라는 뜻. 또는 南公이 複姓이고 稱이 이름이라는 주장도 있다. 또 南公이 道士 또는 陰陽家라는 주장 등 구체적 인적 사항은 알 수 없다. ○楚雖三戶, 亡秦必楚 – 三戶는 단체 행동을 할 수 있는 최소한의 수를 열거한 것이다. 이는 그만큼 秦에 대한 원한이 깊다는 뜻이다. ○懷王孫心 – 회왕의 손자 心(? – 前 206, 재위 전 208 – 206), 熊氏(웅씨)에 이름은 心, 멸망한 楚國의 宗室로 민가에서 양을 치며 생활하다가 項梁에 의거 왕위에 오르며 盱台(우이)에 定都하고 여전히 懷王으로 불리다

가 義帝로 그 칭호가 바뀐다. ㅇ從民望也 – 백성들의 輿望에 따르다. ㅇ盱台(우이) – 縣名. 今 江蘇省 서부, 洪澤湖 남쪽, 淮安市 관할의 盱眙縣(우이현). 台는 나(予) 이, 별이름 태. 늙을 대. ㅇ亢父(항보) – 縣名. 今 山東省 齊寧市.

〖國譯〗

居鄛縣(거소현) 사람 范增(범증)은 나이가 70인데 평소 奇計를 잘 꾸몄는데 항량을 찾아가 말했다. "진승의 몰락은 당연한 것입니다. 秦이 六國을 멸했지만 楚가 가장 먼저 망했으며 懷王(회왕)이 秦에 들어갔다가 돌아오지 못한 것을 楚人은 지금까지도 억울해 하고 있습니다. 그래서 南公이 '楚가 三戶만 남아도 반드시 秦을 망하게 할 것이다.' 라고 말했습니다. 지금 진승이 처음 일을 벌였으나 楚의 후손을 내세우지 않았기에 그 세력이 떨치지 못했던 것입니다. 지금 장군이 강동에서 기병하자 楚에서 봉기한 장수들이 다투어 장군을 따르는 것은 장군이 대대로 楚의 장수였기 때문이며 楚 왕실의 후손을 세운다면 가능할 것입니다."

이에 항량은 민가에서 양을 치며 살던 楚 懷王의 손자인 心(심)을 찾아내어 楚 懷王으로 세워 사람들의 기대에 따랐다. 항량은 陳嬰(진영)을 上柱國으로 삼아 5개 현을 봉했고 懷王을 도와 盱台(우이)에 定都하게 하였다. 항량은 스스로 武信君이라 하며 군사를 이끌고 亢父(항보)를 공격하였다.

原文

初, 章邯旣殺齊王田儋於臨菑, 田假復自立爲齊王. 儋弟榮走保東阿, 章邯追圍之. 梁引兵救東阿, 大破秦軍東阿. 田榮卽引兵歸, 逐王假, 假亡走楚, 相田角亡走趙. 角弟閒, 故將, 居趙不敢歸. 田榮立儋子市爲齊王. 梁已破東阿下軍, 遂追秦軍. 數使使趣齊兵俱西. 榮曰, "楚殺田假, 趙殺田角, 田閒, 乃發兵." 梁曰, "田假與國之王, 窮來歸我, 不忍殺." 趙亦不殺角, 閒以市於齊. 齊遂不肯發兵助楚. 梁使羽與沛公別攻城陽, 屠之. 西破秦軍濮陽東, 秦兵收入濮陽. 沛公, 羽攻定陶, 定陶未下, 去, 西略地至雍丘, 大破秦軍, 斬李由, 還攻外黃, 外黃未下.

| **註釋** | ○臨菑(임치) - 齊國의 國都, 今 山東省 中部 淄博市(치박시)의 일부. ○田假(전가, ? - 前 205) - 齊 襄王의 아들, 田齊의 마지막 王 田建(재위, 前 264 - 221)의 아우. 田儋(전담)이 죽은 뒤에 齊王으로 자립했다.《史記 田儋列傳》이 있다. ○弟榮(田榮) - 田儋의 從弟. ○東阿(동아) - 현명. 今 山東省 聊城市 관할의 陽谷縣. ○田角 - 齊 襄王의 아들, 齊의 마지막 王 田建의 아우. ○故將 - 故 齊將. ○市〔田市, 전불, 市 音 fú, '市(저자 시)'가 아님〕 - 前 208 - 206년, 齊王으로 재위. 田榮에게 피살. ○田假與國之王 - 田假는 우리 편 나라의 왕이다. 與國은 우호적인 국가. ○以市於齊 - 齊와 교역하다. ○城陽 - 현명, 군명, 국명. 수시로 영역이 달라졌다. 郡의 치소는 今 山東省 日照市 관할의 莒縣(거현). ○屠之 - 城을 도륙하다. ○濮陽(복양) - 縣名. 今 河南省 濮陽市. ○定陶 - 今 山東省 西南部 菏澤市 관할의 定陶縣. ○雍丘(옹구) - 今 河南省 開封市 관할의 杞縣. ○李由(이유, ? - 前 208) -

丞相 李斯의 장남. 三川郡 郡守로 洛陽에 주둔하고 있었다. 項羽에 패전하여 전사. ○外黃 – 今 河南省 商丘市 관할의 外黃縣.

〖國譯〗

당초에, 秦의 장군 章邯(장한)이 齊王 田儋(전담)을 臨菑(임치)에서 죽이자, 田假(전가)가 다시 齊王으로 자립하였다. 전담의 아우인 田榮이 달아나 東阿縣을 차지하자, 장한은 전영을 추격하여 포위하였다. 항량은 군사를 이끌고 동아현을 구원하면서 秦軍을 동아현에서 대파하였다. 田榮은 곧 군사를 거느리고 돌아와 齊王 田假를 축출했고, 전가는 패해 楚로 달아났고, 재상인 田角(전각)은 趙로 달아났다. 전각의 아우 田閒(전한)은 옛날 장군인데 趙에 머물면서 돌아오지 못했다. 전영은 전담의 아들 田市(전불)을 齊王으로 옹립했다.

항량은 동아현을 점령 주둔하였고 진군을 마저 격파하였다. 항량은 여러 번 사자를 보내 齊兵과 함께 서진하자고 재촉하였다. 전영은 "楚가 전가를 죽이고, 趙에서는 전각과 전한을 죽이면 바로 발병하겠다."고 말했다. 그러자 항량은 "전가는 우리와 동맹한 왕으로 힘에 쫓겨 나를 찾아왔기에 죽일 수 없다."고 하였다. 趙에서도 전각, 전한을 죽이지 않고 齊와 교역을 하였다. 齊는 끝내 發兵하여 楚를 돕지 않았다. 항량은 항우를 시켜 沛公과 함께 별도로 城陽을 공격케 하고 성 안을 도륙하였다. 서쪽에서는 秦軍을 濮陽縣(복양현) 동쪽에서 격파하자 秦兵은 복양에 머물렀다. 패공과 항우는 定陶(정도)를 공략하였으나 함락시키지 못하고 지나가서 서쪽 지역을 평정하며 雍丘(옹구)에 이르러 진군을 대파하여 李由(이유)를 죽이고, 군사를 돌려 외황현을 공격하였지만 함락시키지는 못했다.

原文

梁起東阿, 比至定陶, 再破秦軍, 羽等又斬李由, 益輕秦, 有驕色. 宋義諫曰, "戰勝而將驕卒惰者敗. 今少惰矣, 秦兵日益, 臣爲君畏之." 梁不聽. 乃使宋義於齊. 道遇齊使者高陵君顯, 曰, "公將見武信君乎?" 曰, "然." 義曰, "臣論武信君軍必敗. 公徐行則免, 疾行則及禍." 秦果悉起兵益章邯, 夜銜枚擊楚, 大破之定陶, 梁死. 沛公與羽去外黃, 攻陳留, 陳留堅守不下. 沛公, 羽相與謀曰, "今梁軍敗, 士卒恐." 乃與呂臣俱引兵而東. 呂臣軍彭城東, 羽軍彭城西, 沛公軍碭.

| **註釋** | ○比至定陶 – 定陶縣에 가까이 와서. ○宋義(송의, ? – 前 207) – 秦末 楚懷王의 대장군. 나중에 항우에게 피살. ○高陵君 顯 – 高陵은 今 山東省 膠南市(교남시) 琅邪台(낭야대) 서북. ○銜枚(함매) – 밤에 행군할 때 떠들지 못하게 하려고 병졸의 입에 하무를 물리다. ○陳留(진류) – 군, 현명. 今 河南省 開封市 동남. ○呂臣(여신) – 陳勝이 마부인 莊賈(장가)에게 피살당하자 蒼頭軍을 조직하여 장가를 죽였다. 英布와 함께 秦軍과 싸우다가 項梁에게 귀부했고 나중에 항우의 부하가 되었다. ○彭城(팽성) – 今 江蘇省 北大門이라 할 수 있는 徐州市. ○碭(탕) – 秦代의 郡名, 치소는 碭縣. 今 安徽省 最北端(최북단), 宿州市 관할 碭山縣.

〖國譯〗

항량은 東阿를 출발하여 定陶(정도) 근처에서 다시 秦軍을 격파했고 항우 등이 李由를 죽이자 더욱 秦을 무시하고 교만해졌다. 그러자 宋義(송의)가 주의를 주었다.

"승전한 뒤에 장군이 교만하고 병졸이 나태해지면 패하게 됩니다. 지금 조금 나태해졌으며 秦兵은 날로 늘어나니 저는 장군을 위해 이를 걱정합니다." 그러나 항량은 따르지 않았다. 그리고 송의를 齊에 사신으로 보냈다. 도중에 齊의 使者 高陵君 顯(현)을 만나 말했다. "公은 武信君을 만나볼 것입니까?" "그렇습니다." 송의가 말했다. "나는 武信君(항량)의 군사가 필히 패하리라 봅니다. 그대가 서행하면 화를 면하겠지만 빨리 간다면 화를 당할 것입니다."

예상대로 秦은 모든 군사를 동원하여 장한에게 주었고, 몰래 초군을 습격하여 초군을 定陶에서 대파했고 항량은 전사했다. 패공과 항우는 外黃을 거쳐 陳留城을 공격했지만 陳留의 수비가 좋아 함락시키지 못했다. 패공과 항우가 서로 협의하며 말했다. "방금 항량이 죽어 士卒이 겁을 먹었소." 그리고선 呂臣(여신)과 함께 군사를 이끌고 동쪽으로 갔다. 여신은 팽성 동쪽에, 항우의 군사는 팽성 서쪽에, 패공은 碭郡(탕군)에 각각 주둔하였다.

原文

章邯已破梁軍, 則以爲楚地兵不足憂, 乃渡河北擊趙, 大破之. 當此之時, 趙歇爲王, 陳餘爲將, 張耳爲相, 走入鉅鹿城. 秦將王離, 涉間圍鉅鹿, 章邯軍其南, 築甬道而輸之粟. 陳餘將卒數萬人軍鉅鹿北, 所謂河北軍也.

| **註釋** | ○趙歇(조헐, ? – 前 205) – 秦朝末年 趙國의 宗室. 陳勝이 세웠던 趙王 武臣이 죽은 뒤에 張耳, 陳餘 등이 趙歇을 옹립하고 信都에 도읍했다.

○ 王離(왕리) – 秦 將軍 王翦(왕전)의 손자. ○ 涉閒(섭한) – 人命. 秦將. ○ 鉅鹿(거록) – 군명. 치소는 거록현. 今 河北省 邯鄲市 鷄澤縣. ○ 甬道(용도) – 도로 양 옆으로 담장을 둘러친 길.

〖國譯〗

장한은 항량의 군사를 격파하고 楚의 군사들은 걱정 안 해도 된다고 생각하면서 황하를 건너 북쪽으로 趙를 공격하여 대파하였다. 이때에 趙歇(조헐)이 왕이고 陳餘(진여)는 장군, 張耳(장이)는 재상으로 鉅鹿城(거록성)에 머물고 있었다. 秦將 王離(왕리)와 涉閒(섭한)은 거록을 포위했고 장한은 성 남쪽에 주둔하고서 甬道(용도)를 만들고 군량을 운반케 하였다. 진여의 장졸 수만 명은 거록 북쪽에 주둔하였기에 河北軍이라고 불렀다.

原文

宋義所遇齊使者高陵君顯見楚懷王曰, "宋義論武信君必敗, 數日果敗. 軍未戰先見敗徵, 可謂知兵矣." 王召宋義與計事而說之, 因以爲上將軍, 羽爲魯公, 爲次將, 范增爲末將. 諸別將皆屬, 號卿子冠軍. 北救趙, 至安陽, 留不進.

秦三年, 羽謂宋義曰, "今秦軍圍鉅鹿, 疾引兵渡河, 楚擊其外, 趙應其內, 破秦國必矣." 宋義曰, "不然. 夫搏牛之虻不可以破蟣. 今秦攻趙, 戰勝則兵罷, 我承其敝. 不勝, 則我引兵鼓行而西, 必擧秦矣. 故不如先鬪秦,趙. 夫擊輕銳, 我不如公, 坐運籌策, 公不如我." 因下令軍中曰, "猛如虎, 狠如羊, 貪如狼, 强不可令者, 皆斬." 遣其子襄相齊, 身送之無鹽, 飮酒高會.

| **註釋** | ○敗徵(패징) - 패전할 기미. ○說(열) - 悅也. ○諸別將皆屬 - 모든 별장을 宋義의 소속으로 했다. 屬 다음에 義字가 있어야 한다. ○卿子冠軍 - 卿子는 公子와 같은 뜻. 상대방에 대한 존칭. 冠軍은 軍의 우두머리. '軍之上', '諸將之上'의 뜻. ○至安陽, 留不進 - 安陽은 今 河南省 安陽市. 송의는 46일간 머무르며 진군하지 않았다. ○秦三年 - 2世 3년(前 207). ○夫搏牛之虻不可以破虱 - 搏 잡을 박. 牛之虻은 소의 피를 빨아먹는 등에(파리와 유사하지만 매우 크고 억세다. 虻 등에 맹, 蝱와 同.), 곧 秦을 의미. 虱(슬)은 사람 몸에 붙어사는 이. 여기서는 장한, 곧 등에를 때려잡는 큰 힘으로 이를 때려잡을 필요가 없다. 전력을 다해 秦을 치려면 장한을 공격할 힘을 아껴야 한다는 뜻. ○夫擊輕銳 - 가벼운 무기로 상대방을 공격하기. ○戰勝則兵罷 - 罷는 피(疲). ○坐運籌策(좌운주책) - 장막 안에서 전략을 세우다. ○狠如羊(한여양) - 羊처럼 모질게, 단호하게. ○身送之無鹽 - 자신이 無鹽(무염)에서 아들을(之) 전송하다. 무염은 今 山東省 泰安市 관할의 東平縣 동쪽.

〖國譯〗

宋義(송의)가 만났던 齊의 사자인 高陵君 顯(현)이 초 회왕을 뵙고 말했다. "송의가 무신군이 필히 패할 것이라고 예상했는데 며칠이 안 되어 정말 패했습니다. 군사가 전투도 시작하기 전에 미리 패할 징조를 보았으니 군사에 통했다고 말할 수 있습니다. 회왕은 송의를 불러 계획을 세우며 매우 좋아하면서 송의를 상장군에 임명하고 항우를 魯公에 봉하면서 次將에 임명했고 范增(범증)은 末將으로 삼았다. 그리고 여러 장수들을 다 지휘하게 하면서 송의를 卿子冠軍(경자관군)이라 불렀다. 송의는 북으로 趙를 구원한다고 安陽에 이르렀으나 진격하지 않았다.

秦 2세 3년, 항우가 송의에게 말했다. "지금 秦軍이 거록을 포위하고 있으니 빨리 군사를 이끌고 황하를 건너가서 楚는 (秦軍을) 외부에 공격하고 趙가 내응한다면 틀림없이 秦을 격파할 것입니다." 송의는 "그렇지 않소. 소의 등에를 치는 힘으로 이(虱)를 잡을 필요는 없소. 지금 秦이 趙를 공격하고 있으니 싸움에 이긴다면 군사는 지칠 것이요. 만약 이기지 못한다면 우리가 군사를 이끌고 서쪽을 공격한다면 필히 秦을 거덜낼 수 있을 것이요. 그러니 먼저 秦과 趙가 싸우게 해야 하오. 에~, 가벼운 무기로 적을 치는 것은 내가 그대만 못하겠지만 장막 안에서 책략을 쓰기는 그대가 나만 못할 것이요."라고 말했다.

그리고서는 군중에 명령을 내리며 말했다. "호랑이처럼 사납게, 양처럼 단호하게, 늑대와 같은 탐욕으로 고집을 부리는 자는 모두 참수할 것이다." 그리고 그의 아들 宋襄(송양)이 齊王을 도우러 갈 때 無鹽(무염)까지 가서 아들을 전송하면서 술 마시며 큰 잔치를 벌였다.

原文

天寒大雨, 士卒凍饑. 羽曰, "將戮力而攻秦, 久留不行. 今歲饑民貧, 卒食半菽, 軍無見糧, 乃飮酒高會, 不引兵渡河因趙食, 與並力擊秦, 乃曰 '承其敝'. 夫以秦之强, 攻新造之趙, 其勢必擧趙. 趙擧秦强, 何敝之承! 且國兵新破, 王坐不安席, 掃境內而屬將軍, 國家安危, 在此一擧. 今不恤士卒而徇私宴, 非社稷之臣也.” 羽晨朝上將軍宋義, 卽其帳中斬義頭, 出令軍中曰, “宋義與齊謀反楚, 楚王陰令籍誅之.” 諸將讋服, 莫敢枝梧. 皆曰, “首立楚者, 將軍家也. 今將軍誅亂.” 乃相與共立羽爲假上將軍. 使人追宋義子, 及之齊, 殺之. 使桓楚報命於王. 王因使使立羽爲上將軍.

| 註釋 | ○卒食半菽(졸식반숙) – 半은 五升의 그릇. 병졸은 定量도 먹지 못한다는 뜻. 半은 芋(토란 우)의 誤字라는 주석도 있다. ○不引兵渡河因趙食 – 引兵하고 도하하여 趙의 糧食을 먹지 않는다. ○承其敝(승기폐) – 상대방이 피폐할 때를 이용하겠다. ○攻新造之趙 – 겨우 건국된 趙를 공격하면. ○趙擧秦强 – 趙가 망하면 秦은 강해진다. ○國兵新破 – 楚의 義兵이 최근에 패하여(定陶에서의 패전을 말함). ○掃境內而屬將軍 – 온 나라 안의 병력을 모두 모아 장군(宋義)에게 소속케 했다. ○莫敢枝梧 – 감히 저항하는 사람이 없었다. 莫은 아무도 ~하지 않다. ~하는 자가 없다. 枝梧(지오)는 얼버무리다. 이런저런 말을 하다. 枝杆(지간)과 同.

〖國譯〗

날은 춥고 큰 비가 내려 사졸들은 추위에 떨며 굶주렸다. 항우가 말했다.

“우리는 온 힘을 다해 秦을 공격해야 하는데 (송의는) 머물러 진군하지 않는다. 올해 흉년에 백성은 굶주리고 병졸은 콩잎을 조금 먹어도 군량이 모자란데 술이나 먹고 잔치나 벌리고, 군사를 이끌고 강을 건너 趙의 군량을 먹지도 않으며 전력으로 秦을 공격해야 하는데 그들이 지치기를 기다린다고만 말한다. 그저 秦의 전력으로 새로 생긴 趙를 공격하면 그 힘이 틀림없이 趙를 거덜낼 것이다. 趙가 굴복하면 秦은 더 강해지는데 언제 지치기를 기다린단 말인가! 또 우리 군사가 얼마 전에 패전해 왕의 자리가 불안하며, 온 나라의 병력을 몰아 상장군에게 주었기에 국가 안위가 이번 일에 달렸다. 지금 사졸들을 돌보지 않고 개인 일로 잔치나 하고 있으니 社稷之臣(사직지신)이라 할 수 없다."

항우는 이른 아침에 上將軍 宋義를 만난 뒤 장막 안에서 송의의 머리를 베고 온 군사에게 명령하였다. "송의와 齊가 모의하여 楚에 반기를 들기에 楚王이 나에게 은밀히 송의를 죽이라 하였다."

여러 장수들은 두려워 복종하며 반항하는 이가 없었다. 여러 장수들은 "처음에 楚를 세운 것은 장군의 집안입니다. 지금 장군은 亂臣을 죽였습니다." 그리고 서로 함께 항우를 임시 上將軍으로 추대하였다. (항우는) 사람을 시켜 송의의 아들을 추격하여 그가 齊에 도착할 무렵에 죽여 버렸다. 그리고 桓楚(환초)를 시켜 회왕에게 보고하게 하였다. 회왕은 사자를 보내 항우를 上將軍으로 삼았다.

原文

羽已殺卿子冠軍, 威震楚國, 名聞諸侯. 乃遣當陽君, 蒲將軍將卒二萬人渡河救鉅鹿. 戰少利, 陳餘復請兵. 羽乃悉引兵渡河. 已渡, 皆湛舡, 破釜甑, 燒廬舍, 持三日糧, 視士必死, 無還心. 於是至則圍王離, 與秦軍遇, 九戰, 絶甬道, 大破之, 殺蘇角, 虜王離. 涉閒不降, 自燒殺. 當是時, 楚兵冠諸侯. 諸侯軍救鉅鹿者十餘壁, 莫敢縱兵. 及楚擊秦, 諸侯皆從壁上觀. 楚戰士無不一當十, 呼聲動天地. 諸侯軍人人惴恐. 於是楚已破秦軍, 羽見諸侯將, 入轅門, 膝行而前, 莫敢仰視. 羽由是始爲諸侯上將軍. 兵皆屬焉.

| 註釋 | ○名聞諸侯 – 제후는 秦末의 봉기 세력. ○當陽君 – 英布. ○渡河 – 漳水를 건너다. ○湛舡 – 湛 잠길 침. 즐길 담. 湛舡(침강)은 沈舟. 舡은 船의 俗字. 吳나라 배 강. ○破釜甑(파부증) – 취사도구를 부수다. ○燒廬舍 – 廬는 오두막집 려. ○視士必死 – 視는 示. 士는 士卒. ○蘇角 – 秦의 장수. ○楚兵冠諸侯 – 楚兵은 여러 제후 세력 중 제일이었다. ○十餘壁 – 壁은 軍壘(군루). 성벽. ○莫敢縱兵 – 아무도 병력을 보내는 이 없었다. ○惴恐(췌공) – 두려워 떨다. ○轅門(원문) – 軍營의 정문.

〖國譯〗

항우가 卿子冠軍 송의를 죽이자 위세가 楚國에 진동했고 여러 제후들에게 이름이 알려졌다. 항우는 當陽君 英布와 蒲將軍에게 군사 2만 명을 거느리고 강을 건너 鉅鹿(거록)을 구원케 하였다. 전투가 약간 불리하자 陳餘가 다시 군사 지원을 요청했다. 그러자 항우는 모든 군사를 거느리고 漳水(장수)를 건넜다. 모두 건너자 배를 가라앉히고 솥을 부수며 움막을 불태우고 3일치 양식만을 준비케 하여 사졸들에게 결사적으로 싸워 돌아가지 않겠다는 의지를 보였다. 이에 거록에서 秦 王離(왕리)의 군사를 포위하고 秦軍과 충돌하며 9번을 싸웠는데 용도를 끊고 적을 대파하였으며 蘇角(소각)을 죽이고 왕리를 사로잡았다. 涉閒(섭한)은 항복하지 않고 스스로 불에 타 죽었다. 이때에 楚의 군사는 제후 군에서 제일 강했다. 제후 군으로 거록을 구원코자 온 10여 보루 중에서 감히 아무도 출전하지 못했다. 초군이 秦을 공격할 때 제후들은 모두 보루에 올라 구경만 했다. 楚의 전사들은 모두 一當十이었고 고함소리가 천지를 흔들었다. 제후 군사는 모두가 두려워 떨었다. 이에 초가 진군을 완파한 뒤 항우가 제후군의 장수들을 부르자 轅門(원문)에 들어오면서 무릎으로 기어 앞에 나오고 감히 바로 보는 이도 없었다. 항우는 이로써 제후의 상장군이 되었고 모든 병력은 항우에 속하게 되었다.

原文

章邯軍棘原, 羽軍漳南, 相持未戰. 秦軍數卻, 二世使人讓章邯. 章邯恐, 使長史欣請事. 至咸陽, 留司馬門三日, 趙高不見, 有不信之心. 長史欣恐, 還走, 不敢出故道. 趙高果使人追之, 不及. 欣至軍, 報曰, “事亡可爲者. 相國趙高顓國主斷. 今戰而勝, 高嫉吾功, 不勝, 不免於死. 願將軍熟計之.”

| 註釋 | ○棘原(극원) – 鉅鹿 주변의 지명. ○漳南 – 漳河 남쪽. ○讓 – 責也. ○長史欣 – 秦의 長史 司馬欣(사마흔). 나중에 항우에 의해 塞王(새왕)에 봉해진다. 漢王 유방이 三秦을 평정할 때 漢에 투항했다가 나중에 다시 項羽에게 갔다가 氾水(범수)에서 패전해 자결한다. ○司馬門 – 宮門. 司馬

가 지키는 門이란 뜻. ○趙高 – 환관, 秦始皇과 秦 二世, 秦王 子嬰(자영)의 三代 君主를 섬겼다. 沙丘之變(진시황이 죽은 뒤 胡亥를 2세로 옹립)과 望夷宮之變(2세를 자살케 하고 子嬰을 옹립)과 指鹿爲馬의 주인공. 司馬遷은《史記》에서 趙高를 立傳하지 않았다. 〈秦始皇本紀〉, 〈李斯列傳〉, 〈蒙恬列傳〉 참고. ○事亡可爲者 – 일이 잘 되지 않았습니다. ○顓國主斷(전국주단) – 顓은 專也.

〖國譯〗

장한은 棘原(극원)에 주둔했고 항우는 漳水 남쪽에 주둔하여 대치했으나 전투는 없었다. 진군이 자주 후퇴하자 2세는 사자를 보내 장한을 질책했다. 장한은 두려워 長史 司馬欣(사마흔)을 보내 지시를 요청케 하였다. 사마흔이 함양에 가서 궁궐 문에서 3일을 기다렸지만 환관 조고를 만나지도 못하고 불신만 당했다. 장사 사마흔은 두려워 돌아오면서 갔던 길로 오지 않았다. 趙高는 예상대로 사람을 시켜 추격했으나 따라 잡지 못했다.

사마흔은 군영에 돌아와 말했다. "일이 어긋나 될 일이 없습니다. 상국 조고는 국정을 마음대로 주관하고 있습니다. 지금 싸워 이긴다 하여도 조고는 우리의 공을 질시할 것이고 패하면 죽임을 면치 못할 것입니다. 장군께서는 알아서 하십시오."

原文

陳餘亦遺章邯書曰, "白起爲秦將, 南並鄢, 郢, 北坑馬服, 攻城略地, 不可勝計, 而卒賜死. 蒙恬爲秦將, 北逐戎人, 開楡中地數千里, 竟斬陽周. 何者? 功多, 秦不能封, 因以法誅之. 今將軍爲秦將三歲矣, 所亡失已十萬數, 而諸侯並起茲益多. 彼趙高素諛日久, 今事急, 亦恐二世誅之, 故欲以法誅將軍以塞責, 使人更代以脫其禍. 將軍居外久, 多內隙, 有功亦誅, 亡功亦誅. 且天之亡秦, 無愚智皆知之. 今將軍內不能直諫. 外爲亡國將, 孤立而欲長存, 豈不哀哉! 將軍何不還兵與諸侯爲從, 南面稱孤, 孰與身伏斧質, 妻子爲戮乎?"

章邯狐疑, 陰使候始成使羽, 欲約. 約未成, 羽使蒲將軍引兵渡三戶, 軍漳南, 與秦戰, 再破之. 羽悉引兵擊秦軍汙水上, 大破之.

| **註釋** | ○白起(? – 前 257) – 公孫起라고도 한다. 百萬敵軍을 죽였다 하여 '人屠'라는 별명으로도 불리는 秦의 장군. 《千字文》에서도 '起翦頗牧, 用軍最精'라 하여 白起, 王翦(왕전), 廉頗(염파)와 李牧(이목)을 戰國시대 四名將으로 꼽고 있다. ○鄢, 郢 – 鄢(언)은 전국시대 楚의 別都, 현명. 今 湖北省 襄陽市 관할의 宜城市 서남. 郢(영)은 현명. 楚國 首都. 湖北省 서부 荊州市 荊州區 북쪽, 초는 수도를 여러 번 옮겼다. ○馬服 – 馬服君, 전국시대 趙의 장군 趙奢(조사)의 封號, 여기서는 趙奢의 아들 趙括(조괄)을 지칭. ○蒙恬(몽염) – 秦의 명장, 趙高에 의해 죽음을 당했다. 《史記 蒙恬列傳》 참고. ○戎人(융인) – 匈奴(흉노). ○楡中(유중) – 今 內蒙古의 河套(하투) 지구 동북. 黃河가 ∩자 형으로 흐르는 중상류의 평원으로 관개 농업이 발달한 지역. ○陽周 – 今 陝西省 北部 延安市 관할의 子長縣에 해당. ○所亡失 – 도망하거나 전사한 병력. ○而諸侯並起茲益多 – 諸侯는 起義軍을 이끄는 사람. 茲

(무성할 자)는 滋(많아지다.) ○素諛(소유) - 평소에 아부하다. ○塞責(색책) - 자신에 대한 문책을 막으려 한다. ○脫其禍 - 화를 면하다. ○多內隙(다내극) - 내부 모순이 많다. 조정에 적대적인 사람이 많다. ○與諸侯爲從 - 여러 起義軍과 연합하다. 從은 縱, 合縱하다. ○南面稱孤 - 南面하여 孤라 칭하다. 王이 되다. ○孰與(숙여) - 孰與, 孰若, 어찌 ~와 같겠는가? ○斧質(부질) - 처형 도구. 質은 鑕(모루 질)과 같음. ○狐疑(호의) - 의심하다. ○候 - 斥候(척후), 정찰하다. ○始成 - 人名. ○三戶 - 今 河北省 邯鄲市 관할의 磁縣 서남. 나루(津) 이름. ○汙水(오수) - 漳水의 지류.

〖國譯〗

陳餘 역시 章邯에게 글을 보내 말했다. "白起가 秦將이 되어 남으로 鄢(언)과 郢(영)을 점거하고 북으로 馬服의 군사를 묻어 죽이고 攻城과 略地한 수를 다 말할 수가 없었지만 끝내 죽음을 당했습니다. 蒙恬(몽염)은 秦將으로 북의 흉노를 치고 楡中(유중)의 땅 수천 리를 넓혔지만 끝내 陽周에서 참수 당했습니다. 왜 그럴까요? 공이 많아도 秦에서는 봉작을 주지 않고 법으로 죽였기 때문입니다. 지금 장군이 진의 장수로 있는 3년 동안 전사하거나 도망한 병력을 십만 단위로 세어야 하지만 제후들의 봉기는 더욱더 많아졌습니다. 저 趙高는 평소 늘 아부하다가 지금 일이 다급해지고, 혹 2세에게 죽임을 당할까 두려워 장군을 군법으로 처단하여 책망을 회피하면서 다른 사람에게 그 재앙을 떠넘기려 하고 있습니다. 장군은 지방에 오래 머물면서 궁내와 틈만 벌어져서 공이 있어도 또 공이 없어도 죽을 것입니다. 그리고 하늘이 진을 멸망시키려 하는 것은 바보건 아니건 모두가 알고 있습니다. 지금 장군은 안으로는 직간할 수도 없고 밖

에서는 망국의 장수일 뿐이니 이처럼 고립되어 오래 살기를 바라니 어찌 슬프지 않겠습니까! 장군은 왜 군사를 돌려 제후들과 협력하면서 남면하여 稱孤(칭고)하지 않고 어찌하여 도끼 아래 몸을 맡기며 처자까지 처형당하게 하십니까?"

章邯은 망설이면서 몰래 始成(시성)을 斥候(척후)로 삼아 항우에게 보내어 약조를 받으려 했다. 약조가 이루어지기 전 항우는 蒲將軍(포장군)을 시켜 군사를 이끌고 三戶나루를 건너 漳南에 진을 치게 한 뒤 秦軍과 싸워 격파하였다. 항우는 또 모든 군사를 이끌고 汙水(오수)에서 秦軍을 크게 이겼다.

原文

邯使使見羽, 欲約. 羽召軍吏謀曰, "糧少, 欲聽其約." 軍吏皆曰, "善." 羽乃與盟洹水南殷虛上. 已盟, 章邯見羽流涕, 爲言趙高. 羽乃立章邯爲雍王, 置軍中. 使長史欣爲上將, 將秦軍行前.

| 註釋 | ○洹水(원수) – 河南省 북단 安陽市의 安陽河. ○殷虛(은허) – 殷墟, 옛 殷나라의 都邑. 今 河南省 북단 安陽市 서북. ○將秦軍行前 – 秦軍을 거느리고 앞서 나가다.

〖國譯〗

장한의 사자가 항우를 만나보고 약조를 맺으려 하였다. 항우는 참모들을 모아 협의하며 말했다. "군량이 부족하니 저쪽과 약조를 하려 한다." 군의 참모들이 모두 "좋습니다."라고 했다.

항우는 이에 洹水(원수)의 남쪽 殷虛(은허)에서 진군의 투항을 받았다. 투항이 성립되자 장한은 항우를 만나 눈물을 흘리며 趙高(조고) 때문이라고 말했다. 항우는 이에 장한을 雍王(옹왕)으로 봉하고 군중에 머물게 했다. 항우는 장사 사마흔을 上將으로 삼아 진의 군졸을 거느리고 앞서 나가게 했다.

原文

漢元年, 羽將諸侯兵三十餘萬, 行略地至河南, 遂西到新安. 異時諸侯吏卒徭役屯戍過秦中, 秦中遇之多亡狀. 及秦軍降諸侯, 諸侯吏卒乘勝奴虜使之, 輕折辱秦吏卒. 吏卒多竊言曰, "章將軍等詐吾屬降諸侯, 今能入關破秦, 大善, 卽不能, 諸侯虜吾屬而東, 秦必盡誅吾父母妻子." 諸將微聞其計, 以告羽. 羽乃召英布,蒲將軍計曰, "秦吏卒尙衆, 其心不服, 至關不聽, 事必危, 不如擊之. 獨與章邯, 長史欣, 都尉翳入秦." 於是夜擊坑秦軍二十餘萬人.

| **註釋** | ○漢元年 – 기원 전 206년. ○略地 – 적의 땅을 차지하다. ○河南 – 黃河 이남 지역. ○新安 – 縣名. 今 河南省 서북부 三門峽市 관할의 澠池縣(면지현) 동쪽. 山西省과 연접했다. ○異時 – 이보다 앞서, 先時也. ○秦中 – 關中 지역. ○亡狀(망상) – 무질서한 모양. ○輕折辱秦吏卒 – 秦의 서리나 병졸들을 멸시하고 욕보이다. ○竊言(절언) – 몰래 말하다. 숨어서 말하다. ○卽 – 假使, 만약, 만일. ○微聞 – 密聞, 은밀하게 듣다. 눈치를 채

다. ○不如擊之 – 擊은 擊殺. ○都尉翳 – 都尉 董翳(동예, ? – 前 204), 章邯의 副將, 楚軍에 투항한 뒤 翟王(책왕)에 봉해졌고, 나중에 劉邦에게 패전해 전사했다. ○坑秦軍二十餘萬人 – 20여만 명을 구덩이에 묻어 죽이다. 실제로 그런 일이 가능했겠는가?

〖國譯〗

漢 元年(前 206년), 항우는 諸侯의 군사 30여만을 거느리고 여러 지역을 평정하며 河南에 이르렀고 마침내 서쪽 新安에 도착했다. 이에 앞서 諸侯의 吏卒들은 徭役(요역)을 부과하고 주둔하거나 관중 땅을 지나며 전혀 질서가 없었다. 秦軍이 제후에게 투항하자 제후의 軍吏들은 승자라 하여 秦의 군리들을 포로처럼 부리고 멸시하며 모욕하였다. (秦의) 많은 군리나 병졸들은 몰래 숨어서 "장한 장군 등이 우리를 속이고 제후에게 투항하였는데 이제 관중에 들어가 秦을 격파한다면 좋겠지만, 만약 그리 안 된다면 諸侯는 우리를 포로로 잡아 동쪽으로 갈 것이고 秦에서는 우리 부모와 처자를 틀림없이 죽일 것이다."라고 웅성댔다. 여러 장수들이 그런 이야기를 듣고 항우에게 말했다. 항우는 곧 英布와 蒲(포)장군을 불러 논의하며 말했다. "秦의 군졸이 많지만 그들은 마음으로 불복하고 있어 관중에 가면 명령을 안 따르고 위험할 수도 있으니 죽이는 것만 못하다. 다만 장한과 장사 司馬欣(사마흔), 도위 董翳(동예)만 관중에 들어갈 것이다."

그리고는 밤에 진의 군사 20여만 명을 구덩이에 묻어 죽였다.

原文

至函谷關, 有兵守, 不得入. 聞沛公已屠咸陽, 羽大怒, 使當陽君擊關. 羽遂入, 至戲西鴻門, 聞沛公欲王關中, 獨有秦府庫珍寶. 亞父范增亦大怒, 勸羽擊沛公. 饗士, 旦日合戰, 羽季父項伯素善張良. 良時從沛公, 項伯夜以語良. 良與俱見沛公, 因伯自解於羽. 明日, 沛公從百餘騎至鴻門謝羽, 自陳 "封秦府庫, 還軍霸上以待大王, 閉關以備他盜, 不敢背德." 羽意旣解, 范增欲害沛公, 賴張良,樊噲得免. 語在〈高紀〉.

| 註釋 | ○屠 – 잡을 도. 《史記》에는 '破.' ○當陽君 – 英布. ○獨有 – 혼자 소유하다. ○戲(희) – 戲水. ○鴻門(홍문) – 秦 都城인 咸陽 교외(今 陝西省 西安市 臨潼區 新豐鎭 鴻門堡村). ○饗士(향사) – 犒軍(호군)하다. ○旦日合戰 – 다음 날 싸우겠다. ○季父 項伯(? – 前 192) – 성명은 項纏(항전), 字는 伯. 項梁의 동생, 項羽의 작은 아버지. ○張良(? – 前 185) – 字 子房, 留侯, 시호 文成, 漢朝 開國元勳 蕭何, 韓信과 함께 漢初 三傑. 40권, 〈張陳王周傳〉에 입전. 《史記》에는 〈留侯世家〉. ○謝羽 – 항우에게 謝過하다. ○霸上(패상) – 今 陝西省 西安市 東南方 10km. 霸河(패하)의 白鹿原. ○羽意旣解 – 항우의 마음은 이미 (패공과) 화해했다. ○樊噲(번쾌, ? – 前 189) – 漢 開國功臣, 封武陽侯. 개(狗)고기 판매업자로 鴻門宴에서 劉邦을 호위. 楚漢 전쟁 중 風雲人物. 41권, 〈樊酈滕灌傅靳周傳〉에 입전. ○〈高紀〉 – 《漢書 高帝紀》.

〖國譯〗

항우가 함곡관에 이르렀지만 군사가 막고 있어 들어갈 수 없었다. 沛公(패공)이 벌써 咸陽(함양)에 들어갔다는 말을 듣고 항우는 대노하며 당양군 英布를 시켜 관문을 격파케 하였다. 항우는 관중에 들어와 희수의 서쪽 홍문에서 패공이 關中(관중)의 왕이 되려 하고 진나라 府庫의 값진 보물을 홀로 차지했다는 말을 들었다. 아부 范增(범증) 역시 대노하며 항우에게 패공을 공격하라고 말했다. 항우는 군사들을 잘 먹이고 다음날 싸우기로 하였는데 항우의 작은 아버지 項伯(항백)은 평소에 張良(장량)과 사이가 좋았다. 장량은 그때 패공을 따르고 있었는데 항백이 밤에 장량과 이야기를 나누었다. 장량은 항백과 함께 패공을 만났고 항백이 항우의 화를 풀어주기로 하였다. 다음날, 패공은 백여 기를 거느리고 鴻門(홍문)에 가서 항우에게 인사하며 말했다.

"진의 부고를 봉하고 군사를 霸上(패상)으로 물려 대왕을 기다렸으며 관문을 막은 것은 다른 도적에 대비한 것이고 감히 은덕을 배반할 생각이 없었습니다."

항우의 노기는 풀렸지만 범증은 패공을 해치려 했으나 장량과 樊噲(번쾌) 덕분에 면할 수 있었다. 이 이야기는 〈高紀〉에 있다.

原文

後數日, 羽乃屠咸陽, 殺秦降王子嬰, 燒其宮室, 火三月不滅. 收其寶貨, 略婦女而東, 秦民失望. 於是韓生說羽曰, "關中阻山帶河, 四塞之地, 肥饒, 可都以伯." 羽見秦宮室皆已燒殘, 又懷思東歸, 曰, "富貴不歸故鄉, 如衣錦夜行."

韓生曰, "人謂楚人沐猴而冠, 果然." 羽聞, 斬韓生.

| 註釋 | ○羽乃屠咸陽 – 屠는 屠戮(도륙). ○略婦女而東 – 略은 노략질하다. 東으로 가다. 동사로 쓰였다. ○韓生 – 道士, 또는 儒生인지 未詳. ○四塞之地 – 동 函谷關, 남 武關, 서 散關, 북 蕭關(소관)으로 둘러싸인 關中. ○可都以伯 – 도읍하면 패자가 될 수 있다. 伯(두목 패)는 霸. ○衣錦夜行 – 남이 알아주지 않는다. ○沐猴而冠(목후이관) – 원숭이에게 冠을 씌워 주었다. 沐猴는 猴(원숭이 후)의 일종. 원숭이 성질이 조급하여 冠을 느긋하게 쓰지 못한다. 곧 사람의 衣冠을 갖추었지만 그 마음이 보통 사람과 다르다는 뜻.

〖國譯〗

며칠 뒤, 항우는 咸陽을 도륙했고 秦의 降王 子嬰(자영)을 죽이고 궁실을 태웠는데 불이 석 달 동안 꺼지지 않았다. 항우는 보화를 거두고 부녀를 약탈해 동쪽으로 갔고 秦民은 실망했다. 이에 韓生이란 사람이 항우에게 말했다. "關中은 산과 큰 강이 막아주며 사방이 요새의 땅이며 비옥하니 도읍하면 霸者(패자)가 될 수 있습니다."

항우는 秦의 궁궐이 이미 다 타 버렸고 또 동쪽으로 가고픈 마음이 있어 "부귀하여 고향에 가지 않는다면 비단 옷을 입고 밤길 걷기와 같다."고 말했다. 韓生은 "사람들이 楚人은 관을 쓴 원숭이와 같다더니 과연 그렇구나!"라고 했다. 항우가 듣고서는 한생을 죽였다.

原文

初, 懷王與諸將約, 先入關者王其地. 羽旣背約, 使人致命於懷王. 懷王曰, "如約." 羽乃曰, "懷王者, 吾家武信君所立耳, 非有功伐, 何以得顓主約? 天下初發難, 假立諸侯後以伐秦. 然身披堅執銳首事, 暴露於野三年, 滅秦定天下者, 皆將相諸君與籍力也. 懷王亡功, 固當分其地王之." 諸將皆曰, "善." 羽乃陽尊懷王爲義帝, 曰, "古之王者, 地方千里, 必居上游." 徙之長沙, 都郴. 乃分天下以王諸侯.

| 註釋 | ○王其地 – 그 땅(관중)의 왕이 되다. 王은 동사로 쓰였다. ○羽旣背約 – 패공이 먼저 入關했지만 항우는 유방의 공을 인정하지 않았다. ○如約 – 先約과 같이 하라. ○武信君 – 項梁. ○非有功伐 – 쌓은 공적이 있지 않다. 伐(벌)은 積功. ○得顓主約 – 약속의 주관자가 되다. 顓(전)은 專과 同. ○初發難 – 처음 기병하다. ○暴露於野 – 野戰을 겪다. ○籍力 – 項籍(項羽)의 힘. ○陽尊懷王爲義帝 – 陽은 佯(거짓 양)과 同. ○必居上游 – 필히 물의 상류에 居하다. 游는 流와 同. ○長沙 – 今 湖南省 省都(省會), 古稱 潭州. ○郴(침) – 今 湖南省 동남부 郴州市(침주시).

〖國譯〗

그전에 懷王(회왕)은 여러 장수와 먼저 入關하는 자를 그 왕으로 하겠다는 약속을 했다. 항우는 약속을 어기고 사자를 회왕에게 보내 보고하게 하였다. 회왕은 "약속대로 하라."고 말했다.

이에 항우가 말했다. "회왕은 우리 가문의 무신군(항량)이 옹립했을 뿐이니 아무런 공도 없이 어떻게 약속을 주관할 수 있는가? 천하가 처음 봉기할 때 제후의 후손을 임시로 내세워 진을 치려했었다. 그러나 몸에 갑옷을 입고 무기를 들고 일어난 뒤 들판에서 3년을 싸우면서 진을 멸하고 천하를 평정한 것은 모두 장상 여러분과 나 항우의 힘이다. 회왕은 공이 없으니 굳이 따진다면 땅을 좀 나누어 왕을 하면 될 것이다."

여러 장수는 모두 옳다고 하였다. 항우는 이에 겉으로 회왕을 높여 義帝라 하고 "옛날의 왕자는 사방 천리 땅으로 으레 상류에 머물렀다." 하면서 의제를 長沙로 옮겨 郴(침)에 도읍케 하였다. 그리고서는 천하를 나누어 王과 諸侯를 봉했다.

原文

羽與范增疑沛公, 業已講解, 又惡背約, 恐諸侯叛之, 陰謀曰, "巴,蜀道險, 秦之遷民皆居之." 乃曰, "巴,蜀亦關中地." 故立沛公爲漢王, 王巴,蜀,漢中. 而參分關中, 王秦降將以距塞漢道. 乃立章邯爲雍王, 王咸陽以西. 長史司馬欣, 故櫟陽獄吏, 嘗有德於梁, 都尉董翳, 本勸章邯降. 故立欣爲塞王, 王咸陽以東至河, 立翳爲翟王, 王上郡. 徙魏王豹爲西魏王, 王河東. 瑕丘公申陽者, 張耳嬖臣也, 先下河南, 迎楚, 河上, 立陽爲河南王. 趙將司馬卬定河內, 數有功, 立卬爲殷王, 王河內. 徙趙王歇王代, 趙相張耳素賢, 又從入關, 立爲常山王, 王趙地. 當陽君英布爲楚將, 常冠軍, 立布爲九江王.

| 註釋 | ○講解 – 講은 화해하다. ○又惡背約 – 그리고 (항우의) 背約을 한스럽게 여기다. 惡은 憎恨. ○巴,蜀 – 秦代의 巴郡(파군)은 重慶市 일대, 蜀郡은 四川省 일대. ○漢中 – 군명. 지금의 陝西省 동남부 지역으로 湖北省 서북부와 연접. 치소는 南鄭縣, 今 陝西省 서남부 漢中市. 나중에 陝西省 동남부 安康市로 이전. ○王秦降將以距塞漢道 – 秦의 降將을 왕으로 삼아 漢의 통로로 막게 하다. ○雍王 章邯 – 장한. ○塞王(새왕) 司馬欣(사마흔) – 塞王의 발음은 塞(sài)이기에 '새왕' 으로 한다. ○翟王(책왕) 董翳(동예) – 이상 3지역을 三秦이라 한다. ○上郡 – 關中인 內史의 북쪽 황하 서쪽 지역. ○嬖臣(폐신) – 총애를 받는 측근. ○司馬卬(사마앙, ? – 前 205) – 본래 趙의 將軍, 項羽의 鉅鹿之戰 이후 항우를 따라 入關했었다. 나중에 漢王 劉邦에게 투항했다가 楚軍에 패해 죽었다. ○河內 – 三川郡(洛陽 주변)과 연접한 황하 북쪽 지역. ○當陽君 英布 – 九江王 黥布(경포).

〖國譯〗

항우와 범증은 패공을 의심했고 이미 화해를 했지만 혹 背約을 비난하거나 제후의 배반을 걱정하여 은밀히 모의하였다. "巴와 蜀은 길이 험하고 秦에서 내 쫓긴 사람들이 많이 살고 있는 곳이다." 또 "巴와 蜀 역시 關中의 땅이다."라면서 패공을 한왕이라 하여 巴郡(파군)과 蜀郡, 漢中郡의 왕으로 삼았다. 그리고 關中을 삼분하여 진의 항장을 왕으로 삼아 漢과의 통로를 막게 하였다. 이에 장한을 雍王(옹왕)으로 함양 서쪽의 왕으로 봉했다. 長史 司馬欣(사마흔)은 옛 櫟陽(역양)의 옥리로 일찍이 항량에게 덕을 베풀었고, 都尉 董翳(동예)는 본래 장한에게 투항을 권유했었다. 그래서 사마흔을 새왕으로 삼아 함양 동쪽에서 황하에 이르는 땅의 왕으로 했으며, 동예를 翟王(책왕)으로 삼아 上郡의 왕으로 하였다. 魏王 豹(표)를 西魏王

으로 삼아 河東에서 왕을 하게 했다. 瑕丘公(하구공) 申陽(신양)이란 사람은 張耳의 嬖臣(폐신)이었는데 먼저 하남을 평정하고 초군이 황하를 따라 북상케 하였기에 신양을 河南王으로 삼았다. 조의 장수 司馬卬(사마앙)은 河內 지방을 평정하는데 여러 번 공을 세웠는데 사마앙을 殷王(은왕)으로 삼아 河內의 왕이 되게 하였다. 趙王 歇(헐)을 옮겨 代王(대왕)에 봉했으며, 趙相 張耳(장이)는 평소 현명하고 항우를 따라 관중에 들어왔기에 常山王에 봉해 옛 趙地의 왕이 되게 했다. 當陽君 英布는 楚將으로 군공이 늘 으뜸이었기에 영포를 九江王으로 삼았다.

原文

番君 吳芮帥百粵佐諸侯, 從入關, 立芮爲衡山王. 義帝柱國共敖將兵擊南郡, 功多, 因立爲臨江王. 徙燕王韓廣爲遼東王. 燕將臧荼從楚救趙, 因從入關, 立荼爲燕王. 徙齊王田市爲膠東王. 齊將田都從共救趙, 入關, 立都爲齊王. 故秦所滅齊王建孫田安, 羽方渡河救趙, 安下濟北數城, 引兵降羽, 立安爲濟北王. 田榮者, 背梁不肯助楚擊秦, 以故不得封. 陳餘棄將印去, 不從入關, 然素聞其賢, 有功於趙, 聞其在南皮, 故因環封之三縣. 番君將梅鋗功多, 故封十萬戶侯. 羽自立爲西楚伯王, 王梁, 楚地九郡, 都彭城.

| **註釋** | ○番君(파군) 吳芮(오예) - 吳芮(오예, ? - 前 202)는 秦朝에서 番

陽令(파양령)이 되었는데 보통 番君(파군)이라 불렀다. 秦 二世 원년(前 209) 오예는 사위 英布와 함께 陳勝의 起義에 호응하였고 前 206년에 項羽가 咸陽에 입성할 때 百粵(백월)의 무리를 거느리고 항우를 도와 衡山王에 피봉되었다. 오예는 나중에 漢 高祖에 협조하여 長沙王에 봉해졌다. 4권. 〈韓彭英盧吳傳〉에 입전. ○臧荼(장도, ? – 前 202) – 燕王 韓廣의 部將, 項羽에 협력하여 燕王에 봉해졌다가 나중에 遼東王 韓廣을 치고 옛 燕國을 통일했다. 漢에 반기를 들었으나 고조에게 패망하였다. ○膠東王(교동왕) – 膠東은 지금 山東半島 남부, 원래 齊의 일부. ○濟北 – 秦의 郡名. 治所는 博陽縣. 今 山東省 泰安市 동남 일대. ○陳餘棄將印去 – 陳餘는 張耳와 사이가 나빠지자 장수의 인수를 장이에게 주고 떠나버렸다. 32권, 〈張耳陳餘傳〉에 입전. ○南皮 – 今 河北省 滄州市 南皮縣에 해당. ○梅鋗(매현) – 長沙王 吳芮(오예)의 部將. ○西楚伯王 – 伯 音 패(霸와 동). 項羽가 분봉한 제후국은 모두 18개국이었다. ○梁 – 魏國, 大梁(今 開封市)으로 천도한 뒤로 魏를 梁國이라고 불렀다. ○彭城(팽성) – 今 江蘇省 徐州市.

〖國譯〗

番君(파군)인 吳芮(오예)는 百粵(백월)의 군사를 거느리고 제후를 도왔고 항우를 따라 관중에 들어왔기에 오예를 衡山王으로 세웠다. 義帝의 上柱國이었던 共敖(공오)는 군사를 거느리고 南郡을 공격하는데 공이 많아 臨江王으로 삼았다. 燕王 韓廣(한광)을 옮겨 遼東王으로 삼았다. 燕將 臧荼(장도)는 楚를 따라 趙를 도왔고 항우와 같이 입관하였기에 장도를 燕王으로 삼았다. 齊王 田市(전불)을 옮겨 膠東王(교동왕)으로 삼았다. 齊將 田都(전도)는 항우를 따라 趙를 구원하고 入關하였기에 전도를 齊王에 봉했다. 옛날 秦에 의해 멸망한 齊王 田建의 손자인 田安은 항우가 도하하여 趙를 구원할 때 濟北의 여러 성을 평정했고 군사를 거느리고 항우에 투항했기에 濟北王으로 삼았다. 田榮이란 사람은 항량을 배신하고 秦을 칠 때 楚를 돕지 않았기에 封을 받지 못했다. 陳餘는 장수의 印綬(인수)를 버리고 떠나버려 관중에 들어가지 않았으나 평소에 현명하다는 평판이 있고 趙에 공적이 있었는데 그가 南皮에 있다는 소식을 듣고 3개 현에 봉했다. 番君 오예의 장수인 梅鋗(매현)은 공이 많아 十萬戶의 侯에 봉했다. 항우는 자립하여 西楚霸王(서초패왕)이라 하면서 梁과 楚地 9개 郡의 왕으로 彭城(팽성)에 도읍하였다.

原文

諸侯各就國. 田榮聞羽徙齊王市膠東, 而立田都爲齊王, 大怒, 不肯遣市之膠東, 因以齊反, 迎擊都. 都走楚. 市畏羽, 乃亡之膠東就國. 榮怒, 追殺之卽墨, 自立爲齊王. 予彭越將軍印, 令反梁地, 越乃擊殺濟北王田安. 田榮遂並王三齊之地. 時漢王還定三秦. 羽聞漢並關中, 且東, 齊,梁畔之, 大怒, 乃以故吳令鄭昌爲韓王以距漢, 令蕭公角等擊彭越. 越敗蕭公角等. 時, 張良徇韓, 遺項王書曰, "漢王失職, 欲得關中, 如約卽止, 不敢東." 又以齊, 梁反書遺羽, 羽以此故無西意, 而北擊齊. 徵兵九江王布, 布稱疾不行, 使將將數千人往.

| 註釋 | ○田榮(? – 前 205) – 齊王 田氏宗族. ○齊王市膠東 – 齊王 田市

(전불)을 膠東王으로 삼고. 巿(슬갑 불, 무릎 덮개)은 巾部 1획이고, 市(저자 시)는 巾部 2획이다. 진시황 때 동남동녀 삼천 명을 데리고 瀛州(영주, 제주도)에 왔다는 사람은 徐市(서시)가 아니라 徐巿(서불)이다. ○立田都爲齊王 – 田都는 田儋, 田榮 형제의 副將이었다. ○卽墨(즉묵) – 현 이름. 今 山東省 靑島市 관할 平度市 동남. ○三齊 – 膠東, 齊, 濟北의 三地. ○時漢王還定三秦 – 三秦은 雍王 章邯, 塞王 司馬欣, 翟王 董翳. ○且東 – 그리고 東進하다.(楚를 공격할 것이다.) ○畔之 – 畔(반)은 反. ○故吳令鄭昌爲韓王以距漢 – 秦朝의 吳縣 縣令이던 鄭昌은 項羽가 기병한 뒤에도 항우의 측근이었다. 前 206년에 項羽는 韓王인 韓成을 죽이고 鄭昌을 韓王으로 삼아 漢王 劉邦에 대항케 하였다. ○蕭公角 – 蕭縣(소현) 현령인 角(각). 인명. ○彭越(팽월, ? – 前 196) – 西漢 開國 功臣으로 梁王에 봉해졌으나 漢에 반기를 들었다가 呂태후에게 잡혀 죽었다. ○張良徇韓 – 장량은 자신의 고국인 韓의 부흥을 꾀하고 있었다. 徇은 巡行(순행)하며 복종시키다. ○漢王失職 – 漢王은 당연히 얻어야 할 封職을 잃었다. ○如約卽止, 不敢東 – (漢王은) 義帝가 약속한 대로라면 동쪽으로 나가지 않을 것이다.(楚와 대결할 뜻이 없다.) ○西意 – 서쪽으로 진격할 의향. 漢王 유방과 맞대결을 보류한 셈이다.

〖國譯〗

諸侯들은 각자의 나라로 돌아갔다. 田榮은 項羽가 齊王 田巿(전불)을 膠東王으로 또 田都를 齊王에 봉한 것을 알고 대노하면서 전불을 膠東에 못 가게 하고 齊에 반기를 들어, 田都와 맞서 싸워 격파하였다. 이에 田都는 楚나라로 피신했고 전불은 항우가 두려워 바로 빠져 나와 교동국으로 떠나갔다. 전영은 화가 나서 전도를 추격해 그를 卽墨(즉묵)에서 죽여 버렸고 自立하여 齊王이 되었다. 田榮은 彭越에게 將軍 封印을 주어 梁地에서 항우에게 반기를 들게 하였고,

이에 팽월은 濟北王 田安을 공격하여 죽였다. 田榮은 마침내 三齊의 땅을 병합한 왕이 되었다.

그때 漢王은 관중으로 진출하여 三秦을 평정하였다. 항우는 漢이 關中을 차지하고 또 동쪽으로 진출할 것을 알고, 齊와 梁에서도 반기를 든 것을 알고 대노하면서 예전에 吳의 현령이던 鄭昌(정창)을 韓王으로 봉해 漢을 막게 하고 蕭公(소공)인 角(각) 등을 시켜 彭越(팽월)을 공격케 하였으나 팽월은 소공 각 등을 물리쳤다. 이 무렵 張良(장량)은 韓을 招撫하고 있었는데 項王에게 서신을 보내 말했다. "漢王은 응당 받아야 할 封職을 못 받았기에 관중을 차지하려 한 것이고 약속이 지켜지면 곧 멈춰 동쪽으로 진출하지 않을 것입니다."

그리고 齊와 梁에서도 反書를 항우에게 보내왔기에 항우는 서쪽으로 진격할 생각을 못하고 북으로 齊를 공격하였다. 항우가 九江王 英布에게 병력을 보내라 하였지만 영포는 병을 핑계로 나서지 않고 부장에게 수천의 병력만을 거느리고 출정케 하였다.

原文

二年, 羽陰使九江王布殺義帝. 陳餘使張同,夏說說齊王榮. 曰, "項王爲天下宰, 不平. 今盡王故王於醜地, 而王群臣諸將善地, 逐其故主趙王, 乃北居代, 餘以爲不可. 聞大王起兵, 且不聽不義, 願大王資餘兵, 使擊常山, 以復趙王, 請以國爲扞蔽." 齊王許之, 因遣兵往. 陳餘悉三縣兵, 與齊並力擊常山, 大破之. 張耳走歸漢. 陳餘迎故趙王歇反之趙.

趙王因立餘爲代王. 羽至城陽, 田榮亦將兵會戰. 榮不勝, 走至平原, 平原民殺之. 羽遂北燒夷齊城郭室屋, 皆坑降卒, 係虜老弱婦女. 徇齊至北海, 所過殘滅. 齊人相聚而畔之. 於是田榮弟橫收得亡卒數萬人, 反城陽. 羽因留, 連戰未能下.

| 註釋 | ○二年 – 漢王 2년(前 205년). ○使~說齊王榮 – ~을 보내 齊王 田榮에게 유세하다. 說은 유세하다.(音 세) ○項王爲天下宰 – 宰는 주재하다. 宰는 가축을 도살하고 고기를 나누는 사람이라는 뜻이 있다. ○今盡王故王於醜地 – 지금 예전 왕은 나쁜 지역(醜地)의 왕으로 봉했다. 王은 동사로 쓰였다. ○居代 – 代를 차지하다. 代郡은 본래 戰局 시기에 趙國이 북방 유목민족을 격파하고 설립한 郡으로, 지금의 山西省 大同市 일대. ○餘以爲不可 – 진여는 옳지 않다고 생각한다. ○使擊常山 – 常山王 張耳를 공격케 하다. ○請以國爲扞蔽 – 나라로 하여금 (齊의) 울타리가 되겠다. 扞蔽(간폐)는 막아내다. 막다. 담장(屛障). ○悉三縣兵 – 悉(실)은 모두 남김없이. ○趙王歇反之趙 – 趙王 歇(헐)을 趙로 돌려보내다. ○平原 – 郡名. 치소는 平原縣. 今 山東省 德州市 平原縣 서남. ○燒夷(소이) – 태워 없애다. 夷는 平也. ○係虜 – 포로로 잡아가다. 係는 繫. ○北海 – 군명. 今 山東省 濰坊市(유방시) 관할의 昌樂縣. ○田榮弟橫 – 田橫(전횡, ? – 前 202)은 田齊의 宗室. 秦漢 교체기에 齊國의 宰相을 역임하고 齊王으로 自立하였으나 패전하고 海島(今 田橫島)로 숨었다. 漢高祖 劉邦의 압박에 田橫이 不屈하고 자살하니 그의 門客 500여 명이 모두 主君을 위해 자결했다. 33권, 〈魏豹田儋韓王信傳〉, 《史記·田儋列傳》 참고.

〖國譯〗

漢王 2년, 항우는 몰래 구강왕 영포에게 의제를 죽이게 하였다. 陳餘(진여)는 張同과 夏說(하열)을 보내 齊王 田榮을 설득케 했다. "項王이 천하를 나눈 것은 공평하지 않습니다. 지금 옛 왕들은 모두 나쁜 땅에 왕으로 봉했고, 옛 群臣과 諸將들은 좋은 지역의 왕을 삼았습니다. (진여의) 옛 주군인 趙王을 (항우가) 내쳤기에 북쪽 代땅에 머물고 있는데 진여는 옳지 않다고 생각하고 있습니다. 대왕께서 기병했다는 소식을 듣고 不義를 따르지 않겠다면서 대왕께서 나 진여에게 군사를 빌려주어 常山王을 치고 趙王의 원래 영지를 회복케 하면 趙나라가 齊의 방어벽이 될 것입니다."

齊王은 그 제의를 수락하고 군대를 보내 주었다. 陳餘는 3개 현의 군사를 모두 동원하고 齊의 군사와 함께 상산왕을 공격하여 크게 이겼다. 상산왕 張耳는 漢에 투항하였고 진여는 옛 趙王인 趙歇(조헐)을 趙나라로 돌아가게 했다. 趙王은 진여를 代王으로 삼았다.

항우는 城陽에 진격했고 齊王 田榮 역시 군사를 거느리고 맞서 싸웠다. 전영이 싸움에 져 平原郡으로 옮겨가자 평원 사람들이 전영을 죽여 버렸다. 항우는 북쪽으로 진군하며 齊의 여러 城과 민가를 모두 태웠고 항복한 군졸을 묻어 죽였으며 노약자나 부녀자를 포로로 잡아갔다. 항우는 齊 땅을 돌아 北海郡에 이르렀는데 가는 곳마다 모두 섬멸하니 齊人들은 끼리끼리 모여 楚에 대항하였다. 이에 田榮의 아우 田橫은 패망한 군졸 수만 명을 모아 城陽에서 저항하였다. 항우는 북해군에 머물며 계속 싸웠으나 평정하지 못했다.

原文

漢王劫五諸侯兵, 凡五十六萬人, 東伐楚. 羽聞之, 卽令諸將擊齊, 而自以精兵三萬人南從魯出胡陵. 漢王皆已破彭城, 收其貨賂美人, 日置酒高會. 羽乃從蕭晨擊漢軍而東, 至彭城, 日中, 大破漢軍. 漢軍皆走, 迫之穀, 泗水. 漢軍皆南走山. 楚又追擊至靈辟東睢水上. 漢軍卻, 爲楚所擠, 多殺. 漢卒十餘萬皆入睢水, 睢水爲不流. 漢王乃與數十騎遁去, 語在〈高紀〉. 太公, 呂后閒求漢王, 反遇楚軍, 楚軍與歸, 羽常置軍中. 漢王稍收散卒, 蕭何亦發關中卒悉詣滎陽, 戰京,索間, 敗楚. 楚以故不能過滎陽而西. 漢軍滎陽, 築甬道, 取敖倉食.

| **註釋** | ○漢王劫五諸侯兵 – 漢王은 5제후의 병력을 거느렸다. 항우가 봉한 18제후 중 이미 차지한 三秦 이외에 常山, 河南, 魏, 韓, 殷의 5제후(顔師古 註). ○從魯出胡陵 – 胡陵은 縣名. 今 山東省 濟寧市 魚台縣 동남. ○蕭(소) – 현명. 今 安徽省 북단 蕭縣. ○日中 – 한낮이 되어. ○穀(곡), 泗水(사수) – 彭城(今 江蘇省 徐州)의 동북을 흐르는 강. ○靈辟(영벽) – 今 安徽省 宿州 동쪽. ○睢水(수수) – 安徽省 북부와 江蘇省 西部를 흐르는 강. 睢는 눈 부릅뜰 휴, 강 이름 수. ○睢水爲不流 – 수수가 흐르지 못하게 되다. 피동형 문장이다. 시신으로 睢水가 막힐 정도였다. ○太公, 呂后 – 漢王의 부친과 왕비인 呂后. 샛길로 漢王을 찾다가 楚軍에 잡혔다는 뜻. ○蕭何(소하, 前 257 – 193) – 漢朝 초기의 丞相, 漢初三杰. 39권, 〈蕭何曹參傳〉에 입전. ○滎陽(형양) – 秦의 三川郡의 현명. 今 河南省의 鄭州市 근처의 滎陽市. ○京,索間(경삭간) – 京은 河內縣, 索은 大索과 小索亭이라는 註가 있으나 미상.

○甬道(용도) - 마차가 다니는 馳道(치도)의 양편으로 두껍고 높은 담을 만들어 외부에서 보이지 않게 만든 길. 진시황은 甘泉宮에서 驪山까지 용도를 만들었고 漢代에도 군량 수송을 위한 용도가 있었다. 甬은 길 용. 甬道는 通道와 同. ○敖倉(오창) - 今 河南省 鄭州市 관할 滎陽市 동북. 鴻溝(홍구)에서 黃河로 들어가는 지점.

〖國譯〗

漢王은 5 제후의 군사를 합쳐 모두 50 - 60만 명을 거느리고 동쪽으로 楚를 치려고 했다. 항우는 이를 알고 즉시 여러 장수들에게는 齊를 평정하라 하고서 자신은 정병 3만 명을 거느리고 남으로 내려와 魯에서 胡陵縣으로 진격하였다.

漢王은 이미 彭城(팽성)을 점령하고서 그곳의 재물과 부녀자들을 차지하고서 날마다 술을 마시며 즐겼다. 항우는 곧바로 蕭縣(소현)에서 새벽에 한군을 격파하고 동쪽으로 나가 팽성에 도달하여 한낮에 한군을 대파하였다. 한군이 모두 패주하자 항우가 이들을 穀水(곡수)와 泗水(사수)로 몰아가니 한군은 모두 남쪽 산으로 달아났다. 초가 다시 靈辟(영벽)의 동쪽 睢水(수수)로 추격하였다. 한군은 후퇴하며 초군에게 밀려 많이 죽었다. 한의 군졸 10여만 명에 수수에 들어가 죽으니 수수가 막힐 정도였다. 漢王은 겨우 수십 기로 도망 나갔는데 이런 내용은 〈高帝紀〉에 있다. 太公과 呂后는 샛길에서 한왕을 찾다가 도리어 초군에 붙잡혀 초군 진영에 끌려갔고, 항우는 태공과 여후를 군중에 머물게 했다. 한왕은 점차 패군을 모았고 蕭何(소하)도 관중의 병졸을 모아 형양으로 보내니 한왕은 河內郡 일원에서 싸워 초군을 격파하였다. 楚는 이 때문에 형양 서쪽으로 나아갈 수가 없었다. 漢軍은 형양현에 甬道(용도)를 설치하고서 敖倉(오창)의 군량을 가져다가 먹었다.

原文

三年, 羽數擊絶漢甬道, 漢王食乏. 請和, 割滎陽以西爲漢, 羽欲聽之. 歷陽侯范增曰, "漢易與耳, 今不取, 後必悔之." 羽乃急圍滎陽. 漢王患之, 乃與陳平金四萬斤以間楚君臣. 語在〈陳平傳〉. 項羽以故疑范增, 稍奪之權. 范增怒曰, "天下事大定矣, 君王自爲之! 願賜骸骨歸". 行未至彭城, 疽發背死. 於是漢將紀信詐爲漢王出降, 以誑楚軍, 故漢王得與數十騎從西門出. 令周苛, 樅公, 魏豹守滎陽. 漢王西入關收兵, 還出宛, 葉間, 與九江王黥布行收兵. 羽聞之, 卽引兵南, 漢王堅壁不與戰.

| 註釋 | ○三年 – 漢王 3년, 前 204년. ○食乏 – 乏은 가난할 핍. 부족하다. ○歷陽侯范增(역양후 범증) – 歷陽은, 今 安徽省 동부에 있는 馬鞍山市 관할의 和縣. ○漢易與耳 – 漢을 쉽게 차지할 수 있다. 與는 다루다. 대처하다. ○願賜骸骨歸 – 이 몸의 귀향을 허락해 주십시오. 骸骨(해골)은 몸, 신체. ○疽發背死 – 疽(등창 저)가 등(背)에 나서(發) 죽다(死). ○紀信(? – 前 204) – 신체와 얼굴이 한왕과 비슷하게 생겨 한왕으로 분장하여 楚軍을 속였다. 항우가 기신의 충성심을 갸륵하게 여겨 招降했으나 기신은 거절했고 화형을 당했다. 이후 鄭州의 백성들은 기신을 城隍神(성황신)으로 받들었다고 한다. ○以誑楚軍 – 誑(속일 광). ○樅公(종공) – 전나무 종, 성씨. 從과 同.

○魏豹(위표, ? – 前 204) – 戰國 말기 魏國의 종실, 項羽에 의해 西魏王으로 봉해졌었다. 叛服(반복)이 무상하여 漢將 周苛(주가)에게 피살. ○宛(완) – 현명. 今 河南省 南陽市. 제갈량이 농사를 짓던 臥龍岡이 남양 땅이다. 서역 나라 이름 원(大宛). ○葉(섭) – 현명. 今 河南省 平頂山市 관할의 葉縣 서남. ○九江王 黥布(경포) – 英布. 얼굴에 黥(경)을 쳤기에 경포라는 별명이 붙었다고 한다.

【國譯】

한왕 3년, 항우가 공격하여 漢의 甬道(용도)를 자주 끊었기에 漢王은 군량이 부족했다. 한왕은 형양성을 경계로 서쪽은 漢이 차지하는 강화를 희망했고 항우는 이를 수락하려 했다. 역양후 范增(범증)은 "漢은 쉽게 다룰 수 있으니 지금 뺏지 않으면 뒷날 필히 후회할 것입니다."라고 말했다. 항우는 이에 급박하게 형양을 포위했다. 漢王은 이를 걱정하여 陳平에게 황금 四萬斤을 주어 楚의 君臣을 이간케 하였는데 이는 〈陳平傳〉에 실려 있다. 이로써 항우는 범증을 의심하여 점차로 그의 권한을 빼앗았다. 범증이 화가 나서 말했다. "천하대사는 완전히 결판났으니 군왕은 마음대로 하십시오! 이 몸의 귀향이나 허락해 주십시오."

범증은 팽성에도 못 가서 등에 난 등창으로 죽었다.

이후 漢將 紀信(기신)이 거짓으로 漢王이 나가 항복하겠다고 楚軍을 속였기에 漢王은 수십 명의 기병과 함께 서문으로 탈출하였다. 한왕은 周苛(주가)와 樅公(종공)과 魏豹(위표)에게 형양을 지키라 하였다. 한왕은 서쪽으로 관중에 들어가 군사를 모아 다시 宛縣(완현)과 葉縣(섭현)에 진출하여 九江王 黥布(경포)와 함께 군사를 모았다.

항우는 이를 듣고 즉시 군사를 거느리고 남쪽으로 갔으며 한왕은 굳게 지키면서 응전하지 않았다.

原文

是時, 彭越渡睢, 與項聲, 薛公戰下邳, 殺薛公. 羽乃東擊彭越, 漢王亦引兵北軍成皐. 羽已破走彭越, 引兵西下滎陽城, 亨周苛, 殺樅公, 虜韓王信, 進圍成皐. 漢王跳, 獨與滕公得出. 北渡河, 至脩武, 從張耳,韓信, 楚遂拔成皐. 漢王得韓信軍, 留止, 使盧綰,劉賈渡白馬津入楚地, 佐彭越共擊破楚軍燕郭西, 燒其積聚, 攻下梁地十餘城. 羽聞之, 謂海春侯大司馬曹咎曰, "謹守成皐. 卽漢欲挑戰, 愼毋與戰, 勿令得東而已. 我十五日必定梁地, 復從將軍." 於是引兵東.

| 註釋 | ○下邳(하비) – 현명. 今 江蘇省 徐州市 관할의 邳州市(비주시). 漢 고조는 楚漢戰爭 승리 후, 郯郡(담군)을 東海郡으로 고쳤는데 그 治所가 下邳이었다. 고조가 前 202년에 韓信을 楚王으로 봉했고 下邳는 韓信 楚國의 國都였다. ○成皐(성고) – 縣名. 今 河南省 鄭州市 관할의 滎陽市 서북 汜水鎭(사수진). ○亨周苛 – 亨(팽)은 烹(삶을 팽)과 同. ○漢王跳 – 跳(뛸 도)는 逃(달아날 도). ○至脩武 – 今 河南省 焦作市(초작시) 관할의 修武縣. ○韓信(前 230 – 196) – 淮陰人 漢初三杰(한초삼걸)의 한 사람. 胯下之辱(과하지욕), 漂母進飯(표모진반), 國士無雙, 多多益善, 鳥盡弓藏(조진궁장), '成敗一蕭何 生死兩婦人.' 成語의 주인공. 34권, 〈韓彭英盧吳傳〉에 입전. ○盧綰(노관, 前 256 – 194) – 沛縣 豐邑 中陽里에서 유방과 같은 날에 출생. 고조와 어

려서부터 벗으로 지냈고 西漢 異姓諸侯王의 한 사람. 한때 고조의 신임을 받아 燕王에 봉해졌으나 陳豨(진희) 및 匈奴와 사통한 것이 알려져 漢의 공격을 받자 흉노로 도망했고 거기서 죽었다. 34권, 〈韓彭英盧吳傳〉에 입전. 《史記 韓信盧綰列傳》 참고. ○白馬津 - 今 河南省 滑縣(활현)의 황하 나루터. ○曹咎(조구) - 項羽의 부장.

〖國譯〗

이때에, 彭越(팽월)은 睢水(수수)를 건너 項聲(항성), 薛公(설공)과 下邳(하비)에서 싸워 설공을 죽였다. 항우는 곧 동쪽으로 진격해 팽월과 싸웠고 한왕은 군사를 거느리고 북쪽으로 가서 成皐(성고)에 주둔하였다. 항우는 팽월을 격파하여 도주케 한 뒤에 병력을 거느리고 서쪽으로 나가 형양성을 함락하여 周苛(주가)를 팽살하고 樅公(종공)을 죽였으며 韓王 信을 포로로 잡고 나아가 成皐(성고)를 포위하였다. 漢王은 도망쳐서 겨우 滕公(등공, 夏侯嬰)과 함께 빠져나왔다. 한왕은 북으로 황하를 건너 脩武에 도착했고 張耳와 합류하였다. 楚는 마침내 成皐(성고)를 점령하였다. 漢王은 韓信軍과 함께 머물면서 盧綰(노관)과 劉賈(유가)를 시켜 백마진을 건너 楚에 침입하게 했고, 彭越(팽월)의 도움을 받아 楚軍을 燕縣의 성곽 서쪽에서 함께 격파하고 楚가 비축했던 군수물자를 불태웠으며 梁地의 10여 성을 공격 점령하였다. 항우는 이런 소식을 듣고 海春侯인 대사마 曹咎(조구)에게 당부하였다. "成皐(성고)를 잘 수비하라. 만일 漢軍이 挑戰하더라도 부디 함께 싸우지 말며 동쪽을 지원할 생각도 하지 말라. 나는 15일이면 기어이 梁地를 평정하고 돌아와 장군과 합류할 것이다." 항우는 군사를 거느리고 동쪽으로 진격했다.

原文

四年, 羽擊陳留,外黃, 外黃不下. 數日降, 羽悉令男子年十五以上詣城東, 欲坑之. 外黃令舍人兒年十三, 往說羽曰, "彭越强劫外黃, 外黃恐, 故且降, 待大王. 大王至, 又皆坑之, 百姓豈有所歸心哉! 從此以東, 梁地十餘城皆恐, 莫肯下矣." 羽然其言, 乃赦外黃當坑者. 而東至睢陽, 聞之皆爭下.

| **註釋** | ○四年 – 기원 전 203년. ○陳留(진류) – 군, 현명. 今 河南省 開封市. ○外黃(외황) – 今 河南省 商丘市 관할의 民權縣. ○睢陽(수양) – 今 河南省 商丘市의 일부.

〖**國譯**〗

漢王 4년, 항우는 陳留와 外黃을 공격했으나 외황을 함락시키지는 못했다. 며칠 지나 외황을 함락시키자 항우는 15세 이상 모든 남자들을 성의 동쪽으로 끌고 가 묻어 죽이려 하였다. 이때 외황 현령 舍人(사인)의 아들은 13살이었는데 항우를 찾아가 말했다. "彭越(팽월)이 강제로 외황을 강탈하자 외황 사람들이 두려워서 항복하려고 대왕을 기다렸습니다. 대왕이 와서 이번에는 모두 묻어 죽이려 하니 백성들이 어찌 귀순하려는 마음을 가질 수 있겠습니까! 여기부터 동쪽으로 梁 땅 10여 성들은 모두 두려워하겠지만 항복하지는 않을 것입니다." 항우는 그 말이 옳다 여겨 묻어 죽이려던 외황 사람들을 살려 주었다. 그리고 항우가 동쪽 睢陽(수양)으로 진격하자 이를 알고서는 다투어 투항하였다.

原文

漢果數挑楚軍戰, 楚軍不出. 使人辱之, 五六日, 大司馬怒, 渡兵氾水. 卒半渡, 漢擊, 大破之, 盡得楚國金玉貨賂. 大司馬咎, 長史欣皆自剄氾水上. 咎故蘄獄掾, 欣故塞王, 羽信任之. 羽至睢陽, 聞咎等破, 則引兵還. 漢軍方圍鐘離昧於滎陽東, 羽軍至, 漢軍畏楚, 盡走險阻. 羽亦軍廣武相守, 乃爲高俎, 置太公其上, 告漢王曰, "今不急下, 吾亨太公." 漢王曰, "吾與若俱北面受命懷王, 約爲兄弟, 吾翁卽汝翁. 必欲亨乃翁, 幸分我一杯羹." 羽怒, 欲殺之. 項伯曰, "天下事未可知. 且爲天下者不顧家, 雖殺之無益, 但益怨耳." 羽從之.

| 註釋 | ○數挑 - 數 音 삭. 자주. 挑는 挑戰(도전)하다. ○咎故蘄獄掾 - 曹咎(조구)는 옛 蘄縣(기현)의 獄掾(옥연, 獄吏)이었다. ○鐘離昧(종리매) - 鐘離는 複姓. ○險阻(험조) - 길이 험준하여 다니기 어렵다. ○廣武 - 地名. ○高俎(고조) - 높은 도마. ○吾亨太公 - 나는 태공을 삶겠다.(亨은 烹 삶을 팽). ○吾與若 - 나와 너(若). ○吾翁卽汝翁 - 내 아버지는 곧 너의 아버지이다. 翁은 아버지. ○必欲亨乃翁 - 기어이 네 아버지를 삶아 죽인다면. 乃는 汝와 同. ○項伯 - 항우의 작은 아버지. ○且爲天下者不顧家 - 또 천하를 도모하는 자는 가족을 돌보지 않는다. ○但益怨耳 - 다만 원한만 더할 뿐이다.

〖國譯〗

예상대로 한군은 초군에게 싸우자고 자주 도전했으나 초군은 성을 나오지 않았다. 한군이 초군을 모욕하기 5, 6일에 대사마 曹咎(조구)는 화가 나서 병력이 氾水(범수)를 건너게 하였고 병졸 절반이 물을 건넜을 때 한군이 공격하여 초군을 대파하였고 초의 金玉과 재물을 모두 차지하였다. 대사마 조구와 長史 司馬欣(사마흔)은 범수에서 자살하였다. 조구는 옛날 기현의 옥리였고 사마흔은 옛 塞王(새왕)이었는데 항우는 그들을 신임했었다. 항우는 수양에서 조구 등이 대파당한 소식을 듣자마자 군사를 이끌고 돌아왔다. 한군이 마침 鐘離眛(종리매)를 형양성 동쪽에서 포위했을 때 항우의 군사가 도착했는데 한군은 초군이 두려워 모두 험한 곳으로 도주하였다. 항우도 廣武에 주둔하고 대치하면서 높은 도마를 만들어 그 위에 태공을 올려놓고 한왕에게 말했다. "지금 바로 항복하지 않는다면 나는 太公을 삶아 죽이겠다." 그러자 한왕이 말했다.

"나와 너는 함께 북면하여 懷王(회왕)의 명을 받으면서 형제가 되기로 약속하였으니 내 아버지는 곧 네 아버지이다. 기어이 네 아버지를 삶겠다면 기꺼이 나에게도 국물 한 그릇을 주기 바란다."

항우가 화가 나서 태공을 죽이려 하였다. 그러자 항백이 말했다. "천하의 일이란 알 수 없는 것이고 또 천하를 차지하려는 자는 가족을 돌보지 않나니 비록 태공을 죽이더라도 무익하고 원한만 깊어질 뿐이다."

항우는 항백의 말에 따랐다.

原文

乃使人謂<u>漢王</u>曰, "天下匈匈, 徒以吾兩人, 願與王挑戰,決雌雄, 毋徒罷天下父子爲也.” 漢王笑謝曰, “吾寧鬪智, 不能鬪力.” 羽令壯士出挑戰. 漢有善騎射曰樓煩, 楚挑戰, 三合, 樓煩輒射殺之. 羽大怒, 自被甲持戟挑戰, 樓煩欲射, 羽瞋目叱之. 樓煩目不能視, 手不能發, 走還入壁, 不敢復出. 漢王使間問之, 乃羽也, 漢王大驚. 於是羽與漢王相與臨廣武間而語. 漢王數羽十罪. 語在〈高紀〉. 羽怒, 伏弩射傷漢王, 漢王入成皐.

| 註釋 | ○匈匈(흉흉) – 뒤숭숭한 모양, 떠들썩한 모양(洶洶). ○徒 – 다만, 헛되이 (副詞). 걷다. 무리. 아무것도 없는. ○罷 – 疲(지칠 피)와 同. ○吾寧鬪智, 不能鬪力 – 寧 차라리 ~하는 것이 낫다. 어찌, 설마. 漢王은 前 256년생이고 항우는 232년생으로 알려졌으니 항우가 20여세나 젊었다. ○樓煩(누번) – 胡人으로 人名이라는 주장과 누번이 종족 이름. 縣이 이름이라는 주장이 있다. 문맥으로는 사람 이름이다. ○輒 – 문득 첩. 갑자기, 번번히. ○戟(극) – 바늘 창, 창날에 낚싯바늘의 거스렁이와 같은 것이 있다. ○瞋目叱之(진목질지) – 눈을 부릅뜨고 호통을 치다. ○使間問之 – 누구인지(之) 슬쩍 물어보다. ○數 – 죄상을 나무라다. 책망하다. 열거하다. 세며 말하다. ○伏弩(복노) – 숨겨놓은 쇠뇌(활의 일종), 弓手.

〖國譯〗

그리고서는 사람을 보내 한왕에게 말했다. “천하가 흉흉한 것은 다만 우리 두 사람 때문이니 바라건대 왕과 싸워 자웅을 갈라서 천하의 부모와 자식들을 힘들게 하지 맙시다.” 그러자 한왕이 웃으며 사양했다. “나는 지혜를 겨룰지언정 힘으로 싸우지는 않는다.”

항우는 장사를 내보내 도전케 하였다. 한 군사 중에 騎射에 능한 樓煩(누번)이란 사람이 있었는데 楚에서 세 번 도전할 때마다 누번이 번번이 쏘아 죽였다. 항우가 대노하며 갑옷에 창을 들고 도전하니 누번이 쏘려 했지만 항우가 부릅뜬 눈으로 호통을 쳤다. 누번은 항우를 바로 보지도 못하고 손이 떨려 방벽 안으로 도망쳐 돌아와 다시는 나서지 못했다. 한왕이 엿에 물어보니 바로 항우였고 한왕도 겁을 먹었다. 그리고 항우와 한왕은 廣武河를 사이에 두고 서로 보며 이야기를 했다. 한왕은 항우의 죄 열 가지를 들어 질책했는데 그 이야기는 〈高帝紀〉에 있다. 항우는 화가 나서 숨겨놓은 쇠뇌를 쏘아 한왕에게 부상을 입혔고 한왕은 成皐(성고)로 돌아왔다.

原文

時, 彭越數反梁地, 絶楚糧食, 又韓信破齊, 且欲擊楚. 羽使從兄子項它爲大將, 龍且爲裨將, 救齊. 韓信破殺龍且, 追至成陽, 虜齊王廣, 信遂自立爲齊王. 羽聞之, 恐, 使武涉往說信, 語在〈信傳〉. 時, 漢關中兵益出, 食多, 羽兵食少. 漢王使侯公說羽, 羽乃與漢王約, 中分天下, 割鴻溝而西者爲漢, 東者爲楚, 歸漢王父母妻子. 已約, 羽解而東.

| 註釋 | ○韓信破齊 – 韓信은 옛 齊의 땅을 평정했다. ○項它(항타) – 인명. ○龍且(용저, ? – 前 203) – 楚의 장수. ○齊王廣 – 齊王 田廣. ○〈韓信傳〉 – 34권, 〈韓彭英盧吳傳〉. ○割鴻溝 – 鴻溝에서 국경을 가르다. 사실 매우 모호한 국경 설정이었다.

〖國譯〗

이 무렵 팽월은 梁에서 자주 반항하며 楚에 대한 군량 지원을 끊었으며, 韓信도 齊를 평정하고서 楚를 공격하려 했다. 항우는 從兄의 아들인(堂姪) 項它(항타)를 대장으로, 龍且(용저)를 비장으로 삼아 齊를 구원케 하였다. 韓信은 초군을 격파하고 용저를 죽였으며, 초군을 추격하여 成陽에 와서 齊王 田廣을 사로잡고 자립하여 齊王이 되었다. 항우는 이를 알고서 두려워하며 武涉(무섭)을 보내 한신을 설득했는데, 이는 〈韓信傳〉에 있다.

이때에 한군은 關中으로부터 병력이 계속 보충되었고 군량도 넉넉했으나 항우는 병력과 식량이 딸렸다. 한왕은 侯公을 사신으로 보내 항우와 협상케 했는데 항우도 한왕과 천하를 분할하되 鴻溝(홍구)를 경계로 서쪽은 漢, 동쪽은 楚의 땅으로 나누고 한왕의 부모와 처자를 돌려보내기로 하였다. 약속이 성립되자 항우는 포위를 풀고 동쪽으로 향했다.

原文

五年, 漢王進兵追羽, 至固陵, 復爲羽所敗. 漢王用張良計, 致齊王信, 建成侯彭越兵, 及劉賈入楚地, 圍壽春. 大司馬周殷叛楚, 擧九江兵隨劉賈, 迎黥布, 與齊, 梁諸侯皆大會.

羽壁垓下, 軍少食盡. 漢帥諸侯兵圍之數重. 羽夜聞漢軍四面皆楚歌, 乃驚曰, "漢皆已得楚乎? 是何楚人多也!"

起飮帳中. 有美人姓虞氏, 常幸從, 駿馬名騅, 常騎. 乃悲歌慷慨, 自爲歌詩曰, "力拔山兮氣蓋世, 時不利兮騅不逝. 騅不逝兮可奈何? 虞兮虞兮奈若何!"

歌數曲, 美人和之. 羽泣下數行, 左右皆泣, 莫能仰視.

| **註釋** | ○五年 – 前 202년. ○致齊王信 – 齊王 韓信의 군사를 조치하다. 致의 목적어는 ~彭越兵까지다. ○圍壽春 – 현명. 今 安徽省 六安市 壽縣. ○羽壁垓下 – 壁은 요새, 보루. 堅壁淸野(견벽청야)란 말이 있다. 垓下(해하)는 지명. 今 安徽省 동북부 宿州市 靈壁縣(영벽현). ○四面皆楚歌 – 四面楚歌는 심리전의 일환. ○有美人姓虞氏 – 《史記》에는 '有美人名虞'라 하였다. 이때에는 남자의 姓을 따르고, 여인의 성은 이름으로 통용되었다고 한다. ○駿馬名騅(준마명추) – 騅(추)는 흰색과 검은색 털이 섞인 말. ○慷慨(강개) – 의기나 정서가 격앙되다. ○力拔山兮氣蓋世 – 이는 〈垓下歌〉의 첫 구절이다. ○奈若何 – 너를 어찌 하랴! 若은 汝.

〖國譯〗

한왕 5년, 漢王은 항우군을 추격하여 固陵에 도착했지만 다시 항우에게 격파 당했다. 한왕은 張良의 계책에 따라 齊王 韓信의 군사와 建成侯 彭越(팽월)의 군사를 불러들였고, 또 劉賈(유가)는 楚의 땅에 침입하여 壽春을 포위하였다. 大司馬 周殷(주운)은 楚에 반기를 들고 九江의 군사를 이끌고 유가의 군사에 합쳤으며 黥布(英布)의 군사 및 齊와 梁의 모든 제후들이 집결하였다.

항우는 垓下(해하)에 보루를 설치했지만 군사는 적었고 식량도 떨어졌다. 한군은 諸侯의 병력을 통솔하며 항우군을 여러 겹 포위했다. 항우는 밤에 漢의 군사들이 사방에서 부르는 楚歌를 듣고 놀라 말했다. "漢軍이 벌써 楚를 다 차지했는가? 어찌 이리 楚나라 사람이 많은가!"

항우는 일어나 장막 안에서 술을 마셨다. 성이 虞氏(우씨)인 미인이 있어 늘 총애를 받으며 항우를 따랐고 이름이 騅(추)인 준마를 항우는 늘 타고 다녔다. 슬픈 楚歌에 항우는 감정이 격앙되어 스스로 노래를 지어 불렀다.

"힘은 산을 뽑고 기운은 세상을 덮었지만
때가 불리하니 騅(추)도 달리질 못하네.
추도 못 달리니 어찌 해야 하는가?
虞(우)여, 우여! 너를 어찌 해야 하는가!"

노래를 몇 번 부르자 우미인도 화답하여 노래를 불렀다. 항우가 몇 줄기 눈물을 흘리니 좌우 모두가 울었고 아무도 고개를 들지 못했다.

原文

於是羽遂上馬, 戱下騎從者八百餘人, 夜直潰圍南出馳. 平明, 漢軍乃覺之, 令騎將灌嬰以五千騎追羽. 羽渡淮, 騎能屬者百餘人. 羽至陰陵, 迷失道, 問一田父, 田父紿曰"左". 左, 乃陷大澤中, 以故漢追及之. 羽復引而東, 至東城, 乃有二十八騎. 追者數千, 羽自度不得脫, 謂其騎曰, "吾起兵至今八歲矣, 身七十餘戰, 所當者破, 所擊者服, 未嘗敗北, 遂伯有天下. 然今卒困於此, 此天亡我, 非戰之罪也. 今日固決死, 願爲諸君快戰, 必三勝, 斬將, 艾旗, 乃後死, 使諸君知吾非用兵罪, 天亡我也."

| **註釋** | ○戱下(희하) – 戱는 大將旗. 《漢書》에서는 戱는 旌麾(정휘). 麾(대장기 휘)와 通. 戱는 군사 희, 희롱할 희. ○潰圍(궤위) – 포위를 무너뜨리다. ○騎能屬者 – 말을 타고 따라오는 자. 屬은 따라붙다. ○陰陵(음릉) – 九江郡에 속한 현명. 今 安徽省 중부 淮南市 관할의 定遠縣 서북. ○紿 – 속일 태. 欺也. ○東城 – 九江郡의 현명. 今 安徽省 중부 淮南市 관할의 定遠縣. ○乃有 – 乃는 겨우(僅, 才). ○遂伯有天下 – 伯(두목 패)는 霸(패). ○斬將, 艾旗 – 艾旗(예기)의 艾는 쑥 애. 벨 예. 刈(예)와 同.

〖國譯〗

이에 항우는 말에 올랐는데 麾下(휘하)에 기병으로 따르는 자가 8백여 명이었는데 밤에 곧장 포위를 뚫고 남으로 달려 나갔다. 날이 밝아서야 漢軍은 이를 알고서 騎將 灌嬰(관영)에게 5천기를 거느리고 항우를 추격케 하였다. 항우가 회수를 건넜을 때 기병으로 따라오는 자가 백여 명이었다. 항우가 陰陵縣(음릉현)에 이르러 착각해서 길을 잃어 한 농부에게 물었는데, 농부는 거짓으로 "왼쪽으로 가시오."라고 했다. 왼쪽으로 가니 곧 큰 늪지대에 빠졌고 이 때문에 한군은 항우를 따라 붙었다. 항우는 다시 부하를 데리고 동쪽으로 달려 東城縣에 이르니 겨우 28기뿐이었다. 한군의 추격자는 수천 명이라서 항우는 빠져나갈 수 없음을 알고 그의 기병들에게 말했다.

"내가 기병하여 지금까지 8년이니, 나는 70여 전투를 겪으면서 막는 자를 격파하고 공격하는 자를 굴복시키면서 패배를 몰랐으며 드디어 힘으로 천하를 차지했었다. 그러나 지금 끝내 여기서 막혔는데 이는 하늘이 나를 없애려는 것이고 싸움을 못해서가 아닐 것이다. 오늘 어차피 죽게 되겠지만 내가 바라는 것은 제군을 위해 멋지게 싸워 틀림없이 3번 이기면서 적장을 베고 깃발을 꺾은 뒤에 죽어서 제군들이 내가 용병을 잘못한 것이 아니라 하늘이 나를 없앤다는 것을 알려주고 싶을 뿐이다."

原文

於是引其騎因四隤山而爲圜陳外向, 漢騎圍之數重. 羽謂其騎曰, "吾爲公取彼一將." 令四面騎馳下, 期山東爲三處. 於是羽大呼馳下, 漢軍皆披靡, 遂殺漢一將. 是時, 楊喜爲郎騎, 追羽, 羽還叱之, 喜人馬俱驚, 辟易數里. 與其騎會三處. 漢軍不知羽所居, 分軍爲三, 復圍之. 羽乃馳, 復斬漢一都尉, 殺數十百人. 復聚其騎, 亡兩騎. 乃謂騎曰, "何如?" 騎皆服曰, "如大王言."

| **註釋** | ○四隤山(사퇴산) – 烏江縣의 산 이름. 隤 무너질 퇴. 今 安徽省 和縣. ○圜陳外向 – 陳은 陣. 진을 치다. ○大呼 – 大叫. ○披靡(피미) – 바람에 초목이 쓰러지다. 패하여 흩어져 달아나다. ○辟易數里(벽역수리) – 몇 리를 물러나 자리를 바꾸다. 辟 물러날 벽. 피할 피(避 同). 易 바꿀 역. 쉬울 이. ○亡兩騎 – 기병 2명을 잃다. 亡은 死, 無, 失과 同.

〖國譯〗

그리고 기병을 이끌고 四隤山(사퇴산) 아래서 외부를 향해 둥근 진을 만들었고 漢軍은 여러 겹으로 에워쌌다. 항우는 그의 기병들에게 말했다. "내가 제군을 위해 저 장수 하나를 잡을 것이다." 항우는 사방으로 달려 나가 산의 동편 3곳에 모이라고 명령하였다. 그리고 항우는 크게 소리 지르며 달려 나가니 한군은 모두 흩어져 달아났고 漢의 장수 한 명을 죽였다. 이때 郎騎(낭기)인 楊喜는 항우를 추격했으나 항우가 돌아보며 소리를 지르자 양희 본인과 말이 모두 놀라 몇 리를 물러나 자리 잡았다. 부하 기병들과 만나기로 한 3곳에 모였지만 한군은 항우가 어디에 있는지 몰라 군사를 세 군데로 나누어 다시 포위했다. 항우는 곧 말을 달려 다시 한의 도위 한 사람과 수십 내지 백여 명을 죽였다. 항우가 다시 부하 기병을 모으니 2명이 없었다. 이에 기병을 둘러보며 말했다. "어떠한가?"

기병은 모두 탄복하며 말했다. "대왕의 말씀 그대롭니다."

原文

於是羽遂引東, 欲渡烏江. 烏江亭長檥船待, 謂羽曰, "江東雖小, 地方千里, 衆數十萬, 亦足王也. 願大王急渡. 今獨臣有船. 漢軍至, 亡以渡." 羽笑曰, "乃天亡我, 何渡爲! 且籍與江東子弟八千人渡而西, 今亡一人還, 縱江東父兄憐而王我, 我何面目見之哉? 縱彼不言, 籍獨不愧於心乎!" 謂亭長曰, "吾知公長者也. 吾騎此馬五歲, 所當無敵, 嘗一日千里, 吾不忍殺, 以賜公.” 乃令騎皆去馬, 步持短兵接戰. 羽獨所殺漢軍數百人, 羽亦被十餘創.

| **註釋** | ○烏江(오강) – 今 安徽省 중동부 巢湖市(소호시) 관할 和縣의 烏江鎭, 項羽 自刎之地. ○亭長 – 亭은 기본 행정단위로 10리마다 1정을 설치하고 亭長을 두어 치안유지나 소송대리의 임무를 부여했다. ○檥船(의선) – 배를 대다(整船向岸). 檥는 艤(배를 댈 의). ○地方千里 – 땅의 4방 둘레가 천리라는 뜻. ○何渡爲 – 건넌들 무얼 하겠는가? '渡何爲'의 도치. ○縱江東父兄~ – 설령 江東父兄이 ~하더라도. 縱은 설사 ~일지라도. 縱彼不言 – 그들이(江東父兄) 말을 않더라도. ○籍獨不愧於心乎 – 나(項籍) 홀로 마음에 부끄럽지 않겠는가? 獨은 홀로, 오직, 다만, 유독. ○長者 – 덕망 있고 나이 많은 사람. 근실하고 정직한 사람. ○步持短兵接戰 – 短兵은 칼, 창과 같은 무기. 총과 활은 長兵이다. ○十餘創 – 創傷. 創은 상처.

〖國譯〗

그리고 항우는 부하를 이끌고 동쪽으로 달려 烏江(오강)을 건너려 했다. 오강의 亭長은 배를 대고 기다리고 있다가 항우에게 말했다. "강동이 좁다지만 땅이 사방 둘레가 천리이고 수십만 군중이니 그러면 충분히 왕을 할 만합니다. 대왕께서는 빨리 건너십시오. 지금 오직 저만이 배가 있습니다. 한군이 오더라도 건널 수가 없습니다."

이에 항우가 웃으며 말했다.

"이제 하늘이 나를 없애려 하는데 건너 무얼 하겠는가! 그리고 나는 강동 자제 8천 명과 강을 건너 서쪽으로 갔다가 지금 단 한 사람도 같이 돌아오지 못했으니, 설령 강동의 부형들이 나를 동정하며 왕으로 삼는다 하여도 내가 무슨 면목으로 그들을 보겠는가? 설령 부형들이 말을 않는다 하여도 내 홀로 마음에 부끄럽지 않겠는가?"

항우는 정장에게 일러 말했다.

"나는 당신이 장자라고 생각하오. 내가 이 말을 5년 동안 타면서 나와 맞설 상대가 없었으며 하루에 천리를 달리기도 했는데 차마 죽일 수 없어 그대에게 주겠소!"

그리고는 기병들에게 모두 하마하여 短兵(단병, 칼)으로 접전하라고 말했다. 항우 혼자서 죽인 한군이 수백 명이었고 항우 역시 십여 군데 상처를 입었다.

原文

顧見漢騎司馬呂馬童曰, "若非吾故人乎?" 馬童面之, 指王翳曰, "此項王也." 羽乃曰, "吾聞漢購我頭千金, 邑萬戶, 吾爲公得." 乃自剄. 王翳取其頭, 亂相蹂蹈爭羽相殺者數十人. 最後楊喜,呂馬童,郎中呂勝,楊武各得其一體. 故分其地以封五人, 皆爲列侯. 漢王乃以魯公號葬羽於穀城. 諸項支屬皆不誅. 封項伯等四人爲列侯, 賜姓劉氏.

| 註釋 | ○若非吾故人乎 – 너는 나의 친구가 아닌가? 若은 汝. ○馬童面之 – 마동은 항우를 외면했다. 面은 不正視也, 또는 背之. 글자 그대로 直面向之라고 풀기도 한다. ○漢購我頭千金~ – 購는 사들이다. 상금을 걸다(以財設賞). ○吾爲公得 – 나는(吾) 네가(公) (我頭를) 차지하게(得) 하겠다(爲). 내가 너를 위해 죽어주겠다. ○亂相蹂蹈爭羽 – 마구 서로 짓밟으며 항우를 놓고 다투다. 蹂蹈(유도)는 짓밟다. 蹂는 바퀴 테 유. 짓밟다. ○皆爲列

侯 – 呂馬童은 中水侯가 되었다. 列侯는 諸侯. ○魯公號 – 魯公의 예로, 항우와 유방이 처음 義帝의 命을 받을 때 항우는 魯公으로 次將이었다. 穀城(곡성)은 山東省 聊城市의 東阿縣. ○諸項支屬 – 항씨의 여러 親屬, 여러 宗族. 項伯의 본 이름은 纏(전)으로 射陽侯에 봉해졌다.

〖國譯〗

(항우가) 漢의 기병 사마인 呂馬童(여마동)을 보고서 말했다. "너는 내 친구가 아닌가?" 여마동은 얼굴을 돌려 王翳(왕예)를 보며 말했다. "이 사람이 項王입니다." 항우가 또 말했다. "漢에서 내 머리에 천금과 만호의 땅을 상으로 걸었다고 들었는데 내가 너를 위해 상을 타게 해 주겠다." 그리고서는 자기 목을 찔렀다. 왕예가 항우의 목을 차지하자 서로 마구 짓밟으며 항우를 차지하려 다투어 서로 죽인 자가 수십 명이었다. 최후로 楊喜, 呂馬童, 郎中인 呂勝, 楊武가 각각 항우의 몸뚱이를 차지했다. 그래서 상으로 내건 땅을 쪼개어 5인을 봉하여 모두 열후가 되었다. 한왕이 魯公(노공)의 칭호로 항우를 穀城(곡성)에 장례했다. 항씨의 여러 종족은 죽이지 않았고 項伯 등 4인을 열후에 봉했고 劉氏 성을 하사했다.

原文

贊曰, 昔賈生之〈過秦〉曰,*

「秦孝公據殽,函之固, 擁雍州之地, 君臣守而窺周室, 有席捲天下, 包擧宇內, 囊括四海, 倂呑荒之心. 當是時也, 商君佐之, 內立法度, 務耕織, 修守戰之備, 外連衡而鬪諸侯.

於是秦人拱手而取西河之外.」

| 註釋 | ○贊曰 – 贊(찬)은 文體의 하나. 稱述하고 평론하는 글. 雜贊, 哀贊, 史贊으로 대별하는데 雜贊은 인물의 뜻을 褒彰(포창)한 글이고, 哀贊은 사람의 죽음을 애도하며 그 덕을 조술하였고, 史贊은 역사적 인물에 대한 평론과 함께 그 행적을 褒貶(포폄)한 글이다. 여기 贊曰은 史贊이며 반고의 견해이다. 반고는 부친 반표의 글을 그대로 옮겨 적기도 하였다. 이러한 史贊의 시작은 《左傳》이 '君子曰'이라 할 수 있다. 司馬遷은 모든 編에 '太史公曰'로 시작되는 논찬으로 자신의 의견을 피력하였다. 사실 사찬은 역사적 인물이나 사건에 대한 객관적인 평가나 의혹을 풀기 위한 서술이지만 매편에 사찬을 붙여 번잡한 史論이 생기는 단서를 열었다는 비판도 있다. 班固는 본편에서 賈誼(가의)의 〈過秦論〉의 부분을 節錄(절록)하여 자신의 의견을 대신하였다. 이는 班固가 가의의 論贊에 동의하였다는 뜻으로 받아들일 수 있다. ○賈生 – 賈誼(가의, 前 200 – 168). 저서로 《新書》, 〈治安策〉, 〈過秦論〉이 유명. 여기에 실린 〈過秦論〉은 그 일부분으로 上에 해당한다. 《史記 秦始皇本紀》에는 賈誼의 〈과진론〉 전부가 실려 있다. 《史記 陳涉世家》에 실린 〈過秦論〉은 楮少孫(저소선, 前漢 말, 博士)이 《史記》를 보완하며 인용한 것인데 이를 반고가 《漢書》에서 답습하였다. ○秦 孝公 – 재위 前 361 – 338. ○殽函(효함) – 崤山(효산)과 函谷關(함곡관). 關中에 들어가는 관문이며 요새지. 효산의 동쪽을 山東, 함곡관의 동쪽을 關東이라 지칭. 函谷關은 今 河南省 三門峽市 관할의 靈寶市 동북방. ○雍州(옹주) – 중국 9주의 하나. ○周室 – 여기서는 東周. ○囊括(낭괄) – 주머니(囊) 속에 넣다. ○商鞅(상앙, 商君) – 본성은 公孫. 衛鞅(위앙)이라고도 한다. 商은 그의 봉지. 秦에서 강력한 부국강병책을 폈다. ○連衡(연횡) – 秦과 六國이 우호적인 관계를 형성해야 한다는 외교 이론. ○拱手(공수) – 팔짱을 끼다. 손쉽게. ○西河 – 魏의 郡名. 황하의 일부분에 대한 통칭, 今 陝西省과 山西省의 경계를 이루면서 남으로

흐르는 黃河의 일부분.

『國譯』

班固의 논찬 : 옛날에 賈生(賈誼)이 〈過秦論〉*에서 말했다.

〔*는 부록 (諸儒名文 목록)에 들어갈 문장 표시입니다.〕

「秦의 孝公은 殽山(효산)과 函谷關(함곡관)의 험고한 지형에 의거하며 雍州(옹주)의 땅을 차지하고, 군신이 나라를 지키며 周室을 엿보면서 천하를 석권하고 온 땅을 차지하며, 四海를 통일하고 중국 바깥까지 병탄할 마음을 갖고 있었다. 이때에 商鞅(상앙)이 孝公을 보좌하면서 안으로는 법도를 세우고 농경과 방직을 장려하고 전쟁 준비를 하였으며, 밖으로는 연횡책을 펴면서 제후국이 서로 싸우게 하여 秦은 힘들이지 않고 황하의 서쪽 지역을 차지하였다.」

原文

「孝公既沒, 惠文, 武, 昭襄蒙故業, 因遺策, 南取漢中, 西擧巴, 蜀, 東割膏腴之地, 收要害之郡. 諸侯恐懼, 會盟而謀弱秦, 不愛珍器重寶肥饒之地, 以致天下之士. 合從締交, 相與爲一. 當此之時, 齊有孟嘗, 趙有平原, 楚有春申, 魏有信陵. 此四賢者, 皆明智而忠信, 寬厚而愛人, 尊賢重士, 約從離橫, 兼韓,魏,燕,趙,宋,衛,中山之衆. 於是六國之士有甯越,徐尙,蘇秦,杜赫之屬爲之謀, 齊明,周最,陳軫,召滑,樓緩,翟景,蘇厲, 樂毅之徒通其意. 吳起,孫臏,帶他,兒良,王廖,田忌,廉頗,趙奢之朋制其兵. 常以十倍之地, 百萬之軍, 仰關而攻秦, 秦人開關延敵, 九國之師逡巡而不敢進. 秦無亡矢遺鏃之費, 而天下已困矣. 於是從散約敗, 爭割地而賂秦. 秦有餘力而制其弊, 追亡逐北, 伏屍百萬, 流血漂鹵, 因利乘便, 宰割天下, 分裂山河, 强國請服, 弱國入朝. 施及孝文,莊襄王, 享國之日淺, 國家亡事.」

| 註釋 | ○惠文王(前 338 – 311) – 武王(前 311 – 307) – 昭襄王(前 307 – 251) ○膏腴之地(고유지지) – 기름진 땅. 부유한 지역. ○會盟 – 제후들의 회담과 맹약 체결. ○合從締交 – 합종책을 체결하다. ○孟嘗君 – 田文. 平原君 – 趙勝. 春申君 – 黃歇(황헐). 信陵君 – 魏無忌. 此四賢者는 현자를 초치하여 養士를 잘 했다지만 그 인원에 비해 실효성은 의문이 갈 정도였다. ○約從離橫 – 합종책을 약정하고 連衡策을 버리다. ○甯越(영월) – 趙나라 사람. ○蘇秦(소진) – 張儀와 함께 鬼谷子에게 師事. 합종책을 주장했고 또 실현했다. ○蘇厲(소려) – 蘇秦의 아우. ○樂毅(악의) – 魏의 명장. 齊를 정벌, 나중에 趙에서 활약. ○吳起 – 兵法家. 楚에서 활약하다 피살. ○孫臏(손빈) – 孫子. 鬼谷子에게 師事. 齊의 장군, 魏나라 정벌. ○兒良(예량),王廖(왕료) – 모두 병법가. ○廉頗(염파) – 趙의 장군. 藺相如(인상여)와의 刎頸之交(문경지교)로 유명. ○趙奢(조사) – 趙의 장군. ○秦人開關延敵 – 秦에서 함곡관 관문을 열어 놓고 六國의 주력을 기다리니 육국의 군사는 두려워 진격하지 못하고 저절로 흩어졌다. ○逡巡而不敢進 – 머뭇거리면서 감히 진격하지 못하다. ○從散約敗 – 합종은 깨어졌고 약속은 무효가 되다. ○流血漂鹵(표로) – 유혈에 방패를 띄웠다. 漂는 浮也. 鹵는 방패(盾也). ○施 – 延也. ○孝文王(前 251 – 251), 莊襄王(前 250 – 247) – 始皇帝의 生父.

〖國譯〗

「孝公이 죽고 惠文王, 武王, 昭襄王은 옛 유업의 혜택과 옛 방책을 이어받아 남으로는 漢中을 취하고, 서쪽으로는 巴와 蜀을 합쳤고, 東으로는 기름진 지역을 차지하고 중요한 군현을 거둬들였다. 제후들은 두려워서 會盟하고 秦을 약화시키려는 계획으로 나라의 珍器重寶와 비옥한 땅을 아끼지 않고 천하의 명사를 초치하였다. 그리하여 合從 약속이 체결되고 서로 협력하여 하나가 되었다. 이 무렵에 齊에는 孟嘗君, 趙에는 平原君, 楚에는 春申君, 魏에는 信陵君이 활약했다. 이 四賢者는 모두 명철한 지혜와 충의를 바탕으로 愛人하며 尊賢하고 重士했으며 합종을 약정하고 연횡책을 버렸기에 韓, 魏, 燕, 趙, 宋, 衛, 中山國의 민중을 통합할 수 있었다. 이때 六國之士로는 甯越(영월), 徐尙(서상), 蘇秦(소진), 杜赫(두혁) 같은 사람들이 계책을 논했으며, 齊明(제명), 周最(주최), 陳軫(진진), 召滑(소활), 樓緩(누원), 翟景(적경), 蘇厲(소려), 樂毅(악의) 같은 사람들이 소통을 꾀했었다. 吳起와 孫臏(손빈), 帶他(대타), 兒良(예량), 王廖(왕료), 田忌(전기), 廉頗(염파), 趙奢(조사) 같은 부류들이 군사를 거느렸다. 합종세력은 언제나 秦보다 10배의 국토와 100만 대군으로 함곡관을 바라보며 秦을 공격하였는데 秦人이 관문을 열고 적을 맞이하자 九國의 군사들은 머뭇거리며 진격하지 못했다. 결국 진은 화살과 살촉하나 잃지 않았고 나머지 나라들은 곤경에 처하게 되었다.

이에 합종은 해체되고 약속은 깨지게 되었는데 六國은 앞 다투어 땅을 잘라 秦에 뇌물로 바치었다. 秦은 여력이 생겼고 온갖 폐단을 바로 잡으며 여러 나라를 멸망시키거나 패퇴시키니 시신이 백만이고 유혈에 방패가 떠내려갈 정도였으며, 유리한 형세를 이용하여 천하를 나누고 산하를 분할하니, 강국은 복속을 간청하고 약소국은 조공을 바치게 되었다. 孝文王과 莊襄王에 이르러서는 나라를 통치한 기간이 짧아 나라(秦)에 별일이 없었다.」

原文

「及至始皇, 奮六世之餘烈, 振長策而馭宇內, 呑二周而亡諸侯, 履至尊而制六合, 執敲撲以鞭笞天下, 威震四海. 南取百粤之地, 以爲桂林,象郡,百粤之君頫首繫頸, 委命下吏. 乃使蒙恬北築長城而守藩籬, 卻匈奴七百餘里, 胡人不敢南下而牧馬, 士不敢彎弓而報怨. 於是廢先王之道, 焚百家之言, 以愚黔首. 墮名城, 殺豪俊, 收天下之兵聚之咸陽, 銷鋒鍉鑄以爲金人十二, 以弱天下之民. 然後踐華爲城, 因河爲池, 據億丈之城, 臨不測之川, 以爲固. 良將勁弩, 守要害之處, 信臣精卒, 陳利兵而誰何. 天下已定, 始皇之心, 自心爲關中之固, 金城千里, 子孫帝王萬世之業也.」

| **註釋** | ○始皇(재위, 前 247 – 210) – 秦王 政. ○六世 – 孝公 이후 莊襄王까지. 餘烈은 남겨진 유산. ○馭宇內 – 馭 말을 부릴 어. ○呑二周 – 동주와 서주의 모든 것을 차지하다. ○履至尊 – 至尊의 자리에 나아가다. ○制六合 – 六合은 天地와 四方, ○執敲撲 – 敲(고)는 짧은 막대기. 撲(박)은 치다. 때리다. 鞭(편)은 채찍. 笞(태)는 매질하다. ○百粤之地(백월지지) – 百越은 五嶺 산맥 남쪽의 땅 전부. 지금의 福建, 廣東, 廣西省 지역과 북부 월남지

역. ○桂林郡 - 지금의 廣西 壯族 자치구역. ○頫首繫頸(부수계경) - 머리를 조아리고 목에 끈을 매다. 頫는 머리 숙일 부. ○蒙恬(몽염, ? - 前 210) - 흉노인이 짐승 털에 물감을 적셔 그림을 그리는 것을 보고 몽염이 毛筆을 처음 만들었다고 알려졌다. 그러나 몽염 이전, 전국시대 중엽 楚의 모필이 출토되었다. 일반적으로 몽염이 모필을 크게 개량한 것에 대해서는 이론이 없다. ○守藩籬 - 藩籬(번리)는 울타리. ○於是廢先王之道 - 周 文王 武王의 王道政治를 버리다. ○焚百家之言 - 焚書. ○黔首(검수) - 백성. 墮 떨어질 타. 부수다. ○銷鋒鍉(소봉시) - 창과 화살촉을 녹이다. ○金人十二 - 쇳물로 만든 무게 千石의 사람. 진시황은 금인 12개를 만들어 함양의 궁정에 세워 두었다고 한다. ○踐華爲城 - 華山에 의지하여 성곽을 만들다. ○因河爲池 - 황하를 방어용 城池로 만들다. ○金城千里 - 關中을 지칭.

〖國譯〗

「始皇에 이르러서는 六世의 유업을 바탕으로 긴 채찍을 휘두르며 宇內(天下)를 마음대로 몰고 갔으니, 서주와 동주를 병합하고 周의 제후국을 없앴으며, 至尊(皇帝)의 자리에 올랐고 六合을 제압하였으며 몽둥이를 들고 채찍으로 천하를 매질하니 그 위세가 四海에 떨쳤다. 남쪽으로 百粤(백월, 百越)의 땅을 취해 桂林郡과 象郡(상군)을 설치하니 백월의 군장들은 머리를 숙이고 목에 줄을 매어 옥리에게 자신의 목숨을 맡겼었다. 그리고 蒙恬(몽염)을 시켜 북에 장성을 쌓고 국경을 지키면서 흉노들을 7백여 리 물리치니 胡人이 감히 남하하여 말을 기르지 못했고 六國의 지사도 감히 활을 당겨 원수를 갚을 생각을 할 수 없었다. 이에 시황제는 先王之道를 버리고 百家의 서적을 태우고 백성들을 어리석게 만들었다. 六國의 이름이 난 성곽을 허물고 호걸이나 준재를 죽이고 천하의 무기들을 咸陽(함양)에 모아 칼과 화살촉을 녹여 金人 12개를 주조하여 천하 백성의 의지를 꺾어버렸다. 그런 연후에 華山(화산)에 의지하여 성을 쌓고 황하를 城池로 대체하니 높이를 알 수 없는 성과 깊이를 헤아릴 수 없는 성지에 의거하니 공고한 도성이 되었다. 뛰어난 장수와 강한 쇠뇌로 要害處를 방어하고, 믿을만한 신하와 정예 병졸에 우수한 무기가 널렸으니 누가 무엇을 할 수 있겠는가? 이제 천하가 안정되자 시황제의 마음속으로 험하고도 튼튼한 關中 땅은 金城千里이고 子孫의 帝王이 萬世에 번영할 토대라고 스스로 생각하였다.」

原文

「始皇旣沒, 餘威震於殊俗. 然而陳涉, 甕牖繩樞之子, 甿隷之人, 遷徙之徒也, 材能不及中庸, 非有仲尼, 墨翟之知, 陶朱, 猗頓之富. 躡足行伍之間, 而免起阡陌之中, 帥罷散之卒, 將數百之衆, 轉而攻秦. 斬木爲兵, 揭竿爲旗, 天下雲合向應, 贏糧而景從, 山東豪俊遂並起而亡秦族矣.」

| **註釋** | ○甕牖繩樞(옹유승추) – 항아리를 끼워 창문을 삼고 새끼로 출입문을 매달다. 아주 가난한 집. ○甿隷之人(맹예지인) – 천한 농부. 甿(백성 맹)은 농부. 隷는 隸(붙을 예, 천한 일을 하는 사람). ○遷徙之徒(천사지도) – 노역에 끌려가던 사람. ○中庸(중용) – 중간, 보통사람. ○仲尼(중니) – 孔子의 字. ○墨翟(묵적) – 墨子. 춘추시대 兼愛說 주장. ○陶朱(도주) – 越나라 재상 范蠡(범려), 句踐을 도와 吳를 멸망시켰다. 이후 구천을 떠나 陶에 와서 朱公이라 하면서 장사로 큰돈을 벌었다. 중국인에게는 재물의 신이다.

○猗頓(의돈) - 목축업으로 巨富가 된 魯나라 사람. ○躡足行伍之間 - 군대에 들어간 사람. 躡足(섭족)은 발을 들여 놓다. 참여하다. 行伍는 줄 맞추어 가는 병졸. ○阡陌(천백) - 논이나 밭의 길. ○斬木爲兵(참목위병) - 나무를 베어 무기를 만들다. ○揭竿爲旗(게간위기) - 장대를 세워 깃대를 삼다. 이 두 말은 진섭이 일으킨 농민군의 모습. ○贏糧而景從(영량이영종) - 군량을 싸가지고 그림자처럼 따르다. 농민 起義軍이 자발적으로 참여한 모습을 설명하였다. 贏은 메다(擔也). 景은 그림자 영(影). ○山東 - 崤山과 函谷關의 동쪽. 秦에서 보면 六國은 모두 山東에 있었다. 長安에서 山東이라 하면 함곡관 동쪽을 지칭. 華山이나 太行山의 동쪽을 지칭하는 경우도 있다.

〖國譯〗

「始皇이 죽은 뒤에도 여세는 풍속이 다른 곳까지 떨쳤었다. 그러나 陳涉(진섭, 陳勝)은 아주 가난한 사람이고 농사일을 하는 고용인이었으며 노역에 동원된 무리에 속했는데, 그 재능은 보통사람에도 미치지 못했고 仲尼나 墨翟(묵적) 같은 지혜도 없었으며 陶朱公이나 猗頓(의돈)처럼 부자도 아니었다. 군대에 발을 들여 놓았다가 논밭 사이에서 요역이나 면해 보려고 일어나서 지치고 산만한 병졸을 거느렸으며 수백 명의 장수였지만 방향을 바꿔 秦을 공격하였다. 진섭은 나무를 깎아 무기를 만들고 장대로 깃발을 세우니 천하가 구름처럼 모이고 호응하였으며 양식을 싸들고 그림자처럼 따르니 山東(六國)의 호걸들이 마침내 봉기하여 秦의 일족을 멸망시켰다.」

原文

「且天下非小, 弱也, 雍州之地, 殽函之固, 自若也. 陳涉之位, 不齒於齊,楚,燕,趙,韓,魏,宋,衛,中山之君, 鉏櫌棘矜, 不敵於鉤戟長鎩, 適戍之衆, 不亢於九國之師, 深謀遠慮, 行軍用兵之道, 非及曩時之士也. 然而成敗異變, 功業相反, 何也? 試使山東之國與陳涉度長絜大, 比權量力, 不可同年而語矣. 然秦以區區之地, 致萬乘之權, 招八州而朝同列, 百有餘年, 然後以六合爲家, 殽函爲宮. 一夫作難而七廟墮, 身死人手, 爲天下笑者, 何也? 仁誼不施, 而攻守之勢異也.」

| **註釋** | ○自若 – 如故, 전과 같다. ○不齒 – 끼지 못하다. 상대가 되지 않다. ○鉏櫌棘矜(서우극긍) – 삽자루나 곰방메, 대추나무로 만든 창 자루 등 농민 起義軍의 무기. ○鉤戟長鎩(구극장쇄) – 갈고리 창과 긴 양날의 창. 秦 또는 六國 정규 군사들의 무기. ○適戍之衆 – 죄수로 복무하는 군졸의 무리. ○不亢 – 當하지 못하다. ○曩時 – 昔時. 예전의. ○山東之國 – 효산 동쪽의 나라. 곧 秦을 제외한 六國. ○度長絜大(탁장혈대) – 길이를 헤아리고 크기를 헤아리다. ○區區之地 – 보잘 것 없는 땅. 區區는 작은 모양. ○八州 – 禹의 九州에서 雍州를 뺀 冀州, 兗州(연주), 靑州, 徐州, 揚州, 荊州, 豫州, 梁州. ○一夫作難而七廟墮 – 一夫가 作難하니 七廟가 墮하다. 七廟는 제왕(天子)의 종묘. 墮(타)는 무너지다. 부서지다. ○仁誼不施 – 仁義를 베풀지 않다. 仁誼는 仁義와 同.

〖國譯〗

「그리고 秦의 천하는 작지도 약하지도 않았으며 雍州(옹주)의 땅과 효산, 함곡관의 튼튼하기는(殽函之固) 전과 같았다. 陳涉의 지위는 齊, 楚, 燕, 趙, 韓, 魏, 宋, 衛, 中山의 군주와 상대가 되지 않았고 진섭의 삽자루나 곰방메, 대추나무로 만든 창은 갈고리 창과 긴 양날의 창(鉤戟長鎩)의 적수가 될 수 없었으며, 죄수로 끌려가는 무리들은 九國의 군사에 당할 수가 없었으며, 진섭의 深謀遠慮(심모원려)와 行軍用兵의 운영은 옛날의 모사에도 미칠 수 없었다. 그러나 成敗와 異變, 功業이 서로 틀린 것은 무엇 때문인가?

山東 六國과 陳涉의 길고 짧음을 재어보고 그 권세와 전력을 비교한다면 결코 같은 나이라고 말할 수가 없다.(마치 어른과 아이의 차이와 같다는 뜻) 그렇지만 秦도 작은 땅에서 만승의 권력을 이룩하였고 8州의 제후국을 한 줄로 세워 조공하게 한 것이 백여 년에 마침내 온 천하를 하나의 집안이 되었고 효산과 함곡관을 자기들의 궁으로 만들었었다. 한 사람의 필부가 난을 일으키니 천자의 종묘가 무너졌고 황제의 몸이 남의 손에 죽으며 천하의 웃음거리가 된 것은 무엇 때문이겠는가? 인의를 베풀지 않았고 공격과 수성의 형세가 다르기 때문일 것이다.」

原文

周生亦有言, "舜蓋重童子." 項羽又重童子, 豈其苗裔邪? 何其興之暴也! 夫秦失其政, 陳涉首難, 豪桀蜂起, 相與並爭, 不可勝數. 然羽非有尺寸, 乘勢拔起隴畝之中, 三年, 遂將五諸侯兵滅秦, 分裂天下而威海內, 封立王侯. 政繇羽出. 號爲伯王, 位雖不終, 近古以來未嘗有也. 及羽背關懷楚, 放逐義帝, 而怨王侯畔己, 難矣. 自矜功伐, 奮其私智而不師古. 始霸王之國, 欲以力征經營天下, 五年卒亡其國, 身死東城, 尙不覺寤, 不自責過失, 乃引"天亡我, 非用兵之罪", 豈不謬哉!

|註釋| ○이 부분은 《史記》의 '太史公 曰' 사마천의 논평과 같다. ○周生亦 – 周時賢大夫. 未詳 人物. ○舜蓋重童子 – 舜은 아마 눈의 瞳子(동자)가 2개였을 것이다. 童子는 目之眸也. 瞳子(동자). ○豈其苗裔邪 – 어찌 그 후예겠는가? 豈는 어찌 ~인가? 反問을 표시하는 의문부사. 苗裔(묘예)는 후손. ○陳涉首難 – 진섭이 처음으로 적이 되다. 봉기하다. 難은 敵이 되다. ○政繇羽出 – 政令이 항우로부터 나오다. 繇 부역할 요, 노래 요. 由(말미암을 유)와 同. ○號爲伯王 – 패왕이라 부르다. 伯王은 霸王. 伯(두목 패)는 霸. ○背關懷楚 – 關中 땅을 등지고 楚 땅을 품다. 고향 彭城을 國都를 정한 것. ○怨王侯畔己 – 王侯가 자신을 배반했다고 원망하다. ○尙不覺寤 – 그래도 깨우치지 못하고. ○豈不謬哉 – 어찌 잘못이 아니겠는가?

〖國譯〗

周生이 이런 말을 했었다. "舜은 아마 눈동자가 두 개였다." 項羽도 역시 童子가 2개라 하지만 어찌 그 후손이겠는가? 그가 어찌 그리 빨리 興起했는가?

대저, 秦이 실정하자 陳涉이 먼저 반기를 들었고 호걸들이 봉기하고 서로 같이 다투었으니 이루 다 말할 수가 없었다. 그러나 항우는 한 치의 땅도 없었지만 대세를 타고 농촌에서 일어나 3년 만에 5 제후국의 군사를 거느리고 秦을 없애버렸고 천하를 나누고 온 나라에 위세를 떨치며 왕후를 분봉하고 세웠다. 정령이 항우에게서 나왔고 패왕이라 불렸으니 그 자리가 비록 오래가지는 못했지만 近古 이래로 일찍이 없던 일이었다.

나중에 관중을 등지고 楚國을 그리워했고 義帝(의제)를 내쫓았으면서도 분봉된 王侯가 자신을 배반한다고 원망하였으니 수긍할 수 없는 일이었다. (항우는) 자신을 뽐내고 공적을 자랑하며 개인의 지혜만을 내세우고 옛일을 본받지 아니하였다. 霸王의 나라를 세웠지만 힘으로 천하를 정복하고 경영하려다가 5년에 마침내 나라도 망하고 자신은 東城에서 죽었는데 그때까지도 깨닫지 못하고 자신의 과실을 책망하지 않으며 "하늘이 나를 망하게 했지 用兵의 탓이 아니다."라고 핑계를 대니, 어찌 잘못이 아니겠는가?

32 張耳陳餘傳
〔장이진여전〕

原文

張耳, 大梁人也, 少時及魏公子毋忌爲客. 嘗亡命游外黃, 外黃富人女甚美, 庸奴其夫, 亡邸父客. 父客謂曰, "必欲求賢夫, 從張耳." 女聽, 爲請決, 嫁之. 女家厚奉給耳, 耳以故致千里客, 宦爲外黃令.

| **註釋** | ○張耳(? – 前 202) – 西楚霸王 項羽에 의해 常山王에 봉해졌다가 뒤에 高祖에 의해 趙王으로 봉해졌다. 《史記》에도 〈張耳陳餘列傳〉이 있다. ○大梁 – 당시 魏國의 都邑, 今 河南省 開封市 서남. ○魏公子 毋忌(무기) – 戰國시대 말, 魏의 信陵君. ○亡命 – 戶籍地를 벗어나 성명을 속이고 도망하다. 命은 戶籍. ○外黃 – 今 河南省 商丘市 관할의 外黃縣(民權縣). ○庸奴其夫 – 庸奴는 고용된 노비. 일꾼. ○亡邸父客 – 도망하여 아버지 賓客의 집에 가다. ○千里客 – 먼 곳에서 오는 빈객.

〖國譯〗

張耳(장이)는 大梁 사람인데 젊어서 魏 公子 毋忌(무기)를 따르는 賓客이었다. 일찍이 본적지를 떠나 外黃을 떠돌았는데, 外黃縣 부호의 딸은 매우 미인으로 남편을 종처럼 여겼는데 아버지의 친구 집에 가 있었다. 그 아버지의 친구가 말했다. "똑똑한 남편을 만나려 한다면 張耳에게 가라." 여인은 그 말을 듣고 전 남편과 결별하고 장이에게 시집갔다. 여자 집에서 장이에게 많은 재물을 보내주었고 장이는 먼 곳에서 찾아오는 사람도 대접할 수 있었으며 外黃令이 되었다.

原文

陳餘, 亦大梁人, 好儒術. 游趙苦陘, 富人公乘氏以其女妻之. 餘年少, 父事耳, 相與爲刎頸交. 高祖爲布衣時, 嘗從耳游. 秦滅魏, 購求耳千金, 餘五百金. 兩人變名姓, 俱之陳, 爲里監門. 吏嘗以過笞餘, 餘欲起, 耳攝使受笞. 吏去, 耳數之曰, "始吾與公言何如? 今見小辱而欲死一吏乎?" 餘謝罪.

| 註釋 | ○陳餘(진여, ? - 前 205). ○趙 苦陘(고형) - 趙國의 도읍은 한단. 苦陘은 현명. 今 河北省 직할의 定州市. 漢代의 中山縣. 中山國. ○以其女妻之 - 妻는 처가 되게 하다. 動詞로 쓰였다. ○刎頸交(문경교) - 刎頸之交. 刎은 목 벨 문. 頸 목 경. ○秦滅魏 - 前 225년. ○購求耳千金 - 시황제는 張耳와 陳餘가 魏의 名士라 하여 현상 수배하였다. ○陳 - 陳郡, 治所는 陳縣,

今 河南省 동부 周口市 관할의 淮陽縣. ○耳攝使受笞 – 張耳는 (진여의) 발을 밟아 매를 맞게 하였다. 攝(당길 섭)은 躡(밟을 섭). 攝 다음에 之가 생략. ○耳數之 – 장이는 진여를 책망하다. 數는 책망할 수(責也).

〖國譯〗

陳餘도 大梁 사람인데 儒學을 좋아했다. 趙의 苦陘(고형)을 떠돌았는데 公乘氏라는 부자가 그 딸을 진여에게 아내로 주었다. 진여는 나이가 어려 張耳(장이)를 아버지처럼 섬겼고 두 사람은 刎頸之交(문경지교)를 맺었다. 高祖가 포의였을 때 자주 장이를 따라다니기도 했다. 秦이 魏를 멸망시키고 장이에게는 1천금을, 진여에게는 5백금을 걸고 수배하였다. 두 사람은 성명을 바꾸고 같이 陳縣(진현)으로 가서 마을의 監門이 되었다. 관리가 잘못했다며 진여를 매질할 때 진여가 대들려 하자 장이는 진여의 발을 밟아 매를 맞게 하였다. 관리가 떠난 뒤 장이는 진여를 책망하며 말했다. "전에 내가 그대에게 무어라 했는가? 지금 같은 작은 모욕을 당한다 하여 관리 하나 때문에 목숨을 버리려 하는가?" 진여는 사죄했다.

原文

陳涉起蘄至陳, 耳,餘上謁涉. 涉及左右生平數聞耳,餘賢, 見, 大喜. 陳豪桀說涉曰, "將軍被堅執銳, 帥士卒以誅暴秦, 復立楚社稷, 功德宜爲王." 陳涉問兩人, 兩人對曰, "將軍瞋目張膽, 出萬死不顧之計, 爲天下除殘. 今始至陳而王之, 視天下私. 願將軍毋王, 急引兵而西, 遣人立六國後, 自爲樹黨. 如此, 野無交兵, 誅暴秦, 據咸陽以令諸侯, 則帝業成矣. 今獨王陳, 恐天下解也." 涉不聽, 遂立爲王.

| 註釋 | ○蘄 - 풀이름 기(地名). ○上謁(상알) - 성명을 알리고 만나보다. ○豪桀(호걸) - 豪傑과 同. ○視天下私 - 천하에 私心을 내 보이다. 視는 示. ○樹黨 - 立黨. 내 편을 만들다. ○解 - 민심이 離散하다.

〖國譯〗

陳涉이 蘄(기)에서 봉기하고 陳에 이르자 장이와 진여는 진섭에게 이름을 알리고 만나고자 했다. 진섭과 그 측근들은 평소에 장이와 진여가 현명하다는 말을 들었기에 만나며 크게 기뻐하였다. 陳의 호걸들이 진섭에게 말했다. "장군은 갑옷을 입고 무기를 들고 사졸을 거느리고 사나운 秦을 토벌하면서 楚의 사직을 다시 세웠으니 그 공덕으로 왕이 되어도 좋을 것입니다."

진섭이 두 사람에게 묻자 장이와 진여가 말했다.

"장군께서는 눈을 부릅뜨고 용기를 내어 온갖 어려움을 극복하는 계책으로 천하를 위해 잔악한 무리를 제거하였습니다. 지금 겨우 시작인데 陳郡에 와서 이곳 왕이 되는 것은 온 천하에 욕심을 내보이는 것입니다. 그러니 장군은 왕이 되지 마시고 빨리 군사를 이끌고 서쪽으로 진격하며 사람들을 보내 六國의 후손을 세워서 내 편으로 만들어야 합니다. 그렇게 하여 벌판에서 싸우지 않고도 포악한 무리를 없애며 함양을 근거로 제후를 호령한다면 帝業(제업)을 이룰 수 있습니다. 지금 홀로 陳(진)에서 왕이 된다면 아마도 천하 민심이 흩어질 것입니다."

진섭은 받아들이지 않았고 결국 자립하여 왕이 되었다.

原文

耳,餘復說陳王曰, "大王興梁,楚, 務在入關, 未及收河北也. 臣嘗游趙, 知其豪桀, 願請奇兵略趙地." 於是陳王許之, 以所善陳人武臣爲將軍, 耳,餘爲左右校尉, 與卒三千人, 從白馬渡河. 至諸縣, 說其豪桀曰, "秦爲亂政虐刑, 殘滅天下, 北爲長城之役, 南有五領之戍, 外內騷動, 百姓罷敝, 頭會箕斂, 以供軍費, 財匱力盡, 重以苛法, 使天下父子不相聊. 今陳王奮臂爲天下倡始, 莫不嚮應, 家自爲怒, 各報其怨, 縣殺其令丞, 郡殺其守尉. 今以張大楚, 王陳, 使吳廣, 周文將卒百萬西擊秦, 於此時而不成封侯之業者, 非人豪也. 夫因天下之力而攻無道之君, 報父兄之怨而成割地之業, 此一時也." 豪桀皆然其言. 乃行收兵, 得數萬人, 號武信君. 下趙十餘城, 余皆城守莫肯下. 乃引兵東北擊范陽. 范陽人蒯通說其令徐公降武信君, 又說武信君以侯印封范陽令. 語在〈通傳〉. 趙地聞之, 不戰下者三十餘城.

| 註釋 | ○武臣(무신, ? – 前 208) – 陳王 陳勝의 部將, 뒤에 趙王으로 자립. ○從白馬渡河 – 白馬津. 今 河南省 安陽市 관할의 滑縣(활현) 동북. 河는 黃河. 漢代의 황하 줄기는 지금과 달랐다. 다른 기록에 의하면, 약 2500년간에 1,600번의 범람이 있었고 26차에 걸쳐 흐름이 바뀌었다(河道大改道共26

次)고 한다. ○五領－五嶺. 오령산맥 이남은 지금의 福建, 廣東, 廣西省에 해당. ○頭會箕斂(두회기렴)－人頭에 따라 세금을 계산하고 곡식을 키(箕, 농기구 이름)로 걷어가다. 세금이 너무 무겁다. ○財匱力盡－재물은 바닥나고 힘은 다했다. 匱 함 궤. 비었다. ○不相聊(불상료)－서로 의지하지 못한다. 父子가 서로 돌볼 여유가 없다. ○奮臂(분비)－팔을 걷어붙이다. ○令丞－縣令과 縣丞. ○守尉－郡守와 郡尉. ○張大楚－大楚를 크게 세우다. ○無道之君－秦 二世. ○乃行收兵－이에 巡行하며 군사를 모으다. ○武信君－武臣이 自號한 것임. ○范陽(범양)－縣名. 漢代 涿郡(탁군) 소속. 今 河北省 保定市 관할의 定興縣. ○蒯通(괴통)－本名 徹. 武帝의 이름을 諱하여 후세 史家들이 通으로 고쳐 썼다. 辯才無雙, 韓信의 謀士. ○〈通傳〉－45권, 〈蒯伍江息夫傳〉.

〖國譯〗

장이와 진여는 다시 陳王에게 말했다.

"대왕께서 梁과 楚에서 봉기하고 함곡관을 공략하느라고 하북을 차지할 겨를이 없습니다. 臣은 그전에 趙에 있어 그곳 호걸을 알고 있으니 奇兵을 이용해 趙 땅을 공략하고자 합니다."

陳王은 허락하면서 잘 알고 있던 陳의 武臣(무신)을 장군으로, 장이와 진여는 좌우 校尉로 임명하였고 무신은 병졸 3,000명을 거느리고 백마진에서 황하를 건너갔다. 무신은 각 현에 다니면서 그곳 호걸들을 설득하였다.

"秦은 亂政과 虐刑(학형)으로 천하 백성을 죽였으며 북으로는 長城을 쌓는 노역을, 南으로는 五嶺(오령)을 지키게 하여 안팎으로 소동이 일어나고 백성들은 피폐했으며 사람 머릿수대로 세금을 거두고 곡식을 쓸어가 軍費에 충당하니 재물은 바닥났고 힘은 다했으며 가혹한 법으로 짓눌러 온 천하에 부자라도 서로 돌보지 못하게 하였습니다. 지금 陳王이 팔을 걷어붙이고 천하를 위해 처음으로 일어나니 호응하지 않는 사람이 없으며 집집마다 분노하며 각자 원수를 갚으니 현에서는 현령과 현승을, 郡에서는 군수와 군위를 죽이고 있습니다. 지금 大楚을 키우며 陳에서 왕이 되었고 吳廣과 周文을 시켜 백만 대군을 거느리고 서쪽으로 나아가 秦을 치고 있습니다. 이러한 때에 封侯가 되지 않는다면 호걸이 아닙니다. 천하가 힘을 모아 무도한 주군을 공격하여 부형의 원한을 갚고 땅을 차지하고 제후가 될 수 있는데 이것도 한때입니다."

각지 호걸들은 모두 그 말을 옳다고 하였다. 武臣은 여러 지역을 돌며 병졸을 모아 수만 명을 모았고 스스로 武信君이라고 불렀다. 무신군은 趙의 10여 성을 항복케 하였지만 나머지는 성을 지키며 항복하려 하지 않았다. 무신군이 군사를 거느리고 동북으로 나가 范陽(범양)을 공략하였다. 범양 사람 蒯通(괴통)은 그 현령 徐公에게 무신군에게 투항하라고 설득했고 또 무신군에게 徐公을 제후로 삼아 范陽令에 봉하라고 설득하였다. 이런 내용은 〈通傳〉에 있다. 그러자 趙의 땅에서 이 소문을 듣고 30여 성이 싸우지 않고 항복하였다.

原文

至邯鄲, 耳,餘聞周章軍入關, 至戲卻. 又聞諸將爲陳王徇地, 多以讒毁得罪誅. 怨陳王不以爲將軍而以爲校尉, 乃說武臣曰, "陳王非必立六國後. 今將軍下趙數十城, 獨介居河北, 不王無以塡之. 且陳王聽讒, 還報, 恐不得脫於禍. 願將軍毋失時."

武臣乃聽, 遂立爲趙王. 以餘爲大將軍, 耳爲丞相.

|**註釋**| ○邯鄲(한단) - 趙의 都城. 今 河北省 최남단의 邯鄲市, 河南省, 山東省, 山西省과 접경. ○周章 - 周文. ○至戲郤 - 戲(희)에 갔으나 격퇴되다. ○徇地(순지) - 땅을 공략하다. 그 지역을 巡行하고 호령하다. ○讒毁(참훼) - 참소하거나 훼방하다. ○獨介(독개) - 單獨 同. 介(끼일 개)는 홀로, 외로이. ○不王無以塡之 - 왕이 되지 않으면 이곳을 鎭守할 수 없다. 塡은 鎭. 누를 진, 메울 전. ○聽讒(청참) - 참소하는 말을 믿다.

〖國譯〗

邯鄲(한단)에 왔을 때, 장이와 진여는 周章의 군사가 관중에 들어갔으나 戲(희)에서 격퇴 당했다는 소식을 들었다. 또 陳王(陳涉)을 위해 각 지역을 공략하던 여러 장수들이 참소를 받아 죄에 걸려 주살되었다는 소식도 들었다. 장이와 진여는 陳王이 자신들을 將軍이 아닌 校尉로 삼은 것을 원망하여 武臣을 설득하며 말했다.

"陳王은 틀림없이 六國의 후예를 세우지 않을 것입니다. 지금 將軍은 趙의 수십 개의 성을 평정하고 河北에 홀로 웅거하고 있으니 王이 되지 않으면 이 지역을 진압할 수 없습니다. 그리고 陳王은 참소를 믿어 보복을 하니 그 재앙에서 벗어나기 어려울 것입니다. 장군께서는 때를 놓치지 마십시오."

武臣은 그 말을 듣고 마침내 자립하여 趙王이 되었다. 그리고 진여를 大將軍으로 장이를 丞相에 임명했다.

原文

使人報陳王, 陳王大怒, 欲盡族武臣等家, 而發兵擊趙. 相國房君諫曰, "秦未亡, 今又誅武臣等家, 此生一秦也. 不如因而賀之, 使急引兵西擊秦." 陳王從其計, 徙繫武臣等家宮中, 封耳子敖爲成都君. 使使者賀趙, 趣兵西入關. 耳餘說武臣曰, "王王趙, 非楚意, 特以計賀王. 楚已滅秦, 必加兵於趙. 願王毋西兵, 北徇燕, 代, 南收河內以自廣. 趙南據大河, 北有燕, 代, 楚雖勝秦, 必不敢制趙." 趙王以爲然, 因不西兵, 而使韓廣略燕, 李良略常山, 張黶略上黨.

| **註釋** | ○相國 – 楚의 재상은 柱國이라 했다. ○此生一秦也 – 또 하나의 적국을 만드는 것이다. ○徙繫 – 옮겨다가 묶어놓다(가두다). ○王王趙 – 두 번째 王은 동사로 쓰였다. ○特以計 – 특별히 계략대로. 힘으로 제압할 수 없을 때 좋은 말로 달래는 것을 權宜之計라고 한다. ○張黶(장염) – 人名. 검정사마귀 염.

〖**國譯**〗

武臣이 사람을 보내 陳王에게 통보하자, 진왕은 대노하며 武臣 등의 가족을 다 멸족시키고 發兵하여 趙를 공격하려 했다. 相國인 房君이 諫言(간언)하였다. "秦이 아직 망하지도 않았는데 지금 여기서 武臣 등의 가족을 죽이는 것은 또 하나의 秦을 만드는 것입니다. 이 기회에 그를 축하하고 빨리 군사를 이끌고 서쪽으로 가서 진을 공격하게 하는 것이 좋습니다."

陳王은 그 방책대로 武臣 등의 가족을 궁중에 데려다 가두어 놓고 장이의 아들 張敖(장오)를 成都君으로 삼았다. 사자를 보내 趙에 하례하며 군사를 내어 서쪽으로 함곡관에 들어가라고 재촉하였다. 장이가 武臣을 설득하며 말했다.

"王께서 趙의 왕이 된 것은 楚의 본 뜻이 아니며 단지 계략대로 왕이 된 것을 축하하는 것입니다. 楚가 秦을 없앤다면 틀림없이 趙를 공격할 것입니다. 왕께서는 서쪽으로 출병하지 마시고 北으로 燕과 代를 차지하고 남으로 河內를 수복하여 땅을 넓혀야 합니다. 趙가 남으로 대하를 끼고서 북쪽으로 燕과 代를 차지하면 楚가 秦을 이기더라도 절대로 趙를 제압하지 못할 것입니다."

趙王은 옳다고 여겨 서쪽으로 군사를 보내지 않았으며 韓廣(한광)을 시켜 燕을, 李良은 常山을, 張黶(장염)은 上黨郡을 공략케 하였다.

原文

韓廣至燕, 燕人因立廣爲燕王. 趙王乃與耳,餘北略地燕界. 趙王間出, 爲燕軍所得. 燕囚之, 欲與分地. 使者往, 燕輒殺之, 以固求地. 耳,餘患之. 有廝養卒謝其舍曰, "吾爲二公說燕, 與趙王載歸." 舍中人皆笑曰, "使者往十輩皆死, 若何以能得王?" 乃走燕壁. 燕將見之, 問曰, "知臣何欲?" 燕將曰, "若欲得王耳." 曰, "君知張耳,陳餘何如人也?" 燕將曰, "賢人也." 曰, "其志何欲?" 燕將曰, "欲得其王耳." 趙卒笑曰, "君未知兩人所欲也. 夫武臣,張耳,陳餘, 杖馬箠下趙數十城, 亦各欲南面而王. 夫臣之與主, 豈可同日道哉!

顧其勢初定, 且以長少先立武臣, 以持趙心. 今趙地已服, 兩人亦欲分趙而王, 時未可耳. 今君囚趙王, 念此兩人名爲求王, 實欲燕殺之, 此兩人分趙而王. 夫以一趙尙易燕, 況以兩賢王左提右挈, 而責殺王, 滅燕易矣."

燕以爲然, 乃歸趙王. 養卒爲御而歸.

| 註釋 | ○燕輒殺之 – 燕에서는 번번이 사자를 죽였다. 輒 문득 첩. 번번이, 즉시. ○以固求地 – 완강히 땅을 요구하다. ○廝養卒謝其舍曰 – 火夫가 자기 집 주인에게 말하다. 廝 하인 시. 나무하는 사람. 養은 남의 시중을 들다. 謝其舍는 舍主人에게 말하다. ○二公 – 장이와 진여. ○若何以能得王 – 若은 너, 당신(인칭대명사). ○乃走燕壁 – 燕의 軍 보루로 빨리 가다. 壁은 防壁(방벽) 군대의 보루. ○問曰 – '廝養卒問曰' 에서 주어를 생략했다. ○其志何欲 – 그들의 목적이 무엇인가? ○杖馬箠(장마추) – 말채찍을 들고. 전투를 벌이지도 않고. 箠 채찍 추. ○豈可同日道哉 – 어찌 같은 날에 말할 수 있는가? 어찌 비교할 수 있는가? ○以持趙心 – 趙의 민심을 수습하다. ○夫以一趙尙易燕 – 한 사람의 趙만으로도 되려 燕나라를 깔보거늘. 易는 경시하다. ○左提右挈(좌제우설) – 서로 도우면서. 挈 손에 들 설. 이끌다.

〖國譯〗

韓廣이 燕에 들어가자 燕의 사람들이 韓廣을 옹립해 燕王으로 삼았다. 趙王은 이에 장이, 진여와 함께 북쪽 燕의 경계 지역까지 공략하였다. 趙王 武臣이 잠깐 외출했다가 燕軍에 사로잡히게 되었다. 燕에서는 왕을 가두고 趙에게 땅을 갈라달라고 요구하였다. 趙의 使者가 가면 燕에서는 바로 죽이면서 고집스레 땅을 요구하였다. 장이와 진여는 걱정만 하였다. 어떤 하인 병졸이 그 집 주인에게 말했다. “내가 두 분을 위해 燕을 설득하여 조왕을 모시고 돌아오겠습니다.” 그 집안사람들이 모두 웃으며 말했다. “使者로 간 10여 명이 모두 죽었는데, 네가 어떻게 왕을 구하겠는가?”

하인 병졸은 燕의 보루로 빨리 들어갔다. 연의 장수가 그를 만나 보자 하인 병졸이 물었다. “내가 무엇 때문에 왔는지 아십니까?” 燕將이 대답했다. “너는 왕을 데려가려고 왔을 것이다.” “장수께서는 張耳와 陳餘가 어떤 사람이라고 알고 있습니까?” “賢人이다.”라고 燕將이 말했다. “그분들 목적이 무엇이겠습니까?” “왕을 구하고 싶을 것이다.” 그러자 趙卒이 웃으며 말했다. “당신은 두 사람이 하고자 하는 바를 모르고 있습니다. 저 武臣과 장이, 진여는 말채찍을 들고 趙의 수십 개의 성을 굴복시켰고 제각각 南面하여 왕이 되려 합니다. 신하와 주군을 말하자면 어찌 같이 비교하겠습니까! 이제 겨우 안정된 초기라서 나이에 따라 먼저 武臣을 옹립하여 趙의 민심을 수습했습니다. 지금 趙의 땅을 다 차지하자 兩人 또한 趙를 나누어 왕이 되려 하나 아직 때가 아닐 뿐입니다. 지금 장군이 趙王을 가두었는데 이 두 사람은 왕을 구출하겠다고 말은 하지만 사실은 燕에서 왕을 죽이기를 바라고 있으면서 두 사람이 趙를 나누어 왕이 되려 생각하고 있습니다. 말하자면, 趙나라 하나도 되려 燕을 경시하고 있는데 더군다나 두 사람이 賢王이 좌우에서 서로 도우면서 왕의 죽음을 문책한다면 燕을 없애기는 쉬울 것입니다.”

燕에서는 옳다고 생각하여 바로 조왕을 돌려보냈고 하인 병졸은 왕을 태우고 돌아왔다.

原文

李良已定常山, 還報趙王, 趙王復使良略太原. 至石邑, 秦兵塞井陘, 未能前. 秦將詐稱二世使使遺良書, 不封, 曰, “良嘗事我, 得顯幸, 誠能反趙爲秦, 赦良罪, 貴良.” 良得書, 疑不信. 之邯鄲益請兵. 未至, 道逢趙王姊, 從百餘騎. 良望見, 以爲王, 伏謁道旁. 王姊醉, 不知其將, 使騎謝良. 良素貴, 起, 慚其從官. 從官有一人曰, “天下叛秦, 能者先立. 且趙王素出將軍下, 今女兒乃不爲將軍下車, 請追殺之.”

良以得秦書, 欲反趙, 未決, 因此怒, 遣人追殺王姊, 遂襲邯鄲. 邯鄲不知, 竟殺武臣. 趙人多爲耳,餘耳目者, 故得脫出, 收兵得數萬人. 客有說耳,餘曰, “兩君羈旅, 而欲附趙, 難可獨立. 立趙後, 輔以誼, 可就功.” 乃求得趙歇, 立爲趙王, 居信都.

| 註釋 | ○常山 – 군명, 국명. 치소는 元氏縣(今 河北省 石家庄市 관할의 元氏縣). 趙 都邑인 邯鄲의 北쪽. ○太原 – 군명. 常山의 서북쪽에 위치. ○誠能~ – 誠은 만약(접속사). 진실로. ○貴良 – 貴는 동사로 쓰였다. ○益 – 더욱, 한층 더. ○良素貴 – 李良은 평소 지위가 높았기에, (자신이 고귀한 지위에 있는 사람이라고 자부하다.) ○慚其從官 – 그의 從官(副官)들에게 부끄러웠다. 慚은 부끄러울 참. ○從官有一人 – 有는 어떤. 명시되지 않은 사람이나 날짜, 사물을 지칭한다. ○兩君羈旅 – 兩君은 장이와 진여. 羈旅(기여)의 羈(굴레 기)는 寄. 旅는 客. 떠도는 나그네. 타향인. ○立趙後 – 趙의 후예를 옹립하고. ○趙歇(조헐, ? – 前 205) – 陳朝 末年 趙國의 宗室. ○信都 – 현명. 今 河北省 衡水市 관할의 冀州市. 北京 남쪽 300km.

〖國譯〗

李良이 常山을 평정하고서 趙王에게 회보하자, 趙王은 다시 李良에게 太原을 공략하라고 했다. 이량이 石邑에 이르렀으나 秦兵이 井陘(정형)이란 곳을 막고 있어 전진할 수 없었다. 秦將은 二世를 사칭하며 使者를 시켜 이량에게 서신을 보냈는데 봉함이 없었고 "이량은 전에 나를 섬겨 벼슬도 높았고 신임도 받았는데, 만약 趙를 배반하고 秦을 섬긴다면 이량의 죄를 사면할 뿐만 아니라 높이 쓰겠다." 고 쓰여 있었다. 이량은 서신을 받고 의심하며 믿지 않았다. 이량은 병력을 더 요청하려 한단으로 갔다. 한단에 도착하기 전에 길에서 趙王의 누나를 만났는데 100여 기병이 수행하고 있었다. 이량은 멀리서 보고 조왕이라 생각하여 길옆에 엎드려 배알하였다. 왕의 누나는 술에 취해서 대장을 알아보지 못하고 기병을 보내 이량에게 답례했다. 이량은 평소 귀인이었기에 일어나서는 그의 부관들에게 부끄러웠다. 부관 중 어떤 한 사람이 말했다.

"천하가 叛秦하기에 能者는 다투어 자립하고 있습니다. 그리고 趙王은 평소에 장군의 아랫사람이었는데 지금 그 여자가 수레에서 내려 장군에게 예를 갖추지도 않았으니 따라가 죽여 버리겠습니다."

이량은 秦의 서신을 받고 趙를 배반하려 하면서도 결정을 못하고 있었기에 화가 나서 사람을 보내 조왕의 누나를 쫓아가 죽여 버리고 한단을 습격하였다. 한단에서는 전혀 알지 못했기에 결국 趙王 武臣을 죽일 수 있었다. 趙人 중에서 장이와 진여의 눈과 귀와 같은 사람이 많았기에 장이와 진여는 탈출할 수 있었고 병졸 수만 명을 모았다. 어떤 빈객이 장이와 진여에게 말했다.

"두 분은 타국 사람으로 趙人의 귀부를 바라고 있지만 독립하기는 어려울 것입니다. 趙의 후손을 내세우고 적당히 보필하면 공을 이룰 수 있을 것입니다."

그래서 趙歇(조헐)을 찾아내 趙王으로 옹립하고 信都縣에 머물렀다.

原文

李良進兵擊餘, 餘敗良. 良走歸章邯. 章邯引兵至邯鄲, 皆徙其民河內, 夷其城郭. 耳,餘,趙王歇走入鉅鹿城, 王離圍之. 餘北收常山兵, 得數萬人, 軍鉅鹿北. 章邯軍鉅鹿南棘原, 築甬道屬河, 餉王離. 王離兵食多, 急攻鉅鹿. 鉅鹿城中食盡, 耳數使人召餘, 餘自度兵少, 不能敵秦, 不敢前. 數月, 耳大怒, 怨餘, 使張黶, 陳釋往讓餘曰, "始吾與公爲刎頸交, 今王與耳旦暮死, 而公擁兵數萬, 不肯相救, 胡不赴秦俱死? 且什有一二相全." 餘曰, "所以不俱死, 欲爲趙王, 張君報秦. 今俱死, 如以肉喂虎, 何益?" 張黶, 陳釋曰, "事已急, 要以俱死立信, 安知後慮!" 餘曰, "吾顧以無益."

乃使五千人令張黶, 陳釋先嘗秦軍, 至皆沒.

| **註釋** | ○章邯(장한) – 秦將. 나중에 項羽에 귀부한다. ○河內 – 군명. 치소는 懷縣(今 河南省 焦作市 관할의 武陟縣). 今 河南省의 黃河 以北 지역임. 河東郡, 河南郡과 함께 三河라 통칭. ○夷其城郭 – 성곽을 평평하게 만들

다. 夷는 平也. 주민이 거주하지 못하게 만들다. ○鉅鹿(거록) - 군명. 치소는 鉅鹿縣. 河北省 邢台市 관할의 平鄕縣 서남. ○築甬道屬河 - 甬道(용도)는 담을 둘러친 군사용 도로. 屬은 연접하다. 河는 漳水. ○餉 - 건량 향. 軍糧, 군량을 운반하다. ○讓餘曰 - 讓은 責也. ○胡不赴秦俱死 - 왜 秦軍을 공격하여 우리와 같이 죽으려 하지 않는가? ○所以 - 이유, 원인. ○張君 - 張耳. ○如以肉喂虎 - 喂 먹일 위. ○安知後慮 - 어찌 뒷일을 생각하겠는가? ○吾顧以無益 - 顧 돌아볼 고. 考慮하다. 다만, 도리어. ○先嘗秦軍 - 秦軍과 한번 싸워보다. 嘗은 試試看(시험 삼아 해보다).

〖國譯〗

李良(이량)이 군사를 이끌고 진여를 공격하자 진여는 이량을 패퇴시켰다. 이량은 章邯(장한)에게 귀부했다. 장한은 군사를 거느리고 邯鄲(한단)에 들어가 그 백성을 모두 河內郡으로 옮기고 성곽을 없애버렸다. 장이와 진여, 조왕 歇(헐)은 鉅鹿城(거록성)으로 들어갔고 王離(왕리)는 거록성을 포위했다. 진여는 북으로 가서 常山郡의 군사 수만을 모아 거록의 북쪽에 주둔했다. 장한은 거록의 남쪽 棘原(극원)에 주둔하면서 漳河와 연접한 용도를 만들고 왕리에게 군량을 공급했다. 왕리는 병력과 군량이 넉넉하자 거록을 맹공했다. 거록성중에 양식이 부족하자 장이는 사람을 여러 번 보내 진여를 불렀지만 진여는 병력이 부족하여 秦軍과 대적할 수 없다고 판단하여 나가지 않았다. 몇 달이 지나자 장이는 화를 내면서 진여를 원망하며 張黶(장염)과 陳釋(진석)을 보내 진여를 책망케 하였다.

"전에 나와 그대는 문경지교를 맺었고 지금 조왕과 나는 아침저녁으로 죽을 지경이나 자네는 수만의 병력을 거느리고도 구원하려 하지 않는데 왜 秦과 싸워 우리와 같이 죽으려 하지 않는가? 그래도

열에 한 둘은 남을 것이다."

그러자 진여가 말했다. "같이 죽을 수 없는 것은 조왕과 당신(張君. 張耳)을 위해 秦에 복수하려는 뜻입니다. 지금 같이 죽는다는 것은 고기를 호랑이에게 먹이는 것과 같으니 무슨 이익이 있겠습니까?" 그러자 장염과 진석이 말했다. "사태가 너무 다급하니 같이 죽을 각오로 신의를 지켜야지 어찌 뒷일을 생각하겠습니까?"

진여는 "내 생각으로는 무익할 뿐입니다." 그리고서는 5천 병력을 장염과 진석에게 내 주며 진군과 한번 싸웠으나 모두 전멸했다.

原文

當是時, 燕, 齊, 楚聞趙急, 皆來救. 張敖亦北收代, 得萬餘人來, 皆壁餘旁. 項羽兵數絶章邯甬道, 王離軍乏食. 項羽悉引兵渡河, 破章邯軍. 諸侯軍乃敢擊秦軍, 遂虜王離. 於是趙王歇, 張耳得出鉅鹿, 與餘相見, 責讓餘, 問, "張黶, 陳釋所在?" 餘曰, "黶, 釋以必死責臣, 臣使將五千人先嘗秦軍, 皆沒." 耳不信, 以爲殺之, 數問餘. 餘怒曰, "不意君之望臣深也! 豈以臣重去將哉?" 乃脫解印綬與耳, 耳不敢受. 餘起如廁, 客有說耳曰, "天予不取, 反受其咎. 今陳將軍與君印綬, 不受, 反天不祥. 急取之!" 耳乃佩其印, 收其麾下. 餘還, 亦望耳不讓, 趨出. 耳遂收其兵. 餘獨與麾下數百人之河上澤中漁獵. 由此有隙.

| 註釋 | ○張敖(장오, ? – 前 182) – 張耳의 아들, 뒷날 漢 高祖의 사위. 宣平侯에 피봉. ○不意君之望臣深也 – 君(張耳)께서 나에 대한 원망이 이토록 깊은 줄은 생각을 못했습니다. ○豈以臣重去將哉 – 신하가 장군직을 버리기가 어찌 어렵겠습니까? ○如廁 – 뒷간에 가다. ○麾下 – 장수 깃발(麾) 아래, 곧 병력. ○亦望耳不讓 – 그리고 장이가 사양하지 않은 것을 보았다. ○由此有隙 – 이로써 틈이 벌어졌다.

〖國譯〗

이때에 燕과 齊, 그리고 楚나라에서 趙가 위급하다는 것을 알고 모두 와서 구원하였다. 張敖(장오) 또한 북쪽으로 代郡을 접수하여 1만여 병력을 데리고 와서 진여 곁에 주둔하였다. 項羽의 군사는 자주 장한의 용도를 끊었기에 王離의 군사들은 군량이 결핍되었다. 항우는 모든 군사를 이끌고 황하를 건너 장한의 군사를 격파하였다. 여러 제후의 군사도 이에 용감히 秦軍을 공격하여 마침내 왕리를 생포하였다. 이에 조왕 歇(헐)과 장이는 거록성에서 나와 진여를 만나자 진여를 문책하며 물었다. "장염과 진석은 어디 있는가?" 진여는 "장염과 진석이 죽을 각오로 나에게 따지기에 저는 5천 병력을 주어 먼저 秦軍과 싸우도록 했으나 모두 죽었습니다."

장이는 믿을 수 없어 진여가 두 사람을 죽였다고 생각하며 여러 번 진여를 문책했다. 그러자 진여가 화를 내며 말했다.

"君(張耳)께서 나에 대한 원망이 이토록 깊은 줄은 생각 못했습니다. 신하로서 장군직을 버리기가 어찌 어렵겠습니까!"

그리고서는 印綬(인수)를 풀어 장이에게 주니 장이는 금방 받지를 못했다. 진여가 일어나 뒷간에 가자 어떤 사람이 장이에게 말했다. "하늘이 주는데도 받지 않는다면 되레 재앙이 옵니다. 지금 진여 장군이 당신에게 인수를 주었는데도 받지 않으니 되레 하늘에 상서롭지는 않습니다. 빨리 취하십시오!"

장이는 바로 그 인수를 차고 휘하의 병력을 거두었다. 진여는 돌아와 장이가 사양하지 않은 것을 보고서는 서둘러 떠나갔다. 장이는 결국 그 병력을 모두 장악했다. 진여는 그 휘하의 무리 수백 명을 데리고 황하의 늪지대에 들어가 고기잡이와 사냥을 하며 살았다. 이로써 장이와 진여는 틈이 벌어졌다.

原文

趙王歇復居信都. 耳從項羽入關. 項羽立諸侯, 耳雅游, 多爲人所稱. 項羽素亦聞耳賢, 乃分趙立耳爲常山王, 治信都. 信都更名襄國.

| **註釋** | ○耳雅游 – 雅는 平素에, 向來(그동안). 游는 사방에 交友하다. ○多爲人所稱 – 다른 사람의 칭송을 많이 받았다.

〖國譯〗

趙王 歇은 다시 信都縣에 머물렀다. 장이는 항우를 따라 관중 땅에 들어갔다. 항우가 제후를 분봉할 때, 장이는 평소에 널리 교유했기에 다른 사람의 칭송을 많이 받았다. 항우도 마찬가지로 평소에 장이가 현명하다는 말을 들었기에 趙를 분할하여 장이를 常山王으로 삼아 신도현을 다스리게 했다. 이어 信都는 襄國(양국)으로 이름을 바꾸었다.

原文

餘客多說項羽, "陳餘,張耳一體有功於趙." 羽以餘不從入關, 聞其在南皮, 卽以南皮旁三縣封之. 而徙趙王歇王代. 耳之國, 餘愈怒曰, "耳與餘功等也, 今耳王, 餘獨侯!" 及齊王田榮叛楚, 餘乃使夏說說田榮曰, "項羽爲天下宰不平, 盡王諸將善地, 徙故王王惡地, 今趙王乃居代! 願王假臣兵, 請以南皮爲扞蔽." 田榮欲樹黨, 乃遣兵從餘. 餘悉三縣兵, 襲常山王耳. 耳敗走, 曰, "漢王與我有故, 而項王强, 立我, 我欲之楚." 甘公曰, "漢王之入關, 五星聚東井. 東井者, 秦分地. 先至必王. 楚雖强, 後必屬漢." 耳走漢. 漢亦還定三秦, 方圍章邯廢丘. 耳謁漢王, 漢王厚遇之. 餘已敗耳, 皆收趙地, 迎趙王於代, 復爲趙王, 趙王德餘, 立以爲代王. 餘爲趙王弱, 國初定, 留傅趙王, 而使夏說以相國守代.

| **註釋** | ○耳之國 - 장이는 封國(常山王)으로 갔다. ○盡王諸將善地 - 여러 장수들은 모두 다 좋은 땅의 王을 하고. ○今趙王乃居代 - 지금 趙王 歇(헐)은 바로 代에 있습니다. 代郡은 趙보다 훨씬 북쪽이다. ○扞蔽(한폐) - 울타리, 방벽. 막을 한. 덮을 폐. ○樹黨 - 자기편을 키우다. ○甘公 - 천문에 박통한 甘德. ○東井 - 28宿(수) 중 井星. ○三秦 - 항우가 옛 秦의 관중 땅을 삼분하여 봉한 나라. ○趙王德餘 - 조왕은 진여에 대한 보답으로. 德은 동사로 쓰였다. ○餘爲趙王弱 - 진여는 조왕의 세력이 약하기 때문에.

〖國譯〗

陳餘의 빈객 여러 사람이 項羽에게 말했다. "陳餘와 張耳는 함께 趙國에 공을 세웠습니다." 항우는 진여가 자신을 따라 入關하지 않았지만 그가 南皮에 있다는 말을 듣고 곧바로 남피 근처 3개 현으로 진여를 봉했다. 그리고 趙王 歇을 옮겨 代의 왕으로 봉했다. 장이가 봉국(常山王)으로 가자 진여는 더욱 화가 나서 말했다. "장이와 나의 공적은 같았는데 장이는 지금 왕이고 나는 홀로 제후로구나!"

齊王 田榮에 楚에 반기를 들자 진여는 夏說(하열)을 사신으로 보내 田榮을 설득했다.

"項羽가 천하를 나눈 것은 공평하지 않습니다. 자신의 모든 부장들은 좋은 땅에 왕을 하고 옛 왕들을 이동시켜 나쁜 땅의 왕으로 삼았으니 지금 趙王은 바로 代에 있습니다! 제가 바라는 것은 왕께서 臣에게 군사를 빌려주시면 南皮가 趙의 울타리가 되겠습니다."

田榮은 자기편을 만들려는 생각에서 군사를 보내 진여를 돕게 했다. 진여는 (자신의 封地인) 3개 현의 병력을 다 데리고 常山王 張耳를 공격하였다.

장이는 패주하며 말했다. "漢王과 나는 연고가 있지만 項王이 강하고 또 나를 봉했으니 나는 楚로 가려고 한다."

그러자 甘公이 말했다. "漢王이 入關할 때 五星이 東井의 자리에 모였습니다. 東井이란 秦의 몫입니다. 먼저 가는 사람이 틀림없이 왕을 할 것입니다. 楚가 비록 강하지만 나중에는 漢에 복속할 것입니다."

이에 장이는 漢으로 갔다. 漢 또한 三秦으로 진출하여 평정하면서 마침 장한을 廢丘(폐구)에서 포위하고 있었다. 장이가 漢王을 배알하자 한왕은 장이를 후하게 대우하였다.

진여는 장이를 패퇴시키고 趙 땅을 다 차지하고서 趙王 歇(헐)을 代에서 영입하여 다시 趙王이 되게 하였다. 趙王은 진여의 은혜에 감사하며 진여를 代王으로 삼았다. 진여는 趙王이 아직 약하고 나라가 겨우 마련되었다 하여 한단에 남아 趙王을 도우며 夏說(하열)하열을 相國으로 삼아 代를 지키게 하였다.

原文

漢二年, 東擊楚, 使告趙, 欲與俱. 餘曰, "漢殺張耳乃從." 於是漢求人類耳者, 斬其頭遺餘, 餘乃遣兵助漢. 漢敗於彭城西, 餘亦聞耳詐死, 卽背漢. 漢遣耳與韓信擊破趙井陘, 斬餘泜水上, 追殺趙王歇襄國.

四年夏, 立耳爲趙王. 五年秋, 耳薨, 謚曰景王. 子敖嗣立爲王, 尙高祖長女魯元公主, 爲王后.

| **註釋** | ○漢二年 – 기원전 205년. ○欲與俱 – (趙와) 함께 공격하려 하다. ○於是漢求人類耳者 – 이에 漢에서는 장이와 비슷한 자를 찾아서. ○餘亦聞耳詐死 – 진여도 장이의 죽음이 거짓임을 알고. ○斬餘泜水上 – 진여를 泜水(저수)에서 죽였다. ○四年夏 – 前 203년, 장이가 조왕이 된 것은 漢王 3년의 일이었다. ○五年秋 – 前 202년 가을. ○耳薨 – 薨 죽을 훙. 제후의 죽음. 天子死曰崩, 諸侯曰薨, 大夫曰卒, 士曰不祿, 庶人曰死.《禮器 曲禮下》 ○尙 – 上과 通(假借謂上). 娶天子女曰尙. ○魯元公主(? – 前 187) – 呂后 所生 長女. 名 不詳. 惠帝의 누나. 張敖(장오)와 노원공주가 낳은 딸이 惠

帝의 皇后.

〖國譯〗

漢 2년, 동쪽으로 楚를 공격하면서 사신을 보내 趙와 함께 공격하려 했다. 진여는 "漢에서 장이를 죽이면 함께 하겠다"고 말했다.

이에 漢에서는 장이와 비슷한 자를 찾아 그 목을 잘라 진여에게 보냈고 진여는 군사를 파견해 漢을 도왔다. 漢이 彭城(팽성) 서쪽에서 항우에 패했고 진여도 장이의 죽음이 거짓임을 알고 곧 漢을 배반하였다. 漢은 장이와 韓信을 보내 趙를 井陘(정형)에서 격파하고 泜水(저수)에서 진여를 죽이고 이어 趙王 歇(헐)을 추격하여 襄國(양국)에서 죽였다.

4년(3년) 여름, 장이를 세워 趙王이 되게 했다. 5년 가을, 장이가 죽어 謚號(시호)를 景王이라 했다. 아들 張敖(장오)가 뒤를 이어 趙王이 되었고 高祖의 長女인 魯元公主와 결혼하여 王后로 삼았다.

原文

七年, 高祖從平城過趙, 趙王旦暮自上食, 體甚卑, 有子婿禮. 高祖箕踞罵詈, 甚慢之. 趙相貫高, 趙午年六十餘, 故耳客也, 怒曰, "吾王孱王也!" 說敖曰, "天下豪桀並起, 能者先立, 今王事皇帝甚恭, 皇帝遇王無禮, 請爲王殺之." 敖嚙其指出血, 曰, "君何言之誤! 且先王亡國, 賴皇帝得復國, 德流子孫, 秋毫皆帝力也. 願君無復出口." 貫高等十餘人相謂曰, "吾等非也. 吾王長者, 不背德. 且吾等義不辱, 今帝辱我王, 故欲殺之, 何乃汚王爲? 事成歸王, 事敗獨身坐耳." 八年, 上從東垣過. 貫高等乃壁人柏人, 要之置廁. 上過欲宿, 心動, 問曰, "縣名爲何?" 曰, "柏人." "柏人者, 迫於人!" 不宿, 去.

| **註釋** | ○七年 – 前 200년. ○過趙 – 趙에 머물다. 過는 지나다가 들리다(過訪也). ○體甚卑(체심비) – 몸을 아주 낮추다. 아주 겸손하다. ○子婿(자서) – 사위. ○箕踞罵詈(기거매리) – 두 다리를 뻗고 앉아 심한 말을 하다. 罵는 욕할 매. 詈는 꾸짖을 리(이). ○甚慢之 – 조왕에게(之) 매우 오만하게 대하다. ○故耳客也 – 옛날 張耳의 門客이었다. ○孱王(잔왕) – 나약한 왕. 孱은 나약할 잔. ○請爲王殺之 – 趙王을 위해 황제를(之) 죽입시다. ○齧 – 깨물 교. ○何乃汚王爲 – 어째서 왕에게 허물이 되겠는가? ○事敗獨身坐耳 – 坐는 入罪. 죄를 덮어쓰다(罪責을 감당하다). ○上從東垣過 – 황제가 東垣(동원)에서 와 (趙國을) 지나가다. ○壁人柏人 – 柏人(백인, 地名)이란 곳에 사람을 벽(가림막)에 숨기다. 壁은 동사로 쓰였다. ○要之置廁– 가까이 숨어 황제를(之) 기다리다. 要는 가로막다. 매복하여 기다리다. 要害하다. ○柏人者, 迫於人 – 柏은 측백나무 백. 柏은 近也, 迫也(假借). 이는 高祖의 말이다.

〖國譯〗

7년, 高祖는 平城으로부터 지나다가 趙에 들렀다. 趙王은 아침저녁으로 친히 식사를 올리며 몸을 아주 낮춰 사위의 예를 다했다. 高祖는 다리를 벌리고 앉아 꾸짖으며 아주 오만하였다. 趙相인 貫高(관고)와 趙午(조오)는 나이가 60이 넘은 張耳의 옛날 문객인데 화가 나서 말했다. "우리 王은 너무 나약해!" 그리고 趙王 張敖(장오)에게 말했다. "천하의 호걸들이 함께 봉기하여 유능한 자는 먼저 독립하는데 지금 왕께서는 皇帝를 너무 공손히 섬기시고 황제는 왕을 무례하기 대하기에 왕을 위해서 황제를 죽이고자 합니다." 장오는 손가락을 깨물어 피를 보이며 말했다. "상국께서는 어찌 그리 틀린 말씀을 하십니까? 전에 先王께서 亡國했으나 황제의 힘으로 다시 나라를 얻어 그 은덕을 자손에게 전해야 하는데 아무리 작은 것도 모두 황제 덕분입니다. 상국께서는 그런 말을 다시 입에 담지 마십시오." 貫高 등 10여 명은 서로 말했다. "우리들이 틀렸다. 우리 왕은 長者라서 은덕을 배반하지 않을 것이다. 그렇지만 우리의 義를 욕되게 할 수는 없으며 지금 황제가 우리 왕을 모욕했기에 우리가 죽이려는 것이니 이것이 어찌 왕에게 허물이 되겠는가? 일이 성공한다면 왕에게 좋을 것이고 실패한다면 우리가 죄를 받을 뿐이다."

8년에 황제는 東垣(동원)으로부터 와서 趙 땅을 지났다. 관고 등은 이에 柏人이란 곳에서 사람을 벽에 숨겼다가 가까이서 황제를 기다리게 했다. 황제가 지나가다 숙박하려 했지만 마음이 께름칙해 물었다. "현명이 무엇인가?" "柏人입니다." "백인이란 사람을 겁준다는 뜻이다." 황제는 묵지 않고 지나갔다.

原文

九年, 貫高怨家知其謀, 告之. 於是上逮捕趙王諸反者. 趙午等十餘人皆爭自剄, 貫高獨怒罵曰, "誰令公等爲之! 今王實無謀, 而並捕王. 公等死, 誰當白王不反者?" 乃檻車與王詣長安. 高對獄曰, "獨吾屬爲之, 王不知也." 吏榜笞數千, 刺爇身無完者, 終不復言. 呂后數言張王以魯元故, 不宜有此. 上怒曰, "使張敖據天下, 豈少乃女乎!" 廷尉以貫高辭聞, 上曰, "壯士! 誰知者, 以私問之." 中大夫泄公曰, "臣素知之, 此固趙國立名義不侵爲然諾者也." 上使泄公持節問之箯輿前. 卬視泄公, 勞苦如平生歡. 與語, 問, "張王果有謀不?" 高曰, "人情豈不各愛其父母妻子哉? 今吾三族皆以論死, 豈以王易吾親哉! 顧爲王實不反, 獨吾等爲之." 具道本根所以, 王不知狀. 於是泄公具以報上, 上乃赦趙王.

| 註釋 | ○九年 - 前 198년. ○怨家 - 원수. ○皆爭自剄 - 모두 서둘러 자살하다. ○誰當白王不反者 - 누가 王이 不反했다는 것을 아뢰겠는가? ○吏榜笞數千 - 榜는 매 방. 笞는 볼기칠 태. ○刺爇(자열) - 뜨거운 꼬챙이로 찌르다. 爇 불사를 열(俗音 설). ○使張敖據天下 - 가령 장오가 천하를 차지하더라도. 使는 가령(如過). ○豈少乃女乎 - 그래도 어린 당신 딸이라 하겠는가? 乃는 汝(너 여). ○此固趙國立名義不侵爲然諾者也 - 侵은 거짓으로 일을 하다. 然諾은 수락하다. 허락하다. ○箯輿(편여) - 대나무를 엮어 만든 수레. ○卬視泄公 - 卬視는 仰視. ○勞苦 - 서로 만났을 때의 안부. ○具道本根所以 - 일의 根本(발단)과 원인을 모두 말하다.

〖國譯〗

漢 9년, 貫高(관고)와 원수진 사람이 그 모의를 알고서 이를 고발했다. 이에 고조는 趙王과 여러 모반자들을 체포케 했다. 趙午(조오) 등 10여 명이 모두 서둘러 자살했는데 관고는 홀로 화를 내며 꾸짖었다.

"누가 당신들에게 죽으라고 했는가! 지금 조왕은 사실 일을 꾸미지도 않았는데 왕까지 체포되었다. 당신들이 죽으면 누가 조왕이 모반하지 않았다는 사실을 말해주겠는가?"

그리고서는 죄수 호송용 수레에 실려 왕과 함께 장안에 도착했다.

관고는 옥리에게 말했다. "오직 우리들이 꾸민 일이고 왕은 알지 못한다." 옥리가 수천 번 매질을 하고 뜨거운 꼬챙이로 찔러 성한 몸이 하나도 없어도 끝내 다른 말을 하지 않았다. 呂后도 張王(張敖)이 魯元公主와의 연고로 보더라도 그런 일은 아니 했을 거라고 여러 번 말했다. 고조가 화를 내며 말했다. "가령 장오가 천하를 차지한다면 그래도 어린 네 딸이라 하겠는가?"

廷尉(정위)가 관고를 조사한 보고를 올리자 고조가 말했다. "장사로다. 그를 잘 아는 사람을 시켜 은밀히 물어보게 하라."

中大夫인 泄公(설공)이 말했다.

"臣은 평소에 그와 알고 지냈습니다만, 이번 일은 사실 趙國이 명분과 의리를 내세운 것이고 자기가 한 말을 거짓으로 뒤집는 사람은 아닐 것입니다."

고조는 설공에게 지절을 가지고 대나무로 만든 수레 앞에 가서 물어보게 하였다. 관고는 설공을 올려다보고 안부를 묻고 보통 때처럼 즐거워하였다. 같이 이야기를 하면서 물었다. "張王이 실제로 모의 했습니까, 아니 했습니까?"

관고가 대답했다. "세상 인정이란 것이 어찌 각자의 부모처자에 대한 사랑과 같겠습니까? 지금 나의 삼족이 모두 죽어야 하는 의론인데 어찌 王이라 하여 내 부모와 바꿀 수 있겠습니까? 어쨌든 왕은 실제로 반역하지 않았으며 오직 우리들이 한 짓입니다."

그리고서는 사건의 시작과 원인과 왕이 모른다는 정황을 모두 말했다. 이에 설공은 모든 것을 고조에게 보고했고 고조는 바로 조왕을 풀어주었다.

原文

上賢高能自立然諾, 使泄公赦之, 告曰, "張王已出, 上多足下, 故赦足下." 高曰, "所以不死, 白張王不反耳. 今王已出, 吾責塞矣. 且人臣有簒弑之名, 豈有面目復事上哉!"

乃仰絶亢而死. 敖已出, 尙魯元公主如故, 封爲宣平侯. 於是上賢張王諸客, 皆以爲諸侯相, 郡守. 語在〈田叔傳〉. 及孝惠,高后,文,景時, 張王客子孫皆爲二千石.

| **註釋** | ㅇ自立然諾 – 수락한 것을 지키다. 약속을 책임지다. ㅇ上多足下 – 多는 중히 여기다. 足下는 同僚에 대한 敬稱. ㅇ吾責塞矣 – 나의 책임을 다 끝났다. 塞 막힐 색. ㅇ乃仰絶亢而死 – 곧 예를 갖추고 목을 찔러 죽었다. 仰은 윗사람에게 존경의 뜻을 표하다. 絶亢은 목을 자르다. 亢은 목. ㅇ〈田叔傳〉 – 37권, 〈季布欒布田叔傳〉. ㅇ二千石 – 질록. 연봉 년 2천석. 漢 관리의 등급 중 고급관리의 질록. 中二千石 – 二千石 – 比二千石의 3등급. 九卿의 녹봉은 中二千石. 中은 滿의 뜻. 정확하게는 1년에 2,160石(月 180석)을 받았다. 이보다 낮은 二千石은 월 120石, 그 아래 比二千石은 월 100석을 받았다.

〖國譯〗

고조는 관고가 자신의 약속을 지키는 현명한 사람이라 생각하여 설공을 보내 관고를 사면하자 설공이 관고에게 말했다. "張王은 이미 나왔고 폐하는 그대를 중히 여기시어 사면을 하셨소."

그러자 관고가 말했다.

"내가 죽지 않은 것은 張王이 모반하지 않았음을 알리려 했을 뿐이오. 지금 趙王이 나왔으니 나의 책임은 끝났습니다. 그리고 人臣으로 황제를 簒弑(찬시)하려 했으니 무슨 면목으로 다시 윗사람을 섬기겠습니까!"

그리고는 예를 표하고 목을 찔러 죽었다. 張敖(장오)는 풀려나온 뒤 노원공주와 전처럼 살았고 宣平侯로 봉해졌다. 이로 인해 고조는 張王의 여러 문객이 현명하다고 생각하여 여러 사람을 제후국의 상국이나 군수로 임명하였다. 이는 〈田叔傳〉에 실려 있다. 孝惠帝와 高后, 文帝와 景帝 때 張王의 문객 子孫들은 모두 二千石 관리가 되었다.

原文

初, 孝惠時, 齊悼惠王獻城陽郡, 尊魯元公主爲太后. 高后元年, 魯元太后薨. 後六年, 宣平侯敖薨. 呂太后立敖子偃爲魯王, 以母爲太后故也. 又憐其年少孤弱, 乃封敖前婦子二人, 壽爲樂昌侯, 侈爲信都侯. 高后崩, 大臣誅諸呂, 廢魯王及二侯. 孝文卽位, 復封故魯王偃爲南宮侯. 薨, 子生嗣. 武帝時, 生有罪免, 國除. 元光中, 復封偃孫廣國爲睢陵侯. 薨, 子昌嗣. 太初中, 昌坐不敬免, 國除. 孝平元始二年, 繼絶世, 封敖玄孫慶忌爲宣平侯, 食千戶.

| 註釋 | ㅇ孝惠 – 惠帝부터 시호에 '孝'가 붙는 것은 '효자로 부친의 뜻을 잘 잇다(孝子善繼父志)'라는 뜻. 諡法에 '柔質慈民曰 惠'라 하였다. ㅇ魯元公主爲太后 – 魯元公主와 張王의 딸이 惠帝의 皇后가 되었다. 곧 노원공주는 혜제의 누나이면서 장모였다. ㅇ高后元年 – 前 187년. ㅇ薨 – 죽을 훙. ㅇ偃爲魯王 – 張偃(장언)을 魯王으로 봉하다. ㅇ高后崩 – 前 180년. ㅇ元光 – 武帝의 2번째 연호(前 134 – 129). ㅇ太初中 – 무제의 연호(前 104 – 101년). ㅇ孝平元始二年 – 서기 2년. ㅇ玄孫 – 孫子의 孫子.

〖國譯〗

이전 孝惠帝 때 齊의 悼惠王(도혜왕)은 城陽郡을 노원공주에게 (식읍으로) 바치며 魯元公主를 太后로 모셨다. 高后 원년에 魯元太后가 죽었다. 그 6년 뒤에 宣平侯 張敖도 죽었다. 呂太后는 장오의 아들 張偃(장언)을 魯王으로 봉했는데 母가 太后이었기 때문이다. 또 그가 어리고 부모가 모두 죽은 것을 가련하게 여겨 장오의 前 부인이 낳은 두 아들인 張壽를 樂昌侯로, 張侈(장치)를 信都侯로 봉했다. 高后가 죽자 大臣들은 呂氏 일족을 죽이고 魯王과 그 二侯를 폐했다. 孝文帝가 즉위하면서 다시 故 魯王 장언을 南宮侯로 봉했다. 그가 죽자 아들 張生이 뒤를 이었다. 武帝 때 張生이 죄를 지어 봉국을 없앴다. 武帝 元光 연간에 다시 장언의 손자 張廣國을 睢陵侯(수릉후)로 봉했다. 그가 죽자 아들 張昌이 뒤를 이었다. 武帝 太初 연간에 張昌이 不敬罪에 연루되자 免封하고 봉국을 없앴다. 孝平帝 元始 2년, 끊어진 후손을 이어 장오의 현손인 張慶忌(장경기)를 宣平侯로 봉하고 식읍 1천 호를 주었다.

原文

贊曰, 張耳, 陳餘, 世所稱賢, 其賓客廝役皆天下俊桀, 所居國無不取卿相者. 然耳,餘始居約時, 相然信死, 豈顧問哉! 及據國爭權, 卒相滅亡, 何鄉者慕用之誠, 後相背之戾也! 勢利之交, 古人羞之, 蓋謂是矣.

| 註釋 | ○贊曰 – 贊(찬)은 文體의 하나. 稱述하고 평론하는 글. 雜贊, 哀贊, 史贊으로 대별하는데, 여기서는 당연히 史贊이다. 이 史贊은 《史記 張耳陳餘列傳》과 비슷한 내용이다. ○居約 – 貧賤하다. ○然信 – 然諾하다. 약속하다. ○顧問(고문) – 考慮하다. 머뭇거리다. 황제의 侍從之臣. ○鄉者 – 向者에, 지난날에. ○戾 – 어긋나다. 서로 다투다. ○蓋 – 덮을 개. 어쩌면, 아마도.

〖國譯〗

班固의 論贊 : 세상 사람들이 張耳와 陳餘는 현명하고 그들의 빈객이나 종자라도 모두 천하의 호걸이라서 그들이 거처하는 제후국의 卿相이 되지 않은 자가 없다고 하였다. 장이와 진여가 빈천할 때는 서로를 위해 죽음을 약속했고 죽음도 아까워하지 않았었다. 그러나 제후국을 차지하고 권력을 다투어 끝내 서로를 멸망시키기에 이르렀으니, 어찌하여 지난 날 서로 그리며 돕던 마음이 뒤에는 서로 등지고 싸우게 되었는가? 권세와 이익에 따른 사귐을 옛사람이 부끄럽게 생각했는데 아마도 이런 경우일 것이다.

33 魏豹田儋韓王信傳
〔위표,전담,한왕신전〕

33-1. 魏豹

原文

魏豹, 故魏諸公子也. 其兄魏咎, 故魏時封爲甯陵君, 秦滅魏, 爲庶人. 陳勝之王也, 咎往從之. 勝使魏人周市徇魏地, 魏地已下, 欲立周市爲魏王. 市曰, "天下昏亂, 忠臣乃見. 今天下共畔秦, 其誼必立魏王後乃可." 齊,趙使車各五十乘, 立市爲王. 市不受, 迎魏咎於陳, 五反, 陳王乃遣立咎爲魏王.

| 註釋 | ㅇ魏豹(위표, ? - 前 204) - 전국 말기 魏國 종실, 魏咎(위구)의 아우, 뒷날 項羽에 의해 西魏王에 봉해졌다. 漢王에 귀부하는 등 叛服이 무상

하여 漢將 周苛에 의해 살해되었다. 魏彪의 妻가 薄姬(박희)로 나중에 高祖를 모셨고 文帝(劉恒)의 생모이다. ○故魏 – 전국시대의 魏나라. ○魏咎(위구) – 인명. 甯陵君(영릉군). ○秦滅魏 – 前 225년. ○周市(주불) – 市(슬갑 불, 巾部 1획), 市(저자 시, 巾部 2획)가 아니다. ○徇 – 따를 순. 攻略하여 점령하다. ○畔秦 – 叛秦. 畔(두둑 반)은 叛과 通. ○五反 – 5번 되돌아오다. 당시 위구는 陳勝의 휘하에 있었고, 진승은 6국의 후예를 세우는 것을 반대했기에 위구를 보내지 않았다.

〖國譯〗

魏豹(위표)는 옛 魏나라의 公子이었다. 그의 형 魏咎(위구)는 옛 魏에서 甯陵君(영릉군)에 봉해졌었는데 秦이 魏를 멸망시키면서 서인이 되었다. 陳勝이 왕이 되자 위구는 陳에 가서 진승을 추종했다. 진승이 魏人 周市(주불)을 시켜 魏 땅을 공략케 하였고, 魏 땅이 평정되자 진승은 주불을 위왕으로 세우려 했다. 주불은 "천하가 혼란하면 충신이 보입니다. 지금 천하가 모두 秦에 반기를 들었는데 의리상 필히 魏王의 후손을 세워야만 합니다."라고 말했다.

齊와 趙에서 각각 수레 50승을 보내 주불을 왕으로 모시려 했다. 주불은 왕위에 나가지 않고 陳에서 위구를 모시려 했는데 사자가 5번이나 되돌아 온 뒤에야 陳王은 위구를 보내 魏王으로 삼았다.

原文

章邯已破陳王, 進兵擊魏王於臨濟. 魏王使周市請救齊, 楚. 齊,楚遣項它,田巴將兵, 隨市救魏. 章邯遂擊破殺周市等軍, 圍臨濟. 咎爲其民約降. 約降定, 咎自殺. 魏豹亡走楚. 楚懷王予豹數千人, 復徇魏地. 項羽已破秦兵, 降章邯, 豹下魏二十餘城, 立爲魏王. 豹引精兵從項羽入關. 羽封諸侯, 欲有梁地, 乃徙豹於河東, 都平陽, 爲西魏王.

| 註釋 | ○臨濟(임제) - 邑名. 今 河南省 新鄕市 관할의 封丘縣 동쪽. ○咎爲其民約降 - 위구는 백성들의 살상을 염려하여 투항하겠다고 약속하다. ○欲有梁地 - 항우는 大梁(魏의 都城, 국명으로로도 通) 지역을 차지하려고 했다. ○河東 - 今 山西省 서남부 지역. ○平陽 - 今 山西省 臨汾市.

〖國譯〗

(秦將) 장한은 陳王을 격파하고서 나아가 臨濟(임제)에서 魏王을 공격하였다. 魏王은 주불을 楚와 齊에 보내 구원을 요청하였다. 楚에서는 項它(항타)를, 齊에서는 田巴(전파)가 군사를 거느리고 주불을 따라와 魏를 구원하였다. 장한은 나중에 주불의 군사를 격파하고 주불을 죽이면서 臨濟를 포위하였다. 위구는 백성을 지키려고 투항을 약속했고 투항이 약정되자 위구는 자살하였다. 이에 위표는 楚로 망명하였고, 楚 懷王은 위표에게 수천 명의 군사를 주어 다시 魏地를 공략케 하였다.

項羽는 秦兵을 격파하여 장한의 항복을 받았고 위표도 魏의 20여 성을 평정하자 항우는 위표를 魏王으로 세웠다. 위표는 정병을 이끌고 項羽를 따라 관중 땅에 들어갔다. 항우가 제후를 봉할 때 大梁의 땅을 차지하려고 위표를 河東으로 옮겨 平陽에 도읍케 하면서 西魏王으로 세웠다.

原文

漢王還定三秦, 渡臨晉, 豹以國屬焉, 遂從擊楚於彭城. 漢王敗, 還至滎陽, 豹請視親病, 至國, 則絶河津畔漢. 漢王謂酈生曰, "緩頰往說之." 酈生往, 豹謝曰, "人生一世間, 如白駒過隙. 今漢王嫚侮人, 罵詈諸侯群臣如奴耳, 非有上下禮節, 吾不忍復見也." 漢王遣韓信擊豹, 遂虜之, 傳豹詣滎陽, 以其地爲河東, 太原, 上黨郡. 漢王令豹守滎陽. 楚圍之急, 周苛曰, "反國之王, 難與共守." 遂殺豹.

| 註釋 | ○還定三秦 – (漢王은 漢中에서 關中으로) 돌아 나와 三秦을 평정했다. ○臨晉 – 현명. 황하 서쪽의 關門 이름. 三秦과 晉과의 교통 요지, 蒲津關(포진관)이라고도 부른다. ○則絶河津畔漢 – 곧 황하의 나루를 폐쇄하며 漢에 반기를 들었다. ○酈生(역생) – 酈食其(역이기, 前 268 – 204), 별명이 高陽酒徒, 한왕의 謀臣. 나중에 齊王 田廣에게 停戰토록 유세하여 성공했으나 韓信이 공격해 오자 역이기는 팽살되었다. ○緩頰(완협) – 웃는 얼굴에 좋은 말로. ○白駒過隙(백구과극) – 흰 망아지(白駒, 햇빛이라는 주석도 있음)가 문틈을 달려가다. 아주 짧은 시간. 《莊子 盜跖》, 《墨子 兼愛》 참고. ○嫚侮(만모) – 업신여기다. ○罵詈(매리) – 욕하며 꾸짖다. 詈 꾸짖을 이(리). ○傳豹詣滎陽 – 田豹(전표)를 滎陽(형양)으로 압송하다. ○反國之王 – 叛漢하는 齊王.

〖國譯〗

漢王이 漢中에서 나와 三秦을 평정하고 臨晉關(임진관)을 지나자 위표는 나라를 들어 귀속한 뒤 한왕을 따라 팽성에서 楚를 공격하였다. 그러나 한왕이 패해 형양으로 물러나자 위표는 모친 간병하기를 청했고 자기 나라로 돌아가자 황하 나루를 폐쇄하고 漢에 반기를 들었다. 漢王이 酈生(역생)에게 말했다. "좋은 얼굴로 가서 위표를 설득해 보시오." 역생이 찾아가자 위표는 사과하며 말했다.

"인생 한 세월이 마치 白駒가 문틈을 지나는 것과 같습니다. 지금 漢王은 사람을 업신여기며 제후와 여러 신하를 마치 종놈처럼 욕하고 꾸짖으며 상하간의 예절도 없으니 나는 그 꼴을 다시는 못 보겠습니다."

漢王은 韓信을 보내 위표를 공격케 하였고 마침내 그를 포로로 잡아 형양으로 호송하였으며 그 땅을 河東과 太原, 上黨郡으로 나누었다. 漢王은 위표에게 형양을 지키게 하였다. 나중에 楚의 포위가 좁혀오자 周苛(주가)가 말했다. "나라를 배반하는 왕과는 함께 지킬 수 없다." 그리고서 죽여 버렸다.

33-2. 田儋

原文

田儋, 狄人也, 故齊王田氏之族也. 儋從弟榮, 榮弟橫, 皆豪桀, 宗彊, 能得人. 陳涉使周市略地, 北至狄, 狄城守. 儋陽爲縛其奴, 從少年之廷, 欲謁殺奴. 見狄令, 因擊殺令, 而召豪吏子弟曰, "諸侯皆反秦自立, 齊, 古之建國, 儋, 田氏, 當王." 遂自立爲齊王, 發兵擊周市. 市軍還去, 儋因率兵東略定齊地.

| **註釋** | ○田儋(전담, ? – 前 208) – 멸망한 齊의 왕족 출신. 儋은 편안할 담. ○狄(적) – 古 縣名. 今 山東省 淄博市(치박시) 관할의 高靑縣. ○從弟榮 – 사촌인 田榮(? – 前 205). ○田橫(전횡, ? – 前 202) – 齊國 宰相, 나중에 自立하여 齊王. 뒤에 兵敗한 뒤 海島(今 田橫島)에 도망, 高祖 劉邦이 항복을 재촉하자 나중에 자결, 그 부하 5백 명도 모두 섬에서 자결했다. ○宗彊(종강) – 일족이 强盛하다. ○陽爲縛其奴 – 陽은 佯(거짓 양). ○欲謁殺奴 – 현령을 배알하고 노비를 죽이려 하다. 당시 주인이 노비를 죽이려면 지방관의 승낙을 받아야 했다.

〖國譯〗

田儋(전담)은 狄縣(적현) 사람으로, 옛 齊王 田氏의 일족이었다. 전담의 사촌 동생인 田榮과 그 동생 田橫(전횡)은 모두 호걸이었으며 일족이 번성하여 인재를 구할 수 있었다. 陳涉(陳勝)은 周市(주불)을 시켜 그 지역을 공략하여 북쪽으로 狄縣(적현)에 이르렀고 적의 현령이 지키고 있었다. 전담은 거짓으로 그의 노비를 묶어가지고 젊은 이들을 따라 현청으로 가서 현령을 배알하고 노비를 죽이겠다고 하였다. 전담은 적현의 현령을 보자 바로 기습하여 죽이고서는 그곳 관리와 자제들에게 말했다. "제후들이 모두 反秦하고 자립하고 있으며, 齊는 옛날에 건국되었으며 나는 田氏이니 당연히 왕이 되어야 한다."

마침내 자립하여 제의 왕이 되었고 군사를 내어 주불을 공격하였다. 주불의 군사가 철수하자 전담은 군사를 이끌고 동쪽을 공략하여 齊 땅을 평정하였다.

原文

秦將章邯圍魏王咎於臨濟, 急. 魏王請救於齊, 儋將兵救魏. 章邯夜銜枚擊, 大破齊, 楚軍, 殺儋於臨濟下. 儋從弟榮收儋余兵東走東阿. 齊人聞儋死, 乃立故齊王建之弟田假爲王, 田角爲相, 田閒爲將, 以距諸侯.

| 註釋 | ○夜銜枚擊(야함매격) - 銜 재갈 함. 입에 물다. ○東阿(동아) - 縣名. 今 山東省 서부, 黃河 북안에 있는 聊城市(요성시) 관할의 東阿縣. ○田假(전가, ? - 前 205) - 齊 襄王의 아들 齊王 田建의 아우. ○距 - 떨어질 거. 拒(막을 거)와 통용.

〖國譯〗

秦將 장한은 魏王 魏咎(위구)를 臨濟(임제)에서 포위하고 맹공하였다. 魏王은 齊에 구원을 요청했고 전담은 군사를 이끌고 魏를 구원하였다. 장한은 밤에 병졸의 입에 재갈을 물리고 공격하여 齊와 楚의 군사를 대파하면서 전담을 임제 근처에서 죽였다. 전담의 사촌동생 田榮은 전담의 패군을 수습하여 동쪽 東阿縣(동아현)으로 도망하였다. 齊 땅 사람들은 전담이 전사했다는 것을 알고 바로 옛 齊王 田建의 아우인 田假(전가)를 왕으로 삼았으며 田角은 재상, 田閒(전

한)은 대장군이 되어 제후 세력을 막으려 했다.

原文

榮之走東阿, 章邯追圍之. 項梁聞榮急, 乃引兵擊破章邯東阿下. 章邯走而西, 項梁因追之. 而榮怒齊之立假, 乃引兵歸, 擊逐假. 假亡走楚. 相角亡走趙. 角弟閒前救趙. 因不敢歸. 榮乃立儋子市爲王, 榮相之, 橫爲將, 平齊地.

| 註釋 | ○田市(전불, 市 音 fú) - 田儋의 아들. ○榮相之 - 相은 승상이 되다.

〖國譯〗

田榮은 동아로 옮겨갔고 장한은 전영을 추격하여 포위하였다. 項梁(항량)은 전영이 위급한 것을 보고 군사를 거느리고 장한을 동아 근처에서 격파하였다. 장한은 서쪽으로 도주하고 항량은 장한을 추격하였다. 그리고 전영은 齊에서 田假(전가)를 왕으로 세웠다는 소식을 듣고 화가 나서 군사를 거느리고 돌아와서 전가를 공격하여 방축했다. 전가는 楚로, 재상인 田角은 趙로 망명했다. 전각의 동생 田閒은 그전에 趙에 원병을 청하러 갔다가 돌아오지 못했다. 田榮은 이에 田儋의 아들 田市(전불)을 왕으로 세웠고 전영은 승상이, 전횡은 장군이 되어 齊의 땅을 평정하였다.

原文

項梁既追章邯, 章邯兵益盛, 項梁使使趣齊兵共擊章邯. 榮曰, "楚殺田假, 趙殺角, 閒, 乃出兵." 楚懷王曰, "田假與國之王, 窮而歸我, 殺之不誼." 趙亦不殺田角,田閒 以市於齊. 齊王曰, "蝮蠚手則斬手, 蠚足則斬足. 何者? 爲害於身也. 田假,田角,田閒於楚,趙, 非手足戚, 何故不殺? 且秦復得志於天下, 則齮齕首用事者墳墓矣." 楚,趙不聽齊, 齊亦怒, 終不肯出兵. 章邯果敗殺項梁, 破楚兵. 楚兵東走, 而章邯渡河圍趙於鉅鹿. 項羽由此怨榮.

| 註釋 | ○使使趣齊兵共擊章邯 – 使者를 보내 齊兵이 함께 章邯을 공격하자고 재촉하다. 趣는 促과 通. ○與國之王 – 結交之國의 왕, 友好國의 왕. ○殺之不誼 – 그를 죽이는 것은 義롭지 않다. 誼(옳을 의)는 義. ○以市於齊 – 齊와 교역하다. 市는 交易. ○蝮蠚(복학) – 蝮은 살무사 복. 큰 뱀. 蠚은 독을 쏠 학. 독사가 물다. ○非手足戚 – 수족과 같은 무리도 아니다. ○何故不殺 – 왜 죽이지 않는가? 楚는 자신이 살기 위해서라도 망명객을 죽여야 한다는 뜻. ○齮齕(의흘) – 齮는 깨물 의, 齕은 깨물 흘. 씹다. 해를 끼치다. ○首用事者 – 처음에 일을 시작한 자.

〘國譯〙

項梁은 장한을 추격했지만 장한의 병력은 더 늘어났기에 항량은 사자를 보내 齊兵도 같이 장한을 공격하라고 재촉하였다. 田榮(전영)은 "楚에서 田假를 죽이고 趙에서는 田角과 田閒(전한)을 죽여야 출병하겠다."고 하였다. 楚 懷王은 "전가는 우리와 가까운 나라의 왕으로 다급해서 나에게 귀의했는데 죽이는 것은 의롭지 않다."고 하였다. 趙 또한 전각과 전한을 죽이지도 않으며 齊와 교역하였다.

齊王이 말했다. "독사가 손을 물면 손을 잘라야 하고, 발을 물면 다리를 잘아야 하는데 왜 그런가? 바로 몸 전체에 해롭기 때문이다. 전가와 전각, 전한은 楚와 趙에 수족과 같은 무리도 아닌데 왜 죽이지 않는가? 나중에 秦이 다시 천하를 차지한다면 먼저 일을 벌인 자의 무덤을 파헤칠 것이다."

楚와 趙에서는 齊의 요구를 들어주지 않았고 齊 또한 화가 나서 끝내 출병하지 않았다. 장한은 나중에 항량을 죽이고 楚의 군사를 격파하였다. 楚兵은 동쪽으로 후퇴했고 장한은 황하를 건너 趙를 鉅鹿(거록)에서 포위하였다. 항우는 이 때문에 전영을 미워하였다.

原文

羽既存趙, 降章邯, 西滅秦, 立諸侯王, 乃徙齊王市更王膠東, 治卽墨. 齊將田都從共救趙, 因入關, 故立都爲齊王, 治臨菑. 故齊王建孫田安, 項羽方渡河救趙, 安下濟北數城, 引兵降項羽, 羽立安爲濟北王, 治博陽. 榮以負項梁, 不肯助楚攻秦, 故不得王. 趙將陳餘亦失職, 不得王. 二人俱怨項羽.

| 註釋 | ○膠東(교동) - 秦의 膠東郡. ○治卽墨 - 治는 도읍으로 하다. 治所. 卽墨은 今 山東省 青島市 관할의 卽墨市. ○臨菑(임치) - 본래 齊의 國都. 今 山東省 淄博市(치박시) 동쪽. ○博陽(박양) - 齊의 남쪽 지역. 今 山東

省 濟南市 부근. ○二人 – 田榮과 陳餘.

『國譯』

項羽는 趙를 지켜냈고, 장한의 항복을 받고 서쪽으로 나가 秦을 멸망시키고 제후와 王을 세웠는데, 곧 齊王 田市(전불)을 膠東(교동)의 王으로 옮겨 卽墨(즉묵)에 도읍케 하였다. 齊將 田都는 항우를 따라 趙를 구원하고 관중에 들어갔기에 田都를 齊王으로 삼아 臨菑(임치)에 도읍케 하였다. 이전의 齊王 田建의 손자인 田安은 항우가 막 황하를 건너 趙를 구원할 때 濟北의 여러 성을 평정하고 병력과 함께 항우에 투항하였기에 항우는 전안을 濟北王으로 삼아 博陽(박양)에 도읍케 하였다. 田榮은 항우를 배반하였고 楚가 秦을 공격할 때 돕지 않았기에 왕이 되지 못했다. 趙將 陳餘(진여) 또한 직분을 잃었기에 두 사람은 함께 항우를 원망하였다.

原文

榮使人將兵助陳餘, 令反趙地, 而榮亦發兵以距擊田都, 都亡走楚. 榮留齊王市毋之膠東. 市左右曰, "項王强暴, 王不就國, 必危." 市懼, 乃亡就國. 榮怒, 追擊殺市於卽墨, 還攻殺濟北王安, 自立爲王, 盡並三齊之地.

| 註釋 | ○榮使人將兵助陳餘 – 田榮은 사람을 보내 군사를 거느리고 진여를 돕게 했다. 32권, 〈張耳陳餘傳〉 참고. ○距擊(거격) – 막아서 치다. ○三齊之地 – 항우가 三分한 齊, 곧 본래 齊의 王 田都, 濟北王 田安, 膠東王 田榮

의 땅. 이를 田榮이 다 차지하였다.

〖國譯〗

田榮은 사람을 보내 군사를 거느리고 陳餘를 도와 (진여가) 趙地에서 반기를 들게 하였고, 전영 또한 군사를 내어 田都를 공격하였다. 이에 전도는 楚로 망명하였다. 전영은 齊王이었던 전불에게 膠東으로 가지 못하게 하였다. 이에 전불의 측근이 말했다. "項王은 강폭하여 왕께서 封國에 가지 않는다면 틀림없이 위험합니다."

전불은 두려워 바로 빠져 나가 교동국으로 향했다. 전영은 화가 나서 전불을 추격하여 즉묵에서 죽여 버렸고 돌아오며 濟北王 田安을 공격하여 죽이고 자립하여 齊王이 되니 三齊의 땅을 모두 차지하였다.

原文

項王聞之, 大怒, 乃北伐齊. 榮發兵距之城陽. 榮兵敗, 走平原, 平原民殺榮. 項羽遂燒夷齊城郭, 所過盡屠破. 齊人相聚畔之. 榮弟橫收齊散兵, 得數萬人, 反擊項羽於城陽. 而漢王帥諸侯敗楚, 入彭城. 項羽聞之, 乃釋齊而歸擊漢於彭城, 因連與漢戰, 相距滎陽. 以故橫復收齊城邑, 立榮子廣爲王, 而橫相之, 政事無巨細皆斷於橫.

| 註釋 | ○城陽 - 縣名, 군명, 국명. 郡의 치소는 今 山東省 日照市 관할의 莒縣(거현). ○平原 - 현명. 今 山東省 德州市 平原縣. 《삼국연의》에서 劉

備는 31세 때 평원령을 지냈다. ○燒夷(소이) - 태워 없애다. ○彭城(팽성) - 今 江蘇省 徐州市. 당시 西楚霸王 항우의 都城이었다.

〖國譯〗

項王이 이 사실을 알고 대노하며 곧 북쪽으로 나가 齊를 정벌했다. 田榮은 거병하여 城陽에서 항우를 막았다. 田榮의 군사는 패했고 전영은 平原으로 도망쳤으나 平原 백성들이 田榮을 죽여 버렸다. 項羽는 齊의 성곽을 모두 태우거나 없애 버렸으며 지나가는 곳의 모든 사람을 죽이거나 파괴하였다. 齊人들은 서로 모여 항우에 반기를 들었다. 田榮의 동생 田橫은 齊의 흩어진 병력을 수습하여 수만 명을 모아 城陽에서 항우를 반격했다. 그리고 한왕은 여러 諸侯를 거느리고 楚軍을 격파하고 팽성을 차지했다. 항우는 이를 알고 바로 齊를 놓아주고 돌아가 팽성에서 한군을 격파했고 이어 漢과 계속 싸우며 滎陽(형양)에서 대치하였다. 이 때문에 전횡은 齊의 城邑을 다시 회복할 수 있었고 전영의 아들 田廣을 내세워 왕으로 삼았고 전횡은 재상으로서 크고 작은 모든 정사를 결단하였다.

原文

定齊三年, 聞漢將韓信引兵且東擊齊, 齊使華毋傷, 田解軍歷下以距漢. 會漢使酈食其往說王廣及相橫, 與連和. 橫然之, 乃罷歷下守備, 縱酒, 且遣使與漢平. 韓信乃渡平原, 襲破齊歷下軍, 因入臨菑. 王廣,相橫以酈生爲賣己而亨之. 廣東走高密, 橫走博, 守相田光走城陽, 將軍田旣軍於膠東.

楚使龍且救齊, 齊王與合軍高密. 漢將韓信, 曹參破殺龍且, 虜齊王廣. 漢將灌嬰追得守相光, 至博. 而橫聞王死, 自立爲王, 還擊嬰, 嬰敗橫軍於嬴下. 橫亡走梁, 歸彭越. 越時居梁地, 中立, 且爲漢, 且爲楚. 韓信已殺龍且, 因進兵破殺田既於膠東, 灌嬰破殺齊將田吸於千乘, 遂平齊地.

| 註釋 | ○且東擊齊 – 막 東쪽으로 齊를 공격하다. ○歷下 – 邑名. 今 山東 濟南市 부근. ○酈食其(역이기) – 說客, 漢王이 특별히 파견했었다. 食(音) 이. ○縱酒(종주) – 마음 놓고 술을 마시다. ○且遣使與漢平 – 게다가 사자를 보내 漢과 和平하다. ○相橫以酈生爲賣己而亨之 – 재상 田橫은 역이기가 자신들을 속였다고 생각하여 역이기를 팽살하였다. 賣己는 자기들을(齊나라) 속이다. 팔아넘기다. 배신하다. 亨(삶을 팽, 형통할 형)은 烹(삶을 팽)과 通. ○高密(고밀) – 縣名, 今 山東省 濰坊市 관할의 高密市. ○博(박) – 縣名. 今 山東省 泰安市 동남. ○守相 – 臨時 國相(丞相). ○龍且(용저) – 人名. 且 많을 저, 또 차, 도마 조. ○灌嬰(관영, ? – 前 176) – 漢朝 開國功臣, 太尉, 丞相 역임. ○嬴(영) – 縣名. 今 山東省 중앙부 萊蕪市 서북. 泰山의 동쪽. ○梁地 – 今 河南省 開封市 일대. ○千乘 – 縣名. 今 山東省 淄博市 관할의 高苑縣 북쪽.

〖國譯〗

齊를 평정한 지 3년, 漢將 韓信이 군사를 이끌고 동쪽으로 齊를 공격하려 한다는 것을 알고 齊에서는 華毋傷(화무상)과 田解(전해)로 하여금 歷下(역하)에 주둔하여 漢을 방어케 하였다. 마침 漢의 사자 酈食其(역이기)가 와서 齊王 田廣과 재상 田橫에게 화친을 맺고자 하였다. 전횡은 그 말을 믿고 바로 역하의 수비를 풀고 술을 마시며 사자를 보내 漢과 화친하려 했다.

韓信은 곧 平原津을 건너 역하의 齊의 군사를 습격하여 격파하면서 臨菑(임치)에 진입하였다. 국왕인 전광과 재상 전횡은 역이기가 자신들을 속였다고 생각하며 역이기를 삶아 죽였다. 전광은 동쪽 高密縣(고밀현)으로 도주했고 전횡은 博縣(박현)으로 갔으며, 임시 재상인 田光은 城陽(성양)으로 도망갔고, 將軍 田旣(전기)는 膠東(교동)에 주둔하였다. 楚에서는 龍且(용저)를 보내 齊를 구원케 하였는데 齊王과 高密에서 군사를 모았다. 漢將 韓信과 曹參(조참)은 용저의 군사를 격파하고 죽였으며 齊王 전광을 사로잡았다. 漢將 관영은 추격하여 임시 재상 田光을 잡고 박현을 차지했다.

한편 전횡은 왕이 죽었다는 소식을 듣고 자립하여 王이 된 뒤에 군사를 돌려 관영을 공격했지만, 관영은 田橫의 군사를 嬴縣(영현) 근처에서 패퇴시켰다. 전횡은 梁으로 도망을 쳐서 彭越(팽월)에게 의지하였다. 팽월은 그때 梁의 땅을 차지하고 중립을 지켜 漢을 편들거나 또 楚를 돕기도 하였다. 韓信은 이미 용저를 죽이고서 이어 군사를 이끌고 진격하여 田旣(전기)를 膠東(교동)에서 격파하여 죽였고, 灌嬰(관영)은 齊將 田吸(전흡)을 천승현에서 격살하고 마침내 齊 지역을 평정하였다.

原文

漢滅項籍, 漢王立爲皇帝, 彭越爲梁王. 橫懼誅, 而與其徒屬五百餘人入海, 居島中. 高帝聞之, 以橫兄弟本定齊, 齊人賢者多附焉, 今在海中不收, 後恐有亂, 乃使使赦橫罪而召之. 橫謝曰, "臣亨陛下之使酈食其, 今聞其弟商爲漢將而賢, 臣恐懼, 不敢奉詔, 請爲庶人, 守海島中." 使還報, 高帝乃詔衛尉酈商曰, "齊王橫卽至, 人馬從者敢動搖者致族夷!" 乃復使使持節具告以詔意, 曰, "橫來, 大者王, 小者乃侯耳. 不來, 且發兵加誅." 橫乃與其客二人乘傳詣雒陽.

| 註釋 | ○漢王立爲皇帝 - 前 202년. ○居島 - 山東半島 남쪽 해상의 田橫島. ○衛尉 - 궁궐 수비군을 지휘하는 九卿의 一人. ○齊王橫卽至 - 齊王 田橫이 왔을 때. ○族夷(족이) - 滅族. ○大者王, 小者乃侯耳 - 지위가 높은 자는 왕에 봉하고 낮은 자라도 곧 侯에 봉할 것이다. ○乘傳 - 驛站의 傳車(전거, 공무용 수레)를 타다. ○雒陽(낙양) - 縣名. 洛陽, 今 河南省 洛陽市의 동북쪽 白馬寺 부근.

〚國譯〛

漢이 項籍(項羽)을 죽인 뒤, 漢王은 황제로 즉위했으며 팽월은 梁王이 되었다. 田橫은 죽음이 겁나서 그의 무리 5백여 명과 함께 바다를 건너서 섬에 거주하였다. 고조가 이를 알고서, 전횡 형제가 본래의 齊를 평정하면서 齊人 중에 현자가 많이 따라갔기에 지금 섬에 사는 그들을 데려오지 않으면 나중에 환란이 일어날 수 있다고 생각하여 바로 사자를 보내 전횡의 죄를 용서하면서 소환하게 하였다. 그러나 전횡은 이를 사절하며 말했다.

"臣은 폐하의 사자 역이기를 팽살하였는데 지금 듣기로는 그 동생 酈商(역상)이 漢의 장수이며 현명하다니 신은 두려워 조칙을 받을 수 없으며 서인으로 섬을 지키며 살기를 원합니다."

사자가 돌아와 보고하자 고조는 衛尉(위위)인 역상에게 명령하였다. "齊王 전횡이 왔을 때 인마나 종자가 감히 움직이는 자가 있으면 멸족할 것이다." 그리고 다시 사자에게 지절을 가지고 가서 황제의 뜻을 설명케 하라며 말했다.

"전횡이 온다면 높은 자는 왕으로, 또 낮은 자라도 侯에 봉할 것이다. 오지 않는다면 군사를 내어 모두 죽일 것이다."

전횡은 그의 문객 두 사람과 함께 역마를 타고 낙양으로 갔다.

原文

至尸鄕廄置, 橫謝使者曰, "人臣見天子, 當洗沐." 止留, 謂其客曰, "橫始與漢王俱南面稱孤, 今漢王爲天子, 而橫乃爲亡虜, 北面事之, 其愧固已甚矣. 又吾亨人之兄, 與其弟並肩而事主, 縱彼畏天子之詔, 不敢動搖, 我獨不愧於心乎? 且陛下所以欲見我, 不過欲壹見我面貌耳. 陛下在雒陽, 今斬吾頭, 馳三十里間, 形容尙未能敗, 猶可知也." 遂自剄, 令客奉其頭, 從使者馳奏之高帝. 高帝曰, "嗟乎, 有以! 起布衣, 兄弟三人更王, 豈非賢哉!" 爲之流涕, 而拜其二客爲都尉, 發卒二千, 以王者禮葬橫.

| 註釋 | ○尸鄕廄置 – 尸鄕의 廄置. 尸鄕은 古 邑名. 今 河南省 洛陽市 관할의 偃師市(언사시). 廄置(구치)는 말을 먹이는 곳. 驛馬를 키우고 관리하는 곳. 편의상 驛館이라고 번역. ○南面孤稱 – 南面하고 孤라 칭하다. 왕이 되

다. ○其愧固已甚矣 – 그 부끄러움이 정말 너무 심하도다. ○縱 – 설령 ~할지라도. ○形容尙未能敗 – 모습이 그때까지는 바뀌지 않을 것이다. ○有以 – 그런 사연이구나! 그럴 수 있으리라!

〖國譯〗

전횡이 屍鄕(시향)의 역관에 도착하자, 전횡은 그 사자에게 사례하며 말했다.

"人臣으로 천자를 뵈려면 당연히 목욕을 해야 합니다." 길을 멈추자 전횡은 빈객에게 말했다. "나도 전에는 漢王과 같이 남면하여 稱孤하는 王이었는데 지금 한왕은 천자가 되었고 나는 실패한 포로가 되어 北面하여 천자를 섬겨야 하니 그 부끄러움이 정말로 아주 심하도다. 또 나는 남의 형을 삶아 죽였는데 그 사람의 동생과 나란히 서서 주군을 모셔야 하니 설령 그 사람이 천자의 명령이 무서워 행동하지 않는다 해도 나 스스로 마음에 부끄럽지 않겠는가? 그리고 폐하가 나를 만나려는 것은 내 얼굴을 한 번 보려는 것뿐이다. 폐하가 낙양에 있다 하니 30리를 달려간다 하여도 내 얼굴이 상하지는 않을 것이니 괜찮을 것이다."

그리고서는 자살하며 빈객에게 자신의 목을 가지고 사자를 따라 달려가 고조에게 바치라고 하였다. 고조는 "슬픈 일이로다. 그런 사연이 있다니! 포의에서 起身하여 형제 3인이 교대로 왕이 되었으니 어찌 현명한 사람이라 아니 하겠는가!"

고조는 전횡을 생각하며 눈물을 흘리며 그 문객 두 사람에게 도위를 제수하였고 군사 2천 명을 내어 王者의 禮로 전횡의 장례를 치르게 했다.

原文

既葬, 二客穿其塚旁, 皆自剄從之. 高帝聞而大驚, 以橫之客皆賢者, 吾聞其餘尙五百人在海中, 使使召至. 聞橫死, 亦皆自殺. 於是乃知田橫兄弟能得士也.

| 註釋 | ○穿 – 뚫을 천. 땅을 파다. ○塚旁(총방) – 무덤의 옆에. ○尙 – 아직, 또한, 더욱이. ○亦皆自殺 – 1982년 靑島市에서는 '田橫五百義士墓' 를 保護文物로 지정했고, 卽墨市 政府는 묘의 북쪽에 '田橫碑亭' 을 세웠다. ○得士 – 文士나 武士의 인정을 받다. 士의 인심을 얻다.

〖國譯〗

장례를 마치자 두 빈객도 무덤 곁에 구덩이를 파고 스스로 목을 찔러 죽었다. 고조는 소식을 듣고 크게 놀라며 田橫의 빈객들이 모두 현인이라 생각하였고 그 무리가 아직도 5백여 명이나 섬에 있다는 말을 들었다면서 사자를 보내 모두 데려오게 하였다. (5백 명 무리들은) 전횡이 죽은 것을 알고 마찬가지로 모두 자살하였다. 이를 본다면 전횡 형제가 얼마나 士人의 지지를 받고 있었는가를 알 수 있다.

33-3. 韓王信

原文

韓王信, 故韓襄王孽孫也, 長八尺五寸. 項梁立楚懷王, 燕,齊,趙,魏皆已前王, 唯韓無有後, 故立韓公子橫陽君成爲韓王, 欲以撫定韓地. 項梁死定陶, 成奔懷王. 沛公引兵擊陽城, 使張良以韓司徒徇韓地, 得信, 以爲韓將, 將其兵從入武關.

| 註釋 | ○韓 - 戰國七雄(韓,魏,趙,秦,楚,燕,齊)의 하나. 今 山西省 南部와 河南省 北部 일대. 陽翟(양책, 今 河南省 許昌市 관할의 禹州市)이 도성이었다가 鄭國을 멸망시킨 뒤 新鄭(今 河南省 鄭州市)에 도읍. 前 230년 秦에 의해 멸망. 秦은 그 지역에 潁川郡(영천군)을 설치. ○韓王信(한왕신) - 韓信. 대장군이며 나중에 淮陰侯가 된 韓信과 성명이 똑같아 韓王信이라 표기하여 구분한다. ○韓 襄王(양왕) - 재위 前 312 - 296. ○孽孫(얼손) - 庶孫. 庶子 중에서도 천한 여인에서 얻은 아들을 孽子(얼자)라 지칭. ○張良(장량, ? - 前 185) - 字는 子房, 留侯, 시호 文成, 漢朝 開國元勳. 蕭何, 韓信과 함께 漢初 三傑. 40권, 〈張陳王周傳〉에 입전. 《史記 留侯世家》 참고. ○將其兵從入武關 - 武關은 관문 이름. 今 陝西省 商洛市 丹鳳縣 동쪽.

〖國譯〗

韓王信은 옛 韓 襄王의 庶孫인데 키가 8척5촌이었다. 項梁이 楚懷王과 燕, 齊, 趙, 魏 모두가 이전 왕의 후손으로 왕을 봉했는데 오직 韓은 남아있는 왕의 후손이 없기 때문에 韓公子 橫陽君 韓成을 韓王으로 세워 韓의 땅을 안무하려 했다. 項梁이 定陶에서 죽자 韓成은 懷王 있는 곳으로 달아났다. 沛公은 引兵하여 陽城을 치고, 張良을 韓 司徒로 삼아 옛 韓地를 공략케 하였는데 장량은 韓信을 찾아내어 韓將으로 삼았고, 韓信은 그의 군사를 거느리고 漢王을 따라 武關에 들어갔다.

原文

沛公爲漢王, 信從入漢中, 乃說漢王曰, "項王王諸將, 王獨居此, 遷也. 士卒皆山東人, 竦而望歸, 及其蜂東鄉, 可以爭天下." 漢王還定三秦, 乃許王信, 先拜爲韓太尉, 將兵略韓地.

| **註釋** | ○沛公爲漢王 – 前 206년. ○遷也 – 좌천당한 것이다. ○竦而望歸 – 발돋움하고 서서 돌아갈 날을 기다린다. 竦은 놀랄 송. 공경하다. 발돋움하여 서다(기다리는 모양). ○及其蜂東鄉 – 蜂은 鋒, 鄕은 向. ○乃許王信 – 이에 한신을 王으로 삼는 것을 허락하다.

〖國譯〗

沛公은 漢王이 되었고 韓信은 漢王을 따라 漢中에 들어갔는데, 漢王에게 말했다. "項王이 諸將을 왕으로 삼았지만 대왕께서는 홀로 이곳 한중에 머무르니, 이는 좌천입니다. 대왕의 사졸들은 모두 山東 출신이라 까치발을 하고 돌아가기를 기다리니 창끝을 동쪽으로 향한다면 천하를 놓고 경쟁할 수 있을 것입니다."

한왕은 漢中을 나와 三秦을 평정하였고 한신을 왕으로 봉하겠다고 승락했으나 먼저 韓 太尉의 직책을 주어 군사를 거느리고 韓地를 공략케 하였다.

原文

項籍之封諸王皆就國, 韓王成以不從無功, 不遣之國, 更封爲穰侯, 後又殺之. 聞漢遣信略韓地, 乃令故籍游吳時令鄭昌爲韓王距漢. 漢二年, 信略定韓地十餘城. 漢王至河南, 信急擊韓王昌, 昌降漢. 漢乃立信爲韓王, 常將韓兵從. 漢王使信與周苛等守滎陽, 楚拔之, 信降楚. 已得亡歸漢, 漢復以爲韓王, 竟從擊破項籍. 五年春, 與信剖符, 王潁川.

| 註釋 | ○韓王成以不從無功 – 韓王 韓成이 項羽를 따라 咸陽에 가지도 않았고(不從) 또 武功도 없다 하여. ○穰侯(양후) – 穰(양)은 縣名. 今 河南省 직할의 鄧州市, 河南省의 서남쪽에 위치. 湖北省의 접경. ○漢二年 – 前 205년. ○河南 – 郡名. 치소는 洛陽縣, 今 河南省 洛陽市 동북부. ○已得亡歸漢 – 뒤에 도망하여 漢으로 돌아오다. 已는 以後에. ○五年春 – 前 202년. ○剖符 – 虎符(符節 부절)을 나누다. 제후로 임명하다. 해당 侯國에서 군사를 동원하려면 중앙(황제)에서 갖고 온 虎符와 그 후국에서 보관 중인 것을 서로 맞추어야 군사를 동원할 수 있다. 큰 공을 세운 사람을 대대로 제후로 인정한다는 의미로 통용되었다. ○王潁川 – 영천을 王都로 하다. 옛 韓의 영토에 해당.

〖國譯〗

項籍(항적, 항우)이 봉한 諸王이 모두 봉국으로 부임하였으나 韓王 韓成은 항우를 따라 가지도 않았고 武功도 없어 韓國으로 보내지 않고 다시 穰侯(양후)로 강등하여 봉했다가 나중에 죽여 버렸다. 항우는 漢이 韓信을 보내 韓地를 공략하고 있다는 소식을 듣고 전에 항우가 吳에 있을 때 현령이었던 鄭昌을 韓王으로 삼아 漢을 막게 하였다.

漢 2年, 韓信은 韓의 10여 성을 점령하였다. 漢王이 河南에 왔을 때 韓信은 맹렬하게 韓王 鄭昌을 공격했고, 정창은 漢에 투항했다. 漢은 이에 韓信을 세워 韓王으로 삼았고 늘 韓兵을 거느리고 漢王을 따르게 하였다. 漢王은 韓王信과 周苛(주가) 등으로 형양을 수비케 하였지만 楚가 형양성을 점령하자 韓王信은 楚에 항복하였다. 韓王信은 뒤에 도망을 나와 漢으로 돌아왔고 漢에서는 다시 韓王으로 삼았으며 한왕신은 漢王을 따라 항우를 격파하였다. 漢 5년 봄, 韓王信에게 부절을 나누어 주었고 穎川(영천)을 王都로 하였다.

原文

六年春, 上以爲信壯武, 北近鞏,雒, 南迫宛,葉, 東有淮陽, 皆天下勁兵處也, 乃更以太原郡爲韓國, 徙信以備胡, 都晉陽. 信上書曰, "國被邊, 匈奴數入, 晉陽去塞遠, 請治馬邑." 上許之. 秋, 匈奴冒頓大入圍信, 信數使使胡求和解. 漢發兵救之, 疑信數間使, 有二心. 上賜信書責讓之曰, "專死不勇, 專生不任, 寇攻馬邑, 君王力不足以堅守乎? 安危存亡之地, 此二者朕所以責於君王." 信得書, 恐誅, 因與匈奴約共攻漢, 以馬邑降胡, 擊太原.

| 註釋 | ○六年 - 前 201년. ○壯武 - 용감하고 무예가 뛰어나다. ○鞏(공) - 縣名. 今 河南省 직할의 鞏義市(공의시). 鄭州市와 洛陽市 중간. ○雒(낙) - 현명. 今 洛陽市 동북. ○宛(원) - 縣名. 今 河南省 서남부 南陽市. ○葉(섭) - 縣名. 今 河南省 平頂山市 관할의 葉縣 서남. ○淮陽(회양) - 縣名. 今 河南省 周口市 관할의 淮陽縣. ○勁兵(경병) - 强兵. ○太原郡 - 군명. 치소는 晋陽縣, 今 山西省 省都인 太原市 서남. ○晉陽(진양) - 현명. ○被邊 - 변방에 위치하다. ○馬邑 - 代國의 도읍. 현명. 今 山西省 북부의 朔州市. ○匈奴 冒頓(묵독, 묵돌. 묵특, ? - 前 174) - 흉노 최고 통치자인 單于(선우)의 이름. 冒頓은 (mò dú 墨毒)이라는 音讀에 의거 우리말은 '묵독'으로 표기한다. 冒은 선우 이름 묵. 탐할 모. 頓은 흉노왕 이름 돌. 조아릴 돈. 漢 高祖를 白登에서 포위하여 곤경에 빠트렸던 인물. 惠帝 때 국서를 보내 呂后에게 결혼하자는 무례한 요구를 했어도 漢은 이들과 화친해야만 했다. ○間使 - 공식 사신이 아닌 韓王信의 뜻을 전하는 使者. ○責讓 - 책망하고 힐문하다. 따져 묻다. ○專死不勇 - 죽음을 각오할 만큼 용감하지도 않고. ○專生不任 - 기어코 살려고 임무에 최선을 다하지 않다.

〖國譯〗

韓 6년 春, 고조는 韓王信이 용감하고 무예가 뛰어나니 北으로는 鞏縣(공현)과 낙양에 가까우며, 남으로는 宛縣(원현)과 葉縣(섭현)에 맞닿고, 동으로는 淮陽縣에 연접하여 온 지역에 천하 강병을 모은 곳에 왕을 해야 한다고 생각하여 太原郡을 韓國으로 대체하고 韓王

信으로 흉노에 대비케 하며 晉陽縣에 도읍케 하였다. 그러자 韓王信이 上書하였다.

"나라가 변방에 치우쳤고 흉노가 자주 침입하는데 晉陽은 요새에서 멀기에 馬邑에서 통치하겠습니다." 그러자 고조가 허락하였다.

가을에 흉노의 冒頓(묵독)이 대거 침입하여 韓王信을 포위하였다. 韓王信은 자주 使者를 보내 흉노와 화해하고자 하였다. 漢에서는 발병하여 구원하면서도 韓王信이 몰래 사신을 흉노에 자주 보내며 두 마음을 갖고 있다고 의심하였다. 이에 고조는 韓王信에게 서신을 보내 책망하며 따져 물었다. "죽음을 각오할 만큼 용감하지도 않았고 기어코 살려고 임무에 최선을 다하지 않았도다. 적이 馬邑을 공격할 때 君王은 능력이 부족하여 安危存亡의 땅을 지키지 못하였는가? 이 두 가지 때문에 朕(짐)이 君王을 책망하노라." 韓王信은 조서를 받고 죽게될까 두려워하여 흉노와 같이 漢을 공격하기로 약속하고 馬邑에서 흉노에게 항복한 뒤에 太原을 공격하였다.

原文

七年冬, 上自往擊破信軍銅鞮, 斬其將王喜. 信亡走匈奴, 其將白土人曼丘臣, 王黃立趙苗裔趙利爲王, 復收信散兵, 而與信及冒頓謀攻漢. 匈奴使左右賢王將萬餘騎與王黃等屯廣武以南, 至晉陽, 與漢兵戰, 漢兵大破之, 追至於離石, 復破之. 匈奴復聚兵樓煩西北. 漢令車騎擊匈奴, 常敗走, 漢乘勝追北. 聞冒頓居代谷, 上居晉陽, 使人視冒頓, 還報曰, “可擊”. 上遂至平城, 上白登. 匈奴騎圍上, 上乃使人厚遺閼氏. 閼氏說冒頓曰, “今得漢地, 猶不能居, 且兩主不相戹.” 居七日, 胡騎稍稍引去. 天霧, 漢使人往來, 胡不覺. 護軍中尉陳平言上曰, “胡者全兵, 請令强弩傅兩矢外鄉, 徐行出圍.” 入平城, 漢救兵亦至, 胡騎遂解去, 漢亦罷兵歸. 信爲匈奴將兵往來擊邊, 令王黃等說誤陳豨.

| 註釋 | ○七年冬 – 前 200년. ○銅鞮(동제) – 上黨郡의 縣名. 今 山西省 동남쪽 長治市 관할의 沁縣(심현). ○白土 – 縣名. 今 陝西省 북부 楡林市 관할의 神木縣. ○曼丘臣(만구신) – 曼丘는 複姓. ○苗裔(묘예) – 먼 후손. ○左右賢王 – 賢王은 흉노의 관직명. 족장인 單于(선우) 다음의 직위. 보통 太子가 겸임. 屠耆(도기)라고도 한다. ○廣武 – 縣名. 今 山西省 忻州市(흔주시) 관할의 代縣 서남. ○離石(이석) – 縣名. 今 山西省 呂梁市 離石市. ○樓煩(누번) – 今 山西省 寧武縣. ○代谷 – 古 地名. 今 河北省 張家口市 남쪽 蔚縣(울현) 동북. ○晉陽(진양) – 山西省 省都인 太原의 옛 이름. ○平城 – 縣名. 今 山西省 북쪽 大同市 동북. ○白登 – 今 山西省 大同市 북쪽의 산 이름. ○閼氏(烟支, 연지, yānzhī) – 흉노 통치자인 單于(선우)의 正妻에 대한 칭호. ○不相戹 – 서로 괴롭히지 않다. ○陳平 – 平城의 위기를 해결한 것은 진평의 공로이지만 그 방법은 흉노 선우의 正妻에게 뇌물을 준 것이라 알려졌다. 곧 당당하지 못한 해결이기에 史書에 자세한 기록이 없다. ○胡者全兵 – 胡는 흉노족. ‘흉노족은 모두 兵器뿐이다.’ 여러 해석이 있지만, 흉노족은 칼이나 창 같은 짧은 공격용 兵器를 사용하고 방패와 같은 방어용 무기가 없다는 해석이 합리적이다. 그러나 그런 사실을 진평이 처음 알고 고조는 몰랐느냐는 의문이 제기된다. ○傅兩矢外鄉 – 弩(쇠뇌)에 화살을 두 개씩 얹어 밖으로 향하다. 傅은 附와 通. ○說誤陳豨 – 陳豨(진희)가 반기를 들

도록 설득하다. 誤는 잘못을 저지르게 하다. 動詞로 쓰였다. 陳豨(? - 前 196)는 '白登之圍' 뒤에 陽夏侯가 되었다.

〖國譯〗

漢 7년 겨울, 高祖는 친히 원정에 나서 韓信의 군사를 銅鞮縣(동제현)에서 격파하고 그의 부장 王喜를 죽였다. 韓王信은 흉노로 도망했고 부장인 백토현 사람 曼丘臣(만구신)과 王黃(왕황)은 趙의 후예인 趙利(조리)를 王으로 세웠고 韓王信의 散兵을 모아 韓王信 및 冒頓(목독)과 함께 漢을 공격하기로 했다. 흉노는 左右賢王이 1만 여기를 거느리고 왕황 등과 함께 廣武縣의 남쪽에 주둔하고 晉陽까지 들어와 漢兵과 싸웠는데 漢兵은 적을 大破하고 離石까지 추격하여 또 격파하였다. 흉노는 다시 樓煩(누번) 서북에서 군사를 수습했다. 漢은 車騎將軍에게 명하여 흉노를 공격하였고 적이 계속 패주하자 漢은 승세를 타고 북쪽으로 추격하였다. 흉노 冒頓(묵독)이 代谷에 있다는 말을 들었고 고조는 晉陽에 있었는데 사람을 보내 묵독을 염탐하여 '공격할 수 있다' 는 보고를 받았다. 고조는 마침내 平城에 왔고 白登山을 공격하였다. 흉노의 기병이 고조를 포위하였는데 고조는 사람을 보내 閼氏(연지)에게 후한 예물을 보냈다. 연지가 묵독을 설득하며 "지금 漢의 땅을 차지한다 하여도 살 수도 없는데 양쪽에서 서로를 괴롭히지 말아야 합니다."라고 말했다. 7일 만에 흉노의 기병은 점차 철수하였다. 짙은 안개가 끼자 漢에서는 사람을 왕래시켰으나 흉노가 알지 못했다. 護軍中尉 陳平(진평)이 고조에게 말했다. "흉노는 공격용 병기뿐이니 강한 쇠뇌에 화살을 두 개씩 얹어 밖을 향하게 하고 서서히 포위를 뚫고 나가십시오." 고조는 平城에 도착했고 漢의 구원병도 도착하자 흉노는 포위를 풀고 돌아갔으며 漢에서도 罷兵하고 돌아왔다. 韓王信은 흉노 편이 되어 오가며 변방을 습격하였고 王黃 등을 시켜 陳豨(진희)에게 반기를 들라고 설득했다.

原文

十一年春, 信復與胡騎入居參合. 漢使柴將軍擊之, 遺信書曰, "陛下寬仁, 諸侯雖有叛亡, 而後歸, 輒復故位號, 不誅也, 大王所知. 今王以敗亡走胡, 非有大罪, 急自歸." 信報曰, "陛下擢僕閭巷, 南面稱孤, 此僕之幸也. 滎陽之事, 僕不能死, 囚於項籍, 此一罪也. 寇攻馬邑, 僕不能堅守, 以城降之, 此二罪也. 今爲反寇, 將兵與將軍爭一旦之命, 此三罪也. 夫種,蠡無一罪, 身死亡. 僕有三罪, 而欲求活, 此伍子胥所以僨於吳世也. 今僕亡匿山谷間, 旦暮乞貸蠻夷, 僕之思歸, 如痿人不忘起, 盲者不忘視, 勢不可耳."

遂戰. 柴將軍屠參合, 斬信.

| 註釋 | ○十一年 – 前 196년. ○參合 – 代郡에 속한 縣 이름. 今 山西省 大同市 관할의 陽高縣. ○柴將軍 – 柴武(시무). ○以敗亡走胡 – 以는 已. 이미. ○陛下擢僕閭巷 – 擢 뽑을 탁. 僕 종 복. 나. 閭巷(여항)은 마을. ○種,蠡 – 種은 춘추시대 越나라의 대부 文種. 句踐의 신하. 구천의 성공을 도왔으나 구천 곁을 떠나지 않다가 결국 피살되었다. 蠡는 구천의 신하 范蠡(범려), 범려는 부차에 대한 구천의 복수가 끝나자 즉시 구천 곁을 떠나 陶朱公이라 이

름을 바꾸고 장사를 해서 큰 부자가 되었다. ○伍子胥(오자서) - 춘추시대 吳國의 대부. 夫差의 신하. 오자서의 직언에 화가 난 부차는 오자서에게 칼을 주고 자결을 명했다. 僨 넘어질 분. 죽다. ○旦暮乞貣蠻夷 - 아침(旦) 저녁(暮)으로. 蠻夷(만이)는 흉노. 貣 빌려 올 특. 빌리다. 貸와 같은 뜻. 구걸하다. ○痿人(위인) - 마비된 사람. 앉은뱅이. 痿 저릴 위, 손발이 마비될 위. ○屠 - 잡을 도. 짐승을 죽이다. 무찌르다.

〖國譯〗

漢 11년 春, 韓信은 다시 흉노의 기병과 함께 參合縣에 침입하여 점령하였다. 漢에서는 柴武(시무) 장군을 시켜 반격하게 했는데 시무가 韓信에게 편지를 보냈다.

"폐하께서는 관대 인자하시어 제후가 비록 모반하거나 도망을 가도 뒤에 돌아온다면 바로 옛 자리를 다시 주고 죽이지 않았다는 것을 대왕도 알 것입니다. 지금 韓王께서는 전에 싸움에 패했기에 흉노로 도망했으니 큰 죄가 있는 것도 아니니 빨리 스스로 돌아오십시오."

이에 韓王信이 대답을 보내왔다.

"폐하께서는 나를 평민의 마을에서 발탁하시어 남면하여 왕이 되게 해 주셨으니, 이는 나의 행운이었습니다. 형양에서 패배하고서도 나는 죽지 못해 項籍(項羽)에게 갇혔었으니 이것이 첫 번째 죄입니다. 흉노가 馬邑을 공격할 때 나는 굳게 지키지 못하고 성을 들어 항복하였는데, 이는 나의 두 번째 죄입니다. 지금 배반한 적장으로 군사를 이끌고 짧은 목숨을 걸고 장군과 싸우고 있으니, 이는 나의 세 번째 죄입니다. 옛날 越나라의 文種과 范蠡(범려)는 아무 죄가 없는데도 죽어야 했습니다. 내가 3가지 죄를 짓고도 살기를 바라는 것은 伍子胥(오자서)가 吳에서 자결한 것과 같을 것입니다. 지금 나는 산속에 숨어 지내면서 아침저녁으로 오랑캐들에게 빌어먹고 있기에 내가 돌아가고 싶은 마음은 앉은뱅이가 일어서길 바라고, 눈 먼 자가 눈 뜨기를 바라는 것과 같으나 가망이 없을 것입니다."

그뒤에 싸우게 되자 柴(시)장군은 삼합현의 적을 도륙하고 韓信을 죽였다.

原文

信之入匈奴, 與太子俱, 及至穨當城, 生子, 因名曰穨當. 韓太子亦生子嬰. 至孝文時, 穨當及嬰率其衆降. 漢封穨當爲弓高侯, 嬰爲襄城侯. 吳,楚反時, 弓高侯功冠諸將. 傳子至孫, 孫無子, 國絕. 嬰孫以不敬失侯. 穨當孽孫嫣, 貴幸, 名顯當世. 嫣弟說, 以校尉擊匈奴, 封龍額侯. 後坐酎金失侯, 復以待詔爲橫海將軍, 擊破東越, 封按道侯. 太初中, 爲游擊將軍屯五原外列城, 還爲光祿勳, 掘蠱太子宮, 爲太子所殺. 子興嗣, 坐巫蠱誅. 上曰, "游擊將軍死事, 無論坐者." 乃復封興弟增爲龍額侯. 增少爲郎, 諸曹,侍中,光祿大夫, 昭帝時至前將軍, 與大將軍霍光定策立宣帝, 益封千戶. 本始二年, 五將征匈奴, 增將三萬騎出雲中, 斬首百餘級, 至期而還. 神爵元年, 代張安世爲大司馬車騎將軍, 領尚書事. 增世貴, 幼爲忠臣, 事三主, 重於朝廷. 爲人寬和自守, 以溫顔遜辭承上接下, 無所失意, 保身固寵, 不能有所建明. 五鳳二年薨, 諡曰安侯. 子寶嗣, 亡子, 國除. 成帝時, 繼功臣後, 封增兄子岑爲龍頟侯, 薨, 子持弓嗣. 王莽敗, 乃絶.

| **註釋** | ○穨當城(퇴당성) － 今 內蒙古의 지명. 위치 미상. ○嫣 － 아리따울 언. 韓嫣(한언). 武帝의 寵臣. 上大夫가 되었고, 禁宮에 출입하며 궁녀와 私通하여 사약을 받고 죽었다. ○酎金(주금) － 漢 天子는 8월에 宗廟에 大祭를 지내는데 侯王이나 列侯는 그 戶口에 따라 차등을 두어(인구 1千名에 金 4兩) 비용을 분담했다. ○東越(동월) － 지금의 福建省 일대에 살던 부족. ○太初中 － 武帝의 연호(前 104 － 101년). ○五原 － 郡名. 치소는 九原縣 今 內蒙古 包頭市 서북. ○掘蠱(굴고) － 蠱(독 고)는 저주의 뜻으로, 물건이나 글을 묻는 주술행위. 《周易》 64괘의 하나. ○霍光(곽광, ? － 前 68) － 名將 霍去病의 異母弟, 宣帝 霍皇后의 父. ○宣帝(선제) － 재위 前 73 － 49. ○本始二年 － 宣帝의 연호. 前 72년. ○神爵(신작) 元年 － 宣帝의 연호. 前 61년. ○張安世(? － 前 62) － 漢의 유명한 酷吏(혹리)인 張湯의 아들. 武帝 때 尙書令, 宣帝 때 大司馬. 軍政大權을 장악. 청렴한 관리로도 유명. ○五鳳二年 － 宣帝의 연호. 전 56년.

〖國譯〗

韓信이 匈奴에 들어가면서 太子(아들)와 같이 갔는데 韓信이 穨當城(퇴당성)에 도착하여 또 아들을 낳아 이름을 穨當(퇴당)이라 하였다. 韓信의 太子도 아들 韓嬰(한영)을 낳았다. 孝文帝 때, 한퇴당과 한영은 그 무리들을 이끌고 漢에 투항하였다. 漢에서는 한퇴당을 弓高侯(궁고후)에, 한영을 襄城侯(양성후)에 봉했다. 경제 때 吳와 楚의 반란을 진압할 때, 궁고후의 공로가 여러 장수 중에 으뜸이었다. 작위가 한퇴당의 아들에서 손자에 이르렀으나 손자가 아들이 없어 나라가 단절되었다. 한영의 손자는 불경죄로 작위를 잃었다. 한퇴당의 孽孫(얼손)인 韓嫣(한언)은 武帝의 총애를 받으며 當世에 이름을 날렸다. 한언의 동생 韓說(한열)도 校尉로 흉노를 치고 龍額侯(용액후)에 봉해졌다. 뒤에 酎金(주금)을 내지 않아 제후의 지위를 잃었지만 조서를 받아 회복되었고 橫海將軍이 되어 東越(동월)을 격파하고 按道侯(안도후)에 봉해졌다. 武帝 太初 연간에는 游擊將軍(유격장군)이 되어 五原郡의 列城에 주둔했다가 돌아와 光祿勳이 되었으나 太子宮(衛太子)의 무고 사건으로 태자에게 살해되었다. 아들 韓興이 뒤를 이었으나 巫蠱(무고)에 연루되어 죽었다. 무제가 "유격장군의 죽음에 연좌를 논하지 말라."고 하였다. 그래서 韓興의 아우 韓增(한증)이 龍額侯가 되었다. 한증은 어린 나이에 낭관이 되어 여러 부서를 거쳐 侍中과 光祿大夫가 되었다가 昭帝 때에 前將軍이 되었고, 대장군 霍光(곽광)과 宣帝를 옹립하여 千戶를 더 받았다. 선제 本始 2년에 五將을 동원하여 흉노를 정벌하였는데 한증은 3만 기병을 거느리고 雲中郡에 출정하여 적 100여 명을 죽였고 기일에 맞춰 회군하였다. 선제 神爵 원년에 張安世에 이어 大司馬 車騎將軍으로 領尙書事가 되었다. 한증은 대대로 귀족이며 어려서부터 충성하고 황제 3대를 섬기면서 조정의 重臣이었다. 사람 됨됨이가 관대 온화하며 분수를 지켰고, 부드러운 안색과 겸손한 언사로 아래 윗사람과 잘 어울려 실패하지 않았으며, 保身을 잘해 총애를 받았지만 남다른 업적은 없었다. 宣帝 五鳳 2년에 죽었는데, 시호는 安侯이다. 아들 韓寶가 뒤를 이었으나 아들이 없어 侯國이 없어졌다. 成帝 때에 功臣 후손의 지위를 계속하게 하였는데 韓增 兄의 아들 韓岑(한잠)이 龍

額侯가 되었고 그가 죽자 아들 韓持弓이 뒤를 이었다. 王莽(왕망)이 멸망하면서 단절되었다.

原文

贊曰, 周室旣壞, 至春秋末, 諸侯耗盡, 而炎,黃,唐,虞之苗裔尙猶頗有存者. 秦滅六國, 而上古遺烈掃地盡矣. 楚,漢之際, 豪桀相王, 唯魏豹,韓信,田儋兄弟爲舊國之後, 然皆及身而絶. 橫之志節, 賓客慕義, 猶不能自立, 豈非天虖! 韓氏自弓高後貴顯, 蓋周烈近與!

| **註釋** | ○諸侯耗盡 – 제후들은 천천히 없어졌다. ○炎帝 – 중국인들에게 농사를 가르쳐 준 神農氏. 俗姓은 姜氏. ○黃 – 黃帝 軒轅氏(헌원씨). 中華民族의 祖先. ○唐 – 堯. 虞 – 舜. ○遺烈 – 遺業. ○豪桀 – 豪傑. ○橫 – 田橫. ○弓高 – 弓高侯 韓頹當(한퇴당). ○周烈 – 주 왕실의 後孫.

〖國譯〗

班固의 論贊 : 周 왕실이 쇠퇴하면서 춘추 말기에 이르러 제후들은 서서히 사라졌지만 그래도 炎帝 神農氏, 黃帝 軒轅氏(헌원씨), 堯와 舜의 후손들은 많이 남아 이어졌다. 그리고 秦이 6국을 멸망시키면서 상고 시대의 옛 후손은 쓸어내듯 없어졌다. 楚와 漢의 교체기에 호걸들이 일어나 서로 왕이 되었는데 오직 魏豹(위표)와 韓王信, 田儋(전담) 형제는 옛 6국의 후예로 왕이 되었으나 모두 그 사람 代에 끊어졌다. 田橫(전횡)의 지조와 절개를 빈객들이 흠모했으나 전횡은 자립하지 못했으니 어찌 하늘의 뜻이 아니겠는가? 韓氏는 弓高侯 이후 귀하게 이름을 날렸는데 아마 周의 후손에 가까웠기 때문일 것이다.

34 韓彭英盧吳傳
〔한,팽,영,노,오전〕

34-1. 韓信(淮陰侯)

原文

韓信, 淮陰人也. 家貧無行, 不得推擇爲吏, 又不能治生爲商賈, 常從人寄食. 其母死無以葬, 乃行營高燥地, 令傍可置萬家者. 信從下鄕南昌亭長食, 亭長妻苦之, 乃晨炊蓐食. 食時信往, 不爲具食. 信亦知其意, 自絶去. 至城下釣, 有一漂母哀之, 飯信, 竟漂數十日. 信謂漂母曰, "吾必重報母." 母怒曰, "大丈夫不能自食, 吾哀王孫而進食, 豈望報乎!" 淮陰少年又侮信曰, "雖長大, 好帶刀劍, 怯耳." 衆辱信曰, "能死, 刺我, 不能, 出跨下." 於是信孰視, 俯出跨下.

一市皆笑信, 以爲怯.

| 註釋 | ○韓信(前 230 - 196) - 漢 開國名將. 漢初 三傑. 國士無雙의 주인공. 高祖보다 26세나 어렸다. ○淮陰(회음) - 今 江蘇省 중부 淮安市. ○無行 - 無 善行. ○商賈(상고) - 장사(行賣曰 商, 坐販曰 賈), 상업. ○行營 - 구하러 돌아다니다. ○下鄕 - 淮陰縣의 마을 이름. ○晨炊蓐食(신취욕식) - 새벽에 밥을 지어 배불리 먹다. 蓐 깔개 욕. 蓐食은 多食(方言). ○漂母 - 빨래하는 여인. 漂 떠돌 표. 물에 헹구다. 허사가 되다. 멋지다. 韓信에 관한 속언 중 '成敗一蕭何, 生死兩婦人'이란 말이 있는데, 두 사람의 婦人이란 漂母와 呂后를 의미한다. ○王孫 - 젊은 사람에 대한 敬稱. ○衆辱 - 대중 앞에서 모욕하다. ○孰視(숙시) - 孰은 熟. ○出跨下 - 跨는 타넘을 과. 사타구니 과(胯 同).

〖國譯〗

韓信은 淮陰縣(회음현) 사람이었다. 집은 가난하고 선행도 없어 관리로 추천을 받거나 뽑히지도 못했으며, 또 먹고 살려고 장사를 하지도 않고아 늘 남에게 얻어먹었다. 그의 어머니가 죽었을 때 높고 건조한 곳으로 (무덤 곁에) 一萬 戶를 지을 수 있는 곳을 찾아 돌아다녔다.

한신은 下鄕의 南昌 亭長 집을 다니며 얻어 먹었는데 정장의 아내는 한신을 싫어하여 일찍 밥을 지어 배불리 먹어버렸다. 밥 때에 한신이 갔으나 밥을 차려 주지 않았다. 한신도 그 뜻을 알고서는 스스로 가지 않았다. 성 밖에서 낚시를 할 때 빨래하는 여인이 한신을 불쌍히 여겨 밥을 주었는데 빨래 일이 다 끝날 때까지 수십 일을 계속했다. 한신이 漂母(표모)에게 말했다. "내가 틀림없이 크게 갚아드리겠습니다.” 그러자 표모가 화를 내며 말했다. “대장부가 제 밥도 먹지 못하기에 젊은이가 불쌍해서 밥을 준 것이지 어찌 보답을 바라겠소!”

회음현의 어떤 젊은이가 한신을 업신여기며 말했다. “키만 크고 칼을 차고 다니지만 겁쟁이로다.” 그리고 여러 사람 앞에서 한신을 모욕하며 말했다. “죽고 싶으면 나를 찔러라! 그렇지 않다면 내 사타구니 아래로 기어가라.” 그러자 한신은 그를 한참 바라보다가 사타구니 아래를 기어갔다. 거리의 모든 사람이 웃으면서 한신을 겁쟁이라고 여겼다.

原文

及項梁度淮, 信乃杖劍從之, 居戲下, 無所知名. 梁敗, 又屬項羽, 爲郎中. 信數以策干項羽, 羽弗用. 漢王之入蜀, 信亡楚歸漢, 未得知名, 爲連敖. 坐法當斬, 其疇十三人皆已斬, 至信, 信乃仰視, 適見滕公, 曰, “上不欲就天下乎? 而斬壯士!” 滕公奇其言, 壯其貌, 釋弗斬. 與語, 大說之, 言於漢王. 漢王以爲治粟都尉, 上未奇之也.

| 註釋 | ○度는 渡也. ○戲下(희하) - 麾下(휘하). ○無所知名 - 이름을 낼 길이 없었다. ○郎中 - 郎中令의 屬官. 황제의 측근에서 侍衛, 秩 三百石級의 하급 관리. 여기서는 하급 무관. ○干 - 求하다. 채택해주길 바라다. ○連敖(연오) - 軍糧을 담당하는 小吏. ○疇(밭두둑 주) - 儔(짝 주). 同僚. ○滕公(등공) - 전에 滕縣(등현)의 현령이었던 夏候嬰(하후영). ○上未奇之

也 – 여기서 上은 尙(아직도), 여전히.

【國譯】

項梁이 회수를 건너오자 한신은 칼을 차고 항량을 추종하여 그 휘하에 있었으나 이름을 알릴 방법이 없었다. 항량이 죽자 다시 항우 소속으로 낭중이 되었다. 한신은 여러 번 방책을 내어 항우가 써주길 희망했으나 항우는 채택하지 않았다. 한왕이 촉에 들어갈 때 한신은 항우에게서 도망을 나와 漢에 귀부하였으나 이름을 얻지 못하고 군량 담당 일을 하였다. 한신이 법을 어겨 사형을 당하게 되었는데 그 동료 13명이 모두 참수되고 한신의 차례가 되자 한신은 당상을 올려보다가 滕公(등공) 하후영에게 말했다. "한왕은 천하를 차지하지 않을 것인가? 장사를 죽이다니!" 등공은 그 말이 기이하고 그 생김새가 장해서 풀어줘 참수하지 않았다. 등공은 한신과 이야기를 나누고서 크게 기뻐하며 漢王에게 말했다. 漢王은 한신을 治粟(치속)도위로 삼았으나 여전히 한신을 대단하게 여기지는 않았다.

原文

數與蕭何語, 何奇之. 至南鄭, 諸將道亡者數十人. 信度何等已數言上, 不我用, 卽亡. 何聞信亡, 不及以聞, 自追之. 人有言上曰, "丞相何亡." 上怒, 如失左右手. 居一二日, 何來謁. 上且怒且喜, 罵何曰, "若亡, 何也?" 何曰, "臣非敢亡, 追亡者耳." 上曰, "所追者誰也?" 曰, "韓信." 上復罵曰, "諸將亡者以十數, 公無所追, 追信, 詐也." 何曰, "諸將易得, 至如信, 國士無雙. 王必欲長王漢中, 無所事信, 必欲爭天下, 非信無可與計事者. 顧王策安決." 王曰, "吾亦欲東耳, 安能鬱鬱久居此乎?" 何曰, "王計必東, 能用信, 信卽留, 不能用信, 信終亡耳." 王曰, "吾爲公以爲將." 何曰, "雖爲將, 信不留." 王曰, "以爲大將." 何曰, "幸甚." 於是王欲召信拜之. 何曰, "王素嫚無禮, 今拜大將如召小兒, 此乃信所以去也. 王必欲拜之, 擇日齋戒, 設壇場具禮, 乃可." 王許之. 諸將皆喜, 人人各自以爲得大將. 至拜, 乃韓信也, 一軍皆驚.

| **註釋** | ○蕭何(소하, 前 257 – 193) – 沛縣 豐邑人(今 江蘇省 徐州市 豐縣). 漢朝의 初年 丞相, 漢初 三傑. ○南鄭 – 縣名. 今 陝西省 漢中市 동쪽. ○若亡, 何也 – 너도 도망했다니 왜 그런가?" ○國士無雙 – 나라에 그런 영재는 또 없다. ○顧王策安決 – 왕의 방책이 어떻게 결정될지 보겠습니다. ○安能鬱鬱久居此乎 – 安은 어떻게. 鬱鬱(울울)은 울적하다. ○幸甚 – 다행이다. 좋습니다. ○素嫚無禮 – 늘 오만하고 무례하다. 嫚은 업신여길 만. 오만하다.

〖**國譯**〗

한신은 蕭何와 여러 번 이야기를 하였는데, 소하는 한신을 기이한 사람으로 여겼다. 한왕이 南鄭(남정)에 이를 때까지 길에서 도망하는 장수가 수십 명이었다. 한신은 소하와 이미 여러 번 이야기를 했는데도 자신을 써 주지 않는다고 생각하여 바로 도망을 쳤다. 소하가 한신이 도망했다는 것을 알자 漢王에게 알리지도 않고 직접 쫓아갔다. 어떤 사람이 한왕에게 "소하가 도망갔습니다."라고 보고했다. 한왕은 화가 나면서 좌우의 팔을 잃은 것 같았다. 하루 이틀이 지나자 소하가 와서 한왕을 뵈었다. 한왕은 화도 나고 또 좋아하며 소하를 꾸짖었다. "너도 도망갔다니 왜 그랬냐?" 소하가 말했다. "제가 도망한 것이 아니고 도망간 자를 쫓아갔을 뿐입니다." 한왕은 "따라가 잡아온 사람이 누군가?"라고 물었다. "한신입니다." 한왕은 다시 꾸짖었다. "장수로서 도망하는 자를 십 단위로 세어야 해도 그대가 쫓아가지 않더니 한신을 쫓아갔다니 거짓말 아닌가?" 소하는 "여러 장수들이야 쉽게 얻을 수 있지만 한신 같은 사람은 國士로서 그런 사람이 또 없습니다. 왕께서 끝까지 漢中의 왕으로 있겠다면 한신을 쓸 일이 없지만 기어이 천하를 놓고 다투겠다면 한신을 빼놓고선 일을 같이 할 사람이 없습니다. 왕께서 어느 쪽으로 결정하실는지 보겠습니다." 한왕이 대답했다. "나 역시 동쪽으로 나가고자 하나니 어찌 답답하게 여기서 오래 있겠는가?" 소하가 말했다. "왕께서 꼭 동쪽으로 나가겠다며 한신을 등용하면 한신이 머물겠지만 한신을 쓰지 않는다면 한신은 끝내 도망할 것입니다." 한왕은 "公을 생각해 내가 한신을 장군으로 삼겠다."고 하였다. 소하가 말했다. "비록 장군이라 하여도 한신은 있지 않을 것입니다." 한왕이 "대장으로 삼겠다."고 하자, 소하는 "좋습니다."라고 말했다. 그리고서 한왕은 한신을 불러 벼슬을 주려했다.

그러자 소하가 말했다.

"왕께서는 늘 오만하고 무례합니다만 지금 대장을 제수하면서 마치 어린아이 부르듯 하니 이 때문에 한신이 도망가는 것입니다. 왕께서 한신을 쓰시겠다면 택일하고 목욕재계하며 단과 장소를 마련하고 예를 갖추어야만 합니다."

한왕은 이를 허락하였다. 여러 장수들은 모두 좋아하며 자신이 대장이 될 것이라 생각하였다. 대장을 제수 받은 사람이 韓信인 것을 알고 군사들 모두가 놀랐다.

原文

信已拜, 上坐. 王曰, "丞相數言將軍, 將軍何以教寡人計策?" 信謝, 因問王曰, "今東鄉爭權天下, 豈非項王邪?" 上曰, "然." 信曰, "大王自料勇悍仁强孰與項王?" 漢王默然良久, 曰, "弗如也." 信再拜賀曰, "唯信亦以爲大王弗如也. 然臣嘗事項王, 請言項王爲人也. 項王意烏猝嗟, 千人皆廢, 然不能任屬賢將, 此匹夫之勇也. 項王見人恭謹, 言語姁姁, 人有病疾, 涕泣分食飮, 至使人有功, 當封爵, 刻印刓 忍不能予, 此所謂婦人之仁也. 項王雖霸天下而臣諸侯, 不居關中而都彭城, 又背義帝約, 而以親愛王, 諸侯不平. 諸侯之見項王逐義帝江南, 亦皆歸逐其主, 自王善地. 項王所過亡不殘滅, 多怨百姓, 百姓不附, 特劫於威, 强服耳. 名雖爲霸, 實失天下心, 故曰其强易弱. 今大王誠能反其道, 任天下武勇, 何不誅! 以天下城邑封功臣, 何不服! 以義兵從思東歸之士, 何不散! 且三秦王爲秦將, 將秦子弟數歲, 而所殺亡不可勝計, 又欺其衆降諸侯. 至新安, 項王詐坑秦降卒二十餘萬人, 唯獨邯,欣,翳脫. 秦父兄怨此三人, 痛於骨髓. 今楚强以威王此三人, 秦民莫愛也. 大王之入武關, 秋毫亡所害, 除秦苛法, 與民約, 法三章耳, 秦民亡不欲得大王王秦者. 於諸侯之約, 大王當王關中, 關中民戶知之. 王失職之蜀, 民亡不恨者. 今王擧而東, 三秦可傳檄而定也."

於是漢王大喜, 自以爲得信晩. 遂聽信計, 部署諸將所擊.

| 註釋 | ○教 – 시키다. ~하게 하다. ○信謝 – 한신은 겸허한 자세를 보이다. ○豈非項王邪 – 어찌 항왕이 아니겠습니까? 바로 항왕이라고 단정. ○勇悍仁强 – 용감하고 사나우며 인자하면서도 강하다. ○孰與項王 – 항왕에 비하여 어떠합니까? ○默然良久 – 말없이 한참 있다가. ○意烏猝嗟(의오졸차) – 버럭 소리를 지르는 모양. 갑자기 화를 내는 모양. 意烏는 화를 내는 고함소리. 猝嗟는 갑자기 탄식하는 소리. 猝은 갑자기 졸. ○千人皆廢 – 모든 사람이 무서워 떨다. 廢는 놀라 쓰러지다. ○言語姁姁 – 말이 즐겁고 재미있다. 姁 할미 후. 즐겁다. ○刻印刓 – 각인이 닳아 없어지다. 刓 깎을 완. 닳아 없어지다. 줄까말까 망설이며 하도 만지작거려 글자가 다 닳아 없어졌다는 뜻. ○特劫於威 – 다만 그 위세에 겁을 먹은 것이다. 特은 다만, 겨우, 단지 ~뿐. ○何不誅 – 누군들 죽일 수 없겠는가? 누군들 다 이길 수 있다. ○邯,欣,翳 – 章邯(장한), 司馬欣(사마흔), 董翳(동예). ○民亡不恨者 – 亡은 없을 무. 無와 同. ○三秦可傳檄而定也 – 三秦은 雍王(옹왕)인 章邯(장한), 塞王(새왕)인 司馬欣(사마흔), 翟王(책왕)인 董翳(동예)는 항우가 봉한 秦의 3王.

〖國譯〗

대장이 된 한신이 마주 앉았다. 漢王이 물었다. "승상이 여러 번 장군에 대한 말을 했는데 장군은 과인에게 어떤 계책을 쓰게 하려는가?" 한신은 겸손해 하며 한왕에게 물었다. "지금 동쪽에서 천하를 호령하는 것은 項王이 아니겠습니까?" 한왕이 대답했다. "그렇소!" "대왕께서 생각해 보시면 용기와 무예와 인자하면서도 강한 것이 누가 더 낫겠습니까?" 한왕은 조용히 한참 있다가 말했다. "그만 못하오." 한신은 두 번 절하고 위로하듯 말했다.

"에~, 저 역시 대왕께서 못하다고 생각합니다. 제가 일찍이 항왕을 모신 적이 있어 항왕의 사람 됨됨이를 말씀드려 보겠습니다. 항왕이 갑자기 화를 내며 소리를 지르면 모든 사람이 놀라 자빠집니다만 똑똑한 장수를 골라 일을 맡기지 못하니 그것은 보통 사람의 용기일 뿐입니다. 항왕이 다른 사람을 만날 때 공손하며 근신하고 말씨는 자상하며 누가 병이라도 나면 눈물을 흘리며 음식을 나누어 주지만, 공을 세운 사람이 있어 벼슬을 주어야 할 때는 줄까말까 망설이며 직인을 만지작거려 글자가 닳아 없어질 지경이니 이는 부녀자의 인자함입니다. 항왕이 천하의 패권을 쥐고 제후들을 굴복시켰지만 관중에 있지 않고 팽성에 도읍하였으며, 또 義帝와의 약속을 지키지 않았고 가까운 사람을 왕으로 봉했기에 제후들은 불평하고 있습니다. 제후들은 항왕이 의제를 강남으로 축출한 것을 보고 마찬가지로 자기 땅에서 옛 주군을 내 쫓았으며 좋은 곳을 골라 스스로 왕이 되었습니다. 항왕이 지나간 곳은 잔인하게 죽이지 않은 것이 없어 원한에 찬 백성들이 많고 백성들이 따르지 않으며 다만 그 위세에 겁을 먹어 억지로 복종할 뿐입니다. 명분상 패왕이라 하지만 실제로는 천하의 민심을 잃었으니 그가 강하다지만 쉽게 무너진다고 말할 수 있습니다. 지금 대왕께서는 꼭 그와 반대이시니 천하에 용감한 무장을 골라 임무를 주면 그 누구를 토벌하지 못하겠습니까! 그리고 천하의 성읍으로 공신을 봉한다면 누가 불복하겠습니까! 동쪽 땅으로 가고 싶어 하는 義兵을 따른다면 병사들이 왜 도망을 치겠습니까! 게다가 三秦의 왕이 된 진나라 장수들은 여러 해에 걸쳐 秦의 자제를 수없이 많이 죽였고 병졸을 속이고 제후의 연합군에게 투항하였습니다. 그리하여 新安에 들어오자 항왕은 거짓말을 하고 투항한 秦의 병졸 20여 만 명을 묻어 죽였고, 오직 章邯(장한)과 司馬欣(사마흔), 董翳(동예)만 살려두었습니다. 秦의 부형들은 세 사람에 대한 원한이 골수에 사무치고 있습니다. 지금 楚가 강하여 위세로 세 사람이 왕이 되었지만 秦의 백성들은 그들을 따르지 않습니다. 대왕께서는 武關(무관)을 거쳐 들어온 뒤로 추호도 해친 것이 없고, 가혹한 秦의 법을 폐지하시고 백성들과 단 3조의 법만을 약속했었기에 秦의 백성들은 대왕께서 秦의 왕이 되기를 기다리지 않았던 자가 없었습니다. 제후들과의 약속에 따라 대왕께서는 당연히 관중의 왕이어야 하는 것을 관중의 백성들도 다 알고 있습니다. 또 대왕께서 직분을 잃고 蜀에 갔을 때 억울하다 생각하지 않는 백성이 없었습니다. 이제 대왕께서 거병하여 동으로 향한다면 三秦의 땅은 한 장의 격문을 보내 평정하실 수 있습니다."

이에 한왕은 매우 만족하며 스스로 한신을 늦게 만났다고 생각하였다. 그리고 한신의 계책에 따라 여러 장수들이 공격할 계획을 마련했다.

原文

漢王擧兵東出陳倉, 定三秦. 二年, 出關, 收魏,河南, 韓, 殷王皆降. 令齊,趙共擊楚彭城, 漢兵敗散而還. 信復發兵與漢王會滎陽, 復擊破楚 京,索間, 以故楚不能西.

| 註釋 | ○陳倉 - 縣名. 今 陝西省 서부의 寶鷄市 동쪽, 渭水 북안. ○二年 - 前 205년. ○收魏 - 위왕 魏豹(위표). ○韓 - 韓王 鄭昌. 殷王은 司馬卬(사마앙). ○京,索 - 京은 秦 三川郡의 縣名. 今 河南省 滎陽市 동남. 索은 邑名.

〖國譯〗

漢王은 거병하여 동쪽으로 陳倉에 진출하여 三秦을 평정하였다. 한왕 2년, 함곡관을 지나 魏와 河南을 차지하였고 韓王과 殷王(은왕, 사마앙) 모두 투항하였다. 齊와 趙와 함께 楚의 彭城(팽성)을 공격하였으나 漢의 군사는 패전하고 돌아왔다. 한신은 다시 군사를 동원하여 한왕과 형양에서 만났고 다시 공격하여 楚의 군사를 京縣과 索邑(삭읍) 사이에서 격파하였기에 楚는 서쪽으로 진출할 수가 없었다.

原文

漢之敗卻彭城, 塞王欣, 翟王翳亡漢降楚, 齊,趙,魏亦皆反, 與楚和. 漢王使酈生往說魏王豹, 豹不聽, 乃以信爲左丞相擊魏. 信問酈生, "魏得毋用周叔爲大將乎?" 曰, "柏直也." 信曰, "豎子耳!" 遂進兵擊魏. 魏盛兵蒲坂, 塞臨晉. 信乃益爲疑兵, 陳船欲度臨晉, 而伏兵從夏陽以木罌缶度軍, 襲安邑. 魏王豹驚, 引兵迎信. 信遂虜豹, 定河東, 使人請漢王, "願益兵三萬人, 臣請以北擧燕,趙, 東擊齊, 南絶楚之糧道, 西與大王會於滎陽." 漢王與兵三萬人, 遣張耳與俱, 進擊趙,代. 破代, 禽夏說閼與. 信之下魏,代, 漢輒使人收其精兵, 詣滎陽以距楚.

| 註釋 | ○酈生 – 酈食其(역이기). ○周叔 – 위왕 豹의 신하. 善用兵. ○柏直 – 魏의 대장. ○豎子(수자) – 어린애. 풋내기. ○蒲坂(포판) – 縣名. 今山西省 永濟市 서남. ○臨晉(임진) – 臨晋關. 황하 나루에 붙은 관문. 秦에서 晋에 들어가는 요지. ○夏陽 – 縣名. ○木罌缶(목앵부) – 나무로 물에 뜨게 만든 통. 罌(앵)은 배가 불룩한 병. 缶(부)는 아가리가 좁고 하나이며 배가 불룩한 용기. 우리말로는 '장군' 이다. ○安邑 – 縣名. ○破代 – 代王 陳餘. ○禽 – 擒也. 사로잡다. ○禽夏說(금하열) – 禽은 擒(사로 잡을 금). 人名. 代의 승상. ○閼與(알여) – 지명.

〖國譯〗

漢이 彭城(팽성)에서 패퇴하자, 塞王(새왕) 司馬欣과 翟王(책왕) 董翳(동예)가 漢을 배반하고 楚에 투항하였으며 齊, 趙, 魏도 모두 반기를 들고 楚에 붙었다. 漢王은 酈生(역생)을 魏王 豹(표)에게 보내 유세했으나 위표는 협조하지 않았기에 바로 한신을 좌승상으로 임명하며 魏를 공격하게 하였다. 韓信이 酈生(역생)에게 물었다. "魏에서는 周叔(주숙)을 대장군으로 임명하지 않았습니까?" "柏直(백직)이 대장군입니다." 그러자 한신이 말했다. "그 사람은 풋내기입니다!"

한신은 마침내 군사를 거느리고 魏를 공격하였다. 魏는 蒲坂(포판)에 군사를 크게 배치하고 臨晉關(임진관)을 폐쇄하였다. 한신은 疑兵을 더 많이 늘리고, 배를 모아 임진에서 강을 건너려는 것처럼 꾸미면서 복병으로 夏陽에서 나무로 만든 장군을 타고 강을 건너 安邑을 공격하였다. 위왕 표는 놀라면서 군사를 거느리고 한신을 맞아 싸웠다.

한신은 위왕 표를 사로잡았고 河東 땅을 평정하면서 한왕에게 사람을 보내 말했다.

"군사 3만 명을 보내 주시면 臣이 북쪽으로 燕과 趙을 치고 동쪽으로 齊를 공격할 것이며, 남쪽으로는 楚의 糧道를 끊어 놓은 다음에 서쪽으로 나가 대왕과 滎陽(형양)에서 합류하겠습니다."

漢王은 한신에게 3만 병력을 주면서 張耳를 보내 함께 趙와 代를 치게 하였다. 한신은 代를 격파하고 代의 승상 夏說(하열)을 閼與(알여)에서 사로잡았다. 한신이 魏와 代를 평정하자 漢王은 갑자기 사자를 보내 그 精兵을 회수하면서 한신에게 滎陽(형양)에서 楚를 막으라고 하였다.

原文

信,耳以兵數萬, 欲東下井陘擊趙. 趙王,成安君陳餘聞漢且襲之, 聚兵井陘口, 號稱二十萬. 廣武君李左車說成安君曰, "聞漢將韓信涉西河, 虜魏王, 禽夏說, 新喋血閼與. 今乃輔以張耳, 議欲以下趙, 此乘勝而去國遠鬪, 其鋒不可當. 臣聞'千里饋糧, 士有饑色, 樵蘇後爨, 師不宿飽.' 今井陘之道, 車不得方軌, 騎不得成列, 行數百里, 其勢糧食必在後. 願足下假臣奇兵三萬人, 從間路絶其輜重, 足下深溝高壘勿與戰. 彼前不得鬪, 退不得還, 吾奇兵絶其後, 野無所掠鹵, 不至十日, 兩將之頭可致戲下. 願君留意臣之計, 必不爲二子所禽矣."

成安君, 儒者, 常稱義兵不用詐謀奇計, 謂曰, "吾聞兵法 '什則圍之, 倍則戰.' 今韓信兵號數萬, 其實不能, 千里襲我, 亦以罷矣. 今如此避弗擊, 後有大者, 何以距之? 諸侯謂吾怯, 而輕來伐我." 不聽廣武君策.

| **註釋** | ○井陘(정형) - 縣名. 今 河北省 石家庄市 관할의 井陘市. ○成安君 陳餘 - 〈張耳陳餘傳〉 참고. ○廣武君 李左車 - 趙國 名將 李牧(이목)의 孫子. ○西河 - 黃河의 일부분에 대한 통칭, 今 陝西省과 山西省의 경계를 이루면서 북에서 남으로 흐르는 황하의 일부분. ○喋血閼與 - 알여에서 피를 밟다. 격전을 치르다. 喋 재잘거릴 첩. 피를 흘리다, 피를 밟다. ○餽糧(궤량) - 군량을 공급하다. 먹일 궤. ○樵蘇後爨(초소후찬) - 땔나무를 해서 밥을 짓다. 樵蘇는 나무를 하고 풀을 베다. 爨 불 땔 찬. ○宿飽 - 전날 먹은 것이 다음날까지 배가 부르다. ○方軌 - 나란히 가다. ○輜重(치중) - 군수물자. 짐수레 치. ○掠鹵(약노) - 노략질하다. ○什則圍之 - 10배가 되면 적을 포위하다. ○亦以罷矣 - 역시 지쳐있다. 罷 그만둘 파. 疲와 通. ○不聽廣武君策 - 광무군의 계책은 '堅營疲敵之計' 라 할 수 있다.

〖**國譯**〗

韓信과 張耳는 수만 명을 거느리고 동쪽 井陘(정형)으로 가서 趙

를 공격하려 했다. 趙王과 成安君 陳餘는 한군이 또 공격해온다는 소식을 듣고 정형 근처에 병력을 모아놓고 20만 대군이라 하였다. 趙나라의 廣武君 李左車(이좌거)가 성안군을 설득하려 말했다.

"한의 장수 한신은 황하를 건너 魏王을 포로로 잡고 代國의 夏說(하열)을 사로잡았으며, 최근 閼與(알여)에서 격전을 치렀다고 알고 있습니다. 지금은 張耳의 도움을 받으며 趙를 공격하려는데 이들이 승세를 타고 본국 멀리서 벌리는 전투지만 그 예봉을 이기기 어렵습니다. 제가 알기로는 '천리 밖에서 군량을 운반해 오면 병사들이 굶주리고 나무를 해서 취사를 하면 군대가 쉽게 허기진다.' 고 하였습니다. 지금 井陘(정형)의 길은 수레가 나란히 갈 수 없고 기병이 줄을 맞출 수 없이 수백 리를 가야 하니 군량은 틀림없이 후미에 올 수 밖에 없습니다. 당신께서 저에게 기습할 병력 3만 명만 내준다면 중간 샛길에서 그 치중부대를 끊어 버릴 것이니 당신은 방어를 철저히 하고 싸우지 마십시오. 그러면 적은 나아간들 싸울 수 없고 물러난들 돌아갈 수 없을 것이며 내가 그 뒤를 끊었기에 들판에서 노략질을 할 수도 없으니 열흘이 되기 전에 두 적장의 목을 휘하에 바칠 수 있을 것입니다. 바라건대, 나의 계략에 유의하신다면 두 적장에게 잡히지는 않을 것입니다."

성안군은 유생이라서 늘 '義兵은 詐謀奇計(사모기계)를 쓰지 않는다.' 는 신념이 있어 광무군에게 말했다. "내가 아는 병법에 '10배의 병력이면 적을 포위하고 2배면 싸운다.' 고 하였습니다. 지금 한신의 군사가 수만이라 하지만 실제로는 그렇게 되지 않으며 천리를 달려와 우리를 공격하니 그들 역시 지쳐 있습니다. 지금 이런 상황에서 피하고 공격하지 않는다면 뒷날 더 큰 적은 어떻게 막겠습니까?

제후들은 우리가 겁쟁이라 하며 깔보면서 우리를 치려고 할 것입니다.” 그러면서 끝내 광무군의 계책을 따르지 않았다.

原文

信使間人窺知其不用, 還報, 則大喜, 乃敢引兵遂下. 未至井陘口三十里, 止舍. 夜半傳發, 選輕騎二千人, 人持一赤幟, 從間道萆山而望趙軍, 戒曰, “趙見我走, 必空壁逐我, 若疾入, 拔趙幟, 立漢幟.” 令其裨將傳餐, 曰, “今日破趙會食.” 諸將皆嘸然, 陽應曰, “諾.” 信謂軍吏曰, “趙已先據便地壁, 且彼未見大將旗鼓, 未肯擊前行, 恐吾阻險而還.” 乃使萬人先行, 出, 背水陣. 趙兵望見大笑. 平旦, 信建大將旗鼓, 鼓行出井陘口, 趙開壁擊之, 大戰良久. 於是信, 張耳棄鼓旗, 走水上軍, 復疾戰. 趙空壁爭漢鼓旗, 逐信,耳. 信,耳已入水上軍, 軍皆殊死戰, 不可敗. 信所出奇兵二千騎者, 候趙空壁逐利, 卽馳入趙壁, 皆拔趙旗幟, 立漢赤幟二千. 趙軍已不能得信,耳等, 欲還歸壁, 壁皆漢赤幟, 大驚, 以漢爲皆已破趙王將矣, 遂亂, 遁走. 趙將雖斬之, 弗能禁. 於是漢兵夾擊, 破虜趙軍, 斬成安君泜水上, 禽趙王歇. 信乃令軍毋斬廣武君, 有生得之者, 購千金. 頃之, 有縛至戲下者, 信解其縛, 東鄕坐, 西鄕對而師事之.

| **註釋** | ○間人 – 정보 수집인. ○止舍(지사) – 행군을 정지하고 숙영하

다. ○萆山(비산) – 산에 은폐하다. 산속에 숨다. 萆는 골 풀 비. 蔽(덮을 폐)와 通. ○若疾入 – 若은 汝輩. ○傳餐(전찬) – 간단한 식사를 하게 하다. 小飯曰 餐. ○會食 – 잔치 음식을 먹다. ○嘸然(무연) – 건성으로 응낙하다. 嘸는 분명하지 않을 무. ○陽應 – 陽은 佯. ○壁 – 營壘(영루). ○水上軍 – 背水陣의 군영. ○疾戰(질전) – 맹렬하게 싸우다. ○殊死戰(수사전) – 결사적으로 싸우다. 殊死(수사)는 목숨을 걸다. ○泜水(지수) – 今 河北省 槐河.

〖國譯〗

한신은 염탐꾼을 보내 光武君의 책략을 쓰는 가를 알아보게 하였는데 채용하지 않는다는 보고를 받고 좋아하며 군사를 거느리고 전진하였다. 井陘口(정형구)에서 30리쯤 못 가서 행군을 멈추고 숙영하였다. 한밤에 전령을 내서 경무장한 기병 2천 명을 뽑은 뒤, 병졸마다 붉은 기를 하나씩 가지고 샛길로 해서 趙의 군영을 볼 수 있는 산에 숨어 있으라면서 일러 말했다. "趙는 우리가 패주하는 것을 보면 틀림없이 보루를 비워놓고 우리를 쫓아올 것이니 너희들은 빨리 보루에 들어가서 趙의 깃발을 뽑아버리고 漢의 깃발을 세워 놓아라."

그리고 비장을 통해 간단히 식사를 하라 지시하면서 말했다. "오늘 趙를 격파하고서 군사를 크게 먹일 것이다." 諸將은 모두 우물대며 건성으로 "알겠습니다."라고 말했다.

한신은 참모들에게 설명하며 말했다. "趙는 이미 좋은 곳을 골라 보루를 설치했지만 저쪽에 대장기와 북이 보이지 않는 것을 보면 선제 공격을 하지 않을 것이나 혹 우리를 험한 곳으로 몰아가려 하는 것 같다."

그리고서는 일만 명의 병력을 먼저 내 보내 배수진을 치게 하였다. 趙兵은 이를 보며 크게 웃었다. 날이 밝자 한신은 대장기를 세우고 북을 치며 井陘口(정형구)로 출전했다. 趙에서는 보루를 열고 나와 공격하며 한참을 싸웠다. 그러다가 한신과 장이는 북과 깃발 등을 버리고 강가의 진지로 달아나다가 다시 격렬하게 싸웠다. 趙에서는 보루를 비워 놓고 漢의 북과 깃발 등을 뺏으면서 한신과 장이를 추격했다. 한신과 장이는 이미 강가의 배수진 안에 들어왔고 모든 군사들은 죽을 각오로 싸우니 질 수가 없었다. 한신이 기습병으로 내보낸 2천 기병은 趙軍이 전리품을 줍느라 보루를 비운 사이에 곧바로 보루에 달려 들어가 趙의 깃발을 뽑아버리고 漢의 붉은 깃발을 꽂았다. 趙軍은 이미 한신 장이의 군을 이길 수도 없어 보루로 돌아가려하였으나 보루에는 온통 漢의 붉은 기가 펄럭이자 크게 놀라면서 漢은 이미 趙王과 장수를 격파했을 것이라 생각하여 혼란에 빠져 도망을 쳤다. 趙의 장수가 도망가는 병졸을 참수했지만 막을 수가 없었다. 그리고 또 漢兵이 양쪽에서 공격하여 趙軍를 격파하며 포로로 잡았고 성안군 陳餘를 泜水(기수)에서 죽였고 趙王 歇(헐)을 사로 잡았다. 한신은 즉시 전군에 廣武君을 죽이지 말 것과 산 채로 잡아오면 1천금을 주겠다고 명령하였다. 얼마 뒤 광무군을 묶어 오는 자가 있었고 한신은 그 밧줄을 풀어주고 동편에 앉아 서쪽을 바라보며 광무군을 모셨다.

原文

諸校效首虜休, 皆賀, 因問信曰, "兵法有 '右背山陵, 前左水澤', 今者將軍令臣等反背水陣, 曰破趙會食, 臣等不服. 然竟以勝, 此何術也?" 信曰, "此在兵法, 顧諸君弗察耳. 兵法不曰 '陷之死地而後生, 投之亡地而後存' 乎? 且信非得素拊循士大夫, 經所謂 '驅市人而戰之' 也, 其勢非置死地, 人人自爲戰, 今卽予生地, 皆走, 寧尙得而用之乎!" 諸將皆服曰, "非所及也."

| **註釋** | ○諸校 - 각 部署. 校는 단위부대. ○效首虜休 - 적의 首級과(首) 포로 숫자를(虜) 보고하는 것을(效) 끝내다(休). 전투가 끝난 다음 각 부대별로 戰果 보고를 마치다. ○且信非得素拊循士大夫 - 또 내가 평소에 훈련시킨 사대부(여기서는 하급 장수)을 거느린 것도 아니니. 拊는 어루만질 부. 循은 따르다. ○經所謂 - 經은 兵法書라는 주해도 있음. 한신은 그냥 '책' 정도로 말했을 것이다. ○驅市人而戰之 - 거리에서 사람을 몰아다가 싸우게 하다. 오합지졸로 싸우다. ○人人自爲戰 - 사람마다 (살기 위해서) 제 나름대로 싸우다. ○寧尙得而用之乎 - 어찌 그런 것('右背山陵, 前左水澤' 의 定石)을 배운 그대로 적용할 수 있겠는가?

〖國譯〗

여러 부서에서 戰果 보고가 끝나자 모두 하례하며 한신에게 물었다. "兵法에 '우측으로는 산, 좌측에 물' 이라 하였는데 이번에 장군께서는 우리들에게 뒤쪽으로 물을 등지고 진을 치라고 명령하였으며 趙를 격파하고서 크게 회식한다고 했을 때 우리들은 믿지 않았습니다. 그러나 결국 이겼으니 이는 무슨 전술입니까?"

한신이 말했다. "이것도 병법에 있으나 여러분이 깊게 살피지 못했다. 병법에도 '死地에 떨어뜨려야 살아나고 망할 땅에 던져지면 살아남는다.' 고 하지 않았는가? 또 내가 평소에 훈련시킨 장수들을 거느린 것도 아니고 책에서 말하는 '길거리 사람들을 모아 싸우게 한다.' 는 그런 정도였기에 그 상황에서는 死地에 몰아넣지 않았다면 각자 나름대로 싸우지 않았을 것이며, 이번에 살아날 구멍이 있었다면 아마 모두 도망갔을 것이니 어찌 그런 것을 배운 그대로 적용할 수 있겠는가?" 諸將들은 모두 탄복하며 말했다. "장군의 혜안은 우리가 따라갈 수 없습니다."

原文

於是問廣武君曰, "僕欲北攻燕, 東伐齊, 何若有功." 廣武君辭曰, "臣聞 '亡國之大夫不可以圖存, 敗軍之將不可以語勇.' 若臣者, 何足以權大事乎!" 信曰, "僕聞之, 百里奚居虞而虞亡, 之秦而秦伯, 非愚於虞而智於秦也, 用與不用, 聽與不聽耳. 向使成安君聽子計, 僕亦禽矣. 僕委心歸計, 願子勿辭." 廣武君曰, "臣聞 '智者千慮, 必有一失, 愚者千慮, 亦有一得.' 故曰 '狂夫之言, 聖人擇焉.' 顧恐臣計未足用, 願效愚忠. 故成安君有百戰百勝之計, 一日而失之, 軍敗鄗下, 身死泜水上. 今足下虜魏王, 禽夏說, 不旬朝破趙二十萬衆, 誅成安君. 名聞海內, 威震諸侯, 衆庶莫不輟作怠惰, 靡衣媮食, 傾耳以待禽者. 然而衆勞卒罷, 其實難用也. 今足下擧倦敝之兵, 頓之燕堅城之下, 情見力屈, 欲戰不拔, 曠日持久, 糧食單竭. 若燕不破, 齊必距境而以自彊. 二國相持, 則劉, 項之權未有所分也. 臣愚, 竊以爲亦過矣."

信曰, "然則何由?" 廣武君對曰, "當今之計, 不如按甲休兵, 百里之內, 牛,酒日至, 以饗士大夫, 北首燕路, 然後發一乘之使, 奉咫尺之書, 以使燕,燕必不敢不聽. 從燕而東臨齊, 雖有智者, 亦不知爲齊計矣. 如是, 則天下事可圖也. 兵故有先聲而後實者, 此之謂也."

信曰, "善. 敬奉教." 於是用廣武君策, 發使燕, 燕從風而靡. 乃遣使報漢, 因請立張耳王趙以撫其國. 漢王許之.

| **註釋** | ○僕 – 종 복. 저는(謙辭). ○圖存 – 국가 생존과 관련한 大事를 계획하다. ○權大事 – 大事를 꾸미다. ○百里奚(백리해) – 춘추시대 虞(우)의 大夫. 晋이 虞를 멸망시키자 포로가 되었으나 나중에 秦 繆公(목공, 穆公)이 양 다섯 마리를 주고 사다가 국정을 맡겼고 7년 만에 秦을 강국으로 만들었다. ○之秦而秦伯 – 秦에 가자 秦은 霸者가 되었다. 伯은 霸와 同. ○向使 – 가령. 假使. ○子計 – 당신의 計策. 子는 상대방에 대한 경칭. ○僕委心歸計 – 委心은 傾心. ○鄗(호) – 縣名. ○旬朝 – 열흘. ○輟作(철작) – 경작을 하지 않다. 怠惰(태타)는 게으르다. 게으름. ○靡衣媮食(미의투식) – 좋은 옷과 음식을 탐하다. ○傾耳 – 경청하다. ○倦敝之兵 – 피로에 지친 병졸. ○頓 – 조아릴 돈. 駐屯(주둔)하다. ○情見力屈(정현역굴) – 실정은 드러나고 힘은 부족하다. 見은 現也. ○曠日持久(광일지구) – 헛되이 시간을 보내면서 질질 끌다. ○單竭(단갈) – 다하고 소진하다. 單은 殫(없어질 탄). ○竊(절) – 훔칠 절. 저로서는(자신의 의견을 강조하지 않고 자신의 의견을 낮추는 謙辭). ○何由 – 어떤 계책을 써야 합니까? ○北首燕路 – 북쪽으로 燕을 공격하다. 首는 향하다. ○咫尺(지척)之書 – 편지 한 통. 咫는 8寸. 尺보다 짧음. ○從風而靡 – 바람 부는 대로 쓰러지다.

〖國譯〗

그리고는 廣武君에게 물었다. “저는 북으로 燕을 공격하고, 동쪽으로 齊를 정벌하려는데 어떻게 하면 뜻대로 되겠습니까?” 이에 광무군이 사양하며 말했다.

“제가 알기로는 ‘亡國의 대부는 나라를 지킬 계책을 말할 수 없고 패군 장수는 용기를 말할 수 없다’ 고 하였습니다. 나 같은 사람이 어찌 그런 큰일을 말할 수 있겠습니까!”

한신이 말했다.

“제가 알기로는 百里奚(백리해)가 虞(우)에 살 때 우나라가 망했지만 秦에 가서 등용되자 진은 강국이 되었다고 하는데 虞에서 어리석던 사람이 秦에서 똑똑해진 것은 아니고 쓰느냐 안 쓰느냐, 수용하느냐 않느냐는 문제일 뿐입니다. 가령 成安君이 당신의 계책을 따랐으면 나 역시 잡혔을 것입니다. 저는 진심으로 계책에 따를 것이니 사양하지 마십시오.”

이에 광무군이 말했다.

“제가 알기론 ‘智者의 千慮에도 꼭 一失이 있고, 愚者의 千慮에도 쓸만한 하나는 있다고 하였습니다. 그래서 狂夫의 말일지라도 聖人은 가려듣는다 하였습니다. 아마도 나의 건의가 쓸만한 것이 못될지라도 제 진심을 말씀드리겠습니다. 전에 성안군이 백전백승의 계책을 펴다가도 어느 하루의 실수로 군사는 鄗縣(호현)에서 패했고 몸은 泜水(지수)에서 죽었습니다. 지금 장군은 魏王을 생포하고 夏說(하열)을 사로잡았으며 열흘도 되지 않아 趙의 20만 대군을 격파하였으며 성안군을 죽였습니다. 장군의 명성은 온 나라 안에 알려졌고 위세는 제후를 떨게 하였으니 농부일지라도 일을 안 하고 게으름을 피우거나 좋은 옷과 음식을 탐하지 않고 모두 귀를 기울여 명령을 들으려 합니다. 그러나 병졸은 지치고 피곤하여 실제로는 쓸 수가 없습니다. 지금 장군께서 지친 군사를 내어 燕의 견고한 성벽 아래 주둔하면 형편이 그대로 드러나고 전력은 부족하여 싸워도 이기지 못하여 허송세월하며 오래 끌면 군량은 바닥날 것입니다. 만약 燕을 격파하지 못하면 齊는 틀림없이 국경을 막고 힘을 기를 것입니다. 燕과 齊 두 나라가 함께 버티면 漢王과 項羽의 승부는 가를 수가 없게 됩니다. 저의 우견으로도 그것은(군사공격) 잘못이라고 생각합니다."

한신이 물었다. "그렇다면 무슨 방법이 있습니까?" 이에 광무군이 대답하였다.

"당장 쓸 수 있는 계책은 무장을 풀고 병졸을 쉬게 하면 1백리 안에서 고기와 술이 날마다 들어올 것이니 병졸과 장교들을 충분히 먹인 뒤에 북으로 燕을 향하면서 사자를 한 사람에게 국서 한 장을 燕나라에 보내면 연에서는 따르지 않을 수 없을 것입니다. 그리고 燕에서부터 동쪽 齊로 나아간다면 세상에 아무리 지혜로운 자라도 齊를 위한 방책은 없을 것입니다. 이리 되면 온 천하를 도모할 수 있을 것입니다. 그래서 병법에 있는 '먼저 소리를 지른 뒤에 나중에 행동한다' 는 말은 이런 뜻일 것입니다."

한신이 말했습니다. "훌륭합니다. 삼가 가르침을 따르겠습니다." 이에 廣武君의 방책대로 燕에 사자를 보내니 燕은 바람결대로 넘어갔다. 곧 사자를 보내 한왕에게 보고하면서 張耳를 趙王으로 삼아 趙를 다스리게 하겠다고 청하였다. 漢王은 이를 허락했다.

原文

楚數使奇兵度河擊趙, 王耳, 信往來救趙, 因行定趙城邑, 發卒佐漢. 楚方急圍漢王滎陽, 漢王出, 南之宛,葉, 得九江王布, 入成皐, 楚復急圍之. 四年, 漢王出成皐, 度河, 獨與滕公從張耳軍修武. 至, 宿傳舍. 晨自稱漢使, 馳入壁. 張耳,韓信未起, 卽其臥, 奪其印符, 麾召諸將易置之. 信,耳起, 乃知獨漢王來, 大驚. 漢王奪兩人軍, 卽令張耳備守趙地, 拜信爲相國, 發趙兵未發者擊齊.

| 註釋 | ○因行定趙城邑 - 행군하면서 趙의 성읍을 평정하다. ○得九江王布 - 구강왕 英布의 지지를 얻다. 영포는 항우에 의해 구강왕이 되었다. ○成皐(성고) - 縣名. 今 河南省 鄭州市 관할의 滎陽市 서북 汜水鎭(사수진). ○四年 - 漢王 4년. 前 203년. ○漢王出成皐 - 이때는 항우에게 군사적으로 밀릴 때였다. ○滕公(등공) - 夏候嬰(하후영). ○修武 - 今 河南省 焦作市(초작시) 관할의 修武縣. ○宿傳舍 - 驛館에서 자다. ○奪其印符 - 장수의 職印과 兵符. ○易置之 - 직책을 바꾸다.

〖國譯〗

楚는 자주 기습군으로 황하를 건너 趙를 공격했고 趙王 장이와 한신은 이곳저곳을 다니면서 趙軍을 구원하며 趙의 성읍을 평정하였고 趙의 군졸을 차출하여 漢을 도왔다. 楚가 마침 漢王을 滎陽(형양)에서 긴박하게 포위하자 漢王은 형양을 탈출하여 남으로 宛(원)과 葉縣(섭현)에 가서 九江王 英布의 지지를 얻어낸 뒤 成皐(성고)에 머물렀고 楚는 다시 한왕을 포위했다.

漢王 4년에 漢王은 성고에서 나와 황하를 건너 滕公(등공) 하후영만 데리고 張耳의 군사를 따라 修武縣에 도착했다. 漢王은 수무현의 역관에서 잤다. 다음 날 새벽 漢使라 자칭하며 군영 안으로 들어왔다. 張耳와 韓信은 일어나지 않고 자리에 있었는데 그의 印符(인부)를 빼앗고 휘하의 장수를 소집하여 배치를 바꾸어 버렸다. 한신과 장이가 일어난 뒤에 漢王이 홀로 찾아온 것을 알고 크게 놀랐다. 漢王은 두 사람의 군사를 탈취하고 張耳에게는 趙의 땅을 방어하라 하고 한신을 相國으로 삼아 趙兵 중 아직 동원하지 않은 자들을 거느리고 齊를 공격하게 하였다.

原文

信引兵東, 未度平原, 聞漢王使酈食其已說下齊. 信欲止, 蒯通說信令擊齊. 語在〈通傳〉. 信然其計, 遂渡河, 襲歷下軍, 至臨菑. 齊王走高密, 使使於楚請救. 信已定臨菑, 東追至高密西. 楚使龍且將, 號稱二十萬, 救齊.

| 註釋 | ○平原 - 平原津. 今 山東省 德州市 平原縣 서남. ○蒯通(괴통) - 본명 蒯徹. 武帝의 이름 徹을 諱하여 '通'으로 바꿔 썼다. 당시의 유명한 說客. 45권, 〈蒯伍江息夫傳〉에 立傳. ○臨菑(임치) - 齊의 수도. 今 山東省 淄博市(치박시). 淄 검은빛 치. ○齊王 - 田榮의 아들. 田廣. ○高密 - 縣名. 今 山東省 濰坊市 관할의 高密市.

〖國譯〗

韓信은 군사를 거느리고 동쪽으로 나가 平原津을 건너기 전에 한왕이 酈食其(역이기)를 보내 誘說(유세)하여 齊를 평정했다는 소식을 들었다. 한신은 진격을 멈추려 했으나 蒯通(괴통)은 한신에게 齊를 공격하라고 설득했다. 이는 〈蒯伍江息夫傳〉에 있다. 한신은 괴통의 계책이 맞는다고 생각하여 황하를 건너 歷下(역하)에 주둔한 齊 군사를 습격하고 臨菑(임치)를 점령하였다. 齊王 田廣은 高密縣으로 도주했는데 사신을 楚에 보내 구원을 요청하였다. 한신은 임치를 평정하고 동쪽으로 진격하여 고밀현 서쪽까지 갔다. 楚는 龍且(용저)를 장수로 삼아 20만 대군이라 칭하며 齊를 구원토록 하였다.

原文

齊王, 龍且並軍與信戰, 未合. 或說龍且曰, "漢兵遠鬪窮寇 戰鋒不可當也. 齊, 楚自居其地戰, 兵易敗散. 不如深壁, 令齊王使其信臣招所亡城, 城聞王在, 楚來救, 必反漢. 漢二千里客居齊, 齊城皆反之, 其勢無所得食, 可毋戰而降也" 龍且曰, "吾平生知韓信爲人, 易與耳. 寄食於漂母, 無資身之策, 受辱于跨下, 無兼人之勇, 不足畏也. 且救齊而降之, 吾何功? 今戰而勝之, 齊半可得, 何爲而止!" 遂戰, 與信夾濰水陳. 信乃夜令人爲萬餘囊, 盛沙以壅水上流, 引兵半渡, 擊龍且. 陽不勝, 還走. 龍且果喜曰, "固知信怯." 遂追渡水. 信使人決壅囊, 水大至. 龍且軍太半不得渡, 卽急擊, 殺龍且. 龍且水東軍散走, 齊王廣亡去. 信追北至城陽, 虜廣. 楚卒皆降, 遂平齊.

| 註釋 | ○龍且(용저, ? – 前 203) – 楚의 장수. 齊王 韓信에게 패전 戰死. 且는 많을 저. 도마 조. 또 차. ○遠鬪窮寇 – 멀리 와서 싸우는, 쫓기는 도적들. 寇(도둑 구)는 漢軍을 멸시하는 뜻. ○兵易敗散 – 군사는 쉽게 패하여 도망치기 쉽다. ○招所亡城 – (한군에) 투항한 성을 초치하다. ○易與耳 – 상대하기 쉽다.(단정) ○且救齊而降之 – 게다가 齊를 구원하는데 (齊王이) 적을 투항케 하면. ○濰水(유수) – 강 이름 유. 山東省 동부의 강 이름. 萊州灣에서 바다에 들어간다. 陳은 陣. ○盛沙 – 모래(흙)을 담다.

〖國譯〗

齊王 田廣과 龍且(용저)는 군사를 합쳐 한신과 싸우기로 하였지만 아직 합세하지는 않았다. 어떤 사람이 용저에게 설명하였다.

"漢兵은 멀리 와서 싸워야 하는 궁지에 몰린 도둑들이라 그 예봉은 당하기 어렵습니다. 齊와 楚는 자기 땅에서 싸우기 때문에 병졸들이 쉽게 흩어질 것입니다. 그래서 방벽을 굳게 하고 齊王으로 하여금 그 믿는 신하를 보내 투항한 성을 회유하게 하면 여러 성에서는 齊王이 살아 있고 楚가 구원하고 있다는 것을 알아 틀림없이 漢에 반기를 들 것입니다. 漢軍은 2천 리 떨어진 齊에 나와 있는데 齊의 城이 모두 반기를 들면 형편상 군량을 얻을 수 없어 싸우지 않아도 투항할 것입니다."

그러나 용저가 말했다.

"나는 전에도 韓信이란 사람을 알고 있는데 쉬운 상대일 뿐이요.

漂母(표모)의 밥을 얻어먹을 정도로 제 몸을 챙기지도 못했고 사타구니 아래를 기어갈 정도로 다른 사람보다 나은 용기도 없으니 두려워할 것이 없소. 게다가 齊를 구원하러 왔는데 齊王이 적을 투항케 하면 나는 무슨 공이 있겠소? 지금 싸우면 적을 이길 것이고 齊의 절반을 차지할 수 있는데 무엇 때문에 그만두겠소!"

결국 싸우기로 하고 한신과 濰水(유수)를 사이에 두고 陣을 쳤다. 한신은 밤에 병사들에게 자루 만여 개를 만들어 모래를 담아 상류에서 강을 막게 하고서 군사를 거느리고 절반만 건너가 용저의 군사를 공격하였다. 이어 한신은 거짓으로 패한 척하며 도주하였다. 과연 용저가 기뻐하며 말했다. "정말로 한신이 겁쟁이인 줄 알겠다!" 그리고 강을 건너 추격해 왔다. 한신은 병졸들에게 모래자루로 막을 것을 트게 하니 큰물이 닥쳤다. 용저 군사의 태반은 강을 건너오지 못했고 (한군은) 맹렬히 공격하여 용저를 죽였다. 용저의 강 건너 동쪽에 있던 군사도 흩어졌고 齊王 田廣도 도망쳤다. 한신은 齊王을 추격하여 북쪽 城陽에서 전광을 사로잡았다. 楚의 군졸은 모두 투항했고 마침내 齊는 평정되었다.

原文

使人言漢王曰, "齊誇詐多變, 反覆之國, 南邊楚, 不爲假王以塡之, 其勢不定. 今權輕, 不足以安之, 臣請自立爲假王." 當是時, 楚方急圍漢王於滎陽, 使者至, 發書, 漢王大怒, 罵曰, "吾困於此, 旦暮望而來佐我, 乃欲自立爲王!" 張良,陳平伏後躡漢王足, 因附耳語曰, “漢方不利, 寧能禁信之自王乎? 不如因立, 善遇之, 使自爲守. 不然, 變生.” 漢王亦寤, 因復罵曰, “大丈夫定諸侯, 卽爲眞王耳, 何以假爲!” 遣張良立信爲齊王, 征其兵使擊楚.

| 註釋 | ○誇詐多變 – 허풍과 거짓에 변절이 많다. ○不爲假王以塡之 – 假王이 되어 안정시키지 않으면. 假王은 임시 왕. 塡은 메울 전. 鎭과 通. ○發書 – 서신을 올리다, 서신을 개봉하다. ○躡漢王足 – 躡 밟을 섭(踏也). ○寧能禁信之自王乎 – 한신이 스스로 왕이 되는 것을 어찌 금할 수 있겠습니까? ○寤 – 잠에서 깰 오. 깨닫다(悟也).

〖國譯〗

한신은 사자를 보내 漢王에게 말했다. “齊는 허풍과 거짓에 변절이 많고 뒤집기를 잘하는 땅이며 남쪽으로 楚와 접경하고 있어 假王으로 진압하지 않으면 정세가 불안합니다. 지금 권한은 약해 齊를 안정시키기가 어려워 臣이 스스로 假王(가왕)이 되고자 청합니다.”

이때에 楚는 한왕을 滎陽(형양)에서 절박하게 포위하고 있었는데 사자가 와서 글을 올리자 한왕이 대노하여 욕을 하며 말했다.

“나는 지금 여기서 곤경에 처해 아침저녁으로 도와주러 오기를 기다리는데 저는 왕이 되겠단 말인가!”

張良과 陳平은 엎드려 있다가 일어나 한왕의 발을 밟은 뒤에 귀에 대고 말했다. “지금 漢이 不利한데 한신이 스스로 왕이 되는 것을 막을 수 있습니까? 차라리 이 기회에 왕이 되게 하여 잘 대우하면서 그쪽을 지키게 해야 합니다. 아니면 변고가 생깁니다.”

한왕도 금방 깨닫고 다시 욕을 하며 말했다. "대장부가 제후를 평정했으면 바로 眞王이 되어야 하지, 왜 가왕이 되는가!"

漢王은 장량을 보내 한신을 齊王으로 삼고 그 군사를 내어 楚를 공격케 하였다.

原文

楚以亡龍且, 項王恐, 使盱台人武涉往說信曰, "足下何不反漢與楚? 楚王與足下有舊故. 且漢王不可必, 身居項王掌握中數矣, 然得脫, 背約, 復擊項王, 其不可親信如此. 今足下雖自以爲與漢王爲金石交, 然終爲漢王所禽矣. 足下所以得須臾至今者, 以項王在. 項王卽亡, 次取足下. 何不與楚連和, 三分天下而王齊? 今釋此時, 自必於漢王以擊楚, 且爲智者固若此邪!" 信謝曰, "臣得事項王數年, 官不過郎中, 位不過執戟, 言不聽, 畫策不用, 故背楚歸漢. 漢王授我上將軍印, 數萬之衆, 解衣衣我, 推食食我, 言聽計用, 吾得至於此. 夫人深親信我, 背之不祥. 幸爲信謝項王." 武涉已去, 蒯通知天下權在於信, 深說以三分天下, 鼎足而王. 語在〈通傳〉. 信不忍背漢, 又自以功大, 漢王不奪我齊, 遂不聽.

| 註釋 | ○盱台 – 盱眙(우이). 今 江蘇省 盱眙市. 台는 별 이름 태. 나 이, 기쁠 이. ○武涉 – 人名. ○反漢與楚 – 漢을 버리고 楚와 협력하다. ○且漢王不可必 – 게다가 한왕도 믿을 수 없다. 必은 深信也. ○金石交 – 변치 않

을 友誼. ○得須臾至今者 – 須臾(수유)는 잠깐. 겨우(苟延). ○今釋些時 – 지금 이런 時宜를 놓쳐버리고. ○鼎足而王 – 세발솥의 발(鼎足 정족)처럼 삼분하여 왕을 하다. ○語在〈通傳〉 – 45권, 〈蒯伍江息夫傳〉.

〖國譯〗

楚의 龍且가 죽자 항왕은 두려워서 盱台(우이) 사람 武涉(무섭)을 한신에게 보내어 설득하였다.

"당신은 왜 漢을 버리고 楚와 협력하지 않습니까? 초왕과 당신은 예부터 아는 사이입니다. 게다가 한왕도 믿을 수 없는 사람이니 그가 항왕에게 여러 번 잡혀 있었으나 도망을 치고서는 약속을 어기고 다시 항왕을 공격하니 그의 신용이란 이와 같습니다. 지금 당신이 비록 한왕과 金石之交를 맺고 있다지만 끝내는 한왕에게 잡힐 것입니다. 당신께서 지금까지 버텨 온 것은 항왕이 존재하기 때문입니다. 항왕이 망한다면 다음으로는 당신을 잡을 것입니다. 왜 楚와 연합하며 三分天下하여 齊에서 왕을 하지 않습니까? 지금 이런 기회를 버리고 스스로 한왕을 믿으며 楚를 공격하고 있으니 어떤 智者가 이같이 하겠습니까!"

그러자 한신이 사양하며 말했다.

"나는 항왕을 몇 년간 섬기었는데 관직은 낭중에 불과했고 지위는 일종의 보초병이었으며 건의는 받아들여지지 않았고 계책은 채용되지 않았기에 楚를 떠나 漢으로 왔던 것입니다. 한왕은 나에게 상장군 직인과 수만의 군사를 주었으며 옷을 벗어 나를 입혀주었고 음식을 나누어 주었으며 건의와 계략을 채용해 주었기에 오늘에 이른 것입니다. 그리고 사람이 나를 깊이 신임하는데 그런 사람을 배반하는 것은 좋지 않습니다. 이 한신을 위해 항왕에게 말씀해 주시면 고맙겠습니다."

武涉이 떠나가자 蒯通(괴통)은 천하의 대권이 한신에게 있다는 것을 알고 삼분천하하여 솥의 세 발처럼 王을 해야 한다고 설득하였다. 이 말은 〈괴통전〉에 있다. 한신은 漢을 배신할 수 없으며 또 자신의 공이 크기 때문에 한왕일지라도 자신의 齊를 빼앗을 수 없을 것이라 생각하여 끝까지 괴통의 말을 듣지 않았다.

原文

漢王之敗固陵, 用張良計, 徵信將兵會垓下. 項羽死, 高祖襲奪信軍, 徙信爲楚王, 都下邳. 信至國, 召所從食漂母, 賜千金. 及下鄕亭長, 錢百, 曰, "公, 小人, 爲德不竟." 召辱己少年令出跨下者, 以爲中尉, 告諸將相曰, "此壯士也. 方辱我時, 寧不能死? 死之無名, 故忍而就此."

| 註釋 | ○漢王之敗固陵 - 漢王은 항우와 鴻溝(홍구)를 경계로 천하를 양분한 뒤 다시 항우를 공격하였으나 항우의 반격에 패전하고 固陵(고릉, 古稱陽夏. 今 河南省 周口市 太康縣.)에 몰려 있었는데 한신의 지원군은 오지 않았다. ○用張良計 - 장량은 陳 동쪽의 땅을 한신에게 할양하라고 한왕에게 건의하여 한신을 垓下(해하)의 전투에 참전케 하였다. ○高祖襲奪信軍 - 고조는 (定陶에서) 한신의 군권을 빼앗았다. ○下邳(하비) - 현명. 今 江蘇省 徐州市 관할의 邳州市. ○爲德不竟 - 덕을 끝까지 베풀지 못하다. 남을 도와주다가 중간에 그만 두다. ○寧不能死 - 어찌 (내가 이 사람을) 죽일 수 없

었겠는가?　○死之無名 – 이 사람을(之) 죽여도(死) (나의) 이름이 날게 없다.(無名)

〖國譯〗

漢王은 固陵縣에서 패배한 뒤 장량의 계책에 따라 한신을 해하의 전투에 끌어들였다. 項羽가 죽자(前 205년), 高祖는 갑자기 한신의 군권을 빼앗았고 한신을 楚王으로 옮겨 下邳(하비)에 도읍케 하였다. 한신은 楚國에 가서 밥을 주었던 漂母(표모)를 불러 천금을 하사하였다. 下邳의 亭長에게는 百錢을 주며 말했다. "그대는 소인이다. 남을 도왔지만 끝까지 하지 않았다."

자신을 사타구니 아래로 지나가게 했던 젊은이를 불러 中尉에 임명하고 여러 장상에게 말했다. "이 사람은 장사이다. 나를 모욕할 때 어찌 죽일 수 없었겠는가? 죽여 보았자 이름날 것도 아니었고 그래서 참았기에 오늘에 이르렀다."

原文

項王亡將鍾離昧家在伊廬, 素與信善. 項王敗, 昧亡歸信. 漢怨昧, 聞在楚, 詔楚捕之. 信初之國, 行縣邑, 陳兵出入. 有變告信欲反, 書聞, 上患之. 用陳平謀, 僞游於雲夢者, 實欲襲信, 信弗知. 高祖且至楚, 信欲發兵, 自度無罪, 欲謁上, 恐見禽. 人或說信曰, "斬昧謁上, 上必喜, 亡患." 信見昧計事, 昧曰, "漢所以不擊取楚, 以昧在. 公若欲捕我處媚漢,吾今死, 公隨手亡矣.” 乃罵信曰, “公非長者!” 卒自剄. 信持其首謁於陳. 高祖令武士縛信, 載後車. 信曰, “果若人言, ‘狡兔死, 良狗亨’.” 上曰, “人告公反.” 遂械信. 至雒陽, 赦以爲淮陰侯.

| 註釋 | ○鍾離眛(종리매) - 項羽의 명장. 鍾離는 複姓. 《史記 淮陰侯列傳》에는 ‘昧’로 표기. ○伊廬(이려) - 읍명. 今 江蘇省 북부 連雲港市 관할의 灌雲縣 동북. ○陳兵出入 - 무장 병력을 대동하고 출입하다. ○僞游於雲夢 - 雲夢澤은 湖北省 江漢平原에 있던 중국 최대 담수호. 지금은 거의 메워져 육지가 되었고 호북성 남부에 洪湖(홍호)가 조금 남았다. ○信欲發兵 - 병력을 帶同하려 하다. ○亡患 - 無患. 忘은 假借하여 無와 通. ○公隨手亡矣 - 당신도 뒤를 따라 죽게 될 것이다. ○狡兔死, 良狗亨 - 狡는 빠르다. ‘간교하다’ 하는 번역은 오역. 亨은 烹. 보통 兎死狗烹(토사구팽)이라 말한다. ○遂械信 - 한신에게 족쇄를 채우다. 械는 형틀(을 채우다). 차꼬(발에 채우는 형틀). ○淮陰侯 - 淮陰(회음)은 韓信의 고향. 今 江蘇省 중부의 淮安市 淮陰區에 해당.

〖國譯〗

項王의 亡將인 鐘離眛(종리매)의 집은 伊廬(이려)에 있어 평소에 한신과 잘 지냈다. 項王이 죽자 종리매는 한신에게 의지했다. 漢에서는 종리매에 대한 원한이 있었는데 종리매가 楚에 있다는 것을 알고 조서를 내려 종리매를 잡으라고 했었다. 한신이 楚國에 초기에 縣邑을 순시할 때 병력을 거느리고 出入하였다. 어떤 사람이 한신이 모반하려 한다고 고발하였는데 투서가 들어가자 고조는 이를 걱정하였다. 陳平의 지모에 따라 雲夢澤에 巡狩(순수)한다고 하였는데 실제로는 한신을 습격하기 위한 것이었으나 한신은 알지 못했다. 고조가 楚에 들어오자 한신은 군사를 거느리고 가려다가 자신은 죄가 없다고 생각하며 알현하려 했는데 그래도 체포될까 걱정하였다. 어떤 사람이 한신에게 말했다. "종리매를 죽여 황제를 알현하면 황제가 아주 기뻐할 것이니 걱정 없을 것입니다."

한신이 종리매를 불러 계획을 말하자 종리매가 말했다. "漢이 楚를 공격하지 않는 것은 나 종리매가 있기 때문이요. 당신이 만약 나를 잡아 가지고 漢에 잘 보이려 한다면 내가 지금 죽겠지만 당신도 뒤따라 죽게 될 것이요." 그리고서는 한신에게 욕을 했다. "당신은 좋은 사람이 아니오!" 그리고 종리매는 자결하였다. 한신은 종리매의 수급을 가지고 陳에 가서 알현하였다. 高祖는 武士를 시켜 한신을 포박하여 뒤에 따른 수레에 실었다. 한신이 외쳤다. "날쌘 토끼가 죽으면 좋은 개라도 삶아 먹는다고 하더니 과연 사람들 말이 맞는구나!" 고조가 말했다. "어떤 사람이 자네가 반역한다고 했네." 그리고서는 한신에게 형틀을 채웠다. 고조는 낙양에 와서 한신을 용서하고 淮陰侯(회음후)에 봉했다.

原文

信知漢王畏惡其能, 稱疾不朝從. 由此日怨望, 居常鞅鞅, 羞與絳,灌等列. 嘗過樊將軍噲. 噲趨拜送迎, 言稱臣, 曰, "大王乃肯臨臣." 信出門, 笑曰, "生乃與噲等爲伍!"

上嘗從容與信言諸將能各有差. 上問曰, "如我, 能將幾何?" 信曰, "陛下不過能將十萬." 上曰, "如公何如?" 曰, "如臣, 多多益辦耳." 上笑曰, "多多益辦, 何爲爲我禽?" 信曰, "陛下不能將兵, 而善將將, 此乃信之爲陛下禽也. 且陛下所謂天授, 非人力也."

| **註釋** | ○畏惡其能 – 자신의 능력을 두려워하고 시기하다. ○稱疾不朝從 – 병을 핑계로 조회나 隨從(수종)하지 않다. ○鞅鞅(앙앙) – 원망하는 모양. ○羞與絳,灌等列 – 絳侯 周勃(강후 주발)과 潁陰侯 灌嬰(영음후 관영). 두 사람 모두 한왕을 따라 같이 거병하였고 나중에 승상을 역임하였다. ○嘗過樊將軍噲 – 지나다가 장군 樊噲(번쾌)의 집에 들르다. ○趨拜(추배) – 종종걸음으로 걷고 절을 하다. 신하가 主君을 모시는 태도. ○生乃與噲等爲伍 – 살아 있으니 번쾌와 같은 등급이 되었다. 심히 자탄하는 말. ○多多益辦 – 많으면 많을수록 더 잘하다. 辦 힘쓸 판. 처리하다. 《史記》에서는 '多多益善.' ○而善將將 – 장수를(뒤의 將) 잘 거느린다(앞의 將).

〖國譯〗

韓信은 漢王이 자신의 능력을 두려워하고 미워하는 것을 알았고 병을 핑계로 조회에 나가지도 않고 고조를 수행하지도 않았다. 이후로 날마다 원망하면서 늘 불평하며 강후 주발이나 관영과 같은 등급인 것을 부끄럽게 생각했다. 한번은 지나다가 樊噲(번쾌)의 집을 들렀었다. 번쾌는 종종걸음으로 걷고 절하며 영접과 전송하며 말할 때마다 '臣' 이라 하면서 "대왕께서 臣의 집을 들리셨군요."라고 말했다. 한신은 문을 나서면서 웃으며 말했다. "살아 있으니 번쾌와 같은 서열이로구나."

전에 고조는 한가한 틈에 한신과 각 장수의 능력의 차이를 이야기를 했었다. 고조가 물었다. "나 같으면 얼마나 통솔하겠는가?" 한신이 대답하였다. "폐하께서는 10만 이상을 통솔하지 못할 것입니다." 고조가 물었다. "그렇다면 公은 어떠한가?" "臣은 많으면 많을수록 더 잘할 것입니다." 고조가 웃으며 말했다. "많을수록 잘한다면서 왜 나한테 잡혔는가?" 한신이 대답했다. "폐하께서는 병력을 잘 통솔하지 못하지만 장수를 잘 거느리니 이것이 제가 폐하에게 잡힌 이유입니다. 그리고 폐하의 자리는 하늘이 준 것이지 人力이 아닙니다."

原文

後陳豨爲代相監邊, 辭信, 信挈其手, 與步於庭數匝, 仰天而歎曰, "子可與言乎? 吾欲與子有言." 豨因曰, "唯將軍命." 信曰, "公之所居, 天下精兵處也. 而公陛下之信幸臣也. 人言公反, 陛下必不信, 再至, 陛下乃疑, 三至, 必怒而自將. 吾爲公從中起, 天下可圖也."

陳豨素知其能, 信之, 曰, "謹奉教!"

| **註釋** | ○陳豨(진희) - 멧돼지 희. ○代相監邊 - 代國의 상국으로 변방업무(국방)를 감독하다. ○挈 - 손에 들 설. 이끌다. ○吾爲公從中起 - 내가 공을 위하여 중앙(長安)에서 봉기하다.

〖國譯〗

뒷날 陳豨(진희)가 代의 相國으로 변경 업무를 감독하게 되어 한신에게 떠나는 인사를 왔을 때 한신은 그의 손을 잡고 뜰을 몇 번 돌면서 하늘을 보고 탄식하며 말했다.

"그대하고 이야기를 나눌 수 있겠소? 나는 그대에게 할 말이 있소." 진희도 응대하며 말했다. "장군께서 하명하십시오." 이에 한신이 말했다.

"公이 있을 곳은 천하의 정병을 모은 곳이오. 그리고 공은 폐하가 믿고 총애하는 신하요. 누가 공이 반역했다면 폐하는 틀림없이 믿지 않을 것이오. 두 번째 보고가 들어오면 폐하는 의심할 것이고, 세 번째 보고에는 필히 화를 내며 스스로 군대를 거느릴 것이오. 내가 공을 위하여 중앙에서 봉기한다면 천하를 도모할 수 있을 것이오."

진희는 평소 한신의 능력을 알고 있었기에 그 말을 믿으면서 대답하였다. "삼가 가르침에 따르겠습니다."

原文

漢十年, 豨果反, 高帝自將而往, 信稱病不從. 陰使人之豨所, 而與家臣謀, 夜詐赦諸官徒奴, 欲發兵襲呂后, 太子. 部署已定, 待豨報. 其舍人得罪信, 信囚, 欲殺之. 舍人弟上書變告信欲反狀於呂后. 呂后欲召, 恐其黨不就, 乃與蕭相國謀, 詐令人從帝所來, 稱豨已破, 群臣皆賀. 相國紿信曰, "雖病, 强入賀." 信入, 呂后使武士縛信, 斬之長樂鐘室. 信

方斬, 曰, “吾不用蒯通計, 反爲女子所詐, 豈非天哉!” 遂夷信三族

高祖已破豨歸, 至, 聞信死, 且喜且哀之, 問曰, “信死亦何言?” 呂后道其語. 高祖曰, “此齊辯士蒯通也.” 召欲亨之. 通至自說, 釋弗誅. 語在〈通傳〉.

| 註釋 | ○漢十年 - 前 197년. ○相國紿信 - 相國(蕭何)이 한신을 속이다. 紿 속일 태. ○强入賀 - 억지로 입궁하여 하례하다. ○長樂鐘室 - 장락궁의 종실. 鐘室은 악기 보관 창고. ○夷 - 다 죽이다. ○通至自說 - 괴통은 스스로 변호하다. ○〈通傳〉 - 15권, 〈蒯伍江息夫傳〉.

〖國譯〗

漢 10년에 진희는 반란을 일으켰고 高帝는 직접 군사를 거느리고 출정했는데 한신은 병을 핑계로 종군하지 않았다. 한신은 은밀히 진희가 있는 곳에 사람을 보냈고 가신과 모의하여 밤에 모든 관청의 죄인과 노비를 사면하고 군사를 일으켜 여후와 태자를 습격하기로 하였다. 部署가 정해진 뒤에 진희의 통보를 기다리고 있었다.

그 무렵 한신의 舍人(사인)이 한신에게 죄를 지어 한신이 가두었다가 죽이려 하였다. 사인의 동생이 글을 올려 한신의 반역하려는 준비를 呂后에게 보고하였다. 呂后가 한신을 소환하려 했으나 그 무리들이 오지 않을까 걱정하여 相國인 소하와 협의하여 거짓으로 황제로부터 사람이 와서 진희가 이미 격파되었으며 모든 신하들이 하례한다고 하였다.

相國이 한신을 속여 말했다. “비록 病中이지만 억지로라도 입궁하여 하례하기 바랍니다." 한신이 입궁하자 여후는 무사를 시켜 한신을 포박하였고 장락궁 종실에서 처형하였다.

막 참수하려 하자 한신이 말했다. "내가 괴통의 말을 듣지 않아 되레 부녀자에게 속았으니 어찌 하늘 뜻이 아니겠는가!" 여후는 한신의 三族을 모두 죽였다.

高祖가 진희의 반란을 평정하고 돌아와 한신이 죽었다는 소식을 듣고 한편으로는 기쁘면서도 한신을 애도하며 말했다. "한신이 죽으면서 무어라 했는가?" 呂后는 한신이 했던 말을 이야기 했다. 그러자 高祖가 말했다. "그 사람은 齊의 변사인 괴통이다." 괴통을 불러 팽살하려고 했는데 괴통이 자신을 변명하자 고조는 괴통을 죽이지 않고 석방하였다. 이 말은 〈蒯伍江息夫傳〉에 있다.

34-2. 彭越

原文

彭越字仲, 昌邑人也. 常漁鉅野澤中, 爲盜. 陳勝起, 或謂越曰, "豪桀相立畔秦, 仲可效之." 越曰, "兩龍方鬪, 且待之."

居歲餘, 澤間少年相聚百餘人, 往從越, "請仲爲長", 越謝不願也. 少年强請, 乃許. 與期旦日日出時, 後會者斬. 旦日日出, 十餘人後, 後者至日中. 於是越謝曰, “臣老, 諸君强以爲長. 今期而多後, 不可盡誅, 誅最後者一人.” 令校長斬之. 皆笑曰, “何至是! 請後不敢.” 於是越乃引一人斬之, 設壇祭, 令徒屬. 徒屬皆驚, 畏越, 不敢仰視. 乃行略也, 收諸侯散卒, 得千餘人.

| **註釋** | ○彭越(팽월, ? – 前 196) – 異姓 諸侯를 없애는 정책에 희생당했다. 그 시신으로 젓을 담가 여러 제후에게 보내졌다. ○昌邑 – 縣名. 今 山東省 서남부의 菏澤市 관할의 鉅野縣(거야현). ○鉅野澤 – 今 山東省 서남부 鉅野縣의 습지대, 大野澤이라고도 부른다. ○兩龍 – 秦과 陳勝. ○與期旦日日出時 – 旦日(다음 날) 해뜰 때를 같이(與) 기약하다(期). ○校長 – 部長과 같음. 軍中 一校의 우두머리. 一部를 一校라 했다.

〖國譯〗

彭越(팽월)의 자는 仲(중)이며 昌邑 사람이다. 늘 巨野澤에서 고기를 잡았는데 도적이 되었다. 진승이 봉기했을 때 어떤 사람이 팽월에게 말했다. “호걸들이 서로 봉기하여 秦에 반기를 드는데 당신도 봉기하십시오.”

일 년이 지나 거야택의 젊은이들 100여 명이 모여 팽월에게 가서 “우리들의 어른이 되어 주십시오.”라 했으나 팽월은 사양하며 싫다고 하였다. 젊은이들이 간청하자 결국 승낙하였다. 팽월은 다음 날 해가 뜰 때 만나되 늦게 오는 자는 참하기로 약속하였다. 다음 날 해가 뜰 때 10여 명이 늦었는데 가장 늦게 온 사람은 한낮에야 왔다. 이에 팽월이 사죄하듯 말했다. “내 나이가 많다고 여러분들이 억지로 우두머리라 하였다. 오늘 기약하고도 여러 사람이 늦었기에 모두 다 죽일 수가 없어 가장 늦게 온 한 사람을 죽이겠다."

그리고 부서의 우두머리에게 죽이라 하였다. 모두가 웃으면서 "왜 그렇게까지! 다음엔 늦지 않을 것입니다."

그러나 팽월이 한 사람을 끌어내 죽이고 단을 쌓아 제사하고서 무리들에게 명령하였다. 무리들은 모두 놀라 팽월을 두려워하며 바로 쳐다보지 못했다. 그리고 각지를 돌며 제후들의 흩어진 병졸을 수습하여 천여 명을 모았다.

原文

沛公之從碭北擊昌邑, 越助之. 昌邑未下, 沛公引兵西. 越亦將其衆居巨野澤中, 收魏敗散卒. 項籍入關, 王諸侯, 還歸, 越衆萬餘人無所屬. 齊王田榮叛項王, 漢乃使人賜越將軍印, 使下濟陰以擊楚. 楚令蕭公角將兵擊越, 越大破楚軍. 漢二年春, 與魏豹及諸侯東擊楚, 越將其兵三萬餘人, 歸漢外黃. 漢王曰, "彭將軍收魏地, 得十餘城, 欲急立魏後. 今西魏王豹, 魏咎從弟, 眞魏也." 乃拜越爲魏相國, 擅將兵, 略定梁地.

| **註釋** | ○碭(탕) - 郡名. 치소는 湯縣. 今 河南省 商丘市 夏邑縣. 河南省 동쪽 끝. ○漢乃使人賜越將軍印 - 漢은 쓸데없는 글자(衍字, 연자). ○濟陰(제음) - 郡名. 今 山東省 荷澤市 定陶縣 북쪽. ○擅將兵 - 마음대로 군사를

지휘하다. 擅은 멋대로 천. ○略定梁地 – 魏의 都邑은 大梁. 梁地는 魏地.

〖國譯〗

沛公이 碭郡(탕군)에서 북으로 나아가 昌邑을 공격할 때 팽월도 패공을 도왔다. 창읍을 함락하지 못하자 패공은 군사를 이끌고 서진하였다. 팽월은 그 무리들을 거느리고 거야택에 머무르면서 魏의 흩어진 병졸들을 수습하였다. 項籍(項羽)이 관중에 들어가 왕과 제후를 봉하고 각자 돌아갈 때 팽월이 거느린 1만여 군사는 무소속이었다.

齊王 田榮이 項王에 반기를 들자, 漢에서는 사자를 보내 팽월에게 장군 직인을 하사하고 濟陰(제음)을 지나 楚를 공격하게 하였다. 楚에서는 蕭公(소공) 角(각)에게 군사를 거느리고 팽월을 공격케 하였으나 팽월은 초군을 대파하였다.

漢 2년 봄, 魏豹(위표) 및 제후와 함께 동쪽으로 나가 楚를 공격했으며 팽월은 그 병력 3만여 명을 거느리고 外黃(외황)에서 漢에 귀부하였다. 이에 한왕이 말했다.

"팽장군은 魏의 땅 10여 성을 점령하였고 빨리 魏의 후손을 옹립하려 하고 있소. 지금 西魏王 위표는 魏咎(위구)의 사촌 동생이니 진짜 魏의 후손이요."

그리고서는 팽월을 魏의 相國으로 삼아 재량껏 군사를 지휘하여 옛 魏의 영토를 수복케 하였다.

原文

漢王之敗彭城解而西也, 越皆亡其所下城, 獨將其兵北居河上. 漢三年, 越常往來爲漢遊兵擊楚, 絶其糧於梁地. 項王與漢王相距滎陽, 越攻下睢陽, 外黃十七城. 項王聞之, 乃使曹咎守成皐, 自東收越所下城邑, 皆復爲楚. 越將其兵北走穀城. 項王南走陽夏, 越復下昌邑旁二十餘城, 得粟十餘萬斛, 以給漢食.

| 註釋 | ○解而西也 – 전투를 중지하고 서쪽으로 나가다. ○睢陽(수양) – 현명. 今 河南省 商丘市의 일부. ○穀城(곡성) – 읍명. 今 山東省 聊城市(요성시)의 東阿縣. ○陽夏 – 縣名. 今 河南省 周口市 太康縣.

〖國譯〗

漢王은 彭城에서 패하고 팽성에서 물러나 서쪽으로 이동했고 팽월은 그간 평정했던 모든 성을 상실하고 홀로 군사를 거느리고 황하 북쪽에 주둔하고 있었다. 漢 3년, 팽월은 자주 이곳저곳으로 이동하며 漢을 위하여 유격병으로 楚를 공격하고 梁地에서 楚의 糧道(양도)를 끊었다. 項王이 漢王과 滎陽(형양)에서 대치할 때, 팽월은 楚를 공격하여 睢陽(수양)과 外黃 등 17개 성을 평정하였다. 項王은 이를 알고 바로 曹咎(조구)에게 成皐(성고)를 지키게 하고 직접 동쪽으로 나와 팽월이 평정한 성읍을 수복하여 다시 楚地로 회복하였다. 팽월은 군사를 거느리고 북쪽 穀城(곡성)으로 달아났다. 項王이 남쪽 陽夏縣으로 패주하자 팽월은 창읍 주변 20여 개의 성을 수복하고 군량 10여만 斛(곡)을 차지하여 漢의 군량으로 공급했다.

原文

漢王敗, 使使召越並力擊楚, 越曰, "魏地初定, 尙畏楚, 未可去." 漢王追楚, 爲項籍所敗固陵. 乃謂留侯曰, "諸侯兵不從, 爲之奈何?" 留侯曰, "彭越本定梁地, 功多, 始君王以魏豹故, 拜越爲相國. 今豹死亡後, 且越亦欲王, 而君王不蚤定. 今取睢陽以北至穀城, 皆許以王彭越." 又言所以許韓信. 語在〈高紀〉. 於是漢王發使使越, 如留侯策. 使者至, 越乃引兵會垓下. 項籍死, 立越爲梁王, 都定陶.

| **註釋** | ○尙畏楚 – 尙은 아직도, 여전히. ○爲之奈何 – 奈何爲之의 도치. 이를 어찌해야 하나? ○不蚤定 – 蚤 일찍 조. 일찍이. 벼룩 조.

〖國譯〗

漢王이 패퇴하며 팽월에게 사자를 보내 힘을 합쳐 楚를 공격하자고 하였는데 팽월이 말했다. "魏地는 겨우 평정되었기에 아직 楚가 걱정이 되어 출정할 수 없습니다." 한왕은 楚를 추격하다가 항적에게 固陵(고릉)에서 패배하였다. 그러자 留侯(유후, 張良)에게 물었다. "제후의 군사들이 협조하지 않으니 어찌 해야 하는가?"

유후가 대답했다. "팽월은 본래 梁地를 평정하면서 공도 많았지만 처음에 魏豹(위표)를 君王으로 봉해야 했기에 팽월을 相國으로 삼았습니다. 지금 위표가 죽었기 때문에 팽월이 왕이 되고 싶으나 王께서는 빨리 정해 주지 않았습니다. 지금 睢陽(수양)에서 북으로 穀城(곡성)까지의 땅을 팽월에게 주고 왕으로 봉하십시오."

그리고 한신이 齊王이 되는 것도 허락하라고 말했다. 이는 〈高紀〉에 적혀 있다. 이에 한왕은 팽월에게 사자를 보내 留侯의 방책대로 하였다. 사자가 도착하자 팽월은 바로 병력을 거느리고 垓下(해하)에 모였다. 항적이 죽자 팽월을 세워 梁王으로 삼아 定陶(정도)에 도읍케 하였다.

原文

六年, 朝陳. 九年, 十年, 皆來朝長安. 陳豨反代地, 高帝自往擊之. 至邯鄲, 徵兵梁. 梁王稱病, 使使將兵詣邯鄲. 高帝怒, 使人讓梁王. 梁王恐, 欲自往謝. 其將扈輒曰, "王始不往, 見讓而往, 往卽爲禽, 不如遂發兵反." 梁王不聽, 稱病. 梁太僕有罪, 亡走漢, 告梁王與扈輒謀反. 於是上使使掩捕梁王, 囚之雒陽. 有司治反形已具, 請論如法. 上赦以爲庶人, 徙蜀青衣. 西至鄭, 逢呂后從長安東, 欲之雒陽, 道見越. 越爲呂后泣涕, 自言亡罪, 願處故昌邑. 呂后許諾, 詔與俱東. 至雒陽, 呂后言上曰, "彭越壯士也, 今徙之蜀, 此自遺患, 不如遂誅之. 妾謹與俱來." 於是呂后令其舍人告越復謀反. 廷尉奏請, 遂夷越宗族.

| **註釋** | ○六年 – 前 201년. ○朝陳 – 陳에 입조하다. 陳郡에 와서 황제를 알현하다. ○邯鄲(한단) – 今 河北省 남부 邯鄲市. 당시 趙國의 수도. ○梁王 – 彭越. 大梁이 魏國의 수도라서 魏를 지칭한다. ○使人讓梁王 – 사람을

보내 梁王(魏王)을 책망하다. 讓 꾸짖을 양. ○扈輒(호첩) – 인명. 扈 뒤따를 호. 성씨. 輒 문득 첩. 갑자기. ○太僕(태복) – 황제의 車馬와 馬政을 담당하는 관리. ○請論如法 – 법대로 論罪하기를 청하다. ○徙蜀靑衣 – 촉의 靑衣로 이주시키다. 靑衣는 縣名. 今 四川省 중남부의 樂山市. ○鄭 – 縣名. 今 陝西省 渭南市 관할의 華縣. 유명한 西嶽인 華山이 있다.

〖國譯〗

漢 6년, (팽월은) 陳에서 황제를 알현했다. 9년, 10년에도 다 장안에 와서 來朝했다. 陳豨(진희)가 代 땅에서 반란을 일으키자 고조는 직접 출정하여 토벌했다. (고조는) 邯鄲(한단)에 와서 魏(梁)의 군사를 징발했다. 魏王(梁王)은 稱病(칭병)하며 장수를 보내 군사를 거느리고 한단에 가게 하였다. 고조가 노하여 사람을 보내 梁王(팽월)을 문책했다. 梁王은 두려워 자신이 가서 사죄하려 했다. (팽월의) 장수 扈輒(호첩)이 말했다.

"왕께서 처음에 아니 갔는데 문책을 듣고서 가면 가는 즉시 잡힐 것이니 차라리 군대를 일으켜 반기를 드는 것만 못합니다." 梁王은 따르지는 않았지만 몸이 아프다고 하였다. 梁의 太僕(태복)이 죄를 짓고서는 漢으로 도망가서 梁王과 호첩이 모반한다고 밀고하였다. 이에 고조는 사자를 보내 팽월을 체포하고 낙양에 가두었다. 담당 관리가 조사하니 모반의 형세가 드러나 법대로 다스릴 것을 청했다. 고조는 팽월을 용서하되 서인으로 만들어 蜀(촉)의 靑衣縣으로 강제 이주케 하였다. 팽월이 서쪽으로 나가 鄭縣에 이르렀을 때, 장안에서 동쪽 낙양으로 가던 呂后는 도중에 팽월을 만났다. 팽월은 여후에게 눈물을 흘리며 무죄이며 고향인 昌邑으로 돌아가게 해달라고 하소연하였다. 여후는 승낙하면서 팽월을 데리고 낙양에 도착하였다. 여후가 고조에게 말했다. "팽월은 장사인데 이번에 촉으로 보내는 것은 후환을 만드는 것이라서 이번에 죽여 버리는 것만 못하다 생각하여 제가 그를 데려왔습니다." 그리고서는 팽월의 舍人(사인)을 시켜 팽월이 다시 모반하려 한다고 아뢰게 하였다. 정위가 처벌을 주청하자 마침내 팽월의 일족을 모두 죽였다.

34-3. 英布

原文

黥布, 六人也, 姓英氏. 少時客相之, 當刑而王. 及壯, 坐法黥, 布欣然笑曰, "人相我當刑而王, 幾是乎?" 人有聞者, 共戲笑之. 布以論輸驪山, 驪山之徒數十萬人, 布皆與其徒長豪桀交通, 乃率其曹耦, 亡之江中爲群盜.

| 註釋 | ○黥布(경포, ? - 前 195) - 英布. ○六縣 - 今 安徽省 중서부의 六安市. ○坐法黥 - 법에 저촉되어 黥刑(경형)에 처하다. 黥은 이마에 죄명을 쓰고 먹물을 들이는(墨刑) 일종의 치욕형이다. 얼굴에 무늬를 넣는 刺面과 다르다. ○幾是乎 - 거의 이것인가? 幾는 近也. 幾乎는 거의. ○共戲笑之 - 모두 그를(영포) 조롱하며 웃었다. ○論輸驪山 - 驪山(여산)에 보내기

로 판결나다. 驪山의 始皇의 능 공사 현장. ○交通 - 내통하다. 왕래하다. ○率其曹耦 - 그 무리들을 거느리고. 曹는 輩(무리), 耦는 偶(짝).

〖國譯〗

黥布(경포)는 六縣 사람인데, 성은 英氏이다. 젊었을 적에 지나는 사람이 英布의 관상을 보고 '형을 받고 왕이 된다.' 고 하였다. 장년이 되어 법에 걸려 黥刑(경형)을 받게 되자 영포는 기뻐 웃으며 말했다. "어떤 사람이 내 관상을 보고 형을 받은 뒤 왕이 된다 하였으니 아마 이것인가?" 이 말을 들은 사람들은 모두 영포를 조롱하며 웃었다. 영포는 驪山(여산)에 보내졌는데 여산에는 수십만이 있었고 영포는 그 무리의 우두머리나 호걸들과 왕래하다가 그 무리들을 이끌고 長江으로 도망 나와 도적 떼가 되었다.

原文

陳勝之起也, 布乃見番君, 其衆數千人. 番君以女妻之. 章邯之滅陳勝, 破呂臣軍, 布引兵北擊秦左右校, 破之靑波, 引兵而東. 聞項梁定會稽, 西度淮, 布以兵屬梁. 梁西擊景駒,秦嘉等, 布常冠軍. 項梁聞陳涉死, 立楚懷王, 以布爲當陽君. 項梁敗死, 懷王與布及諸侯將皆聚彭城. 當是時, 秦急圍趙, 趙數使人請救懷王. 懷王使宋義爲上將軍, 項籍與布皆屬之, 北救趙. 及籍殺宋義河上, 自立爲上將軍, 使布先涉河, 擊秦軍, 數有利. 籍乃悉引兵從之, 遂破秦軍, 降章邯等. 楚兵常勝, 功冠諸侯. 諸侯兵皆服屬楚者, 以布數以少敗衆也.

| 註釋 | ○陳勝之起 - 前 209년. ○番君(파군) - 鄱陽縣令(파양현령). 吳芮(오예). 番音은 蒲河反(파). ○呂臣(여신) - 인명. 陳勝을 죽인 莊賈(장가)를 죽이고 蒼頭軍을 조직해 秦에 대항했었다. ○景駒(경구, ? - 前 208) - 秦末 농민전쟁 시기의 楚王. ○秦嘉(진가) - 陳勝이 죽은 뒤 農民起義軍의 장수. ○布常冠軍 - 영포는 장수 중 으뜸이었다. ○使布先涉河 - 영포로 하여금 먼저 황하를 건너게 하였다. 涉은 배가 없이 강을 건너가는 것. ○數有利 - (전투에서) 자주 이겼다.

〖國譯〗

陳勝이 봉기하자 영포는 바로 番君〔파군, 鄱陽縣令 吳芮(오예)〕을 만났고 그 무리는 수천 명이었다. 파군은 딸을 영포에게 아내로 주었다. 장한이 陳勝을 죽이고 呂臣(여신)의 군사를 격파하자 영포는 군사를 이끌고 북으로 가서 秦의 좌우 교위를 공격하여 青波란 곳에서 격파하였고 군사를 거느리고 동쪽으로 나아갔다. 項梁이 會稽(회계)를 평정하고 서쪽으로 회수를 건넜다는 소식을 듣고 영포는 군사를 항량에게 귀속시켰다. 항량은 서쪽으로 景駒(경구)와 秦嘉(진가) 등을 격파하였는데 영포는 언제나 가장 용감했었다. 항량은 陳涉(진섭, 진승)이 죽은 것을 알고 楚 懷王(회왕)을 옹립하였고, 영포를 當陽君으로 삼았다. 항량이 패전하고 죽자 회왕과 영포 및 제후와 장수들이 모두 彭城(팽성)에 모였다. 이때에 秦은 강하게 趙를 포위했고 趙에서는 여러 번 사람을 보내 회왕에게 구원을 요청했다. 회왕은 宋

義를 上將軍으로 임명하였고 項籍(항적, 항우)과 영포도 그 아래 소속되어 북으로 趙를 구원케 하였다. 항적이 송의를 황하에서 죽이고(前 207년) 자립하여 상장군이 되었으며 영포로 하여금 먼저 황하를 건너 秦의 군사를 공격케 했는데 영포는 늘 이겼다. 항적은 이어 군사를 거느리고 추격하여 드디어 진군을 격파하고 장한을 항복케 했다. 楚의 군사가 이길 적마다 영포의 공적은 제후 중에서 으뜸이었다. 제후의 군사가 모두 楚에 복속했던 것은 영포가 늘 소수의 병력으로 다수를 격파했었기 때문이었다.

原文

項籍之引兵西至新安, 又使布等夜擊坑章邯秦卒二十餘萬人. 至關, 不得入, 又使布等先從間道破關下軍, 遂得入. 至咸陽, 布爲前鋒. 項王封諸將, 立布爲九江王, 都六. 尊懷王爲義帝, 徙都長沙, 乃陰令布擊之. 布使將追殺之郴.

| 註釋 | ○新安 – 今 河南省 洛陽市 新安縣. ○至關 – 함곡관에 오다. ○間道 – 샛길. ○長沙 – 郡 이름. 今 湖南省 長沙市. ○郴(침) – 縣名. 今 湖南省 남부 郴州市(침주시).

〖國譯〗

項籍이 군사를 거느리고 서쪽으로 나아가 新安에 이르렀을 때, 항적은 영포 등을 시켜 밤에 장한의 秦 병졸 20만 명을 공격하여 묻어 죽였다. 함곡관에 이르러서 들어가지 못하자 또 영포 등을 시켜 샛길로 들어가 함곡관을 격파한 뒤에 들어갈 수 있었다. 함양에 들어가는데도 영포는 선봉장이었다. 項王이 諸將을 봉할 때 영포를 九江王으로 봉해 六縣에 도읍케 하였다. 懷王을 높여 義帝라 하고 長沙에 보내 도읍케 하고서는 몰래 영포를 시켜 의제를 추격하게 하였다. 영포는 장수를 시켜 의제를 郴縣(침현)에서 죽였다.

原文

齊王田榮叛楚, 項王往擊齊, 徵兵九江, 布稱病不往, 遣將將數千人行. 漢之敗楚彭城, 布又稱病不佐楚. 項王由此怨布, 數使使者誚讓召布, 布愈恐, 不敢往. 項王方北憂齊,趙, 西患漢, 所與者獨布, 又多其材, 欲親用之, 以故未擊.

| 註釋 | ○遣將將數千人行 – 수천의 군사를 거느리고(뒤의 將) 가도록(行) 장수를 보내다(遣將). ○誚讓 – 견책하다. 誚 꾸짖을 초. ○所與者 – 與는 結交하다. 親附하다. ○又多其材 – 多는 重視하다.

〖國譯〗

齊王 田榮이 楚에 반기를 들었는데 項王이 출정하여 齊를 공격할 때 九江王의 병력을 징발하였으나 영포는 병을 핑계로 나서지 않고 장수에게 수천의 병력만을 거느리고 출정케 하였다. 漢이 팽성에서 楚를 패망케할 때도 영포는 또 칭병하며 楚를 돕지 않았다. 項王은 이때문에 영포를 원망하여 자주 사자를 보내 영포를 견책하며 소환하려 했지만 영포는 더 두려워하며 가려고 하지 않았다. 項王으로서

는 북쪽에 齊와 趙, 서쪽에 漢이 걱정이 되지만 같은 편이 될 수 있는 것은 영포뿐이고, 또 영포의 재능을 중시하여 내편으로 활용할 수 있다고 생각하여 공격하지는 않았다.

原文

漢王與楚大戰彭城, 不利, 出梁地, 至虞, 謂左右曰, "如彼等者, 無足與計天下事者." 謁者隨何進曰, "不審陛下所謂." 漢王曰, "孰能爲我使淮南, 使之發兵背楚, 留項王於齊數月, 我之取天下可以萬全." 隨何曰, "臣請使之." 乃與二十人俱使淮南. 至, 太宰主之, 三日不得見. 隨何因說太宰曰, "王之不見何, 必以楚爲强, 以漢爲弱, 此臣之所爲使. 使何得見, 言之而是邪, 是大王所欲聞也. 言之而非邪, 使何等二十人伏斧質淮南市, 以明背漢而與楚也." 太宰乃言之王, 王見之. 隨何曰, "漢王使使臣敬進書大王御者, 竊怪大王與楚何親也." 淮南王曰, "寡人北鄕而臣事之."

| 註釋 | ○不利 – 성공하지 못하다. 전투에서 패배하다. ○虞(우) – 縣名. 今 河南省 商丘市 虞城縣. ○無足與計天下事者 – 天下事를 함께 도모할 만한 자가 없다. ○謁者(알자) – 國君 命令을 전달하는 近侍. 漢代에는 郞中令 아래의 하급 관직. ○隨何(수하) – 人名. 儒者이면서 說客이었다. ○不審 – 잘 모르겠다. 不明白하다. ○孰能爲我使淮南 – 孰 누구 숙. 누가. 淮南(회남)은 郡名, 當時 九江王 英布의 지배 지역. 今 安徽省 중부의 淮南市. 여기

서는 영포를 지칭. 영포는 나중에 淮南王에 봉해졌다. ○太宰主之 – 태재가 (수하 일행을) 접대하다. 太宰는 酒食을 담당하는 관리. ○此臣之所爲使 – 이것이 내가 사신으로 온 이유이다. ○言之而是邪 – 말을 해서 말이 옳다면, 邪(야)는 감탄이나 의문을 나타내는 어조사. 耶(야)와 통용. ○伏斧質淮南市 – 회남의 거리에서 도끼로 처형하다. 斧質은 도끼로 처형할 때 쓰는 도끼 받침.

〖國譯〗

漢王은 팽성에서 楚와 크게 싸웠으나 패배하여 梁으로 후퇴하여 虞縣(우현)에 이르러 측근들에게 "너희 같은 무리에는 천하의 일을 함께 논할 자가 없다."고 말했다. 그러자 謁者(알자)인 隨何(수하)가 다가와 말했다. "폐하께서 말씀하신 뜻을 잘 모르겠습니다."

漢王은 "누가 나를 위해 淮南에 사신으로 가서 九江王(英布)으로 하여금 군사를 일으켜 楚를 배반케 하여 項王을 齊에 몇 달간 머물게만 해준다면 내가 천하를 완전하게 차지할 수 있을 것이다."라고 말했다. 수하는 "臣이 사신으로 가겠습니다."라고 말했다.

그리고는 20명과 함께 회남에 사신으로 갔다.

회남에 도착하자 太宰(태재)가 접대를 하였는데 3일이 지나도 구강왕을 만날 수 없었다. 그래서 수하가 태재에게 말했다.

"王께서 나를 만나지 않는 것은 楚는 강하고 漢은 약하다고 생각하기 때문인데 바로 이 때문에 내가 사신으로 온 것입니다. 나를 만나서 옳은 말이라면 왕이 들으면 될 것입니다. 말하는 것이 틀렸다면 나와 20명을 회남의 거리에서 도끼로 처형하여 漢을 버리고 楚에 협조하겠다는 뜻을 확실히 하면 됩니다."

태재가 이를 구강왕에게 말하자 왕이 수하를 만났다. 수하가 말했다.

"漢王이 저를 사신으로 보내어 삼가 대왕의 신하에게 글을 올렸습니다만 대왕과 楚가 얼마나 친한가는 잘 모르겠습니다." 그러자 회남왕(구강왕)이 말했다. "과인은 북향하여 신하로서 楚를 섬깁니다."

原文

隨何曰, "大王與項王俱列爲諸侯, 北鄉而臣事之, 必以楚爲强, 可以托國也. 項王伐齊, 身負版築, 以爲士卒先. 大王宜悉淮南之衆, 身自將, 爲楚軍前鋒, 今乃發四千人以助楚. 夫北面而臣事人者, 固若是乎? 夫漢王戰於彭城, 項王未出齊也, 大王宜掃淮南之衆, 日夜會戰彭城下. 今撫萬人之衆, 無一人渡淮者, 陰拱而觀其孰勝. 夫托國於人者, 固若是乎? 大王提空名以鄉楚, 而欲厚自托, 臣竊爲大王不取也. 然大王不背楚者, 以漢爲弱也. 夫楚兵雖强, 天下負之以不義之名, 以其背明約而殺義帝也. 然而楚王特以戰勝自强. 漢王收諸侯, 還守成皐,滎陽, 下蜀,漢之粟, 深溝壁壘, 分卒守徼乘塞. 楚人還兵, 間以梁地, 深入敵國八九百里, 欲戰則不得, 攻城則力不能, 老弱轉糧千里之外. 楚兵至滎陽,成皐, 漢堅守而不動, 進則不得攻, 退則不能解, 故楚兵不足罷也. 使楚兵勝漢, 則諸侯自危懼而相救. 夫楚之强, 適足以致天下之兵耳. 故楚不如漢, 其勢易見也. 今大王不與萬全之漢, 而自托於危亡之楚, 臣竊爲大王或之. 臣非以淮南之兵足以亡楚也. 夫大王發兵而背楚, 項王必留, 留數月, 漢之取天下可以萬全. 臣請與大王杖劍而歸漢王, 漢王必裂地而分大王, 又況淮南, 必大王有也. 故漢王敬使使臣進愚計, 願大王之留意也."

淮南王曰, "請奉命." 陰許叛楚與漢, 未敢洩.

| 註釋 | ○可以托國也 - 나라를 맡길만 하다. 楚에 의지할만하다. 托 밀탁. 맡기다. ○身負版築 - 몸소 성벽을 쌓는 일을 하다. 版은 널빤지 판. 성벽의 흙을 쌓는 기구. 築은 흙을 다지다. ○固若是乎 - 정말 이런 것입니까? ○陰拱而觀其孰勝 - 은근히 팔짱을 끼고(拱手) 누가 이기는가를 관망하다. ○天下負之以不義之名 - 천하로부터 不義라는 이름만 지고 있다. 피동형 문장임. 천하 사람들로부터 의롭지 못하다는 이름만 얻었다. ○分卒守徼乘塞 - 군사를 배치하여 만반의 대비를 하다. ○間以梁地 - (楚와 漢의) 중간에 梁의 땅의 있어. ○故楚兵不足罷也 - 그래서 초병은 쉽게 지치게 된다. 不足은 쉽게(容易). 罷는 疲弊(피폐)해지다. ○其勢易見也 - 그런 형세는 금방 알 수 있다. ○或之 - 或은 惑也. 陰許叛楚與漢, ○未敢泄 - 漏泄(누설)하지 않다. 泄 물이 새다.

〖國譯〗

이에 수하가 말했다. "대왕은 項王과 제후로 같은 반열인데도 북향하여 섬긴다는 것은 틀림없이 楚가 강하므로 나라를 의탁할 수 있다고 생각한 것입니다. 항왕은 齊를 공격하면서 몸소 성벽 쌓는 일을 하며 사졸보다 솔선했습니다. 대왕께서는 당연히 회남의 군사를 모아 몸소 거느리고 楚軍의 선봉이 되어야 하는데도 지금은 4천여 병졸을 보내 楚를 도왔습니다. 그러니 북면하여 신하로서 항왕을 섬긴다는 것이 정말로 이런 것입니까? 그러나 漢王이 팽성에서 싸울 때 項王은 齊을 떠날 수 없었으니 大王께서도 당연히 淮南의 군사를 다 투입하여 밤낮으로 팽성에서 같이 싸워야 했습니다. 대왕께서는 지금 수만 명의 군사를 거느리고 있지만 한 사람도 회수를 건너가지 않았으며 그냥 팔짱을 끼고서 누가 이기는가를 관망하고 계십니다. 그러니, 나라를 맡긴다는 것이 정말 이렇게 하는 것입니까? 대왕께서는 이름만 楚를 섬긴다 하면서 자기 자신을 지키고 계신데 저로서는 대왕이 취할 길은 아니라 생각합니다. 이런데도 대왕께서 楚와 등지지 않는 것은 漢이 약하기 때문일 것입니다. 楚兵이 비록 강하다 하지만 천하로부터 의롭지 못하다는 평판만 받고 있는 것은 楚가 확실한 약속을 어겼으며 義帝를 죽였기 때문입니다. 그러면서도 楚王은 다만 전투에 이기니 자신이 강하다고만 생각합니다. 漢王은 제후들을 모아 成皐(성고)와 滎陽(형양)을 지키면서 蜀과 漢의 군량을 운반하면서 깊고 튼튼한 방어시설에 군사를 배치하여 만반의 대비를 하고 있습니다. 楚는 군사를 철수하려 해도 중간에 梁의 땅이 끼어 있고 적국 안쪽으로 8, 9백 리나 깊게 들어가 있어 싸우더라도 이길 수 없으며 성을 뺏으려 하여도 힘이 부족하고 노약한 병사들은 千里 밖에서 군량을 날라야 합니다. 楚兵이 형양과 성고에 주둔하지만 漢은 굳게 방어하며 움직이지 않기 때문에 나아가자니 공격할 수 없고, 물러나자니 철수할 수도 없으니 楚兵은 이미 지쳐 있습니다. 설령 楚의 군사가 漢을 이긴다면 諸侯들은 스스로 위기라 생각하여 서로 구원하고 있습니다. 그러니 楚가 강하다는 것은 바로 천하의 군사를 불러들이는 것뿐입니다. 때문에 楚가 漢만 못하다는 형세는 쉽게 알 수 있습니다. 지금 대왕께서는 모든 것을 가진 漢과 협력하지 않고 위기의 楚에 나라를 맡기고 있으니 저로서는 대왕께서 무엇인가 잘못 알고 있다고 생각합니다. 臣은 淮南의 군사로 楚를 쉽게 멸망시킬 수 있다는 뜻이 아닙니다. 대왕께서 발병하여 楚와 등을 지면, 項王은 필히 齊에 머물러야 하고 齊에 몇 달만 머무르면 漢은 완전하게 천하를 평정할 수 있을 것입니다. 臣은 대왕께서 칼을 잡고 한왕에 귀부하기를 청하는 것이며 한왕은 틀림없이 대왕에게 땅을 나누어 줄 것이며 또 회남은 말할 것도 없이 대왕의 소유가 될 것입니다. 이런 이유가 있어 한왕은 삼가 저를 보내어 이런 계책을 아뢰게 한 것이니 대왕께서는 유념해 주시기 바랍니다."

이에 회남왕은 "그대로 실행할 것입니다."라고 말했고, 은밀히 楚를 배반하며 漢과 협력하겠다고 하였으나 아직 공개하지는 않았다.

原文

楚使者在, 方急責布發兵, 隨何直入曰, "九江王已歸漢, 楚何以得發兵!" 布愕然. 楚使者起, 何因說布曰, "事已搆, 獨可遂殺楚使, 毋使歸, 而疾走漢並力." 布曰, "如使者教." 因起兵而攻楚. 楚使項聲, 龍且攻淮南, 項王留而攻下邑. 數月, 龍且攻淮南, 破布軍. 布欲引兵走漢, 恐項王擊之, 故間行與隨何俱歸漢.

| **註釋** | ○楚使者在 – 楚의 사자가 (淮南에) 머물고 있다. ○愕然 – 놀라다. 愕은 놀랄 악. ○事已搆 – 일은 이미 끝났다. 搆는 끌어당길 구. 맺다. 構와 通. ○獨 – 다만, 오직. ○如使者敎 – 使者(수하)가 하라는 그대로 하라! ○攻下邑 – 梁의 縣名. ○故間行與隨何俱歸漢 – 그래서 샛길로 수하와 함께 漢에 귀부하다.

〖國譯〗

楚의 사자는 회남에 머물면서 영포에게 빨리 發兵하라 재촉을 하고 있었는데 수하가 곧장 들어가 말했다. "九江王께서는 이미 漢에 귀부하였는데 楚가 어떻게 군사를 얻을 수 있겠는가!" 영포는 크게 놀랐다. 楚의 사자가 일어나자 수하는 곧 영포에게 말했다.

"일은 이미 벌어졌으니 다만 楚의 사자를 죽여 돌아가지 못하게 하고 빨리 漢과 협력해야 합니다." 영포는 "사자가 하라는 그대로 하라!"라고 말했다. 이어 군사를 일으켜 楚를 공격하였다. 楚에서는 項聲과 龍且(용저)를 시켜 淮南을 공격케 하였고, 項王은 (齊에 머물며, 梁의) 下邑을 공략하였다. 몇 달에 걸쳐 용저는 회남을 공격하여 영포의 군사를 격파하였다.

영포는 군사를 이끌고 漢으로 달아나려 했으나 項王의 공격이 있을까 두려워 샛길로 수하를 따라 함께 漢에 돌아왔다.

原文

至, 漢王方踞床洗, 而召布入見. 布大怒, 悔來, 欲自殺. 出就捨, 張御食飮從官如漢王居, 布又大喜過望. 於是乃使人之九江. 楚已使項伯收九江兵, 盡殺布妻子. 布使者頗得故人幸臣, 將衆數千人歸漢. 漢益分布兵而與俱北, 收兵至成皐.

四年秋七月, 立布爲淮南王, 與擊項籍. 布使人之九江, 得數縣. 五年, 布與劉賈入九江, 誘大司馬周殷, 殷反楚. 遂擧九江兵與漢擊楚, 破垓下.

| 註釋 | ○踞 – 웅크릴 거. 걸터앉다. ○張御 – 늘어놓다. 가구, 휘장 등. ○過望 – 예상을 넘다. ○四年 – 前 203년. ○劉賈(유가, ? – 前 196) – 고조의 사촌 형제. 荊王(형왕)이었다. 나중에 영포가 반란을 일으켰을 때 패전하여 피살되었다. ○周殷(주은) – 항우의 大司馬. 한왕 5년 漢에 투항. 구강왕 英布와 함께 항우를 공격.

〖國譯〗

영포가 도착했을 때, 漢王은 침상에 걸터앉아 발을 씻으면서 영포를 불러 만났다. 영포는 대노하며 투항을 후회하고 자살하려 했다. 숙소로 나와 보니 가구나 음식, 시종들이 한왕의 거처와 똑같아 영포는 예상 밖이라서 매우 좋아하였다. 이에 영포는 사람을 九江에 보냈다. 楚에서는 이미 項伯을 시켜 九江兵을 접수하고 영포의 처자를 모두 죽여 버렸다. 영포의 사자는 영포의 옛사람들과 가까운 신하 등을 모아 수천 명을 거느리고 漢에 귀부하였다. 漢에서는 영포의 군사를 보태어 배치하고 함께 북쪽으로 진격하여 군사를 모으면서 成皐(성고)에 도착하였다.

漢 4년 가을 7월, 영포를 淮南王으로 삼아 함께 項籍을 공격하였다. 영포는 장수를 九江 지역에 보내 여러 군을 차지하였다. 5년 영포는 劉賈와 함께 九江에 진입하여 (項羽의) 大司馬인 周殷(주은)의 투항을 권유하였고 주은은 楚를 배반하였다. 마침내 九江兵을 동원하여 한군과 함께 楚를 공격하여 垓下(해하)에서 항우를 격파하였다.

原文

項籍死, 上置酒對衆折隨何曰, "腐儒! 爲天下安用腐儒哉!" 隨何跪曰, "夫陛下引兵攻彭城, 楚王未去齊也, 陛下發步卒五萬人, 騎五千, 能以取淮南乎?" 曰, "不能." 隨何曰, "陛下使何與二十人使淮南, 如陛下之意, 是何之功賢於步卒數萬, 騎五千也. 然陛下謂何'腐儒', '爲天下安用腐儒', 何也?" 上曰, "吾方圖子之功." 乃以隨何爲護軍中尉. 布遂剖符爲淮南王, 都六, 九江,廬江,衡山,豫章郡皆屬焉.

| 註釋 | ○折隨何 – 수하의 공적을 폄하하다. 깎아내려 상대를 굴복시키다. ○安 – (代詞) 어디, 어느 곳. (副詞) 어떻게, 어찌. ○賢於步卒數萬 – 賢은 ~보다 낫다. 애쓰다. ○圖 – 고려하다. 생각해 보겠다. ○九江, 廬江, 衡山, 豫章 – 郡名.

〚國譯〛

項籍이 죽은 뒤, 고조는 술자리에서 여러 사람들에게 隨何(수하)를 무시하며 말했다. "무능한 유생! 천하를 다스리며 썩은 유생을 어디에 쓰겠나!" 수하가 무릎을 꿇고 말했다. "전에 폐하께서 군사를 거느려 팽성을 공격하고 楚王은 齊에 머물러 있을 때 폐하께서는 보졸 5만 명과 5천 기병으로 회남을 빼을 수 있었습니까?" "불가능했었다." "폐하께서는 저에게 20명을 주면서 회남에 사신으로 보냈고 폐하의 뜻대로 했으니, 이는 저의 공적이 보졸 수만과 5천 기병보다 나은 것입니다. 그러나 폐하께서는 왜 '무능한 서생' 이니 '천하를 통치하는데 무능한 유생을 어디에 쓰겠느냐' 고 말씀하십니까?" 고조는 "내가 이제 그대의 공적을 생각해 보겠다." 고 말했다.

그리고서는 수하를 護軍中尉에 임명하였다. 영포에게 부절을 갈라 회남왕으로 삼아 六縣에 도읍케 하고 九江, 廬江(여강), 衡山(형산), 豫章郡(예장군)을 다 소속케 하였다.

原文

六年, 朝陳. 七年, 朝雒陽. 九年, 朝長安. 十一年, 高后誅淮陰侯, 布因心恐. 夏, 漢誅梁王彭越, 盛其醢以遍賜諸侯. 至淮南, 淮南王方獵, 見醢, 因大恐, 陰令人部聚兵, 候伺旁郡警急.

| **註釋** | ○盛 – 그릇에 담다. 醢는 젓갈 해. ○部 – 통솔하다. 조직하다. ○候伺(후사) – 살피다.

〖**國譯**〗

6년에, 陳에 와서 고조를 알현했다. 7년에, 낙양에서 알현했다. 9년에, 장안에 와서 고조를 알현했다. 11년, 高后(呂后)가 회음후 한신을 주살하자 영포는 두려웠다. 여름에, 漢에서 梁王 팽월을 죽이고 젓을 담가 제후들에게 돌려 보게 하였다. (그것이) 회남에 왔을 때 淮南王은 마침 사냥을 하고 있었는데 크게 두려워하며 은밀히 사람을 시켜 군사를 모아 편성케 하며 이웃 군의 동태를 살피게 하였다.

原文

布有所幸姬病, 就醫. 醫家與中大夫賁赫對門, 赫乃厚饋遺, 從姬飮醫家. 姬侍王, 從容語次, 譽赫長者也. 王怒曰, "女安從知之?" 具道, 王疑與亂. 赫恐, 稱病. 王愈怒, 欲捕赫. 赫上變事, 乘傳詣長安. 布使人追, 不及. 赫至, 上變. 言 "布謀反有端, 可先未發誅也". 上以其書語蕭相國, 蕭相國曰, "布不宜有此, 恐仇怨妄誣之. 請繫系, 使人微驗淮南王." 布見赫以罪亡上變, 已疑其言國陰事, 漢使又來, 頗有所驗, 遂族赫家, 發兵反.

| **註釋** | ○中大夫 – 漢의 中大夫는 9卿의 한 사람인 낭중령의 속관. 秩祿은 比二千石. ○賁赫(비혁) – 인명. 賁은 꾸밀 비. 姓은 비. 클 분. ○饋遺(궤견) – 보내다. ○女安從知之 – 너는 어디서 그 사람을 알았느냐? 女는 汝.

〖國譯〗

영포가 총애하는 첩이 병이 나서 의생에게 갔었다. 의생과 中大夫 賁赫(비혁)은 대문을 마주하고 있었는데 비혁은 (첩에게) 후한 예물을 보내주었고 첩과 의생 집에서 술도 마셨다. 영포의 첩은 영포를 모시다가 한가히 이야기를 하던 차에 비혁이 점잖은 사람이라는 칭찬을 하였다. 영포는 화를 내며 물었다. "너는 어떻게 그 사람을 알았는가?" 여인이 다 말했지만 영포는 두 사람이 난잡한 짓을 했다고 의심했다. 비혁은 영포가 두려워 병이 났다고 핑계를 대었다 영포는 더 노여워하며 비혁을 체포하려고 했다.

비혁은 모반을 上書하려고 驛의 수레를 몰고 장안으로 갔다. 영포는 사람을 시켜 추적했으나 따라잡지 못했다. 장안에 온 비혁은 모반을 고발했다. 비혁은 "영포가 모반을 꾸민 단서가 있으니 일이 터지기 전에 미리 죽여야 합니다."라고 올렸다. 고조는 올라온 글을 가지고 상국 蕭何에게 묻자, 소하가 말했다. "영포는 이런 일을 안 할 것인데 혹시 원한이 있어 무고할 수도 있습니다. 비혁을 붙잡아 두고 사람을 보내 회남왕을 조사해 보십시오." 영포는 비혁이 죄를 짓고 도망하여 변고를 고발한 것을 알았고 음모를 말했으리라 의심했는데 漢 사자가 오는 것을 보고 마침내 비혁의 일가를 다 죽이고 군사를 일으켜 반기를 들었다.

原文

反書聞, 上乃赦赫, 以爲將軍. 召諸侯問, "布反, 爲之奈何?" 皆曰, "發兵坑豎子耳, 何能爲!" 汝陰侯滕公以問其客薛公, 薛公曰, "是固當反." 薛公曰, "上裂地而封之, 疏爵而貴之, 南面而立萬乘之主, 其反何也?" 薛公曰, "前年殺彭越, 往年殺韓信, 三人皆同功一體之人也. 自疑禍及身,故反耳." 滕公言之上曰, "臣客故楚令尹薛公, 其人有籌策, 可問." 上乃見問薛公, 對曰, "布反不足怪也. 使布出於上計, 山東非漢之有也. 出於中計, 勝負之數未可知也. 出於下計, 陛下安枕而臥矣." 上曰, "何謂上計?" 薛公對曰, "東取吳, 西取楚, 並齊取魯, 傳檄燕, 趙, 固守其所, 山東非漢之有也." "何謂中計?" "東取吳, 西取楚, 並韓取魏, 據敖倉之粟, 塞成皐之險, 勝敗之數未可知也." "何謂下計?" "東取吳, 西取下蔡, 歸重於越, 身歸長沙, 陛下安枕而臥, 漢無事矣." 上曰, "是計將安出?" 薛公曰, "出下計." 上曰, "胡爲廢上計而出下計?" 薛公曰, "布故驪山之徒也, 致萬乘之主, 此皆爲身, 不顧後爲百姓萬世慮者也, 故出下計." 上曰, "善." 封薛公千戶. 遂發兵自將東擊布.

| **註釋** | ○諸侯 – 諸將. ○何能爲 – 무엇을 하겠습니까? ○汝陰侯 滕公 – 夏侯嬰(하후영). ○疏爵(소작) – 爵位를 나누어 주다. ○前年, 往年 – 昨年에, 중복을 피하려는 표현. ○一體之人 – 신분이 같은 사람. ○胡爲 ~ – 왜 ~ 하는가?

〖國譯〗

반역했다는 보고가 들어오자 고조는 바로 비혁을 사면하고 장군으로 삼았다. 고조가 여러 장수들을 불러 물었다. "영포가 반역하는데 어찌해야 하는가?" 모든 장수들이 말했다. "發兵하여 풋내기를 묻어버리지 무얼 하겠습니까!" 汝陰侯 滕公(등공, 하후영)이 그의 빈객인 薛公(설공)에게 이를 물어보자 설공이 말했다. "이는 본래 당연한 반역입니다." 등공이 물었다. "황상께서 땅을 나눠 분봉하고 작위를 주어 귀하게 해주었고 남면하는 왕으로 큰 나라의 주인이 되었는데 왜 반역을 일으키는가?" 설공이 말했다. "작년에 팽월을 그 앞에 한신을 죽였는데 세 사람은 비슷한 공을 세우고 같은 신분입니다. 자기에게도 화가 닥친다는 생각에서 반역한 것입니다." 등공은 이를 고조에게 말하였다. "臣의 빈객에 옛 楚의 令尹 설공인데 그 사람에게 방책이 있으니 물어보십시오." 고조가 바로 곧 만나보고 묻자 설공이 말했다. "영포의 반역은 당연한 것입니다. 영포가 상계를 쓴다면 산동은 漢의 땅이 아닐 것입니다. 그가 중계를 쓴다면 승부수를 알 수 없습니다. 하계를 쓴다면 폐하께서는 베개를 편히 베고 누워 계셔도 됩니다." 고조가 물었다. "상계란 무엇인가?" 설공이 대답하였다. "동쪽으로 나가 吳를 서쪽으로 楚를 취하면서 아울러 齊와 魯를 차지하고 燕과 趙에 격문을 보내면서 굳게 지킨다면 산동 땅은 漢의 소유가 아닐 것입니다." "무엇을 중계라 보는가?" "동서로 吳와 楚를 장악하고 아울러 韓과 魏를 차지하면서 敖倉(오창)의 군량을 가지고 험고한 成皐(성고)에서 저항한다면 그 승패의 수를 알 수 없을 것입니다." "하계란 어떤 것인가?" "동쪽으로 吳를 차지하고 서쪽으로 下蔡(하채)를 점령한 뒤에 보물을 越(월) 땅으로 옮기고 자신은 長沙에 머문다면 폐하께서는 걱정을 안 하셔도 될 것이며 漢은 무사할 것입니다." 고조가 "어떤 계책을 쓸 것 같은가?" 라고 묻자, 설공이 말했다. "下計를 쓸 것입니다." 고조가 "왜 상계를 쓰지 않고 하계를 쓰겠는가?"라고 물었다. 薛公이 대답했다. "영포는 본디 驪山(여산)의 죄수였었는데 그런 그가 萬乘의 왕이 된 것은 자신만을 생각한 것이지 자신의 뒤에 올 백성이나 먼 후대를 생각하는 사람이 아니기에 하계를 쓸 것입니다." 고조가 말했다. "옳은 말이다." 고조는 설공에게 1천 호를 봉해주었다. 고조는 군사를 내어 직접 동쪽으로 나가 영포를 정벌하였다.

原文

布之初反, 謂其將曰, "上老矣, 厭兵, 必不能來. 使諸將, 諸將獨患淮陰, 彭越, 今已死, 余不足畏." 故遂反. 果如薛公揣之, 東擊荊, 荊王劉賈走死富陵. 盡劫其兵, 度淮擊楚. 楚發兵與戰徐,僮間, 爲三軍, 欲以相救爲奇. 或說楚將曰, "布善用兵, 民素畏之. 且兵法, 諸侯自戰其地爲散地. 今別爲三, 彼敗吾一, 餘皆走, 安能相救!" 不聽. 布果破其一軍, 二軍散走.

| 註釋 | ○厭兵 – 전쟁을 귀찮아하다. ○揣 – 잴 췌. 예측한대로. ○荊(형) – 제후국. 도읍은 吳縣(今 江蘇省 蘇州市). ○富陵 – 縣名. 今 江蘇省 서부 淮安市 관할의 洪澤縣. ○徐, 僮(동) – 縣名. ○爲奇 – 出 奇兵. 기습공격을 하다. ○散地 – 도망가기 좋은 땅.

〖國譯〗

영포는 처음 반기를 들 때 여러 장수에게 말했다. "황제는 늙었고 전쟁에 물렸기에 틀림없이 오지 않을 것이다. 여러 장수를 보내겠지만 장수 중에 오직 회음후와 팽월이 걱정였지만 지금은 이미 죽었으니 나는 두려워 할 것이 없다." 며 반기를 들었다. 영포는 薛公이 예상한 그대로 동쪽으로 荊(형)을 공격하자, 荊王 劉賈(유가)는 패주하다가 富陵에서 죽었다. 荊의 군사를 다 죽이고 회수를 건너 楚를 공격하였다.

楚는 군사를 일으켜 徐縣과 僮縣(동현) 사이에 三軍으로 나누어 배치하며 서로 구원하되 기습공격을 하려고 했다. 어떤 사람이 楚將에게 말했다.

"영포는 用兵을 잘하여 우리 백성들도 두려워합니다. 그리고 병법에도 장수들이 자기 땅에서 싸우게 되면 그것을 散地라 하였습니다. 지금 군사를 3곳으로 나누었는데 적이 우리의 한 곳만 격파하면 나머지는 다 도주할 것인데 어찌 서로 구원하겠습니까?"

楚의 장수는 따르지 않았다. 영포가 그중 一軍을 격파하자 나머지 二軍은 도주해 버렸다.

原文

遂西, 與上兵遇蘄西,會缶. 布兵精甚, 上乃壁庸城, 望布軍置陳如項籍軍. 上惡之, 與布相望見, 隃謂布 "何苦而反?" 布曰, "欲爲帝耳." 上怒罵之, 遂戰, 破布軍. 布走度淮, 數止戰, 不利, 與百餘人走江南. 布舊與番君婚. 故長沙哀王使人誘布, 僞與俱亡走越, 布信而隨至番陽. 番陽人殺布玆鄕, 遂滅之. 封賁赫爲列侯, 將率封者六人.

| 註釋 | ○蘄(기) - 縣名. 今 安徽省 宿州市 동남. 會缶(회부)는 鄉名. ○隃 넘을 유. 멀리. ○何苦而反 - 무엇이 부족해 반역했는가? ○數止戰 - 자주 멈추고 싸우다. ○番君 - 鄱陽縣令(파양현령) 吳芮(오예). ○長沙哀王 - 長沙王 吳芮의 아들인 애왕. ○茲鄉(자향) - 鄉名.

〖國譯〗

마침내 서쪽으로 진격하여 고조의 군사와 蘄縣(기현)의 서쪽 會缶(회부)에서 대치하였다. 영포의 군사는 매우 용감하였는데 고조는 庸城(용성)에 보루를 설치하고 바라보니 영포의 군사 배치가 항우의 군진과 같은 것을 알았다. 고조는 영포를 더 증오하며 영포와 마주보게 되자 멀리 영포에게 말했다. "무엇이 부족하여 반역하는가?" 영포가 대답했다. "황제가 되고 싶을 뿐이요." 고조는 화가 나 욕을 하였고 마침내 싸워서 영포군을 격파하였다. 영포는 淮水를 건너 도주하며 자주 멈추고 싸웠으나 이기지 못하고 무리 100여 명과 江南으로 도주했다. 영포는 전에 番君(파군) 吳芮(오예)의 딸과 결혼했었다. 그래서 長沙의 哀王(吳芮의 아들)이 사람을 보내 영포에게 함께 越(월) 땅으로 도망하자고 거짓말로 꾀였는데 영포가 그 말을 믿고 파양으로 따라왔다. 파양 사람이 영포를 茲鄉(자향)에서 죽이니 결국 영포는 멸망하였다. 賁赫(비혁)을 봉하여 列侯로 삼았으며 장수로 봉을 받은 자가 6명이었다.

34-4. 盧綰

原文

盧綰, 豐人也, 與高祖同里. 綰親與高祖太上皇相愛, 及生男, 高祖, 綰同日生, 里中持羊,酒賀兩家. 及高祖, 綰壯, 學書, 又相愛也. 里中嘉兩家親相愛, 生子同日, 壯又相愛, 復賀羊,酒. 高祖爲布衣時, 有吏事避宅, 綰常隨上下. 及高祖初起沛, 綰以客從, 入漢爲將軍, 常侍中. 從東擊項籍, 以太尉常從, 出入臥內, 衣被食飮賞賜, 群臣莫敢望. 雖蕭,曹等, 特以事見禮, 至其親幸, 莫及綰者. 封爲長安侯. 長安, 故咸陽也.

| 註釋 | ○盧綰(노관, 前 256 – 194) – 沛縣 豊邑(今 江蘇省 徐州市 관할의 豊縣) 中陽里 출생. 西漢 異姓諸侯王의 한 사람. ○高祖太上皇 – 高祖의 부친. ○避宅 – 집을 떠나 숨다. ○臥內 – 內室, 內宮. ○客 – 객지를 돌아다니며 한 가지 일에 전념하거나 종사하는 사람. 說客, 政客, 俠客, 刺客. ○群臣莫敢望 – 群臣 중에 그러기를 바랄만한 사람이 없다. 군신 중에 아무도 없다.

〖國譯〗

盧綰은 豐邑의 高祖와 같은 마을 사람이다. 노관의 부친과 고조의 太上皇은 서로 친했는데 아들을 낳으면서 고조와 노관이 같은 날 출생하자 마을 사람들이 羊고기와 술을 가지고 두 집을 축하해 주었다. 고조와 노관은 자라면서 같이 배우고 또 서로 친애하였다. 마을에서는 양가가 서로 친애한데다가 같은 날 아들을 낳았고 자라서도 서로 친하기에 다시 양고기와 술로 축하하였다. 고조가 포의 시절에 관가 일에 걸려 집을 떠나 피했을 때도 노관은 늘 고조를 이리저리 따라다녔다. 고조가 패현에서 처음 봉기할 때도 노관은 늘 같이 했고 漢中에 들어가 장군이 되었고 언제나 가까이서 모셨다. 동쪽으로 진출하여 項籍(項羽)을 격파하자 太尉가 되어 늘 수행했으며 내실에 출입할 수도 있었고 의복과 음식 여러 가지 하사품 등 신하 중 감히 따라갈 사람이 없었다. 蕭何(소하)나 曹參(조참)일지라도 특별히 예를 갖추어 모셨으니 황제의 친애가 노관만한 사람이 없었다. 고조는 노관을 長安侯에 봉했다. 長安은 옛 咸陽이다.

原文

項籍死, 使綰別將, 與劉賈擊臨江王共尉, 還, 從擊燕王臧荼, 皆破平. 時諸侯非劉氏而王者七人. 上欲王綰, 爲群臣觖望. 及虜臧荼, 乃下詔, 詔諸將相列侯擇群臣有功者以爲燕王. 群臣知上欲王綰, 皆曰, "太尉長安侯盧綰常從平定天下, 功最多, 可王." 上乃立綰爲燕王. 諸侯得幸莫如燕王者. 綰立六年, 以陳豨事見疑而敗.

| 註釋 | ○臨江王 共尉(공위) – 共敖(공오, ? – 前 204)의 아들. 臨江王은 항우가 봉한 왕(都 江陵). ○燕王 臧荼(장도) – 본래 燕의 장수였었는데 항우를 따라 入關한 뒤 燕王이 되었다. 反漢하여 패망. 荼는 씀바귀 도. 茶(다)가 아님. ○觖望(결망) – 원망하다. 서운해하다. 觖은 서운해할 결. ○綰立六年

－노관은 前 202년 연왕이 되었고, 前 197년에 陳豨(진희)의 모반이 일어났다. ○見疑而敗－의심을 사서 패망했다.

〖國譯〗

項籍이 죽자 노관은 別將이 되어 劉賈(유가)와 함께 臨江王 共尉(공위)를 격파하였고 돌아와서는 燕王 臧荼(장도)를 공격하는데도 참가하여 모두 격파하고 평정하였다. 그 무렵 제후 중에 유씨가 아니면서 왕이 된 자는 7인이었다. 고조는 노관을 왕으로 봉하고 싶었지만 신하들이 불평이 있을 것이라 생각했었다. 장도를 격파하자 고조는 조서를 내렸는데 모든 장상과 열후 중에서 群臣들이 공이 있다고 선택하는 자를 연왕으로 삼겠다고 하였다. 군신들이 고조의 뜻을 알고 있었기에 모두 아뢰었다. "太尉인 장안후 노관은 언제나 폐하를 수행하며 천하를 평정하는 데에 가장 큰 공을 세웠으니 왕이 될 만합니다." 고조는 이에 노관을 연왕으로 봉했다. 제후 중에서 연왕처럼 총애를 받은 사람은 없었다. 노관이 연왕이 되고 6년에 陳豨(진희)의 반역으로 의심을 사 패망하였다.

原文

豨者, 宛句人也, 不知始所以得從. 及韓王信反入匈奴, 上至平城還, 豨以郎中封爲列侯, 以趙相國將監趙,代邊, 邊兵皆屬焉. 豨少時, 常稱慕魏公子, 及將守邊, 招致賓客. 常告過趙, 賓客隨之者千餘乘, 邯鄲官舍皆滿. 豨所以待客, 如布衣交, 皆出客下. 趙相周昌乃求入見上, 具言豨賓客盛,擅兵於外, 恐有變. 上令人覆案豨客居代者諸爲不法事, 多連引豨. 豨恐, 陰令客通使王黃,曼丘臣所. 漢十年秋, 太上皇崩, 上因是召豨. 豨稱病, 遂與王黃等反, 自立爲代王, 劫略趙,代. 上聞, 乃赦吏民爲豨所詿誤劫略者. 上自擊豨, 破之. 語在〈高紀〉.

| **註釋** | ○陳豨(진희, ? - 前 195) - 멧돼지 희. ○宛句(완구) - 今 山東省 菏澤市 서남. 춘추시대 陳國의 도읍. ○魏公子 - 信陵君 魏无忌(위무기). ○常告過趙 - 늘 휴가를 얻어 趙에 갈 때는. ○邯鄲(한단) - 제후국 趙의 도읍. ○皆出客下 - 늘 모시는 빈객을 예로 대우하다. ○覆案(복안) - 조사하다. ○王黃,曼丘臣(만구신) - 왕황은 본래 흉노인. 두 사람 모두 韓王 信의 장수. 이때 한왕신은 한을 배신하고 흉노로 도주했었다. ○漢十年秋 - 前 197년. ○詿誤(괘오) - 연루되다. 詿는 그르칠 괘.

〖國譯〗

陳豨(진희)는 宛句(완구) 사람으로 처음에 어떻게 해서 고조를 따라다니게 되었는지는 모른다. 韓王 信이 반역하고 흉노로 도주하자 고조는 평성에서 흉노를 치고 돌아왔는데 진희는 낭중으로서 열후에 봉해졌으며, 趙의 相國으로 趙와 代國 국경의 일을 감독하여 변방의 군사는 모두 그의 소속이었다. 진희는 젊었을 때부터 魏公子 신릉군을 숭배한다고 말했으며 변경을 지키는 장수이지만 빈객을 많이 끌어 모았다. 진희가 휴가를 얻어 趙에 갈 때는 언제나 그를 따르는 빈객이 천여 수레나 되어 邯鄲(한단)의 관사가 모두 만원이었다. 진희가 빈객을 대접할 때는 마치 포의(평민)로 사귀는 것처럼 모든 빈객을 예로 대접하였다. 趙相인 周昌은 이에 장안에 와서 고조를 만나보고 진희의 빈객이 많다는 것과 외지에서 병권을 행사하니 혹 변고가 일어날 수 있다는 것을 모두 말하였다. 고조는 사람을 보내 진희의 빈객으로 代國에 사는 자들의 불법을 저지른 사실을 조사케 하였더니 많은 사람이 진희와 연결되어 있었다. 진희는 두려워서 은밀히 사람을 王黃이나 曼丘臣(만구신)이 있는 곳(흉노 땅)에 보내었다. 漢 10년 가을에 太上皇이 죽자 고조는 이를 계기로 진희를 소환하였다. 진희는 병을 핑계 대다가 마침내 王黃 등과 반기를 들고 자립하여 代王이 되어 趙와 代를 노략질하였다. 고조는 이를 알고 진희에 연루되거나 억압된 관리나 백성들을 사면하였다. 고조가 직접 진희를 공격하여 격파하였다. 이는 〈高紀〉에 기록했다.

原文

初, 上如邯鄲擊豨, 燕王綰亦擊其東北. 豨使王黃求救匈奴, 綰亦使其臣張勝使匈奴, 言豨等軍破. 勝至胡, 故燕王臧荼子衍亡在胡, 見勝曰, "公所以重於燕者, 以習胡事也. 燕所以久存者, 以諸侯數反, 兵連不決也. 今公爲燕欲急滅豨等, 豨等已盡, 次亦至燕, 公等亦且爲虜矣. 公何不令燕且緩豨, 而與胡連和? 事寬, 得長王燕, 卽有漢急, 可以安國." 勝以爲然, 乃私令匈奴兵擊燕. 綰疑勝與胡反, 上書請族勝. 勝還報, 具道所以爲者. 綰寤, 乃詐論他人, 以脫勝家屬, 使得爲匈奴間. 而陰使范齊之豨所, 欲令久連兵毋決.

| 註釋 | ○如邯鄲 – 한단에 가다. 如는 往也. ○求救匈奴 – 흉노에 도움을 청하다. ○衍 – 臧衍(장연), 넘칠 연. ○兵連不決也 – 싸움이 끝나질 않는다. 決은 斷也. ○事寬 – 일이 늘어지다. 결판이 나지 않다. ○乃詐論他人 – 이에 거짓으로 다른 사람을 처형하다. 論은 논죄하다. ○使得爲匈奴間 – 흉노와의 중간 다리 역할을 하게 하다. ○久連兵毋決 – 싸움이 오래 계속되며 결판나지 않다.

【國譯】

이전에 高祖가 한단에 가서 진희를 토벌할 때 燕王 노관도 진희를 동북에서 공격하였다. 진희는 王黃을 사신으로 보내 흉노에 도움을 청했고 노관 역시 그 신하 張勝을 흉노에 보내어 진희의 군사를 공격해달라고 하였다. 장승이 흉노에 도착하니 옛날 燕王 臧荼(장도)의 아들 臧衍(장연)이 망명하여 그곳에 살다가 장승을 만나 이야기했다.

"公이 燕에서 중히 쓰이는 것은 흉노의 일을 잘 알기 때문입니다. 燕이 오래 존속할 수 있는 것은 제후들이 자주 반기를 들어 싸움이 끊어지지 않기 때문입니다. 지금 당신이 燕을 위해 빨리 진희를 없애 달라고 부탁하지만 진희 등이 다 없어지면 그 다음은 연나라 차례이고 당신들 또한 포로가 될 것입니다. 당신은 왜 연나라로 하여금 진희와의 싸움을 늦추고 또 흉노와 강화하지 않습니까? 일이 결판나지 않아야 오래도록 연의 왕을 할 수 있으며 漢이 위급하면 연나라는 편안할 수 있습니다."

장승은 그 말이 옳다고 생각하면서 사적으로 흉노의 군사가 燕을 공격해 달라고 하였다. 노관은 장승이 흉노와 함께 반격하는 것을 의심하여 한왕에게 장승의 일족을 처형하겠다고 청했다. 장승은 돌아와 보고하며 그리했던 까닭을 다 말했다. 노관도 알아차리고 다른 사람을 처형하고 장승의 가족들을 흉노로 나가게 하여 중간 다리 역할을 하게 하였다. 그러면서 비밀리에 范齊(범제)란 사람을 진희가 있는 곳에 보내어 싸움을 오래 끌면서 끝내지 말라고 부탁하려 하였다.

原文

漢旣斬豨, 其裨將降, 言燕王綰使范齊通計謀豨所. 上使使召綰, 綰稱病. 又使辟陽侯審食其, 御史大夫趙堯往迎綰, 因驗問其左右. 綰愈恐, 閟匿, 謂其幸臣曰, "非劉氏而王者, 獨我與長沙耳. 往年漢族淮陰, 誅彭越, 皆呂后計. 今上病, 屬任呂后. 呂后婦人, 專欲以事誅異姓王者及大功臣."

乃稱病不行, 其左右皆亡匿. 語頗洩, 辟陽侯聞之, 歸具報, 上益怒. 又得匈奴降者, 言張勝亡在匈奴, 爲燕使. 於是上曰, "綰果反矣!" 使樊噲擊綰. 綰悉將其宮人家屬, 騎數千, 居長城下候伺, 幸上病癒, 自入謝. 高祖崩, 綰遂將其衆亡入匈奴, 匈奴以爲東胡盧王. 爲蠻夷所侵奪, 常思復歸. 居歲餘, 死胡中.

高后時, 綰妻與其子亡降, 會高后病, 不能見, 舍燕邸, 爲欲置酒見之. 高后竟崩, 綰妻亦病死. 孝景帝時, 綰孫它人以東胡王降, 封爲惡谷侯. 傳至曾孫, 有罪, 國除.

| 註釋 | ○裨將(비장) - 部將. 참모, 하급 장수. ○審食其(심이기, ? - 前 177) - 西漢 沛人. 고조와 항우가 싸우는 동안 呂后와 태자를 지켰다. 고조 6년(前 201)에 辟陽侯가 되었고 呂后 집권시절에 좌승상을 역임했다. ○閟匿(비닉) - 문을 닫아 숨기다. 閟 문 닫을 비. 閉와 同. ○亡匿 - 도망가 숨다. ○候伺(후사) - 탐문하고 엿보다. ○胡中 - 흉노 땅에서. ○舍燕邸 - 燕王의 장안 관저에 살게 하다. 舍는 머물게 하다. ○惡谷侯 - 亞谷侯(아곡후)의 오류.

〖國譯〗

漢이 진희를 죽였고 진희의 裨將(비장)이 투하하여 燕王 노관의 사자 范齊가 진희의 거소에서 함께 모의했다고 말했다. 고조는 사람을 보내 노관을 소환하였지만 노관은 병을 핑계로 오지 않았다. 다시 辟陽侯인 審食其(심이기)와 어사대부 趙堯(조요)를 보내 가서 데려오도록 하면서 그 측근들을 조사하게 하였다. 노관은 더욱 겁을 먹고 숨기면서 그의 가까운 신하들에게 말했다. "劉氏가 아니면서 王을 하는 사람은 나와 장사왕 뿐이다. 지난 날에 漢에서는 회음후 일족을 멸하고 팽월을 죽였는데 모두가 呂后의 계략이었다. 지금 황제는 병중이라 모든 것을 여후에게 맡겼다. 여후는 부녀자로서 이 번 일로 異姓의 왕이나 대신들을 죽이려 하고 있다." 그리고서는 병을 핑계로 가지 않았고 좌우의 측근들도 모두 도망가 숨게 하였다. 그래도 노관의 이런 저런 말들이 새어 나갔고 벽양후 심이기가 이런 말들을 다 보고하자 고조는 더 화가 났다. 거기다가 흉노에서 투항한 자가 張勝이 도망하여 흉노에 있으면서 燕王의 심부름을 하고 있다고 하였다. 이에 고조는 "노관이 정말 모반하였구나!"라고 말했다. 고조는 樊噲(번쾌)를 보내 노관을 공격케 하였다. 노관은 宮人과

家屬들과 기병 수천을 長城 아래에서 살게 하면서 소식을 탐문하였는데 다행히 고조의 병이 낫자 스스로 들어와 사죄하였다. 고조가 죽자(前 195년) 노관은 마침내 그 무리들을 거느리고 흉노에 망명하였으며 흉노에서는 노관을 東胡盧王으로 삼았다. 노관은 여러 蠻夷(만이)에게 침탈당하면서 늘 돌아가려고 하였다. 노관은 일 년 남짓 살다가 흉노 땅에서 죽었다.

高后(呂后) 때에 노관의 妻와 그 아들이 도망나와 투항하였는데 마침 高后가 병중이라서 만나보지 못하고 연왕의 관저에 머물게 하면서 술자리를 마련해 만나려 하였다. 결국 고후가 죽었고 노관의 처 역시 병사하였다. 孝景帝 때 노관의 손자인 盧它人(노타인)이 東胡王으로 투항해 왔고 惡(亞)谷侯에 봉해졌다. 그 증손에 이르러 죄를 지어 나라를 없앴다.

34-5. 吳芮

原文

吳芮, 秦時番陽令也, 甚得江湖間民心, 號曰番君. 天下之初叛秦也, 黥布歸芮, 芮妻之, 因率越人擧兵以應諸侯. 沛公攻南陽, 乃遇芮之將梅鋗, 與偕攻析,酈, 降之. 及項羽相王, 以芮率百越佐諸侯, 從入關, 故立芮爲衡山王, 都邾.

其將梅鋗功多, 封十萬戶, 爲列侯. 項籍死, 上以鋗有功, 從入武關, 故德芮, 徙爲長沙王, 都臨湘, 一年薨, 謚曰文王, 子成王臣嗣. 薨, 子哀王回嗣. 薨, 子共王右嗣. 薨, 子靖王差嗣. 孝文後七年薨, 無子, 國除. 初, 文王芮, 高祖賢之, 制詔御史, "長沙王忠, 其定著令." 至孝惠, 高后時, 封芮庶子二人爲列侯, 傳國數世絶.

| **註釋** | ○吳芮(오예, ? – 前 202) – 유씨 아닌 異姓 제후 王의 하나. ○秦時番陽令也 – 番陽縣(파양현, 今 江西省 동북부에 위치한 성 직할의 波陽縣)의 현령. 番의 음은 파(婆pó). 番陽은 鄱陽(파양)으로도 표기. 番禺(반우)일 때는 지명으로 讀音은 潘(반). ○南陽 – 郡名. 今 河南省 南陽市. 諸葛亮의 臥龍岡이 있는 곳. ○梅鋗(매현) – 인명. 鋗 노구솥 현. ○析(석) – 縣名. ○酈(역, 력) – 縣名. ○及項羽相王 – 항우가 스스로 서로 왕이라 할 때. ○都邾(주) – 邾(주, 今 湖北省 武漢市 동남의 黃岡市 北쪽)에 도읍하다. ○故德芮 – 吳芮에게 은덕을 입었다 하여. ○臨湘(임상) – 縣名. 今 湖南省 長沙市. ○孝文帝 後 7年 – 前 157년. ○定著令 – 법령으로 기록하다.

〖國譯〗

吳芮(오예)는 秦나라 때 番陽令(파양령)으로 江湖 지역에서 민심을 얻었기에 番君(파군)으로 불리었다. 천하가 처음 秦에 반기를 들 때 黥布(경포, 英布)가 오예에게 귀부하자 오예는 자신의 딸을 아내로 주었고 아울러 越人(월인)을 이끌고 거병하여 諸侯에 호응하였다. 패공이 南陽을 공격할 때 오예의 부장 梅鋗(매현)을 만났고 함께 析縣(석현)과 酈縣(역현)을 공격하여 평정하였다. 항우가 스스로 왕이 될 때 오예는 百越의 군사를 이끌고 제후의 군사를 도왔으며 항우를 따라 관중 땅에 들어갔기에 오예를 衡山王(형산왕)으로 삼아 邾(주)에 도읍케 하였다. 그리고 오예의 장수 梅鋗(매현)의 공이 많아 십만 호를 봉하고 열후로 삼았다. 項籍이 죽은 뒤 고조는 매현이 공도 크고 함께 武關에서 관중으로 들어갔으며 오예의 덕을 입었다고 하여 오예를 옮겨 長沙王으로 삼으면서 臨湘(임상)에 도읍케 하였다. 일 년 뒤에 오예가 죽자 시호를 文王이라 하였고 그 아들 成王 吳臣이 뒤를 이었다. 성왕이 죽자 그 아들 哀王 吳回가 뒤를 이었다. 애왕이 죽고 아들 靖王 吳差가 뒤를 이었다. (靖王은) 孝文帝 後 7년에 죽었고 아들이 없어 나라를 없앴다. 그전에 고조는 文王 吳芮를 매우 존중하여 어사에서 분부하였는데 "長沙王의 충성을 법령으로 적어두라."고 하였다. 孝惠帝와 高后 때에 오예의 서자 2인을 列侯에 봉했었는데 여러 세대에 걸쳐 나라가 이어지다가 끊어졌다.

原文

贊曰, 昔高祖定天下, 功臣異姓而王者八國. 張耳,吳芮,彭越,黥布,臧荼,盧綰與兩韓信, 皆徼一時之權變, 以詐力成功, 咸得裂土, 南面稱孤. 見疑强大, 懷不自安, 事窮勢迫, 卒謀叛逆, 終於滅亡. 張耳以智全, 至子亦失國. 唯吳芮之起, 不失正道, 故能傳號五世, 以無嗣絶, 慶流支庶. 有以矣夫, 著於甲令而稱忠也!

| **註釋** | ○兩信 - 韓王 信과 淮陰侯 信. ○徼 - 구할 요. 邀(맞을 요)와 통. ○以詐力成功 - 거짓(잔꾀)이나 폭력을 바탕으로 성공하다. ○慶流支庶 - 그 복이 서자에게도 미쳤다. ○有以矣夫 - 이런 것이 있기에, 곧 오예는 詐力에 의지하지 않았기에. ○甲令 - 法令.

〖國譯〗

班固의 論贊 : 옛날 고조가 천하를 평정하면서 공신과 異姓으로 왕이 된 자가 八國이었다. 張耳와 吳芮, 彭越과 黥布, 臧荼(장도)와 盧綰(노관), 그리고 2명의 韓信이었는데 모두가 한때의 임시변통이나 잔꾀와 폭력으로 성공하여 모두 영토를 나눠 갖고 남면하여 王이라 칭했다. 이들은 강대한 것처럼 보이다가 걱정하며 스스로 안정하지 못하였으며 일이 드러나고 힘이 몰리면 결국 반역을 저질렀기에 끝내 멸망에 이르렀다. 張耳는 지혜로 자신을 지켰지만 아들 대에 이르러 나라를 잃었다. 오직 吳芮(오예)의 홍기는 正道를 잃지 않았기에 능히 5세에 전해지다가 후사가 없어 끊어졌지만 그 복은 지손과 서손에게도 이어졌다. 그 정도를 지켰기에 甲令(法令)에 기록되어 충성을 칭송받았던 것이다.

35 荊燕吳傳
〔형,연,오전〕

35-1. 荊王 劉賈

原文

荊王劉賈, 高帝從父兄也, 不知其初起時. 漢元年, 還定三秦, 賈爲將軍, 定塞地, 從東擊項籍. 漢王敗成皐, 北度河, 得張耳,韓信軍, 軍修武. 深溝高壘, 使賈將二萬人, 騎數百, 擊楚, 度白馬津入楚地, 燒其積聚, 以破其業, 無以給項王軍食. 已而楚兵擊之, 賈輒避不肯與戰, 而與彭越相保. 漢王追項籍至固陵, 使賈南度淮圍壽春. 還至, 使人間招楚大司馬周殷. 周殷反楚, 佐賈擧九江, 迎英布兵, 皆會垓下, 誅項籍. 漢王因使賈將九江兵, 與太尉盧綰西南擊臨江王共尉,尉死, 以臨江爲南郡.

| 註釋 | ○荊王 劉賈(형왕 유가, ? - 前 196). ○從父兄也 - 부친 형제의 아들. 사촌 형. ○定塞地 - 塞王 司馬欣(새왕 사마흔, ? - 前 204)의 영토(關中의 동부 지역)를 평정하다. 사마흔은 항우가 봉한 왕. ○燒其積聚 - (楚가) 쌓아둔 軍備나 군량을 소각하다. ○而與彭越相保 - 팽월과 서로 의지하며 보전하다. ○固陵(고릉) - 현명. 古稱 陽夏. 今 河南省 周口市 太康縣. ○壽春(수춘) - 읍명. 今 安徽省 六安市 壽縣. 秦에서는 縣이었으나 漢에서는 邑이었다. 태후, 황후, 공주의 식읍으로 邑을 지급했다. ○間招 - 비밀리에 招致하다. ○佐賈擧九江 - 劉賈가 九江國을 평정하는 것을 돕다. 擧는 공격하여 멸망시키다.

〖國譯〗

荊王 劉賈(유가)는 고조의 사촌 형인데 그 최초의 흥기는 알 수 없다. 漢 원년(前 206) 고조가 漢中에서 나와 三秦을 평정할 때 유가는 장군이 되어 塞王(새왕)의 땅을 평정하고 고조를 따라 동쪽으로 나아가 項籍과 싸웠다. 漢王은 成皐(성고)에서 패전하고 북으로 황하를 건너가 張耳와 韓信의 병력을 합치고 修武에 주둔하였다. 한왕은 엄히 방어하면서 유가를 시켜 2만 명과 수백 명의 기병을 거느리고 楚를 공격하게 하였는데 유가는 白馬津을 건너 楚의 영역에 들어가 적의 군수물자를 태워 그 근거지를 격파하였고 項王 군대의 군량 공급을 막았다. 그 뒤에 楚兵이 공격해 오자 유가는 빨리 피하면서 싸우지 않고 팽월과 함께 연합하며 방어하였다. 漢王이 項籍을 추격하여 固陵縣에 이르러서는 유가를 시켜 남으로 회수를 건너 壽春(수춘)을 포위하게 하였다. 한왕이 돌아와서는 사람을 보내 楚의 대사

마 周殷(주은)을 몰래 끌어들였다. 주은은 楚를 배반하고 유가가 九江(구강)을 평정하는 것을 도왔고, 유가는 英布의 군과 함께 垓下(해하)에 집결하여 項籍을 죽였다. 漢王은 이에 유가가 구강의 군사를 거느리게 하였고 유가는 태위 盧綰(노관)과 함께 서남쪽으로 나아가 臨江王 共尉(공위)을 공격하였으며 공위가 죽은 뒤 임강국은 南郡이 되었다.

原文

賈旣有功, 而高祖子弱, 昆弟少, 又不賢, 欲王同姓以塡天下, 乃下詔曰, "將軍劉賈有功, 及擇子弟可以爲王者." 群臣皆曰, "立劉賈爲荊王, 王淮東." 立六年, 而淮南王黥布反, 東擊荊. 賈與戰, 弗勝, 走富陵, 爲布軍所殺.

| **註釋** | ○昆弟(곤제) – 형제. 남의 형제를 높여 부르는 말. 昆 맏이 곤. 형. ○塡天下 – 천하를 안정시키다. 塡 메울 전. 鎭과 通. ○荊王 – 도읍은 吳縣(今 江蘇省 蘇州市). ○淮東 – 淮水의 南岸의 동쪽 지역. 今 安徽省 중부의 天長市 일대. ○黥布反 – 前 196년. ○富陵(부릉) – 현명. 今 江蘇省 서부 淮安市 관할의 洪澤縣.

〖國譯〗

유가가 공을 세운 뒤, 고조 자신의 아들은 아직 어리고 형제들도 적고 또 현명하지도 않아 同姓을 왕으로 삼아 천하를 안정시키고자 명을 내려 말했다. "장군 劉賈는 공이 많지만, 다른 子弟들 중에서도 王을 삼을만한 자를 골라보라."

여러 신하들은 모두 "劉賈을 세워 荊王으로 삼아 淮東을 다스리게 하십시오." (유가가) 왕이 된 지 6년에 회남왕 黥布(경포, 英布)가 반란을 일으켜 동쪽으로 荊王(형왕)을 공격하였다. 유가는 경포와 싸웠으나 이기지 못하고 부릉현으로 달아났으나 경포의 군사에게 살해되었다.

35-2. 燕王 劉澤

原文

燕王劉澤, 高祖從祖昆弟也. 高祖三年, 澤爲郎中. 十一年, 以將軍擊陳豨將王黃, 封爲營陵侯. 高后時, 齊人田生游乏資, 以畫奸澤. 澤大說之, 用金二百斤爲田生壽. 田生已得金, 卽歸齊. 二歲, 澤使人謂田生曰, "弗與矣." 田生如長安, 不見澤, 而假大宅, 令其子求事呂后所幸大謁者張卿. 居數月, 田生子請張卿臨, 親修具. 張卿往, 見田生帷帳具置如列侯, 張卿驚. 酒酣, 乃屛人說張卿曰, "臣觀諸侯邸第百餘, 皆高帝一切功臣. 今呂氏雅故本推轂高帝就天下, 功至大, 又有親戚太后之重. 太后春秋長, 諸呂弱, 太后欲立呂產爲呂王, 王代. 呂后又重發之, 恐大臣不聽. 今卿最幸, 大臣所敬, 何不風大臣以聞太后, 太后必喜. 諸呂以王, 萬戶侯亦卿之有. 太后心欲之, 而卿爲內臣, 不急發, 恐禍及身矣." 張卿大然之, 乃風大臣語太后. 太后朝, 因問大臣. 大臣請立呂產爲呂王. 太后賜張卿千金, 張卿以其半進田生. 田生弗受, 因說之曰, "呂產王也, 諸大臣未大服. 今營陵侯澤, 諸劉長, 爲大將軍, 獨此尙觖望. 今卿言太后, 裂十餘縣王之, 彼得王喜, 於諸呂王益固矣." 張卿入言之. 又太后女弟呂須女亦爲營陵侯妻, 故遂立營陵侯澤爲琅邪王. 琅邪王與田生之國, 急行毋留. 出關, 太后果使人追之. 已出, 卽還.

| 註釋 | ○燕王 劉澤(유택, ? - 前 178) - 文帝 때 燕王에 被封. ○從祖昆弟也 - 종조부의 손자. 高祖의 再從(6촌) 형제. ○十一年 - 前 196년. ○擊陳豨將王黃 - 《史記 荊燕世家》에는 진희를 공격하다가 그 부장 왕황을 생포(得王黃)한 것으로 되어 있다. ○高后時 - 前 187 - 180년. ○田生 - 謀士, 생졸 미상. ○以畫奸澤(이획간택) - 유택의 승진을 위한 방책을 마련하다. 畫은 그을 획. 劃策하다. 奸은 干과 通. 求用, 求進. ○金二百斤 - 西漢의 경우 '黃金一斤直萬錢'이라 하였는데 1斤은 현재의 248g에 해당한다. 황금은 황족이나 궁궐에서만 사용되었고 일반 거래에 사용되지 않았다. 黃金이 아닌 '金'은 보통의 금전, 곧 秦代의 半兩錢이나 武帝 이후 五銖錢(1개의 무게가 3.25g)이다. ○田生壽 - 전생에게 祝壽하다. 축수를 명목으로 재물을 주다. ○弗與矣 - 같이 교제하지 말자. 유택은 돈을 받은 전생이 아무 조치도 취하지 않자 단교하겠다는 뜻을 내 보인 것이다. ○大謁者張卿(장경) - 謁

者는 황제를 시종하는 奄人(엄인, 환관). 大謁者, 中謁者의 구분이 있다. 張卿은 환관 장씨. 卿은 존칭. 이름이 아님. ○親修具 – 직접 준비하다. ○邸第(저제) – 저택. ○雅故 – 본래. 雅는 평상시. ○推轂(추곡) – 轂은 바퀴 곡. 수레를 밀다. → 남의 일이 성사되도록 돕다. 추대하다. ○太后之重 – 태후가 어려워한다. 重은 ~하기 어렵다. 태후가 자신의 일족을 대우하겠다는 말을 꺼내기 어렵다. ○太后春秋長 – 呂后의 나이가 많다. ○呂產(여산, ? – 前 180) – 여후의 오빠인 呂澤의 次子. 呂后의 친정 조카. ○重發之 – 여후가 이런 뜻을 비치기가 어렵다. ○何不風大臣 – 왜 대신들에게 넌지시 띄우지 않는가? 風은 諷. 함축적인 말로 암시하다. ○獨此尙觖望 – 여전히 이를 아직도 원망하고 있다. 대장군이지만 작위가 없어 서운하게 생각한다. 獨은 仍(거듭 잉), 仍然(잉연). ○呂須(여수) – 呂嬃(여수). 呂后의 여동생. 樊噲(번쾌)의 부인. 여후가 죽은 뒤 피살. ○琅邪(낭야) – 군명. 呂后 때는 국명. 치소는 今 山東省 동남부 濰坊市 관할의 諸城市. ○澤爲琅邪王 – 呂產을 呂王으로 봉한 것은 呂后 6년(前 182년)이고, 劉澤이 낭야왕이 된 것은 여후 7년이었다. ○急行毋留 – 서둘러 떠나며 지체하지 않다.

〖國譯〗

燕王 劉澤은 高祖 從祖父의 손자로 (고조의) 再從 형제이다. 高祖 3년에 유택은 郞中이 되었다. 11년에 장군으로서 陳豨(진희)의 부장 王黃을 공격하여 營陵侯(영릉후)에 봉해졌다.

高后 때에 齊人 田生이라는 사람이 유람하면서 돈이 부족하자 유택의 승진을 주선하였다. 유택은 크게 기뻐하며 金 二百斤으로 전생을 축수하였다. 전생은 돈을 받고 곧 齊로 돌아갔다. 2년 뒤 유택은 사람을 보내 "더 이상 교류하지 말자" 고 말했다.

전생은 장안에 와서 유택을 만나지 않고 큰 집을 빌려 살면서 그 아들로 하여금 呂后가 신임하는 大謁者(대알자) 張卿(장경)을 모시도록 하였다. 몇 달 뒤 전생의 아들이 장경을 집으로 초대하였고 직접 가구를 준비하였다. 장경은 전생의 집에 도착하여 휘장이나 가구가 列侯를 접대하듯 준비한 것을 보고 놀랐다.

술이 얼큰해지자 전생은 다른 사람을 물리치고 장경에게 말했다. "나는 여러 제후들의 저택 100여 곳을 보았는데 모두가 고조의 공신들이었습니다. 지금 呂氏들은 처음부터 고조가 천하를 차지하는데 도움을 주었고 그 공은 지대합니다만 태후의 친정 식구들을 대우해 주기가 태후로서는 어렵습니다. 태후의 나이는 많지만 여씨 일족은 미약하기에 太后는 呂産을 呂王으로 봉해 代의 왕을 시키고자 합니다. 呂后는 대신들이 뜻을 안 따를까 걱정이 되어 말을 꺼내기도 어렵습니다. 지금 당신은 여후의 큰 신임을 받고 대신들도 경을 존경합니다. 당신은 대신들에게 넌지시 말을 하여 태후에게 아뢰게 한다면 태후는 크게 좋아할 터인데 왜 하지 않습니까? 여씨들이 왕이 되면 당신은 萬戶侯 자리를 누릴 수 있습니다. 태후는 꼭 하고 싶은데 경은 측근으로서 빨리 추진하지 않으면 혹시 화가 닥칠지도 모를 일입니다."

장경은 그 말을 크게 옳다고 여겨 바로 대신들이 태후에게 말을 하도록 암시를 주었다. 태후는 조회에서 대신들에게 의향을 물었다. 대신들은 呂産(여산)을 세워 여씨 왕으로 삼아야 한다고 주청하였다. 태후는 張卿에게 천금을 하사하였고 장경은 그 절반을 전생에게 주었다. 전생은 그것을 받지 않고 장경에게 말했다.

"여산이 왕을 하는 것을 여러 대신이 다 승복하지는 않습니다. 지금 영릉후 유택은 여러 유씨의 장손이지만 대장군으로 혼자 이를 아직도 서운해 하고 있습니다. 지금 당신이 태후에게 말씀을 올려 10여 현을 나눠주어 왕으로 봉한다면 그는 왕이 되어 기쁠 것이며 여씨 일족의 왕위도 확실해질 것입니다."

장경은 궁에 들어가 이를 말했다. 또 태후의 여동생인 呂須(여수)의 딸을 영릉후의 아내로 삼게 하라 하여 결국 영릉후 유택을 琅邪王(낭야왕)으로 삼았다.

낭야왕과 전생은 封國으로 빨리 가면서 꾸물대지 말라고 하였다. 함곡관을 나갔을 때 과연 태후가 사람을 보내 유택을 추격하게 하였다. 그러나 유택이 이미 벗어났기에 그들은 바로 돌아갔다.

原文

澤王琅邪二年, 而太后崩, 澤乃曰, "帝少, 諸呂用事, 諸劉孤弱." 引兵與齊王合謀西, 欲誅諸呂. 至梁, 聞漢灌將軍屯滎陽, 澤還兵備西界, 遂跳驅至長安. 代王亦從代至. 諸將相與琅邪王共立代王, 是爲孝文帝. 文帝元年, 徙澤爲燕王, 而復以琅邪歸齊.

| **註釋** | ○太后崩 - 여후는 前 180년에 죽었다. ○諸呂用事 - 呂씨 일족이 권력을 장악했다(用事). ○齊王 - 齊 哀王. 齊 悼惠王 劉肥의 長子. ○至梁 - 제후국으로서의 梁. 국도는 今 河南省 商丘市. ○灌將軍 - 灌嬰(관영, ? - 前 176) - 漢朝 開國功臣, 太尉, 丞相 역임. 41권, 〈樊酈滕灌傅靳周傳〉에 입전. ○遂跳驅 - 나중에 빨리 進軍하여. ○代王 - 고조의 아들 劉恒(유항). 곧 孝文帝(재위 前 179 - 157).

〖國譯〗

劉澤이 낭야왕이 된 2년에 태후가 붕어하자 유택이 말했다.

"황제가 어려서 여씨들이 권력을 장악했고 劉氏들은 사람도 적고 또 약했다."

유택은 군사를 이끌고 齊 哀王과 함께 힘을 합쳐 서쪽(장안)으로 진격하여 여씨를 제거하려 했다. 유택이 梁에 이르러 漢의 장군 灌嬰(관영)의 군사가 滎陽(형양)에 주둔했다는 말을 듣고 군사를 돌려 서쪽에서 기다리다가 마침내 빨리 진격하여 장안에 들어갔다. 代王 劉恒(유항)도 代에서 장안으로 왔다. 여러 장상과 琅邪王(낭야왕)은 함께 代王을 옹립하니, 이가 孝文帝이다. 文帝 원년에 유택을 燕王으로 옮기고 유택의 나라 琅邪(낭야)는 齊에 귀속케 했다.

原文

澤王燕二年, 薨, 謚曰敬王. 子康王嘉嗣, 九年薨. 子定國嗣. 定國與父康王姬姦, 生子男一人. 奪弟妻爲姬, 與子女三人奸. 定國有所欲誅殺臣肥如令郢人, 郢人等告定國. 定國使謁者以它法劾捕格殺郢人滅口. 至元朔中, 郢人昆弟復上書具言定國事. 下公卿, 皆議曰, "定國禽獸行, 亂人倫, 逆天道, 當誅." 上許之. 定國自殺, 立四十二年, 國除. 哀帝時繼絶世, 乃封敬王澤玄孫之孫無終公士歸生爲營陵侯, 更始中爲兵所殺.

| **註釋** | ○九年薨 – '九年' 은 '二十六年이어야 한다. 康王은 문제 3년(前 177) – 경제 5년(前 152) 재위. 薨은 죽을 훙. ○肥如(비여) – 縣名. 今 河北省 秦皇島市 관할의 盧龍縣. ○郢人(영인) – 人名. ○告定國 – 劉定國을 중앙에 고발하다. ○至元朔中 – 武帝의 연호. 前 128 – 123년. ○哀帝 – 재위, 前 6 – 前 1. ○無終(무종) – 縣名. 今 天津市 北部의 薊縣(계현). ○公士 – 爵名. 漢 20등 爵位 중 가장 낮은 제 1위. ○更始(경시) – 綠林起義軍에 의해 옹립된 劉玄이 稱帝하면서 사용한 연호(서기 23 – 24년).

〖國譯〗

劉澤이 燕의 왕이 되어 2년에 죽으니, 시호를 敬王이라 하였다. 아들 康王 劉嘉가 뒤를 이었고 즉위 9년에 죽었다. 아들 劉定國이 뒤를 이었다. 유정국은 아버지 康王의 후궁과 사통하여 아들 하나를 낳았다. 그리고 동생의 아내를 빼앗아 후궁으로 삼았고 子女 3명과 사통하였다. 유정국이 肥如(비여)의 현령인 郢人(영인)을 죽이려 했었는데, 영인 등은 유정국을 고발하였다. 유정국은 謁者(알자)를 시켜 다른 죄목으로 영인을 잡아 추궁하고 죽여서 그 입을 막아버렸다. 武帝 元朔(원삭) 연간에 영인의 형제가 다시 유정국의 죄상을 자세히 고발하였다. 이 일이 公卿에게 넘겨지자 모두가 의논하며 말했다. "유정국의 금수와 같은 행위는 인륜을 어지럽히고 천도를 거스른 것이니 응당 죽여야 합니다." 황제가 허락하자 유정국은 自殺하였고 나라를 세운지 42년에 없어졌다. 哀帝 때 단절된 世系를 이어주면서 敬王 劉澤의 玄孫의 손자인 無終縣의 公士 劉歸生을 營陵侯에 봉했으나 更始 연간에 난병들에게 피살되었다.

35-3. 吳王 劉濞

原文

吳王濞, 高帝兄仲之子也. 高帝立仲爲代王. 匈奴攻代, 仲不能堅守, 棄國間行, 走雒陽, 自歸, 天子不忍致法, 廢爲合陽侯. 子濞, 封爲沛侯. 黥布反, 高祖自將往誅之. 濞年二十, 以騎將從破布軍. 荊王劉賈爲布所殺, 無後. 上患吳會稽輕悍, 無壯王塡之, 諸子少, 乃立濞於沛, 爲吳王, 王三郡五十三城. 已拜受印, 高祖召濞相之, 曰, "若狀有反相." 獨悔, 業已拜, 因拊其背曰, "漢後五十年東南有亂, 豈若邪? 然天下同姓一家, 愼無反!" 濞頓首曰, "不敢."

| **註釋** | ○吳王濞 – 고조의 조카인 劉濞(유비, 前 215 – 154). 물소리 비. ○高帝兄仲 – 고조의 둘째 형, 劉喜(유희, ? – 前 193). 고조 7년(前 200), 代王에 봉해졌다. 惠帝 2년 卒. ○間行 – 샛길로 가다. ○合陽 – 현명. 今 陜西省 渭南市 合陽縣. ○黥布 – 英布. ○吳會稽 – 吳는 지금의 江蘇省, 浙江省 지역. 會稽는 郡名. 치소는 吳縣(今 江蘇省 蘇州). ○輕悍(경한) – 輕佻浮薄(경조부박)하고 凶悍(흉한)하다. ○若狀有反相 – 너의 모습에 反骨 相이 있다. ○獨悔 – 마음속으로 후회하다. ○業已拜 – 일은 이미 封拜했다. 封하는 절차를 마쳤다. ○因拊其背 – 背는 등. 拊 어루만질 부. ○豈若邪 – 네가 어찌 그러하겠는가? 그렇지 않을 것이다. 若은 汝.

〖國譯〗

吳王 劉濞(유비)는 고조의 둘째 형의 아들이다. 고조는 형 劉仲을 代王으로 봉했다. 흉노가 代國을 공격하자 유중은 끝까지 방어하지 못하고 나라를 버리고 샛길로 낙양까지 도망해 왔는데 천자는 법대로 처리할 수 없어 폐위하고 合陽侯에 봉했다. 그 아들 劉濞를 沛侯로 봉했다. 黥布(英布)가 반역하자 고조는 군사를 거느리고 직접 토벌하였다. 그때 유비는 20세 騎將으로 종군하여 영포의 반군을 토벌하였다. 荊王인 劉賈가 영포에게 피살되고 후손이 없었다. 고조는 吳의 會稽(회계) 땅은 사람들이 경박하고 사나워 다스릴만한 건장한 왕은 없고 다른 아들들은 아직 어린 것을 걱정하여 沛侯 유비를 세워 吳王으로 삼아 3郡 53城의 왕이 되게 하였다. 이미 봉하고 직인을 수여한 뒤에 高祖가 유비를 불러 얼굴을 보고서는 말했다. "네 생김새에 반골 상이 있구나." 고조는 마음속으로 후회하였으나 일은 이미 끝이 났기에 그의 등을 어루만지며 말했다. "漢 이후 50년에 東南에서 반란이 있을 거라는데, 어찌 네가 그러겠는가? 그렇지만 천하는 同姓으로 一家이니 조심하며 반할 생각을 하지 말라!" 유비는 머리를 숙이며 말했다. "그럴 리 없습니다."

原文

會孝惠, 高后時天下初定, 郡國諸侯各務自拊循其民. 吳有豫章郡銅山, 卽招致天下亡命者盜鑄錢, 東煮海水爲鹽, 以故無賦, 國用饒足.

| 註釋 | ○拊循其民 – 백성들을 어루만지다. 拊循(부순) – 按撫하다. ○豫章郡 – 뒤에 丹陽郡으로 개명, 治所는 宛陵(今 安徽省 동남부의 宣城市). 豫章郡의 치소는 南昌(今 江西省 南昌市)으로 吳國 소속이 아니었다. ○盜鑄錢 – 몰래 鑄錢하다. ○國用饒足 – 국가 재정이 풍족하다.

〖國譯〗

孝惠帝와 高后 시기에 이르러 천하가 비로소 안정되었고 郡國의 제후들은 각자 그 백성의 생활 안정에 힘썼다. 吳의 豫鄣郡(예장군)에는 구리 광산이 있어 온 나라의 도망자들을 불러들여 사적으로 주전을 했고 동쪽에서는 바닷물을 끓여서 소금을 제조하여 세금을 부과하지 않고서도 國用이 풍족하였다.

原文

孝文時, 吳太子入見, 得侍皇太子飮博. 吳太子師傅皆楚人, 輕悍, 又素驕. 博爭道, 不恭, 皇太子引博局提吳太子, 殺之. 於是遣其喪歸葬吳. 吳王慍曰, "天下一宗, 死長安卽葬長安, 何必來葬!" 復遣喪之長安葬. 吳王由是怨望, 稍失藩臣禮, 稱疾不朝. 京師知其以子故, 驗問實不病, 諸吳使來, 輒繫責治之. 吳王恐, 所謀滋甚. 及後使人爲秋請, 上復責問吳使者. 使者曰, "察見淵中魚, 不祥. 今吳王始詐疾, 及覺, 見責急, 愈益閉, 恐上誅之, 計乃無聊. 唯上與更始." 於是天子皆赦吳使者歸之, 而賜吳王几杖, 老, 不朝. 吳得釋, 其謀亦益解. 然其居國以銅鹽故, 百姓無賦. 卒踐更, 輒予平賈. 歲時存問茂材, 賞賜閭里, 它郡國吏欲來捕亡人者, 頌共禁不與. 如此者三十餘年, 以故能使其衆.

| 註釋 | ○孝文時 – 文帝 재위 前 179 – 157년. ○皇太子 – 劉啓(뒷날 景帝). ○博爭道 – 雙陸(雙六)에서 길을 다투다. 博은 雙陸. 쌍륙은 12줄이 그려진 판 위에서 주사위를 던져 말(각 6개)을 움직여 점수를 따는 놀이. ○京師 – 漢의 수도. 長安. ○輒繫責治之 – 곧바로 사자를 가두고 문책하며 죄를 따지다. ○秋請 – 제후가 京師에 가서 천자를 알현하는데 春에는 朝라 하고 秋에는 請이라 한다. ○察見淵中魚, 不祥 – 연못 속의 물고기를 다 살피는 것은 좋은 일이 아니다. 황제가 신하들의 사정을 속속들이 알려하는 것이 좋은 것만은 아니다. ○計乃無聊 – 꾸미는 일이 끝이 없다. 無聊(무료)는 着落이 없다. ○上與更始 – 다시 시작할 수 있도록 황제께서 (吳王에게) 기회를 주다." ○几杖(궤장) – 안석과 지팡이. ○其謀亦益解 – 그 음모도 점차 풀어지다(식어졌다.) ○踐更(천경) – 軍役이나 賦役을 돈으로 대신하다. ○輒予平賈(첩여평가) – 병역을 직접 이행하면 곧바로 그에 해당하는 돈을 주었다. 輒 문득 첩. 갑자기. 번번이. ○歲時存問茂材 – 歲時에는 학문이 깊은 사람을 위문하다. ○賞賜閭里 – 마을에는 상금을 내 주었다. ○頌共禁不與 – 같이 비호하며 도망자를 내주지 않다. 頌은 容과 通. 수용하다. 비호하다.

〖國譯〗

孝文帝 재위 중에, 吳太子가 장안에 와서 황제를 알현하였고 황태자와 함께 술을 마시며 쌍륙놀이를 하였다. 吳태자의 사부 또한 楚人이었는데 경박하고 사나웠으며 평소 교만하였다. 吳태자가 쌍

륙에서 길을 다투면서 공손하지 못하자 황태자가 쌍륙판을 吳태자에게 던져 태자를 죽였다. 그리고 그 시신을 돌려보내 吳에서 장례하게 하였다.

그러자 吳王이 화를 내며 말했다. "천하는 한 집안이거늘 장안에서 죽었으니 장안에 묻어야지 꼭 여기 보내서 묻어야 하겠는가!"

그리고는 다시 돌려보내어 장안에 묻었다. 오왕은 이로부터 조정을 원망하며 차츰 藩臣(번신)으로서의 예를 갖추지 않았으며 병을 핑계 대며 내조하지 않았다.

京師(장안)에서는 그 아들 때문이라 생각하면서 실제로 병인가를 탐문하였으며 이후 吳의 사신이 올 때마다 곧바로 잡아두고 문책하며 죄를 물었다. 오왕은 두려웠고 음모는 더 많아졌다. 급기야 나중에는 가을에 내조하는 吳의 사신을 문제가 다시 문책하였다.

그러자 오의 사자가 아뢰었다. "연못 물고기를 다 들여다 본다고 좋은 것은 아닙니다. 지금 吳王이 처음엔 병이라고 거짓말을 했고 탄로난 뒤로 심히 문책을 당하였기에 더 문을 닫아버리며 폐하에게 죽게 될지 모른다고 두려워하여 그 궁리가 끝이 없습니다. 폐하께서 용서하시고 다시 전처럼 할 수 있게 해주시기 바랍니다."

이에 천자는 모든 것을 사면하고 오의 사자를 돌려보냈고 오왕에게는 안석과 지팡이를 보내주며 연로하여 來朝하지 않아도 좋다고 했다. 吳는 죄가 사면되자 여러 궁리도 저절로 풀어졌다.

그러나 나라에 구리와 소금 산출이 많아 백성에게 세금을 부과하지 않았다. 병졸도 돈으로 대신할 수도 있었고 직접 이행하면 그에 해당하는 돈을 주었다. 세시에는 뛰어난 인재를 위로하면서 마을에 상을 내렸고 다른 군국에서 관리가 와서 도망한 자를 잡아가려 하면 도망자를 비호하면서 내 주지 않았다. 이렇게 30여 년을 지내면서 그 백성들을 마음대로 부릴 수 있었다.

原文

朝錯爲太子家令, 得幸皇太子, 數從容言吳過可削. 數上書說之, 文帝寬, 不忍罰, 以此吳王日益橫. 及景帝卽位, 錯爲御史大夫, 說上曰, "昔高帝初定天下, 昆弟少, 諸子弱, 大封同姓. 故孽子悼惠王王齊七十二城, 庶弟元王王楚四十城, 兄子王吳五十餘城. 封三庶孽, 分天下半. 今吳王前有太子之隙, 詐稱病不朝, 於古法當誅. 文帝不忍, 因賜幾杖, 德至厚也. 不改過自新, 乃益驕恣, 公卽山鑄錢, 煮海爲鹽, 誘天下亡人謀作亂逆. 今削之亦反, 不削亦反. 削之, 其反亟, 禍小, 不削之, 其反遲, 禍大."

三年冬, 楚王來朝, 錯因言楚王戊往年爲薄太后服, 私奸服舍, 請誅之. 詔赦, 削東海郡. 及前二年, 趙王有罪, 削其常山郡. 膠西王卬以賣爵事有奸, 削其六縣.

| 註釋 | ○朝錯(조조) - 鼂錯(조조, 前 200 - 154) - 《史記》와 《漢書》 本傳에는 鼂錯(아침 조, 둘 조)로 기록되었다. 鼂(아침 조)는 朝의 古字. 조조는 法家 학문을 공부하였고 〈削藩策〉을 주장하였다. 49권, 〈爰盎鼂錯傳〉에 입전. 《史記 袁盎鼂錯列傳》 참고. ○太子家令 - 태자의 家事를 담당하는 屬官. ○景帝 - 재위 前 156 - 141년. ○孽子 - 첩의 자식 얼. 본래는 賤妾의 몸에

서 난 자식. 여기서는 후궁 소생. ○悼惠王(도혜왕, 前 221 – 189) – 高祖의 庶長子 劉肥(유비). 高祖 布衣 때 情婦 曹氏 소생. ○庶弟 – '庶出의 아우' 라는 뜻보다는 支孫이나 支派의 뜻으로 쓰였다. ○元王 – 楚王 劉交(? – 前 178) – 고조의 아우. 고조 4형제 중 好讀書, 多才藝한 유생. 秦 유생 浮丘伯(부구백)으로 부터 《詩經》을 배웠다. 漢 6년에 楚王에 봉해졌다. ○兄子 – 吳王 劉濞. ○三年冬 – 漢 景帝 3년. 前 154년, ○楚王戊(초왕 무) – 楚王 劉交의 손자. 吳王 劉濞(유비)와 함께 七國亂에 가담. 패전 후 자살. ○薄太后 – 高祖의 侍妾, 薄姬, 文帝의 生母. ○服舍 – 喪廳이 있는 건물. ○東海郡 – 치소는 今 山東省 臨沂市 관할의 郯城縣(담성현) 서북. ○趙王 – 高祖 孫子. 趙 幽王 劉友의 아들. ○膠西王卬(교서왕 앙) – 齊 悼惠王 劉肥의 아들. 七國亂에 가담. 패전하여 피살.

〖國譯〗

朝錯(鼂錯, 조조)는 太子家令으로 황태자의 신임을 얻고 있었는데 틈을 보아 吳王의 과실은 (領地를) 삭감할 수 있다고 자주 말했다. 조조는 자주 글을 올려 文帝가 관대하여 처벌을 하지 않았기에 吳王은 더욱 흉악해진다고 말했다. 경제가 즉위하자 조조는 어사대부가 되어 경제에게 말했다.

"그전에 고조께서 처음 천하를 평정하고서는 형제도 많지 않고 여러 아들은 어리기에 일족을 많이 봉했습니다. 그래서 서얼인 도혜왕을 齊 72개 성의 왕으로 삼았고, 동생인 楚 元王은 楚 40개 성의 왕으로 삼았고, 형의 아들(조카, 劉濞)을 吳의 50여 성의 왕으로 하였습니다. 이 3명의 서얼을 봉한 것이 천하의 절반입니다. 지금 오왕은 전에 태자의 일로 틈이 벌어져 병을 핑계대고 내조하지 않으니 옛 법도대로면 응당 죽여야 합니다. 문제께서는 차마 그럴 수 없어

안석과 지팡이까지 하사하였으니 이는 큰 덕을 베푸신 것입니다. 오왕은 잘못을 고쳐 스스로 나아지지 않고 더욱 교만 방자하여 공공연히 산에서 구리를 캐어 돈을 주조하고 바닷물을 끓여 소금을 만들며 천하의 도망자들을 모아 역모를 꾀하고 있습니다. 지금 吳의 영지를 삭감해도 반역할 것이고 삭감하지 않아도 반역할 것입니다. 영지를 삭감한다면 반역은 빨리 일어나고 피해는 작지만, 삭감하지 않으면 반역은 늦게 일어나나 폐해는 클 것입니다."

景帝 3년 겨울에, 楚王이 내조하자 조조는 초왕 劉戊(유무)가 지난해 薄太后의 복상기간에 喪廳(상청)에서 간음하였으니 죽여야 한다고 상서하였다. 조서를 내려 사면하였지만 東海郡을 삭감하였다. 그전 경제 2년에 趙王이 죄를 지어 그 영지 常山郡을 삭감하였다. 膠西王(교서왕) 劉卬(유앙)은 작위를 팔아먹은 죄를 지었기에 6개 현을 삭감하였다.

原文

漢廷臣方議削吳, 吳王恐削地無已, 因欲發謀擧事. 念諸侯無足與計者, 聞膠西王勇, 好兵, 諸侯皆畏憚之, 於是乃使中大夫應高口說膠西王曰, "吳王不肖, 有夙夜之憂, 不敢自外, 使使臣諭其愚心." 王曰, "何以教之?" 高曰, "今者主上任用邪臣, 聽信讒賊, 變更律令, 侵削諸侯, 徵求滋多, 誅罰良重, 日以益甚. 語有之曰, '舐糠及米'. 吳與膠西, 知名諸侯也, 一時見察, 不得安肆矣. 吳王身有內疾, 不能朝請二十餘年, 常患見疑, 無以自白, 脅肩絫足, 猶懼不見釋. 竊聞大王以爵事有過, 所聞諸侯削地, 罪不至此, 此恐不止削地而已." 王曰, "有之, 子將奈何?" 高曰, "同惡相助, 同好相留, 同情相求, 同欲相趨, 同利相死. 今吳王自以與大王同憂, 願因時循理, 棄軀以除患於天下, 意亦可乎?" 膠西王瞿然駭曰, "寡人何敢如是? 主上雖急, 固有死耳, 安得不事?" 高曰, "御史大夫朝錯營或天子, 侵奪諸侯, 蔽忠塞賢, 朝廷疾怨, 諸侯皆有背叛之意, 人事極矣. 彗星出, 蝗蟲起, 此萬世一時, 而愁勞, 聖人所以起也. 吳王內以朝錯爲誅, 外從大王後車, 方洋天下, 所向者降, 所指者下, 莫敢不服. 大王誠幸而許之一言, 則吳王率楚王略函谷關, 守滎陽敖倉之粟, 距漢兵, 治次舍, 須大王. 大王幸而臨之, 則天下可並, 兩主分割, 不亦可乎?" 王曰, "善." 歸報吳王, 猶恐其不果, 乃身自爲使者, 至膠西面約之.

| **註釋** | ○聞膠西王勇 – 그때 교서왕은 齊 悼惠王의 아들인 劉卬(유앙)이었다. 교서국의 국도는 高密縣(今 山東省 濰坊市 관할의 高密市). ○畏憚(외탄) – 두려워하고 꺼려하다. ○口說 – 문서를 보내어 뜻을 전달하지 않고 말로 설득하다. ○舐糠及米(지강급미) – 겨를 핥아먹다 보면 쌀도 먹는다. 욕심은 점점 커지거나 많아진다는 뜻. 舐는 혀로 핥을 지. 穅은 겨 강. 糠과 同. 벼의 벗겨 낸 껍질이 왕겨이고 속껍질을 조금 더 벗긴 것을 겨라고 하여 가축의 사료이다. 가난하여 술지게미〔糟(조)〕와 쌀겨〔穅, 糠(강)〕를 먹으며 고생한 아내가 糟糠之妻(조강지처)이다. ○不得安肆 – 편안하지 못하다. 肆

는 방자할 사. 마음대로 하다. ○脅肩絫足(협견누족) – 어깨를 움츠리고 발을 모아 걷다. 겁을 먹어 조심하는 모양. 絫는 累의 古字. ○罪不至此 – 잘못이라지만 이럴 수는 없다.(削地까지 당할 정도의 重過는 아니다.) ○安得不事 – 어찌 섬기지 않을 수 있겠는가? ○營或(영혹) – 熒惑(형혹), 정신을 혼미하게 하다. ○方洋天下 – 온 천하에 내 닫다. 천하를 휩쓸다. ○治次舍 – 軍隊가 쉬는 곳(次舍)을 준비하다. ○猶恐其不果 – 그래도 실행하지 않을까 걱정하여.

〖國譯〗

漢의 조정 신하들의 吳의 영지 삭감을 논의하자, 吳王은 削地(삭지)가 끝이 없을 것이라 걱정하며 거사를 모의하려 했다. 제후 중에 일을 함께 꾸밀 자가 없다고 염려하다가 膠西王(교서왕)이 용감하고 싸우기를 좋아하여 제후 모두가 두려워하며 꺼린다는 것을 알고 바로 중대부 應高(응고)를 사신으로 보내 말로 교서왕을 설득케 하였다.

"吳王께서는 불초하여 주야로 걱정하면서도 (교서왕을) 남이라 여기지 않기에 저를 보내어 그 속마음을 말씀드리라 하였습니다." 그러자 교서왕이 말했다. "무슨 말을 하려는가?"

응고가 말했다.

"지금 主上(황제)께서는 사악한 신하를 임용했기에 참소하는 무리의 말을 따라 율령을 변경하며 제후의 영지를 삭감하면서 걷어가고 달라는 것은 점점 많아지고 징벌은 정말 무거워지며 날로 심해지고 있습니다. '쌀겨를 먹다보면 쌀을 먹는다.' 라는 속언도 있습니다. 우리 吳와 교서국은 제후들에게 잘 알려진 나라이지만 한때 사찰을 당한 뒤로 편할 수가 없습니다. 吳王께서는 속병이 있어 봄과 가을에 내조하지 못한 지가 20여 년 되어 늘 의심을 받고 있지만 스스로 변명할 길도 없으며 어깨를 움츠리고 종종 걸음을 치며 조심하여도 벗어나질 못해 두려워하고 있습니다. 제가 알기로는 대왕께서도 작위에 관한 일로 허물이 있었다지만, 제가 알기로는 제후의 영지를 削地(삭지) 당할 일도 아니며 혹시나 삭지로 끝나지 않을 것 같아 걱정입니다."

교서왕은 "그런 일이 있소만 그대는 어찌 하려 하오?"라고 물었다. 응고가 말했다.

"나쁜 일을 함께 해야 한다면 서로 도와야 하고, 좋은 일은 서로 권하며, 같은 뜻이라면 서로 구해야 하고, 같이 하려는 일은 서로 재촉하며, 같은 이득을 얻으려 한다면 죽더라도 함께 해야 합니다. 지금 吳王은 대왕과 같은 걱정이 있어 시류와 이치를 따라 몸을 버릴지라도 천하의 걱정거리를 없애려 하시는데 대왕의 뜻은 어떠하십니까?"

교서왕은 두려워 놀라며 말했다. "과인이 어찌 그럴 수 있겠소? 황제가 심하게는 하지만 죽을 지경이라도 어찌 아니 섬기겠는가?"

그러자 응고가 말했다. "어사대부인 조조는 천자를 현혹시키고 제후를 침탈하며 충신과 현인을 가로 막아 조정이 모두 원망하고 제후들은 모두 반역할 마음을 먹고 있으니 사람이 할 수 있는 막다른 곳에 왔습니다. 혜성이 나타나고 蝗蟲(황충)도 발생하였으니, 이는 만년에 한번 있을 일이라 걱정하고 수고로우니 성인이라도 일어나야 합니다. 오왕께서는 안으로는 조조를 죽이고 밖으로는 대왕의 병거를 따라 천하를 돌아다니며 가려는 곳을 굴복케 하고 지향하는 곳을 함락시킬 것이니 불복하는 자가 없을 것입니다. 대왕께서 진심으로 한 마디로 허락하신다면 吳王은 楚王과 함께 함곡관을 공략하고 滎陽(형양)과 敖倉(오창)의 군량을 지키며 漢兵을 막고 막사를 정비하며 대왕을 기다릴 것입니다. 대왕의 뜻대로 왕림하면 천하를 아울러 두 분이 분할할 것이니 그렇게 되지 않겠습니까?"

교서왕은 "좋소."라고 했다. 응고가 귀국하여 吳王에게 보고하였는데, 혹 교서왕이 실행하지 않을까 걱정하여 吳王이 사신처럼 꾸미고 교서왕을 찾아가 상면하고 약조하였다.

原文

膠西群臣或聞王謀, 諫曰, "諸侯地不能爲漢十二, 爲叛逆以憂太后, 非計也. 今承一帝, 尙云不易, 假令事成, 兩主分爭, 患乃益生." 王不聽, 遂發使約齊,菑川,膠東,濟南, 皆許諾.

諸侯旣新削罰, 震恐, 多怨錯. 及削吳會稽, 豫章郡書至, 則吳王先起兵, 誅漢吏二千石以下. 膠西,膠東,菑川,濟南,楚,趙亦皆反, 發兵西. 齊王後悔, 背約城守. 濟北王城壞未完, 其郎中令劫守王, 不得發兵. 膠西王,膠東王爲渠率, 與菑川,濟南共攻圍臨菑. 趙王遂亦陰使匈奴與連兵.

| 註釋 | ○爲漢十二 – 漢의 10분의 2 정도이다. ○太后 – 교서왕의 어머니. ○誅漢吏二千石以下 – 각 제후국의 太傅나 丞相, 中尉 등 주요 관리는 漢 중앙에서 임명하여 파견하였다. 吳王은 발병하면서 漢의 파견관을 먼저

죽였다. ○菑川(치천) – 齊地 四國의 하나. 治所는 劇縣(今 山東省 維坊市 관할의 壽光市 남쪽). ○渠率(거솔) – 首領. 渠는 大也. ○郎中令 – 秦과 漢의 관직명. 황제나 제후 國君의 고급 보좌관. 뒷날 光祿勳이라 불렀다. ○臨菑(임치) – 齊의 도읍. 今 山東省 淄薄市(치박시).

〖國譯〗

교서국의 여러 신하들은 몇 사람이 왕의 모의를 듣고 충간하였다.

"제후의 영지란 漢의 10분지 2에 불과하며 반역하여 태후께 걱정을 끼치는 것은 바른 길이 아닙니다. 지금 황제 한 사람을 따르기도 쉽지 않다 하는데 가령 일이 성공하여 두 군주가 분쟁하면 환란이 더 많을 것입니다."

그러나 교서왕은 듣지 않았고 마침내 사신을 보내자 齊와 菑川(치천), 膠東(교동), 濟南國이 모두 승낙하였다.

제후국에서는 새로이 삭지가 진행되자 두려워 떨며 모두 조조를 원망하였다. 마침내 吳의 회계와 예장 2군을 삭지한다는 문서가 도착하자마자 吳王은 먼저 起兵하면서 漢의 관리 2천 석 이하를 모두 죽였다. 교서와 교동국, 그리고 치천과 제남국, 초와 조에서도 모두 반기를 들고 군사를 출동시켜 서쪽으로 향했다. 齊王은 뒤에 뉘우치며 약속을 깨고 성을 지켰다. 濟北王은 파괴된 성을 수리하지 못했는데 그 郞中令이 왕을 막고 지켜 發兵할 수 없었다. 膠西王과 膠東王은 수령이 되어 菑川國(치천국)과 濟南國의 군사가 함께 齊의 臨菑(임치)를 포위 공격하였다. 趙王 劉遂(유수)는 몰래 흉노에 사신을 보내 군사 동맹을 맺었다.

原文

七國之發也, 吳王悉其士卒, 下令國中曰, "寡人年六十二, 身自將. 少子年十四, 亦爲士卒先. 諸年上與寡人同, 下與少子等, 皆發!" 二十餘萬人. 南使閩, 東越, 閩, 東越亦發兵從.

| 註釋 | ○發 - 군사를 일으키다. 發兵하다. 吳楚七國의 난. 경제 3년(前154). ○閩(민), 東越(동월) - 지금 福建省 浙江省 남부 지역에 거주하던 越族의 갈래.

〖國譯〗

七國이 거병하자 吳王은 그 사졸을 다 모아놓고 온 나라에 명을 내려 말했다. "과인의 나이 62세지만 몸소 지휘할 것이다. 막내아들은 14살이지만 마찬가지로 사졸에 앞장설 것이다. 나이가 많더라도 나와 같은 나이, 어리지만 내 막내와 같은 나이라면 모두 나서도록 하라." 그리하여 20만 병력을 일으켰다. 남쪽으로 閩(민)과 東越에도 사신을 보냈고 그들도 군사를 보냈다.

原文

孝景前三年正月甲子, 初起兵於廣陵. 西涉淮, 因並楚兵. 發使遺諸侯書曰, "吳王劉濞敬問膠西王,膠東王,菑川王,濟南王,趙王,楚王,淮南王,衡山王,盧江王, 故長沙王子, 幸教!

以漢有賊臣錯, 無功天下, 侵奪諸侯之地, 使吏劾繫訊治, 以侵辱之爲故, 不以諸侯人君禮遇劉氏骨肉, 絶先帝功臣, 進任奸人, 誑亂天下, 欲危社稷. 陛下多病志逸, 不能省察. 欲舉兵誅之, 謹聞教. 敝國雖狹, 地方三千里, 人民雖少, 精兵可具五十萬. 寡人素事南越三十餘年, 其王諸君皆不辭分其兵以隨寡人, 又可得三十萬. 寡人雖不肖, 願以身從諸王. 南越直長沙者, 因王子定長沙以北, 西走蜀,漢中. 告越,楚王,淮南三王, 與寡人西面. 齊諸王與趙王定河間,河內, 或入臨晉關, 或與寡人會雒陽. 燕王,趙王故與胡王有約, 燕王北定代,雲中, 轉胡衆入蕭關, 走長安, 匡正天下, 以安高廟. 願王勉之. 楚元王子, 淮南三王或不沐洗十餘年, 怨入骨髓, 欲壹有所出久矣, 寡人未得諸王之意, 未敢聽. 今諸王苟能存亡繼絶, 振弱伐暴, 以安劉氏, 社稷所願也. 吳國雖貧, 寡人節衣食用, 積金錢, 修兵革, 聚糧食, 夜以繼日, 三十餘年矣. 凡皆爲此, 願諸王勉之. 能斬捕大將者, 賜金五千斤, 封萬戶, 列將, 三千斤, 封五千戶, 裨將, 二千斤, 封二千戶, 二千石, 千斤, 封千戶, 皆爲列侯. 其以軍若城邑降者, 卒萬人, 邑萬戶, 如得大將, 人戶五千, 如得列將, 人戶三千, 如得裨將, 人戶千, 如得二千石, 其小吏皆以差次受爵金. 它封賜皆倍軍法. 其有故爵邑者, 更益勿因. 願諸王明以令士大夫, 不敢欺也. 寡人金錢在天下者往往而有, 非必取於吳, 諸王日夜用之不能盡. 有當賜者告寡人, 寡人且往遺之. 敬以聞."

| 註釋 | ○孝景前三年正月甲子 - 景帝 때까지 年號를 사용하지 않았다. 前三年은 즉위한 지 3년째 되는 해로, 前 154년이다. ○廣陵(광릉) - 縣名. 今 江蘇省 揚州市 서북. ○因並楚兵 - 楚의 병력과 합세하다. ○淮南王, 衡山王, 廬江王(여강왕) - 이 3국은 본래 淮南國을 分國하였다. 淮南三國. ○故長沙王子 - 이는 長沙王 吳芮(오예)의 현손 2명을 지칭하는데, 이들은 서손이라 王이 되지 못해 불만을 품고 있었다. ○幸教 - '삼가 바라옵나이다.' 惠教와 同. 幸은 謙辭. 教는 바라다. ○誑亂天下 - 천하를 속여 어지럽게 하다. 誑 속일 광. ○謹聞教 - 삼가 가르침을 따르겠다. ○敝國雖狹 - 저의 나라가 비록 좁다지만, 吳에 대한 겸손한 표현. ○素事 - 평소에 잘 교류하다. ○南越(남월) - 지금 廣東, 廣西省 일대를 지배했던 나라. 廣州에 도읍. ○南越直長沙者 - 南越과 접근한 長沙 쪽은, 直은 접근한, 인접한. ○與寡人西面 - 과인과 함께 서쪽으로 나아갑시다. ○河間, 河內 - 郡名. ○臨晉關(임진관) - 今 陝西省 黃河 西岸의 나루 이름. ○胡王 - 흉노의 單于(선우). ○蕭關(소관) - 今 寧夏回族自治區 固原市 동남쪽. 서북 지역에서 關中에 들어가는 관문. ○匡正天下 - 바로 잡아 고치다. ○楚元王子 - 楚 元王 劉交의 아들. 이들은 반란에 참여하지 않았다. ○不沐洗十餘年 - 원한이 깊어 목욕을 할 뜻이 없다. ○欲壹有所出久矣 - 한가지로 출병하기를 마음먹은 지 오래이다. ○振弱伐暴 - 약한 힘이지만 분발하여 포악을 징벌하다. ○凡皆爲此 - 이 모두가 이번 일을 위한 것이다. ○其以軍若城邑降者 - 그 거느린 군이나 또는 성읍을 들어 투항하는 자. 若은 '또는'. ○它封賜皆倍軍法 - 그러한 封爵(봉작)이나 賞賜金은 (現行) 軍法의 2배. ○其有故爵邑者 - 혹시 옛 작위나 食邑이 있는 자. ○更益勿因 - 더 보태어 주되 옛 그대로 두지는 않는다(勿因). ○敬以聞 - 삼가 이를 알리다.

【參考】 ※ 반란에 참여한 七國 - 吳王(劉濞), 楚王(劉戊 유무), 趙王(劉遂 유수), 膠西王(劉卬 유앙), 膠東王(劉雄渠 유웅거), 菑川王(치천왕 劉賢), 濟南王(劉辟光).

※ 반란에 가담하지 않은 왕 – 濟北王(劉志), 城陽共王(劉喜), 齊孝王(劉將閭), 燕康王(劉嘉), 廬江王(劉賜), 淮南王(劉安), 衡山王(劉勃), 梁孝王(劉武), 代共王(劉登).

〖國譯〗

吳王은 孝景帝 前 3년 정월 갑자 일에 廣陵에서 처음 기병하였다. 서쪽으로 淮水를 건너 楚의 군사와 합세하였다. 이어 각 제후에게 國書를 보내어 말했다.

"吳王 劉濞는 삼가 膠西王, 膠東王, 菑川王, 濟南王, 趙王, 楚王, 淮南王, 衡山王, 廬江王과 옛 長沙王의 아들에게 여쭈며 삼가 청합니다. 漢에 賊臣 朝錯(조조, 鼂錯)란 자가 있어 천하에 아무런 공도 없으면서 제후의 영지를 침탈하고 관리를 보내 따지며 구속하고 처벌하면서 제후를 능욕하였으며 제후의 왕과 劉氏의 골육들을 예우하지 않고 先帝의 공신들을 없애버리며 간사한 관리들을 뽑아 들여 천하를 속이고 어지럽게 하면서 사직을 위기로 몰아가고 있습니다. 폐하께서는 잔병 치레에 마음만 좋아 이를 성찰하지 못하고 있습니다. 그리하여 거병하여 조조를 제거하고자 삼가 가르침을 청합니다."

"저의 나라가 좁다지만 그래도 사방 삼천리가 되고 인민이 적다지만 정병 50만을 모을 수 있습니다. 과인이 평소에 南越과 교류하기 30년, 그곳 왕이나 제후 모두가 그 군사를 내어 과인을 따르기를 거절하지 않으니 거기서 30만을 얻을 수 있습니다. 과인이 비록 불초합니다만 몸소 여러 국왕과 함께 하고자 합니다. 남월과 이웃한 長沙國에서는, 장사왕의 왕자께서는 장사 이북을 평정하고 서쪽으로 蜀과 漢中으로 진격하십시오. 越과 楚王, 그리고 淮南三王께서는 과인과 같이 서쪽으로 진격합시다. 齊의 여러 왕과 趙王은 河間郡과

河內郡을 평정하고 臨晉關으로 진격하거나 과인과 雒陽(낙양)에서 합류합시다. 燕王과 趙王은 胡王과 약조한 것이 있으니 燕王은 北으로 代와 雲中郡을 평정하고 흉노 군중을 이끌고 蕭關(소관)을 거쳐 長安으로 진격하여 천하를 바로 잡고 高祖의 묘당을 지켜주십시오. 여러 국왕들이 힘써 주기 바랍니다. 楚 元王의 아드님과 淮南 三王은 10여 년간 목욕을 할 마음도 갖지 못할 정도로 원한이 골수에 사무쳐 함께 진격할 마음을 가진 지 오래였으나 과인이 여러분들의 뜻을 미리 듣지 못해 감히 함께 하자고는 못하겠습니다. 지금 諸王께서는 정말로 없어진 나라를 살리고 끊어진 世系를 이으며 약한 힘을 분발하여 포악을 제거하여 劉氏와 사직의 안정을 바라고 있습니다. 吳國이 가난하다지만 과인은 의식의 용도를 절약하여 금전을 모았고 무기를 정비하고 군량을 비축하며 밤낮으로 애쓰기 30여 년이었습니다. 이 모두는 이번 거사를 위한 것이니 여러 왕들께서도 힘써 주기 바랍니다."

"적의 대장을 생포하거나 죽이는 자에게는 金 5천 근을 주고 萬戶를 봉할 것이며 (적의) 장수를 잡으면 3천 근을 주고 5천 호에 봉하고, 裨將은 2천 근에 2천 호를, 2천 석 고급 관리를 죽이거나 생포하면 상금 천근에 천호를 봉할 것이니 모두 열후가 될 것입니다. 만약 그 군대나 성읍을 들어 투항하는 자에 대해서는 군사 1만 명이면 1만호의 고을에 봉하여 大將을 생포한 것과 같으며, 주민 5천 호이면 列將을 잡은 것과 같으며, 3천 호의 고을이면 비장을, 1천 호의 고을이면 2천 석 고관을 잡은 것과 같이 할 것이며 낮은 관리라도 모두 차등 있게 작위나 상금을 받을 것입니다. 이러한 봉작이나 사사금은 현행 군법의 2배로 할 것입니다. 혹 전에 작위나 식읍이 있다면 더 늘려 줄 것이고 전과 같지는 않을 것입니다. 바라건대, 諸王께서는 이를 사대부들에게 확실히 알려 주기 바라며 속이지 않을 것입니다. 과인의 금전은 천하의 어디든 있으니 굳이 吳에서 가져 갈 필요는 없으며 諸王께서 밤낮으로 사용한다 하여도 모자라지 않을 것입니다. 또 응당 상을 줄 사람이 있어 과인에게 알려주면 과인이 가서 줄 것입니다. 이를 삼가 알려드립니다."

原文

七國反書聞, 天子乃遣太尉條侯周亞夫將三十六將軍往擊吳,楚, 遣曲周侯酈寄擊趙, 將軍欒布擊齊, 大將軍竇嬰屯滎陽監齊,趙兵.

初, 吳,楚反書聞, 兵未發, 竇嬰言故吳相爰盎. 召入見, 上問以吳,楚之計, 盎對曰, "吳,楚相遺書, 曰 '賊臣朝錯擅適諸侯, 削奪之地', 以故反, 名爲 '西共誅錯, 復故地而罷'. 方今計獨斬錯, 發使赦七國, 復其故地, 則兵可毋血刃而俱罷." 上從其議, 遂斬錯. 語具有〈盎傳〉. 以盎爲泰常, 奉宗廟, 使吳王, 吳王弟子德侯爲宗正, 輔親戚. 使至吳, 吳,楚兵已攻梁壁矣. 宗正以親故, 先入見, 諭吳王拜受詔. 吳王聞盎來, 亦知其欲說, 笑而應曰, "我已爲東帝, 尙誰拜?" 不肯見盎而留軍中, 欲劫使將. 盎不肯, 使人圍守, 且殺之. 盎得夜亡走梁, 遂歸報.

| 註釋 | ○太尉 – 군사 업무 담당 최고위직. 승상, 어사대부와 함께 三公. 승상은 전한 전 기간에 존치했지만 태위는 가끔 폐지되기도 했다. 武帝 때는 大司馬라 개칭. ○條侯 周亞夫(? – 前 143) – 周勃(주발)의 아들. 七國之亂에 漢軍을 거느리고 3개월에 반군을 진압하였다. 40권, 〈張陳王周傳〉에 附傳. ○曲周侯 酈寄(역기) – 酈商(역상)의 아들. 呂氏 일족을 제거하고 文帝 옹립에 공이 컸다. ○欒布(난포, ? – 前 145) – 燕國 相으로 반란진압에 공을 세웠다. 7권, 〈季布欒布田叔傳〉에 입전. ○竇嬰(두영, ? – 前 131) – 52권, 〈竇田灌韓傳〉에 입전. ○爰盎(원앙) – 鼂錯(조조)와 사이가 안 좋아 景帝에게 조조의 처형을 건의했다. ○〈盎傳〉 – 49권, 〈爰盎鼂錯傳〉. ○泰常 – 太常, 종묘제례 담당관. 奉常에서 太常으로 개칭. ○宗正 – 황족과 외척에 관한 업무를 담당. ○德侯 – 고조의 조카이며, 吳王 劉濞의 동생인 劉廣의 아들 劉通. 劉通은 반란의 주동자 劉濞의 친조카. ○梁壁矣 – 梁(睢陽, 今 河南省 商丘市)에 보루를 구축하다.

〖國譯〗

七國이 반기를 들었다는 문서가 보고되자 천자(景帝)는 태위인 條侯 周亞夫(주아부)를 파견하여 36명의 장군을 거느리고 吳와 楚를 공격케 하였고, 曲周侯 酈寄(역기)를 보내어 趙를 공격하고, 將軍 欒布(난포)를 보내 齊를 치게 하고, 대장군 竇嬰(두영)은 滎陽(형양)에 주둔하며 齊와 趙 지역의 군사를 감독케 하였다.

이에 앞서 吳와 楚의 反書가 보고되고 군사를 출동하기 전에 두영은 전에 吳國의 승상이었던 爰盎(원앙)과 이야기를 나누었다. 경제가 원앙을 불러들여 吳와 楚를 진압할 계책을 묻자 원앙이 대답하였다.

"吳와 楚는 서로 국서를 보내 '賊臣 조조가 제후를 멋대로 하고 영지를 삭탈하기에' 반기를 든다고 하면서 내세운 명분은 '모두 서쪽으로 가서 조조를 죽이고 옛 땅을 회복하면 그만두겠다.' 고 하였습니다. 바로 지금의 계책은 오직 조조를 죽이고 사신을 보내 7국을 사면하며 옛 영지를 회복시켜준다고 하면 병기에 피를 묻히지 않고도 병란을 그치게 할 수 있습니다."

景帝는 그 계책에 따라 조조를 참수하였다. 이는 〈爰盎鼂錯傳〉에 있다. 경제는 원앙을 泰常(太常)에 임명하여 宗廟를 받들게 하고 吳王의 동생 劉廣의 아들인 德侯(劉通)를 宗正으로 삼아 황족의 일을 담당케 한 뒤에 (두 사람을) 吳王에게 사신으로 보냈다. 使者가 吳王의 진영에 갔을 때 吳와 楚의 군사는 이미 梁을 공격하려고 주둔하고 있었다. 宗正 劉通이 먼저 들어가 吳王을 만나보고 오왕에게 절을 하고 조서를 받으라고 말했다. 吳王은 원앙이 사자로 온 것을 알고서 무슨 말을 할 것인가를 짐작하고 웃으며 응답하였다.

"내가 이미 東帝이거늘 누구에게 절을 하겠는가?"

吳王은 원앙을 만나려 하지도 않고 軍中에 억류시켜 겁을 주어 자신의 장수로 삼으려 하였다. 원앙이 따르지 않자 사람을 시켜 가두고 아니면 죽이려 하였다. 원앙은 밤에 도망쳐 梁으로 갔다가 돌아와 보고하였다.

原文

條侯將乘六乘傳, 會兵滎陽. 至雒陽, 見劇孟, 喜曰, "七國反, 吾乘傳至此, 不自意全. 又以爲諸侯已得劇孟, 孟今無動, 吾據滎陽, 滎陽以東無足憂者." 至淮陽, 問故父絳侯客鄧都尉曰, "策安出?" 客曰, "吳楚兵銳甚, 難與爭鋒. 楚兵輕, 不能久. 方今爲將軍計, 莫若引兵東北壁昌邑, 以梁委吳, 吳必盡銳攻之. 將軍深溝高壘, 使輕兵絶淮泗口, 塞吳饟道. 使吳, 梁相敝而糧食竭, 乃以全制其極, 破吳必矣." 條侯曰, "善." 從其策, 遂堅壁昌邑南, 輕兵絶吳饟道.

| **註釋** | ○條侯(조후) – 周亞夫. ○乘六乘傳 – 역참의 수레를 6번 갈아타다. 급한 업무일 경우는 馳傳(치전)을 이용한다. 일상 업무의 경우 傳車(전거)를 이용하는데, 주아부는 1驛을 지날 때마다 1차 환승을 했으니 쉬지 않고 달려왔다는 의미가 있다. ○劇孟(극맹) – 景帝 시기의 俠士(협사). ○不自意全 – 내 마음이 편치 못했다. ○諸侯 – 반기를 든 제후. ○孟今無動 – 극맹이 지금 바뀐 것이 없다. 이는 義를 중히 여기는 극맹이 그들을 따르지 않았다는 뜻을 담고 있다. ○淮陽(회양) – 현명. 今 河南省 周口市 관할의 淮陽縣. ○絳侯 – 강후 周勃(주발). ○昌邑 – 현명, 국명. 今 山東省 菏澤市 鉅野縣. ○淮泗口 – 泗水가 淮水에 합류되는 지점. ○饟道 – 糧道. 饟은 군량 량.

〖國譯〗

條侯 周亞夫는 傳車(전거)를 6번 바꿔 타고 와 滎陽(형양)에서 군사를 모았다. 雒陽(낙양)에 와서 협객 劇孟(극맹)을 만나자 좋아하며 말했다. "七國이 反하면서 내가 전거를 타고 여기에 오는 동안 마음이 편치 못했었다. 또 諸侯들이 벌써 극맹을 데려갔으리라 생각했는데 지금 극맹이 그대로 있고 내가 형양을 차지하였으니 형양의 동쪽에 대해서는 걱정을 안할 것이다."

주아부는 淮陽에 이르러 아버지 絳侯(강후)의 옛 문객이었던 鄧都尉(등도위)를 만나 물었다. "어떤 계책을 써야 합니까?"

그 문객이 말했다. "오와 초의 군사는 아주 정병이라서 승부를 다투기 어려울 것이나 楚의 군사는 경박하니 오래 버티지 못할 것입니다. 지금 장군이 펼 수 있는 가장 좋은 계책으로는 군사를 거느리고 동북쪽 昌邑에 튼튼한 보루를 마련하고 梁나라가 吳를 상대하게 하면, 그러면 吳는 틀림없이 정병을 보내 공격할 것입니다. 장군은 물길을 깊이 파고 높은 보루 안에서 기다리며 경무장한 군사를 보내 회수와 泗水의 합류지점에서 吳의 糧道를 끊어야 합니다. 그러면 吳와 楚가 지치고 군량이 떨어질 것이니 그때 전 병력과 장비를 다 동원하여 철저히 제압하면 틀림없이 吳를 격파할 것입니다."

주아부는 "좋은 계략입니다."라면서 그 계책을 따라 昌邑 南쪽에 보루를 마련해 방어하며 경무장한 군사로 吳의 군량 보급로를 끊어 버렸다.

原文

吳王之初發也, 吳臣田祿伯爲大將軍. 田祿伯曰, "兵屯聚而西, 無它奇道, 難以立功. 臣願得五萬人, 別循江,淮而上, 收淮南,長沙, 入武關, 與大王會, 此亦一奇也." 吳王太子諫曰, "王以反爲名, 此兵難以藉人, 人亦且反王, 奈何? 且擅兵而別, 多它利害, 徒自損耳." 吳王即不許田祿伯.

| 註釋 | ○田祿伯(전녹백, ? - 前 154) - 나중에 劉濞가 兵敗하면서 살해되었다. ○江,淮 - 長江과 淮水. ○武關 - 漢水 지역에서 관중으로 들어갈 수 있는 관문. ○藉人 - 남에게 빌려 주다. 藉 깔개 자. 借와 通. ○且 - 장차. ○別 - 병력을 나누다. 分兵하다.

〖國譯〗

吳王이 처음에 거병할 때 吳臣 田祿伯을 대장군으로 삼았다. 田祿伯이 오왕에게 말했다.

"병력이 한 곳에 모여 서쪽으로 진출하면 특별한 방법이 없어 공을 세우기가 어려울 것입니다. 저는 5만 병력을 거느리고 별도로 長江과 淮水를 따라 진격하여 회남국과 長沙를 수복하고 武關으로 들어가서 대왕과 만날 수 있다면 이는 좋은 방책이라 할 수 있습니다."

그러나 吳王의 太子가 諫言(간언)했다.

"王께서는 반기를 들은 셈인데 이 군사는 남에게 빌려주기 어려울 것이며, 또 그가 왕께 반기를 든다면 어떻게 하겠습니까? 마음대로 지휘할 수 있는 군사를 나누어 주면 다른 이해관계가 있어 어차피 손해일 것입니다."

吳王은 田祿伯의 요청을 수락하지 않았다.

原文

吳少將桓將軍說王曰, "吳多步兵, 步兵利險, 漢多車騎, 車騎利平地. 願大王所過城不下, 直去, 疾西據雒陽武庫,食敖倉粟, 阻山河之險以令諸侯, 雖無入關, 天下固已定矣. 大王徐行, 留下城邑, 漢軍車騎至, 馳入梁, 楚之郊, 事敗矣." 吳王問吳老將, 老將曰, "此年少推鋒可耳, 安知大慮!" 於是王不用桓將軍計.

| 註釋 | ○桓將軍 – 성은 桓(환), 이름은 失傳. ○武庫 – 각종 무기를 보관한 곳. 실제로는 낙양에 비축 무기가 없었다고 한다. ○推鋒 – 예봉을 꺾다. 推는 摧와 通. 摧挫(최좌)는 꺾다. ○安知大慮 – 어찌 깊은 생각을 알겠습니까? 하나만 생각하고 다른 것을 모른다는 의미.

〖國譯〗

桓(환)장군이라는 吳의 젊은 장수가 吳王에게 말했다.

"吳는 보병이 많고 보병은 험지에서 유리하며, 漢은 병거와 기병이 많아 평지에서 유리합니다. 대왕께서는 지나는 곳의 성을 다 점령하지 마시고 곧장 빨리 진격하여 낙양의 武庫를 차지하고 敖倉(오창)의 군량을 확보하고서 험지에 의거하여 제후를 호령하면 비록 관중에 들어가지 않아도 사실상 천하를 차지한 것입니다. 대왕께서 서행하며 성읍에 군사를 남겨두면 한군의 병거나 기병이 도착할 것이고, 大梁이나 楚의 평지에서 싸우면 거사는 실패할 것입니다."

吳王이 이를 吳의 노장들에게 묻자 노장이 말했다.

"그 사람은 젊은 장군이라 적의 예봉을 꺾을 때는 쓸 수 있겠지만 어찌 깊은 생각을 했겠습니까?"

이에 오왕은 환장군의 계략을 따르지 않았다.

原文

王專並將其兵, 未度淮, 諸賓客皆得爲將,校尉,行間候,司馬, 獨周丘不用. 周丘者, 下邳人, 亡命吳, 酤酒無行, 王薄之, 不任. 周丘乃上謁, 說王曰, "臣以無能, 不得待罪行間. 臣非敢求有所將也, 願請王一漢節, 必有以報." 王乃予之. 周丘得節, 夜馳入下邳. 下邳時聞吳反, 皆城守. 至傳舍, 召令入戶, 使從者以罪斬令. 遂召昆弟所善豪吏告曰, "吳反兵且至, 屠下邳不過食頃. 今先下, 家室必完, 能者封侯至矣." 出乃相告, 下邳皆下. 周丘一夜得三萬人, 使人報吳王, 遂將其兵北略城邑. 比至城陽, 兵十餘萬, 破城陽中尉軍. 聞吳王敗走, 自度無與共成功, 卽引兵歸下邳. 未至, 癰發背死.

| 註釋 | ○專並將其兵 – 독자적으로 그 군사를 다 거느리다. ○行間候, 司馬 – 행군 중에 候나 司馬로 임명하다. 候, 司馬는 모두 軍官. ○酤酒無行 – 술을 팔며 선행이 없었다. 酤는 술 살 고. 술을 팔다. ○王薄之 – 吳王이 그를 박대하다. ○待罪行間 – 행군 간에 한 일이 없다. 자신의 임부를 제대로 수행하지 못했다는 謙辭. ○至傳舍 – 驛館에 도착하다. ○不過食頃 – 밥을 먹을 시간도 걸리지 않는다. 잠깐 사이. ○比至城陽 – 성양에 이를 즈음에는. 城陽은 縣名. 今 山東省 菏澤市 동북. ○癰 – 악창 옹. 등창.

〖國譯〗

吳王이 전권을 가지고 그 군사를 거느렸는데 淮水를 건너기도 전에 수하의 여러 빈객들이 모두 장군이나 校尉가 되거나 行軍 중에 候나 司馬 같은 군관에 임용되었으나 오직 周丘(주구)란 사람만 등용되지 않았다. 주구란 자는 下邳(하비) 사람으로 吳로 도망나와 술을 팔면서 바른 행실도 없었기에 오왕이 그를 무시하여 임용하지 않았다.

周丘는 이에 오왕을 만나 왕을 설득하였다. "臣이 무능하여 행군 중에 보직을 받지 못했습니다. 제가 거느릴 군사를 달라는 것이 아니고 저에게 漢 관리의 부절을 하나 주시길 청하오며 반드시 그에 대한 보답이 있을 것입니다." 오왕은 부절을 내주었다.

주구는 부절을 얻은 뒤 그 밤에 하비로 달려갔다. 하비에서는 그때 吳에서 반기를 든 것을 알고 모두 성을 수비하고 있었다. 주구는 역관에 들어가서 현령을 들어오게 한 뒤 수행원을 시켜 죄목을 말하게 한 뒤에 바로 현령을 죽여 버렸다. 주구는 형제와 그간 알고 지내던 관리들을 불러 말했다. "吳의 反兵이 곧 들어와서 하비를 도륙하는데도 밥 한 끼 먹을 만한 시간도 걸리지 않는다. 지금 먼저 투항하면 집은 완전히 보존할 수 있고 능력 있는 자는 封侯가 될 수도 있다." 그리고 밖에 나가 소문을 내게 하니 하비가 모두 투항하였다.

주구는 하룻밤에 3만 군사를 얻어 이를 오왕에게 사람을 보내 보고하면서 그 병력을 거느리고 북쪽으로 여러 성을 공략하였다. 주구가 城陽에 이를 즈음에는 10여만이 되었고 城陽 中尉의 군사를 격파하였다. 주구는 吳王이 패주했다는 소식을 듣고 같이 일을 성공할 사람이 없다고 생각하여 곧바로 군사를 거느리고 하비로 돌아갔다. 주구는 하비에 도착하기도 전에 등에 악성 종기가 나서 죽었다.

原文

二月, 吳王兵旣破, 敗走, 於是天子制詔將軍,

"蓋聞爲善者天報以福, 爲非者天報以殃. 高皇帝親垂功德, 建立諸侯. 幽王, 悼惠王絶無後, 孝文皇帝哀憐加惠, 王幽王子遂, 悼惠王子卬等, 令奉其先王宗廟, 爲漢藩國, 德配天地, 明並日月. 而吳王濞背德反義, 誘受天下亡命罪人, 亂天下幣, 稱疾不朝二十餘年. 有司數請濞罪, 孝文皇帝寬之, 欲其改行爲善. 今乃與楚王戊,趙王遂,膠西王卬,濟南王辟光,菑川王賢,膠東王雄渠 約從謀反, 爲逆無道, 起兵以危宗廟, 賊殺大臣及漢使者, 迫劫萬民, 伐殺無罪, 燒殘民家, 掘其丘壟, 甚爲虐暴. 而卬等又重逆無道, 燒宗廟, 鹵御物, 朕甚痛之. 朕素服避正殿. 將軍其勸士大夫擊反虜. 擊反虜者, 深入多殺爲功, 斬首捕虜比三百石以上皆殺, 無有所置. 敢有議詔及不如詔者, 皆要斬."

| **註釋** | ○制詔 - 制書와 詔書. 制書는 황제가 三公을 통해 郡縣에 전달하는 명령, 詔書는 온 臣民에게 포고하는 명령이다. 이 두 가지 형식을 겸해 발표했다는 뜻. ○蓋 - 덮을 개. 대개. 發語辭. ○幽王(유왕) - 고조의 6子 劉友. 조왕으로 있다가 여후가 굶겨 죽였다. 文帝는 劉友의 아들 劉遂(유수)를 趙王으로, 다른 아들 劉辟光(유벽광)을 河間王으로 봉했었다. ○王幽王子遂 - 幽王의 아들 遂를 왕이 되게 하다. 앞의 王은 動詞. ○悼惠王(도혜왕, 前221 - 189) - 高祖의 庶長子 劉肥(유비). 그 아들이 膠西王 劉卬(유앙). ○有司 - 직분이나 성명을 명시하지 않은 官吏. 設官하고 담당 職務를 구분하기

에 事有專司의 뜻. 담당자. 담당 관청이나 담당 부서의 뜻으로도 쓰인다. ○約從謀反 - 연합하여 모반하다. ○掘其丘壟 - 무덤을 파내다. 丘壟은 분묘. ○甚爲虐暴 - 매우 포학하다. ○鹵御物 - 종묘의 기물을 약탈하다. 鹵는 소금 노(로), 擄(노략질할 노)와 통. 훔쳐가다. ○朕素服避正殿 - 짐은 소복을 하고 정전을 피해 머물다. 아주 근신하는 모양. ○勸士大夫 - 여기서 사대부는 여러 軍官. ○無有所置 - 풀어주어서는 안 된다. 置는 석방. ○不如詔者 - 詔書대로 따르지 않는 자. ○皆要斬 - 모두 腰斬(요참)하겠다. 要는 腰(허리 요).

〖國譯〗

二月에, 吳王의 군사가 모두 격파되어 패주하자 天子는 制書와 詔書를 모든 장군에게 내렸다.

"무릇, 내가 알기로는 善을 행한 자는 하늘이 복을 내려 주고, 악을 행한 자는 하늘이 재앙을 내린다고 하였다. 高皇帝께서는 친히 공덕을 베푸시어 제후를 세웠었다. 幽王과 悼惠王(도혜왕)의 후손이 왕이 되지 못하자 孝文皇帝께서 이를 불쌍히 여겨 은혜를 베푸셨으니 幽王의 아들 遂와 悼惠王의 아들 卬(앙) 등을 王이 되게 하여 그 先王의 宗廟를 받들고 漢의 藩國이 되게 하였는데 이 덕은 천지에 비길만하고 일월만큼이나 밝았었다. 그러나 吳王 濞(비)는 背德하며 反義하게도 천하의 망명죄인을 불러들여 천하의 화폐를 문란케 하였고 병을 핑계로 20여 년간 입조하지도 않았었다. 담당 관리들이 여러 번 유비의 죄를 벌해야 한다고 주청하였지만 孝文皇帝께서는 이를 관대히 용서하며 그가 행실을 바꿔 선을 행하기를 바랐었다. 그러나 이번에 楚王 戊(무)와 趙王 遂(수), 그리고 膠西王 卬(앙)과 濟南王 辟光, 菑川王 賢, 膠東王 雄渠(웅거) 등이 연합하여 모반하면서 무도하게도 기병하여 종묘를 위태롭게 하고 대신 및 漢의 사자를 마구 죽였으며 백성을 협박하였고 죄도 없는 백성을 죽였으며 민가를 불태우고 분묘를 파헤치는 등 심하게 포악한 짓을 하였다. 그리고 劉卬 등은 더 패악무도하게도 종묘를 불태우고 종묘 기물을 노략질하였으니 朕이 아주 마음이 아팠도다. 짐은 소복을 입고 정전을 떠나 근신하였다. 장군은 그 사대부들에게 권하여 반역자들을 토벌케 하라. 반역자들을 토벌하는 것은 끝까지 추격하여 모두 죽이는 것을 공으로 삼을 것이니 3백 석 이상의 관리로 잡힌 자들을 모두 참수하여 놓아주어서는 아니 될 것이다. 감히 이 조서를 가지고 의논하는 자나 조서를 따르지 않는 자는 모두 허리를 잘라 죽이겠노라."

原文

初, 吳王之度淮, 與楚王遂西敗棘壁, 乘勝而前, 銳甚. 梁孝王恐, 遣將軍擊之, 又敗梁兩軍, 士卒皆還走. 梁數使使條侯求救, 條侯不許. 又使使愬條侯於上, 上使告條侯救梁, 又守便宜不行. 梁使韓安國及楚死事相弟張羽爲將軍, 乃得頗敗吳兵. 吳兵欲西, 梁城守, 不敢西, 卽走條侯軍, 會下邑. 欲戰, 條侯壁, 不肯戰. 吳糧絶, 卒饑, 數挑戰, 遂夜奔條侯壁, 驚東南. 條侯使備西北, 果從西北. 不得入, 吳大敗, 士卒多饑死叛散. 於是吳王乃與其戲下壯士千人夜亡去, 度淮走丹徒, 保東越. 東越兵可萬餘人, 使人收聚亡卒. 漢使人以利啗東越, 東越卽紿吳王, 吳王出勞軍, 使人鏦殺吳王, 盛其頭, 馳傳以聞. 吳王太子駒亡走閩越. 吳王之棄軍亡也, 軍遂潰, 往往稍降太尉條侯及梁軍. 楚王戊軍敗, 自殺.

| 註釋 | ○度淮 – 渡淮水. ○敗棘壁 – 극벽을 격파하다. 문맥으로 보아 敗는 破의 誤. ○愬條侯於上 – 愬는 일러바치다. 하소연하다. 讒訴(참소). 條侯는 周亞夫. ○楚死事相弟張羽 – 楚에서 죽음으로 왕을 섬긴 승상 張尙의 아우 張羽. 楚의 相國인 張尙은 楚王 劉戊에게 거병이 불가하다고 충간하자 왕이 살해했다. ○下邑 – 梁의 縣名. ○鶩東南 – 城의 동남을 공격하려 하다. ○戲下 – 麾下(휘하)와 同. ○度淮走丹徒 – 강을 건너 丹徒로 도주하다. 丹徒(단도)는 縣名. 今 江蘇省 鎭江市 丹徒區로 長江 南岸이다. ○漢使人以利啗東越 – 漢은 사람을 보내 이익으로 東越을 유인하였다. 啗은 먹을 담, 속일 담. 이익으로 남을 꾀다. ○鏦殺(종살) – 창으로 찔러 죽이다.

〖國譯〗

그전에 吳王이 淮水를 건너 楚王과 함께 서쪽으로 나가 棘壁(극벽)을 격파하고 승세를 몰아 진격하니 매우 강력하였다. 梁 孝王은 두려워하면서 장수를 보내 맞서게 하였으나 다시 梁의 2개 부대가 패하였고 사졸은 모두 도주하였다. 梁에서는 자주 사자를 보내 條侯(조후) 주아부에게 구원을 청했으나 조후는 허락지 않았다. 다시 사자를 보내 景帝에게 조후에 대해 하소연하자 경제는 조후에게 梁을 구원하라 하였지만 (조후는) 여의치 않다며 돕지 않았다. 梁에서는 韓安國, 楚에 있으면서 죽음으로 왕을 섬긴 楚 승상의 아우 張羽를 장군으로 임명하고서야 여러 번 吳兵을 격퇴하였다. 吳兵이 서쪽으로 나아가려 해도 梁이 성을 견고히 지켜 나아갈 수 없자 바로 조후의 군영을 공격하려고 下邑에 모였다. 오왕이 싸우려 해도 (조후는)

보루를 지키며 싸우지 않았다. 吳의 군량이 끊어지며 병졸이 굶주리자 여러 번 도전하면서 밤에 조후 군영으로 몰려가 동남쪽을 공격하는 척하였다. 조후는 서북쪽을 지키게 하였는데 예상대로 서북을 공격해 왔다. 성을 차지하지 못한 오군은 대패하고 사졸은 굶어 죽거나 배반하며 흩어졌다. 이에 오왕은 그 휘하의 천여 명을 거느리고 밤에 도주하였는데 강을 건너 丹徒(단도)로 가서 東越을 확보하려 하였다. 동월의 군사는 1만여 명이었는데 도망 나온 군사들을 더 모았다. 漢에서는 사람을 보내 이익으로 동월을 유인하자 동월에서는 바로 오왕을 속였고, 오왕이 나와 군사들을 위로할 때 창으로 찔러 오왕을 죽여 그 머리를 상자에 담아 驛을 통해 보냈다. 吳王의 太子 劉駒(유구)는 閩越(민월) 땅으로 도주하였다. 吳王이 군사를 버리고 도망하자 그 군대는 궤멸하여 太尉 條侯의 군이나 梁의 군에 각자 투항하였다. 楚王 劉戊(유무)는 군사가 패전하자 자살하였다.

原文

三王之圍齊臨菑也, 三月不能下. 漢兵至, 膠西,膠東,菑川王各引兵歸國. 膠西王徒跣, 席稿, 飮水, 謝太后. 王太子德曰, "漢兵還, 臣觀之以罷, 可襲. 願收王餘兵擊之, 不勝而逃入海, 未晚也." 王曰, "吾士卒皆已壞, 不可用之." 不聽. 漢將弓高侯頹當遺王書曰, "奉詔誅不義, 降者赦, 除其罪, 復故, 不降者滅之. 王何處? 須以從事." 王肉袒叩頭漢軍壁, 謁曰, "臣卬奉法不謹, 驚駭百姓, 乃苦將軍遠道至於窮國, 敢請菹醢之罪." 弓高侯執金鼓見之, 曰, "王苦軍事, 願聞王發兵狀." 王頓首膝行對曰, "今者, 朝錯天子用事臣, 變更高皇帝法令, 侵奪諸侯地. 卬等以爲不義, 恐其敗亂天下, 七國發兵, 且誅錯. 今聞錯已誅, 卬等謹已罷兵歸." 將軍曰, "王苟以錯爲不善, 何不以聞? 及未有詔虎符, 擅發兵擊義國. 以此觀之, 意非徒欲誅錯也!" 乃出詔書爲王讀之, 曰, "王其自圖之." 王曰, "如卬等死有餘罪." 遂自殺. 太后, 太子皆死. 膠東, 菑川, 濟南王皆伏誅. 酈將軍攻趙, 十月而下之, 趙王自殺. 濟北王以劫故, 不誅.

初, 吳王首反, 並將楚兵, 連齊, 趙. 正月起, 三月皆破滅.

| 註釋 | ○三王之圍齊臨菑也 – 膠西, 膠東, 菑川, 齊南의 4국이 齊 수도 임치를 포위했었다. ○徒跣 – 맨발로. 맨발 선. ○謝太后 – 교서왕이 母后에게 사죄하다. ○漢兵還 – 漢兵遠. 한의 군사는 먼길을 왔다. 還은 遠의 착오. ○弓高侯 頹當(궁고후 퇴당) – 韓王信의 아들 韓頹當. ○肉袒叩頭(육단고두) – 상의를 일부 벗어 어깨를 드러내고 머리를 조아리다. 肉袒은 복종, 항복의 뜻. ○菹醢(저해) – 극형의 일종. 사람을 죽여 肉醬을 담그다. 菹는 채소 절일 저. 醢는 젓갈 해. ○執金鼓 – 金(징)은 퇴각할 때, 鼓(북)은 진격할 때 친다. ○王其自圖之 – 왕께서는 스스로 해결해야 한다. 자결하라는 뜻. ○酈將軍 – 曲周侯 酈寄(역기). ○濟北王以劫故 – 제북왕은 그 郎中令이 왕을 막고 지켜 發兵하지 못했다.

〖國譯〗

옛 齊國 지역의 三王이 齊 臨菑(임치)를 포위는 했으나 석 달이 지나도 함락시킬 수 없었다. 漢兵이 들어오자 교서, 교동, 치천왕 등은 각각 군사를 거느리고 귀국하였다. 교서왕은 맨발에 짚자리를 깔고 맹물을 마시며 그 어머니에게 사죄하였다. 교서왕의 태자 德(덕)이 말했다. "漢兵은 먼 길을 왔기에 제가 보니 크게 지쳐 있어 공격할 만합니다. 남은 군사를 거두어 공격해서 이기지 못하면 바다 섬으로 도주해도 늦지 않습니다." 교서왕은 "우리 사졸들은 이미 무너졌기에 쓸 수가 없다." 며 따르지 않았다.

漢의 장수 弓高侯 頹當(퇴당)이 교서왕에게 글을 보냈다. "조칙을 받아 불의한 자를 죽이지만 투항하는 자는 사면하여 그 죄를 없애고 옛 지위를 회복해 주겠으나 투항하지 않는다면 멸망시킬 것입니다. 왕은 어찌 하겠습니까? 답을 기다렸다가 처리할 것입니다."

교서왕은 웃통을 벗고 漢軍의 진영에 와서 고개를 숙이며 궁고후를 만나서 말했다.

"臣 劉卬(유앙)은 법을 잘 따르지 않았고 백성들을 놀라게 하였으며 장군께서 먼 길로 궁벽한 이곳까지 오시도록 괴롭혔으니 저를 극형의 죄로 다뤄 주십시오."

弓高侯는 金鼓(금고)를 잡고 왕을 만나 말했다. "왕께서는 군사에 실패하였지만 왕이 거병한 이유를 듣고 싶소이다." 교서왕은 머리를 조아리고 무릎으로 나아가 대답하였다.

"이번에 朝錯(조조, 鼂錯)는 천자의 권신으로 고조의 법령을 변경하며 제후의 영지를 침탈했었습니다. 저는 이를 옳지 않다고 생각하였고 그 때문에 천하가 혼란할 것을 걱정하여 7국이 발병하여 조조를 죽이려 했습니다. 이제 조조가 이미 죽었다는 것을 알고 우리는 군사를 거두어 돌아왔습니다."

그러자 장군이 말했다. “왕께서 조조가 정말 옳지 않다고 생각했다면 왜 황제에게 말하지 않았습니까? 왕은 조서나 虎符(호부)도 없이 멋대로 군사를 일으켜 의로운 나라를 공격하였습니다. 이를 본다면 그 뜻은 조조를 죽이는데 있지 않았습니다.”

이어 조서를 꺼내어 왕에게 읽어 주고 말했다. “왕께서는 스스로 해결해야 합니다.” 교서왕이 말했다. “제가 죽는다 하여도 죄가 남을 것입니다.” 그리고서는 자살하였다. 태후와 태자도 모두 자살하였다. 교동왕, 치천왕, 제남왕은 모두 사형에 처했다. 酈(역)장군이 趙를 토벌하여 10월에 함락시키자 趙王은 자살하였다. 濟北王은 협박당해 출병하지 않았기에 죽이지 않았다. 최초 吳王이 처음 반기를 들고 楚兵을 함께 거느리고 齊의 여러 나라, 그리고 趙와 연합하여 正月에 기병하여 三月에 모두 멸망하였다.

原文

贊曰, 荊王王也, 由漢初定, 天下未集, 故雖疏屬, 以策爲王, 鎭江,淮之間. 劉澤發於田生, 權激呂氏, 然卒南面稱孤者三世. 事發相重, 豈不危哉!

吳王擅山海之利, 能薄斂以使其衆, 逆亂之萌, 自其子興. 古者諸侯不過百里, 山海不以封, 蓋防此矣. 朝錯爲國遠慮, 禍反及身. “毋爲權首, 將受其咎,” 豈謂錯哉!

| **註釋** | ○荊王 – 劉賈. ○未集 – 안정되지 않다. 集은 聚集, 安定. ○劉澤 – 燕王. ○南面稱孤 – 왕 노릇하다. ○事發相重 – 일은 서로 중첩되어

일어났다. ○逆亂之萌－반역의 싹. 萌 싹 맹. ○毋爲權首－權謀에 앞장서지 말라. 權首는 변화의 시작. 事案을 일으킬 단서.

〖國譯〗

班固의 論贊 : 荊王(형왕)이 왕이 된 것은 漢이 건국되었지만 천하가 안정되지 않았기에 먼 친속이라도 왕을 삼아 長江과 淮水 일대를 안정시키려는 정책 덕분이었다. 劉澤은 田生이 고의로 呂氏를 충동하여 왕이 되었고 3世에 걸쳐 왕을 할 수 있었다. 이 모두가 일이 서로 겹쳐 일어났으니 어찌 위태롭지 않았는가?

吳王은 山海의 이익을 독점하며 적은 세금으로 백성을 거느렸지만 반역의 시작은 그 아들 때문이었다. 옛날 제후 땅이 백리를 넘지 않고 산과 바다를 끼지 않고 봉한 것은 이를 예방하려는 뜻이었다.

朝錯(조조)는 국가를 위해 먼 데를 내다보았지만 禍(화)는 그 자신에게 닥쳤으니 '권모에 앞장서지 말라, 허물이 있을 것이다.' 라는 말은 바로 조조에게 한 말이 아니겠는가?

36 楚元王傳
〔초원왕전〕

36-1. 楚 元王 劉交

原文

楚元王交字游, 高祖同父少弟也. 好書, 多材藝. 少時嘗與魯穆生,白生,申公俱受《詩》於浮丘伯. 伯者, 孫卿門人也. 及秦焚書, 各別去.

| **註釋** | ○同父少弟 - 아버지가 같은 동생이니 異母임을 알 수 있다. 곧 元王은 高祖의 庶弟. ○浮丘伯 - 浮丘는 複姓. 秦의 儒生. ○孫卿(손경) - 荀卿(순경), 곧 荀子.

〖國譯〗

楚 元王 劉交(유교)의 字는 游(유)이며 高祖의 同父少弟이다. 글을 좋아하고 재주가 많았다. 젊어서 魯의 穆生(목생)과 白生, 그리고 申公과 함께 浮丘伯(부구백)으로부터 《詩》를 배웠다. 부구백은 孫卿(荀卿)의 문인이었다. 秦이 분서할 때 각자 헤어졌었다.

原文

高祖兄弟四人, 長兄伯,次仲, 伯蚤卒. 高祖既爲沛公, 景駒自立爲楚王. 高祖使仲與審食其留侍太上皇. 交與蕭,曹等俱從高祖見景駒, 遇項梁, 共立楚懷王. 因西攻南陽, 入武關, 與秦戰於藍田. 至霸上, 封交爲文信君, 從入蜀漢, 還定三秦, 誅項籍. 卽帝位, 交與盧綰常侍上, 出入臥內, 傳言語諸內事隱謀. 而上從父兄劉賈數別將.

| 註釋 | ○蚤卒 – 早卒. 蚤 일찍 조, 벼룩 조. ○景駒(경구, ? – 前 208) – 秦末 농민전쟁 시기에 陳勝이 죽은 다음에 옹립된 楚王. ○審食其(심이기, ? – 177) – 呂后의 신임이 두터웠다. 좌승상 역임. ○太上皇 – 고조 유방의 부친. ○南陽 – 郡名. 今 河南省省 南陽市 관할의 宛縣. ○霸上(패상) – 今 陝西省 西安市 동남방 10km. 霸河(패하)의 白鹿原. ○臥內 – 침소. 침실.

〖國譯〗

高祖의 형제는 4인인데 큰형은 伯(백)이고, 작은 형은 仲(중)이었는데 伯은 일찍 죽었다. 高祖가 패공이 되고 景駒(경구)는 자립하여

楚王이라 하였다. 고조는 작은 형과 審食其(심이기)를 남겨 태상황을 모시게 하였다. 劉交(유교)는 蕭何(소하), 그리고 曹參(조참) 등과 함께 고조를 따라가 경구를 알현하고 항량과도 만났으며 함께 楚 懷王(회왕)을 옹립하였다. 그리고 서쪽으로 나아가 남양을 공격하고 武關을 거쳐 藍田(남전)에서 秦과 싸웠다. 霸上(패상)에 이르러 漢王은 유교를 文信君에 봉했고 유교는 고조를 수행해 촉한에 들어갔다가 관중으로 진출하여 三秦을 평정하고 項籍(項羽)을 죽였다. 고조가 제위에 오르자 유교와 노관은 늘 황제를 모시고 침소에도 출입하면서 전할 말이나 여러 가지 내부의 일을 은밀히 협의하였다. 고조는 사촌 형 劉賈(유가)를 別將으로 삼아 자주 일을 시켰다.

原文

漢六年, 旣廢楚王信, 分其地爲二國, 立賈爲荊王, 交爲楚王, 王薛郡,東海,彭城三十六縣, 先有功也. 後封次兄仲爲代王, 長子肥爲齊王.

| 註釋 | ○漢六年 - 前 201년. ○楚王信 - 淮陰侯 韓信. ○薛郡(설군) - 郡名. 治所는 魯縣(今 山東省 曲阜). ○東海 - 군명. 치소는 郯縣. 今 山東省 臨沂市 관할의 郯城縣(담성현). ○彭城(팽성) - 군명. 치소는 彭城縣(今 江蘇省 徐州市). ○長子肥(비) - 고조의 庶長子 劉肥. 呂后가 아닌 다른 女人의 소생.

〖國譯〗

漢 건국 6년, 楚王 韓信을 폐위하고 그 영토를 두 나라로 나누어

劉賈를 세워 荊王(형왕)으로 봉하고, 劉交를 楚王으로 봉하여 薛郡(설군), 東海郡, 彭城郡의 36현을 다스리게 하였는데 먼저 그만한 공을 세웠기 때문이다. 그 뒤에 둘째 형 劉仲(유중)을 代王으로 삼고 庶長子인 劉肥(유비)를 齊王에 봉하였다.

原文

初, 高祖微時, 常避事, 時時與賓客過其丘嫂食. 嫂厭叔與客來, 陽爲羹盡, 轑釜, 客以故去. 已而視鑒中有羹, 繇是怨嫂. 及立齊,代王, 而伯子獨不得侯. 太上皇以爲言, 高祖曰, "某非敢忘封之也, 爲其母不長者." 七年十月, 封其子信爲羹頡侯.

| 註釋 | ○丘嫂 - 큰 형수(劉伯의 처). 丘는 巨와 通. ○陽爲羹盡 - 陽은 佯, 羹은 국 갱. 식사. ○轑釜(요부) - 轑는 바퀴살 요(료), 흔들다. 轑釜는 솥을 긁어 소리를 내다. 식사가 없다는 뜻. ○鑒中有羹(함중유갱) - 항아리에 국이 있다. 鑒은 鑑과 同. 거울 감. 항아리 함, 독 함. ○繇 - 부역할 요. 由와 通. ○某 - 高祖 자신의 겸칭. ○不長者 - 후덕한 사람이 아니다. ○羹頡侯(갱갈후) - 頡은 곧은 목 힐, 날아오를 힐. 긁을 갈. 羹頡(갱갈)은 縣名이 아니고 山 이름을 취했다. 또 '국솥을 긁는다' 는 뜻인데, 여기에는 그 형수에 대한 원망의 뜻이 들어 있다.

〖國譯〗

그전에, 高祖가 미천할 적에 피신해 돌아다니면서 때때로 벗들과 함께 큰 형수 집에 들러 식사를 하였다. 그 형수는 시동생이 손님을 데리고 오는 것이 싫어서 거짓으로 식사가 없다는 뜻으로 국솥을 긁어 댔고 손님들은 그냥 돌아가곤 했다. 나중엔 항아리에 국이 있는 것을 보았고 이 때문에 형수를 미워하였다. 齊王과 代王을 책봉할 때에 큰형의 아들은 열후가 되지 못했다. 태상황이 이를 고조에게 말하자 고조가 말했다.

"제가 그 애를 봉해야 하는 것을 잊은 것은 아닙니다. 그 어미가 후덕한 사람이 아니기 때문입니다."

漢 7년 10월에, 그 조카 劉信(유신)을 羹頡侯(갱갈후)에 봉했다.

原文

元王既至楚, 以穆生,白生,申公爲中大夫. 高后時, 浮丘伯在長安, 元王遣子郢客與申公俱卒業. 文帝時, 聞申公爲《詩》最精, 以爲博士. 元王好《詩》, 諸子皆讀《詩》, 申公始爲《詩》傳, 號《魯詩》. 元王亦次之《詩》傳, 號曰《元王詩》, 世或有之.

| 註釋 | ○卒業 – 학업을 완성하다. ○博士 – 고금에 대한 자문과 典籍을 보관, 관리하는 직책. 질록 6백 석. ○諸子皆讀 – 여기의 諸子는 元王의 여러 아들. ○《詩》傳 – 《詩經》에 대한 설명서. ○次之 – 모으다. 連綴(연철)하거나 집합하다.

〖國譯〗

元王이 楚에 부임한 뒤에 穆生과 白生, 그리고 申公을 中大夫로 삼았다. 高后때 浮丘伯은 장안에 있었는데 원왕은 아들 郢客(영객)을 보내서 申公과 함께 학업을 완성토록 하였다. 文帝 때에는 申公이 《詩經》에 아주 해박하다 하여 博士로 삼았다. 元王은 《시경》을 좋아하여 여러 아들이 모두 《시경》을 공부했다. 申公은 처음으로 《시경》의 傳(전)을 지었는데, 이를 《魯詩》라 하였다. 元王 역시 《시경》의 傳을 모아 엮었고 이를 《元王詩》라고 부르는데 세상에 가끔 볼 수 있었다.

原文

高后時, 以元王子郢客爲宗正, 封上邳侯. 元王立二十三年薨, 太子辟非先卒, 文帝乃以宗正上邳侯郢客嗣, 是爲夷王. 申公爲博士, 失官, 隨郢客歸, 復以爲中大夫. 立四年薨, 子戊嗣. 文帝尊寵元王, 子生, 爵比皇子. 景帝卽位, 以親親封元王寵子五人, 子禮爲平陸侯, 富爲休侯, 歲爲沈猶侯, 埶爲宛朐侯, 調爲棘樂侯.

| 註釋 | ○郢客(영객, ? - 前 174) - 《史記》에는 '劉郢' 으로 표기. ○元王立二十三年薨 - 前 178년. ○夷王(이왕) - 편안할 이. ○劉戊(유무, ? - 前 154) - 재위, 前 174 - 154, 七國之亂의 주요 세력, 兵敗하여 自殺. ○爵比皇子 - 작위를 황자와 같이 했다. 比는 同列, 同等. ○以親親 - 친족을 가깝게 대우하다. ○埶 - 심을 예. 藝와 同字.

〖國譯〗

高后 때, 元王의 아들 郢客(영객)을 宗正에 임명하고 上邳侯(상비후)로 봉했다. 元王은 재위 23년에 죽었는데 태자인 辟非(벽비)가 먼저 죽었기에 文帝는 宗正인 上邳侯 영객이 뒤를 잇게 하니, 이가 夷王(이왕)이다. 申公은 博士이었는데 관직을 내놓고 영객을 따라 楚로 돌아와서 다시 中大夫가 되었다. 夷王이 4년 만에 죽자 아들 劉戊(유무)가 뒤를 이었다. 文帝는 元王을 존경하고 신임하여 元王이 아들을 낳으면 작위를 皇子와 동등하게 내려 주었다. 景帝가 즉위하고 친족을 가깝게 대우하여 元王의 다섯 아들 劉禮를 平陸侯로, 劉富를 休侯로, 劉歲를 沈猶侯(침유후)로, 劉埶(유예)를 宛朐侯(완구후)로 劉調를 棘樂侯(극락후)로 삼았다.

原文

初, 元王敬禮申公等, 穆生不耆酒, 元王每置酒, 常爲穆生設醴. 及王戊卽位, 常設, 後忘設焉. 穆生退曰, "可以逝矣! 醴酒不設, 王之意怠, 不去, 楚人將鉗我於市." 稱疾臥. 申公,白生强起之曰, "獨不念先王之德與? 今王一旦失小禮, 何足至此!" 穆生曰, "《易》稱 '知幾其神乎! 幾者動之微, 吉凶之先見者也. 君子見幾而作, 不俟終日'. 先王之所以禮吾三人者, 爲道之存故也. 今而忽之, 是忘道也. 忘道之人, 胡可與久處! 豈爲區區之禮哉?" 遂謝病去. 申公,白生獨留.

| **註釋** | ○不耆酒 – 耆(늙은이 기)는 嗜(즐길 기)와 通. 喜好. ○設醴(설례) – 甘酒(감주)를 준비하다. 醴는 단술 예(례). ○常設 – 처음에는 준비했으나. 常은 嘗과 通. ○將鉗我於市 – 저잣거리에서 나에게 칼을 씌울 것이다. 鉗는 칼 겸. 죄인에게 씌우는 刑具. ○《易》稱 – 《易經 繫辭 下》. ○見幾而作, 不俟終日 – 군자는 幾微를 보아 행동하나니 종일 기다리지 않는다. 미미한 징조를 알아 곧바로 행동하다. ○胡可與久處 – 어찌 오래 같이 있을 수 있겠는가! ○豈爲區區之禮哉 – (이것이) 어찌 작은 禮儀이겠는가? ○獨留 – 전에 하던 그대로 했다. 그냥 남았다. 獨은 仍然(잉연).

〖國譯〗

그전에 元王이 申公 등을 존경하고 예우하여 穆生(목생)이 술을 좋아하지 않았기에 원왕이 술자리를 마련할 때마다 목생을 위하여 늘 단술을 준비했었다. 劉戊(유무)가 왕으로 즉위하고서 처음에는 준비했으나 나중에는 챙기지 않았다. 목생이 물러 나와서 말했다. "떠나야지! 단술을 준비하지 않으니 왕의 마음이 게을러진 것이며 떠나지 않으면 楚人들이 거리에서 나에게 칼을 씌울 것이다." 그리고서는 병이 났다고 하였다. 申公과 白生이 억지로 일으키며 말했다. "어찌 혼자만 선왕의 덕을 생각하지 않는가? 지금 왕이 잠깐 작은 예를 챙기지 못했다고 이렇게 까지 해야 하는가?"

그러자 목생이 말했다.

"《易經》에 '기미를 알아야만 총명한 것이다. 조짐이란 최초의 움직임이니 길흉이 먼저 나타난 것이다. 군자는 기미를 보아 행동하나니 종일 기다리지는 않는다.' 고 하였소. 선왕께서 우리 3인을 예로 대한 것은 道를 따르는 마음이 있었기 때문이었소. 지금 우리를 홀대하는 것은 도가 없어진 것이요. 도를 따르지 않는 사람과 어찌 오래 같이 할 수 있나! 이것을 어찌 작디작은 禮라 하겠는가?"

그리고서 병이 났다며 떠나갔다. 申公과 白生은 그대로 머물렀다.

原文

王戊稍淫暴, 二十年, 爲薄太后服私奸, 削東海,薛郡, 乃與吳通謀. 二人諫, 不聽, 胥靡之, 衣之赭衣, 使杵臼雅舂於市. 休侯使人諫王, 王曰, "季父不吾與, 我起, 先取季父矣." 休侯懼, 乃與母太夫人奔京師.

二十一年春, 景帝之三年也, 削書到, 遂應吳王反. 其相張尙, 太傅趙夷吾諫, 不聽. 遂殺尙,夷吾, 起兵會吳西攻梁, 破棘壁, 至昌邑南, 與漢將周亞夫戰. 漢絶吳,楚糧道, 士饑, 吳王走, 戊自殺, 軍遂降漢.

| 註釋 | ○稍淫暴 – 점점 음란하고 포악해지다. ○削東海,薛郡 – 《史記》에는 東海郡만 削地(삭지)되었다고 하였다. ○二人諫 – 申公과 白生. ○胥靡(서미) – 사역 노예란 뜻. 함께 묶어 가두고 일을 시키다. ○衣之赭衣 – 적갈색 옷을 입히다. 赭衣는 적갈색 옷. 죄수복. 赭은 붉은 흙 자. ○使杵臼雅舂於市 – 거리에서 공이를 들고 절구질을 하다. 杵는 공이 저. 절굿공이. 臼 절구 구. 雅는 늘, 언제나. 碓(방아 대)로 된 판본도 있음. 舂은 찧을 용. ○休侯(휴후) – 元王의 아들. ○季父不吾與 – 작은아버지가 내편이 아니라면. ○太夫人 – 제후의 모친에 대한 칭호. ○景帝之三年也 – 前 154년.

〖國譯〗

楚王 劉戊(유무)는 점점 음란하고 포악해졌는데 재위 20년에 薄太后(박태후) 복상 기간에 私奸을 하여 東海郡과 薛郡(설군)을 삭지를 당하자 곧 吳王과 모의하였다. 申公과 白生이 충간하였으나 듣지 않고 함께 묶어 적갈색 옷을 입히고 거리에서 절굿공이로 절구질을 하게 하였다. 休侯(휴후, 劉富)가 사람을 시켜 왕에게 충간하자 초왕이 말했다. "작은아버지가 내편이 되지 않으면 내가 기병하면서 먼저 작은아버지의 땅을 차지하겠습니다."라고 말했다. 휴후는 두려워 그 어머니와 함께 장안으로 도망하였다.

초왕 21년 봄은 경제 즉위 3년인데 삭지한다는 문서가 도착하자 吳王과 호응하여 반기를 들었다. 그 승상인 張尙(장상)과 태부 趙夷吾(조이오)가 말렸으나 따르지 않았다. 결국 장상과 조이오를 죽이고 기병하여 吳와 함께 서쪽으로 나아가 梁을 공격하여 棘壁(극벽)을 격파하고 昌邑의 남쪽에서 漢 周亞夫와 전투를 벌였다. 한이 吳와 楚의 양도를 끊자 사졸은 굶주렸으며 오왕 유비는 패주하고 초왕 유무는 자살했으며 군사들은 漢에 투항하였다.

原文

漢已平吳,楚, 景帝乃立宗正平陸侯禮爲楚王, 奉元王后, 是爲文王. 三年薨, 子安王道嗣. 二十二年薨, 子襄王注嗣. 十二年薨, 子節王純嗣. 十六年薨, 子延壽嗣. 宣帝卽位, 延壽以爲廣陵王胥武帝子, 天下有變必得立, 陰欲附倚輔助之, 故爲其後母弟趙何齊取廣陵王女爲妻. 與何齊謀曰, "我與廣陵王相結, 天下不安, 發兵助之, 使廣陵王立, 何齊尙公主, 列侯可得也." 因使何齊奉書遺廣陵王曰, "願長耳目, 毋後人有天下." 何齊父長年上書告之. 事下有司, 考驗辭服, 延壽自殺. 立三十二年, 國除.

| **註釋** | ○延壽(연수, ? – 前 69). ○宣帝卽位 – 前 73년. ○廣陵王胥武帝子 – 廣陵王 劉胥는 武帝의 아들이다. ○陰欲附倚輔助之 – 은밀히 그를 도와주어 그에게 붙으려 하다. ○何齊尙公主 – 何齊는 공주(광릉왕의 딸)과 결혼하였으니, 尙은 공주를 아내로 맞이하다. ○願長耳目 – 늘 이목을 집중하여, 세상 돌아가는 것을 잘 알아서. ○考驗辭服 – 조사하니 고소 내용을 인정하다. 辭는 訟辭. 服은 인정하다.

〖國譯〗

漢이 吳와 楚를 평정하자 景帝는 곧 宗正인 평륙후 劉禮를 초왕으로 봉해 원왕의 왕후를 모시게 하였으니, 이가 文王이다. 재위 3년에 죽자 아들 安王 劉道가 즉위하였다. 22년에 죽고, 아들 襄王 劉注가 뒤를 이었다. 재위 12년에 죽자 아들인 節王 劉純이 즉위하였다. 재위 16년에 죽자 아들 劉延壽가 뒤를 이었다. 宣帝가 즉위하자 유연수는 광릉왕 유서가 무제의 아들이기에 천하에 변고가 있으면 반드시 황제가 될 것이라 생각하여 은밀히 그를 도우며 그의 편이 되려고 고의로 (延壽의) 後母의 동생인 趙何齊(조하제)를 廣陵王의 딸을 아내로 삼게 하였다. 유연수가 조하제와 모의하며 말했다.

"나와 광릉왕이 서로 결합하였으니 천하가 불안해지면 발병하여 광릉왕을 도와 광릉왕을 옹립할 것이며 당신은 광릉왕의 공주와 결혼하였으니 열후가 될 수 있다."

그리고서 조하제를 시켜 광릉왕에게 편지를 보내 말했다.

"바라옵나니 세상을 잘 살피시어 다른 사람이 천하를 차지하지 않게 하십시오."

조하제의 아버지인 趙長年이 이런 사실을 조정에 보고하였다. 일이 담당 관리에게 넘어가 조사하자 내용이 사실로 드러났고 초왕 유연수는 자살하였다. 그가 즉위한 지 32년에 楚國은 없어졌다.

原文

初, 休侯富旣奔京師, 而王戊反, 富等皆坐免侯, 削屬籍. 後聞其數諫戊, 乃更封爲紅侯. 太夫人與竇太后有親, 懲山東之寇, 求留京師, 詔許之, 富子辟强等四人供養, 仕於朝. 太夫人薨, 賜塋, 葬靈戶. 富傳國至曾孫, 無子, 絶.

| 註釋 | ○皆坐免侯 – 죄에 연루되어 侯를 면하다. ○削屬籍 – 황실 宗籍에서 삭제되다. ○紅侯 – 또는 紅懿侯라 기록. ○竇太后 – 文帝의 황후. 景帝의 생모. ○懲山東之寇 – 山東의 叛徒를 두려워하다. 산동은 華山, 또는 崤山(효산)의 동쪽. ○賜塋 – 塋은 무덤. 무덤을 쓸 땅을 하사하다. ○靈戶(영호) – 守冢(수총)하는 民戶, 또는 위치 미상의 지명이라는 주석도 있다.

〖國譯〗

그전에 休侯(휴후)인 劉富(유부)는 장안으로 도망했고 초왕 유무가 반역했을 때 유부 등은 모두 죄에 연루되어 제후 자리를 빼앗기고 황실 宗籍에서도 삭제되었다. 그뒤에 그간 여러 번 초왕을 충간한 것이 알려져 다시 紅侯(홍후)에 봉해졌다. 홍후의 太夫人은 竇太后(두태후)가 가까웠고 산동의 반역자를 걱정하며 장안에 머물고자 하여 허락받았고 유부의 아들 劉辟彊(유벽강) 등 4명이 공양하며 조정에 출사하였다. 태부인이 죽자 무덤 쓸 땅과 장례 후에 무덤을 지킬 民戶를 하사하였다. 그 나라가 증손에까지 전해졌으나 아들이 없어 단절되었다.

原文

辟彊字少卿, 亦好讀《詩》能屬文. 武帝時, 以宗室子隨二千石論議, 冠諸宗室. 淸靜少欲, 常以書自娛, 不肯仕. 昭帝卽位, 或說大將軍霍光曰, "將軍不見諸呂之事乎? 處伊尹, 周公之位, 攝政擅權, 而背宗室, 不與共職, 是以天下不信, 卒至於滅亡. 今將軍當盛位, 帝春秋富, 宜納宗室, 又多與大臣共事, 反諸呂道, 如是則可以免患." 光然之, 乃擇宗室可用者. 辟强子德待詔丞相府, 年三十餘, 欲用之. 或言父見在, 亦先帝之所寵也. 遂拜辟强爲光祿大夫, 守長樂衛尉, 時年已八十矣. 徙爲宗正, 數月卒.

| 註釋 | ○屬文(속문) - 글을 짓다. 문장을 연결하다. 屬은 엮을 속. 무리. 이을 촉. ○武帝 - 재위 前 140 - 87년 ○二千石 - 郡의 태수나 제후의 王相

에 대한 통칭. ○昭帝卽位 - 前 86년, ~74년 재위. ○霍光(곽광, ? - 前 68) - 名將 霍去病(곽거병)의 異母弟이며 宣帝 霍皇后의 아버지. 武帝, 昭帝, 宣帝 三朝에 걸쳐 정사를 주도했다. 68권, 〈霍光金日磾傳〉에 입전. ○帝春秋富 - 황제가 어리다. 남은 나이가 많다. ○共事 - 함께 국사를 의논하다. ○待詔(대조) - 특수 관명. 詔(황제 명령)에 따라 수시로 자문에 응하는 관직. 待詔黃門, 待詔殿中, 待詔保宮 … 등 여러 직명이 있다. ○光祿大夫 - 무제 때 中大夫를 광록대부로 고쳐 불렀다. 황제의 고문역. ○守長樂衛尉 - 장락궁 호위(경비)의 서리. 守는 서리, 대리. 衛尉는 중앙정부의 고급 관리 9개 직위(九卿)의 한 사람으로 궁궐 수비군 지휘.

〖國譯〗

劉辟彊(유벽강)의 字는 少卿으로《詩》를 즐겨 공부했고 글을 잘 지었다. 武帝時에 종실의 자제로 二千石(高官)에 쓸만한 사람을 논의할 때 유벽강은 여러 종실 중 으뜸이었다. 청정하고 욕심 없이 생활하면서 늘 학문을 즐기고 벼슬하려 하지 않았다. 昭帝가 즉위한 뒤 어떤 이가 대장군 霍光(곽광)에게 말했다.

"장군께서도 呂氏들의 일을 보았잖습니까? 伊尹(이윤)과 周公의 자리에 있으면서 攝政(섭정)으로 권력을 잡고서 종실을 배제하고 직위를 나눠 갖지 않았기에 천하의 신망을 얻지 못해 결국 멸망하였습니다. 지금 장군은 가장 높은 지위에 있고 황제는 아직 어리니 의당 종실 사람을 등용하여 다른 대신들과 함께 정사를 논의한다면 이것은 呂氏와 다른 방도이기에 환난을 면할 수 있을 것입니다."

곽광은 그 말을 옳다고 여기며 종실 중에서 등용할 만한 사람을 구했다. 유벽강의 아들 劉德(유덕)이 승상부의 待詔(대조)이고 나이가 30여 세라서 등용하려 했다. 어떤 사람이 그 아버지가 지금 살아 있으며 先帝(武帝)의 신임을 받았다는 말을 하였다. 그리하여 유벽강에게 光祿大夫에 長樂衛尉의 서리를 제수하였는데 그때 나이가 이미 80세였다. 종정으로 자리를 옮겼지만 몇 달 뒤에 죽었다.

原文

德字路叔, 少修黃,老術, 有智略. 少時數言事, 召見甘泉宮, 武帝謂之 '千里駒'. 昭帝初, 爲宗正丞, 雜治劉澤詔獄. 父爲宗正, 徙大鴻臚丞, 遷太中大夫, 後復爲宗正, 雜案上官氏, 蓋主事. 德常持《老子》'知足' 之計. 妻死, 大將軍光欲以女妻之, 德不敢取, 畏盛滿也. 蓋長公主孫譚遮德自言, 德數責以公主起居無狀. 侍御史以爲光望不受女, 承指劾德誹謗詔獄, 免爲庶人, 屛居山田. 光聞而恨之, 復白召德守靑州刺史. 歲餘, 復爲宗正, 與立宣帝, 以定策賜爵關內侯. 地節中, 以親親行謹厚封爲陽城侯. 子安民爲郞中右曹, 宗家以德得官宿衛者二十餘人.

| 註釋 | ○劉德(유덕, ? − 前 57) − 劉邦의 아우 楚元王 劉交의 曾孫. 紅侯 劉富의 孫, 宗正 劉辟彊의 子. 유덕의 次子가 학자로 유명한 劉向. ○黃,老術 − 黃帝와 老子의 사상. 황제는 도가의 시조로 추앙. 道家思想. ○千里駒 − 千里馬. 아직 나이가 어리기에 千里駒라 했다. 駒는 망아지 구. 젊은이. ○昭帝 − 재위, 前 86 − 74년. ○宗正丞(종정승) − 종정의 屬官. 丞은 副職. ○雜治 − 본래 직분이 아닌데 다른 관리와 함께 다른 일에 참여하는 것. 파견이

나 출장의 의미. ○劉澤(유택, ? – 前 86) – 燕王 劉澤이 아니라 齊 孝王 劉將閭의 손자. 武帝 사후 昭帝가 즉위한 始元 元年(前 86)에 모반에 관여하여 처형되었다. ○大鴻臚丞(대홍로승) – 국가 의례를 담당하는 대홍로의 副職. ○雜案(잡안) – 獄案을 합동으로 심문하다. ○上官氏, 蓋主事 – 上官桀(상관걸) 부자와 악읍개장공주의 모반 사건. 68권, 〈霍光金日磾傳〉에 그 내용이 있다. 蓋主는 鄂邑公主(악읍공주), 武帝妃 소생, 昭帝의 누이. ○《老子》'知足' 之計 – 《老子道德經》 44장. '故知足不辱, 知止不殆, 可以長久.' ○德不敢取 – 取는 娶(장가들 취). ○遮德 – 遮는 막을 차. 劉德을 훼방하다. ○起居無狀 – 일상생활에 예의가 없다. ○侍御史 – 감찰을 담당하는 어사대부의 속관. ○承指 – 윗사람의 뜻을 받들다. ○屛居山田 – 산속에 은거하다. ○光聞而恨之 – 劉德에게 그런 일이 있는 줄을 알고 곽광 자신의 뜻이 왜곡되었다고 후회했다는 의미. ○靑州刺史 – 무제 때 漢을 13개 刺史部로 나누었는데 靑州는 산동반도 일대에 해당한다.〔今 山東省 臨淄(임치)〕 ○與立宣帝 – 宣帝를 옹립하는데 참여하다. ○關內侯 – 列侯보다 낮은 작위. 20작위 중 19등급. ○地節(지절) – 宣帝의 연호(前 69 – 66). ○郎中右曹 – 郎中令의 속관. 車騎, 門戶 守衛를 담당.

〖國譯〗

劉德의 字는 路叔인데, 젊어 黃帝와 老子의 사상을 배웠고 지략이 뛰어났었다. 젊어 자주 시사를 논하고 甘泉宮에 들어가 武帝를 알현하였는데 무제는 유덕을 '千里駒(천리구)' 라고 칭찬하였다. 昭帝 즉위 초에 宗正丞이 되었고 劉澤의 獄案을 조사하였다. 부친(劉辟彊)이 宗正이 되자 大鴻臚丞(대홍로승)으로 옮겼고 다시 太中大夫로 전직했다가 뒤에 다시 宗正이 되어 上官氏와 蓋長公主(개장공주)의 사건을 다루었다. 유덕은 언제나 《老子》의 '知足' 을 알고 실천하였다. 아내가 죽었는데 大將軍 霍光(곽광)이 자기 딸을 아내로 주려 하였으나 유덕은 장가들지 않았는데, 이는 그(곽광)의 권세가 너무 큰 것을 걱정했기 때문이었다. 개장공주의 손자인 譚(담)이 유덕을 비방하며 유덕이 '개장공주의 일상생활에 예의가 없다고 자주 책망했다' 고 말하였다. 侍御史(시어사)는 (유덕이) 곽광의 딸을 아내로 맞이하지 않은 것을 (곽광이) 원망할 것이라고 생각하면서 윗사람 뜻에 맞추려고 유덕을 탄핵하고 비방하는 옥사를 일으켜서 유덕을 서인으로 강등시켰고 (유덕은) 산촌에 은거하였다. 곽광이 이를 알고 후회하며 다시 황제에게 아뢰어 유덕을 青州刺史(청주자사) 서리를 제수하였다. 1년이 지나 다시 宗正이 되었고 宣帝 옹립에 참여하여 관내후의 작위를 받았다. 地節 연간에 친족이며 근신 후덕한 사람이라 하여 陽城侯에 봉해졌다. 아들 劉安民은 郎中右曹(낭중우조)가 되었는데 宗家에서 유덕의 덕분에 관직을 얻거나 宿衛(숙위)가 된 자가 20여 명이었다.

原文

德寬厚, 好施生, 每行京兆尹事, 多所平反罪人. 家產過百萬, 則以振昆弟賓客食飲, 曰, "富, 民之怨也." 立十一年, 子向坐鑄僞黃金, 當伏法, 德上書訟罪. 會薨, 大鴻臚奏德訟子罪, 失大臣體, 不宜賜謚, 置嗣. 制曰, "賜謚繆侯, 爲置嗣." 傳至孫慶忌, 復爲宗正太常. 薨, 子岑嗣, 爲諸曹中郎將, 列校尉, 至太常. 薨, 傳子, 至王莽敗, 乃絶.

| 註釋 | ○好施生 - 은혜를 베풀어 남을 살리다. ○行 - 품계보다 낮은 관직에 임명되다. ○京兆尹 - 장안의 행정 책임자. 지방 郡의 太守에 해당. ○平反罪人 - 죄인의 재판을 바르게 하다. 죄에 합당한 판결을 平, 앞의 판결을 뒤집는 것을 反이라 한다. ○振昆弟(진곤제) - 형제를 救恤(구휼)하다. 振은 돕다(救助). ○當伏法 - 원래 법대로 하면 棄市(기시)의 형에 해당. ○訟罪(송죄) - 시비를 가리며 陳情하다. ○大鴻臚(대홍려) - 9경의 한 사람. 주변국 사신, 제후 왕 접대 업무를 담당. 나중에는 궁중의례도 담당. ○失大臣體 - 大臣의 체통을 잃은 것이다. ○置嗣 - 계승자를 두다. ○賜諡繆侯(사시무후) - 시호를 무후로 내리다. 繆侯는 惡諡(악시)이다. 繆는 謬(그릇될 류, 속이다)와 通. ○太常 - 종묘 의례 담당. 九卿의 하나. 박사 선정과 관리를 담당. ○諸曹中郞將 - 中郞將은 황제의 侍衛(시위)를 담당. 낭중령의 속관. 秩 比2천석. 중랑장은 五官중랑장, 左曹중랑장, 右曹중랑장의 구분이 있었기에 諸曹라 하였다. ○校尉 - 장군 아래의 무관직. 단위부대의 지휘관. 질록 比二千石.

〖國譯〗

劉德(유덕)은 관대 후덕하며 베풀고 돕기를 좋아하였으며 京兆尹(경조윤)으로 근무하면서 늘 죄수를 바르게 재판하였다. 가산이 백만금이 넘었기에 형제들을 구제하거나 빈객들에게 음식을 접대하면서 "부유하면 백성들의 원성을 듣는다." 고 하였다.

陽城侯가 되어 11년째에 아들 劉向이 황금을 위조하여 법에 걸렸는데 사형에 해당하는 죄라서 유덕은 상서하여 시비를 가리며 진정하였다. 그러다가 죽었는데 大鴻臚(대홍려)인 유덕이 아들의 죄를 변호한 것은 대신의 체통을 잃은 행위이며 시호를 내려 주어 계승하게 하는 것은 불가하다고 상주하였다. 황제는 "繆侯(무후)라는 시호를 내리되 후손에게 계승케 하라." 고 하였다. 유덕의 손자 慶忌(경기)에 이르러 다시 宗正과 太常이 되었다. 경기가 죽고 아들 劉岑(유잠)이 계승했는데 諸曹中郎將이 되어 校尉를 거쳐 太常이 되었다. 유잠이 죽고 아들에게 이어졌으나 왕망이 망하면서 단절되었다.

36-2. 劉向

原文

向字子政, 本名更生. 年十二, 以父德任爲輦郎. 既冠, 以行修飭擢爲諫大夫. 是時, 宣帝循武帝故事, 招選名儒俊材置左右. 更生以通達能屬文辭, 與王褒,張子僑等並進對, 獻賦頌凡數十篇. 上復興神僊方術之事, 而淮南有《枕中鴻寶苑秘書》. 書言神仙使鬼物爲金之術, 及鄒衍重道延命方, 世人莫見, 而更生父德 武帝時治淮南獄得其書. 更生幼而讀誦, 以爲奇, 獻之, 言黃金可成. 上令典尙方鑄作事, 費甚多, 方不驗. 上乃下更生吏, 吏劾更生鑄僞黃金, 繫當死. 更生兄陽城侯安民上書, 入國戶半, 贖更生罪. 上亦奇其材, 得逾冬減死論. 會初立《穀梁春秋》, 徵更生受《穀梁》, 講論《五經》於石渠. 復拜爲郎中,給事黃門, 遷散騎,諫大夫,給事中.

| 註釋 | ○劉向(유향, 前 77 – 前 6) – 原名은 更生(경생). 成帝 때 向으로 改名. 저서로는 《別錄》, 《新序》, 《說苑》, 《列女傳》이 있고 《戰國策》, 《楚辭》를 편찬. 유향의 아들이 經學家 劉歆(유흠). ○任 – 保擧. 추천하다. ○輦郞(연랑) – 車郞中(거랑중), 질록 3백 석. 황제 어가를 좌우에서 호위하는 직분. 그 우두머리는 郞中車將. ○旣冠 – 관례를 마치고. 弱冠, 20세. ○修飭(수칙) – 자신을 수양하고 행동을 조심하다. ○王褒(왕포) – 漢代 賦를 잘 지었다. 대표작은 〈甘泉賦〉. ○張子僑(장자교) – 賦를 잘 지었다. 〈藝文志〉에 그의 賦 3편이 수록되었다. ○進對 – 進見하여 詔命에 대답하다. ○神僊 – 神仙과 同. 僊은 仙. ○方術 – 方士의 술수. ○《枕中鴻寶苑秘書》 – 道術書의 이름. 〈鴻寶〉, 〈苑秘書〉는 그 篇名. ○鄒衍(추연) – 戰國시대 陰陽家의 창시자 겸 대표적 인물. 戰國 말 齊國人. 五德終始說을 주창하여 후세에 큰 영향을 끼쳤다. ○治淮南獄 – 昭帝 때 劉澤의 옥사를 처리한 일. ○典 – 주관하다. 담당하다. ○尙方 – 황실에서 쓰는 刀劍이나 兵器 기타 여러 가지 器物을 만드는 관청. ○鑄僞黃金 – 가짜 황금을 만들다. ○入國戶半 – 封地의 民戶 절반을 나라에 귀속시키다. ○得逾冬減死論 – 겨울이 지나 立春이 되면 死罪를 감면하는 제도. ○《穀梁春秋》 – 《春秋穀梁傳》. ○石渠(석거) – 石渠閣. 장안 未央宮 북쪽에 황실 도서를 보관하는 전각. ○郞中 – 九卿의 하나인 郞中令(光祿勳)의 屬官. 질록 3백 석의 하급 관리. ○給事黃門 – 將軍이나 大夫에 해당하는 加官의 명칭. 加官은 본직 이외에 더 추가로 붙여주는 직함. 侍中, 左右曹, 諸吏, 散騎, 中常侍, 給事中으로 內朝이나 주요 직위에게 수여했으며 정사의 논의에 참여하는 등 권한이 강대하였다. ○散騎 – 황제의 近侍官. ○給事中 – 官名 장군 열후 등에 주는 加官. 황제의 자문에 응하며 정사를 의논하는 직책.

〖國譯〗

劉向의 字는 子政이고, 본명은 更生이다. 나이 12세에 아버지 劉

德의 보증과 천거로 輦郞(연랑)이 되었다. 관례를 마치고 수양하고 근신하여 諫大夫에 발탁되었다. 이 무렵, 宣帝는 武帝의 전례에 따라 名儒(명유)와 준재를 불러 등용하여 측근으로 복무케 하였다. 劉更生(劉向)은 박통하고 문장을 잘 지어 王褒(왕포), 張子僑(장자교) 등과 함께 황제의 대책에 응하고 賦와 頌을 수십 편 지어 올렸다. 선제는 신선과 方術을 좋아하였는데 그 무렵 淮南에《枕中鴻寶苑秘書》란 책이 있었다. 그 책에서는 신선이 鬼物(귀물)을 사용하여 황금을 만드는 방법과 鄒衍(추연)의〈重道延命方〉과 같이 세상 사람들이 보지 못한 내용이 있었으며 경생의 부친 유덕이 무제 때 淮南王의 獄案을 처리하면서 그 책을 얻었었다. 경생은 어려서 그 책을 읽고 외우며 기이하다 생각하였는데 그 책을 조정에 바치며 황금을 만들 수 있다고 하였다. 선제는 尙方에서 주관하여 주조하라고 하였는데 비용만 많이 들고 그 처방의 효과가 없었다. 선제는 경생을 옥리에 넘겼고, 옥리는 경생이 가짜 황금을 만들었고, 이는 사형에 해당한다고 보고하였다. 경생의 형인 陽城侯 劉安民은 상서하여 封地의 民戶 절반을 국가에 바쳐 경생의 죄를 사면 받고자 하였다. 선제 또한 경생의 재주를 기특하게 생각하고 겨울이 넘어가면 死罪를 감면한다는 주장에 의거 사면하였다.

처음으로《穀梁春秋》박사를 두고 更生을 불러《곡량춘추》를 전수케 하고 石渠閣(석거각)에서《五經》를 강론하게 하였다. 유향을 다시 郞中으로 삼아 給事黃門을 제수했다가 散騎로 옮겨 諫大夫 給事中에 加官하였다.

原文

元帝初卽位, 太傅蕭望之爲前將軍, 少傅周堪爲諸吏光祿大夫, 皆領尙書事, 甚見尊任. 更生年少於望之,堪, 然二人重之, 薦更生宗室忠直, 明經有行, 擢爲散騎,宗正給事中, 與侍中金敞拾遺於左右. 四人同心輔政, 患苦外戚許,史在位放縱, 而中書宦官弘恭,石顯弄權. 望之,堪,更生議, 欲白罷退之. 未白而語洩, 遂爲許,史及恭,顯所譖訴, 堪,更生下獄, 及望之皆免官. 語在〈望之傳〉. 其春地震, 夏, 客星見昴,捲舌間. 上感悟, 下詔賜望之爵關內侯, 奉朝請. 秋, 徵堪,向, 欲以爲諫大夫, 恭,顯白皆爲中郎. 冬, 地復震. 時恭,顯, 許,史子弟侍中諸曹, 皆側目於望之等, 更生懼焉, 乃使其外親上變事, 言.

| 註釋 | ㅇ元帝 – 재위 전 48 – 33년. ㅇ太傅(태부) – 三公의 하나. ㅇ蕭望之(소망지, ? – 前 46) – 經學者. 元帝가 태자로 있을 때 경전을 교수. ㅇ少傅 – 三公을 보좌하는 직위. ㅇ諸吏光祿大夫 – 諸吏는 加官. 관리의 불법을 감독하는 직위. 光祿大夫는 질록 2천 석의 고관. ㅇ散騎 – 散騎常侍. ㅇ侍中(시중) – 列侯 이하 郎中에 해당하는 加官의 직명. 황제 측근에서 侍衛. ㅇ金敞(금창) – 人名. ㅇ拾遺(습유) – 황제의 과실을 간언하는 직위. ㅇ許, 史 – 宣帝의 許황후의 일족과 武帝의 戾太子(여태자, 劉據, 宣帝의 祖父)의 妃인 史氏 일족. ㅇ中書宦官 – 中書謁者(중서알자), 황제의 문서 전달을 담당하는 환관. ㅇ弘恭,石顯 – 宣帝와 元帝 때의 환관. 石顯(석현, ? – 前 33)의 字 君房, 元帝가 聲色에 빠져 정사를 게을리 하자 조정의 모든 실권을 석현이 장악하였다. 蕭望之, 周堪, 張猛 등을 핍박하여 죽게 하였다. 63권, 〈佞幸傳〉

에 立傳. ○〈望之傳〉－48권, 〈蕭望之傳〉. ○客星－평상시 보이지 않다가 갑자기 보이는 별. ○昴(묘),捲舌(권설)－星名. ○奉朝請－제후가 봄에 천자를 알현하는 것을 朝, 가을에 알현을 請이라 하는데 퇴직 대신이나 황실, 외척은 朝請을 이유로 조회에 참여할 수 있었다. ○徵堪,向－劉更生이 劉向으로 개명한 것은 成帝 즉위 이후이다. 徵은 부를 징. 徵辟(징벽), 徵召(징소). ○外親－母氏 일족. 母黨.

〖國譯〗

元帝가 즉위하고 太傅 蕭望之(소망지)를 前將軍으로, 少傅(소부) 周堪(주감)을 諸吏光祿大夫로 삼아 尙書事를 총괄하게 하였고 매우 존중하며 신임하였다. 劉更生은 소망지나 주감보다 나이가 어렸으나 두 사람이 매우 중히 여겼는데 경생을 종실이며 충직하고 경전에 밝고 행동이 바르다 하여 散騎, 宗正給事中으로 또 侍中인 金敞(금창)을 황제 측근의 拾遺(습유)로 발탁하였다. 소망지, 주감, 유경생, 금창의 4인이 동심으로 정사를 보필하면서 외척인 許氏와 史氏들이 자리를 차지하고 방종하며 중서환관인 弘恭(홍공)과 石顯(석현) 등이 권력을 농간하는 것을 매우 걱정하였다. 소망지와 주감과 경생은 의논하기를, 이를 황제에게 아뢰어서 파면하여 물러나게 해야 한다고 생각했다. 그러나 아뢰기도 전에 말이 새어나갔고 결국 許氏와 史氏 일족과 홍공과 석현 등에 의해 참소를 당해 주감과 경생은 하옥되고 소망지는 면직되었는데, 이 내용은 〈蕭望之傳〉에 있다.

그해 봄에 지진이 있었고, 여름에는 客星이 昴星(묘성)과 捲舌星(권설성) 사이에 나타났다. 元帝는 느낀 바가 있어 조서를 내려 소망지에게 관내후의 작위를 내리고 봄과 가을에 황제를 알현하게 하였다. 가을에는 주감과 劉向(更生)을 諫大夫로 임명하려 했으나 홍공과 석현은 모두 中郞을 시켜야 한다고 아뢰었다.

겨울에 다시 지진이 있었다. 이때 홍공과 석현, 그리고 허씨와 사씨 자제로 여러 관서의 侍中까지 모두 소망지 등을 곁눈질로 질시하자 경생은 이를 두려워하였고 그 외척들에 의해 변고가 일어날 수 있다는 글을 元帝에게 올렸다.

原文

「竊聞故前將軍蕭望之等, 皆忠正無私, 欲致大治, 忤於貴戚尙書. 今道路人聞望之等復進, 以爲且復見毁讒, 必曰嘗有過之臣不宜復用, 是大不然. 臣聞春秋地震, 爲在位執政太盛也, 不爲三獨夫動, 亦已明矣. 且往者高皇帝時, 季布有罪, 至於夷滅, 後赦以爲將軍, 高后,孝文之間卒爲名臣. 孝武帝時, 兒寬有重罪繫, 按道侯韓說諫曰, "前吾丘壽王死, 陛下至今恨之, 今殺寬, 後將復大恨矣!" 上感其言, 遂貰寬, 復用之, 位至御史大夫, 御史大夫未有及寬者也. 又董仲舒坐私爲災異書, 主父偃取奏之, 下吏, 罪至不道, 幸蒙不誅, 復爲太中大夫, 膠西相, 以老病免歸. 漢有所欲興, 常有詔問, 仲舒爲世儒宗, 定議有益天下. 孝宣皇帝時, 夏侯勝坐誹謗繫獄三年, 免爲庶人. 宣帝復用勝, 至長信少府, 太子太傅, 名敢直言, 天下美之. 若乃群臣, 多此比類, 難一

二記. 有過之臣, 無負國家, 有益天下, 此四臣者, 足以觀矣. 前弘恭奏望之等獄決,

三月, 地大震. 恭移病出, 後復視事, 天陰雨雪. 由是言之, 地動殆爲恭等. 臣愚以爲宜退恭, 顯以章蔽善之罰, 進望之等以通賢者之路. 如此, 太平之門開, 災異之原塞矣.」

| 註釋 | ○忤 – 거스를 오. 抵觸(저촉)하다. ○尙書 – 상서의 尙은 '主管'. 漢에서는 문서를 주관하는 업무를 환관에게 맡기며 中書라고 불렀다. 여기의 尙書는 환관인 弘恭(홍공)과 石顯(석현)을 지칭. ○三獨夫 – 蕭望之와 周堪(주감), 劉更生 자신. ○季布 – 項羽의 部將으로 漢王을 여러 번 궁지에 몰았으나 나중에 漢王의 사면을 받았다. 37권, 〈季布欒布田叔傳〉에 입전. '得黃金百金, 不如得季布一諾' 이라는 成語가 있다. ○夷滅(이멸) – 쳐서 없애다. 모두 죽이다. ○兒寬(예관, ? – 前 103) – 兒 아이 아. 연약할 예, 성씨 예. 《尙書》 전공. 농업 중시. 수리사업 수행. 司馬遷과 함께 '太初曆' 을 제정. ○按道侯 韓說(한열) – 韓王信의 후손. ○吾丘壽王 – 武帝 때 관리, 학자. 64권, 〈嚴朱吾丘主父徐嚴終王賈傳〉에 立傳. ○遂貰寬 – 貰는 赦(사)와 通. 兒寬(예관)을 관대하게 처리하다. ○御史大夫 – 三公 중 丞相 다음의 직위. 관리 감찰과 탄핵 담당. ○董仲舒(동중서, 前 179 – 104) – 儒學者, 《春秋公羊傳》 전공. 司馬遷에게 經學을 교수. '三年 不窺園(불규원)' 의 주인공. 56권, 〈董仲舒傳〉에 입전. ○主父偃(주보언, ? – 前 126) – 武帝時 大臣. ○夏侯勝(하후승) – 宣帝 때 博士. 64권, 〈嚴朱吾丘主父徐嚴終王賈傳〉(上)에 입전. ○長信少府 – 長信宮의 少府. 황태후의 의상 공급, 일상 업무 담당. ○比類 – 비슷한 사례. ○此四臣者 – 季布, 兒寬, 吾丘壽王, 董仲舒. ○天陰雨雪 – 하늘이 음산해지면 눈이 내렸다. 雨는 비나 눈이 내리다. ○地動 – 지진. ○殆 – 위태할 태. 거의. 가깝다(斤也). ○蔽善之罰 – 선한 사람을 가로 막은 징벌.

〖國譯〗

「제가 알기로는, 예전에 전장군인 蕭望之(소망지) 등은 모두 충직하고 사익을 생각하지 않으며 바른 정치를 실현코자 하였으나 貴戚(귀척, 외척)과 尙書(상서, 환관)의 배척을 받았습니다. 지금 길을 가는 사람들은 소망지 등이 다시 등용되어도 또 참소를 당할 것이라고 생각하며, 그리고 한 번 과오가 있는 신하를 다시 등용하지 않는 것이 좋을 것이라 말하는 사람도 있지만 이는 그렇지 않습니다.

臣이 알기로는, 봄과 가을의 지진은 재위하는 집정자의 권한이 너무 강했기 때문이지 단 3명의 관리 때문은 아니라는 것이 명백합니다. 지난 날 고황제 때에 季布(계포)는 죄를 지어 일족이 모두 죽어야 했지만 사면을 받아 장군이 되어 고후와 효문제 때에 끝까지 名臣이었습니다. 효무제 때에 兒寬(예관)은 중죄에 연루되었지만 안도후 韓說(한열)이 간하기를 "전에 吾丘壽王을 죽인 것을 폐하는 지금도 후회하고 계십니다. 지금 예관을 죽이시면 뒷날 다시 큰 후회가 될 것입니다."라고 말하자, 武帝께서는 그 말에 감동하여 마침내 예관을 사면하였고 다시 등용하여 어사대부에 이르렀는데 어사대부 중에는 예관만한 사람이 없었습니다. 또 董仲舒(동중서)가 사사로이 災異(재이)에 관한 책을 편찬하였다고 主父偃(주보언)이 증거를 모아 주청하였고 옥리에게 넘겨져 부도한 죄라 하였지만 용서되어 다시 태중대부를 거쳐 膠西國(교서국)의 승상이 되었다가 고령으로 사임하고 귀향하였습니다. 나라에서 큰일을 하고자 할 때는 늘 동중서에게 조서로 하문하였으며, 동중서는 한 시대의 대표적 유학자로 그의 의론은 천하에 큰 도움이 되었습니다. 효선제 때 夏侯勝(하후승)은 비방 죄에 연루되어 3년간 감옥에 있다가 사면되어 서인이 되었습니다. 선제께서 하후승을 다시 등용하였고 관직은 장신소부와 태자 太傅(태부)에 이르렀는데 두려움 없는 직언으로 유명하였으며 세상 사람들이 칭송하였습니다. 여러 신하들 중에 그와 같은 경우는 매우 많아 일일이 다 기록할 수가 없을 것입니다. 허물이 있는 신하가 나라를 등지지도 않고 천하에 도움이 된다는 사실은 위 네 사람을 통해서 충분히 알 수 있습니다.

전에 弘恭(홍공)이 소망지 등의 투옥을 주청하였을 때, 3월에 큰 지진이 났으며 홍공이 병으로 나갔다가 다시 돌아와 일을 보자 하늘이 음기로 덮여 눈이 내렸습니다. 이를 본다면 지진은 거의 홍공 때문입니다. 신은 어리석지만 마땅히 홍공 등을 물리쳐서 선한 자를 가로막은 벌을 확실히 하고 소망지 등을 등용하여 현자의 언로를 열어 주어야 합니다. 이와 같이 한다면 태평성대의 문이 열리고 재이의 근원은 막힐 것입니다.」

原文

書奏, 恭,顯疑其更生所爲, 白請考奸詐. 辭果服, 遂逮更生繫獄, 下太傅韋玄成, 諫大夫貢禹, 與廷尉雜考. 劾更生前爲九卿, 坐與望之, 堪謀排車騎將軍高,許,史氏侍中者, 毁離親戚, 欲退去之, 而獨專權. 爲臣不忠, 幸不伏誅, 復蒙恩徵用, 不悔前過, 而教令人言變事, 誣罔不道. 更生坐免爲庶人. 而望之亦坐使子上書自冤前事, 恭,顯白令詣獄置對. 望之自殺. 天子甚悼恨之, 乃擢周堪爲光祿勳, 堪弟子張猛光祿大夫, 給事中, 大見信任. 恭,顯憚之, 數譖毁焉. 更生見堪,猛在位, 幾己得復進, 懼其傾危, 乃上封事諫曰,

| **註釋** | ○太傅 - 韋玄成은 당시 太子의 太傅이었다. ○韋玄成(위현성, ? - 前 36) - 字 少翁, 丞相 韋賢(위현) 四子. 太子太傅와 御史大夫를 거쳐 丞相이 되었다. 父子가 다 승상이 되자 고향 鄒魯에서는 '遺子黃金滿籯(광주리나), 不如一經' 이라는 속담이 생겼다고 한다. 73권, 〈韋賢傳〉에 입전. ○貢禹(공우) - 42권, 〈王貢兩龔鮑傳〉에 立傳. ○廷尉(정위) - 九卿의 하나. 最高司法之官. 刑辟을 관장. 廷尉監, 廷尉平, 廷尉史 등의 속관을 거느렸다. ○雜考 - 합동으로 조사하다. ○劾(핵) - 죄상을 밝혀내다. 따져서 확인하다. ○自冤前事 - 전의 일에 대하여 무죄를 탄원하다. ○置對 - 심판관의 심문에 대답하다. ○張猛(장맹) - 장건의 후손. 61권, 〈張騫李廣利傳傳〉 참고. ○幾 - 冀. 바라다. 희망하다. ○封事 - 封章. 누설되지 않도록 밀봉하여 상주하는 글.

〖國譯〗

劉更生의 글이 상주되자 환관 弘恭(홍공)과 石顯(석현)은 경생이 한 것이라 의심하며 간사한 사람을 찾아내겠다고 주청하였다. 글이 밝혀지자 경생을 잡아 감옥에 넣은 뒤 태부 韋玄成(위현성)과 간대부 貢禹(공우)가 정위와 함께 조사를 하였다. 그리하여 유경생은 전에 9경의 한 사람으로 소망지와 주감 등과 연결되어 車騎將軍(거기장군) 高氏, 許氏, 史氏 등의 시중을 밀어내고 황제의 친척을 소원하게 하였으며 이들을 제거케 하여 권력을 잡으려 했다고 보고되었다. 신하로서 불충이었지만 사형에 처하지 않고 사면되었다가 다시 성은을 받아 등용된 뒤에도 앞서의 잘못을 뉘우치지 않고 다른 사람에게 변란을 말하게 하니 거짓이며 옳지 않은 일이라고 하였다. 更生은 이로 인해 면직되고 서인으로 강등되었다. 그리고 소망지는 그 아들을 시켜 지난 사건의 무죄를 탄원케 하였다면서 홍공과 석현이 감옥에 와서 대질 심문을 하였다. 이에 소망지는 자살하였다. 천자는 이 일을 몹시 슬퍼하고 한스럽게 여기면서 곧 周堪(주감)을 光祿勳(광록훈)으로 발탁하고 주감의 제자 張猛(장맹)을 광록대부에 급사중으로 임명하면서 크게 신임하였다. 홍공과 석현은 이를 꺼려하며 여러 번 참소를 올렸다. 유경생은 주감과 장맹이 등용되는 것을 보고 자신도 다시 등용될 것이라 희망하면서 일이 어긋날까 걱정이 되어 奉事를 올려 충간하며 말했다.

原文

「臣前幸得以骨肉備九卿, 奉法不謹, 乃復蒙恩. 竊見災異並起, 天地失常, 徵表爲國. 欲終不言, 念忠臣雖在甽畝, 猶不忘君, 惓惓之義也. 況重以骨肉之親, 又加以舊恩未報乎! 欲竭愚誠, 又恐越職, 然惟二恩未報, 忠臣之義, 一杼愚意, 退就農畝, 死無所恨.」

| 註釋 | ○以骨肉備九卿 - 조상 덕분에 九卿에 올랐다. ○徵表 - 證表. ○甽畝(견무) - 밭고랑 사이. 농촌. ○惓惓(권권) - 충직하고 근신하는 모양. 拳拳(권권). ○一杼愚意 - 어리석은 뜻을 풀어내다. 杼는 抒(풀 서), 풀어내다.

〖國譯〗

「신은 이전에 조상의 음덕으로 9경의 자리에 올라 국법을 잘 따르지 않았지만 거듭 聖恩을 받았습니다. 제가 볼 때에 災異(재이)가 함께 닥치는 것은 천지가 常道(상도)를 잃은 것이며 나라에 대한 경고의 표시입니다. 말을 끝까지 아니하려 했지만, 충신은 비록 초야에 있더라도 주군을 잊어서는 안 되기에 근신하는 뜻으로 말씀드립니다. 더군다나 골육의 親義(친의)를 중시하며 또 옛 성은도 보답하지 못했었습니다. 어리석은 충정을 다 바친다는 것이 직분을 넘어서는 짓인지도 모르지만 2번씩이나 성은에 보답하지 못한 것을 생각하면서 忠義로 어리석은 생각을 아뢸 수만 있다면 초야에 묻힌 몸은 죽어도 여한이 없을 것입니다.」

原文

「臣聞舜命九官, 濟濟相讓, 和之至也. 衆賢和於朝, 則萬物和於野. 故簫〈韶〉九成, 而鳳皇來儀, 擊石拊石, 百獸率舞. 四海之內, 靡不和寧. 及至周文, 開基西郊, 雜遝衆賢, 罔不肅和, 崇推讓之風, 以銷分爭之訟. 文王旣沒, 周公思慕, 歌詠文王之德, 其《詩》曰, '於穆淸廟, 肅雍顯相. 濟濟多士, 秉文之德.' 當此之時, 武王,周公繼政, 朝臣和於內, 萬國驩於外, 故盡得其歡心, 以事其先祖. 其《詩》曰, '有來雍雍, 至止肅肅, 相維辟公, 天子穆穆.' 言四方皆以和來也. 諸侯和於下, 天應報於上, 故〈周頌〉曰 '降福穰穰', 又曰

'飴我麰麰', 麰麰, 大麥也, 始自天降. 此皆以和致和, 獲天助也.」

| 註釋 | ○九官 - 舜의 정치 조직. 곧 司空(總理), 后稷(후직, 농업 담당), 司徒(교육), 士(刑獄), 共工(百工), 虞(우, 山林 治水), 秩宗(제사), 典樂(음악), 納言(납언, 상언하달, 하언상달)의 9개 부서. ○濟濟相讓 - 성대 장엄하면서도 서로 사양하다. ○簫〈韶〉九成 - 簫는 악기, 퉁소. 韶(소)는 舜의 음악, 九成은 전부의 의미. 成은 연주가 끝남. 곧 1곡. ○鳳皇來儀 - 鳳皇은 鳳凰, 來儀는 모습을 드러내다. ○擊石拊石 - 여러 악기를 연주하다. 拊는 어루만질 부. ○靡不和寧 - 靡는 없음 미. 無와 通. ○開基西郊 - 文王이 천명을 받아 周를 일으키다. ○雜遝衆賢(잡답중현) - 많은 현인들이 모이다. ○罔不肅和 - 罔은 없을 망, 그물 망. ○以銷分爭之訟 - 銷 녹일 소. 消(사라질 소)와 通. 토지를 가지고 싸우는 일도 없어졌다. ○於穆清廟, ~ 秉文之德 - 《詩經 周頌 清廟》. 濟濟는 衆多한 모양. ○萬國驩於外 - 驩은 기뻐할 환. ○有來雍雍, ~ 天子穆穆 - 《詩經 周頌 雍》, 雍雍(옹옹)은 온화한 모습. ○降福穰穰 - 하늘이 복과 상서로움을 많이 내려 주다. 穰穰(양양)은 풍족한 모양. ○飴我麰麰 - 우리에게 보리와 밀을 내려 주다. 麰麰(이모)는 大麥.

〖國譯〗

「신이 알기로는 舜(순)은 모든 관리들(九官)에게 엄숙하면서도 서로 사양하라 하였으니, 이는 화합입니다. 많은 현인들이 조정에서 화합하면 만물은 산천에서 조화를 이루게 됩니다. 그래서 피리 등 순임금의 음악이 연주되면 봉황이 날아오고 石磬(석경)이나 鐘鼓(종고) 등을 연주하면 온갖 짐승들이 춤을 추었습니다. 그리하여 사해가 온화하고 편안하지 않은 것이 없었습니다. 周의 文王이 서쪽에서 나라의 기틀을 이룩하실 즈음에 많은 현인들이 모여들었는데 엄숙 온화하지 않은 이가 없었고, 서로 사양하는 기풍을 높이니 분쟁의 소송도 없어졌습니다. 문왕이 죽은 뒤에는 周公이 그분을 사모하여 文王의 덕을 노래하였으니 그《詩》에 '아! 아름다운 묘당의 엄숙하고 부드러운 모습이여! 수많은 선비들이 문왕의 덕을 받드네!' 라고 하였습니다. 이 무렵에 무왕과 주공이 정치를 수행하였는데 조신은 조정에서 화합하였고, 만국은 먼 곳에서도 화합하였기에 그 기뻐하며 선조를 모실 수 있었습니다. 그래서《詩》에 '오실 때에 온화하시고 도착하시면 엄숙하시네. 제사를 돕는 제후가 있으니 천자께서는 온화하며 기뻐하시네.' 라고 하였습니다. 이는 四方 제후가 모두 화합하여 모인 것을 노래한 것입니다. 아래(땅의) 제후들이 화합하니 하늘도 상응한 보답을 해 주셨기에〈周頌〉에서는 '하늘에서 많은 복이 내려온다.' 고 하였으며, 또 '우리에게 보리를 내려 먹게 하였네.' 하였으니, 釐麰(이모)는 大麥(대맥, 보리)이며 하늘에서 주신 것입니다. 이 모두가 화합으로 하나가 되어 하늘의 도움을 받은 것입니다.」

原文

「下至幽,厲之際, 朝廷不和, 轉相非怨, 詩人疾而憂之曰, '民之無良, 相怨一方.' 衆小在位而從邪議, 歙歙相是而背君子, 故其《詩》曰 '歙歙訿訿, 亦孔之哀! 謀之其臧, 則具是違. 謀之不臧, 則具是依!' 君子獨處守正, 不橈衆枉, 勉强以從王事, 則反見憎毒讒愬, 故其《詩》曰, '密勿從事, 不敢告勞. 無罪無辜, 讒口嗷嗷.' 當是之時, 日月薄蝕而無光, 其《詩》曰, '朔日辛卯, 日有蝕之, 亦孔之醜!' 又曰, '彼月而微, 此日而微. 今此下民, 亦孔之哀!' 又曰, '日月鞠凶, 不用其行. 四國無政, 不用其良!' 天變見於上, 地變動於下, 水泉沸騰, 山谷易處. 其《詩》曰, '百川沸騰, 山冢卒崩. 高岸爲谷, 深谷爲陵. 哀今之人, 胡憯莫懲!' 霜降失節, 不以其時, 其《詩》曰, '正月繁霜, 我心憂傷. 民之訛言, 亦孔之將!' 言民以是爲非, 甚衆大也. 此皆不和, 賢不肖易位之所致也.」

| 註釋 | ○幽 - 周 幽王(유왕, 재위 前 781 - 771), 西周 12代 君王, 幽王 2년(前 780), 關中에 대지진이 발생. 다음 해 절세미녀 褒姒(포사)가 입궁했다. 포사가 웃지 않자 봉화를 올려 제후를 희롱했었다. ○厲 - 厲王(여(려)왕, 재위 前 857? - 842), 西周 10대. 厲王生宣王, 宣王生幽王. ○民之無良, 相怨一方 -《詩經 小雅 角弓》. ○歙歙(흡흡) - 투합하다. 끼리끼리 작당하여 나쁜 짓을 하는 모양. ○歙歙訿訿, ~則具是依 -《詩經 小雅 小旻(소민)》. 訿訿(자자)는 서로 욕하다. 비방하다. 헐뜯을 자. 亦孔之哀의 孔은 甚(심)하다. ○不橈衆枉 - 多衆의 나쁜 일에 굽히지 않다. ○讒愬(참소) - 헐뜯고 비방하다. ○密勿從事, ~讒口嗷嗷 -《詩經 小雅 十月之交》. 密勿(밀물)은 말없이 힘쓰는 모양, 黽勉(민면). 無辜(무고)는 허물이 없다. 嗷嗷(오오)는 여러 소리가 뒤섞여 시끄러운 모양. ○朔日辛卯 ~亦孔之醜 -《詩經 小雅 十月之交》. 醜는 惡하다. ○彼月而微, ~亦孔之哀 -《詩經 小雅 十月之交》. 微 작을 미. 日蝕(일식)이나 월식. ○日月鞠凶, ~不用其良 -《詩經 小雅 十月之交》. 鞠

凶의 鞠은 告하다. 無政은 바른 정치가 없다. 政은 正. ○百川沸騰, ~胡憯莫懲 -《詩經 小雅 十月之交》. 沸騰(비등)은 들끓는 모양. 冢(총)은 산봉우리. 卒崩(졸붕)은 무너지다. 崒崩(줄붕)과 同. 憯 슬퍼할 참. 懲 혼날 징. 잘못을 깨닫고 바로 고치다. ○正月繁霜, ~亦孔之將 -《詩經 小雅 丁月》. 이 詩句의 정월은 夏曆으로 4월, 곧 正陽之月로 지금 음력 4월에 해당한다. 將은 大也. ○賢不肖 - 賢人과 小人.

〚國譯〛

「그 이후 周의 厲王(여왕)과 幽王(유왕) 시절에 조정이 불화하여 서로 편을 갈라 비난하고 원망하게 되었는데 시인이 이를 싫어하고 걱정하여 노래하기를 '백성들이 사악하여 편을 만들어 서로 원망하네.' 라고 하였습니다. 많은 소인들이 자리를 차지하고 사특한 의논을 따르면서 작당하여 옳다고 하면서 군자를 배척하니 그때의 시에 '모여서 욕하고 헐뜯으니, 너무 슬플 뿐이네. 좋은 일을 꾸며도 모이면 나쁘다고 하네. 나쁜 일을 꾸미고 서로 따라가네.' 라고 읊었습니다. 군자는 홀로 정의를 지키고 따르며 여러 무리들에게 굽히지 않고 힘써 바른 일을(王道) 하였기에 오히려 증오를 받고 참소를 당하였기에 그때의 詩에 '힘써 일하며 종사하면서 힘들다는 말도 하지 못하네. 지은 죄와 허물이 없는데도 헐뜯는 소리만 시끄럽네.' 라고 하였습니다. 그 무렵에 일식과 월식이 있어 어두워지기에 그때의 詩에 '(시월의) 초하루 辛卯(신묘) 일에 일식이 일어나니 정말로 흉한 일이네.' 라고 하였습니다. 또 '지난 달에는 월식이고 이달에는 일식을 하네. 지금 백성들은 크게 슬퍼하도다.' 라고 하였으며, 또 '해와 달도 흉사를 알리려 그 갈 길을 가지 않도다. 온 나라에 바른 정치가 없고 충량한 사람을 등용하지 않네.' 라고 했습니다. 인간세상 위에 있는 하늘이 변하고 아래에서는 땅이 움직이니 강물이 끓고 산과 계곡이 자리를 바꿨습니다. 그래서 詩에 '온갖 강물이 끓어오르고 산정이 무너지도다. 높은 땅이 골짜기가 되고 깊은 계곡이 산등성이가 되었네. 슬프다. 지금 사람들은 왜 슬퍼하며 뉘우치지 않는가!' 라고 하였습니다. 서리가 때를 못 지켜 제 철이 아닐 때 내리기에 시에서는 '사월에 서리가 내리니 내 마음 많이 슬프도다. 백성들 뜬소문이 정말 크구나!' 라고 노래했습니다. 이는 백성들이 옳은 것을 그르다 한 것이니 아주 중대한 일입니다. 이는 상하 모두가 불화하고 현인과 소인이 자리를 바꿔 차지했기 때문입니다.」

原文

「自此之後, 天下大亂, 簒殺殃禍並作, 厲王奔彘, 幽王見殺. 至乎平王末年, 魯隱之始卽位也, 周大夫祭伯乖離不和, 出奔於魯, 而《春秋》爲諱, 不言來奔, 傷其禍殃自此始也. 是後尹氏世卿而專恣, 諸侯背畔而不朝, 周室卑微. 二百四十二年之間, 日食三十六, 地震五, 山陵崩阤二, 彗星三見, 夜常星不見, 夜中星隕如雨一, 火災十四. 長狄入三國, 五石隕墜, 六鶂退飛, 多麋, 有蜮,蜚, 鴝鵒來巢者, 皆一見. 晝冥晦, 雨木冰, 李梅冬實. 七月霜降, 草木不死. 八月殺菽, 大雨雹, 雨雪雷霆失序相乘. 水,旱,饑,蝝,螽,螟蜂午並起. 當是時, 禍亂輒應, 弑君三十六, 亡國五十二, 諸侯奔走, 不得保其社稷者, 不可勝數也. 周室多禍, 晉敗其師於貿戎, 伐其郊, 鄭傷桓王, 戎執其使. 衛侯朔召不往, 齊逆命而助朔. 五大夫爭權, 三君更立, 莫能正理. 遂至陵夷不能復興.」

| **註釋** | ○自此之後 – 幽王 이후로. ○篡殺(찬시) – 篡位와 弑害(시해). 빼앗을 찬. 죽일 시. ○殃禍 – 災殃(재앙)과 禍亂(화란). ○厲王奔彘(체) – 彘(돼지 체)는 지명. 今 山西省 臨汾市 관할의 霍州市(곽주시)에 해당. 厲王(여왕)이 무도하여 백성이 봉기하여 내쫓았다. ○幽王見殺 – 유왕 때 犬戎(견융)이 周 都邑 鎬京(호경)에 침입. 유왕을 죽였다. ○平王(? – 前 720) – 幽王의 아들. 모친 申后. 이름은 宜臼(의구), 견융의 침입으로 유왕이 죽고 포사가 잡혀가자 다른 제후들의 도움을 받아 낙양으로 천도. 東周를 건국(東周 1대). ○魯隱(노은) – 魯나라 隱公. 前 722년 즉위. ○周大夫祭伯 – 祭伯(채백, 나라이름 채. 音 zhài), 춘추시대 祭國의 國君, 周 平王의 卿士인데 周 天子의 命을 거역하고 魯國에 왔다. ○《春秋》爲諱 – 祭伯이 魯에 도망해 온 것을《春秋公羊傳》에서는 '來奔' 이라고 기록했다. ○是後尹氏 – 周 天子의 대부. ○背畔 – 背叛. 畔(밭두둑 반)은 叛. ○二百四十二年之間 – 魯 隱公 원년(前 722)부터 哀公 14년(前 481)의 獲麟(획린)까지.《春秋》의 서술 범위. ○日食 – 日蝕(일식). ○崩阤(붕타) – 무너지다. ○彗星(혜성) – 살별. 隕은 떨어질 운. ○長狄入三國 – 長狄(장적)은 春秋 시대 북방의 소수민족. 3형제가 齊, 魯, 晉에 각각 침입하였다. ○五石隕墜 – 隕石이 宋에 5번 떨어졌다. ○六鷁退飛 – 하늘을 높이 나르는 여섯 마리의 鷁(물새 이름 역)이라는 새가 큰 바람에 날려 宋의 도읍에 떨어진 사건(左傳 僖公 16년, 前 644). 劉向은 이를 天人感應의 사건으로 받아들여 여기에 수록하였다. ○麋 – 큰 사슴 미. ○蜮 – 물여우 역. 꼬리가 짧은 여우. 사람에게 흙을 뿌린다고 한다. 蜚 바퀴벌레 비. 해충. ○鴝鵒(구욕) – 새 이름. 구관조? ○雨木冰 – 木冰(목빙)이 내리다. 木冰은 빗방울이 나무에 닿아 얼음이 된다는 주석이 있다. ○草木

不死 - 초목이 가을이 되도 시들지 않았다는 뜻. ○八月殺菽 - 팔월에 菽(콩 숙)이 얼어 죽다. 雹 우박 박. ○雷霆 - 천둥치다. 霆 천둥소리 정. ○失序 - 통상적인 기상 현상이 아닌 이변. ○水 - 수해, 폭우. 旱 - 旱害(한해), 가뭄. 饑 - 기근. 蝝(연) - 일종의 蝗蟲(황충), 螽 - 누리 종, 메뚜기 계통의 곤충. 螟 - 마디 충 명. 蜂午(봉오) - 큰 무리를 지어 소리 내며 나르는 곤충. 하루살이 떼? ○晉敗其師於貿戎 - 貿戎(무융)은 지명. 今 山西省 지역. ○伐其郊 - 郊는 지명. 今 山東省 荷澤市 定陶縣에 해당. ○鄭傷桓王 - 鄭伯이 周 桓王의 어깨에 상처를 입히다. 《左傳》 桓公 5년의 사건. ○戎執其使 - 犬戎이 楚丘란 곳에서 周王의 사신을 사로잡다. ○衛侯朔召不住 - 衛侯 朔(삭)은 周王이 소환하여도 가지 않았다. ○齊逆命而助朔 - 衛侯는 齊로 도망했고 齊에서는 이를 감싸 주었다는 뜻(桓公 16년). ○五大夫爭權 - 周 景王이 죽자 單穆公 등 5대부가 정권 쟁탈전을 벌렸다. ○三君更立 - 5大夫가 세력을 다투는 과정에서 3명의 王을 내세웠다. ○陵夷(능이) - 쇠락하다.

〖國譯〗

「이 이후로 천하가 크게 혼란하였으니 찬탈과 시해와 재앙 등 禍亂(화란)이 계속 일어났으며 厲王은 彘(체)로 도망가야 했고 幽王은 살해당했습니다. 平王 말년에 이르러서는 魯의 隱公(은공)이 처음 즉위하면서 周의 대부 祭伯(채백)은 왕실과 어긋나고 불화하여 魯로 도주하였는데 《春秋》에서는 이를 꺼려서 '來奔(내분)' 이라 기록하지 않았는데 이후 각종 재앙이 여기서부터 시작되었습니다. 이 뒤로 尹氏는 世卿이었지만 멋대로 정치를 했고 제후들은 주 왕실을 배반하고 입조하지 않았으며 周 왕실은 체통을 잃고 미약해졌습니다. 242년간에 일식이 36회, 지진이 5회, 산이 붕괴된 것이 5번, 혜성이 3번 출현하였고 밤에 늘 보이던 별이 보이지 않거나 밤중에 隕星(운성)이 비처럼 쏟아진 일이 한 번 있었고 화재가 14번 있었습니다. 長狄(장적)이 (齊, 魯, 晉) 3국에 침입하였으며, 5번 운석이 떨어졌고, 6마리 큰 새가 바람에 날려 떨어졌으며, 큰 사슴이 떼를 지었고, 여우가 나타났으며 해충의 피해나 구관조 등이 둥지를 틀었던 것이 한 번씩 기록되었습니다. 낮이 밤처럼 어두워졌고 나무에 얼음비가 내렸으며 자두나무 열매가 겨울에 열리기도 하였습니다. 7월에 서리가 내리고 초목이 시들지 않는가 하면 8월에 콩이 죽었고 큰 우박이 쏟아지기도 했으며 눈이 내린다든지 천둥이 치는 등 계절의 질서를 어기는 이변이 이어졌습니다. 큰 비와 가뭄, 기근과 황충(메뚜기 떼)의 출현과 해충이 나타나기도 하였습니다. 이러한 때에 여러 가지 재앙과 난리가 그때마다 있었으니 주군은 시해한 사건이 36번에 52개 나라가 망하였으며 제후가 도망치거나 그 사직을 지키지 못한 자는 이루 다 셀 수도 없었습니다. 周 왕실에 여러 화란이 닥쳤고 晉(진)은 그 군사가 貿戎(무융)에서 패했으며, 魯나라는 郊(교)를 정벌하였고, 鄭의 제후가 周 桓王에게 상처를 입혔으며, 이민족 견융이 周의 사신을 사로잡아갔습니다. 衛(위)의 제후 朔(삭)은 소환에 불응하였으며, 齊에서는 周王의 명을 거역하고 朔(삭)을 도와주었습니다. 五大夫가 권력 쟁탈을 부리며 3명의 군왕을 내세워 바로 다스릴 수가 없었습니다. 결국은 완전히 쇠퇴하여 다시 홍할 수가 없었습니다.」

原文

「由此觀之, 和氣致祥, 乖氣致異, 祥多者其國安, 異衆者其國危, 天地之常經, 古今之通義也. 今陛下開<u>三代</u>之業,招文學之士, 優遊寬容, 使得並進. 今賢不肖渾殽, 白黑不分, 邪正雜糅, 忠讒並進. 章交公車, 人滿北軍. 朝臣舛午, 膠戾乖剌, 更相讒訴, 轉相是非. 傳授增加, 交書紛糾, 前後錯繆, 毁與渾亂. 所以營或耳目, 感移心意, 不可勝載. 分曹爲黨, 往往群朋, 將同心以陷正臣. 正臣進者, 治之表也, 正臣陷者, 亂之機也. 乘治亂之機, 未知孰任, 而災異數見, 此臣所以寒心者也. 夫乘權借勢之人, 子弟鱗集於朝, 羽翼陰附者衆, 輻湊於前, 毁與將必用, 以終乖離之咎. 是以日月無光, 雪霜夏隕, 海水沸出, 陵谷易處, 列星失行, 皆怨氣之所致也. 夫遵衰周之軌跡, 循詩人之所剌, 而欲以成太平, 致雅頌, 猶卻行而求及前人也. 初元以來六年矣, 案《春秋》六年之中, 災異未有稠如今者也. 夫有《春秋》之異, 無孔子之救, 猶不能解紛, 況甚於《春秋》乎?」

| **註釋** | ○乖氣(괴기) – 邪氣. 사악한 기풍. ○優遊(유유) – 부드럽고 온화한 모습. 큰 덕을 갖추고 너그러운 모양. ○賢不肖渾殽 – 渾殽(혼효)는 뒤섞이다. ○邪正雜糅 – 邪와 正이 혼합되다. 邪는 도덕적으로 옳지 않은 것. 糅는 섞을 유. 和也. ○忠讒並進 – 충언과 참언이 함께 올라가다. ○章交公車, 人滿北軍 – 公車는 官署 명칭. 衛尉의 속관인 公車司馬令(간칭 公車令)의 근무처. 공거령은 궁궐 外門(司馬門)의 경비를 담당한다. 지방에서 황제에게 上奏하거나 인재로 뽑혀 부름을 받아 장안에 도착한 자는 모두 公車에 가서 신고하고 대기해야 한다. 거기서 관직을 받거나 불려 들어가 알현하거나 상주문을 올릴 수 있다. 北軍은 성 밖에 주둔하는 禁衛軍. ○舛午(천오) – 어긋

나다. 舛은 어그러질 천. 午는 어긋날 오. ○膠戾乖刺(교려괴자) - 서로 불화하여 어긋나다. ○讒訴(참소) - 헐뜯는 말을 윗사람에게 하다. ○傳授(전수) - 傳述해 주다(授予). ○錯繆(착류) - 맞지 않다(差誤). 서로 어긋나다(互違). ○毁與渾亂(훼여혼란) - 헐뜯거나 찬동하는 것이 혼란하다. 渾亂은 混亂과 同. ○營或(영혹) - 迷惑(미혹)하게 하다. ○分曹爲黨 - 무리를 나누어 당파를 짓다. 曹는 類와 同. ○往往群朋 - 항상 무리를 지어. ○正臣 - 바른길을 걷는 신하. ○寒心 - 落心하다. 실망하다. ○鱗集(인집) - 무리 지어 모이다(群集). ○羽翼(우익) - 좌우에서 보좌하는 사람(세력). ○輻湊(복주) - 한 곳으로 모여들다. 집결하다. ○毁譽將必用 - (소인은) 헐뜯거나 아첨으로 중용되고 (충성스런 신하는) 어긋나며 떨어져 나가는 것으로 끝난다. ○列星失行 - 恒星(항성)이 사라지다. ○致雅頌 - 성세의 음악이 이루어진다. ○卻行 - 却行(각행). 뒷걸음질을 치다. ○初元 - 元帝의 연호. 前 48 - 44년. ○災異(재이) - 자연 재해와 기상 이변. ○未有稠如~ - 稠는 빽빽할 조. ○解紛 - 분쟁을 풀어 없애다(解除).

〖國譯〗

「이를 통해 본다면 온화한 기운은 상서로움을 불러오고 邪氣(사기)는 이변을 불러오게 됩니다. 상서로움이 많다면 그 나라가 편안하고, 이변이 많다면 나라가 위태롭다는 것은 天地의 변함없는 법도이며 고금에 두루 통하는 정의입니다. 지금 폐하께서는 三代의 성업을 이어가려고 학식 있는 인재를 초치하시고 온화하시며 너그러움으로 모두 함께 나아가려 하십니다. 그렇지만 조정에는 지금 현인과 소인이 섞여 있어 흑백을 구분할 수 없으며 正과 邪가 뒤섞였고 충언과 참언이 함께 이르고 있습니다. 公車(공거)에서 상서하는 글을 올리고 北軍에도 사람들이 가득합니다. 조신들은 서로 뜻이 맞지 않고 불화하며 뒤틀리고 서로 참소하며 상황에 따라 시비를 일으키고 있습니다. 말을 주고받으며 보태지고, 글을 주고받으며 갈라지고, 앞뒤가 맞지 않고 훼방하거나 편이 되어 혼란하기만 합니다. 서로의 이목을 현혹케 하고 뜻이 감정에 따라 바뀌는 것을 이루다 쓸 수가 없습니다. 무리를 지어 당을 만들고 늘 떼를 지어 한마음으로 바른 신하를 구덩이에 빠트립니다. 바른 신하가 등용되는 것은 잘 다스려진다는 징표이며, 바른 신하가 없어지는 것은 혼란의 기미입니다. 治道와 혼란의 기미에서 누구에게 맡겨야 할지도 모르는 상황에서 재해와 이변이 자주 나타나니 이는 臣이 낙심하는 것입니다. 권세를 잡은 사람들과 귀인 자제들이 조정에 가득하고 그들과 한 편이 되어 은밀히 붙어 보려는 자들 여럿이 한 곳으로 모여 나아가면서 헐뜯거나 아첨하여 소인은 중용되고 충성스런 신하는 그런 무리와 맞지 않아 떨어져 나가게 됩니다. 이 때문에 日月도 빛이 없어지고 여름에 눈과 서리가 내리고 海水가 끓어오르고 산과 계곡이 뒤 바뀌며 恒星(항성)이 사라지는 것 모두가 원한의 기운이 불러온 것입니다. 대저 周나라가 쇠퇴한 그 궤적을 밟아 가면서 또 시인들이 풍자한 그런 것을 따라 하면서 태평성대를 이루어 칭송의 노래를 들으려 하는 것은 뒷걸음치면서 앞사람을 따라가려는 것과 같을 것입니다. 成帝 初元(초원) 이후 6년이 지났습니다만 《春秋》의 6년보다 여러 재난과 이변이 지금처럼 자주 일어난 적이 있지 않았습니다. 《춘추》의 이변은 공자가 바로 잡았어도 해결하지 못했거늘 하물며 《춘추》 기록보다 더 많다면 어떠하겠습니까?」

原文

「原其所以然者, 讒邪並進也. 讒邪之所以並進者, 由上多疑心, 旣已用賢人而行善政, 如或譖之, 則賢人退而善政還. 夫執狐疑之心者, 來讒賊之口, 持不斷之意者, 開群枉之門. 讒邪進則衆賢退, 群枉盛則正士消. 故《易》有〈否〉,〈泰〉. 小人道長, 君子道消, 君子道消, 則政日亂, 故爲〈否〉. 〈否〉者, 閉而亂也. 君子道長, 小人道消, 小人道消, 則政日治, 故爲〈泰〉. 泰者, 通而治也. 《詩》又云 '雨雪麃麃, 見晛聿消', 與《易》同義. 昔者鯀,共工,驩兜與舜,禹雜處堯朝, 周公與管,蔡並居周位, 當是時, 迭進相毁, 流言相謗, 豈可勝道哉! 帝堯,成王能賢舜,禹,周公而消共工,管,蔡, 故以大治, 榮華至今. 孔子與季,孟偕仕於魯, 李斯與叔孫俱宦於秦, 定公, 始皇賢季,孟,李斯而消孔子,叔孫, 故以大亂, 汚辱至今. 故治亂榮辱之端, 在所信任, 信任旣賢, 在於堅固而不移. 《詩》云 '我心匪石, 不可轉也', 言守善篤也. 《易》曰 '渙汗其大號', 言號令如汗, 汗出而不反者也. 今出善令, 未能逾時而反, 是反汗也, 用賢未能三旬而退, 是轉石也. 《論語》曰, '見不善如探湯.' 今二府奏佞諂不當在位, 歷年而不去. 做出令則如反汗, 用賢則如轉石, 去佞則如拔山, 如此望陰陽之調, 不亦難乎!」

| **註釋** | ○原其所以然者 – 災異가 그렇게 많이 발생하는 그 원인은~.

○善政還 – 선정은 끝이 난다. ○狐疑之心者 – 의심이 많은 사람. ○開群枉之門 – 온갖 잘못의 문을 없애 버리다. ○〈否(비)〉 – 《주역》 64괘의 하나. 天地不交 萬物不通의 뜻. 〈泰(태)〉 – 괘 이름. 地天泰. 陰이 물러가고 陽이 들어오는 괘로 모든 것이 순리대로 이루어진다는 뜻. ○雨雪麃麃, 見晛聿消 – 《詩經 小雅 角弓》, 麃麃(포포)는 瀌瀌(표표, 눈 많이 내릴 표). 晛은 햇살 현. 聿(붓 율)은 虛辭 또는 '드디어'. ○鯀(곤) – 큰 물고기 곤. 禹王의 아버지 이름. 檮杌(도올)이라고도 부른다. ○共工(공공) – 堯舜 시기의 治水官. 荒淫無功. ○驩兜(환두) – 舜의 신하. 위 3인과 三苗(삼묘)를 합해 四凶(사흉)이라 부른다. ○成王能賢舜 – 賢은 현명하게 여기다. 동사로 쓰였다. ○管, 蔡 – 管叔鮮(관숙선)과 蔡叔度(채숙도). 周 武王의 동생. 어린 成王을 보필하는 周公을 헐뜯었다. ○迭進相毁(일진상훼) – 교대로 헐뜯는 말을 하다. ○季,孟(계, 맹) – 魯 桓公의 아들. 季孫氏와 孟孫氏. 魯의 國政을 마음대로 했다. ○李斯(이사) – 始皇帝를 도운 승상. ○叔孫 – 叔孫通. 유학자. ○定公 – 魯 定公(재위, 前 510 – 495). 공자를 등용하지 못했다. ○我心匪石, 不可轉也 – 《詩經 邶風(패풍). 柏舟》. ○渙汗其大號 – 《易 渙卦》 九五의 爻辭(효사), 渙(환)은 물 위에 바람이 불어 모든 일이 순조로우니 바꿀 필요가 없다는 뜻의 卦. ○言號令如汗 – 왕의 號令이 땀을 씻어내는 듯 시원하다. ○未能逾時而反 – 3달을 못 넘기고 다시 철회하다. 一時는 3개월을 의미. ○見不善如探湯 – 《論語 季氏》. 不善을 행하지 말라는 뜻. ○二府 – 승상과 御史大夫.

〖國譯〗

「그러한 원인은 참언과 邪道(사도)가 함께 행해지기 때문입니다. 참언과 사도가 병진하는 것은 위에서 의심이 많기 때문이니 현인을 등용하여 선정을 행하다가 혹시 누군가가 참소하면 현인은 물러나고 선정은 끝나게 됩니다. 여우처럼 의심을 많이 하는 사람은 참언으로 남을 망치는 입이며 부단한 의지를 가진 사람은 잘못되는 길을 열어놓은 것과 같습니다. 참언과 사도가 행해지면 모든 현인은 숨게 되고 여러 악인이 융성하면 바른 인재는 사라집니다. 그래서《易》에〈否(비)〉와〈泰(태)〉괘가 있는 것입니다. 소인의 道(도)가 세력을 얻으면 군자의 도는 사라지며, 군자의 도가 위축되면 정사는 날로 타락하니 그것이 바로〈否(막힘)〉입니다.〈否(비)〉괘는 폐쇄이며 혼란입니다. 군자의 도가 커지면 소인의 도는 사라지며, 소인의 도가 사라지면 정사는 날마다 바르게 되니 그것이 바로〈泰(편안)〉입니다.〈泰(태)〉괘는 통하며 잘 다스려진다는 뜻입니다.《詩》에 '눈이 펑펑 내리지만 햇빛이 나면 녹아버리네.' 라고 읊은 것은 바로《易》의 뜻과 같습니다. 옛날에 鯀(곤)과 共工(공공), 그리고 驩兜(환두)는 舜과 禹와 堯의 조정에 같이 있었고, 周公과 管叔鮮(관숙선), 蔡叔度(채숙도)는 周의 조정에 같이 있었는데 그때에도 서로 헐뜯고 유언비어로 상대를 비방하는 일이 날마다 있었으니 그를 어찌 다 말할 수 있겠습니까? 堯임금과 成王은 舜과 禹와 周公을 현명하다고 여겼기에 共工과 관숙선, 채숙도가 사라지고 大治를 이룩하여 그 칭송이 오늘까지 이어지고 있습니다. 공자와 季孫氏(계손씨)와 孟孫氏(맹손씨)는 함께 魯의 조정에 있었고, 李斯(이사)와 叔孫通(숙손통)은 秦에서 같이 벼슬했는데, 魯의 定公과 始皇帝는 계손씨와 맹손씨, 이사를 현명하다고 여겼기에 孔子와 叔孫通은 떠났고 그래서 정치가 크게 어지러워졌고 그 오명은 지금까지 내려오고 있습니다. 그러한 고로 治亂(치란)과 榮辱(영욕)의 단서는 신임에 있으니 현인을 굳건히 신임하며 바뀌지 말아야 합니다.《詩》에 '내 마음 돌이 아니니 굴릴 수 없네.' 라고 노래한 것은 善을 독실하게 지킨다는 뜻입니다. 《易》에 '땀을 씻어내는 것은 큰 호령처럼 시원하다.' 라 한 것은 나라의 호령이 땀을 씻어낸 것과 같아 흘린 땀이 다시 돌아오지 않는다는 뜻입니다. 지금 바른 명령을 낸다고 하여도 3개월을 넘기지 못하고 철회한다면 이는 다시 땀에 젖는 것이며 현인을 등용하고도 30일을 넘기지 못한다면 이는 돌을 굴려버리는 것입니다. 《論語》에 '不善을 보면 뜨거운 물에 손을 담근 것처럼 손을 빼라' 고 하였습니다. 지금 승상과 어사대부가 아첨하는 말이나 상주하고 있으니 그 자리에 있어서는 안 되는데도 일 년이 넘도록 떠나지 않고 있습니다. 이들이 호령을 하는 것은 곧 다시 땀을 덮어쓰는 것이며, 현인을 등용한다고 하지만 돌을 굴려버리듯 하고, 아첨하는 자를 제거하는 것은 마치 산을 뽑는 것처럼 어렵다고 생각하면서 음양의 조화를 바란다는 것은 그 또한 어렵지 않겠습니까!」

原文

「是以群小窺見間隙, 緣飾文字, 巧言醜詆, 流言飛文, 嘩於民間. 故《詩》云, '憂心悄悄, 慍於群小', 小人成群, 誠足慍也. 昔孔子與顏淵, 子貢更相稱譽, 不爲朋黨, 禹,稷與皐陶傳相汲引, 不爲比周. 何則? 忠於爲國, 無邪心也. 故賢人在上位, 則引其類而聚之於朝, 《易》曰 '飛龍在天, 大人聚也', 在下位, 則思與其類俱進, 《易》曰 '拔茅茹以其匯, 征吉'. 在上則引其類, 在下則推其類, 故湯用伊尹, 不仁者遠,而衆賢至, 類相致也. 今佞邪與賢臣並在交戟之內, 合黨共謀, 違善依惡, 歙歙訿訿, 數設危險之言, 欲以傾移主上. 如忽然用之, 此天地之所以先戒, 災異之所以重至者也.」

| **註釋** | ○巧言醜詆 – 교언으로 욕을 하고 훼방하다. ○流言 – 남을 비방하는 말을 퍼트리다. 飛文은 익명의 글로 남을 헐뜯다. 嘩 시끄러울 화. 讙(시끄러울 환) 同. ○憂心悄悄, 慍於群小 –《詩經 邶風(패풍) 柏舟》. 悄悄(초초)는 근심하는 모양. 慍은 성낼 온. 仁者가 그를 알아 줄 사람을 만나지 못해 애를 태운다는 의미. ○子貢(자공) – 孔子 수제자의 한 사람. ○稷 – 后稷(후직). 皐陶(고요)는 舜帝의 賢臣. 刑法을 관장하는 법관. 中國 司法의 鼻祖. 陶는 사람이름 요. 질그릇 도, 기쁠 도. ○比周 – 당파를 만들어 私益을 꾀하다. ○飛龍在天, 大人聚也 –《易》乾卦 九五의 象辭(상사). 聖王이 在位하니 현인군자가 모여든다는 의미. ○拔茅茹以其匯, 征吉 –《易》泰卦의 初九 爻辭(효사). 띠 풀을 뽑아내면 그 비슷한 사람이 모이게 된다. ○交戟(교극) – 宿衛하다. ○歙歙訿訿(흡흡자자) – 歙歙(흡흡)은 투합하다. 끼리끼리 작당하여 나쁜 짓을 하는 모양. 訿訿(자자)는 서로 욕하다. 비방하다. 헐뜯을 자. ○重至 – 거듭 또는 겹쳐서 닥치다.

〖國譯〗

「이 때문에 여러 소인들은 그 틈새를 노려 文字를 꾸미고 교묘한 언사로 남을 헐뜯고 비방하며 없는 말과 글을 퍼트리며 사람들을 시끄럽게 합니다. 그래서 詩에서 말한 '초조하게 근심하며 여러 소인에게 화를 낸다.' 고 하였지만 소인들이 무리를 짓는다 하여 성을 내는 것은 아닙니다. 예전에 孔子와 顔淵(안연), 子貢(자공)은 서로 칭찬하였지만 붕당을 만들지 않았으며 禹임금과 后稷(후직)과 皐陶(고

요)는 서로가 서로를 이끌어 주었지만 무리를 짓지 않았습니다. 왜 그랬겠습니까? 나라에 충성을 하지만 邪心이 없었기 때문이었습니다. 그래서 현인이 윗 자리에 있게 되면 선한 사람들을 끌어주어 조정에 그런 사람들이 모이게 됩니다. 그래서 《易》에서는 '飛龍이 在天하니 大人들이 모여든다.' 고 말하였으며, 하위에 있는 자라도 그와 비슷한 사람들과 함께 나가게 되니 《易》에서도 '띠풀을 잡아당기듯 모여드니 좋은 일이다.' 라고 하였습니다. 위에서도 같은 사람들을 끌어 올리고 밑에서도 비슷한 사람을 천거하였기에 湯王이 伊尹(이윤)을 등용하자 어질지 않는 자들은 멀리 숨었으며 많은 현인들이 찾아와 서로 모이게 됩니다. 지금은 아첨하는 무리와 현신이 모두 함께 宿衛(숙위)하면서 합당하고 공모하며 선을 버리고 악에 의지하며 끼리끼리 모여 나쁜 짓을 꾸미고 위험한 말을 자주 퍼트리며 주군을 기울게 하려고 획책하고 있습니다. 그러다가 그들이 등용되는데 이는 하늘이 먼저 훈계하는 뜻이며 재난과 이변이 거듭 닥치는 까닭입니다.」

原文

「自古明聖, 未有無誅而治者也. 故舜有四放之罰, 而孔子有兩觀之誅, 然後聖化可得而行也. 今以陛下明知, 誠深思天地之心, 跡察兩觀之誅, 覽〈否〉,〈泰〉之卦, 觀雨雪之詩, 歷周,唐之所進以爲法, 原秦,魯之所消以爲戒, 考祥應之福, 省災異之禍. 以揆當世之變, 放遠佞邪之黨, 壞散險詖之聚,杜閉群枉之門, 廣開衆正之路, 決斷狐疑, 分別猶豫, 使是非炳然可知, 則百異消滅, 而衆祥並至, 太平之基, 萬世之利也.

臣幸得托肺附, 誠見陰陽不調, 不敢不通所聞. 竊推《春秋》災異, 以救今事一二, 條其所以, 不宜宣洩. 臣謹重封昧死上.」

| 註釋 | ○故舜有四放之罰 – 舜임금은 共工을 幽州로 내쫓는 등 4凶을 모두 방출시켰다. ○孔子有兩觀之誅 – 孔子는 魯의 大司寇(대사구)가 되어 少正卯(소정묘)를 궁궐에서 처단하였다. 兩觀은 궁궐. ○跡察兩觀之誅 – 공자가 소정묘를 처단한 사적을 고찰하다. ○原秦,魯之所消以爲戒 – 秦과 魯의 쇠퇴를 교훈으로 살피어. ○以揆當世之變 – 현재의 변화를 헤아리어. 揆는 헤아릴 규(度也). ○險詖之聚(험피지취) – 사악하고 부정한 무리. ○使是非炳然可知 – 시비를 확실하게 가려내다. ○臣幸得托肺附 – 臣은 다행히도 먼 종친의 한 사람으로, 肺附(폐부)에 대하여 여러 이설이 있는데 '나무의 껍질(帝室微末之親)' 이란 뜻으로 해석하였다. ○不敢不通所聞 – 들은 바를 말씀드리지 않을 수 없다. 通은 말하다(道也). ○昧死 – 어리석게 죽을죄를 지으며 ~ 합니다. 죽음을 무릅쓰고 말씀드리다. 秦漢代에 신하가 황제에게 올리는 글 말미에 쓰는 일종의 謙辭.

〖國譯〗

「자고로 명철한 성인일지라도 사람을 벌하지 않고 다스린 사람은 없었습니다. 그런고로 순임금은 四凶(사흉)을 방축하는 벌을 내렸고 공자께서도 궁궐에서 소정묘를 죽인 연후에야 성인의 교화가 이루어질 수 있었습니다. 지금 폐하의 명철하신 지혜로 천지의 마음을 진실 되고 깊이 생각하시되 공자가 궁궐에서 소정묘를 죽인 자취를 살펴보시고, 〈否〉괘와 〈泰〉괘를 훑어보시며 눈이 내린다는 시를 열람하시고, 周와 舜이 법으로 삼아 이룩한 것을 두루 보시며, 秦과 魯가 쇠퇴한 교훈의 뿌리를 찾고 상서로운 복과 재이의 재앙을 관찰하셔야 합니다. 그렇게 하여 당세의 변화를 헤아리시고 아첨하는 사특한 무리를 멀리 방출하시고, 험악하며 사특한 무리들을 부수고 흩어버려 모든 잘못의 근원을 막아버리시며, 모든 정의의 언로를 넓게 개척하시며, 의심을 결단하고 유예할만한 것을 분별하시며, 시비를 밝게 헤아리신다면 온갖 재이는 절로 사라질 것이며, 모든 상서로움이 이르러 태평성대의 기초를 마련하시고 만세의 이로움을 얻을 것입니다.

臣은 다행히 먼 종실의 한 사람으로 음양의 부조화를 보고서 또 들은 것을 말씀드리지 않을 수 없었습니다. 그리하여《春秋》에서 볼 수 있는 재앙과 이변으로 지금의 한두 가지를 바로 잡고자 그 원인을 열거하면서도 공개할 수는 없었습니다. 신은 삼가 꼭꼭 봉하여 죽을 죄를 지으며 올립니다.」

原文

恭,顯見其書, 愈與許,史比而怨更生等. 堪性公方, 自見孤立, 遂直道而不曲. 是歲夏寒, 日青無光, 恭,顯及許,史皆言堪, 用事之咎. 上內重堪, 又患衆口之浸潤, 無所取信. 時長安令楊興以材能幸, 常稱譽堪. 上欲以爲助, 乃見問興,

"朝臣齗齗不可光祿勳, 何邪?" 興者, 傾巧士, 謂上疑堪, 因順指曰, "堪非獨不可於朝廷, 自州里亦不可也. 臣見衆人聞堪前與劉更生等謀毁骨肉, 以爲當誅, 故臣前言堪不可誅傷, 爲國養恩也." 上曰, "然此何罪而誅? 今宜奈何?" 興曰, "臣愚以爲可賜爵關內侯, 食邑三百戶, 勿令典事. 明主不失師傅之恩, 此最策之得者也."

上於是疑. 會城門校尉諸葛豐亦言堪, 短, 上因發怒免豐. 語在其傳. 又曰, "豐言堪, 貞信不立, 朕閔而不治, 又惜其材能未有所效, 其左遷堪爲河東太守,槐里令."

| 註釋 | ○恭,顯 – 환관 弘恭과 石顯. ○比而怨 – 짝이 되어 원망하다. ○堪性公方 – 周堪(주감)은 천성이 공정하고 바르다. ○張猛(장맹) – 주감의 제자. ○浸潤(침윤) – 참언이 계속 들어오다. ○齗齗(은은) – 언쟁하는 모양. 화를 내다. 光祿勳은 그때 周堪의 직책. ○傾巧士 – 교활하고 눈치가 빠른 사람. ○州里 – 사는 마을. ○勿令典事 – 담당 일을 하지 못하게 하다. ○此最策之得者也 – 가장 타당한 방법이다. ○於是疑 – 황제는 이에 시비를 결정짓지 못했다. 疑는 是非不決. 결정하지 않다. ○其左遷堪 – 이에 주감을 좌천하여~, 其는 乃也. ○河東太守 – 河東은 郡名. 治所는 安邑縣(今山西省 運城市 夏縣). ○槐里令 – 槐里(괴리) 현령. 今 陝西省 咸陽市 관할의 興平市.

〖國譯〗

환관 홍공과 석현이 유경생이 올린 글을 보고서는 더욱 허씨, 사씨의 외척과 한 편이 되어 유경생 등을 헐뜯었다. 周堪(주감)은 천성이 공정하고 바른 사람인데 스스로 고립된 것을 알고 바른 말을 하며 완곡하게 말하지 않았다. 이해에 여름이 춥고 해가 흐려지며 빛이 죽자 홍공과 석현, 그리고 허씨와 사씨들은 모두 주감과 장맹이 권력을 휘두른 탓이라 하였다. 황제(元帝)는 속으로 주감을 존중하면서도 많은 사람들이 올리는 참언을 걱정하여 결정을 내리지 않았다. 그때 장안 현령인 楊興(양흥)은 잘생긴 인물로 총애를 얻고 있었는데 늘 주감을 칭송했었다. 황제는 도움을 받을 수 있다 생각하여 양흥을 불러 물었다. "朝臣들이 光祿勳인 주감이 나쁘다고 떠들어대는데 어찌해야 하는가?" 양흥이란 사람은 눈치가 빠른 사람이라 황제가 주감에 대해 의심하는 것이 있다 생각하여 황제의 뜻에 맞추어 말했다. "주감은 조정에서만 안 된다고 하는 것이 아니라 고향마을에서도 평판이 좋지 않습니다. 신은 여러 사람들로부터 주감이 전에 유경생 등과 황족을 훼방할 모의를 했다고 들었기에 응당 죽여야 한다고 생각했지만 臣은 전에 주감을 죽일 수 없으니 나라에서 은덕을 베풀어야 한다고 말했습니다." 황제가 물었다. "그러하다면 이는 무슨 죄로 벌할 수 있는가? 지금 어찌해야 하는가?" 그러자 양흥이 말했다 "신의 생각으로는, 그에게 관내후의 작위에 식읍 3백호를 내리고 업무를 처리 않게 하십시오. 폐하께서는 사부의 은덕을 버릴 수 없으니 이것이 가장 적당한 조치입니다."

그러나 황제는 결정을 내리지 않았다. 이때 城門校尉인 諸葛豐(제갈풍)이 주감과 장맹을 헐뜯는 말을 올리자 황제는 화를 내며 제갈풍을 면직시켰다. 이는 〈儒林傳〉에 실려 있다.

이에 황제가 말했다. "제갈풍이 주감과 장맹이 지조와 신의가 없다고 말했지만 짐은 그를 아껴 처벌할 수 없고 또 그의 재능이 아깝고 그를 따를 만한 사람이 없었다. 이에 주감을 하동군 태수로 좌천시키고, 장맹은 괴리 현령에 임명하라."

原文

顯等專權日甚. 後三歲餘, 孝宣廟闕災, 其晦, 日有蝕之. 於是上召諸前言日變在堪,猛者責問, 皆稽首謝. 乃因下詔曰,

「河東太守堪, 先帝賢之, 命而傅朕. 資質淑茂, 道術通明, 論議正直, 秉心有常, 發憤悃愊, 信有憂國之心. 以不能阿尊事貴, 孤特寡助, 抑厭遂退, 卒不克明. 往者衆臣見異, 不務自修, 深惟其故, 而反晻昧說天, 托咎此人. 朕不得已, 出而試之, 以彰其材. 堪出之後, 大變仍臻, 衆亦嘿然. 堪治未期年, 而三老官屬有識之士詠頌其美, 使者過郡, 靡人不稱. 此固足以彰先帝之知人, 而朕有以自明也. 俗人乃造端作基, 非議詆欺, 或引幽隱, 非所宜明, 意疑以類, 欲以陷之, 朕亦不取也. 朕迫於俗, 不得專心, 乃者天著大異, 朕甚懼焉. 今堪年衰歲暮, 恐不得自信, 排於異人, 將安究之哉? 其徵堪詣行在所.」

拜爲光祿大夫, 秩中二千石, 領尙書事. 猛復爲太中大夫給事中. 顯幹尙書事, 尙書五人, 皆其黨也. 堪希得見, 常因顯白事, 事決顯口. 會堪疾瘖, 不能言而卒. 顯誣譖猛, 令自

殺於公車. 更生傷之, 乃著〈疾讒〉, 〈擿要〉, 〈救危〉 及 〈世頌〉, 凡八篇, 依興古事, 悼己及同類也. 遂廢十餘年.

| 註釋 | ○孝宣廟闕災 – 宣帝 廟堂의 화재가 있었다. 晦 그믐 회. ○稽首謝 – 머리를 숙이며 사죄하다. ○資質淑茂 – 바탕이 선하고 아름답다. 淑은 善也. 茂(무)는 美也. ○悃愊(곤핍) – 至誠. 悃은 정성 곤. 愊은 정성 핍. 치밀하다. ○抑厭遂退 – 厭은 뜻을 펴지 못하다. 卒不克明은 결국 밝히지 못하다. 克은 能也. ○晻昧(엄매) – 어리석게도. 愚昧(우매). ○托咎此人 – 이 사람(周堪)에게 허물을 덮어 씌우다. ○大變仍臻 – 큰 변고는 여전히 일어났다. 臻은 이를 진(至也). ○嘿然(묵연) – 말이 없다. 침묵하다. 嘿(고요할 묵)은 默과 通. ○靡人不稱 – 칭송하지 않는 사람이 없다. 靡(없을 미)는 無. ○非議詆欺(비의저기) – 그릇된 의논으로 욕하고 업신여기다. ○乃者 – 지난 번에. 먼저 번에. ○自信 – 자신의 뜻을 펴다. 信은 申也. 異人은 他人. ○其徵堪詣行在所 – 其는 乃也. 詣는 至也. 行在所는 황제가 있는 곳, 長安. ○疾瘖 – 말을 하지 못하는 병에 걸리다. 瘖 벙어리 음. 啞也. ○令自殺於公車 – 공거에서 자살하게 하였다. 公車는 官署 명칭. 衛尉의 속관인 公車司馬令(간칭 公車令)의 근무처. 공거령은 궁궐 外門(司馬門)의 경비를 담당한다. ○〈疾讒〉 – 질참. 참언을 질책하다. 〈擿要〉 – 들출 적, ○依興古事 – 古事에 비유하다.

〖國譯〗

환관으로서 中書令인 石顯(석현) 등의 專權은 날로 심해졌다. 이후 3년 뒤에 孝宣帝의 廟堂(묘당)에 화재가 있었고 그 달 그믐에는 일식이 있었다. 이에 황제(元帝)는 그전에 일식이 周堪(주감)과 張猛(장맹) 때문이라고 말했던 사람들을 다 불러 문책하자 모두 머리를 숙이며 사죄했다. 이에 조서를 내려 말했다.

「하동태수인 주감은 先帝께서도 그를 현명하게 생각하시어 나의 사부로 임명했었다. 주감은 자질이 뛰어나고 도술에 밝으며, 논의가 정직하며, 의지가 일정하고 지성으로 일을 하며 정말로 나라를 걱정하는 마음을 가졌다. 그는 윗사람에게 아부하거나 권세가를 따르지 않아 혼자였으며, 돕는 사람도 많지 않았기에 결국 힘에 눌려 물러났고 끝내 자신의 뜻을 밝히지 못했다. 지날 날에 여러 신하들은 이변이 일어나면 자신을 닦는데 힘쓰지 않고 그 연유만을 생각하며 도리어 우매하게도 하늘의 뜻을 말하며 이 사람(주감)을 원망하였다. 짐은 부득이 그를 방출하고 지켜보며 그 재능을 드러내려 하였다. 주감이 지방으로 나간 뒤에도 큰 변고는 여전히 일어났고 여러 사람들은 침묵했다. 주감이 다스리는 최근 일 년 동안 그를 아는 삼로와 관속들이 모두 그의 선정을 칭송하였고 그 군을 지나는 사자들이 그를 칭송하지 않는 사람이 없었다. 이로써 先帝께서 사람을 바로 보았다는 것이 확실하게 드러났으며 짐도 확실하게 알게 되었다. 속인들은 여전히 어떤 단서만 있으면 그것을 바탕으로 비난하고 헐뜯거나, 또는 보이지 않는 것을 끌어내거나 확실한 것을 아니라거나 비슷한 것을 가지고 의심하면서 함정에 빠트리려고 하였지만 짐은 그런 주장들을 취하지 않았었다. 짐이 여러 사람의 뜻에 따라 마음을 오로지 하지 못했으나 지난 번 하늘에 큰 이변이 있어 짐은 심히 두려웠다. 지금 주감은 나이도 많고 쇠약하여 그 뜻을 펴지 못하고 다른 사람들에게 밀릴까 걱정이 되지만 어찌 그것을 걱정해야 하겠는가? 이에 주감을 장안으로 徵召(징소)한다.」

황제는 주감에게 光祿大夫를 제수하고 질록은 中二千石에 尙書

事를 주관케 하였다. 장맹은 다시 태중대부 급사중이 되었다. 중서령 석현이 상서의 일을 주관하고 있었는데 5인의 상서가 모두 그의 당인들이었다. 주감은 어쩌다가 황제를 알현할 수 있었고 언제나 석현이 정사를 아뢰었고 석현의 입을 통해 결정이 되었다. 마침 주감은 말을 못하는 병에 걸려 말도 하지 못하고 죽었다. 석현은 장맹을 참소하였고 결국 장맹은 公車에서 자살하였다. 유경생은 이를 마음 아파하며 바로 〈疾讒(질참)〉, 〈擿要(적요)〉, 〈救危(구위)〉 및 〈世頌(세송)〉 등 모두 8편의 문장을 지었는데 고사에 비유하여 자신과 동료들을 애도하였다. 유경생은 이후 10여 년간 벼슬하지 않았다.

原文

成帝卽位, 顯等伏辜, 更生乃復進用, 更名向. 向以故九卿召拜爲中郎, 使領護三輔都水. 數奏封事, 遷光祿大夫. 是時, 帝元舅陽平侯王鳳爲大將軍, 秉政, 倚太后, 專國權, 兄弟七人皆封爲列侯. 時數有大異, 向以爲外戚貴盛, 鳳兄弟用事之咎. 而上方精於《詩》, 《書》, 觀古文, 詔向領校中《五經》秘書. 向見《尙書 · 洪範》, 箕子爲武王陳五行陰陽休咎之應. 向乃集合上古以來歷春秋六國至秦,漢符瑞災異之記, 推跡行事, 連傳禍福, 著其占驗, 比類相從, 各有條目, 凡十一篇, 號曰〈洪範五行傳論〉, 奏之. 天子心知向忠精, 故爲鳳兄弟起此論也, 然終不能奪王氏權.

| 註釋 | ○成帝 – 재위 前 33 – 前 7년. 27년간 재위하고 45세에 죽었다. 宣帝의 손자. 元帝의 嫡長子. 成帝 즉위 후 모친 王氏 일족 대거 등용. 趙飛燕(조비연)을 황후로 삼았다. ○伏辜(복고) – 형을 받아 처형되다. 伏法. ○更名向 – 劉更生에서 劉向으로 이름을 바꾸다. 史書에는 劉向으로 기록. ○中郞 – 근시관, 요즈음 대통령 비서 격. ○三輔(삼보) – 장안 및 장안 부근(경기) 지역의 총칭. 정확하게는 京兆尹, 左馮翊(좌풍익), 右扶風의 관할 지역. ○都水 – 三輔 지역의 하천 관리 책임자. ○帝元舅 – 成帝의 큰 외삼촌. ○陽平侯 王鳳(왕봉, ? – 前 22) – 元帝의 皇后 王政君의 오빠. 왕봉은 죽으면서 조카 王莽을 특별히 태후에게 부탁했다. 결국 西漢 멸망의 싹을 키운 셈이었다. ○太后 – 元帝의 황후, 成帝의 母親인 王政君. ○兄弟七人 – 王莽의 부친은 일찍 죽었기에 왕망은 특히 큰 아버지인 왕봉을 잘 모셔 크게 신임을 받았다. ○領校 – 校勘(교감) 책임자. 中은 궁중의 石渠閣 등. ○箕子(기자) – 商朝의 宗室. 帝 文丁의 아들, 帝乙의 동생, 폭군 紂王(주왕)의 叔父. 箕(今山西省 晉中市 太谷縣)에 봉해졌었다. 周 武王이 箕子에게 물은 治國의 방법을 기록한 것이 《尙書 洪範》이다. 《論語 微子》에는 箕子와 微子 그리고 比干(비간)을 '殷有三仁'이라 칭했다. 司馬遷 《史記》에는 箕子가 晩年에 동쪽으로 가서 朝鮮을 통치했다고 기록했지만 근거가 없다. ○休咎(휴구) – 吉凶. ○符瑞(부서) – 상서로운 징조.

〖國譯〗

成帝가 즉위하며 석현 등은 법에 의거 처형되고, 유경생은 곧 다시 등용되었고 이름을 向으로 바꾸었다. 劉向(유향)은 전에 9경 직위를 역임했었기에 부름을 받아 中郞에 제수되었으며 三輔(삼보) 지역의 수리 사업을 총괄하였다. 유향은 자주 封事를 상주하였고 光祿大夫가 되었다. 이때 황제의 큰 외숙인 陽平侯 王鳳(왕봉)은 대장군이 되어 정권을 잡았고 태후에 의지하여 국권을 마음대로 했고 형제 7인이 모두 열후에 봉해졌다. 이 시기에 자주 큰 이변이 일어났는데 유향은 이를 외척이 고귀한 자리에 올랐으며 왕봉의 형제들이 권력을 휘두르기 때문이라고 생각하였다. 그리고 황제는《詩》와《書》에 정통하고 고문을 즐겨 읽었는데 조서로 유향에게 궁중의《五經》과 秘書들을 교열하며 바로 잡으라고 명하였다. 유향은《尙書 洪範》에 실려 있는 箕子가 武王에게 설명한 五行과 陰陽과 길흉의 조짐을 읽었다. 그리고 유향은 상고 이래로 춘추시대와 六國을 거쳐 秦과 漢에 이르는 시기의 여러 징조와 재이의 기록을 모아 그와 관련된 일들을 추적하고 禍福을 연결하며 그 징조와 증거를 정리하여 비슷한 종류로 분류하고 각각 조목을 붙여서 모두 11편으로 엮어〈洪範五行傳論〉이라 이름을 지어 황제에게 상주하였다. 天子는 마음으로 유향의 충성으로 알았고 일부러 왕봉의 형제들에게 이를 논의해보라고 하였으나 끝내 왕씨들의 권력을 빼앗지는 못했다.

原文

久之, 營起昌陵, 數年不成, 復還歸延陵, 制度泰奢. 向上蔬諫曰,

「臣聞《易》曰, "安不忘危, 存不忘亡, 是以身安而國家可保也." 故賢聖之君, 博觀終始, 窮極事情, 而是非分明. 王者必通三統, 明天命所授者博, 非獨一姓也. 孔子論《詩》, 至於 '殷士膚敏, 祼將於京', 喟然歎曰, "大哉天命! 善不可

不傳於子孫, 是以富貴無常, 不如是, 則王公其何以戒愼, 民萌何以勸勉?” 蓋傷微子之事周, 而痛殷之亡也. 雖有堯,舜之聖, 不能化丹朱之子, 雖有禹,湯之德, 不能訓未孫之桀, 紂. 自古及今, 未有不亡之國也. 昔高皇帝旣滅秦, 將都雒陽, 感寤劉敬之言, 自以德不及周, 而賢於秦, 遂徙都關中, 依周之德, 因秦之阻. 世之長短, 以德爲效, 故常戰粟, 不敢諱亡. 孔子所謂 ‘富貴無常’, 蓋謂此也.」

| **註釋** | ○昌陵(창릉) – 成帝의 완성되지 못한 능. 今 陝西省 西安市 臨潼區(진시황의 병마용과 당 현종의 화청지가 유명) 동쪽에 鴻嘉 원년(前 20)에 공사를 시작하였으나 지대가 낮아 비용이 엄청나게 들어가 永始 원년(前 16)에 중단하였다. ○延陵(연릉) – 成帝의 陵. 陝西省 咸陽市 周陵鄕 소재. 東西 382m, 南北 400m, 墓 底邊 173m 정상 부분 길이 51m, 높이 31m 부근에 황후와 班婕妤(반첩여) 등의 묘와 7기의 陪葬墓(배장묘)가 있다. ○向上疏諫曰 – 창릉의 능묘 공사를 중단하기 전에 이를 상소한 것으로 알려졌다. ○《易》曰 – 《易》繫辭(계사) 下. ○三統 – 夏, 殷, 周 三代 曆法의 正朔(정삭)을 人統, 地統, 天統에 근원을 두었다는 뜻. ○殷士膚敏, 祼將於京 – 《詩經 大雅 文王》, 膚는 美也. 敏은 민첩하다. 祼(관)은 降神하도록 술을 따라 뿌리는 동작. 將은 제물을 바치는 일. 京은 周의 수도 鎬京. ○喟然(위연) – 탄식하는 모양. ○民萌(민맹) – 백성. 民氓(민맹). ○丹朱(단주) – 堯의 아들. 그가 불초하여 舜에게 양위하였다. ○桀,紂(걸주) – 夏의 桀王과 殷의 紂王. 폭군의 대명사. ○劉敬(유경, 婁敬) – 본래 齊國의 戍卒. 洛陽이 아닌 關中에 도읍해야 한다고 역설했다. 고조로부터 유씨 성을 하사받았다. 高祖 7年(前 200) 흉노 정벌의 불가를 건의했으나 받아들여지지 않았고 고조는 평성에서 존망의 위기에 처했다. ○以德爲效 – 德의 유무에 의해 증명된다. ○戰栗(전율) –

무서워 떨다.

〖國譯〗

얼마 뒤에, 昌陵의 공사를 시작했으나 몇 년이 되도록 완공하지 못하고 다시 延陵으로 되돌아갔으나 그 꾸밈이 너무 사치스러웠다. 유향은 상소를 올려 이를 충간하였다.

「臣이 알기로는, 《易經》에 '안온할 때에 위태함를 잊어서 안 되고, 온전할 때에 패망을 잊어서는 안 되며, 이리 해야만 신체를 보전하고 나라를 지킬 수 있다.' 고 하였습니다. 그래서 현명한 군주는 사물의 시작과 끝을 널리 살피고 일을 끝까지 다 하며 시비를 분명히 합니다. 王者는 필히 三統에 통해야 하고 천명을 받을 자가 많으며 하늘은 한 사람에게만 주지 않는다는 것을 분명히 알아야 합니다. 孔子가 《詩》를 논하다가 '殷의 祭官이 훌륭하고 민첩하니 鎬京에서 술을 올리고 제물을 바치도다.' 라는 구절에 이르러 크게 탄식하며 말했습니다. '훌륭하도다. 天命이여! 善을 자손에게 물려주지 않으면 안 되나니 이 때문에 富貴가 無常한 것이며 이와 같지 않다면 王公이 아마도 어찌 자신을 살피고 조심할 것이며, 백성을 무엇으로 권면할 수 있겠나?' 라고 하였습니다. 이는 아마 微子(미자)가 周 왕실을 섬기게 된 것을 슬퍼하고 殷의 멸망을 가슴 아파한 것입니다. 비록 堯와 舜과 같은 聖明이 있어도 丹朱(단주) 같은 아들을 가르치지 못했고 禹王과 湯王의 德으로도 먼 후손 桀王(걸왕)과 紂王(주왕)을 훈계할 수 없었습니다. 예로부터 지금까지 망하지 않은 나라가 없었습니다. 예전에 高皇帝께서 秦을 멸망시킨 뒤에 雒陽(낙양)에 도읍하려 하였으나 劉敬(유경, 婁敬)의 말에 느낀 바가 있었고,

高祖 자신이 德은 周에 미치지 못하고 秦보다는 낫다고 생각하여 결국 關中에 도읍하였으니, 이는 周의 德에 바탕을 두고 秦地의 험준함을 이용한 것입니다. 나라 존속의 길고 짧음은 덕에 있는 것이기에 늘 백성을 두려워 떨게 만든다면 망하는 것을 피할 수 없을 것입니다. 孔子의 '부귀 무상' 이란 말은 아마도 이를 뜻할 것입니다.」

原文

「孝文皇帝居霸陵, 北臨厠, 意凄愴悲懷, 顧謂群臣曰, "嗟乎! 以北山石爲槨, 用紵絮斮陳漆其間, 豈可動哉!" 張釋之進曰, "使其中有可欲, 雖錮南山猶有隙, 使其中無可欲, 雖無石槨, 又何慼焉?" 夫死者無終極, 而國家有廢興, 故釋之之言, 爲無窮計也. 孝文寤焉, 遂薄葬, 不起山墳.」

| **註釋** | ○孝文皇帝 – 前 179 – 157년. ○居 – 차지하다. 앉다. 墳墓. 여기서는 묘를 준비하다. 霸陵(패릉)은 今 陝西省 長安縣 동쪽. 灞河(파하)에 가까워서 灞陵(파릉)이라고도 쓴다. ○厠 – 뒷간 측. 양쪽으로 물을 끼고 있는 곳. ○北山 – 산 이름. 이곳에서 美石이 생산되었다. ○槨 – 덧널 곽. ○紵絮(저서) – 모시로 만든 실과 솜. 斮陳(착진)은 잘라서 관 안을 채우다. 벨 착. 漆은 옻 칠. ○豈可動哉 – 어찌 열 수 있겠는가? 무덤을 도굴할 수 없을 것이다. ○張釋之(장석지) – 文帝 때 법을 공정하게 집행한 廷尉로 유명. 50권, 〈張馮汲鄭傳〉에 立傳. ○錮 – 땜질할 고. 붙들어매다. ○又何慼焉 – 무슨 걱정이 있겠습니까? 慼은 근심할 척. ○夫死者無終極 – 죽음이란 것은 그 끝이 없다. 곧 죽음 다음에는 아무런 변화가 없는 상황이란 뜻. ○不起山墳 – 산처

럼 흙을 쌓지 않다.

〖國譯〗

「효문황제는 자신이 묻힐 霸陵(패릉)을 보고 북쪽 물가에서 마음이 처량하고 슬퍼 여러 신하들을 둘러보며 말했습니다. "아! 북산에서 캐낸 돌로 덧널을 만들고 모시와 솜으로 채우고 그 사이를 옻으로 칠한다면 어찌 열 수 있겠는가?" 그러자 張釋之가 나서며 말했습니다. "그 안에 욕심을 낼만한 것이 있다면 비록 남산으로 막더라도 뚫을 틈이 있겠지만 그 안에 욕심낼만한 것이 없다면 비록 덧널이 없다 한들 무엇을 걱정하겠습니까?" 대저 죽음이란 것은 그 끝이 없지만 나라에는 망하고 흥하는 것이 있기에 장석지의 말은 무궁한 계책일 것입니다. 효문제는 깨달았고 그래서 薄葬(박장)을 하면서 큰 봉분을 만들지 않았습니다.」

原文

「《易》曰, "古之葬者, 厚衣之以薪, 臧之中野, 不封不樹. 後世聖人易之以棺槨." 棺槨之作, 自黃帝始. 黃帝葬於橋山, 堯葬濟陰, 丘壟皆小, 葬具甚微. 舜葬蒼梧, 二妃不從. 禹葬會稽, 不改其列. 殷湯無葬處. 文,武,周公葬於畢, 秦穆公葬於雍橐泉宮祈年館下, 樗里子葬於武庫, 皆無丘隴之處. 此聖帝明王賢君智士遠覽獨慮無窮之計也. 其賢臣孝子亦承命順意而薄葬之, 此誠奉安君父, 忠孝之至也.」

| 註釋 | ○《易》曰 - 《易經 繫辭 下》. ○厚衣之以薪 - 섶으로 두껍게 시신을 덮다. 薪은 땔나무 신. 장작이나 가는 나무 등의 땔감. 우리말로는 섶나무이다. ○棺槨 - 시신을 넣은 것이 棺(관, 널)이고 그 관을 한 번 더 싸는 것이 槨(곽, 덧널)이다. ○橋山(교산) - 陝西省 黃陵縣의 산 이름. ○濟陰(제음) - 郡名. 치소는 定陶縣(今 山東省 菏澤市 定陶縣). ○丘壟(구롱) - 무덤. ○蒼梧(창오) - 今 湖南省의 蒼梧山(九疑山). ○會稽(회계) - 郡 이름. 今 江蘇省 蘇州市. ○不改其列 - 민가를 다른 곳으로 옮기게 하다. 列은 저저 거리 곧 마을의 길. ○畢(필) - 지명. ○雍橐泉宮祈年館(옹탁천궁기년관) - 雍(옹)은 읍명. 橐 자루 탁. ○樗里子(저리자) - 秦 惠文王의 이복동생. 여러 관직 역임 별호가 智囊(지낭)이었다. ○武庫(무고) - 지명. 今 陝西省 西安市에 해당. 長安城의 未央宮과 長樂宮사이의 武器庫.

〖國譯〗

「《易經》에 '옛날의 장례는 섶나무로 (시신을) 두텁게 덮어 들 가운데 묻고 봉분을 쌓지도, 나무를 심지도 않았다. 후세에 聖人이 이를 棺槨(관곽)으로 바꾸었다.' 고 하였는데, 관과 곽을 만들기는 黃帝부터 시작되었습니다. 황제는 橋山(교산)에 묻혔고, 堯는 濟陰(제음)에 묻혔는데 무덤이 모두 작으며 매장 장치도 매우 미미합니다. 舜은 蒼梧山(창오산)에 묻혔으나 두 왕비는 같이 묻히지 않았습니다. 禹王은 會稽(회계)에 묻혔으며 그전의 民家를 옮기지도 않았습니다. 殷의 湯王(탕왕)은 묻힌 곳을 모릅니다. 文王과 武王, 周公은 畢(필)에 묻혔으며, 秦 穆公(목공)은 雍(옹)의 橐泉宮(탁천궁) 祈年館(기년관) 아래 묻혔고, 樗里子(저리자)는 武庫(무고)에 묻혔는데 모두 봉분을 쌓은 곳이 알려지지 않았습니다. 이러한 聖帝와 명왕과 賢君이나 智士는 멀리 보고 홀로 무궁한 계책을 생각한 것입니다. 아마 현신이나 효자 역시 분부를 받고 그 뜻에 따라 검소한 장례를 치룬 것이니, 이는 정말로 주군이나 부모를 편히 받든 것이며 충효를 다한 것입니다.」

原文

「夫周公, 武王弟也, 葬兄甚微. 孔子葬母於防, 稱古墓而不墳, 曰, "丘, 東西南北之人也, 不可不識也." 爲四尺墳, 遇雨而崩. 弟子修之, 以告孔子, 孔子流涕曰, "吾聞之, 古者不修墓." 蓋非之也. 延陵季子適齊而反, 其子死, 葬於嬴,博之間, 穿不及泉, 斂以時服, 封墳掩坎, 其高可隱, 而號曰, "骨肉歸復於土, 命也, 魂氣則無不之也." 夫嬴,博去吳千有餘里, 季子不歸葬. 孔子往觀曰, "延陵季子於禮合矣." 故仲尼孝子, 而延陵慈父, 舜,禹忠臣, 周公弟弟, 其葬君親骨肉, 皆微薄矣, 非苟爲儉, 誠便於體也. 宋桓司馬爲石槨, 仲尼曰 "不如速朽." 秦相呂不韋集知略之士而造《春秋》, 亦言薄葬之義, 皆明於事情者也.」

| 註釋 | ○防(방) - 魯의 邑名, 또는 曲阜縣 동쪽 산 이름이라는 주석도 있다. ○稱古墓 - 옛 묘제에 일치하다. 墓는 棺(관)이 들어가는 곳〔壙穴(광혈)〕. 그 위에 흙을 높이 돋운 것이 墳이다. ○丘 - 孔子의 이름. 東西南北之人也는 각지를 떠돌아야 하는 사람이다. ○不可不識也 - 공자의 부친 叔梁紇(숙량흘)은 공자가 아주 어렸을 때 돌아가셨다. 봉분이 없었기에 공자 모친이 돌아가셨을 때 선친의 묘소 있는 곳을 몰랐다. 때문에 그 모친의 묘는

표시가 있어야 하기에 분을 만들었다는 주석이 있다. ○延陵季子(연릉계자) - 季札(계찰), 춘추시대 吳王 壽夢의 막내아들. 延陵(今 江蘇省 常州市)은 그의 봉지. ○葬於嬴,博之間 - 계찰이 북방을 여행할 때 아들이 수행했는데 齊에서 죽었다. 嬴(영)과 博(박)은 산동 지역의 읍명. ○穿不及泉 - 물이 나오지 않을 정도의 깊이로 땅을 파다. ○斂以時服 - 평상복으로 斂을 하다. 斂은 거둘 염(렴). 殮과 同. ○封墳掩坎 - 봉분을 만들어 구덩이를 가리다. 坎은 구덩이 감. 관을 묻은 곳. ○其高可隱 - 봉분이 사람의 키에 가려질 정도의 높이. ○號 - 哭하며 말하다. ○弟弟 - 悌悌(제제). 형제간에 화목하다. ○宋桓司馬 - 춘추시대 宋의 司馬 桓魋(환퇴, 向魋). 魯 哀公 2년(前 493)에 孔子가 周遊列國하며 宋에 가서 大樹 아래에서 제자들과 習禮하는 데 환퇴가 공자를 죽이려고 큰 나무를 뽑았다고 한다. 제자들이 빨리 떠나자고 말하자 공자가 말했다. "天生德於予, 桓魋其如予何?"《論語 述而》. ○呂不韋(여불위, 前 290? - 235) - 전국시대 衛國의 商人, 政治家, 秦에서 13년간 재상을 역임. 《呂氏春秋》를 편집. 先秦 雜家의 대표 인물.

『國譯』

「周公은 武王의 동생으로 형의 장례를 아주 간단하게 치루었습니다. 孔子가 모친을 防에 장례할 때 古墓의 제도에 따라 봉분을 만들지 않아야 했으나 공자가 말했습니다. "나는 동서남북을 떠돌 사람이니 표식을 하지 않을 수 없다." 그리고서 4자 높이의 봉분을 만들었으나 나중에 비가 와서 무너졌습니다. 제자들이 묘를 손질을 하고서 공자에게 말하자, 공자는 눈물을 흘리며 말했습니다. "내가 알기로는 옛날엔 묘지를 손보지 않았다." 이는 아마도 틀린 말일 것입니다. 延陵季子가 齊에 갔다가 돌아올 때 그 아들이 죽어서 嬴(영)과 博(박) 사이에서 장례했는데 물이 나지 않을 정도의 깊이에 평상복을 입힌 채 염을 했으며 사람 키에 가릴 정도의 봉분을 만들고서 통곡하며 말했습니다. "골육이 다시 흙으로 돌아가니, 이는 命이겠지만 혼령은 못가는 곳이 없으리라." 대저 嬴(영)과 博(박)은 吳에서 천리나 떨어진 곳이라서 연릉계자는 오나라로 가서 장례할 수 없었습니다. 孔子가 가서 그 무덤을 보고 말했습니다. "延陵季子는 禮에 맞게 장례했도다." 이상을 본다면, 仲尼는 孝子이고 연릉계자는 慈父이며, 舜과 禹는 충신이고 周公은 형제를 사랑했으니 그 주군이나 육친이나 골육의 장례가 모두 간소하였는데, 이는 일부러 검소한 것이 아니고 정말로 육신을 편하게 하려 한 것입니다. 宋의 司馬 桓魋(환퇴)가 돌로 槨(곽)을 만들었는데 공자가 말했습니다. "빨리 썩게 하는 것만 못하다." 秦의 승상인 呂不韋(여불위)는 지식인들을 모아 《春秋》를 엮었는데 거기에서도 검소한 장례의 뜻을 언급하였으니 모두가 실질에 밝은 사람들이라 할 수 있습니다.」

原文

「逮至吳王闔閭, 違禮厚葬, 十有餘年, 越人發之. 及秦惠文,武,昭,孝文,嚴襄五王, 皆大作丘隴, 多其瘞臧, 咸盡發掘暴露, 甚足悲也. 秦始皇帝葬於驪山之阿, 下錮三泉, 上崇山墳, 其高五十餘丈, 周回五里有餘, 石槨爲游館, 人膏爲燈燭, 水銀爲江海, 黃金爲鳧雁. 珍寶之臧, 機械之變, 棺槨之麗, 宮館之盛, 不可勝原. 又多殺官人, 生薶工匠, 計以萬數. 天下苦其役而反之, 驪山之作未成, 而周章百萬之師至其下矣. 項籍燔其宮室營宇, 往者咸見發掘. 其後牧兒亡羊, 羊入其鑿, 牧者持火照求羊, 失火燒其臧槨. 自古至今, 葬未有盛如始皇者也, 數年之間, 外被項籍之災, 內離牧豎之禍, 豈不哀哉!」

| **註釋** | ○闔閭(합려, 前 514 – 496 在位) – 春秋五霸의 한 사람. 아들 夫差(부차)에게 원수를 잊지 말라는 유언을 남겼다. ○丘隴(구롱) – 丘壟. 언덕. 산. ○瘞臧(예장) – 묻어두다. 瘞는 묻을 예. 臧는 착할 장. 藏과 通. ○驪山之阿 – 여산의 구릉. 阿(언덕 아)는 山曲. ○下錮三泉 – 땅속에 3단계 큰물을 만들었다. ○石槨爲游館 – 석곽으로 離宮(이궁)을 만들다. 壙中(광중)이 곧 유희할 수 있는 건물(游館)이란 뜻. ○鳧雁 – 鳧는 오리 부. ○機械之變 – 기계의 변화와 작동. 외적(도굴꾼)의 침입을 막기 위한 장치. ○不可勝原 – 그 본래의 양이나 정도를 다 말할 수 없다. 무엇이 얼마 만큼인지 알 수 없다. ○生薶(생매) – 生埋(생매). 薶는 메울 매. 埋와 同. ○周章 – 陳勝의 부장. 周文. ○燔其宮室營宇 – 궁실과 건물을 불사르다. 燔은 구를 번. 불사르다. 營宇(영우)는 건물. ○鑿 – 뚫을 착. 뚫린 곳. ○臧槨(장곽) – 부장품을 넣은 시설. ○內離牧豎 – 離는 입다. 당하다. 遭也. 豎는 더벅머리 수. 牧豎는 牧童.

〖國譯〗

「吳王 闔閭(합려)에 이르러 예도에 벗어난 厚葬을 하였는데 10여 년 뒤에 越(월)나라 사람들이 무덤을 발굴하였습니다. 秦의 惠文王과 武王, 昭王, 孝文王, 嚴襄王의 五王에 이르러서는 모두 봉분을 크게 만들었고 부장품을 많이 넣었지만 완전히 도굴되고 뒤집혔으니 매우 슬픈 일이었습니다. 진시황제는 驪山(여산)의 기슭에 묻혔는데 아래로는 3개의 깊은 샘에 잠금장치가 있었고, 위로는 산처럼 봉분을 높였으니 그 높이가 50여 길이나 되었고, 그 둘레가 5리가 넘었으며 石槨(석곽)으로 이궁을 지었으며, 사람 기름으로 등이나 촛불을 밝히고 수은으로 강과 바다를 그리고 황금으로 새들을 만들었습니다. 진기한 보물을 감추고 기계를 움직이게 하였으며 관곽의 화려함과 성대한 궁궐은 그 본래의 숫자나 정도를 다 셀 수가 없었습니다. 또 많은 관리를 죽였고 생매장한 기술자들은 만 단위로 세어야 했습니다. 온 천하가 그 부역에 고통을 받아 반기를 들었고, 여산의 공사는 완성되지도 않았는데 周章(周文)의 백만 군사들이 거기에 들이닥쳤습니다. 項籍(項羽)은 그 궁실과 건물을 불사르고 황릉에 온 사람들 모두가 무덤을 파헤쳤습니다. 그 뒤로는 목동들이 양을 잃어버렸고 양이 그 틈으로 숨자 목동들이 횃불을 들고 양을 찾다가 불을 내어 그 장치나 목곽을 태웠습니다. 예로부터 지금까지 진시황 무덤처럼 성대한 무덤은 없었습니다만 수년 안에 밖은 項籍(항적)에 의해 부서졌고 내부는 목동에 의해 불탔으니 어찌 처량하지 않겠습니까?」

原文

「是故德彌厚者葬彌薄, 知愈深者葬愈微. 無德寡知, 其葬愈厚, 丘隴彌高, 宮廟甚麗, 發掘必速. 由是觀之, 明暗之效, 葬之吉凶, 昭然可見矣. 周德既衰而奢侈, 宣王賢而中興, 更爲儉宮室, 小寢廟. 詩人美之, 〈斯干〉之詩是也, 上章道宮室之如制, 下章言子孫之衆多也. 及魯嚴公刻飾宗廟, 多築臺囿, 後嗣再絶,《春秋》刺焉. 周宣如彼而昌, 魯, 秦如此而絶, 是則奢儉之得失也.」

| **註釋** | ○彌厚(미후) - 더욱 두터웁다. 彌는 더욱더. 점점 더. ○寡知 - 寡智. 知는 古 '智'字. ○昭然(소연) - 매우 분명한 모양. ○宣王(선왕) - 西周 11대 君主, 周 厲王의 아들, 在位 前 827 - 782년. 선정을 베풀고 이민족을 토벌하였으며 제후 세력을 눌러 '宣王中興'을 이룩했었다. ○寢廟(침묘) - 종묘의 묘당은 신주를 모셔 놓고 제사하는 곳(接神之處). 묘당 뒤의 寢殿은 衣冠을 보관하는 곳. ○〈斯干〉-《詩經 小雅》의 篇名. ○魯嚴公 - 魯 莊公(재위 前 693 - 662). ○臺囿(대유) - 樓臺와 苑囿(원유). 囿는 동산 유.

〖國譯〗

「이처럼 德이 높은 사람일수록 더 검소하게 장례를 치뤘으며 지혜가 많을수록 더 작게 무덤을 만들었습니다. 덕과 지혜가 없는 자는 그 무덤이 화려하고 봉분은 더욱 높고 궁묘는 매우 화려했으나 도굴은 정말 빨랐습니다. 이를 살펴보면, 총명과 우매의 정도나 장례의 길흉을 명확하게 알 수 있습니다. 周의 덕이 쇠퇴했을 때는 사치했으며, 宣王(선왕)은 현명했기에 중흥을 이루었는데 궁궐은 더 검소했고 묘당과 침전은 작았습니다. 그래서 시인은 이를 기렸으니 〈斯干(사간)〉의 시처럼 상장에서는 궁실이 법제에 맞았다고 읊었고 하장에서는 자손이 많음을 노래했습니다. 魯의 嚴公은 宗廟를 화려하게 꾸미고 많은 누각과 정원을 지었지만 후손이 다시 끊겼고《春秋》에서는 이를 풍자하였습니다. 周 宣王은 그러했기에 昌盛하였으며 魯와 秦은 이러했기에 끊겼으니, 이는 바로 사치와 검소에 따른 득실이었습니다.」

原文

「陛下卽位, 躬親節儉, 始營初陵, 其制約小, 天下莫不稱賢明. 及徙昌陵, 增埤爲高, 積土爲山, 發民墳墓, 積以萬數, 營起邑居, 期日迫卒, 功費大萬百餘. 死者恨於下, 生者愁於上, 怨氣感動陰陽, 因之以饑饉, 物故流離以十萬數, 臣甚惽焉. 以死者爲有知, 發人之墓, 其害多矣. 若其無知, 又安用大? 謀之賢知則不說, 以示衆庶則苦之. 若苟以說愚夫淫侈之人, 又何爲哉! 陛下仁慈篤美甚厚, 聰明疏達蓋世, 宜弘漢家之德, 崇劉氏之美. 光昭五帝,三王, 而顧與暴秦亂君競爲奢侈. 比方丘隴, 說愚夫之目, 隆一時之觀, 違賢知之心, 亡萬世之安, 臣竊爲陛下羞之. 唯陛下上覽明聖黃帝, 堯,舜,禹,湯,文,武,周公,仲尼之制, 下觀賢知穆公,延陵,樗里,張釋之之意. 孝文皇帝去墳薄葬, 以儉安神, 可以爲則. 秦昭,始皇增山厚臧, 以侈生害, 足以爲戒. 初陵之橅, 宜從公卿大臣之議, 以息衆庶.」

書奏, 上甚感向言, 而不能從其計.

| 註釋 | ○迫卒 – 迫猝(박졸). 촉박하다. 절박하다. ○營起邑居 – 황제의 능 옆에는 필히 시가지(곧 신도시)를 마련해야만 했다. ○大萬 – 巨萬과 같

音. 憶也. ○物故 – 죽다. 去世하다. 물고를 내다. 죄인을 죽이다. ○臣甚惛焉 – 신은 매우 걱정하고 있습니다. 惛은 어두울 혼. 마음이 혼미하다. ○饑饉 – 기근. 굶주림과 흉년. ○又安用大 – 또 어디에 크게 쓰겠습니까? ○不說 – 不悅. 좋아하지 않다. ○聰明疏達蓋世 – 총명과 통달함을 세상이 다 알고 있다. ○崇劉氏之美 – 美는 業의 착오인 듯. 위 句의 漢家之德과 짝이 된다. ○比方丘隴 – 큰 산과 비슷하다. 比方은 比較. ○可以爲則 – 본보기로 삼을 만하다. ○初陵之橅 – 橅는 법 모(무), 규범. 法式. ○以息衆庶 – 백성들을 쉬게 하다. 息은 安息.

〖國譯〗

「폐하께서는 즉위하시고 몸소 절약과 검소를 실천하셨으며 처음에 능묘를 만드실 때 그 규모를 작게 하시니 온 천하에 현명하시다고 칭송하지 않는 사람이 없었습니다. 그러나 昌陵 공사를 시작하며 낮은 땅을 메워 높게 해야 했고 흙을 쌓아 산을 만들며 백성들 분묘를 파 없앤 것이 수만에 이르고 거주지를 만드는데 기일이 촉박했으며 준공까지 비용이 백억에 달할 정도였습니다. 죽은 자는 땅속에서 한을 품고 산 자들은 땅 위에서 수심에 쌓였기에 그러한 怨氣가 음양에 영향을 주어 그 때문에 기근이 생겼고 죽거나 떠돌다 헤어지는 자를 십만 단위로 세어야 했으니 신은 이를 깊이 걱정하는 바입니다. 죽은 자가 아는 것이 있다면 백성의 묘를 파내는 것은 그 해가 클 것입니다. 만약 무식해서 그렇다 하더라도 큰 무덤을 어디에 쓰겠습니까? 현명한 지혜로 생각한다면 기쁘지 않을 것이며 백성들에게 보이는 것이라면 그 자체가 고통일 것입니다. (화려 장대한 능묘가) 만약에 정말로 어리석고 음란 사치한 사람을 위한 것이라면 무엇 때문에 그렇게 하겠습니까! 폐하께서는 인자하시며 미덕이 매우 돈독하시며 총명과 명철한 지혜가 세상에 알려졌으니 마땅히 漢 황실의 은덕을 널리 펴시고 劉氏의 왕업을 더 높여야 합니다. 五帝와 三王의 덕을 빛내면서 사나운 秦나라의 난잡한 군주가 경쟁하듯 사치한 것을 되돌아보아야 합니다. 산처럼 큰 능을 만들어 어리석은 자의 눈을 기쁘게 하고, 한때의 경관을 좋게 한다며 현명하고 지혜로운 마음을 버리며, 萬世의 안정을 잊으신다면 신은 폐하를 위해 부끄럽게 생각하는 바입니다. 바라옵건대, 폐하께서는 오직 위로는 聖明한 黃帝와 堯, 舜, 禹, 湯, 文王, 武王, 그리고 周公과 仲尼의 제도를 살펴보시고, 아래로는 현명하고 지혜로운 穆公(목공)과 延陵季子(연릉계자), 樗里子(저리자), 張釋之(장석지)의 뜻을 파악하셔야 합니다. 효문황제가 큰 봉분을 버리고 작은 무덤을 쓰는 검소함으로 신령을 편안케 하셨던 일을 본받으셔야 합니다. 秦의 昭王(소왕)과 진시황이 산처럼 많은 부장품의 사치로 백성을 해쳤던 점을 경계하셔야 합니다. 최초 능묘의 규모대로, 그리고 여러 공경과 대신들의 의논을 따라 백성들은 쉬게 하셔야 합니다.」

상소가 들어가자 황제는 劉向의 건의에 깊이 감동하였지만 그 방책을 따르지는 못했다.

原文

向睹俗彌奢淫, 而趙,衛之屬起微賤, 踰禮制. 向以爲王敎由內及外, 自近者始. 故採取《詩》,《書》所載賢妃貞婦, 興國顯家可法則, 及孽嬖亂亡者, 序次爲《列女傳》, 凡八篇, 以戒天子. 及采傳記行事, 著《新序》,《說苑》凡五十篇奏之. 數上疏言得失, 陳法戒. 書數十上, 以助觀覽, 補遺闕. 上雖不能盡用, 然內嘉其言, 常嗟歎之.

| 註釋 | ○睹 – 볼 도. ○趙,衛 – 趙飛燕(조비연, ? – 前 1년) 황후와 그 동생 趙昭儀. 衛婕予(위첩여). 조비연은 成帝의 2번째 皇后이며 哀帝의 皇太后. 몸이 가볍고 날렵해 掌上舞의 전설을 낳았다. 조비연의 동생 趙合德은 함께 成帝를 섬겨 昭儀가 되었고 성제로부터 '溫柔鄕'이라는 별칭을 얻었지만 음험하고 투기가 심하여 '紅顔禍水(홍안화수)'라는 부정적 평가를 받았다. 성제가 暴死하자(前 7) 핍박을 받아 자살했다. 衛婕妤(위첩여, 本名 李平)는 班婕妤(반첩여)의 侍女이었으나 성제의 총애를 받아 衛氏 姓을 하사받으면서 첩여가 되었다. ○孽嬖(얼폐) – 孽은 서자 또는 미천한 여인에게서 얻은 婚外子. 嬖 사랑할 폐. 총애를 받는 후궁. ○《列女傳》 – 고대 부녀자의 行實書이면서 일종의 婦女史. 현재 통행하는 것은 劉向의 저술에 후인이 첨작한 것으로 알려졌다. 현재 《列女傳》은 母儀傳, 賢明傳, 仁智傳, 貞順傳, 節義傳, 辯通傳, 孽嬖傳 등 7권에 걸쳐 총 105명의 인물을 다루고 있다. ○《新序》 – 歷史 故事와 傳說을 모은 것으로, 본래 30편이었다는데 지금 10편만 알려졌다. ○《說苑》 – 雜事 小說集. 先秦에서 西漢에 이르는 시기의 역사와 전설에 저자의 평론이 첨부되었다. 총 20편. ○內 – 안 내. 들일 납. 받아들이다. 納과 同.

〖國譯〗

劉向은 습속이 날로 淫奢(음사)해지며 趙飛燕(조비연)과 衛婕妤(위첩여) 같은 여인들이 미천한 신분에서 출세하고 예도를 무시하는 것을 보았다. 유향은 왕실의 가르침이 안에서 밖으로 행해지고 또 가까운 곳부터 시작되어야 한다고 생각하였다. 그래서 《詩經》이나

《書經》에 기록된 賢妃와 貞婦의 행실과 나라를 흥성케 하고 가문의 명성을 높일 수 있도록 법으로 본받아야 할 것과 서얼이나 총애를 받아 나라를 망친 여인들의 행적을 뽑아 《列女傳》으로 엮었는데 모두 8편으로 천자를 깨우치려 하였다. 또 傳記나 여러 행실과 사실을 모아 《新序》와 《說苑》 총 50편을 엮어 황제에게 올렸다. 유향은 여러 번 상소하여 득실을 논하고 본받을 것이나 경계할 일을 말하였다. 수십 번 글을 올려 황제가 열람할 수 있게 하였고 부족한 것을 채우도록 하였다. 성제가 비록 유향의 건의를 다 채용하지는 않았지만 유향의 말을 훌륭하다고 받아들였으며 늘 감탄하였다.

原文

時上無繼嗣, 政由王氏出, 災異浸甚. 向雅奇陳湯智謀, 與相親友, 獨謂湯曰, "災異如此, 而外家日盛, 其漸必危劉氏. 吾幸得同姓末屬, 累世蒙漢厚恩, 身爲宗室遺老, 歷事三主. 上以我先帝舊臣, 每進見常加優禮, 吾而不言, 孰當言者?" 向遂上封事極諫曰,

| 註釋 | ○王氏 - 왕씨 일족. 成帝의 母親인 王太后와 그 친정 王鳳의 兄弟들. ○浸甚 - 점점 심해지다. ○雅 - 평소. ○陳湯(진탕) - 생졸년 미상. 뇌물을 즐겼고 품행에 문제가 있었다는 평가가 있다. 王莽(왕망)을 잘 섬겼다. 40권, 〈傳常鄭甘陳段傳〉에 立傳.

〖國譯〗

이 무렵 成帝에게는 후사가 없었고 정치는 왕씨 일족에 의해 이루어졌으며 재난과 이변은 날로 심해졌다. 유향은 평소 陳湯(진탕)의 지모를 기특하게 여겨 그와 친우가 되었는데 한번은 진탕에게 말했다. "여러 災異가 이처럼 많고 외척은 날로 번성하니 아마 유씨는 필히 위기에 빠져들 것이요. 나는 황실과 동성의 먼 일족이지만 여러 대에 걸쳐 황실의 두터운 은혜를 입었으며 종실의 늙은이로 3분의 황제를 모셨소. 황제는 나를 先帝의 구신으로 생각하며 매번 알현할 때마다 특별한 예로 대우해주시니, 내가 말하지 않는다면 누가 말을 할 수 있겠소?" 유향은 封事를 올려 極諫(극간)하였다.

原文

「臣聞人君莫不欲安, 然而常危, 莫不欲存, 然而常亡, 失御臣之術也. 夫大臣操權柄, 持國政, 未有不爲害者也. 昔晉有六卿, 齊有田,崔, 衛有孫,甯, 魯有季,孟, 常掌國事, 世執朝柄. 終後田氏取齊, 六卿分晉, 崔杼弑其君光, 孫林父, 甯殖出其君衎, 弑其君剽, 季氏八佾舞於庭, 三家者以〈雍〉徹, 並專國政, 卒逐昭公. 周大夫尹氏筦朝事, 濁亂王室, 子朝, 子猛更立, 連年乃定. 故經曰 '王室亂', 又曰 '尹氏殺王子克', 甚之也. 《春秋》擧成敗, 錄禍福, 如此類甚衆, 皆陰盛而陽微, 下失臣道之所致也. 故《書》曰, '臣之有作威作福, 害於而家, 凶於而國.' 孔子曰 '祿去公室, 政逮大夫',

危亡之兆. 秦昭王舅穰侯及涇陽, 葉陽君專國擅勢, 上假太后之威, 三人者權重於昭王, 家富於秦國, 國甚危殆, 賴寤范雎之言, 而秦復存. 二世委任趙高, 專權自恣, 壅蔽大臣, 終有閻樂望夷之禍, 秦遂以亡. 近事不遠, 卽漢所代也.」

| 註釋 | ○權柄 – 권력. 저울 추 권, 자루(손잡이) 병. ○晉有六卿 – 晉은 周 武王의 아들을 봉한 나라로, 지금의 山西省 일대를 지배했다. 前 376년에 韓, 魏, 趙로 분열 멸망했다. 六卿은 趙氏, 韓氏, 魏氏, 智氏, 范氏(범씨), 中行氏인데 趙, 韓, 魏 삼국으로 분열되었다. ○齊有田,崔 – 田敬仲과 崔杼(최저). ○衛有孫,甯 – 孫氏, 甯氏(영씨). ○魯有季,孟 – 魯의 桓公의 아들 중 季孫氏와 叔孫氏, 孟孫氏 후손을 三桓(삼환)이라 하였다. ○田氏取齊 – 田和(太公) 이후의 齊를 田齊라 하여 이전의 姜齊와 구분한다. ○崔杼弑其君光 – 최저가 齊 莊公(名 光)을 죽였다(前 548). ○孫林父,甯殖出其君衎 – 衛 獻公〔名 衎(간)〕이 孫林父(손림보), 甯殖(영식)에 의해 축출되었다. ○弑其君剽 – 甯殖(영식)의 아들 甯喜는 衛 殤公〔상공, 名 剽(표)〕를 시해했다. ○季氏八佾舞於庭 – 孔子謂季氏, "八佾舞於庭, 是可忍也, 孰不可忍也?"(《論語 八佾》). 八佾(팔일)은 天子의 王廷에서나 출 수 있는 춤을 魯의 대부가 자기 집에서 추게 하였으니 매우 僭濫(참람)한 일이었다. ○三家者以〈雍〉徹 – 三家는 季孫氏와 叔孫氏, 孟孫氏. 〈雍〉은《詩經 周頌》의 편명. 徹은 제사를 마치고 음식을 거두는 절차. 이는 천자의 예악인데, 이를 魯 大夫가 행했다. ○筦朝事 – 筦(피리 관. 주관하다)은 管. 朝事는 조정의 政事. ○子朝 – 王子朝(? – 前 505) 姓姬, 名 朝, 周 景王의 庶出 長子. ○經曰 –《春秋》. ○尹氏殺王子克 – 지금의《春秋》에는 子克(자극)을 죽였다는 기사는 없다. ○皆陰盛而陽微 – 여기서 陰은 신하, 陽은 主君을 의미한다. ○《書》曰 –《書經 周書 洪範》, ○害於而家 – 而는 너 이. 汝와 同. ○祿去公室, 政逮大夫 – 孔子曰, "祿之

去公室五世矣, 政逮於大夫四世矣, 故夫三桓之子孫微矣."《論語 季氏》. ○秦昭王 - 秦 昭襄王 재위 前 306 - 251. ○范睢(범저, ? - 前 255) - 秦 昭王의 宰相. 范睢는《史記》에서는 '范睢', 우리 번역본에서는 '범수' 로 번역된 것이 있다. ○閻樂望夷之禍 - 閻樂(염락)은 秦의 장군. 望夷(망이)는 궁궐 이름. 閻樂은 망이궁에서 2세 황제를 죽였다.

〖國譯〗

「臣이 알기로는, 안정을 바라지 않는 군주가 없지만 나라는 자주 위기에 처하며, 나라의 존속을 원하지 않는 이 없지만 멸망하는 것은 신하를 거느리는 術策(술책)이 없기 때문입니다. 대개의 경우 대신이 권력을 잡고 국정을 장악하면 나라에 해악을 끼치지 않은 자가 없었습니다. 옛날에 晋에 六卿이 있었고, 齊에는 田氏와 崔氏, 그리고 衛에는 孫氏와 甯氏(영씨), 魯에는 季孫氏와 孟孫氏들이 오래도록 국정을 장악하고 대대로 조정의 권력을 행사하였습니다. 결국 田氏는 齊를 차지했고, 六卿은 晋을 갈라 독립했고, 崔杼(최저)는 주군인 莊公(光)을 시해했으며 孫林父와 甯殖(영식)은 주군 獻公(헌공, 衎간)을 내쫓았으며 殤公〔상공, 剽(표)〕을 시해했고, 魯의 季氏는 자기 집 뜰에서 八佾舞(팔일무)를 추게 했고 三桓의 가문에서는 제사 뒤에 〈雍(옹)〉을 연주하며 제물을 철수하였고 국정을 마음대로 휘두르다가 끝내 昭公(소공)을 축출하였습니다. 周의 대부 尹氏는 조정을 주관하며 왕실을 혼란에 빠뜨렸으니 子朝와 子猛을 교대로 내세우며 연달아 바꾸었습니다. 그래서《春秋》에서는 '왕실이 어지럽다' 고 기록했고, 또 '尹氏가 王子克을 죽였다' 고 기록했으니 아주 심한 것이었습니다.《春秋》는 성패를 열거하고 화복을 기록한 책이나 이와 같은 일이 아주 많은 것은 모두가 陰이 성하고 陽이 미약하여 아래로 신하의 법도를 상실했기 때문입니다. 그래서 《書經》에서는 '신하가 위세를 부리고 복록을 휘두르면 가문에 해악을 끼치고 나라에 흉사를 불러온다.' 라 하였습니다. 공자는 '祿이 公室에서 떠나갔고 정사가 대부로 옮겨갔다.' 고 하였는데, 이는 멸망의 조짐입니다. 秦昭王의 외삼촌인 穰侯(양후)와 涇陽(경양), 그리고 葉陽君(섭양군)이 나라를 장악하고 권세를 휘두르며 위로는 그 太后의 위세를 이용했는데 이 3인의 권한이 昭王보다 강했으며 그 가문은 진 왕실보다도 더 부유하여 나라가 매우 위태로웠지만 范雎(범저)의 간언에 깨우친 바 있어 진은 다시 존속할 수 있었습니다. 二世 황제는 국정을 환관 趙高에게 일임하여 조고가 권력을 쥐고 제멋대로 휘두르며 대신들의 황제 접근을 막았으나 끝내 장군 閻樂(염락)에게 望夷宮(망이궁)에서 살해되었고 秦은 멸망하였습니다. 이런 일은 먼 옛날 일이 아니었고 바로 이 때문에 漢이 秦을 대신하였습니다.」

原文

「漢興, 諸呂無道, 擅相尊王. 呂產, 呂祿席太后之寵, 據將相之位, 兼南北軍之衆, 擁梁,趙王之尊, 驕盈無厭, 欲危劉氏. 賴忠正大臣絳侯,朱虛侯等竭誠盡節以誅滅之, 然後劉氏復安. 今王氏一姓乘朱輪華轂者二十三人, 青紫貂蟬充盈幄內, 魚鱗左右. 大將軍秉事用權, 五侯驕奢僭盛, 並作威福, 擊斷自恣, 行汚而寄治, 身私而托公, 依東宮之尊, 假甥舅之親, 以爲威重. 尙書,九卿,州牧,郡守皆出其門, 管執樞機, 朋黨比周. 稱譽者登進, 忤恨者誅傷, 游談者助之說, 執政者爲之言. 排擯宗室, 孤弱公族, 其有智能者, 尤非毁而不進. 遠絶宗室之任, 不令得給事朝省, 恐其與己分權, 數稱燕王,蓋主以疑上心, 避諱呂,霍而弗肯稱. 內有管,蔡之萌, 外假周公之論, 兄弟據重, 宗族磐互. 歷上古至秦,漢, 外戚僭貴未有如王氏者也. 雖周皇甫,秦穰侯,漢武安,呂,霍,上官之屬, 皆不及也.」

| **註釋** | ○席太后之寵 - 席은 빙자하다. 기대다. 太后는 呂太后. ○據將相之位 - 呂產은 相國으로 南軍을, 呂祿은 上將軍으로 北軍을 지휘했다. ○擁梁, 趙王之尊 - 呂產은 梁王, 呂祿은 趙王이었다. ○驕盈無厭 - 교만이 넘쳐 그 끝이 없다. ○絳侯(강후) - 周勃(주발). ○朱虛侯(주허후) - 劉章(齊悼惠王 劉肥의 아들). ○朱輪華轂(주륜화곡) - 붉게 칠한 바퀴와 장식을 한 수레바퀴(귀족의 고급 마차). ○靑紫 - 청색의 관복(2천 석 관리). 자색의 관복(列侯). ○貂蟬(초선) - 고급 관원의 담비 꼬리 冠 장식. ○魚鱗左右 - 물고기 비늘처럼 황제의 측근이 되었다. ○大將軍 - 成帝의 외삼촌인 王鳳. ○五侯 - 成帝가 봉한 왕씨 5형제 제후. ○行汚而寄治 - 더러운 짓을 하면서 정치행위라고 假託한다. ○依東宮之尊 - 동궁은 王太后의 거처. ○忤恨(오한) - 거스르다. 뜻에 반하는 행동. ○朝省 - 조정과 궁중. ○燕王(연왕) - 劉澤. ○蓋主(개주) - 蓋長公主(개장공주). 昭帝의 누이. ○霍(곽) - 霍光(곽광, ? - 前 68). 宣帝 霍皇后의 아버지. 武帝, 昭帝, 宣帝 三朝에 걸쳐 정사를 주도했다. ○管, 蔡 - 周의 管叔鮮(관숙선)과 蔡叔度(채숙도). 周 武王의 동생. 어린 成王을 보필하는 周公을 헐뜯었다. ○磐互(반호) - 상호간 긴밀

히 연결되다. ○皇甫 – 西周 幽王의 신하. 褒姒(포사)의 親黨. ○漢武安 – 武安侯 田蚡(전분, ? – 前 131). 武帝의 외숙. ○上官 – 複姓. 昭帝의 上官皇后. 그 일족 上官桀(상관걸) 등.

〖國譯〗

「漢이 건국된 뒤에 呂氏 일족은 도리에 어긋나게 재상이나 왕을 차지하였습니다. 呂産과 呂祿은 여태후의 총애를 바탕으로 將相의 자리에 앉아 南, 北軍의 군사를 지휘하고 梁王과 趙王의 존귀한 자리도 함께 누렸으며 교만하기 끝이 없었고 劉氏를 위태롭게 하였습니다. 충직한 대신 絳侯(강후) 周勃(주발)과 朱虛侯(주허후) 劉章(유장) 등이 충성을 다하여 그들을 제거한 뒤에야 劉氏는 다시 안정되었습니다. 지금 왕씨 일족으로 고귀한 지위에 오른 자가 23명이나 되고 청색과 자색 관복을 입고 貂蟬(초선)으로 관을 장식한 고급 관리가 궁 안에 넘쳐 나며 황제 주변에 물고기 비늘처럼 줄지었습니다. 대장군 王鳳은 정권을 장악했고 王氏 五侯는 교만과 사치가 분수를 모를 정도로 번성하였으며 권위와 복록을 다 차지하고 제멋대로 행동하니 추잡한 짓을 정치라고 하며 개인 이득을 챙기면서 나라의 일이라고 하면서 태후의 존엄에 의지하며 황제 외가와 가까워야 한다고 핑계를 대며 위엄을 높여야 한다고 여기고 있습니다. 상서와 9경과 주목의 지방관이나 군수들이 모두 그 가문에서 나오고 나라의 주요 업무를 장악하였으며 붕당을 만들어 결합되었습니다. 그 왕씨들을 칭송하는 자는 승진하고 뜻이 다르면 죽거나 다치며 그들과 이야기를 나누며 그들을 기쁘게 하고 집정자들은 그들을 위한 조언을 해줍니다. 종실을 배제하고 황족을 지치고 외톨이로 만들었으며 지혜롭고 능력 있는 자들을 비난하고 헐뜯어 나아가지 못하게 합니다. 종실의 임무를 못하게 하고 조정과 궁중의 업무를 방해하며 자기들의 권력이 약해질까 걱정하여 燕王과 蓋長公主(개장공주)의 일을 자주 말하여 종친을 의심하도록 만들며 呂氏 일족이나 霍皇后(곽황후)의 일은 말하려 하지 않습니다. 안으로는 周의 管叔鮮(관숙선)과 蔡叔度(채숙도)와 같은 싹을 보이고, 밖으로는 周公의 의론이라 핑계 대면서 (왕씨) 형제들을 중용하고 그 종족이 긴밀하게 얽혔습니다. 예전 秦이나 漢을 훑어보더라도 외척의 분수에 넘치는 높은 자리가 왕씨와 같은 경우가 없었습니다. 비록 周의 皇甫(황보)나 秦의 穰侯(양후), 漢의 武安君이나 呂氏, 霍氏(곽씨), 그리고 上官氏의 친속이라도 왕씨에 못 미칠 것입니다.」

原文

「物盛必有非常之變先見, 爲其人微象. 孝昭帝時, 冠石立於泰山, 仆柳起於上林. 而孝宣帝卽位, 今王氏先祖墳墓在濟南者, 其梓柱生枝葉, 扶疏上出屋, 根垂地中, 雖立石起柳, 無以過此之明也. 事勢不兩大, 王氏與劉氏亦且不並立, 如下有泰山之安, 則上有累卵之危. 陛下爲人子孫, 守持宗廟, 而令國祚移於外親, 降爲皁隸, 縱不爲身, 奈宗廟何! 婦人內夫家, 外父母家, 此亦非皇太后之福也. 孝宣皇帝不與舅平昌,樂昌侯權, 所以安全之也.」

| 註釋 | ○冠石立於泰山, 仆柳起於上林 – 漢 昭帝 元鳳 3년(前 78)에 泰山의 萊蕪山에서 大石이 自立했고 그 곁에서 하얀 새 수천 마리가 모여 있었다고 한다. 또 상림원에서는 쓰러졌던 버드나무가 다시 살아 일어났다고 한다. 75권, 〈眭兩夏侯京翼李傳〉의 眭弘傳(혜홍전) 참고. ○濟南 – 郡名. 치소는 東平陵縣(今 山東省 濟南市 관할의 章丘市). ○梓柱(재주) – 가래나무(梓) 기둥. ○國祚(국조) – 帝位. 국가의 번영. ○皁隸(조예) – 평민, 노비. 비천한 사람. ○婦人內夫家 – 婦人은 시집온 가문과 가까이 하다(內). 外父母家는 부모의 가문(친정)을 멀리하다(外). ○平昌侯 – 王無故, 宣帝 母인 王夫人의 동생. 곧 宣帝의 外叔. 樂昌侯는 王武. 宣帝의 外叔.

〖國譯〗

「事物이 極盛하면 반드시 非常之變이 먼저 나타나는데 이는 사람들에게 미미한 조짐이 됩니다. 孝昭帝 때 泰山에서 큰 돌이 우뚝 솟아났고 상림원에서는 쓰러졌던 버드나무가 살아 일어선 일이 있었습니다. 효선제가 즉위한 뒤에 濟南郡에 있는 지금 王氏의 선조 무덤의 가래나무 기둥에서 가지와 잎이 나서 지붕 위에까지 기어올랐고 땅에 뿌리를 내렸었는데 돌이 솟아 나온 것이나 버드나무가 일어선 것보다 이처럼 더 분명한 조짐은 없었습니다. 양쪽 세력이 다 강한 경우가 없는 것처럼 王氏와 劉氏 또한 결코 양립할 수 없는 것이며 아래가 태산처럼 안전하다 하여도 위에서는 累卵(누란)의 위험이 있는 것입니다. 폐하께서는 선대 황제의 자손으로 종묘를 지켜야 하는데 제위를 外親에게 넘기고 비천한 사람으로 되어 설령 자신을 지킬 수 있다 하여도 종묘는 어찌 하겠습니까? 부인은 남편 가문의 사람들과 가까워야 하고 친정을 멀리해야 하는데 이것은 皇太后만의 복은 아니고 모두의 복이 됩니다. 孝宣皇帝는 외숙인 平昌侯와 樂昌

侯에게 권세를 주지 않았는데 이는 사직의 안전을 도모한 것이었습니다.」

原文

「夫明者起福於無形, 銷患於未然. 宜發明詔, 吐德音, 援近宗室, 親而納信. 黜遠外戚, 毋授以政, 皆罷令就第, 以則效先帝之所行. 厚安外戚, 全其宗族, 誠東宮之意, 外家之福也. 王氏永存, 保其爵祿, 劉氏長安, 不失社稷, 所以褒睦外內之姓, 子子孫孫無疆之計也. 如不行此策, 田氏復見於今, 六卿必起於漢. 爲後嗣憂, 昭昭甚明, 不可不深圖, 不可不蚤慮. 《易》曰, "君不密, 則失臣, 臣不密, 則失身, 幾事不密, 則害成." 唯陛下深留聖思, 審固幾密, 覽往事之戒, 以折中取信, 居萬安之實, 用保宗廟, 久承皇太后, 天下幸甚.」

| **註釋** | ○銷患於未然 - 미연에 우환을 제거하다. ○援近宗室 - 종실을 가까이 하다. 援은 引也. ○黜遠外戚 - 외척을 멀리하다. 黜은 물리치다. ○褒睦(포목) - 화목을 장려하다. ○未然 - 아직 그렇게 되지 않다. ○蚤慮(조려) - 미리 배려하다. 蚤는 早也. ○《易》曰 - 《易經 繫辭 上》. ○唯 - ~하기 바라다. 희망을 표현. ○久承皇太后 - 사직이 불안하면 폐하도 황태후를 모실 수 없다는 의미.

〖國譯〗

「대개 지혜로운 자는 보이지 않는 것에서 복을 만들고 재앙을 미연에 방지합니다. 꼭 명철한 조서를 발표하시고 덕담을 말씀하시며 종실을 끌어주고 가까이하며 신뢰하셔야 합니다. 외척을 멀리하시고 권한을 주지 마시며 모두 파면하여 거처에 머물도록 하여 先帝께서 하셨던 조치를 따르십시오. 외척을 편히 쉬게 하는 것이 그 일족을 보존하는 길이며 왕태후의 진실한 바람이며 외척의 복일 것입니다. 王氏 일족이 오래 존속하여 그 작위와 녹봉을 지키고 유씨는 길이 안정 속에 사직을 보존해야만 황족과 외척 두 집안의 화목을 지킬 수 있고 자자손손 오래 번영할 수 있는 방책입니다. 이런 정책을 펴지 않는다면 齊의 田氏와 같은 찬탈을 지금 보게 되고, 晉을 망친 六卿이 漢에서도 나올 것입니다. 이는 후손의 걱정거리가 될 것이니 폐하께서는 아주 명철하시고 밝게 깊이 도모하지 않을 수 없으며 빨리 고려하시지 않을 수 없는 것입니다. 《易經》에 말하기를 '주군이 치밀하지 않으면 신하를 잃게 되고, 신하가 조심하지 않으면 자신을 잃고, 중요한 일에 신중하지 않으면 일이 되질 않는다.' 고 하였습니다. 오직 폐하께서는 깊이 유념하고 사려하시어 일의 기미를 잘 살피시며 지난 일들의 교훈을 헤아려 요점을 파악하시어 가장 안전한 실정에서 종묘를 보존하시고 오래도록 황태후를 모실 수 있다면 천하의 모두에게 큰 복이 될 것입니다.」

原文

書奏, 天子召見<u>向</u>, 歎息悲傷其意, 謂曰, "君且休矣, 吾將思之.” 以向爲中壘校尉. 向爲人簡易無威儀, 廉靖樂道, 不交接世俗, 專積思於經術, 晝誦書傳, 夜觀星宿, 或不寐達旦. 元延中, 星孛東井, 蜀郡岷山崩雍江. 向惡此異, 語在〈五行志〉. 懷不能已, 復上奏, 其辭曰,

| 註釋 | ○且休 - 잠시 쉬다. ○中壘校尉 - 漢 7校尉의 하나. 校尉는 숙위군을 지휘하는 장교. 황제가 신뢰하는 황족을 이에 임명하였다. ○不寐達旦 - 잠을 자지 않고 새벽까지 날을 새다. ○元延(원연) - 成帝의 연호, 前 12 - 9년. ○星孛東井(성패동정) - 혜성이 井星을 지나가다. ○蜀郡岷山崩雍江 - 촉군의 민산이 무너져 강물을 막다. 雍은 壅(막을 옹). ○〈五行志〉 - 《漢書》 十志의 하나.

〖國譯〗

劉向의 글이 상주되자 天子(成帝)는 유향을 불러 만나 탄식하며 그 뜻에 매우 슬퍼하며 말했다. “경은 잠시 기다리도록 하오. 내가 이를 생각해 보겠소!” 그리고서는 유향을 中壘校尉(중루교위)에 임명하였다.

유향은 사람됨이 평범하며 위엄을 내세우지 않았고, 청렴하며 道를 즐기며 속인과 많이 어울리지 않았고, 經術의 뜻을 깊이 사색하였으며 낮에 여러 책을 읽고 밤에는 별을 관찰하였는데 때로는 새벽까지 잠을 자지 않았다. 元延 연간에 혜성이 동쪽 하늘의 井星을 지나갔고 蜀郡의 岷山(민산)을 붕괴되어 강물을 막았다. 유향은 이런 이변을 걱정하였는데, 이는 〈五行志〉에 실려 있다. 유향은 이를 마음속에 품고 있을 수가 없어 다시 상주하였다. 이 글은 아래에 있다.

原文

「臣聞帝舜戒伯禹, 毋若丹朱敖, 周公戒成王, 毋若殷王紂.《詩》曰, '殷監不遠, 在夏後之世', 亦言湯以桀爲戒也. 聖帝明王常以敗亂自戒, 不諱廢興, 故臣敢極陳其愚, 唯陛下留神察焉.」

| 註釋 | ○帝舜戒伯禹 -《書經 虞書 益稷》참고. 伯禹는 治水를 관장하던 禹. 丹朱는 舜의 아들. ○敖(놀 오) - 傲(거만할 오)와 通. ○周公戒成王 -《書經 周書 無逸》참고. ○《詩》曰 -《詩經 大雅 蕩》. 監은 鑑也.

〖國譯〗

臣이 알기로는, 舜임금은 禹을 훈계하며 '丹朱처럼 오만하지 말라' 고 하였고, 周公이 成王을 가르치면서 '殷王 紂(주)와 같이 하지 마시오.' 라 하였습니다.《詩》에서는 '殷나라의 거울은 멀지 않으니 바로 夏나라 끝 무렵이로다.' 하였으니, 殷의 湯王은 夏의 桀王(걸왕)을 교훈으로 삼은 것입니다. 聖帝明王은 언제나 敗亂을 보고 자신을 훈계하는 것이니 망하거나 흥한 교훈을 가리지 않기에 臣은 감히 제 어리석음을 다 말씀드리오니, 폐하께서는 마음을 두고 통찰해 주십시오.」

原文

「謹案《春秋》二百四十二年, 日蝕三十六, 襄公尤數, 率三歲五月有奇而壹食. 漢興訖竟寧, 孝景帝尤數, 率三歲一月而一食. 臣向前數言日當食, 今連三年比食. 自建始以來, 二十歲間而八食, 率二歲六月而一發, 古今罕有. 異有小大希稠, 占有舒疾緩急, 而聖人所以斷疑也.《易》曰, '觀乎天文, 以察時變.' 昔孔子對魯哀公, 並言夏桀, 殷紂暴虐天下, 故曆失則攝提失方, 孟陬無紀, 此皆易姓之變也. 秦始皇之末至二世時, 日月薄食, 山陵淪亡, 辰星出於四孟, 太白經天而行, 無雲而雷, 枉矢夜光, 熒惑襲月, 孽火燒宮, 野禽戲廷, 都門內崩, 長人見臨洮, 石隕於東郡, 星孛大角, 大角以亡. 觀孔子之言, 考暴秦之異, 天命信可畏也.」

| 註釋 | ○案 – 생각하다. 詳考하다. ○魯襄公尤數 – 양공 때 특히 여러 번 있었다. 魯 襄公(재위, 前 572 – 542)은 다섯 살에 즉위하여 30년 재위했다. 數는 누차. ○率三歲五月 – 3년 5개월 마다. 곧 41개월에 한번 꼴로. 率(율)은 비율, 대체로. 奇는 우수리, 홀수. 成數之餘. ○壹食 – 日蝕 한번. ○漢興訖竟寧 – 竟寧(경녕)은 元帝 연호(前 33년). ○今連三年比食 – 지금은 3년 연속 빈번하게 일식을 한다. 比는 頻繁(빈번). ○自建始以來 – 建始(前 32 – 29)는 成帝의 연호. ○古今罕有 – 고금에 매우 드문 일이다. 罕 드물 한. ○異有小大希稠 – 이변에 大小와 빈도의 높고 낮음이 있다. ○《易》曰 –《易經 賁卦(분괘) 彖辭(단사)》. ○故曆失則攝提失方 – 曆法이 바르지 않으면 攝提(섭제)의 방향이 맞지 않는다. 攝提는 별 이름. 大角星은 북두칠성의 자루에 해당하는 3개의 별을 말함. ○孟陬無紀(맹추무기) – 매 해의 정월을 제우는 기준이 달라진다. 孟陬는 正月의 다른 말. 孟은 사계절의 첫 달. 四孟. 陬(모퉁이 추)는 正月. ○易姓之變(역성지변) – 통치자의 姓이 바뀌는 변란. 곧 왕조 교체. ○薄食(박식) – 달이 흐려지는 것과 일식. ○辰星(신성) – 水星.

○四孟 – 맹춘(1월) 맹하(4월), 맹추(7월), 맹동(10월). 辰星은 四孟이 아닌 四仲(중춘 2월, ~)에 보여야 한다는 註釋이 있다. ○太白經天而行 – 太白星(金星)이 하늘을 가로질러 운행하다. 태백성은 동쪽에서 떠서 동쪽으로 지고 때로는 서쪽에 떠서 서쪽으로 지는 것이 정상이라는 주석이 있다. ○枉矢(왕시) – 彗星(혜성). ○熒惑襲月(형혹습월) – 熒惑(형혹)은 내란을 주관하는 별. 月은 형벌을 주관한다. 이런 일이 있어 趙高가 2세를 죽였다고 풀이한다. ○孽火燒宮(얼화소궁) – 災異로 일어난 화재가 궁을 태우다. ○野禽戲廷(야금희정) – 들짐승이 사람이 거주하는 집에 들어오다. 그러면 집 주인이 죽는다고 한다. ○長人見臨洮 – 臨洮(임조)는 현명. 今 甘肅省 定西市 관할의 岷縣(민현). ○星孛大角 – 大角은 별 이름.

〖國譯〗

「삼가《春秋》의 242年을 詳考하면 일식이 36번 있었는데 襄公(양공) 때가 더욱 많았으며 3년 5개월(41월)에 한 번 꼴로 홀수 해에 일식이 있었습니다. 漢이 건국되어 竟寧(경녕)까지는 孝景帝 때가 더욱 잦았는데 3년 1개월(37월)에 한 번씩 일식이 있었습니다. 신(유향)은 전에도 일식은 으레 일어난다고 말씀드렸지만 지금 3년을 연이어 빈번히 일식이 있었습니다. 建始 이래로 20년간에 8번 일식이 있었는데 2년 6개월(30개월)에 한 번의 비율이니 이런 경우는 고금에 없었습니다. 이변에 크고 작음이 있고 자주 아니면 드물게 일어나는 빈도의 차이가 있으며 완급의 차이가 있기에 성인께서 그런 의혹을 풀려했던 것입니다.《易經》에 '천문을 관찰하고 시변을 살펴본다.'는 말이 있습니다. 옛날에 공자는 魯 哀公에게 夏의 桀(걸)과 殷의 紂(주)가 천하에 포악한 짓을 했기에 역법이 틀렸고 攝提(섭제)의 방향이 바뀌었으며 정월의 규칙이 없다고 하였는데 이때는 모두 통치자의 姓이 바뀌는 변란이었습니다. 진시황의 말기에서 2세 때까지 일식이 일어나고 달이 흐려졌으며 산이 무너지고 辰星이 四孟(사맹)에 나타났으며 太白星이 하늘 남쪽으로 운행하고 구름이 없는데도 천둥이 쳤으며 혜성이 밤에 밝게 나타나고 熒惑(형혹)성이 달을 가리었으며 화재로 궁궐이 불탔으며 들짐승이나 새들이 뜰에 나타나고 도성 문이 무너졌으며 長人이 臨洮縣(임조현)에 나타났고 東郡에 隕石(운석)이 내렸으며 혜성이 大角星에 나타나 대각성이 보이지 않았습니다. 공자의 말씀을 생각해 보고 포악한 秦의 이변을 고찰해 본다면 천명이란 정말로 두려운 것입니다.」

原文

「及項籍之敗, 亦孛大角. 漢之入秦, 五星聚於東井, 得天下之象也. 孝惠時, 有雨血, 日食於衝, 滅光星見之異. 孝昭時, 有泰山臥石自立, 上林僵柳復起, 大星如月西行, 衆星隨之, 此爲特異. 孝宣興起之表, 天狗夾漢而西, 久陰不雨者二十餘日, 昌邑不終之異也. 皆著於《漢紀》. 觀秦,漢之易世, 覽惠,昭之無後, 察昌邑之不終, 視孝宣之紹起, 天之去就, 豈不昭昭然哉! 高宗,成王亦有雊雉拔木之變, 能思其故, 故高宗有百年之福, 成王有復風之報. 神明之應, 應若景響, 世所同聞也.」

| 註釋 | ○亦孛大角 – 마찬가지로 혜성이 大角星에 나타났다. ○五星聚

於東井 – 五星은 金, 木, 水, 火, 土星. 東井은 별 이름. ○日食於衝 – 日月이 운행하며 交行하는 곳. 이곳은 음기가 성하여 日光이 죽는다는 주석이 있다. ○僵柳 – 쓰러진 버드나무. 僵은 쓰러질 강. ○天狗 – 天狗는 땅에 떨어지는 流星, 재앙을 불러오는 별. ○夾漢而西 – 은하를 따라 서쪽으로 가다. 漢은 銀河, 天河, 天漢. ○昌邑不終之異也 – 昌邑은 今 山東省 菏澤市 鉅野縣. 武帝는 5子 劉髆(유박, ? – 전 88)을 창읍왕에 봉했었다. 무제 征和 3年(前 90)에 창읍왕을 황제로 추대하려는 모의가 있었으나 사전에 발각되어 주모자는 처형되었고 유박은 그런 사실을 몰랐기에 처벌을 받지 않았다. 유박이 죽은 뒤 子 劉賀가 뒤를 이어 왕이 되었다. 昭帝가 후사가 없이 죽자 劉賀는 27일간 帝位에 있었으나 대장군 霍光 등에 의해 폐출되고 宣帝가 즉위하였다. ○秦, 漢之易世 – '秦,楚之易世' 가 되어야 한다. ○高宗,成王亦有雊雉拔木之變 – 殷 高宗(武丁)이 제사를 올리는데 雊雉(구치, 장끼)가 鼎(솥 정)에 날아와 앉아 울자 고종이 두려워하며 修德하고 治國하여 殷의 중흥을 이룩했다. 周 成王이 유언비어를 믿고 周公을 의심하자 대풍이 불어 큰 나무가 모두 뽑히는 이변이 일어났고 성왕은 나중에 주공의 진심을 알게 되었다는 일.《書經 金縢(금등)》 참고. ○高宗有百年之福 – 殷 고종은 1백 년을 통치했다고 한다. ○成王有復風之報 – 성왕이 周公의 진심을 알고 周公을 맞이하자 큰 바람이 다시 반대로 불어 모든 것이 예전처럼 되었다. ○應若景響 – 그 응답이 마치 그림자나 메아리와 같다. 있는 그대로 틀림없이 나타난다.

〖國譯〗

「項籍이 패망할 때 역시 혜성이 大角星에 나타났었습니다. 漢 高祖가 秦에 처음 들어갈 때 五星이 東井에 모여들었으니, 이는 천하를 차지할 형상이었습니다. 孝惠帝 때 붉은 비가 쏟아졌으며 하늘에 일월이 교행하는 衝(충)에서 일식이 일어났고 빛이 없어지며 별이 보이는 이변이 있었습니다. 孝昭帝 때에 泰山에 누워 있던 돌이 일어섰고 상림원에서 쓰러졌던 버드나무가 일어났으며 大星이 달처럼 西行하고 여러 별이 그 별을 따라갔으니, 이는 정말 특이한 일이었습니다. 孝宣帝가 홍기할 징표로 天狗(천구, 혜성)가 은하수를 따라 서쪽으로 나아갔고 오랫동안 잔뜩 흐렸지만 비가 오지 않은 것이 20여 일이었으니 昌邑國이 끝까지 견딜 수 없었던 이변이었습니다. 이상은 모두 〈漢紀〉에 기록되었습니다. 秦과 漢(楚)의 교체 때의 이변을 보거나 惠帝와 昭帝가 후사가 없었던 것, 창읍왕이 끝까지 제위를 누리지 못한 일을 살펴보거나 宣帝가 뒤를 이어 홍기한 것을 볼 때 하늘의 거취가 어찌 뚜렷하지 않았습니까? 殷 高宗과 周 成王 역시 들꿩이나 나무가 뽑히는 변고가 있었는데 그 연유를 생각해보면 고종에게는 백 년을 통치할 복이 있었고, 성왕에게는 다시 반대로 바람이 불어오는 보답이 있었습니다. 이처럼 神明의 응답은 마치 그림자나 메아리와 같은 것이고 세상 사람 모두가 같이 보고 들을 수 있었습니다.」

原文

「臣幸得托末屬, 誠見陛下寬明之德, 冀銷大異, 而興高宗, 成王之聲, 以崇劉氏, 故狠狠數奸死亡之誅. 今日食尤屢, 星孛東井, 攝提炎及紫宮, 有識長老莫不震動, 此變之大者也. 其事難一二記, 故《易》曰 '書不盡言, 言不盡意', 是以設卦指爻, 而復說義.《書》曰 '伻來以圖', 天文難以相曉,臣雖圖上, 猶須口說, 然後可知, 願賜淸燕之閒, 指圖陳狀.」

| 註釋 | ○得托末屬 – 황족의 먼 일족으로 태어났다. ○冀銷大異 – 大異를 없애주기를 바라다. 冀의 목적어는 ~劉氏 까지다. ○狠狠(간간) – 정성스런 모양. 懇懇(간간)과 同. ○數奸死亡之誅 – 자주 죽을죄를 범하다. 죽음을 각오하다 상소한다는 뜻. ○炎及紫宮 – 炎은 태우다. 화염. 紫宮(자궁)은 星名. 즉 紫微座(자미좌), 天子의 거처. ○《易》曰 –《易經 繫辭 上》. ○設卦指爻(설괘지효) – 괘를 만들고 爻를 지칭하다. 8괘(☰, ☷, ~)를 겹쳐서 64괘를 만든다. 각 64괘의 이름과 뜻이 있고 64괘를 구성하는 음(☰)과 양(—)을 爻(효)라 하는데, 괘에서 효의 위치에 따라 의미를 부여하였다. ○而復說義 –《易經》에는 64괘의 의미를 종합적으로 부연하고 설명하는 十翼(십익)이 있다. 이 십익을 공자가 지었다고 한다. ○《書》曰 –《書經 周書 洛誥(낙고)》. ○伻來以圖 – 사람을 보내어 성왕에게 그림으로 보여 주다. 伻은 부릴 팽. 使也. ○淸燕(청연) – 淸閑. 편안한 여유 시간. ○指圖陳狀 – 그림으로 상황을 말하다.

〖國譯〗

「臣은 다행히 황실의 먼 일족으로 태어나 진실로 폐하의 관대하시고 명철하신 은덕을 입었기에 폐하께서 큰 이변을 없애주시고 옛 高宗과 成王의 명성을 일으키시어 劉氏를 높여주시기를 바랄 뿐입니다. 그래서 정성을 다하여 죽음을 무릅쓰고 여러 번 상소를 하였습니다. 지금 일식은 더 자주 일어나고 혜성이 東井에 나타나 攝提(섭제) 星을 태우고 자미궁에까지 미치니 식견이 있는 장로들이 놀라지 않는 사람이 없으며, 이는 아주 큰 이변입니다. 이런 일은 모두 다 기록할 수가 없습니다만 그래서 《易經》에 '글로는 말을 다 설명할 수 없고, 말로는 그 뜻을 다할 수 없다.' 고 하였으며, 이 때문에 괘를 만들고 爻(효)의 의미를 설명하였으며 또 그 뜻을 설명하였습니다. 《書經》에는 '그림을 사람을 시켜 보내다' 라 하였는데, 사실 천문은 이해하기가 어려운 것이라서 臣이 그림을 그려 올리더라도 말로 설명을 드려야 이해할 수 있으니 한가하신 여유가 있어 불러주신다면 그림을 보여드리며 설명하겠습니다.」

原文

上輒入之, 然終不能用也. 向每召見, 數言, "公族者國之枝葉, 枝葉落則本根無所庇廕. 方今同姓疏遠, 母黨專政, 祿去公室, 權在外家, 非所以强漢宗. 卑私門, 保守社稷, 安固後嗣也."

向自見得信於上, 故常顯訟宗室, 譏刺王氏及在位大臣, 其言多痛切, 發於至誠. 上數欲用向爲九卿, 輒不爲王氏居位者及丞相御史所持, 故終不遷. 居列大夫官前後三十餘年, 年七十二卒. 卒後十三歲而王氏代漢.

| **註釋** | ○上輒入之 – 성제가 갑자기 유향을 불러 入侍하라 하다. 輒 문득 첩. 갑자기. ○庇廕 – 덮어주고 감싸주다. 庇 덮을 비. 廕 덮을 음. ○顯訟宗室 – 종실의 중요함을 강조하고 칭송하다. 訟은 頌. ○譏刺(기자) – 풍자하다. 비꼬다. ○年七十二卒 – 유향은 기원전 6년. 哀帝 건평 원년에 죽었다. ○卒後十三歲而王氏代漢 – 기원후 8년에 王莽(왕망)이 孺子 劉嬰(유영)의 선양을 받는 형식으로 帝位에 올라 新을 건국한다.

〖國譯〗

成帝가 유향을 불러 들어오라 하였으나 끝내 높이 등용하지 못했다. 유향이 매번 성제를 알현할 때마다 여러 번 "公族(皇族)은 나라의 가지이며 잎인데, 가지나 잎이 떨어지면 줄기와 뿌리를 감싸주지 못합니다. 지금의 同姓은 소원하고 母黨(외척)이 정치를 전담하며 국록이 황실에서 떠났고 권력은 외가에 있으니 漢의 종실을 강하게 할 수 없습니다. 개인 가문을 낮추고 사직을 지키면서 後嗣(후사)을 굳건하게 안정시켜야 합니다."라고 말하였다.

劉向은 成帝에게 신임을 받고 있다 생각하였기에 언제나 종실을 드러내고 칭송하였으며 왕씨 일족이나 고위 대신들을 풍자하였는데 그 말이 매우 절실하였고 지성으로 하는 말이었다. 성제는 유향을 9경의 지위에 등용하려 했으나 왕씨로 그 자리에 있거나 승상과 시어사들이 밀어주는 자 때문에 번번이 등용하지 않아 끝내 승진하지 못했다. 유향은 大夫의 반열에 있기 전후 30여 년 72세에 죽었다. 죽고 나서 13년 뒤 王氏가 漢을 대신하였다.

36-3. (子) 劉歆

原文

向三子皆好學, 長子伋, 以《易》教授, 官至郡守, 中子賜,九卿丞, 蚤卒, 少子歆, 最知名. 歆字子駿, 少以通《詩》《書》, 能屬文召, 見成帝, 待詔宦者署, 爲黃門郞. 河平中, 受詔與父向領校秘書, 講六藝傳記, 諸子,詩賦,數術,方技, 無所不究. 向死後, 歆復爲中壘校尉.

哀帝初卽位, 大司馬王莽擧歆宗室有材行, 爲侍中太中大夫, 遷騎都尉, 奉車光祿大夫, 貴幸. 復領《五經》, 卒父前業. 歆乃集六藝群書, 種別爲〈七略〉. 語在〈藝文志〉.

| **註釋** | ○劉歆(유흠, 前 50 – 서기 23) – 字 子駿(자준). 학자로서 고대 전적을 정리 분류하는데 큰 업적을 남겼다. 왕망을 암살하려던 계획이 탄로나 자살하였다. ○黃門郞 – 황제 시종관. 詔命 전달을 담당. ○河平 – 成帝 연호(前 28 – 25). ○數術 – 수학, 천문, 星象, 曆法에 관한 학문. ○方技 – 醫藥과 巫術(무술). ○哀帝(애제, 재위 前 6 – 前 1) – 定陶王 劉康의 아들, 成帝의 조카. ○中壘校尉 – 校尉는 숙위군을 지휘하는 장교. 황제가 신뢰하는 황족을 이에 임명하였다. ○侍中太中大夫 – 侍中은 加官. 太中大夫는 政事의 議論을 담당. 황제의 측근(질록 比千石). ○騎都尉 – 장군보다 하위직이지만 질록 2천 석에 해당. ○奉車 – 官職名. ○六藝 – 귀족 敎養의 6분야. 禮, 樂, 射, 御, 書, 數를 지칭. 춘추시대 이후로는 六經을 의미. ○種別 – 분류하다. ○〈七略〉 – 劉向과 劉歆 父子는 궁중 장서를 분류하고 교정하였는데 도서를 〈輯略〉, 〈六藝略〉, 〈諸子略〉, 〈詩賦略〉, 〈兵書略〉, 〈術數略〉, 〈方技略〉으로 분류하여 중국 도서 분류학의 시원이 되었다. 원전은 逸失되었지만 《漢書 藝文志》에 대량 인용되어 그 대략을 파악할 수 있다.

〖國譯〗

劉向의 三子는 모두 好學하였는데, 長子 劉伋(유급)은 《易經》 敎

授로 관직은 郡守를 지냈으며 中子 劉賜은 九卿의 丞(승)을 역임하다가 일찍 죽었다. 막내아들 劉歆(유흠)이 이름이 가장 알려졌다. 유흠의 字는 子駿(자준)인데 어려서부터 《詩》와 《書》에 밝았고 글을 잘 지어 부름을 받아서 成帝를 알현하고 待詔宦者署의 黃門郎이 되었다. 哀帝 河平 연간에 조서를 받아 부친 劉向과 함께 궁중 여러 秘書를 교정하고 六藝를 강론하고 해설하였는데 諸子와 詩賦, 數術과 方技까지 연구하지 않은 분야가 없었다. 유향이 죽은 뒤에 유흠이 다시 中壘校尉(중루교위)가 되었다.(부친의 관직을 계승.)

哀帝가 즉위한 뒤에 大司馬인 王莽(왕망)이 유흠을 종실이며 재주와 행실이 뛰어나다고 천거하여 侍中太中大夫가 되었다가 騎都尉로 옮겼으며 奉車光祿大夫로 높이 등용되며 신임을 받았다. 다시 《五經》 정리를 명받아 부친의 이전 과업을 완성하였다. 유흠은 이에 六藝와 그 외의 모든 서적을 모아 〈七略〉으로 분류하였다. 이는 〈藝文志〉에 기록했다.

原文

歆及向始皆治《易》, 宣帝時, 詔向受《穀梁春秋》, 十餘年, 大明習. 及歆校秘書, 見古文《春秋左氏傳》, 歆大好之. 時丞相史尹咸以能治《左氏》, 與歆共校經傳. 歆略從咸及丞相翟方進受, 質問大義. 初《左氏傳》多古字古言, 學者傳訓故而已, 及歆治《左氏》, 引傳文以解經, 轉相發明, 由是章句義理備焉. 歆亦湛靖有謀, 父子俱好古, 博見彊志, 過絶於人.

歆以爲左丘明好惡與聖人同, 親見夫子, 而公羊, 穀梁在七十子後, 傳聞之與親見之, 其詳略不同. 歆數以難向, 向不能非間也, 然猶自持其《穀梁》義. 及歆親近, 欲建立《左氏春秋》及《毛詩》,《逸禮》,《古文尙書》皆列於學官. 哀帝令歆與《五經》博士講論其義, 諸博士或不肯置對, 歆因移書太常博士, 責讓之曰,

| **註釋** | ○治《易》-《역경》을 전공하다. ○受 - 스승을 따라 배우다. ○古文 - 秦始皇의 焚書坑儒 이후《六經》의 훼손과 망실이 심했다. 西漢 초기에 秦의 유생이었던 伏生(복생) 등이 옛날에 외워 배운 것을 구술하여 그 당시의 隷書(예서)로 쓰인 경전을 今文經이라 하였다. 뒤에 景帝의 아들 魯 恭王 劉餘가 魯國에 살면서 자신의 궁궐을 확장하려고 孔子家의 故宅을 헐었는데 그때 벽 속에서 나온 경전은 先秦의 古文字인 篆書(전서)로 쓰여 있었다. 이를 古文經이라 하였다. 漢代의 유생들은 자세한 내용의 고문을 더 선호했다. ○丞相史 - 승상의 보조관. 文書와 典籍을 담당. ○尹咸(윤함) - 成帝 때 太史令 역임. 부친으로부터《左傳》을 배웠다. ○翟方進(적방진, ? - 前 7) - 성제 초기에 박사가 되었고, 성제 永始 연간(前 16 - 13)에 승상을 역임하였다. ○訓故(훈고) - 古籍의 文意를 註解하다. 故는 詁(주를 달 고)와 同. 보통 訓詁로 표기. ○發明 - 옛 것에서 새로운 뜻을 찾아내거나 의미를 확실하게 하다. ○湛靖(침정) - 沈靜(침정)과 同. ○博見彊志 - 博聞強記. ○左丘明(좌구명, 前 556 - 451) - 춘추시대 魯國 史學家,《左傳》과《國語》의 저자. 左丘明은 知識이 넓고 깊었으며 品德이 고상하여 공자도 그를 칭찬하였다. 孔子曰, "巧言, 令色, 足恭, 左丘明恥之, 丘亦恥之. 匿怨而友其人, 左丘明恥之, 丘亦恥之."《論語 公冶長》. ○公羊 - 公羊高. ○穀梁(곡량) - 穀梁赤. ○七十子 - 孔子 제자 72인. ○非間 - 責難也. ○《逸禮》- 禮古文經. ○學官 -

學校. ○不肯置對 - (유흠의) 학설에 반대하다. ○太常博士 - 종묘의례와 교육을 담당하는 太常 소속의 박사.

〖國譯〗

劉向과 劉歆은 모두《易經》을 전공하였는데, 宣帝 때에 조서로 유향에게《穀梁春秋》를 학습하게 하여 10여 년에 크게 진보하였다. 이어 유흠이 궁중 서적을 校勘(교감)하면서 古文의《春秋左氏傳》을 보았는데 유흠은 그것을 크게 좋아하였다. 그때 丞相史인 尹咸(윤함)이《左傳》에 능통하여 유흠과 같이 經傳을 교정하였다. 유흠은 대체로 윤함과 승상 翟方進(적방진)으로부터 배웠는데 大義을 질문하여 바로 잡았다. 전에《左氏傳》에는 古字와 古言이 많아 학자들은 그 訓故(훈고)를 전수할 뿐이었으나 유흠이《좌씨전》을 전공한 이후로 옛 문헌을 인용하여 경전을 해석하고 새로운 뜻을 밝혀 이로써 章句의 뜻과 이치가 확실해졌다. 유흠 또한 한가한 것을 좋아하고 지혜가 많았으며 부자가 다 옛 것을 좋아하였으며 박문강기하여 보통 사람보다 크게 뛰어났었다. 유흠은 左丘明의 好惡(호오)가 聖人(공자)와 같으며 직접 공자를 보았다고 생각하였으나 公羊高와 穀梁赤(공량적)은 공자의 70제자로부터 들은 바를 배우거나 직접 보았어도 그 상세 또는 소략하기가 공자의 본뜻과 같지 않다고 생각하였다. 유흠은 자주 부친 유향의 학설을 반대하였는데 유향은 유흠을 책망할 수 없었으나《穀梁傳》의 주장을 따르고 있었다. 유흠도 이와 비슷한 생각으로《左氏春秋》와《毛詩》, 그리고《逸禮》와《古文尙書》를 모두 학관에 개설해야 한다고 생각하였다. 哀帝는 유흠에게《五經》박사와 함께 경전의 뜻을 강론하게 하였는데 여러 박사들 중에서 간혹 (左傳의 강론에) 찬동하지 않는 사람들이 있었는데 유흠은 太常博士에게 글을 보내 그들을 비판하였다. 유흠은 그 글에서 말했다.

原文

「昔唐,虞既衰, 而三代迭興, 聖帝明王, 累起相襲, 其道甚著. 周室既微而禮樂不正, 道之難全也如此. 是故孔子憂道之不行, 歷國應聘. 自衛反魯, 然後樂正,〈雅〉,〈頌〉乃得其所,修《易》, 序《書》, 制作《春秋》, 以紀帝王之道. 及夫子沒而微言絶, 七十子終而大義乖. 重遭戰國, 棄籩豆之禮, 理軍旅之陳, 孔氏之道抑, 而孫,吳之術興. 陵夷至於暴秦, 燔經書, 殺儒士, 設挾書之法, 行是古之罪, 道術由是遂滅.」

| **註釋** | ○唐,虞(우) - 堯와 舜. ○三代 - 夏, 殷, 周. ○歷國應聘 - 여러 나라를 순방하며 제후의 초빙에 응했다. 상당히 미화된 표현임. ○自衛反魯 - 孔子는 14년간 列國을 주유하고 前 484년, 70세에 魯로 귀국한다. 이후 教育과 古籍 정리하다가 哀公 16년(前 479년)에 73세로 죽는다. ○〈雅〉,〈頌〉 - 《시경》의 편명. ○紀 - 記와 同. ○微言(미언) - 심오한 뜻을 가진 말. 깊이 생각해야 이해할 수 있는 뜻. ○乖 - 어그러질 괴. 성인이 엮은 경의 뜻이 변질되다. ○籩豆之禮(변두지례) - 籩豆는 祭器. ○軍旅之陳 - 군대의 陣法. 兵家의 주장. ○孫,吳 - 孫子(孫武)와 吳子(吳起). ○陵夷(능이) - 쇠퇴하다. ○燔經書 - 경서를 태우다. 焚書. ○設挾書之法 - 挾書律(협서율)을 시행하다. 민간에서 책을 가지고 다니면 처벌하는 법. 秦朝의 挾書律과 妖言

令(요언령)은 惠帝와 呂后 때 공식적으로 폐지되지만 그 실제로는 여전히 규제되었다고 한다. ㅇ行是古之罪 – 옛 법도를 따르며 그것이 옳다고 하는 자를 벌주다(以古事爲是者卽罪之).

〖國譯〗

「옛날 堯와 舜의 시대가 끝나고 三代가 교대로 흥기하면서 聖帝明王들이 이어지면서 그 道는 매우 성하였습니다. 周 왕실이 쇠약해지며 예악이 바르게 운영되지 못했으며 성인의 도를 보전하기도 어렵게 되었습니다. 그래서 공자께서는 도가 실천되지 않는 것을 걱정하며 여러 나라를 순방하고 초빙에 응했습니다. 衛나라에서 魯로 돌아온 뒤에 음악을 바로 하고 〈雅〉와 〈頌〉이 제자리를 잡았으며《易經》을 엮었고《書經》을 정리하였으며《春秋》를 지어 제왕의 도를 확립하였습니다. 孔夫子께서 돌아가시자 微言大義(미언대의)는 단절되었고 70제자들도 죽으면서 大義가 달라졌습니다. 이어 전국시대를 거치면서 성인의 예를 버리고 군사의 陣法을 중시하자 공자의 도는 눌리고 孫子와 吳子의 학술이 발전하게 되었습니다. 성인의 도가 쇠퇴하여 포악한 秦에 이르러서는 경서를 태우고 유생을 죽였으며 挾書律(협서율)을 시행하며 옛 법도를 따르는 자를 처벌하자 성인의 학문은 사라졌습니다.」

原文

「漢興, 去聖帝明王遐遠, 仲尼之道又絶, 法度無所因襲. 時獨有一叔孫通略定禮儀, 天下唯有《易》卜, 未有它書. 至孝惠之世, 乃除挾書之律, 然公卿大臣絳,灌之屬咸介冑武夫, 莫以爲意. 至孝文皇帝, 始使掌故朝錯從伏生受《尙書》. 《尙書》初出於屋壁, 朽折散絶, 今其書見在, 明師傳讀而已. 《詩》始萌牙, 天下衆書往往頗出, 皆諸子傳說, 猶廣立於學官, 爲置博士. 在漢朝之儒, 唯賈生而已. 至孝武皇帝, 然後鄒,魯,梁,趙頗有《詩》,《禮》,《春秋》先師, 皆起於建元之間. 當此之時, 一人不能獨盡其經, 或爲〈雅〉或爲〈頌〉, 相合而成. 〈泰誓〉後得, 博士集而讀之. 故詔書稱曰, '禮壞樂崩, 書缺簡脫, 朕甚閔焉.' 時漢興已七八十年, 離於全經, 固已遠矣.」

| 註釋 | ○遐遠 – 아주 멀다. 遐는 멀 하. ○叔孫通 – 43권, 〈酈陸朱劉叔孫傳〉에 立傳. ○《易》卜 – 《易》으로 점을 치다. ○絳(강) – 강후 周勃. 灌(관)은 灌嬰(관영). ○介冑(개주) – 갑옷과 투구. ○掌故 – 관직명. 太常의 속관, 예악 교육 담당. 朝錯(조조)는 鼂錯(조조). 人名. ○伏生(복생) – 생졸년 미상. 一名 勝, 字 子賤. 秦朝의 博士官으로 《尙書》 전문. 孔安國은 복생으로부터 今文 《尙書》를, 申培公한테 《詩經》을 배우고 武帝 때 五經博士가 되었다. 文帝 때 복생은 이미 90세가 넘었기에 鼂錯(조조)가 복생에게 가서 배웠다. ○《尙書》初出於屋壁 – 魯 恭王이 孔子의 옛집을 헐 때 나온 경서는 옛 문자인 蝌蚪文(과두문)으로 쓰여 있었다. ○萌牙 – 萌芽(맹아) 싹. ○賈生 – 賈誼(가의). ○先師 – 전에 배운 사람. ○建元之間 – 武帝의 연호(前 140 – 135). ○〈泰誓〉 – 《서경》의 편명.

〖國譯〗

「漢이 건국되었지만 聖帝明王으로 부터 아주 오래 되었기에 仲尼의 道도 끊어졌고 법도도 이을 수가 없었습니다. 그때 오직 叔孫通(숙손통) 한 분이 있어 예의를 대략 정했지만 그 시절에는 오직 《易》으로 점(卜)을 치는 사람만 있었고 다른 글은 없었습니다. 혜제 때에 이르러 挾書律(협서율)을 폐지하였지만 공경 대신에서도 강후 周勃(주발)이나 灌嬰(관영) 같은 사람은 여전히 갑옷을 입은 무신이었기에 이런 데 뜻을 두지 않았습니다. 효문황제에 이르러 처음으로 掌故(장고)인 朝錯(조조)를 보내 伏生(복생)으로부터 《尙書》를 전수받게 하였습니다. 《尙書》가 (공자의 옛집) 벽 속에서 처음 나왔을 때 썩고, 부러지고, 흩어지고 없어졌지만 지금껏 그 글이 남아 있고 스승은 읽는 것을 가르칠 뿐이었습니다. 《詩》가 처음 알려지면서 천하에 많은 책들이 가끔 나타나기 시작했으며 많은 사람들이 諸子의 학설을 전해주었으며 널리 學官을 세우고 박사를 두기 시작하였습니다. 漢朝의 유생은 처음엔 賈誼(가의)뿐이었습니다. 孝武皇帝에 이르러서는 鄒(추)와 魯(노), 梁(양)과 趙(조) 등지에서 제법 《詩》와 《禮記》와 《春秋》를 전에 배웠던 스승이 있었으니 모두 建元 연간에 나왔습니다. 이때에는 한 사람이 경전 한 권을 다 하질 못했으니, 어떤 이는 《시경》의 〈雅〉나 〈頌〉을 전문으로 했기에 서로 합해야 책이 되었습니다. 나중에 《書經 泰誓》가 나왔을 때 박사들이 모여 독해를 했습니다. 이러했기에 詔書로 '禮樂이 붕괴되고 경서가 누락된 것은 짐은 심히 슬퍼하도다.' 라고 하였습니다. 이때가 漢 건국 후 7, 80년 때의 일이었지만 모든 경서가 흩어졌기 때문에 정말로 아직 멀었습니다.」

原文

「及魯恭王壞孔子宅, 欲以爲宮, 而得古文於壞壁之中, 《逸禮》有三十九篇, 《書》十六篇. 天漢之後, 孔安國獻之, 遭巫蠱倉卒之難, 未及施行. 及《春秋》左氏丘明所修, 皆古文舊書, 多者二十餘通, 臧於秘府, 伏而未發. 孝成皇帝閔學殘文缺, 稍離其眞, 乃陳發秘臧, 校理舊文, 得此三事, 以考學官所傳, 經或脫簡, 傳或間編. 傳問民間, 則有魯國桓公, 趙國貫公, 膠東庸生之遺學與此同, 抑而未施. 此乃有識者之所惜閔, 士君子之所嗟痛也. 往者綴學之士不思廢絶之闕, 苟因陋就寡, 分文析字, 煩言碎辭, 學者罷老且不能究其一藝. 信口說而背傳記, 是末師而非往古, 至於國家將有大事, 若立辟雍,封禪,巡狩之儀, 則幽冥而莫知其原. 猶欲保殘守缺, 挾恐見破之私意, 而無從善服義之公心, 或懷妒嫉, 不考情實, 雷同相從, 隨聲是非, 抑此三學, 以《尙書》爲備, 謂左氏爲不傳《春秋》, 豈不哀哉!」

| **註釋** | ○魯恭王 - 景帝의 아들 劉餘. 壞 무너질 괴. 무너뜨리다. ○天漢 - 武帝의 연호(前 100 - 97). ○遭巫蠱倉卒之難 - 武帝 때 衛皇后 소생의 戾太子(여태자, 劉據) 사건. 태자는 이 사건 끝에 자살한다(前 91). 遭는 만나다. 巫蠱(무고)는 남을 저주하다. 倉卒은 갑자기. ○多者二十餘通 - 通은 部. ○臧 - 藏과 同. ○伏 - 감춰두다. 은폐하다. ○閔 - 憫(근심할 민)과 同. ○稍離其眞 - 점점 그 진실에서 멀어지다. ○得此三事 - 三事는 《古文尙書》, 《逸禮》, 《左氏春秋》. ○學官 - 武帝는 元朔 5년(前 124)에 大學(이때는

'태학' 으로 읽는다. 일반적으로 '太學' 으로 표기)을 설치하고 五經博士가 교육을 담당케 하였다. 각 郡과 國에는 學官을 두어 五經 등을 전수, 교육하게 하였다. ○經或脫簡 - 경전에 간혹 목간이 없어지다. 당시는 종이가 발명되기 전이었다. ○傳或間編 - 傳에 간혹 순서가 뒤섞이다. ○魯國桓公 - 桓公은 徐生이란 사람으로부터 《禮》를, 貫公은 賈誼로부터 《左氏春秋》를, 庸生은 都尉 朝씨로부터 《古文尙書》를 전수받았다고 한다〈儒林傳〉. 여기서 公은 生. ○綴學之士(철학지사) - 학문을 이어받은 학자. ○罷老且不能究其一藝 - 지치고 늙도록 경전 하나도 끝까지 마칠 수 없다. 罷는 疲. ○末師而非往古 - 師가 없으면 예전 학문을 알 수 없다. ○辟雍(벽옹) - 周의 귀족자제 교육기관. ○封禪(봉선) - 泰山에서의 祭天(封)과 梁父山에서의 祭地(禪). ○巡狩(순수) - 天子의 境內 巡行. ○從善服義 - 善과 義를 따르다. 학자는 논쟁을 하더라도 從善할 뿐 不求勝하며 服義하지 자신이 궁지에 몰리는 것을 부끄러워하지 않는다. ○或懷妒嫉(혹회투질) - 혹시 누가 질투하는 마음이 있더라도. ○以《尙書》爲備 - 《尙書》가 완전한 것이라 생각하다. 《고문상서》의 28편은 28宿을 본뜬 것으로 그것이 완비된 것으로만 생각했고, 《尙書》가 100편인 줄을 모르고 있었다.

〖國譯〗

「魯의 恭王이 孔子의 옛집을 헐은 것은 궁궐을 넓힐 뜻이었지만 헐어낸 벽 속에서 古文 경서가 나왔는데 《逸禮》 39편, 《書經》 16篇이었습니다. 武帝 天漢 이후에 孔安國이 이를 나라에 바쳤으나 갑자기 巫蠱(무고)의 禍(화)가 일어나 태학에서 교육을 행할 수 없었습니다. 《春秋》는 左丘明이 엮은 것인데 모두 古文의 글씨이었고 많은 것은 20여 부로 궁중의 서고에 보관하면서 숨겨 있어 내용은 알려지지 않았습니다. 孝成皇帝는 학문이 누락되어 점점 그 진실에서 멀어지는 것을 안타깝게 여기어 궁중 秘庫에 보관 중인 것을 공개하고 고문을 교정하게 하였는데 이때 위 3가지 경전을 찾아내었고 각 학관에 전수되는 것과 비교하여 經에 간혹 목간이 없어졌거나 傳에 순서가 많이 바뀐 것을 알았습니다. 그간 민간에 조사를 해보니 魯國에 桓公(환공), 趙國에 貫公, 그리고 膠東國에 庸生(용생)의 학문이 이와 같은 것을 알았지만 (太學에서) 교육하지는 않았습니다. 이는 有識者가 아주 애석해 하고 士나 君子가 탄식하며 애통해 하는 일이었습니다. 옛날에 학문을 하는 사람이라면 학문을 그만두어 없어지는 것을 생각하지 않았으며 누락되어 부족한 부분의 문자를 분석하고 번잡한 설명을 해야 했기에 배우는 자는 늙어 지치도록 하나의 經도 끝까지 배울 수가 없었습니다. 실제로 말로 설명하고 그 뜻을 외워야 했기에 스승이 없으면 고문을 배울 수가 없었기에 국가에 큰일이 있을 경우, 예를 들어 학교를 세우고 封禪(봉선)을 하거나 巡狩(순수)하는 뜻을 모르고 근원을 알 수도 없었습니다. 뿐만 아니라 없어진 부분을 보완하려 하여도 (자신의 학설이) 격파될까 두려워하는 邪心(사심)을 가지고 또 善義를 따른다는 公心도 없이 질투심을 품고 實情을 생각하지 않으며 서로 부화뇌동하며 말에 따라 시비를 따지며 경전의 강론을 억제하려 하며,《尙書》를 완벽한 것으로 생각하며 또 左丘明은《春秋》를 전하지 않았다는 말을 하니 어찌 슬프지 아니하겠습니까?」

原文

「今聖上德通神明, 繼統揚業, 亦閔文學錯亂, 學士若茲,雖昭其情, 猶依違謙讓, 樂與士君子同之. 故下明詔, 試《左氏》可立不, 遣近臣奉指銜命, 將以輔弱扶微, 與二三君子比意同力, 冀得廢遺. 今則不然, 深閉固距, 而不肯試, 猥以不誦絶之, 欲以杜塞餘道, 絶滅微學. 夫可與樂成, 難與慮始, 此乃衆庶之所爲耳, 非所望士君子也. 且此數家之事, 皆先帝所親論, 今上所考視, 其古文舊書, 皆有徵驗, 外內相應, 豈苟而已哉!」

| **註釋** | ○閔文學錯亂 – 閔은 憫, 文學은 學文, 學問의 뜻. ○猶依違謙讓 – 오히려 애매하게 겸양하다. 자신의 뜻을 확실히 밝히지 못하다. ○可立不 – 太學에 박사를 두고 교수하는 것(立)에 대한 可否. ○輔弱扶微 – 약하고 미세한 것을 도와주다. 이제 겨우 알려진 경전을 학관에서 강론하려는 뜻. ○比意同力 – 한마음으로 협력하다. ○冀得廢遺 – 장차 폐기할 경전을 전수하여 끊어지지 않기를 바라다. 冀 바랄 기. ○猥 – 외람될 외. 구차하게. 굳이. ○杜塞餘道(두색여도) – 다른 길도 막아버리다. ○可與樂成, 難與慮始 – 성취한 것을 같이 즐길 수 있지만 일의 시작을 같이 하기 어렵다. ○衆庶(중서) – 여러 사람. 보통 사람들. ○外內 – 민간에서 전승되어 온 학문(外)과 궁중에 보관되어 온 경서(內).

〖**國譯**〗

「지금 聖上께서는 德이 많으시며 영특하시어 皇統을 이어 帝業을 높이시면서 또 학문이 잘못될까 걱정을 하시는데, 학사들은 이처럼 실질을 알면서도 애매한 태도로 겸양을 보이며 기꺼이 여러 士나 君子와 같이 행동하려 하고 있습니다. 그래서 명철하신 조서를 내려

《左氏傳》의 설치 여부를 물으셨고 近臣을 보내어 명을 받들어 미약한 것을 도와주며 여러 군자와 한마음으로 협력하여 장차 폐기될 수도 있는 경전을 전수하여 끊어지지 않기를 바라셨습니다. 그러나 지금 여러 신하들은 그와 같지 않게 마음을 꼭 닫고 거부하며 새로운 시도를 하지 않으면서 군이 외우거나 배우기를 거부하여 다른 학문의 길마저 막아서 이제 시작하려는 학문을 없애려 하고 있습니다. 대저 이루어 놓은 것을 같이 즐길 수는 있지만 그 시작의 어려움을 같이 할 수 없는 것은 평범한 보통 사람들의 행동일 뿐이지 앞을 내다볼 學士나 군자가 취할 바가 아닙니다. 또 이러한 몇 가지 일은 모두 先帝께서 친히 말씀한 것이고 지금 황상께서도 생각하시는 바로써 그 古文舊書가 모두 확실한 근거가 있으며 궁중과 지방의 학문이 상응하는데 太學에서의 강론을 반대하는 일이 어찌 구차하지 않겠습니까?」

原文

「夫禮失求之於野, 古文不猶愈於野乎? 往者博士《書》有歐陽,《春秋》公羊,《易》則施,孟, 然孝宣皇帝猶復廣立《穀梁春秋》,《梁丘易》,《大小夏侯尙書》, 義雖相反, 猶並置之. 何則? 與其過而廢之也, 寧過而立之. 傳曰, "文武之道未墜於地, 在人, 賢者志其大者, 不賢者志其小者." 今此數家之言, 所以兼包大小之義, 豈可偏絶哉! 若必專己守殘, 黨同門, 妒道眞, 違明詔, 失聖意, 以陷於文吏之議, 甚爲二三君子不取也.」

| 註釋 | ○愈 - 勝也. ○歐陽 - 《書經》의 書名. 漢의 歐陽高가 지은 《歐陽章句》. 지금은 전하지 않음. 伏生은 《尙書》를 歐陽生에게 전수했고 이후 歐陽氏의 家學으로 구양생의 曾孫인 歐陽高까지 전승되었다. ○施,孟 - 施讎(시수, 施長卿)와 孟喜(맹희). 이외 梁丘賀의 《易》 등 《易》에 3개 학파가 존재했었다. ○《大小夏侯尙書》 - 夏候勝과 夏候建에 의해 성립된 《尙書》의 학문. 지금은 전하지 않는다. ○與其過而廢之也, 寧過而立之 - 오류가 있다 하여 폐하기보다는 오류가 있어도 학파로 존립케 하겠다. 過는 誤也. ○傳曰 - 《論語 子張》에 나오는 子貢의 말. 이 뒤에 "莫不有文武之道焉, 夫子焉不學? 而亦何常師之有?"라는 말이 더 있다. ○志其大者 - 그 큰 뜻을 알은 사람. 志는 識也. ○若必專己守殘 - 만약 기어이 자기 편견만 내세우며 殘缺(잔결)만 고집하며. ○黨同門 - 동문(같은 스승에게 배운 사람)끼리 무리를 지어. ○妒道眞 - 학문의 진의를 妬忌(투기)하다. ○文吏 - 法吏.

〖國譯〗

「대개 禮를 상실하고 들(野)에서 찾으려 한다는데 古文은 들에서 구하려는 것보다 더 하지 않겠습니까? 옛날에 박사로는 《書》에 歐陽氏가 있고 《春秋》에 公羊氏가, 그리고 《易》에는 施長卿과 孟喜가 있었으나 孝宣皇帝는 또다시 《穀梁春秋》와 《梁丘易》과 《大小夏侯尙書》 등을 확대하였는데 그 주장이 서로 달랐는데도 나란히 박사를 두었습니다. 왜 그랬겠습니까? 틀린 부분이 있다 하여 없애기보다는 틀린 부분이 있기에 존립시켰던 것입니다. 《논어》에 "문왕과 무왕의 道가 땅에 떨어진 것이 아니라 사람에게 있는 것이니 賢者란 그 뜻의 큰 것을 안 사람이고, 不賢者는 그 작은 것을 안 사람이다."

라고 하였습니다. 지금 이 여러 학파의 말들은 크고 작은 뜻을 아울러 내포하고 있는 것이니, 어찌 편벽되게 없앨 수 있겠습니까? 만약 기어이 자기 편견에 의거 殘缺(잔결)만 고집하며 同門끼리 무리를 지어 학문의 진의를 妬忌(투기)한다면 그것은 명철하신 조서의 뜻을 어기는 것이며 聖意를 버리는 것이라서 法吏의 논의에 처해야 할 것이니 아마 여러 군자들이 따르지 않을 것입니다.」

原文

其言甚切, 諸儒皆怨恨. 是時, 名儒光祿大夫龔勝以歆移書上疏深自罪責, 願乞骸骨罷. 及儒者師丹爲大司空, 亦大怒, 奏歆改亂舊章, 非毁先帝所立.

上曰, "歆欲廣道術, 亦何以爲非毁哉!" 歆由是忤執政大臣, 爲衆儒所訕, 懼誅, 求出補吏, 爲河內太守. 以宗室不宜典三河, 徙守五原, 後復轉在涿郡, 歷三郡守. 數年, 以病免官, 起家復爲安定屬國都尉. 會哀帝崩, 王莽持政, 莽少與歆俱爲黃門郞, 重之, 白太后. 太后留歆爲右曹太中大夫, 遷中壘校尉, 羲和, 京兆尹, 使治明堂辟雍, 封紅休侯. 典儒林史卜之官, 考定律歷, 著〈三統歷譜〉.

初, 歆以建平元年改名秀, 字穎叔云. 及王莽簒位, 歆爲國師, 後事皆在〈莽傳〉.

| **註釋** | ○ 龔勝(공승, 전 68 – 后 11) – 왕망이 제위에 오르자 공승은 벼슬

을 버리고 귀향한 뒤 스스로 絶食하여 죽었다. 72권, 〈王貢龔鮑鮑傳〉에 立傳. ○乞骸骨 - 늙어 그만 두다. 退休의 겸칭. ○師丹(사단, ? - 서기 3년) - 여러 관직을 역임하였고 왕망의 탄핵을 주장했었다. 76권, 〈趙尹韓張兩王傳〉에 立傳. ○大司空 - 어사대부의 개칭. ○忤 - 거스를 오. ○訕 - 헐뜯을 산. ○河內 - 郡名. ○三河 - 河東, 河內, 河南 三郡. ○五原 - 郡名. 치소는 九原縣, 今 內蒙古 包頭市 서북. ○涿郡(탁군) - 군명. 今 河北省 保定市 관할의 涿州市. ○安定 - 군명. 今 寧夏回族自治區 固原市 동쪽. ○屬國都尉 - 변방 지역에 이주해 온 소수민족을 다스리는 관직. ○哀帝崩 - 애제는 前 1년에 죽었다. ○右曹太中大夫 - 右曹는 加官의 호칭. 황제의 측근에서 특수한 권력을 가졌다고 한다. ○羲和(희화) - 왕망이 집권한 뒤에 大司農을 개칭한 관직명. ○明堂 - 王者의 布政之所. 天子가 政教의 각종 命을 발표하는 곳. 辟雍(벽옹)은 최고 교육기관. ○〈三統歷譜〉 - 유흠이 〈太初曆〉을 바탕으로 새로 만든 역법. 1년을 365와 835/1539일, 1월을 29와 43/81일 산정하였고 19년에 7개 閏月을 두었다. ○建平元年 - 哀帝의 年號. 서기 전 6년. ○劉秀 - 後漢을 건국한 광무제의 이름도 유수이다. 이때 劉秀는 그 존재가 전혀 알려지지 않았다. ○王莽簒位 - 서기 8년.

〖國譯〗

유흠이 지은 글의 그 언사가 매우 절실하여 많은 유생들이 모두 유흠에게 원한을 품었다. 이때 名儒인 光祿大夫 龔勝(공승)은 유흠이 글을 보낸 것 때문에 심히 자책하는 글을 올리고 물러나기를 청했다. 그리고 儒者 師丹(사단)이 大司空이 되었는데 역시 대노하며 유흠이 옛 법도를 바꾸고 흔들며 先帝가 세운 學官을 비난 훼손하려 한다고 상소하였다. 哀帝는 "유흠은 학술을 더 넓히려는 것이지 어찌 비난하고 헐뜯는 뜻이겠는가!"라 하였다. 유흠은 이로 인해 執政

大臣들의 뜻을 거스르고 많은 유생들에게 비난을 받자 죽음이 두려워 지방관을 자청하여 河內 太守가 되었다. 그러나 宗室이 三河 지역을 다스리는 것이 옳지 않다고 하여 五原郡의 태수가 되었다가 뒤에 다시 涿郡으로 옮겼고 3개 군의 태수를 하며 몇 년 뒤에 병 때문에 사임하였다가 집을 떠나 다시 安定屬國의 都尉가 되었다. 마침 哀帝가 죽고 王莽(왕망)이 정권을 장악하였는데 왕망은 젊어 유흠과 같이 黃門郞으로 근무했었기에 유흠을 중히 여기고 太后(太皇太后)에게 말했다. 태후는 유흠을 右曹太中大夫로 불렀다가 中壘校尉(중루교위), 羲和(희화, 大司農)와 경조윤 등을 역임케 하였으며, 明堂과 辟雍(벽옹)을 관리케 하였고 紅休侯(홍휴후)에 봉했다. 유림의 일과 太史太卜의 관직을 맡았고 律歷을 산정하여 〈三統歷譜〉를 편찬하였다.

그전에 유흠은 建平 元年에 劉秀로 이름을 바꾸고 字를 穎叔(영숙)이라고 하였다. 王莽이 簒位(찬위)하고 유흠을 國師로 삼았는데 이후의 일은 모두 〈王莽傳〉에 있다.

原文

贊曰, 仲尼稱 "材難 不其然與?" 自孔子後, 綴文之士衆矣, 唯孟軻,孫況,董仲舒,司馬遷,劉向,楊雄, 此數公者, 皆博物洽聞, 通達古今, 其言有補於世. 傳曰 "聖人不出, 其間必有命世者焉", 豈近是乎? 劉氏〈鴻範論〉, 發明《大傳》, 著天人之應, 〈七略〉剖判藝文, 總百家之緖, 〈三統歷譜〉, 考步日月五星之度, 有意其推本之也. 嗚虖! 向言山陵之戒, 於今察之, 哀哉! 指明梓柱以推廢興, 昭矣! 豈非直諒多聞, 古之益友與!

| **註釋** | ○"材(才)難 不其然與!" - 인재는 얻기 어렵나니 그렇지 않은가? 《論語 泰伯》. ○孫況 - 荀況. 荀子. ○楊雄(양웅, 前 53 - 서기 18) - 字 子雲, 西漢 哲學家, 文學家. 말을 더듬었기에 깊이 생각하고 명문장을 지으려 노력했었다. ○博物洽聞 - 사물을 널리 관찰하고 아는 것이 많다. ○命世 - 名世, 當世에 이름을 날리다. ○〈鴻範論〉 - 鴻範은 洪範과 同. 劉向의 저서. 상고에서 漢代에 이르는 여러 가지 災異와 祥瑞(상서)를 기록하였다. ○《大傳》 - 《尙書大傳》. ○考步 - 考察하고 追究하다. ○推本 - 근본을 밝히다. ○嗚虖 - 嗚呼(오호)라! ○山陵之戒 - 왕망 新나라 때의 농민반란이라 할 수 있는 '赤眉(적미)의 난'에 西漢 모든 왕릉이 도굴되었다. 황릉을 크고 화려하게 만들 필요가 없다는 유흠의 말이 그대로 적중했다는 듯. ○於今察之 - 지금 고찰해 보면. ○昭矣 - 명백하다. 분명히 알 수 있다. ○直諒多聞 - 정직하고 마음씨가 넓고 아는 것이 많다. 孔子曰, "益者友. 友直, 友諒, 友多聞, 益矣. 友便辟, 友善柔, 友便佞, 損矣."《論語 季氏》.

〖國譯〗

班固의 論贊 : 공자는 "인재는 얻기 어렵나니 그렇지 아니한가?"라고 하였다. 孔子 이후에 학문을 한 사람은 매우 많았으나 그래도 孟軻(맹가, 孟子), 孫況(손황, 荀子), 董仲舒(동중서), 司馬遷(사마천), 劉向(유향), 楊雄(양웅) 등 이 몇 분은 모두 폭넓은 경험과 많은 지식으로 고금에 통달하였으며 그 언사는 세상 사람들에게 큰 도움을 주었다. 경전에 "聖人이 나오지 않으면 그 중간에 틀림없이 세상에 이름을 날리는 사람이 있다."고 하였으니, 어찌 이 말이 사실이 아니겠는가? 劉向의 〈鴻範論〉은 《尙書大傳》의 天人之應을 밝힌 것이고 劉歆(유흠)의 〈七略〉은 藝文을 분석하여 百家의 이론을 체계화하였으며, 〈三統歷譜〉은 日月과 五星의 운행의 법도를 탐구하였으니 그 근본을 추구한 것이다. 아! 유향이 말한 '山陵(皇陵)의 훈계' 란 것을 지금 고찰해 보면 슬플 뿐이다. (유씨는) 국가의 기둥을 밝히고 흥성과 廢亡을 추론하였으니 밝고 분명하였도다! 충직하고 마음씨가 넓으며 아는 것이 많다는 옛날의 益者三友가 아니었겠는가?

37 季布欒布田叔傳
〔계포,난포,전숙전〕

37-1. 季布

原文

季布, 楚人也, 爲任俠有名. 項籍使將兵, 數窘漢王. 項籍滅, 高祖購求布千金, 敢有舍匿, 罪三族. 布匿濮陽周氏, 周氏曰, "漢求將軍急, 跡且至臣家, 能聽臣, 臣敢進計, 卽否, 願先自剄." 布許之. 乃髡鉗布, 衣褐, 置廣柳車中, 並與其家僮數十人, 之魯朱家所賣之. 朱家心知其季布也, 買置田舍. 乃之雒陽見汝陰侯滕公, 說曰, "季布何罪? 臣各爲其主用, 職耳. 項氏臣豈可盡誅邪? 今上始得天下, 而以私怨求一人, 何示不廣也? 且以季布之賢, 漢求之急如此, 此不北走胡, 南走越耳. 夫忌壯士以資敵國, 此伍子胥所以鞭荊平之墓也. 君何不從容爲上言之?" 滕公心知朱家大俠, 意布匿其所, 乃許諾. 侍間, 果言如朱家指. 上乃赦布. 當是時, 諸公皆多布能摧剛爲柔, 朱家亦以此名聞當世. 布召見, 謝, 拜郎中.

| **註釋** | ○季布(계포) - 생졸년 미상. 項羽와 동향. 혜제 때 중랑장. 문제 때 하동군수. '一諾千金' 成語의 주인공. 《史記 季布欒布列傳》도 있음. ○任俠(임협) - 의협심. 의협심이 강하다. 협객. ○數窘漢王 - 여러 번 漢王을 궁지에 몰다. 窘은 막힐 군. 고생하다. ○購求布千金 - 購는 현상금(을 내걸다). ○舍匿(사익) - 숨기다. ○罪三族 - 삼족(親族, 外族, 妻族)을 벌하다. ○跡且至臣家 - 추적하여(追踪) 곧(且) 내 집에 올 것이다. ○乃髡鉗布 - 髡은 머리 깎을 곤. 鉗 칼 겸. 形具. ○置廣柳車中 - 廣車는 運柩(운구)하는 수레. 廣柳車는 '덮개가 있는 수레' 라는 풀이도 있다. ○魯朱家 - 魯의 협객으로 유명한 朱氏. 92권, 〈游俠傳〉에 입전. ○汝陰侯滕公(여음후 등공) - 夏侯嬰(하후영). 41권, 〈樊酈滕灌傅靳周傳〉에 입전. ○何示不廣也 - 왜 도량이 좁다는 것을 내 보입니까? ○此伍子胥所以鞭荊平之墓也 - 荊平의 荊은 楚를 지칭. ○摧剛爲柔(최강위유) - 강한 기질을 버리고 柔弱하게 처신하다.

〖國譯〗

季布(계포)는 楚 출신으로 협객으로도 유명했다. 項籍은 계포에게 군사를 주어 여러 번 漢王을 궁지로 몰았다. 항적이 죽은 뒤 高祖는 천금을 내걸고 계포를 잡으려 하면서 숨겨주는 자는 삼족을 벌하겠다고 하였다. 계포는 濮陽(복양)의 周氏 집에 숨어들었는데 周氏가 말했다. “漢은 지금 장군을 빨리 잡으려 하니 추적하여 곧 내 집에도 닥칠 것인데, 내 말을 따라준다면 내가 계책을 생각하겠지만 못하겠다면 먼저 자살하기 바랍니다.”

계포는 승낙하였다. 그러자 계포의 머리를 깎고 칼을 씌우고 죄수의 옷을 입혀 버들가지를 꽂은 운구 수레에 싣고 그 집 노비 10여 명과 함께 魯의 朱씨의 집에 가서 팔아버렸다. 朱씨는 마음속으로 그가 계포임을 알고도 노비로 사서 농장의 집에 두었다. 그리고는 낙양으로 가서 汝陰侯 滕公(등공, 하후영)을 만나 설득했다.

“계포가 무슨 죄입니까? 신하된 사람은 각자 그 주군을 위해 일하는 것이 그 직분입니다. 항우의 부하들을 어찌 다 죽일 수 있습니까? 지금 황제께서는 막 천하를 차지하고서 사적 원한으로 사람 하나를 잡으려 하니 도량이 좁다는 것을 왜 천하에 보여줍니까? 그리고 계포의 능력이라면 漢에서 이처럼 다급하게 잡으려 하니 이제 그가 북쪽 흉노에 가거나 남쪽 越人(월인)에게 달아날 것입니다. 그러면 장사를 미워해서 적국을 도와주는 것이니 이는 伍子胥(오자서)가 (吳로 도망갔다가 돌아와) 楚 평왕의 묘를 파내 매질을 한 까닭과 똑같습니다. 당신은 기회를 보아 황제를 위해 이를 왜 말하지 않습니까?”

등공은 마음속으로 주씨가 유명한 협객이기에 계포를 그 집에 숨겨 두었다는 뜻으로 알고 바로 허락하였다. 등공은 틈을 보아 주씨의 뜻대로 고조에게 이야기를 하였다. 고조는 곧 계포를 사면하였다. 이때에 여러 사람들은 모두 계포가 그 억센 기질을 꺾고 부드러운 행동을 한다고 칭찬하였고 주씨 역시 이로써 그 이름을 날렸었다. 계포는 고조를 알현하고 사죄하였으며 郎中이 되었다.

原文

孝惠時, 爲中郎將. 單于嘗爲書嫚呂太后, 太后怒, 召諸將議之. 上將軍樊噲曰, "臣願得十萬衆, 橫行匈奴中." 諸將皆阿呂太后, 以噲言爲然. 布曰, "樊噲可斬也! 夫以高帝兵三十餘萬, 困於平城, 噲時亦在其中. 今噲奈何以十萬衆橫行匈奴中, 面謾! 且秦以事胡, 陳勝等起. 今瘡痍未瘳, 噲又面諛, 欲搖動天下." 是時, 殿上皆恐, 太后罷朝, 遂不復議擊匈奴事.

| 註釋 | ○中郎將 - 郞中令의 속관. 황제 시위군으로 五官 중랑장과 左右 중랑장을 두고 각 부대를 지휘했다. 질록 比二千石. ○單于(선우) - 흉노왕의 칭호. ○嫚 - 업신여길 만. 음란하게 굴다(戱侮). ○樊噲 - 고조와 번쾌는 동서 간이었다. 곧 呂后의 弟夫. 噲는 목구멍 쾌. 시원하다. ○困於平城 - 고조 7년(前 200)에 흉노를 원정하다가 平城(今 山西省 大同市 동북)의 白登山에서 포위되어 위기에 처했었다. ○面謾 - 面은 면전에서. 謾은 속일 만. ○事胡 - 흉노 정벌에 군사를 동원하다. ○瘡痍未瘳 - 瘡 부스럼 창. 상처. 痍 상처 이. 瘳 나을 추.

〖國譯〗

효혜제 때 계포는 중랑장이 되었다. 이에 앞서 單于(선우)는 국서를 보내 呂太后를 희롱하였는데 태후가 노하여 모든 장수를 모아 이를 의논하였다. 상장군인 번쾌가 말했다. "臣이 10만 군사를 거느리고 출정하여 흉노를 쓸어버리고자 합니다."

여러 장수들은 모두 여태후에게 아부하려 했기에 번쾌의 말이 옳다고 하였다. 그러나 계포가 말했다. "번쾌를 죽여야 합니다! 전에 고조께서는 30여 만 군사를 거느리고도 平城에서 곤욕을 치렀고 번쾌 역시 그때 거기에 있었습니다. 지금 번쾌가 어찌 10만 군사로 흉노를 쓸어버릴 수 있겠는지? 이는 면전에서 허풍치는 것입니다. 그리고 秦에서도 흉노 때문에 用兵하느라 결국에는 陳勝 등이 봉기했습니다. 지금 옛 상처가 아직 치유되지도 않았는데 번쾌는 면전에서 아부하여 천하를 요동치게 만들려고 합니다."

이때 어전 사람 모두가 두려워 떨었는데 태후는 조회를 끝냈고, 흉노를 징벌하겠다는 의논을 다시는 하지 않았다.

原文

布爲河東守. 孝文時, 人有言其賢, 召欲以爲御史大夫. 人又言其勇, 使酒難近. 至, 留邸一月, 見罷. 布進曰, "臣待罪河東, 陛下無故召臣, 此人必有以臣欺陛下者. 今臣至, 無所受事, 罷去, 此人必有毁臣者. 夫陛下以一人譽召臣, 一人毁去臣, 臣恐天下有識者聞之, 有以窺陛下." 上默然, 慚曰, "河東吾股肱郡, 故特召君耳." 布之官.

| 註釋 | ○河東 - 郡 이름. 治所는 安邑縣(今 山西省 運城市 夏縣 서북). ○使酒 - 술주정. 酗酒(후주). ○留邸一月 - 客館에서 1달을 기다리다. ○見罷 - 알현을 마치다. ○臣待罪河東 - 신이 河東에서 죄를 지어서. 河東郡을 제대로 다스리지 못했다는 겸양의 말. ○有以窺陛下 - 이로써 폐하의 생각을 엿보려 할 것입니다. 폐하의 속마음이 간파 당할 것입니다. ○股肱郡(고

굉군) – 팔뚝(肱)이나 넓적다리(股) 같이 소중한 郡. ○布之官 – 계포는 임지로 갔다.

〖國譯〗

季布가 河東태수가 되었다. 효문제 때 어떤 사람이 계포가 유능하다고 하여 어사대부에 임명하려고 소환하였다. 또 다른 사람은 계포가 용감하지만 주사가 심해 가까이 둘 수 없다고 하였다. 계포가 長安에 도착하여 객관에서 한 달을 머물다가 알현이 끝났다. 계포가 한 걸음 나아가 말했다.

"臣이 河東郡을 잘 다스리지는 못했지만 폐하께서 아무런 일도 없이 저를 부르셨으니, 이는 누군가가 저를 가지고 폐하에게 거짓말을 한 것입니다. 제가 도착해서 새로운 사명도 없이 끝나고 돌아가는데, 이는 어떤 사람이 저를 헐뜯은 것입니다. 폐하께서는 한 사람이 칭송한다 하여 저를 부르고 또 한 사람이 헐뜯어서 제가 돌아가지만 천하에 누군가가 이런 일을 알게 된다면 폐하의 뜻이 간파될 것 같아 걱정일 뿐입니다."

문제는 할 말이 없어 부끄럽게 말했다. "河東은 나에게 아주 소중한 郡이라서 특별히 불러보았을 뿐이오."

이에 계포는 임지로 돌아갔다.

原文

辯士曹丘生數招權顧金錢, 事貴人趙談等, 與竇長君善. 布聞, 寄書諫長君曰, "吾聞曹丘生非長者, 勿與通." 及曹丘生歸, 欲得書請布. 竇長君曰, "季將軍不說足下, 足下無往." 固請書, 遂行. 使人先發書, 布果大怒, 待曹丘. 曹丘至, 則揖布曰, "楚人諺曰 '得黃金百, 不如得季布諾', 足下何以得此聲梁,楚之間哉? 且僕與足下俱楚人, 使僕游揚足下名於天下, 顧不美乎? 何足下距僕之深也!" 布乃大說. 引入, 留數月, 爲上客, 厚送之. 布名所以益聞者, 曹丘揚之也.

| 註釋 | ○招權顧金錢 - 권세가에 아부하며 (청탁하는 자로부터) 금전을 끌어 모으다. ○趙談(조담) - 환관. 93권, 〈佞幸傳〉에 입전. ○竇長君(두장군) - 文帝 竇皇后의 오빠. 景帝의 외숙부. ○欲得書請布 - (조구생을) 계포에게 청탁한다는 (두장군의) 서신을 얻으려 하다. ○固請書 - 굳이 청탁한다는 서신을 얻어서. ○得黃金百, 不如得季布諾 - 황금 백량을 얻는 것은 계포의 승낙을 받는 것만 못하다. ○足下 - 동년배, 또는 동료에 대한 경칭. 人君에 대한 존칭으로도 쓰였음. 여기서는 존칭. ○僕 - 종 복. 자신에 대한 겸칭. ○使僕游揚足下名於天下 - 游揚(유양)은 宣揚(선양)하다. ○顧不美乎 - 좋지 않습니까? 顧 돌아볼 고. 오히려, 도리어. 다만.

〖國譯〗

辯士인 曹丘生(조구생)은 여러 번 권세가에 아부하며 (청탁을 해오는 사람에게서) 금전을 받았으며 貴人(환관) 趙談(조담) 등에 아부했고 竇長君(두장군)과도 친했다. 계포는 이런 사실을 알고 두장군에게 서신을 보내 말했다.

"내가 알기로는, 조구생은 점잖은 사람이 아니니 왕래하지 마십시오."

조구생이 고향으로 돌아가려고 계포에게 청탁하는 서신을 두장군에게 써달라고 하였다. 이에 두장군이 말했다. "계포 장군은 당신을 좋아하지 않으니 찾아가지 않는 것이 좋겠소." 그러나 조구생은 굳이 두장군의 서신을 받아가지고 떠났다. 조구생이 사람을 시켜 먼저 서신을 보내자 예상대로 계포는 대노하며 조구생을 기다렸다. 조구생이 와서 계포에게 예를 표하고서 말했다.

"楚人의 속언에 '황금 백량을 얻어도 계포의 한 번 승낙만 못하다.' 라고 하는데, 梁과 楚에서 장군은 어떻게 해서 이런 명성을 얻을 수 있었습니까? 그리고 저나 장군은 모두 楚人이니 저로 하여금 장군의 명성을 천하에 드높이게 할 수 있다면 좋지 않겠습니까? 장군께서는 저를 왜 심하게 거부하십니까?"

계포는 그 말에 크게 좋아하였다. 안으로 데리고 들어가 몇 달을 머물게 하며 上客으로 대우하였고 많은 예물을 주어 보냈다. 계포의 명성이 더욱 알려진 것은 조구생이 널리 소문을 냈기 때문이었다.

原文

布弟季心氣蓋關中, 遇人恭謹, 爲任俠, 方數千里, 士爭爲死. 嘗殺人, 亡吳, 從爰絲匿, 長事爰絲, 弟畜灌夫,籍福之屬. 嘗爲中司馬, 中尉郅都不敢加. 少年多時時竊借其名以行. 當是時, 季心以勇, 布以諾, 聞關中.

| **註釋** | ○氣蓋關中 - 俠氣(협기)로 關中에 제일이었다. ○從爰絲匿 - 爰絲(원사)를 찾아가 숨다. 爰絲는 爰盎(원앙). 49권, 〈爰盎鼂錯傳〉에 立傳.

○長事爰絲 – 兄長으로 爰絲를 받들다. ○弟畜 – 동생처럼 돌봐주다. ○郅都不敢加 – 郅都(질도)가 함부로 하지 못하다. 郅 고을 이름 질. 郅都는 人名. 90권, 〈酷吏傳〉에 立傳. ○布以諾 – '季布一諾' 이란, 成語는 '승낙한 것(약속)은 꼭 지킨다' 는 의미로 쓰인다.

〖國譯〗

계포의 아우 季心도 협객의 의기로 關中에 제일이었는데 다른 사람에게 공손하며 협객으로 행동하니 사방 수천리에 사람들이 다투어 목숨을 걸고 따랐다. 일찍이 살인을 하고 吳땅으로 도망을 가서 爰絲(원사)란 사람 집에 숨었는데 원사를 형처럼 받들고 灌夫(관부)나 籍福(적복) 같은 사람들을 아우처럼 돌봐주었다. 일찍이 中司馬가 되었었는데 中尉인 郅都(질도)도 계심을 함부로 대하지 못했다. 많은 젊은이들이 수시로 계심의 이름을 팔아 행동했다. 그 시절에 계심은 용기로 계포는 약속으로 관중에 소문이 났었다.

原文

布母弟丁公, 爲項羽將, 逐窘高祖彭城西. 短兵接, 漢王急, 顧謂丁公曰, "兩賢豈相厄哉!" 丁公引兵而還. 及項王滅, 丁公謁見高祖, 以丁公徇軍中, 曰, "丁公爲項王臣不忠, 使項王失天下者也." 遂斬之, 曰, "使後爲人臣無效丁公也!"

| 註釋 | ○母弟 – 씨가 다른 아우. 同母異父之弟. ○逐窘(축군) – 추격하

여 막다른 골목에 몰다. ㅇ兩賢豈相厄哉 - 우리 두 사람이 왜 서로 괴롭혀야 하는가? 兩賢은 丁公과 漢王 자신. 厄 재앙 액. 재수 없음. ㅇ以丁公徇軍中 - 죄인으로 丁公을 잡아 軍中에 돌리다.

〖國譯〗

계포의 同母弟인 丁公은 항우의 장수로 彭城(팽성) 서쪽에서 高祖를 추격하여 위기에 처하게 했다. 단병 접전할 때 漢王이 다급하여 정공을 돌아보며 말했다. "우리 둘이 왜 서로 괴롭혀야 하는가?"

이에 정공은 군사를 돌려 돌아갔다. 項王이 죽은 뒤 정공이 高祖를 알현했는데 고조는 정공을 군중에 죄인으로 돌리게 하며 말했다. "정공은 항왕의 신하였지만 불충하여 항왕으로 하여금 천하를 잃게 만든 자이다." 그리고서는 죽인 뒤에 말했다. "이후로 신하된 자가 정공을 본받는 일이 없게 하려고 죽인 것이다."

37-2. 欒布

原文

欒布, 梁人也. 彭越爲家人時, 嘗與布游, 窮困, 賣庸於齊, 爲酒家保. 數歲別去, 而布爲人所略賣, 爲奴於燕. 爲其主家報仇, 燕將臧荼擧以爲都尉. 荼爲燕王, 布爲將. 及荼反, 漢擊燕, 虜布. 梁王彭越聞之, 乃言上, 請贖布爲梁大夫. 使於齊, 未反, 漢召彭越責以謀反, 夷三族, 梟首雒陽, 下詔'有收視者輒捕之'. 布還, 奏事彭越頭下, 祠而哭之. 吏捕以聞. 上召布罵曰, "若與彭越反邪? 吾禁人勿收, 若獨祠而哭之, 與反明矣. 趣亨之." 方提趨湯, 顧曰, "願一言而死." 上曰, "何言?" 布曰, "方上之困彭城, 敗滎陽, 成皐間, 項王所以不能遂西, 徒以彭王居梁地, 與漢合從苦楚也. 當是之時, 彭王壹顧, 與楚則漢破, 與漢則楚破. 且垓下之會, 微彭王, 項氏不亡. 天下已定, 彭王剖符受封, 欲傳之萬世. 今帝徵兵於梁, 彭王病不行, 而疑以爲反. 反形未見, 以苛細誅之, 臣恐功臣人人之自危也. 今彭王已死, 臣生不如死, 請就亨." 上乃釋布, 拜爲都尉.

| **註釋** | ○欒布(난포, ? – 前 145) – 欒 나무 이름 난(란). 수레 이름 난(鑾과 通). ○家人 – 平民. ○酒家保 – 保는 고용인. 심부름꾼. 傭工. ○布爲人所略賣 – 난포는 남에게 잡혀 팔렸다. 피동형 문장. ○臧荼(장도, ? – 前 202) – 燕王 韓廣의 部將으로 項羽에 협력하여 燕王에 봉해졌고(前 206), 遼東王이 된 韓廣을 치고 옛 燕國을 통일했다. ○請贖布爲梁大夫 – (돈을 내어) 난포를 속죄시켜 주고 梁의 대부로 임명하겠다고 청하다. ○梟首雒陽 – 낙양에 효수하다. 고조가 長安으로 천도하기 전이다. 梟는 올빼미 효. 목을 매어 달다. 꼭대기. ○有收視者輒捕之 – (屍身을) 수습하거나 돌보는 자는 바로 체포하겠다. ○若與彭越反邪 – 너는 팽월과 함께 반역을 했는가? ○趣亨之 – 빨리 이놈을 팽살하라. 亨은 烹(팽). ○徒 – 副詞로 쓰였음. 특별히. 다만(但也). 바로(乃也). ○彭王壹顧(팽왕일고) – 팽왕이 한쪽 편을 들어주면. ○微彭王 – 팽왕이 없었으면. ○反形未見 – 반역의 정황도 나타나지 않았

는데. 見은 現. ○以苟細誅之 – 아주 작은 것 때문에 그를 죽이다.

〖國譯〗

欒布(난포)는 梁人이었다. 彭越(팽월)이 평민이었을 때부터 같이 사귀었으나 곤궁하여 齊에서 품팔이를 하다가 술집의 심부름꾼이 되었다. 몇 년 뒤 헤어졌는데 난포는 남에게 잡혀 팔려가 燕 땅에서 노비가 되었다. 난포는 주인집의 원수를 갚아 주었는데 燕의 장군이던 臧荼(장도)가 등용하여 都尉가 되었다. 장도가 燕王이 되자 난포는 장군이 되었다. 장도가 반기를 들자 漢은 燕을 공격했고 난포는 포로가 되었다. 梁王 팽월이 이런 사실을 알고 고조에게 난포를 속죄시켜 梁國의 대부로 삼겠다고 주청하였다. (난포를 속죄시키려고) 사람이 齊에 갔지만 아직 돌아오지 않았을 때, 고조는 팽월을 소환하여 모반의 죄로 삼족을 멸하고 팽월을 낙양에 효수하면서 '팽월의 시신을 수습하거나 돌보는 자는 즉시 체포하겠다.' 고 하였다. 난포는 낙양에 와서 팽월의 머리 아래에서 그간의 일을 아뢰고 제사를 지내며 곡을 하였다.

관리가 난포를 체포하여 고조에게 보고하였다. 고조가 난포를 불러 꾸짖으며 말했다. "너도 팽월과 함께 반역하였는가? 내가 시신을 수습하지 말라 금지시켰는데도 너는 혼자 제사하고 곡을 하였으니 같이 반역한 것이 확실하다. 빨리 이놈을 팽살하라." 난포를 팽살하려 끌고 가려 하자 난포가 고조를 보며 말했다. "말이나 한 번 하고 죽겠습니다." 고조가 말했다. "무슨 말인가?" 그러자 난포가 말했다.

"전에 폐하께서 彭城(팽성)에서 곤경에 처하고 滎陽(형양)과 成皐

(성고) 사이에서 패전하였을 때 항왕이 서쪽으로 진격하지 못한 것은 오직 팽왕이 梁을 차지하고 漢과 合從하여 楚를 괴롭혔기 때문입니다. 그 때에 팽왕이 한쪽 편을 들어 楚를 편들면 漢이 부서지고 漢을 편들어 주면 楚가 망했습니다. 또 垓下(해하)의 會戰에서도 팽왕이 없었다면 항우는 망하지 않았을 것입니다. 천하가 안정되자 팽왕은 부절을 나누어 갖고 왕에 봉해졌기에 오래도록 후세에 전위하고자 하였습니다. 이번에 폐하께서는 梁에서 군사를 징발하려 했고 彭王은 병 때문에 출정하지 않았는데 반역을 한다고 의심을 받았습니다. 반역의 모양새도 나타나지 않았는데 작은 허물을 가지고 죽였으니 저로서는 공신들 모두가 두려워하며 스스로 위험하다고 여길 것입니다. 지금 팽왕은 죽고 없으니 저도 사는 것이 죽는 것만 못하니 팽살해 주십시오."

그러자 고조는 난포를 석방하며 도위를 제수하였다.

原文

孝文時, 爲燕相, 至將軍. 布稱曰, "窮困不能辱身, 非人也. 富貴不能快意, 非賢也." 於是嘗有德, 厚報之, 有怨, 必以法滅之. 吳,楚反時, 以功封爲鄃侯, 復爲燕相. 燕,齊之間皆爲立社, 號曰 '欒公社'. 布薨, 子賁嗣侯, 孝武時坐爲太常犧牲不如令, 國除.

| 註釋 | ○稱曰(칭왈) - 큰 소리 치다(揚言). 당당하게 말하다. ○辱身(욕신) - 자신을 욕되게 하다. 곤궁한 처지라면 그 처지를 참고 견뎌야 한다는

뜻. ○快意 - 뜻대로 누리다. ○嘗有德 - 다른 사람의 덕을 보다. 다른 사람이 나에게 베풀어 주다. ○鄃 - 고을 이름 유. ○立社 - 生祠를 세우다. ○犧牲不如令 - 종묘의 희생물이 법도 또는 표준에 어긋나다. 太常은 종묘 제사 담당.

〖國譯〗

孝文帝 때 燕의 王相이 되었다가 장군으로 승진하였다. 난포는 당당하게 말했다. "곤궁한 처지에서 천한 일을 못 한다면 사람이 아니다. 부귀하면서 마음껏 즐기지 못하면 현명하지 못한 것이다."

그리고 남에게 신세를 졌다면 후하게 보답하였으며, 원한이 있다면 반드시 적법하게 그 원한을 갚아 주었다. 吳와 楚의 반란 진압에 공을 세워 鄃侯(유후)에 봉해졌으며 다시 燕의 왕상이 되었다. 燕과 齊 일대에서는 여러 곳에 그의 사당이 세워졌는데 '欒公社(난공사)'라고 불렀다. 난포가 죽고 아들 欒賁(난분)이 제후 자리를 이었고 孝武帝 때 太常의 자리에 올랐으나 犧牲(희생)이 법도에 맞지 않아 나라가 없어졌다.

37-3. 田叔

原文

田叔, 趙陘城人也. 其先, 齊田氏也. 叔好劍, 學黃老術於樂巨公. 爲人廉直, 喜任俠. 游諸公, 趙人擧之趙相趙午, 言之趙王張敖, 以爲郎中. 數歲, 趙王賢之, 未及遷.

會趙午,貫高等謀弑上, 事發覺, 漢下詔捕趙王及群臣反者. 趙有敢隨王, 罪三族. 唯田叔,孟舒等十餘人赭衣自髡鉗, 隨王至長安. 趙王敖事白, 得出, 廢王爲宣平侯, 乃進言叔等十人. 上召見, 與語, 漢廷臣無能出其右者. 上說, 盡拜爲郡守,諸侯相. 叔爲漢中守十餘年.

| **註釋** | ○田叔(전숙) - 《史記 田叔列傳》도 있음. ○趙 - 漢의 제후국으로서의 趙, 도읍은 邯鄲(한단, 今 河北省 邯鄲市 서남). ○陘城(형성) - 漢에 陘城縣이 없음. 苦陘의 오류일 것이라는 주석이 있다. ○齊田氏 - 전국시대의 齊. 왕족인 田氏. ○樂巨公(낙거공) - 樂이 성씨. 名 巨公. ○趙王 張敖(장오) - 張耳의 아들. 高祖의 長女인 魯元公主와 결혼. 곧 고조의 사위. 32권, 〈張耳陳餘傳〉 참고. ○趙午,貫高等謀弑上 - 고조가 사위인 趙王을 너무 무시하였기에 조오와 관고 등이 고조를 죽이려는 계획을 세웠었다. ○赭衣(자의) - 죄수의 옷. 赭 붉은 흙 자. 옷을 벗다. ○髡鉗(곤겸) - 머리 깎을 곤. 칼(刑具) 겸. ○無能出其右者 - 그보다 뛰어난 자가 없다. ○漢中守 - 漢中郡의 태수.

〖國譯〗

田叔은 趙의 陘城(형성) 사람이다. 그의 선조는 齊의 田氏이다. 전숙은 검술을 좋아했고 黃老의 학문을 樂巨公으로부터 배웠다. 사람됨이 청렴하고 정직하였으며 협객의 의리를 좋아하였다. 여러 사람들과 교유하였는데 趙人들이 전숙을 趙相인 趙午(조오)에게 천거하였고, 조오는 趙王 張敖(장오)에게 말해서 郎中에 임명되었다. 몇 년 동안 趙王은 전숙을 유능하다 인정했으나 승진시키지는 않았다.

그 무렵 趙午와 貫高(관고) 등은 고조를 시해할 계획을 세웠다가 일이 발각되었고 漢에서는 조서를 내려 趙王과 배반을 계획한 여러 신하를 체포하게 하였다. 趙王을 따라 모반에 가담한 자들은 삼족을 벌하겠다고 하였다. 그러나 田叔과 孟舒(맹서) 등 10여 명은 죄수의 옷을 입고 스스로 머리를 자르고 목에 칼을 쓰고 조왕을 따라 長安에 도착하였다. 趙王 張敖(장오)의 사안이 명백하게 밝혀져 풀려 나왔지만 王은 폐위되어 宣平侯로 강등되었는데 (선평후는) 전숙 등 10여 명을 고조에게 추천하였다. 고조가 전숙들을 불러 보고 이야기를 나누었는데 漢의 조정 신하들 중에 이들보다 나은 사람이 없었다. 고조는 기뻐하며 모두 郡守나 諸侯國의 왕상으로 임명하였다. 전숙은 10여 년간 漢中郡의 태수를 지냈다.

原文

孝文帝初立, 召叔問曰, "公知天下長者乎?" 對曰, "臣何足以知之!" 上曰, "公長者, 宜知之." 叔頓道曰, "故雲中守孟舒, 長者也." 是時, 孟舒坐虜大入雲中免.

上曰, "先帝置孟舒雲中十餘年矣, 虜常一入, 孟舒不能堅守, 無故士卒戰死者數百人. 長者固殺人乎?" 叔叩頭曰, "夫貫高等謀反, 天子下明詔, 趙有敢隨張王者, 罪三族! 然孟舒自髡鉗, 隨張王, 以身死之, 豈自知爲雲中守哉! 漢與楚相距, 士卒罷敝, 而匈奴冒頓新服北夷, 來爲邊寇, 孟舒知士卒罷敝, 不忍出言, 士爭臨城死敵, 如子爲父, 以故死者數百人. 孟舒豈毆之哉! 是乃孟舒所以爲長者." 於是上曰, "賢哉孟舒!" 復召以爲雲中守.

| 註釋 | ○長者 - 重厚自尊한 사람. 후덕한 자. ○虜常一入 - 전에 흉노가 한 차례 침입했을 때. 常은 嘗也. ○貫高(관고) - 趙王 張敖의 승상. 32권, 〈張耳陳餘傳〉 참고. ○張王 - 趙王 張敖(장오). ○雲中守 - 雲中郡(치소는 雲中縣, 今 山西省 大同市 서쪽의 內蒙古 托克托市 동북.)의 태수. ○罷敝(파폐) - 疲弊(피폐)하다. ○毆 - 驅也.

〖國譯〗

孝文帝가 즉위하고 얼마 안 되어 田叔(전숙)을 불러 물었다. "공은 천하의 장자를 아시는가?" 전숙이 대답했다. "臣이 어찌 그런 사람을 알겠습니까?" 문제가 말했다. "公은 장자이니 당연히 알 것이요." 전숙이 머리를 조아리며 아뢰었다. "전에 雲中郡의 태수였던 孟舒(맹서)는 장자입니다." 그때 맹서는 흉노가 운중군에 침입한 사건에 연루되어 면직되었었다.

문제가 말했다. "先帝(高祖)께서 맹서를 운중군 태수로 10여 년 전에 임명했었는데 흉노가 전에 쳐들어 왔을 때, 맹서는 굳게 방어하지 못하고 무고하게 사졸 수백 명을 전사하게 하였소. 장자는 사람을 그렇게 죽게 합니까?" 전숙이 고개를 땅에 대면서 말했다. "전에 貫高(관고) 등이 모반한다고 하였을 때, 천자께서 조서로 趙에서 감히 張王(張敖)을 수행하는 자는 삼족을 벌하겠다고 하셨지만 맹서는 스스로 머리를 깎고 칼을 쓰고 장왕을 따라 와서 죽으려 했으니 어찌 운중군의 태수가 될 줄 알았겠습니까! 漢과 楚가 서로 대치할 때 사졸은 모두 지쳐있었지만 흉노의 冒頓單于(묵독선우)는 북쪽 흉노를 새로이 굴복시키고서 변방을 침입하였는데 맹서는 사졸들이 지쳐있었기에 나가 싸우자는 말을 꺼낼 수 없었으나 사졸들이 성에 모여 죽을 각오로 적과 싸우는데 마치 자식이 아버지를 위하듯 싸워 죽은 사람이 수백 명이었습니다. 어찌 맹서가 사졸들을 내몰았겠습니까? 이것이 곧 맹서가 長者라는 이유입니다." 그러자 문제가 말했다. "맹서는 현인이로다!" 그리고 다시 맹서를 불러 운중군 태수로 임명하였다.

原文

後數歲, 叔坐法失官. 梁孝王使人殺漢議臣爰盎, 景帝召叔案梁, 具得其事. 還報, 上曰, "梁有之乎?" 對曰, "有之." "事安在?" 叔曰, "上無以梁事爲問也. 今梁王不伏誅, 是廢漢法也. 如其伏誅, 太后食不甘味, 臥不安席, 此憂在陛下." 於是上大賢之, 以爲魯相.

相初至官, 民以王取其財物自言者百餘人. 叔取其渠率二十人笞, 怒之曰, "王非汝主邪? 何敢自言主!" 魯王聞之, 大慚, 發中府錢, 使相償之. 相曰, "王自使人償之, 不爾, 是王爲惡而相爲善也." 魯王好獵, 相常從入苑中, 王輒休相就館. 相常暴坐苑外, 終不休, 曰, "吾王暴露, 獨何爲舍?" 王以故不大出遊.

| 註釋 | ○梁孝王 – 劉武(前 184 – 144), 文帝와 竇太后(두태후)의 嫡次子. 代王이었다가 梁王이 되었다. 吳楚 7국의 난 진압에 큰 공을 세웠으나 나중에 황제 자리까지 넘보다가 병사했다. 47권, 〈文三王傳〉에 立傳. ○議臣 – 황제의 顧問과 應待를 담당하는 近臣. ○爰盎(원앙) – 字는 絲, 文帝에게 直諫을 잘 했다. 袁盎과 鼂錯(조조)는 不和하여 七國之亂이 일어나자 漢景에게 조조를 죽이라고 건의하였다. 뒷날 梁王 劉武를 儲君(저군, 太子, 儲主라고도 한다. 儲는 副의 뜻.)으로 세우는 것을 반대하자 梁王이 보낸 자객에 의해 피살되었다. 49권, 〈爰盎鼂錯傳〉에 입전. ○案梁 – 양왕의 사건을 조사하다. ○事安在 – 이유는 무엇인가? 어떻게 해결해야 하는가? ○太后 – 景帝의 모후. 문제의 태후(竇太后). ○相初至官 – 丞相으로 임지에 부임한지 얼마 안 되어. 秦 丞相을 고조 때부터 相國이라 개칭, 후에 다시 승상이라 호칭. 秩 一萬石. 제후국에도 相(王相)을 두어 모든 관리를 통솔. ○渠率(거솔) – 渠首, 우두머리. ○魯王 – 景帝의 아들. 魯 恭王 劉餘. ○王輒休相就館 – 魯王은 그때마다 상국을 집에 들어가 쉬라고 하다. ○暴坐苑外 – 園林 밖에서 햇볕 아래 앉아 있다. 暴은 曝(볕을 쬘 폭)과 同. ○獨何爲舍 – 舍는 入館하여 휴식하다.

〖國譯〗

몇 년 뒤, 田叔은 법을 어겨 관직을 잃었다. 梁의 孝王이 사람을 보내 漢의 議臣인 爰盎(원앙)을 죽였는데, 景帝는 전숙을 불러 梁王을 조사케 하여 진상을 파악하게 하였다. 전숙이 돌아와 보고할 때 경제가 물었다. "梁王에게 책임이 있는가?" 전숙이 대답했다. "있습니다." "어떻게 해야 하는가?" 전숙이 말했다. "폐하께서는 양왕의 일을 더 물어서는 안 됩니다. 지금 법대로 양왕을 처벌하지 않으면 이는 漢의 법도를 무너뜨리게 됩니다. 만약 법대로 처리하면 太后께서 식사를 못하시고 편히 주무실 수도 없으니 이렇게 되면 걱정은 폐하에게 있습니다." 그러자 경제는 아주 현명한 처사라 생각하고 전숙을 魯의 王相으로 임명하였다.

전숙이 왕상으로 임지에 도착한 뒤에 백성들이 魯王이 재물을 빼앗아 갔다고 말하는 자가 백여 명이나 되었다. 전숙은 그중 우두머리 격인 20여 명을 잡아 매질하면서 화를 내며 말했다. "魯王은 너희들이 주군이 아닌가? 어찌 감히 주군을 입에 올리는가?" 魯王이 이를 알고 크게 부끄러워하면서 창고의 재물을 내어 상국이 나누어 주라고 말했다. 이에 전숙이 말했다. "王께서 직접 사람을 보내 나누어 주십시오. 그렇게 하지 않으면 왕께서는 악행을 했고 저는 선행을 한 것이 됩니다."

魯王은 사냥을 좋아하였는데 상국이 언제나 왕을 수행해 숲에 가면 노왕은 번번히 상국에게 객관에 들어가 쉬게 하였다. 상국은 늘 원림 밖 햇볕 아래 앉아 있고 객관에 들어가 쉬지 않으면서 말했다. "우리 왕께서 땡볕 아래 계신데 내가 어찌 쉴 수 있겠는가?" 노왕은 이 때문에 사냥을 자주 나가지 못했다.

原文

數年以官卒, 魯以百金祠, 少子仁不受, 曰, "義不傷先人名." 仁以壯勇爲衛將軍舍人, 數從擊匈奴. 衛將軍進言仁爲郎中, 至二千石, 丞相長史, 失官. 後使刺三河, 還, 奏事稱意, 拜爲京輔都尉. 月餘, 遷司直. 數歲, 戾太子擧兵, 仁部閉城門, 令太子得亡, 坐縱反者族.

| 註釋 | ○數年以官卒 - 몇 년 뒤 관직에 있으면서 죽었다. ○魯以百金祠 - 황금 1斤을 一金이라 하였다. ○衛將軍 - 衛靑(위청, ? - 前 106). 傑出한 장군. 55권, 〈衛靑霍去病傳〉에 입전. 舍人(사인)은 王公이나 귀족을 侍從하는 빈객. ○丞相長史 - 승상의 屬官. 승상(상국)은 長史, 司直 등의 속관을 거느렸다. ○三河 - 河南, 河東, 河內의 三郡. ○京輔 - 경사의 관할 지역. ○司直 - 승상 속관. 관리의 불법 감시. ○戾太子(여태자) 擧兵 - 무제 태자의 반기. ○得亡 - 도망치다. 탈출하다.

〖國譯〗

전숙은 몇 년 뒤 관직에 있으면서 죽었는데 魯의 백성들이 百金을 거둬 제사하자 어린 아들 田仁은 받지 않고 말했다. "의리상 선친의 이름을 더럽힐 수 없습니다."

田仁(전인)은 용감하여 衛靑(위청) 장군의 舍人이 되었고 자주 흉노를 격파하였다. 위청 장군은 위에 건의하여 전인을 낭중으로 삼았고 2천 석 고관으로 승상 長史가 되었다가 관직을 떠났다. 뒤에 三河郡 지역의 刺史(자사)로 나갔다가 돌아와 업무 보고를 하였는데 武帝의 마음에 들어 京輔 지역의 都尉가 되었다. 몇 달 뒤 司直이 되었다. 몇 년 뒤 戾太子가 거병할 때 전인은 성문을 막아야 했으나 태자를 도망치게 했기에 반역에 동조했다 하여 일족이 처형되었다.

原文

贊曰, 以項羽之氣, 而季布以勇顯名楚, 身履軍搴旗者數矣, 可謂壯士. 及至困厄奴僇, 苟活而不變, 何也? 彼自負其材, 受辱不羞, 欲有所用其未足也, 故終爲漢名將. 賢者誠重其死. 夫婢妾賤人, 感慨而自殺, 非能勇也, 其畫無俚之至耳. 欒布哭彭越, 田叔隨張敖, 赴死如歸, 彼誠知所處, 雖古烈士, 何以加哉!

| **註釋** | ○履軍搴旗 - 적군을 짓밟고 적기를 빼앗다. 搴은 빼낼 건. 쳐서 빼앗다. 들어 올리다. 拔也. ○困厄奴僇(곤액노륙) - 곤궁하여 노비 노릇을 하다. 僇 욕보일 육(륙). 죽이다. 戮의 古字. ○感慨(감개) - 느낀 바가 아주 절실하다. 感慨(감개)와 同. ○其畫無俚之至耳 - 畫는 劃. 劃策. 俚는 속될 리(이). 부탁하다. 의뢰하다.

〖國譯〗

班固의 論贊 : 項羽는 힘으로, 季布는 용기로 楚에서 이름이 났는데 여러 번 몸소 적을 짓밟고 깃발을 탈취했으니 장사라 할 수 있다. 극심한 곤경에서 노비가 되었지만 굳게 살며 뜻을 굽히지 않은 것은 무엇 때문인가? 그는 자신의 능력을 믿었기에 모욕을 부끄러워하지 않았고 능력을 충분히 펴지 못했다고 생각했기에 끝내 漢의 명장이 되었다. 현명한 사람은 정말 죽음을 무겁게 생각한다. 비첩이나 천인이라도 사무쳐서 자살하는 것은 용기일 뿐만 아니라 의지할 길이 없는 극한에 처했기 때문일 것이다. 欒布(난포)가 팽월을 위해 곡을 하고 田叔(전숙)이 張敖(장오)를 수행한 것은 죽음을 당연한 것이라

38 高五王傳
〔고오왕전〕

38-1. 齊 悼惠王 劉肥

原文

高皇帝八男, 呂后生孝惠帝, 曹夫人生齊悼惠王肥, 薄姬生孝文帝, 戚夫人生趙隱王如意, 趙姬生淮南厲王長, 諸姬生趙幽王友, 趙共王恢, 燕靈王建. 淮南厲王長自有傳.

| **註釋** | ○孝惠帝 - 재위 前 194 - 188. ○曹夫人生 - 平民 시절 高祖의 情婦. ○孝文帝 - 재위 前 179 - 157. ○諸姬(제희) - 여러 부인. 성씨를 알 수 없기에 諸姬라 기록. ○淮南厲王長 - 44권, 〈淮南衡山濟北王傳〉에 별도로 입전.

〖國譯〗

高皇帝는 모두 八男을 두었는데, 呂后는 孝惠帝를, 曹夫人은 齊悼惠王 劉肥를, 薄姬(박희)는 孝文帝를, 戚夫人(척부인)은 趙의 隱王 如意를, 趙姬는 淮南 厲王인 劉長을 그밖의 부인들이 趙 幽王 劉友, 趙 共王 劉恢(유회), 燕 靈王 劉建(유건)을 낳았다. 淮南 厲王 劉長은 별도로 立傳했다.

原文

齊悼惠王肥, 其母高祖微時外婦也. 高祖六年立, 食七十餘城. 諸民能齊言者皆與齊. 孝惠二年, 入朝. 帝與齊王燕飮太后前, 置齊王上坐, 如家人禮. 太后怒, 乃令人酌兩卮鴆酒置前, 令齊王爲壽. 齊王起, 帝亦起, 欲俱爲壽. 太后恐, 自起反卮. 齊王怪之, 因不敢飮, 陽醉去. 問, 知其鴆, 乃憂, 自以爲不得脫長安.

內史士曰, "太后獨有帝與魯元公主, 今王有七十餘城, 而公主乃食數城. 王誠以一郡上太后爲公主湯沐邑, 太后必喜, 王無患矣." 於是齊王獻城陽郡以尊公主爲王太后. 呂太后喜而許之. 乃置酒齊邸, 樂飮, 遣王歸國. 後十三年薨, 子襄嗣.

| 註釋 | ○齊 悼惠王 肥(도혜왕 유비, 前 221 - 189) - 高祖의 庶長子. 劉邦이 呂雉(여치, 呂后)를 정처로 맞이하기 전에 이미 私生子로 출생했었다. 생

모는 曹氏. ○外婦 - 情婦. 外婚한 아내. ○高祖六年 - 前 201년. ○食七十餘城 - 식읍이 70여 성. 정확하게는 73개 縣. ○諸民能齊言者皆與齊 - 流移民 중 齊의 방언을 쓰는 사람은 齊로 돌려보냈다. ○孝惠二年 - 前 193년. ○如家人禮 - 君臣의 예가 아닌 兄弟의 禮. 劉肥는 혜제보다 10세 연상이었다. ○兩卮鴆酒置前 - 卮는 술잔 치. 鴆은 짐새 짐. 毒酒. ○欲俱爲壽 - 같이 祝壽하려 하다. 축수하는 사람이 잔을 먼저 마신다. ○反卮(반치) - 술잔을 엎지르다. ○陽 - 佯(거짓 양)과 通. ○湯沐邑(탕목읍) - 고을의 賦稅를 私用할 수 있는 식읍. 朝宿邑. ○爲王太后 - 노원공주를 齊의 태후라고 존칭하다.

〖國譯〗

齊 悼惠王(도혜왕) 劉肥(유비)의 모친은 高祖가 미천했을 때의 情婦였다. 도혜왕은 高祖 6년에 책봉되었는데 식읍이 70여 城이었다. (流移民 중에서) 齊의 사투리를 하는 사람은 모두 齊로 보냈다. 孝惠齊 2년에 도혜왕이 入朝하였다. 혜제와 齊王은 太后 앞에서 술을 마셨는데 형제의 예로 齊王이 상석에 앉았다. 화가 난 呂太后는 사람을 시켜 두 개의 잔에 酖酒(짐주, 독주)를 따라 놓게 한 뒤 齊王에게 축수를 하라고 하였다. 齊王이 일어서자 혜제도 일어나서 같이 축수를 하려고 하였다. 태후가 겁이 나 일어서며 일부러 잔을 엎어버렸다. 齊王은 이상하다 생각하며 더 마시지 않고 취한 척하며 나왔다. 나중에 알아보니 독주인 줄 알고 長安에서 나갈 수 없을 것이라 걱정을 하였다.

이에 內史의 관리가 말했다. "太后는 겨우 惠帝와 魯元公主 뿐이고, 지금 왕께서는 70여 성을 갖고 있지만 공주는 불과 몇 개의 식읍을 갖고 있습니다. 왕께서는 성의로 郡 하나를 공주의 湯沐邑(탕목읍)으로 태후에게 바치면 태후는 틀림없이 좋아할 것이며 왕께서는 걱정이 없을 것입니다."

이에 齊王은 城陽郡을 바치고 공주를 齊의 王太后로 받들었다. 呂太后는 기뻐 승낙하였다. 그리고 齊王의 사저에서 술을 마시고 왕을 돌려보냈다. 그 후 13년에 제왕이 죽고, 아들 劉襄(유양)이 계위했다.

38-2. 趙 隱王 劉如意

原文

趙隱王如意, 九年立. 四年, 高祖崩, 呂太后徵王到長安, 鴆殺之. 無子, 絶.

| 註釋 | ○趙隱王如意(前 208 - 194) - 戚夫人(척부인, ? - 前 194)은 今 山東省 서남부 菏澤市 定陶縣 출생. 漢王 4년부터 漢王을 시종. 高祖 死後에 비참한 최후. 중국 북방 일부 지역에서는 廁神(측신, 화장실의 신)으로 숭배되고 있다. ○九年立 - 고조 9년(前 198년) 책봉. 四年은 趙王으로 책봉되고 4년.

〖國譯〗

趙 隱王(은왕) 如意는 고조 9년에 책봉되었다. 趙王 4년 고조가 붕어하자 呂太后는 조왕을 장안으로 불러 독살하였다. 아들이 없어 단절되었다.

38-3. 趙 幽王 劉友

原文

趙幽王友, 十一年立爲淮陽王. 趙隱王如意死, 孝惠元年, 徙友王趙, 凡立十四年. 友以諸呂女爲后, 不愛, 愛它姬. 諸呂女怒去, 讒之於太后曰, "王曰 '呂氏安得王? 太后百歲後, 吾必擊之.'" 太后怒, 以故召趙王. 趙王至, 置邸不見, 令衛圍守之, 不得食. 其群臣或竊饋之, 輒捕論之. 趙王餓, 乃歌曰, '諸呂用事兮, 劉氏微. 迫脅王侯兮, 彊授我妃. 我妃既妒兮, 誣我以惡. 讒女亂國兮, 上曾不寤. 我無忠臣兮, 何故棄國? 自快中野兮, 蒼天與直! 于嗟不可悔兮, 寧早自賊! 爲王餓死兮, 誰者憐之? 呂氏絶理兮, 托天報仇!'

遂幽死, 以民禮葬之長安.

| **註釋** | ○趙幽王友(? - 前 181) - 생모 미상. ○十一年 - 고조 11년(前 196년). ○孝惠元年 - 前 194년. ○諸呂女 - 呂氏 집안의 딸. ○它 - 다를 타(他). 蛇(뱀 사)의 古字. ○太后百歲後 - 태후가 죽은 뒤에. ○或竊饋之 - 혹시 몰래 음식을 주면. ○彊 - 强也. 억지로. ○自快中野兮 - 들판에서 혼자 즐기다? 快는 決의 誤字. 자결하다. ○蒼天與直 - 창천이 공정하게 가려 주리라! ○于嗟(우차) - 於嗟(어차). 탄식하는 소리. ○寧早自賊 - 차라리 빨리 자살하리라! 賊은 害也.

〖國譯〗

趙 幽王 劉友는 고조 11년에 淮陽王으로 책봉되었다. 趙 隱王 如意가 죽은 뒤 孝惠帝 원년에 유우를 조왕으로 옮겨 봉했고 모두 14년을 재위했다. 유우는 여씨의 딸을 왕비로 맞이했으나 사랑하지 않고 다른 여인을 사랑했다. 여씨 여인이 화를 내며 떠나가서 여태후에게 참소했다. "趙王은 '呂氏가 어떻게 왕이 될 수 있는가? 태후가 죽고 나면 내가 필히 쳐 없애겠다.' 고 말했습니다." 태후가 노하여 고의로 趙王을 소환하였다. 조왕이 장안에 왔으나 사저에 머물게 하고 알현하지 않으면서 衛兵(위병)을 시켜 지키게 하고 식사를 못하게 하였다. 그 신하가 혹시 몰래 음식을 보내면 바로 체포해 죄를 물었다. 조왕은 굶주리며 노래를 지어 불렀다.

'呂氏들이 권력 잡으니 劉氏는 힘이 없네. 왕후를 협박하고 억지로 내게 왕비를 보냈네. 왕비가 질투하며 미움으로 나를 무고하였네. 여인의 참소로 나라를 뒤흔드니 폐하는 아직도 모르네. 나에겐 충신도 없지만 왜 나라를 버리겠는가? 들판에서 홀로 자결하리니 창천이 바로 알아주리라! 아! 후회할 수도 없나니 차라리 빨리 죽으리라! 나라를 위해 굶어죽은들 누가 나를 가여워 하리? 여씨가 天理를 끊으니 하늘에 빌어 원수를 갚으리라!'

결국 갇힌 채 죽었다. 평민의 예로 長安에 묻었다.

原文

高后崩, 孝文卽位, 立幽王子遂爲趙王. 二年, 有司請立皇子爲王. 上曰, "趙幽王幽死, 朕甚憐之. 已立其長子遂爲趙王. 遂弟辟强及齊悼惠王子朱虛侯章,東牟侯興居有功, 皆可王." 於是取趙之河間立辟彊, 是爲河間文王. 文王立十三年薨, 子哀王福嗣. 一年薨, 無子, 國除.

趙王遂立二十六年, 孝景時鼂錯以過削趙常山郡, 諸侯怨, 吳,楚反, 遂與合謀起兵. 其相建德, 內史王悍諫, 不聽. 遂燒殺德,悍, 兵發住其西界, 欲待吳,楚俱進, 北使匈奴與連和. 漢使曲周侯酈寄擊之, 趙王城守邯鄲, 相距七月. 吳,楚敗, 匈奴聞之, 亦不肯入邊. 欒布自破齊還, 並兵引水灌趙城. 城壞, 王遂自殺, 國除. 景帝憐趙相, 內史守正死, 皆封其子爲列侯.

| 註釋 | ○孝文卽位 - 前 179. ○劉遂(유수, ? - 前 154). ○劉辟彊(유벽강, ? - 前 166) - 河間王. 呂氏를 제거한 功으로 왕에 봉해졌다. ○東牟侯興居(동모후 유흥거, ? - 前 177) - 濟北王. 齊 悼惠王 劉肥의 三子, 前 182년에 東牟侯에 피봉. 呂氏를 제거하는 과정에서 兄長인 劉襄을 황제로 세우려 했으나 문제가 즉위했다. 이에 불평을 품고 있다가 나중에 반기를 들었으나 실패하여 자살했다(前 177). ○鼂錯(조조) - 景帝에게 제후국의 영지 삭감을 주장하여 吳楚7國亂의 원인을 제공했다. 晁錯. 朝錯. ○內史 - 京畿 지역의 치안 담당관. ○曲周侯 酈寄(곡주후 역기) - 酈商(역상)의 아들. 평소에 呂祿(여록)과 친했다. 呂后의 사후에 친분을 이용하여 여록을 배신하여 여록이 갖고 있던 군사지휘권을 周勃(주발)에게 넘겨주도록 설득했다. 41권, 〈樊酈滕灌傅靳周傳〉 참고.

〖國譯〗

高后가 죽고 孝文帝가 즉위하자 幽王(유왕)의 아들 劉遂(유수)를 趙王으로 봉했다. 문제 2년, 담당 관원이 皇子를 왕으로 봉할 것을 건의했다. 문제가 말했다. "趙 유왕이 갇혀 죽은 것을 짐은 매우 가엽게 생각한다. 이미 그 장자 유수를 조왕으로 책봉했다. 유수의 아우인 劉辟彊과 齊 悼惠王의 아들인 朱虛侯 劉章, 東牟侯 劉興居 등이 모두 (呂氏 제거에) 공을 세웠으니 모두 왕이 될 만하다."

이에 趙의 河間郡을 떼어 劉辟彊을 왕으로 봉하였는데, 이가 河間 文王이다. 文王은 책봉한 지 13년에 죽었다. 아들 哀王 劉福이 뒤를 이었다. 1년 만에 죽자 아들이 없어 나라를 없애버렸다.

趙王 劉遂의 책봉 26년, 孝景帝 때 鼂錯(조조)가 趙王의 과실을 이유로 趙의 常山郡을 삭지하자 제후들이 원망하였고, 吳와 楚가 반기를 들자 조왕 유수도 같이 모의하며 기병하였다. 趙의 상국인 建德과 內史인 王悍(왕한)이 간언했지만 조왕은 따르지 않았다. 조왕 유수는 건덕과 왕한을 태워 죽이고 발병하여 그 서쪽 경계에 주둔하며 기다렸다가 오, 초와 함께 진격하려 했고, 북쪽으로 흉노에 사신을 보내 동맹을 맺었다. 漢에서는 曲周侯 酈寄(역기)를 보내 趙를 공격케 하였는데 趙王은 邯鄲(한단)을 지키며 서로 7달을 대치하였다. 吳와 楚가 패했고 흉노는 이를 알고 趙을 돕기 위해 국경을 넘으려 하지 않았다. 장군 欒布(난포)는 齊 지역을 격파하고 군사를 거느리고 회군하며 趙의 한단성에 水攻을 가했다. 성이 무너지며 조왕 유수가 자살하자 나라를 없애버렸다. 景帝는 趙의 相國과 內史가 모두 正道를 지키다가 죽었기에 그 아들을 列侯에 봉했다.

38-4. 趙 共王 劉恢

原文

趙共王恢. 十一年, 梁王彭越誅, 立恢爲梁王. 十六年, 趙幽王死, 呂后徙恢王趙, 恢心不樂. 太后以呂産女爲趙王后, 王后從官皆諸呂也, 內擅權, 微司趙王, 王不得自恣. 王有愛姬, 王后鴆殺之. 王乃爲歌詩四章, 令樂人歌之. 王悲思, 六月自殺. 太后聞之, 以爲用婦人故自殺, 無思奉宗廟禮, 廢其嗣.

| **註釋** | ○趙共王恢(조 공왕 유회, ? - 前 181) - 劉邦의 아들. 呂后가 趙王 劉友를 餓死하게 한 뒤에 趙王으로 改封. ○十一年 - 고조 11년, 前 196년. ○十六年 - 유회가 왕에 책봉된 지 16년. ○趙幽王死 - 趙 幽王 劉友가 餓死(前 181년). ○呂産女 - 呂産의 딸. 呂産은 여태후의 조카. ○微司(미사) - 작은 행동까지 감시, 염탐하다. 司는 伺(엿볼 사).

〖國譯〗

趙 共王 劉恢(유회)는 고조 11년, 梁王인 彭越(팽월)을 죽이고 유회를 梁王에 봉했다. (왕이 된 뒤) 16년 趙 幽王 劉友가 죽자 呂后는 유회를 옮겨 趙의 왕으로 삼았는데 유회는 마음속으로 좋아하지 않았다. 그전에 太后는 呂産의 딸을 趙王의 왕비가 되게 했는데 왕후에서 관리까지 모두를 呂氏로 채워 안으로는 국정을 마음대로 하고 조왕의 사소한 행동까지 염탐하였기에 조왕이 마음대로 할 수 있는 것

이 없었다. 조왕이 사랑하는 여인을 왕비가 독살하였다. 조왕은 이에 노래 4장을 지어 樂人이 부르게 하였다. 조왕은 슬픔으로 6월에 자살하였다. 여태후가 이를 알고서 여인 때문에 자살하였다는 이유로 종묘에 제사하지 못하게 하고 그 사당도 없애 버렸다.

38-5. 燕 靈王 劉建

原文

燕靈王建. 十一年, 燕王盧盧亡入匈奴, 明年, 立建爲燕王. 十五年薨, 有美人子, 太后使人殺之, 絶後.

| **註釋** | ㅇ燕靈王建(연 영왕 유건, ? – 前 181) – 고조의 八子. 高祖 11년(前 196)에 燕王 盧綰(노관)이 흉노로 도망가자 다음 해 劉建을 燕王에 봉했다.

〚**國譯**〛

燕의 靈王 劉建은 고조 11년에 燕王이었던 盧綰(노관)이 흉노로 도망가자 그 다음 해에 유건을 연왕에 봉했다. 왕이 되고 15년에 죽었는데 후궁의 아들이 있었으나 여태후가 사람을 시켜 죽였기에 후사가 단절되었다.

38-6. 齊 悼惠王 子 劉襄 外

原文

齊悼惠王子, 前後凡九人爲王, 太子襄爲齊哀王, 次子章爲城陽景王, 興居爲濟北王, 將閭爲齊王, 志爲濟北王, 辟光爲濟南王, 賢爲菑川王, 卬爲膠西王, 雄渠爲膠東王.

齊哀王襄, 孝惠六年嗣立. 明年, 惠帝崩, 呂太后稱制. 元年, 以其兄子鄜侯呂台爲呂王, 割齊之濟南郡爲呂王奉邑. 明年, 哀王弟章入宿衛於漢, 高后封爲朱虛侯, 以呂祿女妻之. 後四年, 封章弟興居爲東牟侯, 皆宿衛長安. 高后七年, 割齊琅邪郡, 立營陵侯劉澤爲琅邪王. 是歲, 趙王友幽死於邸. 三趙王旣廢, 高后立諸呂爲三王, 擅權用事.

| **註釋** | ○齊悼惠王 – 고조의 庶長子 劉肥. 아들 13명 중 9명이 왕에 봉해졌다. 長子 齊 哀王 劉襄(유양). 次子 城陽景王 劉章. 三子 濟北王 劉興居. 八子 齊 孝王 劉將閭(유장려). 九子 濟南王 劉辟光(유벽광). 十子 濟北王 劉志. 十一子 膠西王(교서왕) 劉卬(유앙). 十二子 菑川王(치천왕) 劉賢. 十三子 膠東王 劉雄渠(유웅거)가 왕이 되었다. 四子 管恭侯 劉罷軍(유파군). 五子 瓜丘侯(과구후) 劉寧國. 六子 營平侯 劉信都. 七子 楊丘共侯 劉安. ○稱制(칭제) – 황제의 職權을 행사하다. 천자의 명령은 制書와 詔書가 있는데, 制書는 제도에 관계되는 명령으로 황태후의 명령일 수 없기에 稱制라 하였다. ○宿衛(숙위) – 황궁에 머물면서 경비를 담당하다. ○朱虛(주허) – 琅邪郡(낭야군) 朱虛縣〔今 山東省 濰坊市(유방시) 臨朐縣(임구현)〕. ○三王 – 燕王, 趙王, 梁王.

〖國譯〗

齊 悼惠王 劉肥의 아들은 전후로 모두 9인이 왕에 봉해졌는데 태자인 劉襄은 齊 哀王이고, 차자 劉章은 城陽景王에, 劉興居는 濟北王에, 劉將閭(유장려)는 齊王에, 劉志는 濟北王에, 劉辟光은 濟南王에, 劉賢은 菑川王(치천왕)에, 劉卬(유앙)은 膠西王(교서왕)에, 劉雄渠(유웅거)는 膠東王(교동왕)에 봉해졌다.

齊 哀王 劉襄은 孝惠帝 6년(前 189)에 부친의 뒤를 이었다. 다음 해 惠帝가 죽고 여태후가 稱制(칭제)하였다. 高后 元年(前 187) 친정 오빠의 아들 鄜侯(부후) 呂台(여태)를 呂王(여왕)으로 봉하고 齊의 濟南郡을 떼어 呂王의 奉邑(봉읍)으로 주었다. 다음 해, 哀王의 아우 劉章이 漢의 궁에 들어와 宿衛(숙위)하자 高后는 유장을 주허후에 봉하고 呂祿의 딸을 아내로 삼게 하였다. 4년 뒤 劉章의 아우 劉興居를 東牟侯(동모후)로 봉하고 함께 長安에 와서 숙위케 하였다. 高后 7년(前 181) 齊의 琅邪郡(낭야군)을 떼어 營陵侯 劉澤(유택)을 琅邪王(낭야왕)으로 봉했다. 이해에 趙王 劉友가 사저에서 갇혀서 굶어 죽었다. 趙王 3명이 모두 폐위되었기에 高后는 呂氏들을 三王(趙王, 燕王, 梁王)으로 봉했고 정권을 마음대로 행사하였다.

原文

章年二十, 有氣力, 忿劉氏不得職. 嘗入侍燕飮, 高后令章爲酒吏. 章自請曰, "臣, 將種也, 請得以軍法行酒." 高后曰, "可." 酒酣, 章進歌舞, 已而曰, "請爲太后言耕田." 高后兒子畜之, 笑曰, "顧乃父知田耳, 若生而爲王子, 安知田乎?" 章曰, "臣知之." 太后曰, "試爲我言田意." 章曰, "深耕穊種, 立苗欲疏, 非其種者, 鉏而去之." 太后默然. 頃之, 諸呂有一人醉, 亡酒, 章追, 拔劍斬之而還報曰, "有亡酒一人, 臣謹行軍法斬之."

太后左右大驚. 業已許其軍法, 亡以罪也. 因罷酒. 自是後, 諸呂憚章, 雖大臣皆依朱虛侯. 劉氏爲强.

| **註釋** | ○劉章(前 200 - 176) - 庶長子 劉肥의 아들. 高祖의 庶孫. ○酒吏 - 監酒官. ○軍法行酒 - 軍法에 의거 술을 따라주겠다. 行酒는 순차대로 술을 권하다(敬酒). ○酒酣(주감) - 술자리가 무르익다. 酣 술 즐길 감. ○請爲太后言耕田 -《史記 齊悼惠王世家》에는 '請爲太后言耕田歌' 로 되어 있다. ○兒子畜之 - 어린아이로 생각하다. 畜은 돌보다. ○乃父 - 너의 아버지. 齊 悼惠王 劉肥. 知田은 농사를 알다. ○若 - 너(汝). ○深耕穊種 - 穊는 빽빽할 기. 조밀하다. 촘촘하게 심다. ○立苗欲疏 - 싹이 나면 솎아 주어야 하나니. ○鉏而去之 - 호미로 뽑아 없애다. 鉏는 호미 서. 鋤(호미 서)와 同. ○亡酒 - 술을 마시지 않고 나가다. 避酒. ○諸呂憚章 - 憚 꺼릴 탄. ○劉氏爲强 - 劉氏들이 강해졌다. 전보다 힘을 받았다는 뜻.

〔國譯〕

劉章은 나이가 20세인데, 기운이 세고 劉氏들이 직분을 못 챙기는 것을 분하게 생각하고 있었다. 전에 궁에서 술을 마실 때 여태후는 유장에게 酒吏(監酒官)를 하라고 시켰다. 유장이 高后(여태후)에게 자청하였다. "저는 장수의 후손이기에 군법대로 行酒하겠습니다."

고후는 “좋다”고 대답했다. 술이 어느 정도 들어가자 유장이 앞에 나가 노래하며 춤을 추더니 잠시 후에 말했다. “태후께 농사짓는 노래를 불러드리고 싶습니다.” 고후는 유장을 어린아이로 생각하였기에 웃으며 말했다. “생각해보면, 너의 아버지야 농사를 알겠지만 너는 태어나면서 왕자였는데 농사를 어찌 알겠느냐?” 유장이 말했다. “저는 알고 있습니다.” 太后가 말했다. “나를 위해 한번 농사 일을 말해 보거라.”

이에 유장이 노래했다. “밭을 깊이 갈고 촘촘히 씨를 뿌리고 싹이 트면 드물게 솎아야 하는데, 그 종자가 아니라면 호미로 뽑아버려야 하네.”

太后는 말이 없었다. 얼마 후 呂氏 한 사람이 취해서 술을 피해 나가자 유장이 좇아가 칼을 뽑아 목을 자른 뒤 돌아와 말했다. “술을 피해 나간 사람이 있어 제가 군법대로 목을 잘랐습니다.”

太后의 측근들은 크게 놀랐다. 일은 이미 군법대로 하라고 허락했었고 도망가면 죄를 짓는 것이었다. 이에 술자리는 끝났다. 이후부터 여씨들은 유장을 꺼렸으며 비록 대신일지라도 모두 朱虛侯(劉章)를 따랐고, 劉氏들은 힘을 얻었다.

原文

其明年, 高后崩. 趙王呂祿爲上將軍, 呂王産爲相國, 皆居長安中, 聚兵以威大臣, 欲爲亂. 章以呂祿女爲婦, 知其謀, 乃使人陰出告其兄齊王, 欲令發兵西, 朱虛侯,東牟侯欲從中與大臣爲內應, 以誅諸呂, 因立齊王爲帝.

| 註釋 | ○其明年 – 呂后 8년(前 180). ○齊王 – 齊 哀王 劉襄(유양). ○發兵西 – 군사를 일으켜 서쪽(장안)으로 진격하다.

〖國譯〗

그 다음 해에 高后가 죽었다. 趙王인 呂祿(여록)은 상장군, 呂王인 呂産은 상국으로 모두 長安에 거주하면서 군사를 모아 대신들을 위협하며 반란을 일으키려 했다. 劉章의 아내는 呂祿의 딸이었기에 유장은 그들의 음모를 알고 곧바로 사람을 그 형 齊王〔劉襄(유양)〕에게 보내어 이를 알리면서 군사를 일으켜 서쪽으로 진격하게 하고 자신(朱虛侯, 유장)과 東牟侯(동모후, 劉興居)는 중간에 대신들과 함께 내응하여 여씨 일족을 제거하고 齊王을 황제로 옹립하려고 하였다.

原文

齊王聞此計, 與其舅駟鈞, 郎中令祝午, 中尉魏勃陰謀發兵. 齊相召平聞之, 乃發兵入衛王宮. 魏勃紿平曰, "王欲發兵, 非有漢虎符驗也. 而相君圍王, 固善. 勃請爲君將兵衛衛王." 召平信之, 乃使魏勃將. 勃旣將, 以兵圍相府. 召平曰, "嗟乎! 道家之言 當斷不斷, 反受其亂." 遂自殺. 於是齊王以駟鈞爲相, 魏勃爲將軍, 祝午爲內史, 悉發國中兵.

使祝午紿琅邪王曰, "呂氏爲亂, 齊王發兵欲西誅之. 齊王自以兒子, 年少, 不習兵革之事, 願擧國委大王. 大王自高帝將也, 習戰事. 齊王不敢離兵, 使臣請大王幸之臨菑見齊王計事, 並將齊兵以西平關中之亂." 琅邪王信之, 以爲然, 乃馳見齊王. 齊王與魏勃等因留琅邪王, 而使祝午盡發琅邪國而並將其兵.

| 註釋 | ○駟鈞(사균) – 人名. 駟 말 네 마리 사. ○郎中令 – 관직명. 관청과 왕실의 호위 담당. 武帝太初元年(前 104) 光祿勳(광록훈)으로 改稱. ○祝午(축오) – 人名. ○魏勃(위발) – 人名. ○召平(소평) – 人名. 제후국의 상국은 중앙에서 파견된 관리이므로 漢 皇室을 위해 發兵을 저지하려고 했다. ○紿 – 속일 태. 誑(속일 광)과 同. ○將兵衛衛王 – 군사와 무기를(衛守之具, 兵衛) 거느리고(將) 齊王을 막겠다(以禁衛王). ○相府 – 相國의 근무처. ○琅邪王(낭야왕) – 高祖 從祖父의 孫子. 곧 高祖의 再從 형제(6촌). 營陵侯 劉澤(유택)은 前 181년 琅邪王이 되었다.

〖國譯〗

齊王은 계획을 듣고 외숙인 駟鈞(사균)과 郎中令인 祝午(축오), 中尉인 魏勃(위발)과 군사를 일으킬 것을 은밀히 의논하였다. 齊의 상국인 召平이 이를 알고 군사를 동원해 왕궁을 포위하였다. 위발이 소평을 속여 말했다. "齊王이 군사를 일으키려면 꼭 漢의 호부가 있어야 하는 것은 아닙니다. 상국으로 왕실을 포위한 것은 정말 잘 하셨습니다. 제가 당신을 대신해 衛兵(위병)을 거느리고 齊王을 막겠습니다." 소평은 그말을 믿고 위발에게 군사를 거느리게 하였다. 위발이 장수가 되자 군사로 相府를 포위하였다. 그러자 소평은 "아! 道家에서는 잘라버려야 할 것을 자르지 못하면 되려 반란을 당한다고 하였다."고 말하며 자살하였다. 그러자 齊王은 사균을 상국으로,

위발을 장군에, 축오를 內史로 임명하고 온 나라의 군사를 다 동원하였다.

그리고 축오를 낭야왕에게 보내 거짓으로 말했다. "呂氏들이 반란을 일으켰기에 齊王은 發兵하고서 장안으로 진격하여 그들을 제거하고자 합니다. 齊王은 자신이 미숙하고 나이도 어리며 군사에 익숙지도 못하기에 온 나라의 군사를 大王께 맡기려 합니다. 대왕께서는 고조때부터 장군이셨고 군사에 관해 능숙하십니다. 齊王이 군사를 두고 올 수가 없어 저를 보내 대왕을 임치로 모셔 齊王을 만나 일을 맡아 주시고 함께 군사를 거느리고 서쪽 관중의 반란을 평정해 주시기를 바라고 있습니다."

琅邪王은 그 말을 옳다고 믿으며 빨리 가서 齊王을 만났다. 齊王은 위발 등과 함께 낭야왕을 억류하면서 축오를 시켜 낭야국의 군사를 동원하고 그 군사를 거느리게 하였다.

原文

琅邪王劉澤既欺, 不得反國, 乃說齊王曰, "齊悼惠王, 高皇帝長子也, 推本言之, 大王高皇帝適長孫也, 當立. 今諸大臣狐疑未有所定, 而澤於劉氏最爲長年, 大臣固待澤決計. 今大王留臣無爲也, 不如使我入關計事." 齊王以爲然, 乃益具車送琅邪王.

| 註釋 | ○ 旣欺(기기) – 속임을 당하다. ○ 大王 – 齊王 劉襄(유양). ○ 狐疑未有所定 – 이럴까 저럴까 생각하며 결정하지 못하다. 狐 여우 호.

〖國譯〗

琅邪王(낭야왕) 劉澤은 이미 속았고 나라로 돌아갈 수도 없게 되자 齊王을 설득했다. "齊 悼惠王은 高皇帝의 장자이니 그 근본을 따진다면 大王은 高皇帝의 適長孫이니 당연히 제위에 올라야 합니다. 지금 여러 대신은 이리저리 생각하며 결정하지 못하는데, 나는 劉氏로 가장 나이가 많으니 대신은 나를 기다렸다가 결정을 할 것이요. 지금 大王이 나를 여기에 머물게 해도 할 일이 없으니 나를 관중(장안)에 들여보내는 것만 못할 것이요."

齊王은 옳다고 생각하여 수레를 더 보태어 낭야왕을 장안으로 보냈다.

原文

琅邪王旣行, 齊遂擧兵西攻呂國之濟南. 於是齊王遺諸侯王書曰, "高帝平定天下, 王諸子弟. 悼惠王薨, 惠帝使留侯張良立臣爲齊王. 惠帝崩, 高后用事, 春秋高, 聽諸呂擅廢帝更立, 又殺三趙王, 滅梁, 趙, 燕, 以王諸呂, 分齊國爲四. 忠臣進諫, 上或亂不聽. 今高后崩, 皇帝春秋富, 未能治天下, 固待大臣諸侯. 今諸呂又擅自尊官, 聚兵嚴威, 劫列侯忠臣, 撟制以令天下, 宗廟以危. 寡人帥兵入誅不當爲王者."

漢聞之, 相國呂產等遣大將軍穎陰侯灌嬰將兵擊之. 嬰至滎陽, 乃謀曰, "諸呂擧兵關中, 欲危劉氏而自立, 今我破齊還報, 是益呂氏資也." 乃留兵屯滎陽, 使人諭齊王及諸侯,與連和, 以待呂氏之變而共誅之. 齊王聞之, 乃屯兵西界待約.

| 註釋 | ○呂國 - 高后 원년(前 187)에 齊南郡을 呂國으로 하고 呂台(呂后의 친정 장조카)를 왕으로 봉했다. 呂后 7年(前 181)에 呂國을 濟川國으로 고치고 惠帝의 가짜 아들인 劉太를 濟川王으로 봉했다. ○廢帝更立 - 惠帝와 황후 張씨 사이에 후사가 없자 여태후는 후궁 소생의 아이를 張황후 소생이라 하여 혜제의 뒤를 이어 즉위시키니, 이가 西漢 前 少帝(名 恭, ? - 前 184)이다. 여후는 이 少帝를 죽였고, 다시 혜제와 후궁의 소생인 劉弘(? - 前 180, 初名 山, 常山王이 된 후에 改名 義, 즉위 후 改名 弘, 前 184 - 180년 9월 在位)을 황제라 하였는데, 이를 後 少帝라 한다. 後少帝 劉弘, 梁王 劉太, 淮陽王 劉武, 恒山王 劉朝 등은 惠帝의 친생자가 아니라 하여 모두 제거되었다. ○分齊國爲四 - 齊, 齊南. 琅邪, 城陽國. ○上或亂 - 或은 惑也. ○皇帝春秋富 - 황제는 나이가 젊다. '많이 있다(富)' 는 뜻. ○撟制(교제) - 천자의 制詔(제조)라 핑계를 대다. 撟는 矯詐(교사)와 同. ○穎陰侯 灌嬰(영음후 관영, ? - 前 176). 41권, 〈樊酈滕灌傅靳周傳〉에 立傳. ○使人諭~ - 諭 깨우칠 유. 자신의 뜻을 전하다. 諭의 목적어는 다음의 ~共誅之까지이다.

〖國譯〗

琅邪王(낭야왕)이 장안으로 출발한 뒤, 齊는 군사를 서쪽으로 진격시켜 呂國인 濟南을 공격하였다. 그리고 齊王은 여러 제후와 왕들에게 국서를 보내 말했다.

"고조께서는 천하를 평정하시고 여러 子弟를 왕으로 봉하셨습니다. (齊의) 悼惠王(도혜왕)이 돌아가시자 혜제께서는 留侯 張良을 보내시어 臣을 齊王으로 봉했습니다. 혜제께서 붕어하시고 고후가 정치하였으나 나이가 많고 여씨들의 말에 따라 少帝를 폐하고 다시 세웠으며 趙王 셋을 죽였고 梁과 趙와 燕에 여씨 왕을 봉했으며 齊國을 넷으로 나누었습니다. 충신들이 간언하였지만 高后는 난언에 현혹되어 따르지 않았습니다. 지금 고후가 붕어했지만 황제는 나이가 어려 천하를 다스릴 수도 없어 大臣과 제후의 도움을 기다리고 있습니다. 지금 여씨들은 멋대로 관작을 올리고 군사를 모아 위협을 가하며 열후와 충신을 겁주면서 거짓 천자의 명으로 천하를 호령하며 종묘를 위태롭게 하고 있습니다. 과인은 군사를 거느리고 들어가 부당하게 왕이 된 자들을 제거할 것입니다."

漢에서는 이를 알고 상국인 呂產 등이 대장군인 穎陰侯 灌嬰(영음후 관영)에게 군사를 거느려 막게 하였다. 관영은 滎陽(형양)에 이르러 생각해 보았다. "여씨들이 관중에서 거병하여 유씨을 위협하고 황제가 되려 하는데, 지금 내가 齊를 격파하고 돌아가 보고한다면 이는 여씨들을 도와주는 것이다." 그리고서는 형양에 군사를 주둔하고 사람을 齊王과 제후들에게 보내어 같이 연합하면서 여씨들의 변란을 기다렸다가 함께 토벌하겠다는 뜻을 밝혔다. 齊王은 이 소식을 듣고 서쪽 국경지역에 군사를 주둔하고 약속을 따랐다.

原文

呂祿,呂產欲作亂, 朱虛侯章與太尉勃, 丞相平等誅之. 章首先斬呂產, 太尉勃等乃盡誅諸呂. 而琅邪王亦從齊至長安.

大臣議欲立齊王, 皆曰, "母家駟鈞惡戾, 虎而冠者也. 訪以呂氏故, 幾亂天下, 今又立齊王, 是欲復爲呂氏也. 代王母家薄氏, 君子長者, 且代王, 高帝子, 於今見在, 最爲長. 以子則順, 以善人則大臣安." 於是大臣乃謀迎代王, 而遣章以誅呂氏事告齊王, 令罷兵.

| **註釋** | ○呂祿,呂產 - 呂產은 呂后의 둘째 오빠인 呂澤(여택)의 次子. 劉章은 妻 큰아버지인 呂產을 미앙궁에서 죽였다. 呂祿은 셋째 오빠인 呂釋之의 아들. 朱虛侯 劉章의 장인. ○太尉勃, 丞相平 - 周勃(주발)과 陳平. 40권, 〈張陳王周傳〉에 입전. ○母家 - 齊王의 外家. ○惡戾(악려) - 흉악하다. ○虎而冠者也 - 호랑이가(惡漢) 관을 쓰다(윗자리에 앉다). ○訪 - 方(仿)也. 비슷하다. ○代王 - 고조의 四子. 劉恒(유항). 文帝. ○母家薄氏(박씨) - 薄太后(? - 前 155)는 文帝의 生母. ○以子則順 - 아들이 대를 이으니 順理이다.

〖**國譯**〗

呂祿(여록)과 呂產이 반란을 계획하자 朱虛侯 劉章과 太尉 周勃(주발), 丞相인 陳平 등이 그들을 제거하였다. 유장이 먼저 여산을 죽이고 태위 주발 등이 여씨 일당을 모두 제거하였다. 낭야왕 劉澤(유택)도 齊에서 장안에 도착하였다.

대신들이 齊王을 세우려 의논하는데 모두가 말했다.

"齊王의 外家 사람 駟鈞(사균)은 매우 흉악하니 호랑이가 관을 쓴 것과 같습니다. 呂氏 때문에 천하가 혼란해졌던 것처럼 지금 齊王을 옹립하는 것은 다시 여씨를 만드는 것과 같습니다. 代王의 외가 薄氏(박씨)는 군자이며 후덕하고, 또 代王은 高帝의 아들이며 지금 여기에 있고 가장 어른입니다. 아들로 대를 잇는 것은 순리이고 선량

한 사람이 즉위하면 대신도 편안할 것입니다."

이에 大臣들은 代王 영입을 추진하면서 劉章을 보내 呂氏들을 제거한 사실을 齊王에게 알리고 齊王의 군사를 해산하라고 하였다.

原文

灌嬰在滎陽, 聞魏勃本教齊王反, 既誅呂氏, 罷齊兵, 使使召責問魏勃. 勃曰, "失火之家, 豈暇先言丈人後救火乎!" 因退立, 股戰而栗. 恐不能言者, 終無他語. 灌將軍孰視, 笑曰, "人謂魏勃勇, 妄庸人耳, 何能爲乎!" 乃罷勃. 勃父以善鼓琴見秦皇帝. 及勃少時, 欲求見齊相曹參, 家貧無以自通, 乃常獨早埽齊相舍人門外. 舍人怪之, 以爲物而司之, 得勃. 勃曰, "願見相君無因, 故爲子埽, 欲以求見." 於是舍人見勃, 曹參因以爲舍人. 壹爲參御言事, 以爲賢, 言之悼惠王. 王召見, 拜爲內史. 始悼惠王得自置二千石. 及悼惠王薨, 哀王嗣, 勃用事重於相.

| 註釋 | ○丈人 – 어른. 大人. 魏勃이 말한 것은 사직이 위태롭기에 朝命을 기다릴 수가 없어 먼저 거병했다는 뜻. ○股戰而栗(고전이율) – 두려워 다리가 몹시 떨리다. 股 넓적다리 고. 脚也. 戰而栗은 戰慄(전율). ○孰視(숙시) – 한참을 바라보다. ○妄庸人耳 – 庸劣(용렬)한 사람. ○曹參(조참, ? – 전 190) – 漢 개국공신. ○埽(쓸 소) – 掃(쓸 소). 소제하다. ○以爲物 – 怪物(鬼神)이라 생각하다. 司之의 司는 伺也(엿보다). ○壹爲參御言事 – 壹은 오

로지, 專一, 御(어)는 수레를 몰다.

〖國譯〗

灌嬰(관영)은 滎陽에 있으면서 魏勃(위발)이 처음에 齊王에게 반기를 들라고 말했다는 사실을 알았고, 呂氏를 제거하고 齊兵을 해산케 한 뒤에 사람을 보내 위발을 불러 문책하였다. 위발은 "불난 집에서 어느 겨를에 주인한테 말을 하고서 불을 끄겠습니까?"라고 말했다. 그리고 한발 물러났는데 다리를 떨면서 겁에 질려 끝내 다른 말을 하지 못했다. 관영이 이를 한참 쳐다본 뒤에 웃으며 말했다. "사람들은 위발이 용감하다고 말했지만 그냥 보통 못난 사람인데 무얼 하겠는가?" 그리고선 위발을 파면하였다.

위발의 선친은 琴을 잘 연주하여 秦의 황제를 알현한 적도 있었다. 위발이 젊었을 때 齊의 相國 曹參(조참)을 뵈려 했지만 가난해서 줄을 댈 수가 없었기에 매일 아침 일찍 상국의 舍人(사인) 집 대문 앞을 쓸었다. 사인이 괴이하게 생각하고 귀신의 짓이라 생각하며 몰래 살펴 위발을 잡았다. 위발은 "상국을 뵙고 싶지만 방법이 없어 당신 집 앞을 청소하여 뵙고자 했습니다."라고 말했다. 이에 사인은 위발을 데려다가 알현케 했고 조참은 그를 사인에 임용하였다. 위발은 오직 조참만을 위해 수레를 몰고 가끔 건의하며 섬겼고 조참은 그를 똑똑한 사람이라 여겨 도혜왕에게 천거하였다. 도혜왕은 위발을 만나 본 뒤에 內史로 임용했다. 이때부터 悼惠王은 二千石 관리를 두기 시작했다. 도혜왕이 죽고 哀王(劉襄)이 뒤를 이으면서 위발을 王相으로 중용하였다.

原文

齊王既罷兵歸, 而代王立, 是爲孝文帝.

文帝元年, 盡以高后時所割齊之城陽, 琅邪, 濟南郡復予齊, 而徙琅邪王王燕. 益封朱虛侯, 東牟侯各二千戶, 黃金千斤. 是歲, 齊哀王薨, 子文王則嗣. 十四年薨, 無子, 國除.

| 註釋 | ○孝文帝 - 名 恒, 재위 前 179 - 157. ○予 - 줄 여. 돌려주다.

〖國譯〗

齊王은 罷兵하고 돌아갔고 代王이 즉위하니, 이가 孝文帝이다. 文帝 元年에 高后 때에 분할하였던 齊의 城陽郡, 琅邪郡(낭야군)과 濟南郡을 다시 齊에 주었고 琅邪王(劉澤)을 燕의 왕으로 옮겼다. 朱虛侯와 東牟侯(동모후)에게 각각 2천 호의 봉지와 황금 천근을 더 주었다. 이해에 齊 哀王이 죽고 아들 文王 劉則(유칙)이 뒤를 이었다. 14년 뒤에 죽었는데 아들이 없어 나라가 없어졌다.

原文

城陽景王章, 孝文二年以朱虛侯與東牟侯興居俱立, 二年薨. 子共王喜嗣. 孝文十二年, 徙王淮南, 五年, 復還王城陽, 凡立三十三年薨. 子頃王延嗣, 二十六年薨. 子敬王義嗣, 九年薨. 子惠王武嗣, 十一年薨. 子荒王順嗣, 四十六年薨. 子戴王恢嗣, 八年薨. 子孝王景嗣, 二十四年薨. 子哀王雲嗣, 一年薨, 無子, 國絶. 成帝復立雲兄俚爲城陽王, 王莽時絶.

| 註釋 | ○城陽景王章 - 城陽國 景王 劉章. 朱虛侯에서 王이 되었다. ○孝文二年 - 前 178년. ○淮南(회남) - 國都는 壽春(今 安徽省 六安市 관할의 壽縣).

〖國譯〗

城陽國 景王 劉章은 孝文帝 2년 朱虛侯에서 東牟侯 劉興居와 함께 책봉되어 2년 만에 죽었다. 아들 共王 劉喜가 뒤를 이었다. 효문제 12년 淮南王으로 옮겨 갔다가 5년 뒤에 다시 성양국으로 돌아와 총 33년을 재위하고 죽었다. 아들 頃王(경왕) 劉延이 뒤를 이어 재위 26년에 죽었다. 아들 敬王 劉義가 뒤를 이어 9년에 죽었다. 아들 惠王 劉武가 뒤를 이어 11년에 죽었다. 아들 劉順이 뒤를 이어 46년에 죽었다. 아들 戴王(대왕) 劉恢(유회)가 뒤를 이어 8년에 죽었다. 아들 孝王 劉景이 뒤를 이어 24년에 죽었다. 아들 哀王 劉雲이 뒤를 이어 1년 만에 죽었는데 아들이 없어 나라가 단절되었다. 成帝가 劉雲의 형 劉俚(유리)를 城陽王으로 봉했는데 王莽(왕망) 때에 단절되었다.

原文

齊北王興居初以東牟侯與大臣共立文帝於代邸, 曰, "誅呂氏, 臣無功, 請與太僕滕公俱入淸宮." 遂將少帝出, 迎皇帝入宮.

始誅諸呂時, 朱虛侯章功尤大, 大臣許盡以趙地王章, 盡以梁地王興居. 及文帝立, 聞朱虛,東牟之初欲立齊王, 故黜其功. 二年, 王諸子, 乃割齊二郡以王章,興居. 章,興居意自以失職奪功. 歲餘, 章薨, 而匈奴大入邊, 漢多兵發, 丞相灌嬰將擊之, 文帝親幸太原. 興居以爲天子自擊胡, 遂發兵反. 上聞之, 罷兵歸長安, 使棘蒲侯柴將軍擊破, 虜濟北王. 王自殺, 國除.

| **註釋** | ○濟北王 劉興居(유흥거, ? - 前 177) - 齊 悼惠王 劉肥의 三子, 前 182년 東牟侯(동모후)에 봉해졌고 呂后 사후에 형인 朱虛侯 劉章과 함께 여씨 제거할 때 내응했다. ○太僕滕公(태복 등공) - 태복은 황제의 車馬와 나라의 馬政을 관장하는 九卿의 하나. 등공은 夏侯嬰(하후영). ○少帝 - 劉弘. 前 184 - 180 재위. ○齊王 - 齊 悼惠王의 장남, 劉章과 劉興居의 맏형인 劉襄. ○黜其功(출기공) - 그 功(文帝 옹립)을 삭제하다. 黜 물리칠 출. ○太原(태원) - 郡名. 今 山西省 省都인 太原市 서남. ○棘蒲侯柴將軍(극포후 시장군) - 柴武(시무, ? - 前 163).

〖國譯〗

齊北王 劉興居는 처음에 縣名(동모후)로 대신들과 함께 文帝를 代國의 관저에서 모시면서 말했다. "呂氏 일당을 주살하는데 소신은 공이 없으니 太僕(태복)인 滕公(등공)과 함께 들어가 황궁을 정리하겠습니다." 그리고서는 少帝를 내쫓고 황제를 입궁하게 하였다.

처음에 呂氏들을 제거하면서 朱虛侯 劉章의 공이 가장 컸기에 대신들은 趙의 영지를 모두 劉章에게, 그리고 梁의 땅을 모두 劉興居

에게 주어야 한다고 말했었다. 文帝가 즉위한 뒤에 주허후와 동모후가 처음부터 齊王을 옹립하려 했다는 사실을 알고 그 공적을 삭감하였다. 文帝 즉위 2년에 여러 황자를 王에 책봉하면서 齊의 2개 군을 할양하여 유장과 유흥거를 (성양국과 제북국의) 왕으로 봉했다. 유장과 유흥거는 자신들이 직분과 공적을 뺏겼다고 생각하였다. 일 년 뒤에 劉章이 죽었고 흉노가 변경에 대거 침입하자 漢에서는 대군을 징발하면서 승상 灌嬰(관영)에게 군사를 거느리고 토벌케 하였고 文帝도 친히 太原에 출정하였다. 유흥거는 천자가 몸소 흉노를 원정하자 군사를 일으켜 반기를 들었다. 문제는 이 소식을 듣고 군사를 철수하고 장안으로 돌아와 棘蒲侯(극포후) 柴將軍을 시켜 유흥거를 토벌케 하였고 (시장군이) 제북왕 유흥거를 생포하였다. 제북왕은 자살했고 나라는 없어졌다.

原文

文帝憫濟北王逆亂以自滅, 明年, 盡封悼惠王諸子罷軍等七人爲列侯. 至十五年, 齊文王又薨, 無子. 時悼惠王後尙有城陽王在, 文帝憐悼惠王適嗣之絕, 於是乃分齊爲六國, 盡立前所封悼惠王子列侯見在者六人爲王. 齊孝王將閭以楊虛侯立, 濟北王志以安都侯立, 菑川王賢以武成侯立, 膠東王雄渠以白石侯立, 膠西王卬以平昌侯立, 濟南王辟光以扐侯立. 孝文十六年, 六王同日俱立.

| 註釋 | ○盡封悼惠王諸子罷軍等七人 – 15권, 〈王子侯表〉에 의하면 7인이 아니라 10인이다. ○適嗣(적사) – 嫡孫. ○列侯 – 본래 徹侯(철후)라 했는데, 武帝의 이름을 諱(휘)하여 列侯라 하였다. 20급의 작위 중 20위로 최고의 작위이다. 승상이나 皇子들이 이에 봉해졌다. 相을 둘 수 없었으나 家丞(가승), 門大夫 등을 거느렸다. ○城陽王 – 城陽 共王 劉喜. ○見在者 – 現在者. ○扐侯(늑후) – 扐은 손가락 사이 늑. 朸(늑)으로 표기한 곳도 있다. ○孝文十六年 – 前 164년.

〖國譯〗

文帝는 濟北王이 반역행위로 자멸한 것을 매우 가엽게 생각하여 다음 해에 悼惠王의 여러 아들 劉罷軍(유파군) 등 7인을 모두 열후에 봉했다. 문제 15년에 齊 文王이 죽었는데 아들이 없었다. 이때 도혜왕의 후손으로는 성양왕이 있었는데, 文帝는 도혜왕의 적손이 끊기는 것을 염려하여 齊를 6개국으로 분할하여 전에 봉했던 도혜왕의 아들 중 열후로 지금 남아있는 자 6인을 모두 王으로 봉했다. 齊 孝王 劉將閭(유장려)는 楊虛侯에서 책봉되었고, 濟北王 劉志는 安都侯에서 책봉하였으며, 菑川王(치천왕) 劉賢은 武成侯에서, 膠東王 劉雄渠(유웅거)는 白石侯에서, 膠西王 劉卬(유앙)은 平昌侯에서, 濟南王 劉辟光은 扐侯(늑후)에서 책봉되었다. 孝文帝 16년에 6명의 왕이 같은 날에 함께 책봉되었다.

原文

立十一年, 孝景三年, 吳,楚反, 膠東,膠西,菑川,濟南王皆發兵應吳,楚. 欲與齊, 齊孝王狐疑, 城守不聽. 三國兵共圍齊, 齊王使路中大夫告於天子. 天子復令路中大夫還報, 告齊王堅守, 漢兵今破吳,楚矣. 路中大夫至, 三國兵圍臨菑數重, 無從之. 三國將與路中大夫盟曰, "若反言漢已破矣, 齊趣下三國, 不且見屠." 路中大夫既許, 至城下, 望見齊王, 曰, "漢已發兵百萬, 使太尉亞夫擊破吳,楚, 方引兵救齊, 齊必堅守無下!" 三國將誅路中大夫.

| 註釋 | ○孝景三年 - 前 154년. 吳楚七國의 亂. ○欲與齊 - 齊와 연합하려 하다. ○三國兵 - 교서, 치천, 제남의 3국. ○路中大夫 - 中大夫는 관직. 路는 성씨. 이름은 卬(앙). ○若反言漢已破矣 - 당신은 漢軍이 이미 격파 당했다고 반대로 말하라. 若은 2인칭 대명사. ○齊趣下三國 - 齊는 3국에 투항하라고 촉구하다. 趣는 재촉할 촉. 促과 同. ○不且見屠 - 아니면 곧 도륙을 당한다. ○太尉亞夫 - 太尉 周亞夫. 10권. 〈張陳王周傳〉에 附傳.

〖國譯〗

王에 책봉되고 11년, 孝景帝 3년에 吳와 楚가 반역하자 膠東(교동), 膠西, 菑川(치천), 濟南王도 모두 발병하며 吳와 楚에 호응하였다. 齊와 같이 협력하고자 했으나 齊 孝王은 결정을 짓지 못하고 성을 지키며 따르지 않았다. 3국의 군사가 함께 齊를 포위했으나 齊王은 中大夫인 路卬(노앙)을 보내 천자에게 알렸다. 경제는 路(노)중대부에게 돌아가서 齊王에게 굳게 방어할 것과 漢의 군사가 지금 吳와 楚를 격파하였다고 통보하라고 명령했다. 노앙이 齊에 돌아왔으나 3국의 군사가 臨菑(임치) 성을 여러 겹 포위하여 들어갈 수가 없었다.

3국의 장수는 노앙에게 강요하였다. "당신은 漢의 군사는 이미 격파되었다고 반대로 말하면서 齊가 삼국에 투항하지 않으면 곧 성이 도륙당한다고 재촉하라."

노앙은 그리하겠다고 응낙하고서 성 아래서 齊王을 올려보며 말했다. "漢은 이미 백만 대군을 내어 태위 周亞夫를 시켜 吳와 楚를 격파하였고 곧 군사를 이끌고 와서 齊를 구원할 것이니 齊는 꼭 굳게 지키면서 항복하지 마십시오!"

3국의 장수는 노앙을 죽였다.

原文

齊初圍急, 陰與三國通謀, 約未定, 會路中大夫從漢來, 其大臣乃復勸王無下三國. 會漢將欒布, 平陽侯等兵至齊, 擊破三國兵, 解圍. 已後聞齊初與三國有謀 將欲移兵伐齊. 齊孝王懼, 飮藥自殺. 而膠東, 膠西, 濟南, 菑川王皆伏誅, 國除, 獨濟北王在.

齊孝王之自殺也, 景帝聞之, 以爲齊首善, 以迫劫有謀, 非其罪也, 召立孝王太子壽, 是爲懿王. 二十三年薨, 子厲王次昌嗣.

| 註釋 | ○會 – 마침. 때맞추어. ○欒布(난포) – 〈季布欒布田叔傳〉 참고. ○平陽侯 – 曹奇(조기). ○與三國有謀 – (齊와) 삼국 간에 사전 모의(협상)가 있었다. ○以爲齊首善 – 齊가 처음에는 반역하지 않았다고 생각하다. 首

善은 여기서는 처음에(首) 善했다는 뜻. 首善은 '國都'라는 뜻도 있다. ○懿王 – 아름다울 의. ○厲王 – 엄할 여, 사나울 여.

〖國譯〗

齊가 처음 포위되어 급박할 때, 은밀히 삼국과 동참하겠다는 모의가 있었으나 약속에 성립되기 전에 때마침 노앙이 漢에서 돌아왔기에 그 대신들은 삼국에 투항하지 말라고 다시 왕에게 권고하였다. 이어 漢의 장수 欒布(난포)와 平陽侯 曹奇(조기) 등의 군사가 도착하여 3국의 군사를 격파하고 포위를 풀었다. 나중에 齊가 삼국과 모의가 있었다는 것이 알려지고 漢의 군사는 齊를 공격하려고 했다. 齊孝王은 두려워서 약을 마시고 자살하였다. 이로써 膠東, 膠西, 濟南, 菑川王(치천왕) 등이 모두 사형을 당해 나라가 없어졌고, 오직 濟北王만 남았다.

경제는 齊 孝王의 자살 소식을 듣고 처음에는 반역하지 않았고 협박으로 중간에 모의했으니 그 죄가 아니라고 생각하면서 孝王의 태자 劉壽를 불러 책봉하니, 이가 懿王(의왕)이다. 23년을 재위하고 죽자 아들 厲王(여왕) 劉次昌이 뒤를 이었다.

原文

其母曰紀太后. 太后取其弟紀氏女爲王后, 王不愛. 紀太后欲其家重寵, 令其長女紀翁主入王宮, 正其後宮無令得近王, 欲令愛紀氏女. 王因與其姊翁主姦.

齊有宦者徐甲, 入事漢皇太后. 皇太后有愛女曰修成君,修成君非劉氏子, 太后憐之. 修成君有女娥, 太后欲嫁之於諸侯. 宦者甲乃請使齊, 必令王上書請娥. 皇太后大喜, 使甲之齊. 時主父偃知甲之使齊以取后事, 亦因謂甲, "卽事成, 幸言偃女願得充王後宮." 甲至齊, 風以此事. 紀太后怒曰, "王有后, 後宮備具. 且甲, 齊貧人, 及爲宦者入事漢, 初無補益, 乃欲亂吾王家! 且主父偃何爲者? 乃欲以女充后宮!" 甲大窮, 還報皇太后曰, "王已願尙娥, 然事有所害, 恐如燕王." 燕王者, 與其子昆弟姦, 坐死. 故以燕感太后. 太后曰, "毋復言嫁女齊事!" 事寖淫聞於上. 主父偃由此與齊有隙.

| **註釋** | ○其弟紀氏女 – (친정) 동생의 딸. 친정 조카딸. ○重寵 – 대를 이어 총애를 입다. 왕비가 되다. ○長女紀翁主 – 翁主(옹주)는 제후왕의 딸에 대한 칭호. 기태후가 낳은 딸이라서 기옹주라 하였다. ○正其后宮 – 왕의 후궁들을 정리하다. ○王因與其姊翁主奸姦 – 厲王 친 남매 간에 相姦했다는 뜻. ○漢皇太后 – 景帝의 두 번째 황후. 武帝와 平陽公主의 生母 王太后(前 174 – 125). 景帝의 竇太后(두태후)는 太皇太后, 武帝의 생모 王皇后는 皇太后라는 호칭으로 구분했다. ○修成君非劉氏子 – 王太后의 전 남편 金氏의 소생이라 알려졌다. ○主父偃(주보언, ? – 前 126) – 主父(주보)는 복성. 偃 쓰러질 언. 武帝의 대신. 뇌물을 즐겨 받았다. 64권, 〈嚴朱吾丘主父徐嚴終王賈傳〉에 입전. ○風以此事 – 風은 諷, 微言勸告. ○初無補益 – 처음부터 (齊에) 아무런 도움이 되지 않는다. ○大窮 – 크게 궁지에 몰리다. 할 말이 없다. ○尙 – 配也. ○與其子昆弟姦 – 그 딸과 자신의 여자 형제들을 범하다. 昆弟(곤제)는 兄弟. ○寖 – 잠길 침. 점점. 浸과 同.

【國譯】

齊 厲王의 모친은 紀太后이다. 태후는 친정 동생의 딸을 왕후가 되게 하였으나 왕은 사랑하지 않았다. 기태후는 자기 가문이 총애를 독점하고 싶어 자신의 장녀 紀翁主를 왕궁에 들어오게 하여 왕의 후궁들을 정리한다며 왕에 가까이 하지 못하게 하면서 자신의 딸이 사랑받게 하였다. 왕은 이로써 자기 누나인 옹주와 相姦하였다.

齊에 徐甲이라는 환관이 있었는데 황궁에 들어가 漢 武帝의 皇太后를 모셨다. 皇太后에게 修成君이라는 딸이 있었는데 수성군은 유씨의 딸이 아니었지만 황태후는 수성군을 아꼈다. 수성군에게 娥(아)라는 딸이 있었는데 태후는 그녀를 제후에게 시집보내려 했었다. 그러자 환관 서갑이 齊에 사신으로 가서 齊王이 娥(아)에게 청혼하는 글을 꼭 올리게 하겠다고 말했다. 황태후는 크게 좋아하며 서갑을 齊에 보냈다. 그때 主父偃(주보언)은 서갑이 齊에 사신으로 가는 것이 후궁을 얻게 하려는 일인 것을 알고 겸해서 서갑에게 말했다. "만약 일이 성사되거든 나의 딸도 후궁으로 들어갈 수 있게 말 좀 해 주시오."

서갑에 齊에 도착하여 이 일을 은근히 말했다. 그러자 기태후가 화를 내며 말했다. "王에게 왕비가 있고 후궁들도 다 있다. 그리고 서갑은 齊의 가난뱅이로 환관이 되어 漢에 가서 일하지만 처음부터 아무 도움이 되지 않더니 이제 우리 왕실을 어지럽히려 한다! 그리고 주보언이란 자는 뭐 하는 사람인가? 제 딸을 후궁으로 넣고 싶다니!"

서갑은 크게 난처했고 돌아와 황태후에게 말했다. "齊王은 娥(아)를 맞이하려 하지만 화를 당할 것 같은데 아마도 燕王과 같은 일 같습니다."

연왕이란 사람은 그 딸과 제 누이들과도 상간하여 사형을 당한 사람이었다. 서갑은 연왕의 일로 황태후의 마음을 바꾸려 하였다. 그러자 황태후가 말했다. "다시는 딸아이를 齊에 보낸다는 말을 하지 마라!" 그러나 그 음란한 소문은 황제까지 알게 되었다. 또 주보언은 이 때문에 齊와 틈이 벌어졌다.

原文

偃方幸用事, 因言, "齊臨菑十萬戶, 市租千金, 人衆殷富, 鉅於長安, 非天子親弟愛子不得王此. 今齊王於親屬益疏." 乃從容言呂太后時齊欲反, 及吳,楚時孝王幾爲亂. 今聞齊王與其姊亂. 於是武帝拜偃爲齊相, 且正其事. 偃至齊, 急治王後宮宦者爲王通於姊翁主所者, 辭及王. 王年少, 懼以罪爲吏所執誅, 乃飮藥自殺.

是時, 趙王懼主父偃壹出敗齊, 恐其漸疏骨肉, 乃上書言偃受金及輕重之短, 天子亦因囚偃. 公孫弘曰, "齊王以憂死, 無後, 非誅偃無以塞天下之望." 偃遂坐誅. 厲王立五年, 國除.

| **註釋** | ○用事 – 조정의 정사를 장악하다. ○市租 – 상인으로 걷는 세금. ○鉅於長安 – 鉅는 巨. ○辭及王 – 조사하는 과정에서 왕에 대한 이야기가 나오다. ○趙王 – 趙 敬肅王 劉彭祖(유팽조, ? – 전 90), 경제의 아들. 63

년을 재위했다. ○輕重之短 – 일 처리가 불공정하다는 단점. ○公孫弘(공손홍, 공손은 복성. 前 200 – 121) – 武帝 때 御史大夫를 거쳐 丞相, 平津侯에 봉해짐. 58권, 〈公孫弘卜式兒寬傳〉에 입전. ○塞 – 만족하다.

〖國譯〗

주보언이 신임을 받고 정사를 주관하며 무제에게 아뢰었다.

"齊의 臨菑(임치)는 10만 호에 市租가 천금에 달하고, 인구도 많고 부유하며 장안보다 크기에 천자의 친동생이나 아들이 아니라면 그곳의 왕을 할 수 없습니다. 지금 황실과 齊王은 점점 소원해지고 있습니다."

그리고 조용히 여태후 때 齊가 반기를 들려했고 吳와 楚의 반란에 (齊의) 孝王이 난에 가담할 뻔했던 일들을 말했다. 그리고 지금 齊王이 남매 간에 난잡하다는 소문도 말했다. 이에 武帝는 주보언을 齊相으로 임명하여 그 일을 바로잡으라 하였다. 주보언은 齊에 가서 齊王의 後宮과 환관으로 왕이 옹주 형제들과의 相姦을 도와준 일을 엄히 조사하였는데 그 과정에서 왕에 대한 말까지 나오게 되었다. 齊王은 나이도 어리고 죄에 물려 잡혀 죽을까 겁을 내어 약을 마시고 자살하였다.

이때 趙王은 주보언이 한 번 부임하여 齊를 망하게 하는 것을 보고 황족을 이간시킬 것이라 걱정하여 상서해서 주보언이 뇌물을 받았고, 일을 불공정하게 처리했다고 말했고, 무제는 이에 의거 주보언을 가두었다. 공손홍은 "齊王이 걱정 때문에 죽었고, 또 후사도 없으니 주보언을 죽이지 않는다면 천하의 원망을 풀 수 없습니다."라고 말했다. 주보언은 법에 의해 주살되었다. 厲王이 즉위 5년에 나라가 없어졌다.

原文

濟北王志, 吳,楚反時初亦與通謀, 後堅守不發兵, 故得不誅, 徙王菑川. 元朔中, 齊國絶. 悼惠王後唯有二國, 城陽, 菑川. 菑川地比齊, 武帝爲悼惠王冢園在齊, 乃割臨菑東圜悼惠王冢園邑盡以予菑川, 令奉祭祀.

| 註釋 | ○濟北王 劉志(? - 前 130) - 齊 도혜왕 劉肥의 아들. 安都侯 - 齊北王 - 菑川王으로 35년 재위. ○元朔(원삭) - 武帝의 年號. 前 128 - 123년. ○比齊 - 齊에 가깝다.

〖國譯〗

濟北王 劉志(유지)는 吳楚 반란 때 처음엔 모의에 가담했으나 나중엔 굳게 지키면서 군사를 내지 않았기에 사형당하지 않았으며 菑川王(치천왕)으로 자리를 옮겼다. 元朔 연간에 齊國이 단절되면서 도혜왕의 후손은 오직 城陽國과 菑川國만 남게 되었다. 치천국 영토는 齊와 이웃하고 있는데, 武帝는 齊에 있는 悼惠王의 冢園(총원, 무덤)을 에워싼 臨菑의 동쪽 고을을 모두 菑川國에 할양하여 치천국에서 도혜왕의 제사를 지내게 조치했다.

原文

志立三十五年薨, 是爲懿王. 子靖王建嗣, 二十年薨. 子頃王遺嗣, 三十五年薨. 子思王終古嗣. 五鳳中, 青州刺史奏終古使所愛奴與八子及諸御婢姦, 終古或參與被席, 或白晝使嬴伏, 犬馬交接, 終古親臨觀. 産子, 輒曰, "亂不可知, 使去其子." 事下丞相,御史, 奏, "終古位諸侯王, 以今置八子, 秩比六百石, 所以廣嗣重祖也. 而終古禽獸行, 亂君臣夫婦之別, 悖逆人倫, 請逮捕." 有詔, "削四縣." 二十八年薨. 子考王尚嗣, 五年薨. 子孝王橫嗣, 三十一年薨. 子懷王交嗣, 六年薨. 子永嗣, 王莽時絶.

| **註釋** | ○五鳳 – 宣帝의 연호. 前 57 – 54. ○靑州刺史 – 武帝 때 전국에 13개 자사부를 설치하고 관할 郡國의 사찰을 담당케 하였다. 刺史는 郡의 태수보다 직급이 낮았다. ○劉終古 – 치천국 劉志의 曾孫. 재위 28년. ○八子 – 여러 비빈의 14등급 중 6등급에 해당하는 첩실의 칭호. 王도 八子를 거느릴 수 있었다. 秩 600石 관리에 해당. ○嬴伏(이복) – 裸伏(나복). 여윌 이. 벗다. 대낮에 나체로 퇴폐행위를 즐겼다는 뜻. ○使去其子 – 그 자식을 버리다. ○廣嗣重祖 – 많은 아들을 낳아 조상을 높이다. ○悖逆(패역) – 무너트리다.

〖**國譯**〗

劉志는 재위 35년에 죽었는데, 이가 懿王(의왕)이었다. 아들 靖王 劉建이 뒤를 이어 20년에 죽었다. 아들 頃王(경왕) 劉遺(유유)가 뒤를 이어 35년에 죽었다. 아들 思王 劉終古가 뒤를 이었다. 五鳳 연간에 靑州刺史가 상주하기를 劉終古는 그가 좋아하는 노비로 하여금 八子 및 여러 婢女들을 간통하게 하였고, 劉終古도 가끔 잠자리를 함께 하였으며, 때로는 대낮에도 나체로 엎드려 짐승처럼 교접하게 하면서 劉終古도 직접 구경을 하였다. 또 자식을 낳자 "亂交하여 아비를 알 수 없으니 자식을 버리라고 했다."고 아뢰었다. 이 사건이 승상과 어사에게 넘겨졌는데 "劉終古는 諸侯王으로서 지금 秩이 600석에 가까운 八子를 거느리면서 아들을 많이 두어 조종을 빛내려 했다고 말하고 있습니다. 그러나 유종고의 금수와 같은 행위는 군신과 부부유별의 예를 어지럽히고 인륜을 무너트리는 행위이므로 체포해야 합니다."라고 상주하였다. 이에 황제는 "4개 현을 삭감하라."고 하명하였다. 유종고는 재위 28년에 죽었다. 아들 考王 劉尙이 뒤를 이어 5년에 죽었다. 아들 孝王 劉橫(유횡)이 뒤를 이어 31년에 죽었다. 아들 懷王(회왕) 劉交가 뒤를 이어 6년에 죽었다. 아들 劉永이 뒤를 이어 王莽(왕망) 때에 단절되었다.

原文

贊曰, 悼惠之王齊, 最爲大國. 以海內初定, 子弟少, 激秦孤立亡藩輔, 故大封同姓, 以塡天下. 時諸侯得自除御史大夫群卿以下衆官, 如漢朝, 漢獨爲置丞相. 自吳,楚誅後, 稍奪諸侯權, 左官附益阿黨之法設. 其後諸侯唯得衣食租稅, 貧者或乘牛車.

| 註釋 | ○激 – 자극을 받다. 물 빨리 흐를 격. ○亡藩輔(망번보) – 지키고 도와줄 세력이 없다. 亡은 無也. ○以塡天下 – 塡 메울 전. 鎭과 通. ○稍奪諸侯權 – 점차 제후의 권한을 빼앗다. ○左官 – 漢 조정을 편들지 않고 제후를 편드는 관리를 좌관이라 하였고, 그런 관리는 처벌하겠다는 법(左官

律). ○附益 – 더 보태다. 후국의 승상은 제후편이 되어 그 혜택을 더 많이 주자고 주장할 수 없게 하는 법을 附益法이라 하였다. ○阿黨(之法) – 제후의 비리를 감추고 조정에 보고하지 않는 太傅(태부)나 相國을 阿黨(아당)이라 하여 처벌하겠다는 법. ○唯得衣食租稅 – 제후로서 경제적 특권만 누렸고 통치에 관한 권한은 점차 약화되거나 폐지되었다.

〖國譯〗

班固의 論贊 : 悼惠王의 齊는 (제후국 중) 가장 큰 나라였다. (漢 건국 후) 천하가 처음 안정되었을 때 황실의 자제가 적었고 울타리 같은 보조 세력이 없어 秦이 고립되었던 것에 자극받아 同姓을 대거 봉하여 천하를 안정시키려 했었다. 그때 제후들은 스스로 어사대부나 다수의 경과 관리들을 임명할 수 있었고 漢 조정에서는 다만 승상을 임명하였다. 吳楚 7국의 난을 평정한 이후로 제후의 권력을 점차 탈취하면서 左官法, 附益法, 阿黨之法을 시행하였다. 그 뒤로 제후는 오직 衣食과 租稅만을 얻을 수 있었으니 가난한 제후는 소가 끄는 수레를 타기도 했다.

39 蕭何曹參傳
〔소하,조참전〕

39-1. 蕭何

原文

蕭何, 沛人也. 以文毋害爲沛主吏掾. 高祖爲布衣時, 數以吏事護高祖. 高祖爲亭長, 常佑之. 高祖以吏繇咸陽, 吏皆送奉錢三, 何獨以五. 秦御史監郡者, 與從事辯之. 何乃給泗水卒史事, 第一. 秦御史欲入言徵何, 何固請, 得毋行.

| 註釋 | ○蕭何(소하, 前 257 - 193) - 沛縣 豐邑(今 江蘇省 徐州市 관할의 豐縣) 출신. 漢初 三傑의 한 사람. 蕭何는 縣의 主吏였고 劉邦은 亭長이었으니 소하의 지위가 높았다(소하는 나이도 한 살 위였다). 高祖 劉邦과 曹參, 樊噲(번쾌)가 모두 동향이었는데 蕭, 曹 2인은 관리로 명성이 있었고 유방과 번쾌

는 토박이 불량배〔地痞(지비)〕였다. 그 외에도 周勃(주발), 夏侯嬰(하후영), 王陵(왕릉), 盧綰(노관), 周昌(주창), 劉交(고조의 이복동생) 등이 모두 패현 출신이었다. ○沛(패) - 縣名. 今 江蘇省 徐州市 沛縣. ○以文毋害 - 文(업무관련 지식)으로 남에게 해를 주지 않다. 毋 말 무. 없다. 하지 마라(禁止辭). ○主吏掾(주리연) - 현령의 속리. 소하는 功曹掾(공조연)이었다. 掾 도울 연. 아전. ○亭長 - 秦漢代에는 十里(거리 단위)에 一亭을 설치했고 亭長을 두어 治安 警衛와 旅客을 통제, 소송대리나 보조 등의 업무를 담당케 했다. ○繇 - 부역 요. 傜役(요역). ○奉錢三 - 봉록의 10분의 3을 여비로 도와주다. 또는 3百錢. ○何獨以五 - 소하만 혼자 5백전을 주었다. 이는 고조에게 깊은 감동을 주었다. 고조는 나중에 소하에게 식읍 2천 호를 더 주어 이때 더 받은 2백전을 보답하였다. ○從事 - 官名. 御使屬官. ○泗水 - 郡名. 秦 48郡의 하나. 治所는 今 安徽省 淮北市 관할의 濉溪縣(수계현)에 해당. ○卒史 - 小吏. ○何固請 - 소하가(何) 굳이(固) (아니하겠다고) 請하다. 사양하다.

〖國譯〗

蕭何(소하)는 沛縣(패현) 사람이다. 법률 지식을 가지고 남을 해치지 않는 패현의 공조연이었다. 高祖가 평민일 때 관리 신분으로 고조를 보호해 주었다. 고조가 亭長일 때도 늘 도와주었다. 高祖가 관리로 咸陽(함양)에 복역하러 갈 때 현리들이 3백전을 여비로 줄 때 소하만은 혼자 5백전을 보태주었다. 秦의 御史(어리)로 郡의 업무를 감사하는 자의 從事로 일을 처리했는데 소하는 泗水郡의 서리 중에서 업무 실적이 첫째였다. 秦의 어사가 조정에 건의하여 소하를 중앙으로 데려가려 했지만 소하는 굳이 사양하며 떠나지 않았다.

原文

高祖起爲沛公, 何嘗爲丞督事. 沛公至咸陽, 諸將皆爭走金,帛,財物之府, 分之, 何獨先入收秦丞相, 御史律令圖書臧之. 沛公具知天下阨塞, 戶口多少, 强弱處, 民所疾苦者, 以何得秦圖書也.

| 註釋 | ○丞 – 도울 승. 官長의 副職. 例, 太常丞, 郡丞, 縣丞. ○沛公至咸陽 – 前 206년 10월. ○臧 – 藏也(감출 장). ○阨塞(액색) – 지형상 험한 곳과 요새지.

〖國譯〗

고조가 起義하고 沛公이라 칭할 때 소하는 沛丞(패승)으로 여러 일을 맡아 처리했다. 패공이 咸陽에 들어갔을 때 여러 장수들이 금이나 비단 등 재물 창고에 다투어 달려가 나눠 가질 때 소하는 홀로 秦 승상부와 어사대부의 관청에 들어가 율령과 도서를 챙겨 보관하였다. 패공이 천하의 요새지나 호구의 다소와 부강하고 빈약한 지역, 또 백성들이 괴로워하는 것을 잘 알 수 있었던 것은 소하가 秦에서 획득한 도서 때문이었다.

原文

初, 諸侯相與約, 先入關破秦者王其地. 沛公既先定秦, 項羽後至, 欲攻沛公, 沛公謝之得解. 羽遂屠燒咸陽, 與范增謀曰, "巴,蜀道險, 秦之遷民皆居蜀." 乃曰, "蜀漢亦關中地也." 故立沛公爲漢王, 而三分關中地, 王秦降將以距漢王. 漢王怒, 欲謀攻項羽. 周勃,灌嬰,樊噲皆勸之, 何諫之曰, "雖王漢中之惡, 不猶愈於死乎?" 漢王曰, "何爲乃死也?" 何曰, "今衆弗如, 百戰百敗, 不死何爲?《周書》曰 '天予不取, 反受其咎'. 語曰 '天漢', 其稱甚美. 夫能詘於一人之下, 而信於萬乘之上者, 湯,武是也. 臣願大王王漢中, 養其民以致賢人, 收用巴,蜀, 還定三秦, 天下可圖也."

漢王曰, "善." 乃遂就國, 以何爲丞相. 何進韓信, 漢王以爲大將軍, 說漢王令引兵東定三秦. 語在〈信傳〉.

| **註釋** | ○沛公謝之得解 – 패공이 항우에게 사과하여 오해를 풀었다. ○范增(범증) – 항우의 나이 많은 참모. ○三分關中地, 王秦降將以距漢王 – 진의 降將 章邯(장한), 司馬欣(사마흔), 董翳(동예)를 雍王(옹왕), 塞王(새왕), 翟王(책왕)으로 봉하여 漢王의 관중 진출을 막게 하였다. ○不猶愈於死乎 – 그래도 죽는 것보다 낫지 않습니까? 죽는 것보다 낫다. ○天漢 – 은하수. 銀漢, 長漢의 漢은 모두 은하수를 의미. ○詘 – 굽힐 굴. ○三秦(삼진) – 章邯(雍王), 司馬欣(塞王), 董翳(翟王)의 관할 지역. 今 陝西省(섬서성)의 별칭. ○〈漢信傳〉 – 34권, 〈韓彭英盧吳傳〉.

〖國譯〗

起義한 초기에, 제후들은 먼저 關中에 들어가 秦을 격파하는 자가 그 땅의 王이 된다고 서로 약속했었다. 패공이 먼저 秦을 평정하였고 항우는 나중에 도착하였는데 항우가 패공을 공격하려는 것을 패공이 사과하여 오해를 풀었다. 항우는 함양을 도륙하고 불태우고 범증과 모의하며 말했다. "巴郡과 蜀郡은 길이 험하고 秦에서 이주시킨 백성들이 거주하는 지역입니다." 그리고서는 "蜀漢도 마찬가지로 關中의 땅입니다."라고 말했다. 그래서 패공을 漢王으로 책봉하였고 관중 땅을 삼분하여 秦의 항장을 왕으로 삼아 한왕을 막게 하였다. 한왕이 화를 내며 항우를 공격하고자 했다. 周勃(주발)과 灌嬰(관영), 樊噲(번쾌) 등이 항우 공격을 권했지만 소하는 이를 말리며 말했다. "비록 漢中의 나쁜 땅의 왕이지만 죽는 것보다 낫지 않습니까?" 漢王이 말했다. "왜 죽는다고 말하는가?" 소하가 대답하였다. "지금 군사가 그만큼 되지 않아 백전백패할 것이니 죽지 않으면 무엇이겠습니까? 《周書》에도 '하늘이 주는 것을 받지 않으면 도리어 재앙을 받는다.' 고 하였습니다. 또 하는 말이 '天漢(은하수)' 이니 그 말이 정말 좋은 것입니다. 한 사람에게 굴복할 수 있었기에 萬乘大國의 위에 오를 수 있었던 사람이 湯王이고 武王이었습니다. 臣은 대왕께서 漢中 땅이 왕이 되어 백성들을 보살피고 현인을 초빙하면서 巴郡(파군)과 蜀郡(촉군)을 바탕으로 삼고 나중에 三秦에 진출한다면 천하를 도모할 수 있습니다."

한왕은 "좋은 의견이다."라고 말하며 한중에 들어갔으며 소하를 승상으로 임명하였다. 소하는 韓信을 추천하였고 漢王이 大將軍으로 임명하였으며, 한신은 漢王에게 군사를 이끌고 동쪽으로 진출하여 三秦 땅을 평정하라고 설득하였다. 이는 〈韓信傳〉에 있다.

原文

何以丞相留收巴,蜀, 塡撫諭告, 使給軍食. 漢二年, 漢王與諸侯擊楚, 何守關中, 侍太子, 治櫟陽. 爲令約束, 立宗廟, 社稷,宮室,縣邑, 輒奏, 上可許以從事. 卽不及奏, 輒以便宜施行, 上來以聞. 計戶轉漕給軍, 漢王數失軍遯去, 何常興關中卒, 輒補缺. 上以此剸屬任何關中事.

| **註釋** | ○塡撫諭告(전무유고) - 塡은 鎭. 撫 어루만질 무. 諭告(유고)는 백성들에게 공표하다. 깨우치다. ○漢二年 - 前 205년. ○櫟陽(역양) - 縣名. 今 陝西省 西安市 臨潼區 동북. 곧 당시 咸陽 일원. ○卽不及奏 - 상주할 수 없으면, 卽은 卽使(설령 ~이더라도). ○轉漕給軍 - 轉은 수레로 운반하는 것. 漕는 배로 실어 나를 조. ○遯去 - 遯은 遁(달아날 둔). ○剸 - 오로지 전. 專과 同.

〖國譯〗

소하는 승상으로서 巴郡(파군)과 蜀郡(촉군)을 다스리며 백성을 안주케 하고 가르치면서 군량을 공급하였다. 漢 2년, 한왕이 제후와 함께 楚와 싸울 때, 소하는 관중 땅을 지키며 太子를 모시고, 櫟陽(역양, 함양 일대)을 다스리며, 법령을 제정 실행하고, 宗廟社稷(종묘사직)과 宮室을 세우며 각 고을을 통치했는데 한왕에게 상주하여 허락을 받는 그대로 실행하였다. 설령 미처 상주하지 못한 일은 순리대로 우선 실행한 뒤에 한왕에게 보고하였다. 각 지역 戶口의 숫자대로 세금을 거두고 군량을 운반하며 공급하였는데 한왕이 여러 번 패전하여 피신하더라도 소하는 늘 관중 땅의 군졸을 징발하여 부족분을 보충해 주었다. 한왕은 이로써 關中의 통치는 전적으로 소하에게 일임하였다.

原文

漢三年, 與項羽相距京,索間, 上數使使勞苦丞相. 鮑生謂何曰, "今王暴衣露蓋, 數勞苦君者, 有疑君心. 爲君計, 莫若遣君子孫昆弟能勝兵者悉詣軍所, 上益信君."

於是何從其計, 漢王大說.

| 註釋 | ○漢三年 - 前 204년. ○京,索間 - 京縣과 索邑 사이. 今 河南省 鄭州市 관할의 滎陽市(형양시). ○暴衣露蓋(포의노개) - 햇볕을 쬐고 이슬을 맞으며 자다. 야외에서 고생하다. ○莫若(막약) - ~보다 좋은 일은 없다. ~하는 것이 좋다. 莫如와 同. ○能勝兵者 - 병사가 될 만한 자.

〖國譯〗

漢 3년, 항우와 京縣과 索邑(삭읍) 사이에서 서로 대치할 때, 한왕은 자주 사람을 보내 승상을 위로하였다. 鮑氏(포씨)란 사람이 소하에게 말했다. "지금 한왕이 야외에서 큰 고생을 하면서도 승상을 자주 위로하는 것은 승상을 의심하는 것입니다. 승상의 계책으로는 아들이나 형제 중에 군사가 될만한 사람을 모두 한왕이 있는 곳에 보낸다면 한왕은 당신을 신뢰할 것입니다."

소하가 그 말에 따르자 한왕은 크게 기뻐하였다.

原文

漢五年, 已殺項羽, 卽皇帝位, 論功行封, 群臣爭功, 歲餘不決. 上以何功最盛, 先封爲酇侯, 食邑八千戶. 功臣皆曰, "臣等身被堅執兵, 多者百餘戰, 少者數十合, 攻城略地, 大小各有差. 今蕭何未有汗馬之勞, 徒持文墨議論, 不戰, 顧居臣等上, 何也?"

上曰, "諸君知獵乎?" 曰, "知之." "知獵狗乎?" 曰, "知之." 上曰, "夫獵, 追殺獸者狗也, 而發縱指示獸處者人也. 今諸君徒能走得獸耳, 功狗也. 至如蕭何, 發縱指示, 功人也. 且諸君獨以身從我, 多者三兩人. 蕭何擧宗數十人皆隨我, 功不可忘也!" 群臣後皆莫敢言.

| 註釋 | ○漢五年 - 前 202년. ○歲餘不決 - 1년이 넘도록 끝나지 않았다. ○酇侯(찬후) - 酇은 今 湖北省 서북부 襄陽市(양양시) 관할의 老河口市. ○被堅執兵(피견집병) - 갑옷을 입고 무기를 들다. 장수로서 전투에 임하다. ○汗馬之勞 - 戰功. ○徒持文墨議論 - 한낱 문서나 들고 의론하다. ○顧居臣等上 - 도리어 우리 등급보다 위를 차지하다. 顧 돌아볼 고. 도리어. 오히려. ○發縱指示 - 풀어 놓으며 지시하다.

〖國譯〗

漢 5년, 項羽를 죽이고 황제로 즉위하여 논공행상을 하는데 여러 신하들이 공을 다투어 일 년이 넘도록 결판이 나지 않았다. 고조는 소하의 공을 가장 크다고 생각하여 먼저 酇侯(찬후)로 봉하고 8천 호를 식읍으로 주었다. 功臣들이 모두 말했다.

"우리들은 갑옷을 입고 무기를 들어 많게는 100여 번, 적은 자라도 수십 번을 싸우며 성을 공격하고 크고 작은 땅을 빼앗았습니다. 그러나 소하는 전공이 없고 한낱 문서나 들고 의논만 하였는데, 싸우지도 않은 사람이 도리어 우리보다 높은 자리를 차지한 까닭이 무엇입니까?"

고조가 말했다. "여러분은 사냥에 대해 아는가?" "알고 있습니다." "사냥개를 아는가?" "알고 있습니다." 그러자 고조가 말했다.

"사냥에서 짐승을 따라가 잡는 것은 사냥개이지만 풀어주며 일러주는 것은 사람이다. 지금 여러 분들은 한갖 달려가 짐승을 잡았으니 개와 같은 일을 한 것이고, 소하는 개를 풀어주고 지시를 하였으니 사람의 공적이라 할 수 있다. 그리고 제군은 홀로 나를 따라왔거나 많아야 두세 사람이었다. 소하는 온 집안 수십 명이 나를 따라 싸웠으니 그 공은 잊을 수 없다!"

이후로 群臣들 누구도 감히 말을 하지 못했다.

原文

列侯畢已受封, 奏位次, 皆曰, "平陽侯曹參身被七十創, 攻城略地, 功最多, 宜第一." 上已橈功臣多封何, 至位次未有以復難之, 然心欲何第一. 關內侯鄂千秋時爲謁者, 進曰, "群臣議皆誤. 夫曹參雖有野戰略地之功, 此特一時之事. 夫上與楚相距五歲, 失軍亡衆, 跳身遯者數矣, 然蕭何常從關中遣軍補其處. 非上所詔令召, 而數萬衆會上乏絶者數矣. 夫漢與楚相守滎陽數年, 軍無見糧, 蕭何轉漕關中, 給食不乏. 陛下雖數亡山東, 蕭何常全關中待陛下, 此萬世功也. 今雖無曹參等百數, 何缺於漢? 漢得之不必待以全. 奈何欲以一旦之功加萬世之功哉! 蕭何當第一, 曹參次之." 上曰, "善." 於是乃令何第一, 賜帶劍履上殿, 入朝不趨. 上曰, "吾聞進賢受上賞, 蕭何功雖高, 待鄂君乃得明." 於是因鄂千秋故所食關內侯邑二千戶, 封爲安平侯.

是日, 悉封何父母兄弟十餘人, 皆食邑.

乃益封何二千戶, "以嘗繇咸陽時何送我獨贏錢二也".

| 註釋 | ○位次 - 작위의 등급. ○平陽侯曹參(조참, ? - 前 190) - 字 敬伯, 沛縣의 옥리 출신. 최고의 戰功을 쌓았다. ○橈 - 꺾을 요(뇨). ○未有以復難之 - 다시 논쟁을 할 마음이 없지만. ○關內侯 鄂千秋(악천추) - 關內侯는 列侯 다음 등급의 제후. 鄂秋로 된 판본도 있음. ○謁者(알자) - 황제 수행원 겸 빈객 접대를 담당. 郎中令의 속관. ○山東 - 崤山(효산) 동쪽, 곧 함곡관 동쪽. 今 산동반도가 아니다. ○賜帶劍履上殿 - 칼을 찬 채로 (황제가 있는) 전각에 오르다. ○入朝不趨 - 황제 앞에서 잰 걸음으로 걷지 않다. ○進賢受上賞 - 현인을 추천하면(進賢) 좋은 상(上賞)을 받는다.

〖國譯〗

列侯를 봉하는 일이 끝나고 열후의 등급을 정할 때 모두가 말했다. "平陽侯 曹參(조참)은 몸에 70군데의 상처를 입으면서 攻城하고 略地하여 그 공이 가장 많으니 의당 첫째가 되어야 합니다." 고조는 이미 공신들의 주장을 꺾고 소하를 가장 많이 봉했지만 位次(자리 순서)에서도 다시 논쟁을 할 생각은 없었으나 마음으로는 소하를 제 1위로 하고 싶었다. 관내후인 鄂千秋(악천추)는 그때 謁者(알자)이었는데 앞으로 나와 말했다.

"여러 신하들의 의논은 틀렸습니다. 조참이 비록 야전에서 略地한 공은 있지만 그것은 다만 한때의 일입니다. 폐하께서 楚와 5년 동안 다툴 때 군사를 다 잃고 몸만 피한 적도 자주 있었습니다. 그렇지만 소하는 늘 관중에서 군사를 보내와 부족한 곳을 메꾸었습니다. 이는 폐하의 명령에 응한 것이 아니었으며 수만의 병력이 부족할 때도 여러 번 있었습니다. 우리 漢과 楚가 滎陽(형양)에서 대치하는 몇 년 동안에 군에 군량이 부족해지면 소하는 관중에서 군량을 보내와 결핍되지 않았습니다. 폐하가 여러 번 崤山(효산) 동쪽의 땅을 상실했을 때에도 소하는 여전히 관중을 보전하며 폐하를 기다렸으니 이는 만세의 공입니다. 지금 비록 조참 등 백여 명이 없다 한들 漢에 무엇이 부족하겠습니까? 漢은 조참같은 장군이 보전한 것이 아닙니다. 어찌 하루의 공적을 만세의 공적 위에 올릴 수 있겠습니까? 소하가 당연히 1위이고 조참은 그 다음입니다."

그러자 고조는 "옳은 말이다"라고 말했다. 이에 바로 소하를 첫째로 하고 칼을 찬 채로 어전에 올라올 수 있고 조정에서 종종걸음을 치지 않아도 되는 특전을 내렸다. 그리고 고조가 말했다. "현인을 천거하는 사람에게도 좋은 상을 주어야 한다는 말을 나는 들었었는데, 소하의 공이 가장 크다지만 鄂君(鄂千秋)에 의해 확실해졌도다." 그리고서는 악천추를 關內侯에서 식읍 2천 호를 더 주고 安平侯로 봉했다.

이날 소하의 부모와 형제 10여 명이 모두 식읍을 받았다.

그리고 소하에게 다시 2천 호를 더 봉하면서 말했다. “이는 전에 내가 함양으로 요역(출장) 갈 때 소하가 다른 사람보다 2백전을 더 준 것에 대한 보답이다.”

原文

陳豨反, 上自將, 至邯鄲. 而韓信謀反關中, 呂后用何計誅信. 語在〈信傳〉.

上已聞誅信, 使使拜丞相爲相國, 益封五千戶, 令卒五百人一都尉爲相國衛. 諸君皆賀, 召平獨弔. 召平者, 故秦東陵侯. 秦破, 爲布衣, 貧, 種瓜長安城東, 瓜美, 故世謂‘東陵瓜’, 從召平始也. 平謂何曰, “禍自此始矣. 上暴露於外, 而君守於內, 非被矢石之難. 而益君封置衛者, 以今者淮陰新反於中, 有疑君心. 夫置衛衛君, 非以寵君也. 願君讓封勿受, 悉以家私財佐軍.”

何從其計, 上說.

| **註釋** | ○陳豨(진희, ? – 前 196, 멧돼지 희) – ‘白登之圍(前 200)’ 뒤에 陽夏侯가 되었다. 진희가 代王의 相이 되어 떠날 때, 회음후 한신은 진희의 모반을 격려했었다. 진희는 前 196년 代(대) 땅에서 반란을 일으켰고, 고조는 직접 출정하여 토벌했고, 樊噲(번쾌)가 진희를 죽였다. ○拜丞相爲相國 – 丞相과 相國은 같은 직책을 말하지만 相國이 보다 더 尊重의 뜻이 있다. ○召平(소평) – 邵平(소평). 蕭何의 門客이었다. ○瓜 – 오이 과. 西瓜는 수박, 南瓜는 호박, 黃瓜는 오이. 香瓜와 甛瓜(첨과)는 우리말로 참외이다. 편의상 참

외로 번역한다. ○矢石之難(시석지난) - 전쟁의 어려움.

〖國譯〗

陳豨(진희)가 반역했을 때 고조는 직접 군사를 거느리고 邯鄲(한단)에 출정했다. 그 사이 한신이 관중에서 모반하자 여후는 소하의 계략에 의거 한신을 잡아 죽였다. 이는 〈韓信傳〉에 있다.

고조는 한신을 잡아 죽였다는 소식을 듣고 사자를 보내어 승상을 相國으로 높이고 5천 호를 더 봉하고 병졸 5백 명과 도위 한 사람을 상국의 호위대로 임명하였다. 모든 사람들이 다 축하하였지만 召平(소평)만은 홀로 좋지 않다고 하였다. 소평은 옛 秦의 東陵侯(동릉후)이다. 秦이 멸망한 뒤 평민이 되었고 가난했기에 장안성의 동쪽에서 참외(瓜) 농사를 지으며 살았고 참외 맛이 좋아 사람들이 '東陵瓜(동릉과)' 라 불렀는데, 이는 소평에서 유래되었다. 이때 소평이 소하에게 말했다.

"재앙은 이제부터 시작입니다. 황제는 밖에서 이슬을 맞으며 고생하는데 승상은 도성을 지키며 전쟁의 어려움을 겪지도 않습니다. 승상의 봉읍을 더 늘려주고 호위 군사를 붙여준 것은 지금 회음후가 장안에서 반역을 하였기에 승상을 의심하는 마음입니다. 호위군으로 승상을 호위하는 것은 승상에 대한 총애가 아닙니다. 승상은 이번 추가된 봉읍을 받지 않고 모든 사재를 군비로 보내길 바랍니다."

소하가 그 말에 따르자 高祖는 좋아하였다.

原文

其秋, 黥布反, 上自將擊之, 數使使問相國何爲. 曰, "爲上在軍, 拊循勉百姓, 悉所有佐軍, 如陳豨時."

客又說何曰, "君滅族不久矣. 夫君位爲相國, 功第一, 不可復加. 然君初入關, 本得百姓心, 十餘年矣. 皆附君, 尙復孶孶得民和. 上所謂數問君, 畏君傾動關中. 今君胡不多買田地, 賤貰貣以自汚? 上心必安." 於是何從其計, 上乃大說.

| 註釋 | ○黥布(경포, ? – 前 195) – 英布(영포), 六縣(今 安徽 六安市)人. 項羽가 九江王으로 봉했고, 漢朝 건국된 뒤에는 淮南王이 되었다가 前 196년에 반란 실패 후 살해되었다. 34권, 〈韓彭英盧吳傳〉에 立傳. ○拊循(부순) – 撫慰(무위)와 同. 拊 어루만질 부. 循 따를 순. ○悉所有佐軍 – 가진 것(所有) 전부를(悉, 다 실) 군비에 보태다(佐軍). ○孶孶(자자) – 孜孜(자자)와 同. 부지런히 애쓰다. ○貰貣(세특) – 세를 주고 빌리다. 貣는 빌 특. 꾸다. 借貸(차대)와 同. 빌리다. ○自汚 – 자신의 명성을 더럽히다.

〖國譯〗

그해 가을 黥布(경포, 영포)가 반란을 일으키자 고조는 직접 군사를 거느리고 경포를 토벌하면서 자주 사람을 보내 상국이 하는 일을 물었다. 사자는 "폐하께서 軍中에 계시기에 백성들을 위무하고 권면하면서 재산을 내어 軍費(군비) 보급을 陳豨(진희)가 반역할 때처럼 하고 있습니다."라고 보고하였다.

어떤 門客이 소하에게 말했다. "승상의 멸족이 머지않았습니다. 승상의 지위는 相國이며 그 공은 첫째이며 더 오를 수가 없습니다.

그리고 승상은 옛날에 관중에 들어와 백성으로부터 인심을 얻어 십 년을 지냈습니다. 모든 백성이 승상을 따르는데도 아직도 더 부지런히 백성들과 화합하고 있습니다. 폐하가 자주 승상에 대해 묻는 것은 승상이 관중 백성을 움직일 수 있기 때문입니다. 이제 승상께서는 많은 땅을 사들이거나 싸게 돈을 빌린다든지 하면서 왜 스스로 이름을 더럽히지 않습니까? 그렇게 하면 폐하는 틀림없이 안심할 것입니다." 이후로 소하가 그렇게 하자 고조는 크게 좋아하였다.

原文

上罷布軍歸, 民道遮行, 上書言相國彊賤買民田宅數千人. 上至, 何謁. 上笑曰, "今相國乃利民!" 民所上書皆以與何, 曰, "君自謝民." 後何爲民請曰, "長安地陿, 上林中多空地, 棄, 願令民得入田, 毋收稿爲獸食." 上大怒曰, "相國多受賈人財物, 爲請吾苑!" 乃下何廷尉, 械繫之. 數日, 王衛尉侍, 前問曰, "相國胡大罪, 陛下繫之暴也?" 上曰, "吾聞李斯相秦皇帝, 有善歸主, 有惡自予. 今相國多受賈豎金, 爲請吾苑, 以自媚於民. 故繫治之." 王衛尉曰, "夫職事苟有便於民而請之, 眞宰相事也. 陛下奈何乃疑相國受賈人錢乎! 且陛下距楚數歲, 陳豨, 黥布反時, 陛下自將往, 當是時相國守關中, 關中搖足則關西非陛下有也. 相國不以此時爲利, 乃利賈人之金乎! 且秦以不聞其過亡天下, 夫李斯之分過, 又何足法哉! 陛下何疑宰相之淺也!" 上不懌. 是日, 使使持節赦出何.

何年老, 素恭謹, 徒跣入謝. 上曰, "相國休矣! 相國爲民請吾苑不許, 我不過爲桀紂主, 而相國爲賢相. 吾故繫相國, 欲令百姓聞吾過."

| **註釋** | ○民道遮行 – 백성이 길에서 행차를 막다. 遮 막을 차. ○今相國乃利民 – 이제야 相國이 백성을 이롭게 했군! 비웃거나 놀리는 譏諷(기풍)의 뜻. ○長安地陿 – 陿은 陝(좁을 협)과 同. ○上林 – 上林苑. 황실용 사냥터. 秦의 舊苑으로 황폐했던 것을 武帝가 중수했다. 지금의 陝西省 西安市 周至縣과 戶縣의 접경에 위치. ○毋收稿爲獸食 – 볏짚을 가져가지 못하게 하여 짐승이 먹게 하다. 稿 볏짚 고. ○械繫之 – 형틀에 묶어 매다. ○相國胡大罪 – 胡는 왜, 어째서 무엇 때문에. ○賈豎(고수) – 장사꾼. 豎 더벅머리 수. 천한 사람. 애송이. ○關中搖足 – 關中 지역이 동요하다. ○不懌 – 懌 기뻐할 역. ○徒跣(도선) – 맨발. 跣 맨발 선.

〖國譯〗

고조가 경포 반란 토벌을 끝내고 귀환하는데 백성들이 길에서 행차를 막고 상서하며 相國이 강제로 수천 명 백성의 토지나 집을 헐값에 사들였다고 말했다. 고조가 궁에 오자, 소하가 배알하였다. 고조가 웃으며 말했다. "이제야 相國이 백성을 좀 이롭게 했구려!" 고조는 백성들이 올린 글을 모두 소하에게 주며 말했다. "상국이 직접 백성에게 사과하시오."

뒷날 소하가 백성을 위해 건의하였다. "장안은 농지가 부족하고 상림원에는 공지가 많지만 버려진 땅인데 백성들이 들어가 농사를 짓는 대신 볏짚을 남겨놓으면 짐승들 먹이가 될 것입니다."

그러자 고조가 대노하며 말했다. "相國이 상인들의 재물을 받고서 나의 사냥터를 달라고 한다." 그리고서는 소하를 정위에게 넘겨 형틀에 묶어 놓게 하였다. 며칠 뒤, 王氏 성을 가진 衛尉(위위)가 시위하다가 앞으로 나와 물었다.

"相國이 무슨 큰 죄를 지었기에 폐하께서 거칠게 묶어두셨습니까?" 고조가 대답했다. "내가 알기로는, 李斯(이사)는 秦 황제의 승상으로 좋은 일은 황제에게 돌리고 나쁜 일은 자기 탓으로 돌렸다고 했다. 지금 상국은 장사꾼의 돈을 많이 받고 내 상림원을 내달라고 하여 백성들에게 잘 보이려 했다. 그래서 잡아두고 治罪할 것이다." 그러자 衛尉(위위) 왕씨가 말했다.

"그것은 담당자로서 백성들에게 도움이 되기에 요청한 것이며 재상으로서 꼭 해야 할 일입니다. 폐하께서는 상국이 상인의 돈을 받았다고 왜 그리 의심을 하십니까! 또 폐하께서 楚와 싸우는 몇 년 동안이나 陳豨(진희)나 黥布(경포)의 반란 때도 폐하께서는 군사를 거느리고 출정하셨고 그때마다 상국은 관중을 지켰었는데 관중이 흔들렸으면 관중에서 그 서쪽은 폐하의 땅이 아니었습니다. 상국이 그러한 때에도 이득을 챙기지 않았는데 지금 상인의 돈을 받았겠습니까? 게다가 秦 황제는 자신의 잘못을 듣지 못했기에 천하를 잃어버렸으며 李斯(이사)가 분수에 넘치는 과오를 저지른 것을 어찌 본받았겠습니까! 폐하께선 왜 재상이 천박한 짓을 했다고 의심을 하십니까?"

고조는 기분이 좋지 않았다. 다음날, 부절을 가진 사자를 보내 소하를 사면하여 내보냈다.

소하는 늙어가면서 평소에도 공손하고 조심하였지만 맨발로 入朝하여 사죄하였다. 그러자 고조가 말했다. "상국은 그만 말하시오! 상국은 백성을 위해 내 苑地(원지)를 요청하였지만 내가 불허하였으니, 나는 桀紂(걸주) 같은 군주가 되었고 상국은 현인 재상이 되었습니다. 내가 일부러 상국을 가두어 백성들로 하여금 내 잘못을 알게 했을 뿐입니다."

原文

高祖崩, 何事惠帝. 何病, 上親自臨視何疾, 因問曰, "君卽百歲後, 誰可代君?" 對曰, "知臣莫如主." 帝曰, "曹參何如?" 何頓首曰, "帝得之矣, 何死不恨矣!"

| **註釋** | ○高祖崩 – 前 195년. ○百歲後 – 죽은 뒤에.

〖國譯〗

高祖가 崩御(붕어)하자, 소하는 惠帝를 섬겼다. 소하가 병이 나자 혜제가 몸소 소하를 찾아 문병하면서 겸사해서 물었다. "승상이 100세가 된 뒤에 누가 승상을 대신할 수 있습니까?" 소하가 대답하였다. "신하에 대해서는 主君이 가장 잘 아십니다." 혜제가 다시 물었다. "曹參이 어떻겠습니까?" 소하는 머리를 숙이며 말했다. "폐하께서 바로 보셨으니 저는 죽더라도 한이 없습니다."

原文

何買田宅必居窮辟處, 爲家不治垣屋. 曰, “今後世賢, 師吾儉, 不賢, 毋爲勢家所奪.”

孝惠二年, 何薨, 謚曰文終侯. 子祿嗣, 薨, 無子. 高后乃封何夫人同爲酇侯, 小子延爲筑陽侯. 孝文元年, 罷同, 更封延爲酇侯. 薨, 子遺嗣. 薨, 無子. 文帝復以遺弟則嗣, 有罪免. 景帝二年, 制詔御史, “故相國蕭何, 高皇帝大功臣, 所與爲天下也. 今其祀絶, 朕甚憐之. 其以武陽縣戶二千封何孫嘉爲列侯.” 嘉, 則弟也. 薨, 子勝嗣, 後有罪免.

武帝元狩中, 復下詔御史, “以酇戶二千四百封何曾孫慶爲酇侯, 布告天下, 令明知朕報蕭相國德也.” 慶, 則子也. 薨, 子壽成嗣, 坐爲太常犧牲瘦免. 宣帝時, 詔丞相, 御史求問蕭相國後在者, 得玄孫建世等十二人, 復下詔以酇戶二千封建世爲酇侯. 傳子至孫獲, 坐使奴殺人減死論. 成帝時, 復封何玄孫之子南䜌長喜爲酇侯. 傳子至曾孫, 王莽敗乃絶.

| 註釋 | ○辟處 – 僻處와 同. ○垣屋(원옥) – 墻院. 담으로 둘러싸인 안뜰. ○孝惠二年 – 전 193년. ○何夫人同 – 소하의 부인 同. 同의 親家 姓은 기록이 없다. ○制詔御史 – 어사에게 명하다. 制詔는 황제의 명령. ○罪免 – 죄를 지어 列侯를 免하다. ○武帝元狩 – 前 122 – 117년. ○玄孫之子 – 玄孫은 손자의 손자. 玄孫이라는 말을 몰라 ‘高孫子’라고 쓰면 망발이다. ○南䜌(남련) – 地名. 䜌의 ‘心’이 없는 글자. 워드에서 字形이 불완전함.

〖國譯〗

蕭何는 거처할 전택을 꼭 궁벽한 곳에 마련하였고 담장을 두르지도 않았다. 소하는 “이제 내 후손이 똑똑하다면 나의 검소함을 본받을 것이고, 똑똑치 않다면 권세가에게 뺏기지는 않을 것이다.” 라고 말했다.

孝惠帝 2년에 蕭何가 죽었고, 시호는 文終侯이다. 아들 蕭祿(소록)이 뒤를 이었고 죽었을 때 아들이 없었다. 高后는 소하의 부인 同(동)을 찬후로 봉했고 작은 아들 蕭延(소연)을 築陽侯(축양후)에 봉했다. 孝文帝 원년에 同을 폐위하고 다시 소연을 찬후에 봉했다. 소연이 죽고, 아들 蕭遺(소유)가 뒤를 이었다. 소유가 죽고 아들이 없었다. 文帝는 다시 소유의 아우 蕭則(소칙)이 잇게 하였으나 죄를 지어 파면되었다. 景帝 2년, 어사에게 명했다. “故 相國 蕭何는 高皇帝의 大功臣이며 그를 봉한 것은 천하를 안정시켰기 때문이다. 이제 그 제사가 단절된 것을 짐은 매우 안타깝게 생각한다. 그 武陽縣 2천 호로 소하의 손자 蕭嘉(소가)를 列侯에 봉한다.” 소가는 소칙의 아우이다. 소칙이 죽고, 아들 蕭勝이 이었으나 뒤에 죄를 지어 면직되었다.

武帝 元狩(원수) 연간에 다시 御史에게 명했다. “찬후의 식읍 2천 4백 호로 소하의 曾孫 蕭慶(소경)을 酇侯로 봉하니, 이를 천하에 널리 고하여 짐이 상국 소하의 공덕에 보답함을 잘 알게 하라.” 소경은 소칙의 아들이었다. 소경이 죽고 아들 蕭壽成이 이었으나 太常의 희생물이 수척하다는 죄에 걸려 면직되었다. 宣帝는 승상과 御史에게 명하여 蕭相國의 후손으로 살아있는 자를 찾게 하여 현손으로 蕭建世(소건세) 등 12명을 찾아내어 다시 조서를 내려 酇邑(찬읍)의 2천 호로 소건세를 찬후에 봉하였다. 이후 아들에 전해지고 손자 蕭獲

(소획)에 이르러 노비를 시켜 살인한 죄에 걸려 사형은 면했다. 成帝 때 다시 소하 玄孫의 아들인 남련현의 蕭喜(소희)를 찬후로 봉했다. 이후 아들에서 증손에 이르러 왕망이 망하면서 단절되었다.

39-2. 曹參

原文

曹參, 沛人也. 秦時爲獄掾, 而蕭何爲主吏, 居縣爲豪吏矣. 高祖爲沛公也, 參以中涓從擊胡陵, 方與, 攻秦監公軍, 大破之. 東下薛, 擊泗水守軍薛郭西. 復攻胡陵, 取之. 徙守方與. 方與反爲魏, 擊之. 豐反爲魏, 攻之. 賜爵七大夫. 北擊司馬欣軍碭東, 取狐父, 祁善置. 又攻下邑以西, 至虞, 擊秦將章邯車騎. 攻轅戚及亢父, 先登. 遷爲五大夫. 北救東阿, 擊章邯軍, 陷陳, 追至濮陽. 攻定陶, 取臨濟. 南救雍丘, 擊李由軍, 破之, 殺李由, 虜秦候一人. 章邯破殺項梁也, 沛公與項羽引兵而東. 楚懷王以沛公爲碭郡長, 將碭郡兵. 於是乃封參執帛, 號曰建成君. 遷爲戚公, 屬碭郡.

| 註釋 | ○曹參(조참, ? – 前 190) – 漢 개국공신. 조참은 漢 6년(前 201)에 齊王의 相에 임명되었다. 前 193년에 소하의 뒤를 이어 漢 승상이 되어 無爲

의 정치를 구현하였다. '蕭規曹隨(소규조수)' 成語의 주인공. ○獄掾(옥연) - 刑獄을 담당하는 小吏. ○豪吏 - 縣吏의 우두머리 격. ○中涓(중연) - 侍從하는 관리. 涓人. 涓은 시냇물 연. ○胡陵(호릉),方與(방여) - 縣名. 今 山東省 濟寧市 魚台縣에 해당. ○監公軍 - 郡의 행정을 감독하는 御史의 군사. ○薛(설) - 縣名. ○泗水(사수) - 郡名. ○七大夫 - 爵名. 20 爵位 중 아래서부터 7등급. ○司馬欣(사마흔) - 秦의 장수. 項羽에 투항한 뒤 塞王(새왕)에 被封. ○碭(탕) - 秦代의 郡名. 치소는 湯縣. 今 安徽省 最北端, 宿州市 관할 湯縣. ○狐父(호보) - 邑名. ○祁(기) - 邑名. 善置(선치)는 驛名. ○下邑 - 縣名. ○虞(우) - 縣名. 今 河南省 商丘市 虞城縣. ○轅戚(원척), 亢父(항보) - 모두 縣名. ○五大夫 - 작위 이름 20등급 중 下에서 9등급. ○東阿(동아) - 縣名. ○陳縣 - 今 河南省 周口市 淮陽縣. ○濮陽(복양) - 今 河南省 동북부 濮陽市. ○定陶(정도) - 縣名. 山東省 서남부 菏澤市(하택시) 定陶縣. 春秋 말기에 范蠡(범려)가 越王 구천을 도와 吳를 멸망시킨 뒤 이곳 定陶에 와서 '陶(도, 지명)가 天下의 중앙'이라면서 정착하고 상업을 경영하여 '19년 동안 3번이나 千金을 벌었기에' 후세 사람들이 商祖로 추앙했다. ○臨濟(임제), 雍丘(옹구) - 縣名. ○李由(이유) - 李斯의 아들. ○候(후) - 秦의 官職 名. ○執帛(집백) - 楚의 爵位 이름. ○戚公 - 戚縣(척현)의 현령.

〔國譯〕

曹參은 沛縣 사람이다. 秦나라 때에 獄掾(옥연)이었는데, 蕭何는 主吏로 (두 사람은) 거주하는 縣의 우두머리 격인 縣吏였다. 고조가 패공이 되자 조참은 中涓(중연)으로 패공을 따라 胡陵縣과 方與縣을 공격하여 秦의 監郡하는 御史의 군사를 대파하였다. 동쪽으로 나아가 薛縣(설현)을 함락시켰고 泗水郡을 지키는 군사를 설현의 성 밖 서쪽에서 공격했다. 다시 胡陵縣을 빼앗았다. 方與縣을 지키었는데

方與縣을 魏가 차지하자 그곳을 공격했고, 豐邑이 魏의 차지가 되자 공격하여 빼앗았다. 七大夫의 작위를 받았다. 북쪽으로 나아가 司馬欣(사마흔)의 군사를 碭郡(탕군) 동쪽에서 공격하여 狐父縣(호보현)과 祁縣(기현)의 善置驛을 차지하였다. 또 下邑縣을 공격하고 서쪽으로 진출하여 虞縣(우현)에 이르러 秦將 章邯(장한)의 車騎軍을 격파했다. 轅戚縣(원척현)과 亢父縣(항보현)을 빼앗는데 앞장섰다. 그리하여 五大夫가 되었다. 북쪽으로 東阿縣을 구원하며 秦 장한의 군사를 공격하여 陳縣을 함락하고 濮陽縣(복양현)까지 추격하였다. 定陶縣을 공격했으며 臨濟邑을 빼앗았다. 남으로 나아가 雍丘縣(옹구현)을 구원하였고 李由(이유)의 군사를 공격, 격파하여 이유를 죽이고 秦의 고관 한 사람을 사로잡았다. 장한은 項梁을 공격해서 죽였고, 沛公과 項羽는 군사를 거느리고 동쪽으로 진격하였다. 楚의 懷王은 沛公을 碭郡(탕군)의 長으로 임명하고 탕군의 군사를 지휘하게 하였다. 이때 조참은 執帛(집백)의 작위를 받고 建成君이라 불렀다. 다시 戚縣(척현)의 현령이 되었는데, 척현은 碭郡(탕군) 소속이었다.

原文

其後, 從攻東郡尉軍, 破之成武南. 擊王離軍成陽南, 又攻杠里, 大破之. 追北, 西至開封, 擊趙賁軍, 破之, 圍趙賁開封城中. 西擊秦將楊熊軍於曲遇, 破之, 虜秦司馬及御史各一人. 遷爲執珪. 從西攻陽武, 下轘轅,緱氏, 絶河津. 擊趙賁軍尸北, 破之. 從南攻犨, 與南陽守齮戰陽城郭東, 陷陳, 取宛, 虜齮, 定南陽郡. 從西攻武關,嶢關, 取之. 前攻秦軍藍田南, 又夜擊其北軍, 大破之, 遂至咸陽, 破秦.

| 註釋 | ○東郡 – 郡名. 치소는 濮陽縣, 今 河南省 濮陽市(복양시) 서남. ○尉軍 – 郡尉의 군사. ○王離(왕리) – 秦將, 유명한 장군 王翦(왕전)의 손자. ○成陽 – 縣名. ○開封 – 縣名. 今 河南省 開封市. ○趙賁(조분) – 秦나라 장수. ○楊熊(양웅) – 秦나라 장수. ○曲遇(곡우) – 邑名. ○司馬 – 軍政을 담당하는 관직명. ○執珪(집규) – 전국시대 楚의 최고 爵位. ○陽武 – 縣名. ○轘轅(환원) – 山名. ○緱氏(구씨) – 縣名. 今 河南省 洛陽市 관할의 偃師市(언사시). ○河津 – 황하의 나루. 今 河南省 洛陽市 孟津縣 동북. ○尸(시) – 邑名. ○犨(주) – 縣名. ○南陽 – 郡名. 치소는 宛縣(今 河南省 南陽市). ○齮(의) – 秦의 장수 呂齮(여의). ○陽城 – 縣名. ○宛(원) – 縣名. 宛고을 이름 원. ○武關 – 今 陝西省 商洛市 商南縣의 관문. ○嶢關(요관) – 今 陝西省 商縣 서북쪽의 관문. ○藍田 – 縣名.

〖國譯〗

그 뒤에도 패공을 따라 東郡 郡尉의 군사를 공격하여 成武縣의 남쪽에서 격파하였다. 秦 王離(왕리)의 군사를 成陽縣 남쪽에서, 또 杠里(강리)에서 공격하여 대파하였다. 왕리를 북쪽으로 쫓아버리고 서쪽으로 開封縣에 진출하여 趙賁(조분)의 군대를 격파한 뒤 조분을 開封縣의 성에 포위하였다. 서쪽으로 나아가 秦將 楊熊(양웅)의 군사를 曲遇(곡우)란 곳에서 격파하면서 秦의 司馬와 어사 각각 1명을 생포하였다. 조참은 승진하여 執珪(집규)가 되었다. 패공을 따라 서쪽으로 陽武를 공격하여 轘轅(환원) 산 일대와 緱氏縣(구씨현)를 점령하고 황하 나루터를 차지하였다. 趙賁의 군사를 尸邑(시읍) 북쪽에서 공격하여 격파하였다. 또 남쪽으로는 犨縣(주현)을 공격하여 南陽 太守 呂齮(여의)와 陽城縣 외곽 동쪽에서 싸웠고, 陳縣을 함락시키고 宛縣(원현)을 빼앗고 여의를 생포하여 南陽郡을 평정하였다. 조참은 패공을 따라 서쪽으로 진출하여 武關과 嶢關(효관)을 공격하여 탈취하였다. 조참은 더 나아가 秦軍을 藍田縣의 남쪽에서 공격하였고, 또 밤에는 그 北軍을 공격하여 대파하고서 마침내 咸陽에 들어가 秦나라를 무너트렸다.

原文

項羽至, 以沛公爲漢王. 漢王封參爲建成侯. 從至漢中, 遷爲將軍. 從還定三秦, 攻下辨,故道,雍,斄. 擊章平軍於好畤南, 破之, 圍好畤, 取壤鄕. 擊三秦軍壤東及高櫟, 破之. 復圍章平, 平出好畤走. 因擊趙賁, 內史保軍, 破之. 東取咸陽, 更名曰新城. 參將兵守景陵二十三日, 三秦使章平等攻參, 參出擊, 大破之. 賜食邑於寧秦. 以將軍引兵圍章邯廢丘, 以中尉從漢王出臨晉關. 至河內, 下修武, 度圍津, 東擊龍且,項佗定陶, 破之. 東取碭,蕭,彭城. 擊項籍軍, 漢軍大敗走. 參以中尉圍取雍丘. 王武反於外黃, 程處反於燕, 往擊, 盡破之. 柱天侯反於衍氏, 進破取衍氏. 擊羽嬰於昆陽, 追至葉. 還攻武彊, 因至滎陽. 參自漢中爲將軍中尉, 從擊諸侯及項王, 敗, 還至滎陽.

| 註釋 | ○漢中 – 郡名. ○下辨 – 縣名. 今 甘肅省 成縣. ○故道 – 秦 武都郡의 縣名. 이민족의 땅에 있는 縣을 道라 하였다. 故道는 今 陝西省 渭河(위하) 평원 서부의 寶鷄市 서남, 또는 陳倉道라고도 한다. ○雍(옹) – 縣名. 今 陝西省 鳳翔市(봉상시). ○斄(태) – 縣名. ○章平 – 秦將 章邯(장한)의 동생. 항우는 장한을 雍王으로 봉했다. ○好畤(호치) – 縣名. ○壤鄉(양향), 高櫟(고력) – 鄉名. ○內史 – 관직명. ○雍王國의 內史. ○景陵 – 縣名. ○寧秦(영진) – 縣名. ○廢丘(폐구) – 縣名. ○臨晉關(임진관) – 포진관(蒲津關), 今 陝西省 渭南市 大荔縣(대려현), 黃河의 관문. ○河內 – 郡名. 太行山 동남, 黃河 이북을 河內라 하였다. 治所는 今 河南省 焦作市(초작시) 武陟縣. 河東郡, 河南郡과 함께 三河라 하였다. ○修武 – 縣名. 今 河南省 焦作市 부근. ○圍津(위진) – 白馬津. 今 河南省 滑縣(활현)의 나루. ○龍且(용저),項佗(항타) – 항우의 部將. ○定陶(정도) – 今 山東省 서남부 菏澤市 定陶縣. ○蕭(소) – 縣名. 今 安徽省 서북. ○彭城(팽성) – 縣名. 今 江蘇省 徐州市. ○雍丘(옹구) – 縣名. ○王武(왕무) – 漢의 장수 이름. ○外黃 – 縣名. 今 河南省 商丘市 관할의 民權縣. ○程處(정처) – 漢 장수. ○柱天侯 – 天柱侯. 성명은 미상. 당시 漢이 열세이자 漢將들이 줄줄이 배반하였다. ○衍氏(연씨) – 邑名. 今 河南省 鄭州市 북쪽. ○羽嬰(우영) – 장수 이름. 원 소속 불명. ○昆陽(곤양) – 縣名. ○葉(섭) – 縣名. 今 河南省 平頂山市 관할의 葉縣. ○武彊(무강) – 今 河南省 鄭州市 동북의 城. ○滎陽(형양) – 縣名. 今 河南城 鄭州市 서쪽의 滎陽市.

〖國譯〗

項羽가 咸陽에 들어와 沛公을 漢王에 봉했다. 漢王은 조참을 建成侯에 봉했다. 조참은 한왕을 따라 漢中에 들어갔고 승진하여 장군이 되었다. 한왕을 따라 三秦 땅을 다시 평정하였고 下辨縣(하변현),

故道, 雍縣, 斄縣(태현)을 빼앗았다. 章平의 군사를 好畤縣(호치현) 남쪽에서 격파하였고 호치현을 포위하였으며, 壤鄉(양향)을 탈취하고 三秦軍을 壤鄉 동쪽과 高櫟鄉(고력향)에서 격파하였다. 조참이 다시 장평의 군사를 포위하자 장평은 호치현으로 도주하였다. 동시에 趙賁(조분)의 군사를 치고 內史 保(보)의 군대를 격파하였다. 조참이 동쪽으로 나아가 咸陽을 점령하자 한왕은 新城이라 이름을 바꾸었다. 조참은 군사를 거느리고 景陵縣을 23일간 수비하였는데 三秦의 왕들은 장평 등을 시켜 조참을 공격하자 조참이 출격하여 그 군사를 대파하였다. 漢王은 寧秦縣을 조참의 식읍으로 하사했다. 조참은 군사를 지휘하여 장한을 廢丘縣에서 포위했고, 漢軍 中尉로 漢王을 따라 臨晉關(임진관)에서 황하를 건넜다. 河內郡에 이르러 修武縣을 함락시키고 圍津(위진)을 건너 동쪽으로 진격하며 龍且(용저)와 項佗(항타)를 定陶縣에서 격파하였다. 조참은 동쪽으로 碭縣, 蕭縣, 彭城縣을 빼앗았다. 項籍의 군사를 공격하였으나 漢軍은 대패하여 도주하였다. 조참은 中尉로 雍丘縣(옹구현)을 포위하여 빼앗았다. 王武가 外黃縣에서 배반했고 程處는 燕 땅에서 漢을 배반하자 조참이 출정하여 모두 격파하였다. 柱天侯가 衍氏(연씨)에서 반기를 들자 조참이 진격하여 연씨를 점령하였다. 羽嬰(우영)을 昆陽縣(곤양현)에서 공격하여 葉縣(섭현)까지 추격하였다. 돌아와 武彊城(무강성)을 공격하고 滎陽縣(형양현)에 주둔하였다. 조참은 漢中에서부터 將軍中尉로 한왕을 따라 제후의 군사와 항왕을 공격했으나 패전하고 형양으로 다시 돌아왔다.

原文

漢二年, 拜爲假左丞相, 入屯兵關中. 月餘, 魏王豹反, 以假左丞相別與韓信東攻魏將孫遬,東張, 大破之. 因攻安邑, 得魏將王襄. 擊魏王於曲陽, 追至東垣, 生獲魏王豹. 取平陽, 得豹母妻子, 盡定魏地, 凡五十二縣. 賜食邑平陽. 因從韓信擊趙相國夏說軍於鄔東, 大破之, 斬夏說. 韓信與故常山王張耳引兵下井陘, 擊成安君陳餘, 而令參還圍趙別將戚公於鄔城中. 戚公出走, 追斬之. 乃引兵詣漢王在所. 韓信已破趙, 爲相國, 東擊齊, 參以左丞相屬焉. 攻破齊歷下軍, 遂取臨淄. 還定濟北郡, 收著,漯陰,平原,鬲,盧. 已而從韓信擊龍且軍於上假密, 大破之, 斬龍且, 虜亞將周蘭. 定齊郡, 凡得七十縣. 得故齊王田廣相田光, 其守相許章, 及故將軍田既. 韓信立爲齊王, 引兵東詣陳, 與漢王共破項羽, 而參留平齊未服者.

| **註釋** | ○漢二年 – 前 205년. ○假左丞相 – 임시 좌승상. 좌승상 대리. ○魏王豹(위왕 표) – 魏豹. ○孫遬 – 遬은 빠를 속. 速의 古字. ○東張 – 邑名. ○安邑 – 縣名. 今 山西省 夏縣 서북. ○曲陽 – 읍명. ○東垣(동원) – 縣名. 今 山西省 運城市 垣曲縣. ○平陽 – 縣名. 今 山西省 臨汾市 부근. ○夏說(하열) – 陳餘가 代王일 때 승상이었다. '趙相國'은 착오. 34권, 〈韓彭英盧吳傳〉 참고. ○鄔(오) – 縣名. ○井陘(정형) – 縣名. ○成安君 陳餘(진여) – 32권, 〈張耳陳餘傳〉 立傳. ○歷下(역하) – 읍명. 今 山東省 濟南市. ○臨淄(임치) – 齊의 도읍. 今 山東省 淄博市(치박시). ○濟北郡 – 治所는 博陽縣. 今 山東省 泰安市 동남. ○著(저),漯陰(탑음),平原,鬲(격),盧(노) – 모두

縣名. ○上假密(상가밀) - 縣名. 今 山東省 동부 濰坊市(유방시) 관할의 高密市. ○得故齊王田廣相田光 - 前 齊王인 田廣의 相이던 田光을 생포하다. 齊王 田廣은 韓信에게 생포되었고, 田光은 漢將 灌嬰(관영)에게 생포되었다고 했다. 3권, 〈魏豹田儋韓王信傳〉 참고. ○守相 - 재상의 代理.

〖國譯〗

漢 2년, 조참은 左丞相의 대리로 임명되어 關中 땅에 주둔하였다. 한 달 뒤에 魏王 魏豹(위표)가 漢에 반기를 들자 左丞相 대리로 韓信과 별도로 동쪽으로 나가 魏將 孫遬(손속)을 東張邑에서 대파하였다. 이어 安邑縣을 공격하여 魏將 王襄(왕양)을 사로잡았다. 魏王을 曲陽에서 격파하고 東垣縣(동원현)까지 추격하여 魏王 위표를 생포하였다. 平陽縣을 빼앗고 위표의 母와 그 妻子를 사로잡고 魏地를 완전히 평정하니 모두 52개 현이었다. 한왕은 조참에게 平陽縣을 식읍으로 하사하였다. 그리고 韓信과 함께 代國의 승상이던 夏說(하열)의 군사를 鄔縣(오현) 동쪽에서 대파하고 하열을 죽였다. 韓信과 故 常山王 張耳가 군사를 이끌고 井陘(정형)에 주둔하고 成安君 陳餘를 공격하자, 한왕은 조참에게 趙의 別將인 戚公(척공)을 鄔(오)의 성에서 포위 공격케 하였다. 척공이 성을 나와 도주하자 조참은 추격하여 목을 베었다. 그리고 군사를 인솔하여 한왕이 있는 곳에 가서 한왕과 상면하였다. 韓信이 趙를 격파하고 趙의 王相이 되어 동쪽으로 齊를 공격하자, 조참은 좌승상의 신분으로 한신에게 소속되었다. 齊의 歷下(역하)에 주둔한 군사를 격파하고 드디어 도성인 臨淄(임치)를 점령하였다. 조참은 濟北郡을 평정하면서 著縣(저현), 漯陰縣(탑음현), 平原縣, 鬲縣(격현), 盧縣(노현) 등을 점령하였다. 얼마 후 韓信과 함께 龍且(용저)의 군사를 上假密에서 공격하여 크게 격파하고 용저를 죽이고 부장인 周蘭(주란)을 생포하였다. 齊郡을 다 평정하고 모두 70개 현을 차지하였다. 옛 齊王 田廣의 승상이던 田光을 잡고 그 승상 대리 許章 및 將軍 田旣(전기) 등도 사로잡았다. 韓信을 齊王으로 封하자 한신은 군사를 이끌고 陳縣으로 가서 漢王과 함께 項羽를 격파하였고, 한왕은 조참을 남겨 齊에서 아직 복속하지 않는 자들을 평정케 하였다.

原文

漢王卽皇帝位, 韓信徙爲楚王. 參歸相印焉. 高祖以長子肥爲齊王, 而以參爲相國. 高祖六年, 與諸侯剖符, 賜參爵列侯, 食邑平陽萬六百三十戶, 世世勿絕.

參以齊相國擊陳豨將張春, 破之, 黥布反, 參從悼惠王將車騎十二萬, 與高祖會擊黥布軍, 大破之. 南至蘄, 還定竹邑,相,蕭,留. 參功, 凡下二國, 縣百二十二, 得王二人, 相三人, 將軍六人, 大莫囂, 郡守,司馬,侯,御史各一人.

| **註釋** | ○漢王卽皇帝位 - 前 202년. ○焉 - 어조사 언. 어디로, 어떻게(의문 代詞). 이에, 그래서(접속사). ~했다.(종결어미). ○高祖六年 - 前 201년. ○剖符 - 虎符(또는 符節)을 나누어 갖다. 제후로 임명하다. 虎符를 반으로 나누어 중앙(황제)과 侯國(제후)이 나누어 갖고 있다가 이를 맞추어야 군사를 동원할 수 있었다. 제후로 임명한다는 징표로 통했다. 剖 쪼갤 부. ○悼惠王 - 齊 悼惠王 劉肥. ○車騎 - 戰車와 騎兵. ○蘄(기) - 縣名. 今 安徽省宿縣. 풀이름 기. ○竹邑 - 읍명. ○相,蕭,留 - 현명. ○大莫囂(대막효, 대막

오) – 楚의 관직 이름. 재상격인 令尹의 다음 벼슬. 《史記 曹相國世家》에는 '大莫敖' 로 기록되었다. 䁝 시끄러울 효(音 敖). 囂(효)와 同.

〖國譯〗

漢王이 皇帝로 즉위하였고, 韓信은 楚王으로 자리를 옮겼다. 조참은 齊王의 相國 직인을 반납했다. 高祖는 장남 劉肥를 齊王에 봉했고 조참을 그 相國으로 임명했다. 고조 6년, 한왕은 여러 제후와 符節을 나눠 가지며 조참을 열후로 봉했고 食邑으로 平陽縣의 10,630호를 주었고 대대로 이어 단절하지 않는다고 하였다.

조참은 齊의 相國으로 陳豨(진희)의 부장 張春을 공격하여 격파하였고, 黥布(경포)가 배반했을 때 悼惠王(도혜왕)을 따라 戰車와 騎兵 12만을 거느리고 高祖와 함께 경포의 반군을 대파하였다. 남으로 진격하여 蘄縣(기현)에 이르렀고 竹邑, 相縣, 蕭縣(소현), 留縣을 평정하였다.

조참의 공은 모두 2國과 122개 현을 평정했으며 2명의 왕과 재상 3인, 장군 6명, 大莫䁝(대막효, 대막오), 郡守, 司馬, 侯, 御史 각 1명씩을 사로잡았다.

原文

孝惠元年, 除諸侯相國法, 更以參爲齊丞相. 參之相齊, 齊七十城. 天下初定, 悼惠王富於春秋, 參盡召長老諸先生, 問所以安集百姓. 而齊故諸儒以百數, 言人人殊, 參未知所定. 聞膠西有蓋公, 善治黃, 老言, 使人厚幣請之. 旣見蓋公,蓋公爲言, '治道貴淸靜而民自定', 推此類具言之. 參於是避正堂, 舍蓋公焉. 其治要用黃,老術, 故相齊九年, 齊國安集, 大稱賢相.

| 註釋 | ○孝惠元年 – 前 194년. ○富於春秋 – 나이가 어리다. ○諸先生 – 여러 識者. ○安集百姓 – 백성을 편안히 살게 하다. ○蓋公(개공) – 성명 미상. ○善治黃, 老言 – 道家 학설을 전공하다. 黃은 黃帝, 黃齊는 道家의 시조로 추앙되었다. ○蓋公爲言 – '我無爲, 而民自化. 我好靜, 而民自正. 我無事, 而民自富. 我無慾, 而民自樸.'《老子道德經》57장. ○推此類具言之 – 이런 뜻을 추론하여 구체적으로 말하다. ○避正堂 – 正堂(승상의 정식 居所)에서 거주하지 않다. ○舍 – 머물다(止也). 생활하다. ○黃,老術 – 道家 학설. ○安集 – 편안하게 하다. 안정시키다.

〖國譯〗

孝惠帝 원년에, 제후국에 相國을 없애는 법을 시행하여 조참은 齊의 승상으로 다시 임명되었다. 조참은 齊의 승상으로 齊 70개 성을 다스렸다. 천하가 안정되었고 齊 悼惠王(도혜왕)은 나이가 어리기에 조참은 나라의 長老와 여러 識者들을 모두 불러 백성을 안정시킬 수 있는 방법을 물었다. 齊에는 옛 유생이 몇백 명이나 되어 그 하는 말이 사람마다 달라 조참이 결정할 수가 없었다. 조참은 膠西郡(교서군)에 蓋公(개공)이란 사람이 있는데 黃老(道家)의 학설에 능통하다는 말을 듣고 사람을 보내 후한 예물로 초청하였다.

조참을 만난 개공은 治道의 요점으로 '淸靜(청정)을 귀하게 여기면 백성은 저절로 안정된다.' 는 뜻을 구체적으로 설명하였다. 曹參

은 이에 正堂에 머물지 않고 개공과 함께 생활하였다. 조참의 치국은 도가의 학설을 적용하는 것으로, 齊의 승상 9년에 齊는 매우 안정되었고 賢相이라는 높은 명성을 누렸다.

原文

蕭何薨, 參聞之, 告舍人趣治行, "吾且入相." 居無何, 使者果召參. 參去, 屬其後相曰, "以齊獄市爲寄, 愼勿擾也." 後相曰, "治無大於此者乎?" 參曰, "不然. 夫獄市者, 所以並容也, 今君擾之, 奸人安所容乎? 吾是以先之."

| **註釋** | ○薨 – 죽을 훙. 諸侯의 죽음. 相國 蕭何는 혜제 2년(前 193)에 죽었다. ○舍人 – 家人, 또는 승상 관사의 살림을 주관하는 관리. ○趣治行 – 빨리 떠날 준비를 하라. 趣는 빨리, 또는 재촉할 촉. ○居無何 – 오래지 않아. 無何는 머지않다. 아무렇지도 않다. ○屬 – 무리 속. 모을 촉. 囑(부탁할 촉)과 同. ○以齊獄市爲寄 – 齊의 監獄과 市場을 사람이 사는 곳으로 생각하다. 감옥과 시장이 모두 중요하다는 뜻. 寄는 의탁하다. 붙어살다. ○愼勿擾也 – 조심하며 흔들지 말라. 소란스럽게 하지 마라. ○所以並容也 – (선인과 악인) 모두를 포용해야 하기 때문이다. ○奸人安所容乎 – 나쁜 사람은 어디서 살겠는가? 奸人이라고 다 죽일 수는 없는 것이니 그들이 살 수 있는 곳은 감옥과 시장이라는 뜻.

〖國譯〗

蕭何(소하)가 죽자, 조참은 소식을 듣고 舍人(사인)들에게 빨리 행장 준비하라면서 말했다. "내가 곧 相國으로 入朝할 것이다." 과연 얼마 있지 않아 조정의 사자가 조참을 부르러 왔다. 조참은 떠나면서 그 후임 승상에게 말했다. "齊나라의 감옥과 시장을 살만한 곳으로 생각하고 조심하여 소란스럽게 하지 마시오." 후임 승상이 물었다. "治國에 그보다 중요한 일은 없습니까?" 조참이 말했다. "그렇지 않소. 감옥과 시장은 누구나 수용해야 하는 것이니, 승상이 소란스럽게 한다면 악인은 어디서 살 수 있겠소? 그래서 내가 우선적으로 다루었소."

原文

始參微時, 與蕭何善, 及爲宰相, 有隙. 至何且死, 所推賢唯參. 參代何爲相國, 擧事無所變更, 壹遵何之約束. 擇郡國吏長大, 訥於文辭, 謹厚長者, 卽召除爲丞相史. 吏言文刻深, 欲務聲名, 輒斥去之. 日夜飮酒. 卿大夫以下吏及賓客見參不事事, 來者皆欲有言. 至者, 參輒飮以醇酒, 度之欲有言, 復飮酒, 醉而後去, 終莫得開說, 以爲常.

| 註釋 | ○有隙 – 隙 틈 극. 혁혁한 무공을 세웠으나 封賞에서는 늘 蕭何 다음이었기에 틈이 벌어졌다는 친절한(?) 주석도 있다. ○擧事 – 모든 일. 擧는 皆也. ○壹遵 – 하나 같이 준수하다. ○長大 – 나이가 많은. ○訥於文辭 – 문사에는 약간 어눌하더라도. 訥 말 더듬을 눌. ○欲務聲名 – 명성을 얻으려 힘쓰다. ○輒斥去之 – 그때마다 밀어내다. 輒 갑자기 첩. 문득, 번번이. ○醇酒(순주) – 진한 술.

〖國譯〗

전에 조참이 미천했을 때는 소하와 잘 지냈으나 (소하가) 재상이 된 뒤로는 틈이 생겼다. 소하가 죽기 직전에 추천한 사람은 오직 조참뿐이었다. 조참이 소하에 이어 상국이 되자 모든 일을 바꾸지 않고 하나 같이 소하의 규정대로 따랐다. 郡國의 관리 중에서 나이가 많고 문사가 어눌하더라도 신중하고 후덕한 장자를 뽑아 승상부의 관리로 임명하였다. 관리로 언어와 문사가 각박하거나 명성이나 얻으려는 자는 번번이 배척하였다. 조참은 밤낮으로 술을 마셨다. 卿이나 大夫 이하 관리나 빈객이 조참을 만나더라도 업무 이야기를 꺼내지 못했으니 찾아오는 모두가 말을 하고 싶어 했다. 사람이 오면 조참은 독한 술을 마시게 했고 말을 하려 하면 다시 술을 마시게 하여 취하면 돌아가게 하여 끝내 말을 못하게 했고 늘 그러 하였다.

原文

相舍後園近吏舍, 吏舍日飮歌呼. 從吏患之, 無如何, 乃請參游後園. 聞吏醉歌呼, 從吏幸相國召按之. 乃反取酒張坐飮, 大歌呼與相和. 參見人之有細過, 掩匿覆蓋之, 府中無事.

| 註釋 | ○從吏 - 相國을 수행하는 관리. ○無如何 - 어찌할 수가 없었다. ○幸 - 희망하다. ○張坐飮 - 자리를 펴고 술을 마시다. ○掩匿覆蓋之 - 사소한 잘못을 숨기거나 덮어버리다. 掩 가릴 엄. 匿 숨을 익(닉). 覆 덮을 복. 蓋 덮어씌울 개.

〖國譯〗

승상 관사 후원은 서리의 관사와 가까웠는데 서리 관사에서는 날마다 음주하며 노래하고 떠들었다. 상국을 수행하는 관리가 싫어했지만 어찌할 수가 없자 조참을 청해 후원에 쉬게 하였다. 관리들이 취해 노래하며 떠드는 것을 듣고 그들을 물러 조사해주기를 바랐다. 그러나 조참은 반대로 술을 갖고 가서 자리를 마련해 같이 크게 노래하며 어울렸다. 조참은 남의 조그만 과오를 보면 숨기거나 덮었기에 승상부에서는 사안이 없었다.

原文

參子窋爲中大夫. 惠帝怪相國不治事, 以爲'豈少朕與?' 乃謂窋曰, "女歸, 試私從容問乃父曰, '高帝新棄群臣, 帝富於春秋, 君爲相國, 日飮, 無所請事, 何以憂天下?' 然無言吾告女也." 窋旣洗沐歸, 時間, 自從其所諫參. 參怒而笞之二百, 曰, "趣入侍, 天下事非乃所當言也!" 至朝時, 帝讓參曰, "與窋胡治乎? 乃者我使諫君也." 參免冠謝曰, "陛下自察聖武孰與高皇帝?" 上曰, "朕乃安敢望先帝!" 參曰, "陛下觀參孰與蕭何賢?" 上曰, "君似不及也." 參曰, "陛下言之是也. 且高皇帝與蕭何定天下, 法令旣明具, 陛下垂拱, 參等守職, 遵而勿失, 不亦可乎?" 惠帝曰, "善. 君休矣!" 參爲相國三年, 薨, 謚曰懿侯. 百姓歌之曰, "蕭何爲法, 講若畫一, 曹參代之, 守而勿失. 載其淸靜, 民以寧壹."

| **註釋** | ○窋 – 뾰족이 내밀 줄. ○中大夫 – 관직명. 政事의 議論 담당. ○豈少朕與 – 내가 어리다고 보는 것은 아닐까? 與는 의문, 또는 반문의 뜻을 나타내는 語氣 조사. ○女歸 – 네가 가서. 女는 汝. ○試私 – 틈을 보아. ○乃父 – 너의 아버지. 乃는 너(你). ○高帝新棄群臣 – 高帝가 群臣을 버린 지 얼마 안 되고. 고조가 죽은 지 얼마 안 되다. ○然無言吾告女也 – 그러나 내가 너에게 시켰다고는 말하지 말라. ○洗沐(세목) – 休沐. 漢의 관리는 5일에 한 번씩 쉴 수 있었다(吏五日得一休沐). ○時間 – 틈을 보다. 時는 伺也. ○自從其所 – 자신의 뜻처럼. ○胡治乎 – 왜 매질을 했는가? 治는 벌을 주다. 매질하다. ○乃者 – 먼저는. 먼저 일은. ○免冠 – 사죄의 뜻. ○孰與高皇帝 – 고황제와 비해 어떠한가? 孰 누구 숙. 누가 ~한가? ○垂拱(수공) – 팔짱을 끼다. 아무것도 하지 않다. ○守職 – 직분을 지키다. 직분에 충실하다. ○講若畫一 – 하나와 같이 조화를 이루다. 講은 和也. ○載其淸靜 – 청정한 정치를 행하니. 載는 실행하다. ○寧壹 – 편안하다. 寧逸.

〖**國譯**〗

曹參의 아들 曹窋(조줄)은 中大夫이었다. 惠帝는 相國이 정사를 돌보지 않는 것을 괴이하게 여기며 '내가 어리다고 무시하는 것은 아닌가?' 라고 생각하였다. 그래서 조줄에게 말했다. "경이 휴가를 얻거든 틈을 보아 조용히 부친에게 '高帝가 돌아가신 지가 얼마 안 되었고 폐하는 나이가 어린데 아버님은 상국으로서 날마다 술만 마시고 정사를 주청하는 일이 없으니 천하를 어찌하시렵니까?' 라고 말하되, 내가 부탁했다는 말은 하지 마시오."

조줄은 洗沐(세목) 휴가일에 틈을 보아 자신의 뜻인 것처럼 부친에게 말했다. 조참은 화를 내며 조줄에게 2백 대를 매질하고 말했다. "빨리 궁에 들어가거라. 천하의 일은 네가 말할 것이 아니다!"

다음 조회 때 혜제가 조참을 나무라며 말했다 "왜 조줄에게 매질을 했소? 저번 일은 경에게 말하라고 내가 시킨 것이요."

조참은 관을 벗고 사죄하며 말했다.

"폐하께서 스스로 생각하실 때 뛰어난 무예가 高黃帝에 비해 어떻습니까?" 혜제가 말했다. "짐이 어찌 先帝를 쳐다보기나 하겠습니까?" 조참이 물었다. "폐하께서 볼 때 저와 소하는 누가 더 현명하다고 생각하십니까?" 혜제가 대답했다. "경이 따라가지 못할 것 같소."

이에 조참이 말했다. "폐하의 말씀이 맞습니다. 그리고 고황제와 소하가 천하를 평정하시면서 법령이 다 갖추어졌으니 폐하께서는 팔짱을 끼고 계시며, 저희들은 직분을 지켜 따르면서 실수만 안하면 되지 않겠습니까?" 혜제가 말했다. "좋은 말씀이요. 상국도 그만 쉬십시오!"

조참은 상국으로 3년 만에 죽었고, 시호는 懿侯(의후)라 하였다. 백성들이 노래를 지어 불렀다. "소하가 법을 만드니 하나처럼 화합하였네. 조참이 뒤를 따르며 실수하지 않았네. 청정한 정사 덕분에 백성은 편안하다네!"

原文

窋嗣侯, 高后時至御史大夫. 傳國至曾孫襄, 武帝時爲將軍, 擊匈奴, 薨. 子宗嗣, 有罪, 完爲城旦. 至哀帝時, 乃封參玄孫之孫本始爲平陽侯, 二千戶, 王莽時薨. 子宏嗣, 建武中先降河北, 封平陽侯. 至今八侯.

| 註釋 | ○完爲城旦 – 完은 두 발은 남겨 두고 살쩍과 뺨의 수염을 깎고 4년간 노역에 종사하는 형벌. 城旦(성단)은 성문에 보초를 서거나 築城을 하는 노역. ○玄孫之孫 – '玄孫之玄孫'이 맞는다는 주석도 있다. ○建武 – 後漢 光武帝의 연호. 서기 25 – 56년. ○封平陽侯 – '嗣封平陽侯'가 되어야 한다는 註에 따른다. ○至今 – 班固가 《漢書》를 지을 때. 後漢 和帝 때.

〖國譯〗

曹窋(조줄)이 작위를 이었고 高后 때 御史大夫가 되었다. 侯國이 전승되어 曾孫 曹襄은 武帝 때 장군이 되어 흉노를 원정하고 죽었다. 아들 曹宗이 이었으나 죄를 지어 수염을 깎고 보초 서는 노역형을 받았다. 哀帝 때 이르러 조참 현손의 손자인 曹本始가 平陽侯가 되고 식읍 2천 호를 받았는데 왕망 시절에 죽었다. 曹宏(조굉)은 建武 연간에 河北에서 光武帝에 먼저 협조하여 平陽侯의 지위를 이어 받았다. 지금껏 8명의 열후가 있다.

原文

贊曰, 蕭何, 曹參皆起秦刀筆吏, 當時錄錄未有奇節. 漢興, 依日月之末光, 何以信謹守管龠, 參與韓信俱征伐. 天下旣定, 因民之疾秦法, 順流與之更始, 二人同心, 遂安海內. 淮陰,黥布等已滅, 唯何,參擅功名, 位冠群臣, 聲施後世, 爲一代之宗臣, 慶流苗裔, 盛矣哉!

| 註釋 | ○刀筆吏 – 하급 관리. 관리들은 목간이나 죽간에 쓴 글자를 지

우는 칼을 가지고 다녔다. ○錄錄 - 碌碌(녹록)과 同. 평범한 모양. ○奇節 - 특별한 지조. ○依日月之末光 - 日月(고조)의 末光(餘光, 혜택)을 받아. ○守管籥(수관약) - 직분을 다했다. 管籥은 자물통과 열쇠, 집안을 지키는 사람이 갖고 있는 것, 안에서 직분을 다하다. ○宗臣 - 가장 주요한 신하. 존중 받는 신하. ○聲施後世(성이후세) - 명성이 후세에까지 이어지다. 施 베풀 시. 옮길 이. 이어지다. ○慶流苗裔(경류묘예) - 慶事가 먼 후손에게도 미치다.

〖國譯〗

班固의 論贊 : 蕭何와 曹參은 모두 秦의 刀筆吏에서 출세하였는데 그때에는 평범하여 뛰어난 능력도 없었다. 漢이 일어나면서 일월의 혜택을 받아 소하는 성실과 근신으로 내정을 책임졌고, 조참과 한신은 함께 정벌에 나섰었다. 천하가 안정된 뒤에 백성들은 秦 의 악법에 고통을 받았었기에 자연스럽게 다시 시작할 수 있었고 두 사람이 한마음으로 천하를 안정시켰다. 회음 후 한신과 구강왕 경포 등은 멸족 당했지만 오직 소하와 조참만은 공명을 이루고 모든 신하 중 최고의 자리에서 명성을 후세까지 이어오고 그 혜택이 후손에게 내려왔으니 참으로 성대하도다.

40 張陳王周傳
〔장,진,왕,주전〕

40-1. 張良

原文

張良字子房, 其先韓人也. 大父開地, 相韓昭侯,宣惠王, 襄哀王. 父平, 相釐王,悼惠王. 悼惠王二十三年, 平卒, 卒二十歲, 秦滅韓. 良少, 未宦事韓. 韓破, 良家僮三百人, 弟死不葬, 翻以家財求客刺秦王, 爲韓報仇, 以五世相韓故.

| **註釋** | ○張良(장량, ? - 前 185) - 漢初 三傑의 한 사람. ○大父 - 祖父. ○韓 昭侯 - 재위 前 358 - 333. ○宣惠王 - 재위, 前 332 - 312. ○襄哀王(양애왕) - 재위, 前 311 - 296. ○釐王(이왕) - 재위, 前 295 - 273. 釐 다스릴 이(리). ○悼惠王(도혜왕) - 재위, 前 272 - 239. 桓惠王으로도 칭한다.

○秦滅韓 – 韓王 安(재위 前 238 – 230). 前 230년에 韓은 멸망한다. ○宦事(환사) – 관리가 되다. ○僮三百人 – 僮 하인 동. ○求客刺秦王 – 진왕을 찌를 자객을 구하다. 秦王은 政(秦始皇), 재위 前 247 – 210.

〖國譯〗

張良의 字는 子房인데, 그 선조는 韓人이다. 조부 張開地(장개지)는 韓의 昭侯(소후), 宣惠王(선혜왕), 襄哀王(양애왕) 때의 재상이었다. 부친 張平(장평)은 釐王(이왕)과 悼惠王(도혜왕)의 재상이었다. 도혜왕 23년에 장평이 죽었고, 죽은 뒤 20년에 秦은 韓을 멸망시켰다. 장량은 어렸기 때문에 韓에서 벼슬하지 못했다. 韓이 망한 뒤 장량의 집에는 奴僕(노복)이 300명이나 있었고 동생이 죽었을 때 장례를 치르지 않고 가산을 처분해 秦王을 죽일 자객을 구해 韓을 위해 복수하려 했는데, 이는 韓 5대에 걸쳐 재상을 지냈기 때문이었다.

原文

良嘗學禮淮陽, 東見倉海君, 得力士, 爲鐵椎重百二十斤. 秦皇帝東遊, 至博狼沙中, 良與客狙擊秦皇帝, 誤中副車. 秦皇帝大怒, 大索天下, 求賊急甚. 良乃更名姓, 亡匿下邳.

| 註釋 | ○淮陽(회양) – 郡名. 치소는 陳縣. 今 河南省 周口市 淮陽縣. ○倉海君(창해군) – 당시의 어떤 賢人. ○鐵椎(철추) – 쇠뭉치. 椎는 방망이 추. ○博狼沙(박랑사) – 博浪沙, 今 河南省 新鄕市 관할 原陽市 동남. ○求賊急甚 – 범인 추적을 아주 심하게 하다. ○亡匿下邳(망익하비) – 하비에 도

망해 숨다. 下邳(하비)는 今 江蘇省 徐州市 관할의 邳州市(비주시).

〖國譯〗

장량은 일찍이 회양군에서 禮制를 학습했고 동쪽을 유람하다가 倉海君이란 사람을 만나 한 力士를 얻었는데 120근 쇠몽둥이를 쓰는 사람이었다. 秦 시황제가 東遊하며 博狼沙에 도착했을 때 장량은 자객과 함께 秦 황제를 저격했으나 副車를 맞혔다. 秦皇帝는 대노하며 온 나라를 크게 수색하며 아주 긴박하게 범인을 잡으려 했다. 장량은 이에 姓과 이름을 바꾸고 下邳(하비)로 도망하여 숨었다.

原文

良嘗間從容步游下邳圯上, 有一老父, 衣褐, 至良所, 直墮其履圯下, 顧謂良曰, "孺子下取履!" 良愕然, 欲歐之. 爲其老, 乃强忍, 下取履, 因跪進. 父以足受之, 笑去. 良殊大驚. 父去里所, 復還, 曰, "孺子可教矣. 後五日平明, 與我期此." 良因怪, 跪曰, "諾." 五日平明, 良往. 父已先在, 怒曰, "與老人期, 後, 何也? 去, 後五日蚤會." 五日, 雞鳴往. 父又先在, 復怒曰, "後, 何也? 去, 後五日復蚤來." 五日, 良夜半往. 有頃, 父亦來, 喜曰, "當如是." 出一編書, 曰, "讀是則爲王者師. 後十年興. 十三年, 孺子見我, 濟北穀城山下黃石卽我已." 遂去不見. 旦日視其書, 乃《太公兵法》. 良因異之, 常習讀誦. 居下邳, 爲任俠. 項伯嘗殺人, 從良匿.

| 註釋 | ㅇ圯上 – 圯은 흙다리 이. 다리(橋), 東楚 지역의 方言. ㅇ老父 – 노인. 圯上老人. 圯橋, 圯橋書, 圯上之會는 成語로 통용. ㅇ直 – 일부러. ㅇ孺子下取履 – 孺子는 어린아이(小孩子). 孺는 젖먹이 유. 下는 동사로 쓰였음. ㅇ愕然(악연) – 놀랄 악. ㅇ歐 – 歐는 토할 구. 毆(때릴 구)와 通. ㅇ以足受之 – 다리를 뻗어 신발을 받았다. 장량이 신발을 신겨 주었다. ㅇ殊大驚 – 殊는 매우. ㅇ父去里所 – 老父는 1里쯤 갔다가. ㅇ蚤會 – 일찍 나오너라. 蚤는 일찍 조, 벼룩 조. ㅇ有頃 – 얼마 있으니. ㅇ一編書 – 一册書. ㅇ濟北穀城山 – 濟北은 郡名. 治所는 博陽縣. 今 山東省 泰安市 동남 일대. 穀成山(곡성산)은 今 山東省 濟南市 관할 平陰縣 서남에 있는 산. ㅇ黃石卽我已 – 황석이 곧 나…. 已(이) 말을 다 못했다는 뜻. 노인을 '黃石公'이라 통칭한다. ㅇ《太公兵法》 – 周 文王이 등용한 太公望(呂尙)의 병법. ㅇ項伯 – 項羽의 숙부.

〖國譯〗

어느 날, 장량이 한가하여 조용히 하비의 다리 위를 걷고 있었는데 갈옷을 입은 어떤 노인이 장량이 있는 곳에 와서 일부러 다리 아래로 신발을 떨어뜨리고 장량을 보며 말했다. "젊은이는 내려가 신발을 주워 오거라!" 장량은 놀라며 때려주고 싶었으나 노인이기 때문에 억지로 참으며 내려가 신발을 주워 와서 무릎을 꿇고 신겨 주었다. 노인은 다리를 뻗어 신발을 신고서는 웃으며 떠나갔다. 장량은 아주 크게 놀랐다. 노인은 1리쯤 가더니 다시 돌아와 말했다.

"젊은이는 가르칠 만 하도다. 5일 뒤 날이 밝기 전에 나와 여기서 만나자." 장량은 이상하게 생각하며 무릎을 꿇고 "예"라고 대답했다. 닷새 뒤 새벽에 장량은 다리로 나갔다. 노인은 먼저 와서 화를 내며 말했다. "노인과 약속했는데 왜 늦었는가? 갔다가 닷새 뒤에 일찍 나와라!" 5일 뒤에 닭이 울 때 나갔다. 노인은 또 먼저 나와 더 화를 내며 말했다. "왜 나보다 늦는가? 갔다가 5일 뒤에 더 일찍 오거라!" 닷새 뒤에 장량은 한밤중에 나갔다. 조금 있으니 노인도 와서 좋아하며 말했다. "당연히 이래야지!"

노인은 책 묶음을 주면서 말했다.

"이 책을 읽으면 王者의 스승이 될 수 있다. 10년 뒤에 흥기할 것이다. 13년째에 젊은이는 나를 볼 것이니 제북군 곡성산 아래 黃石이 바로 나로다."

노인은 말을 더 않고 가 버렸다. 날이 밝아 그 글을 보니 바로 《太公兵法》이었다. 장량은 소중히 여기면서 언제나 늘 읽고 외웠다. 장량은 하비에 머물면서 협객으로 살았다. 그 무렵 살인을 한 項伯(항백)이 장량을 찾아와 숨었다.

原文

後十年, 陳涉等起, 良亦聚少年百餘人. 景駒自立爲楚假王, 在留. 良欲往從之, 行道遇沛公. 沛公將數千人略地下邳, 遂屬焉. 沛公拜良爲廄將. 良數以《太公兵法》說沛公, 沛公喜, 常用其策. 良爲它人言, 皆不省. 良曰, "沛公殆天授", 故遂從不去.

| **註釋** | ○後十年 – 前 209년. ○景駒(경구. ? – 前 208) – 秦末 농민 起義 때 楚王, 前 208년 陳勝이 마부 莊賈(장가)에게 살해된 뒤 陳勝의 부장 秦嘉(진가)가 자립하여 大司馬라 자칭하며 景駒(경구)를 楚王으로 옹립하였다.

○留(류) – 泗水郡에 속한 현명. 今 江蘇省 徐州市 沛縣 동남. ○廏將 – 廐尹(구윤), 馬匹을 관리하는 楚의 관직명. ○沛公殆天授 – 태공은 아마 하늘이 내린 사람일 것이다. 殆 위태로울 태. 가깝다. 거의.

〖國譯〗

그 뒤로 10년, 陳涉(진섭) 등이 기의하였고 장량 역시 100여 명의 젊은이를 모았다. 景駒(경구)는 자립하여 楚의 假王(임시왕)이라면서 留(유) 땅에 머물고 있었다. 장량은 경구를 추종하려고 留에 가는 길에 우연히 沛公(패공)을 만났다. 沛公은 수천 명 군사를 거느리고 下邳(하비)를 점령했고, 장량은 패공에게 소속되었다. 패공은 장량을 마필을 관리하는 장수에 임명하였다.

장량이 자주 《太公兵法》을 패공에게 설명하면 패공은 기꺼이 그 책략에 따랐다. 장량이 다른 사람에게 설명하면 모두 이해하지를 못했다. 장량은 "패공은 아마 하늘이 낸 사람일 것이다."라고 말했고, 패공을 따르면서 떠나지 않았다.

原文

沛公之薛, 見項梁, 共立楚懷王. 良乃說項梁曰, "君已立楚後, 韓諸公子橫陽君成賢, 可立爲王, 益樹黨." 項梁使良求韓成, 立爲韓王. 以良爲韓司徒, 與韓王將千餘人西略韓地, 得數城, 秦輒復取之, 往來爲遊兵穎川.

| 註釋 | ○薛(설) – 縣名. 今 山東省 남부 棗莊市(조장시) 관할 滕州市. 墨

子의 고향. ○橫陽君 成(횡양군 韓成, ? - 前 206) 전국시대 韓國의 宗室, 항우에 의해 韓王에 봉해졌지만 漢 고조와 연결이 되었다고 생각한 항우에 의해 살해되었다. ○益樹黨 - 자기 우군의 세력으로 하다. ○遊兵 - 유격전을 전개하는 군사. ○潁川(영천) - 郡名. 治所는 陽翟縣(양책현). 今 河南省 許昌市 관할의 禹州市.

〖國譯〗

패공은 薛(설)에 가서 項梁(항량)을 만나 같이 楚 懷王(회왕)을 옹립하였다. 장량은 항량을 설득하며 말했다. "君께서 지금 楚의 후예를 옹립하셨는데, 韓의 여러 公子 중에서 橫陽君 韓成은 현명하여 王으로 봉할 만하니 같은 편으로 만드십시오." 항량은 장량을 시켜 한성을 데려오게 했고 韓王으로 세웠다. 그리고 장량을 韓의 司徒(사도)로 삼아 韓王과 함께 천여 명을 거느리고 서쪽으로 옛 韓의 영지를 수복케 하였고 몇 개의 성을 차지했으나 秦軍이 다시 점령하자 장량은 潁川(영천) 일대를 오가며 유격전을 폈다.

原文

沛公之從雒陽南出轘轅, 良引兵從沛公, 下韓十餘城, 擊楊熊軍. 沛公乃令韓王成留守陽翟, 與良俱南, 攻下宛, 西入武關. 沛公欲以二萬人擊秦嶢關下軍, 良曰, "秦兵尙强, 未可輕. 臣聞其將屠者子, 賈豎易動以利. 願沛公且留壁, 使人先行, 爲五萬人具食, 益張旗幟諸山上, 爲疑兵, 令酈食其持重寶啗秦將." 秦將果欲連和俱西襲咸陽, 沛公欲聽之.

良曰, "此獨其將欲叛, 士卒恐不從. 不從必危, 不如因其解擊之." 沛公乃引兵擊秦軍, 大破之. 逐北至藍田, 再戰, 秦兵竟敗. 遂至咸陽, 秦王子嬰降沛公.

| 註釋 | ○雒陽(낙양) - 今 河南省 洛陽市 동북. ○轘轅(환원) - 今 河南省 낙양시 관할의 偃師市(언사시) 동남쪽의 산 이름. ○楊熊(양웅) - 秦 장수. ○陽翟(양책) - 今 河南省 許昌市 관할의 禹州市. 翟은 고을 이름 책, 꿩 적. ○宛(원) - 縣名. 今 河南省 南陽市. ○武關(무관) - 今 陝西省 商洛市 商南縣에 있는 관문. ○嶢關(요관) - 今 陝西省 商州市 서북쪽의 관문. ○屠者子 - 백정의 아들. 屠는 잡을 도. ○賈豎(고수) - 상인에 대한 賤稱. ○留壁(유벽) - 보루를 쌓고 주둔하다. ○五萬人具食 - 5만 명이 취사하다. 부엌자리를 거짓으로 만들다. ○酈食其(역이기, 前 268 - 204) - 별명은 高陽酒徒, 한왕 劉邦의 謀臣. 나중에 齊王 田廣에게 停戰토록 유세했고 성공했으나 한신이 공격해 오자 역이기는 팽살되었다. 43권, 〈酈陸朱劉叔孫傳〉에 立傳. ○啗 - 먹일 담. 속이다. 利로 유인하다. 啖과 同. ○因其解擊之 - 解는 懈(게으를 해)와 同. ○藍田(남전) - 縣名. 今 陝西省 西安市 藍田縣. 咸陽에 들어가는 길목.

〖國譯〗

沛公은 雒陽(낙양)에서 남쪽으로 진격하여 轘轅山(환원산)을 지나갔고, 장량도 군사를 거느리고 패공을 따라 韓의 10여 성을 함락시켰으며 秦의 장수 양웅의 군사를 격파하였다. 沛公은 韓王 韓成에게 陽翟(양책)을 지키라 하고 장량과 함께 남으로 나아가 宛縣(원현)을 점령한 뒤 서쪽으로 武關에 들어갔다. 沛公은 2만의 군사를 동원하여 秦의 嶢關(효관)에 주둔한 군사를 공격하려 했으나 장량이 말했다.

"秦兵은 아직도 강하여 경시할 수 없습니다. 제가 알기로는 그 장수는 백정의 자식이고 장사치는 돈으로 쉽게 유인할 수 있습니다. 패공께서는 일단 보루를 만들어 주둔하시며 군사를 일부 앞으로 보내 5만 명이 취사한 것 같은 부엌자리를 만들고 여러 산에 깃발을 꽂아 疑兵을 꾸미면서 酈食其(역이기)를 시켜 많은 재물로 진의 장수를 유인하십시오."

秦將은 과연 漢과 연합하면서 함께 서쪽으로 함양을 습격하자고 제의하자 패공은 수락하려 하였다. 장량은 "그 장수 혼자 배반하려 한 것이고 사졸들은 아마 따르지 않을 수도 있습니다. 사졸이 응하지 않는다면 위험하오니 나중에 그들이 해이할 때를 기다려 격파하는 것이 좋을 것입니다." 沛公은 군사를 거느려 秦軍을 공격해 대파하였다. 그리고 추격하여 藍田(남전)에서 다시 싸웠고 秦兵은 모두 패망하였다. 패공은 마침내 함양에 이르렀고 秦王 子嬰(자영)은 沛公에게 항복하였다.

原文

沛公入秦, 宮室帷帳狗馬重寶婦女以千數, 意欲留居之. 樊噲諫, 沛公不聽. 良曰, "夫秦爲無道, 故沛公得至此. 爲天下除殘去賊, 宜縞素爲資. 今始入秦, 卽安其樂, 此所謂'助桀爲虐'. 且'忠言逆耳利於行, 毒藥苦口利於病', 願沛公聽樊噲言." 沛公乃還軍霸上.

| 註釋 | ○樊噲(번쾌) - 高祖 동향인, 고조의 동서(呂后의 여동생 남편). 41권, 〈樊酈滕灌傳靳周傳〉에 입전. ○縞素爲資 - 검소해야 한다. 縞는 명주 호. 희다. ○霸上(패상) - 灞上(파상). 今 西安市 동쪽 白鹿原. 고대 咸陽과 長安 지역의 군사 요지.

〖國譯〗

沛公은 秦의 궁궐에 들어가 건물과 휘장, 사냥개와 말, 보물과 부녀자들이 셀 수 없이 많은 것을 보고 궁궐에 머물고 싶어했다. 樊噲(번쾌)가 말렸으나 듣지 않았다. 장량이 패공에게 말했다.

"사실, 秦이 無道했기에 패공께서 여기에 들어올 수 있었습니다. 천하를 위해 잔인하고 흉악한 무리를 제거하려면 검소한 생활을 해야 합니다. 지금 秦의 궁에서 안락을 즐긴다면 이는 폭군을 도와 잔인한 짓을 하는 것입니다. 그리고 바른 말은 귀에 거슬리나 행실에 이롭고 양약은 입에 쓰나 병에 도움이 된다고 합니다. 패공께서는 번쾌의 말에 따르시기 바랍니다."

沛公은 곧 霸上(패상)으로 군사를 철수하였다.

原文

項羽至鴻門, 欲擊沛公, 項伯夜馳至沛公軍, 私見良, 欲與俱去. 良曰, "臣爲韓王送沛公, 今事有急, 亡去不義." 乃具語沛公. 沛公大驚, 曰, "爲之奈何?" 良曰, "沛公誠欲背項王邪?" 沛公曰, "鯫生說我距關毋內諸侯, 秦地可王也, 故聽之." 良曰, "沛公自度能卻項王乎?" 沛公默然, 曰, "今爲奈何?" 良因要項伯見沛公. 沛公與伯飮, 爲壽, 結婚, 令伯具言沛公不敢背項王, 所以距關者, 備它盜也. 項羽後解, 語在〈羽傳〉.

| **註釋** | ○鴻門(홍문) – 今 陝西省 西安市 臨潼區 新豐鎭 鴻門堡村. ○亡去不義 – (장량이 위기에 처한 패공을 두고) 도망가는 것은 의롭지 않다. ○爲之奈何 – 어떻게 해야 하는가? 무엇을 해야 하는가? ○鯫生(추생) – 천박무지한 사람. 소인. 鯫는 잔 물고기 추. 소견이 좁다. ○距關毋內諸侯 – 關門을 막아 제후를 들이지 않으면. 內는 들일 납. 距는 拒(막을 거). ○今爲奈何 – 지금 어떻게 하나? ○要項伯 – 항백을 맞이하다(들어오라 하다). ○爲壽 – 술을 들어 長壽를 빌다. ○項羽後解 – 항우는 나중에 오해를 풀었다. ○語在〈羽傳〉 – 1권, 〈陳勝項籍傳〉.

〖國譯〗

項羽가 鴻門에 주둔하고 패공을 공격하려 하자, 項伯(항백)은 밤중에 패공의 군진으로 찾아와 몰래 장량을 만나 장량에게 도망가라고 하였다. 장량이 말했다. "나는 韓王을 위해 패공에게 온 사람인데, 지금 일이 위급하다고 도망가는 것은 의롭지 못합니다." 그리고는 모든 것을 패공에게 말했다. 패공은 크게 놀라면서 물었다. "어떻게 해야 하는가?" 장량이 물었다. "패공께서는 정말로 항왕을 버릴 생각이십니까?" 패공이 말했다. "어떤 소인이 나에게 관문을 막아 제후의 군사를 관중에 들어오지 못하게 하면 秦 땅의 왕이 될 수 있다 하여 그 말을 따랐던 것이요." 장량이 다시 물었다. "패공께서 생각하실 때 항왕을 이길 수 있겠습니까?" 패공은 묵묵히 있다가 말했다. "지금 어떻게 해야 하나?" 장량은 그제야 항백을 들어오게 하여 패공과 만나게 하였다. 패공은 항백과 술을 마시며 건강을 빌어 주며, 양가의 혼인을 약속하고 항백이 패공은 항왕을 배신하지 않을 것이며, 관문을 막은 것은 다른 도둑떼를 대비하기 위한 것이었다고 말해 달라고 하였다. 나중에 항우는 오해를 풀었는데, 이는 〈項籍傳〉에 있다.

原文

漢元年, 沛公爲漢王, 王巴,蜀, 賜良金百溢, 珠二斗, 良具以獻項伯. 漢王亦因令良厚遺項伯, 使請漢中地. 項王許之. 漢王之國, 良送至褒中, 遣良歸韓. 良因說漢王燒絶棧道, 示天下無還心, 以固項王意. 乃使良還. 行, 燒絶棧道.

| **註釋** | ○巴(파) – 郡名. 치소는 江州縣, 今 重慶市. ○蜀(촉) – 郡名. 治所는 今 四川省 成都市. ○百溢(백일) – 무게 단위 溢(넘칠 일)은 鎰(스무냥 일). ○褒中(포중) – 邑名. 今 陝西省 漢中市 서북. ○棧道(잔도) – 閣道, 險絶한 지역에 나무를 얽어 만든 길.

〖國譯〗

漢 원년(前 206년), 패공은 漢王이 되어 巴郡과 蜀郡을 다스리며 장량에게 황금 2천 냥과 구슬 2斗를 하사하였는데 장량은 이를 모두 항백에게 주었다. 또 漢王은 장량을 시켜 항백에게 후한 예물을 보내며 漢中의 땅을 달라고 항왕에 요청케 하였다. 項王은 이를 허

략했다. 한왕이 漢中으로 갈 때 장량은 褒中(포중)까지 가서 한왕을 전송했고, 한왕은 장량을 韓에 돌아가게 하였다. 장량은 이어 한왕에게 파촉으로 들어가는 잔도를 불태워서 關中으로 나올 마음이 없다는 것을 온 천하에 보여 항왕이 방심하게 만들라고 권했다. 한왕도 장량을 韓으로 돌아가게 했다. 한왕은 들어가면서 잔도를 불태웠다.

原文

良歸至韓, 聞項羽以良從漢王故, 不遣韓王成之國, 與俱東, 至彭城殺之. 時漢王還定三秦, 良乃遺項羽書曰, "漢王失職, 欲得關中, 如約卽止, 不敢復東." 又以齊反書遺羽, 曰, "齊與趙欲並滅楚." 項羽以故北擊齊.

| **註釋** | ○彭城(팽성) – 西楚霸王 항우의 도읍. 今 江蘇省 徐州市. ○漢王失職 – 漢王이 關中의 왕이 되지 못한 것. 장량이 항우에게 보낸 글은 항우를 안심시키려는 방책이었다.

〖**國譯**〗

항우는 장량이 한왕을 섬기고 있다는 것을 알고 (장량이 추천한) 韓王 韓成을 韓으로 보내지 않고 동쪽으로 가 팽성에서 죽였다. 장량은 이 사실을 韓에 돌아와서야 알았다. 이때 漢王은 관중에 진출하고 三秦을 수복하였는데 장량은 項王에게 글을 보내 말했다.

"漢王은 본래 받을 땅을 받지 못했었기에 관중을 얻으려 한 것이며 약속대로만 된다면 (한왕은) 다시 동쪽으로 진출하지 않을 것입니다." 그러면서 齊가 항왕에게 반기를 들었다는 것을 알리면서 "齊와 趙가 함께 楚를 멸망시키려 한다."고 하였다. 이 때문에 項羽는 북쪽으로 齊를 공격하였다.

原文

良乃間行歸漢. 漢王以良爲成信侯, 從東擊楚. 至彭城, 漢王兵敗而還. 至下邑, 漢王下馬踞鞌而問曰, "吾欲捐關已東等棄之, 誰可與共功者?" 良曰, "九江王布, 楚梟將, 與項王有隙, 彭越與齊王田榮反梁地, 此兩人可急使. 而漢王之將獨韓信可屬大事, 當一面. 卽欲捐之, 捐之此三人, 楚可破也." 漢王乃遣隨何說九江王布, 而使人連彭越. 及魏王豹反, 使韓信特將北擊之, 因擧燕,代齊,趙. 然卒破楚者, 此三人力也.

良多病, 未嘗特將兵, 常爲畫策臣, 時時從.

| **註釋** | ○間行 – 샛길로 가다. ○踞鞌 – (내려놓은) 말안장에 걸터앉다. 鞌은 鞍(안장 안). 행군 중 휴식할 때 말안장을 내려 걸터앉거나 누워 쉬었다. ○捐關已東等棄之 – 함곡관 이동의 땅을 버려 포기하더라도. 捐은 버릴 연. 여기서는 땅을 나누어 주다. 已는 以와 通用. ○共功 – (楚를 없애는) 공적을 같이 하다. ○九江王布 – 九江王 黥布(경포). 34권, 〈韓彭英盧吳傳〉에 입전. ○可屬大事 – 大任을 맡길 만하다. 屬은 囑(부탁할 촉). ○隨何(수하) – 高祖의 說客. ○特將 – 혼자 군사를 거느리다. ○代齊,趙 – '伐齊,趙'이어야 사실에 합치하고 文理도 통한다. ○畫策臣(획책신) – (政略을) 劃策(획

책)하는 신하. 謀臣. 畫(畵)는 그림 화. 그을 획, 꾀 획.

〖國譯〗

張良은 곧 샛길로 漢에 돌아왔다. 漢王은 장량을 成信侯에 봉했고, 장량은 한왕을 따라 동쪽으로 나아가 楚를 공격하였다. 彭城(팽성)까지 공격하였으나 한왕은 패전하고 돌아왔다. 下邑(梁地)이란 곳에 와서 漢王은 말에서 내려 안장에 걸터앉아 물었다.

"내가 함곡관 동쪽을 남에게 주고 포기하더라도 누구와 함께 楚를 멸망시킬 수 있겠는가?" 이에 장량이 말했다.

"구강왕 英布(영포, 黥布)는 楚의 용감한 장수이나 항왕과 틈이 벌어졌으며, 彭越(팽월)은 齊王 田榮과 함께 梁地에서 楚에 반기를 들었으니 이 두 사람에게 빨리 사신을 보내야 합니다. 그리고 漢王의 장수 중에서는 오직 韓信만이 큰일을 맡길 만하고 한몫을 감당할 수 있습니다. 군이 땅을 나눠 주겠다면 이 세 사람에게 주어야 楚를 격파할 수 있습니다."

漢王은 곧 隨何(수하)를 보내 九江王 英布를 설득하게 하였고 사자를 보내 彭越(팽월)과 연합하였다. 魏王 魏豹(위표)가 반기를 들자 韓信으로 하여금 혼자 군사를 거느리고 북으로 위표를 격파하게 하였고 아울러 燕을 정복하고 齊와 趙地를 토벌케 하였다. 그리하여 마침내 초를 격파할 수 있었던 것은 이 세 사람의 도움이었다.

장량은 병치레가 많아 혼자 군사를 거느리지는 않았지만 策謀를 꾸미는 신하로서 언제나 漢王을 수행하였다.

原文

漢三年, 項羽急圍漢王於滎陽, 漢王憂恐, 與酈食其謀橈楚權. 酈生曰, "昔湯伐桀, 封其後杞, 武王誅紂, 封其後宋. 今秦無德, 伐滅六國, 無立錐之地. 陛下誠復立六國後, 此皆爭戴陛下德義, 願爲臣妾. 德義已行, 南面稱伯, 楚必斂衽而朝." 漢王曰, "善. 趣刻印, 先生因行佩之."

| **註釋** | ○橈 – 꺾을 뇨, 방해하다. 굽히다. ○封其後杞 – (桀王의) 후손을 杞(기)에 봉하다. 杞는 今 河南省 開封市 杞縣. 杞憂(기우)란 말이 유래된 그 나라. ○宋 – 紂王의 庶兄 微子啓(미자계)를 봉한 나라. 今 河南省 商丘市. '宋人' 이라면 '어리석은 사람' 으로 통한다. 《孟子》에서 '揠苗助長(알묘조장)' 한 사람. 《韓非子》에서 '守株待兎(수주대토)' 했던 사람이 모두 宋人이다. ○臣妾 – 臣民. ○南面稱伯 – 伯(패)는 霸者(패자). 南面稱孤와 同. ○斂衽而朝 – 옷깃을 여미고 입조하다. 신하가 되다. 斂은 거둘 염(렴). 衽은 옷깃 임. 斂衽은 복장을 단정히 하고 경의를 표하다.

〖國譯〗

漢 3년, 항우가 滎陽(형양)에서 한왕을 포위 압박하자 한왕은 크게 걱정하여 酈食其(역이기)와 楚를 꺾을 방책을 모의했다. 그러자 역이기가 말했다. "옛날에 湯王은 夏의 桀王을 죽인 뒤 그 후손을 杞(기)에 봉했고, 周 武王은 紂王(주왕)을 죽인 뒤 殷의 후손을 宋에 봉했습니다. 지금 秦은 無德하여 六國을 멸망시키고 송곳 하나 세울 땅도 나눠주지 않았습니다. 폐하께서 6국의 후예를 진심으로 다시 봉한다면 모두가 폐하의 德義를 서로 받으려 경쟁하면서 신민이 되려고 할 것입니다. 폐하가 덕을 베풀어 남면하는 패자가 될 것이고 楚는 옷깃을 여미고 입조할 것입니다." 漢王이 말했다. "좋습니다. 빨리 王印을 만들어 선생이 六國의 후손에게 주시오."

原文

酈生未行, 良從外來謁漢王. 漢王方食, 曰, "客有爲我計橈楚權者." 具以酈生計告良曰, "於子房何如?" 良曰, "誰爲陛下畫此計者? 陛下事去矣." 漢王曰, "何哉?"

良曰, "臣請借前箸以籌之. 昔湯,武伐桀,紂封其後者, 度能制其死命也. 今陛下能制項籍死命乎? 其不可一矣. 武王入殷, 表商容閭, 式箕子門, 封比干墓, 今陛下能乎? 其不可二矣. 發鉅橋之粟, 散鹿臺之財, 同賜貧窮, 今陛下能乎? 其不可三矣. 殷事以畢, 偃革爲軒, 倒載干戈, 示不復用, 今陛下能乎? 其不可四矣. 休馬華山之陽, 示無所爲, 今陛下能乎? 其不可五矣. 息牛桃林之壄(野), 天下不復輸積, 今陛下能乎? 其不可六矣. 且夫天下游士, 離親戚, 棄墳墓, 去故舊, 從陛下者, 但日夜望咫尺之地. 今乃立六國後, 唯無復立者, 游士各歸事其主, 從親戚, 反故舊, 陛下誰與取天下乎? 其不可七矣. 且楚唯毋强, 六國復橈而從之, 陛下焉得而臣之? 其不可八矣. 誠用此謀, 陛下事去矣."

漢王輟食吐哺, 罵曰, "豎儒, 幾敗乃公事!" 令趣銷印.

後韓信破齊欲自立爲齊王, 漢王怒. 良說漢王, 漢王使良授齊王信印. 語在〈信傳〉.

| **註釋** | ○具 - 俱와 同. ○表商容閭 - 商容의 마을을 표창한 것은. 商容은 紂王에게 忠諫을 했으나 듣지 않자 은거했다. 閭(여)는 마을에 들어가는 문. ○式箕子門 - 기자의 집 앞을 지나면서 예를 표하다. 式은 수레의 손잡이. 수레를 타고 가면서 이를 잡고 몸을 굽혀 예를 표한다. ○封比干墓 - 比干(비간)은 紂王의 숙부. 주왕에게 죽음을 당했다. ○發鉅橋之粟 - 거교의 창고에 있는 곡식을 나눠주다. 鉅橋는 殷의 군량 창고가 있던 곳. ○散鹿臺之財 - (紂王이) 녹대에 비축한 재물. ○殷事以畢 - 은의 정벌을 끝내고. ○偃革爲軒(언혁위헌) - 兵車를 보통 수레로 만들다. 偃은 넘어트릴 언. 革은 兵車. 戰車. ○干戈(간과) - 방패와 창. 兵器. ○華山之陽 - 華山(西安 부근 명산)의 남쪽. ○息牛桃林之壄 - 도림의 들판에 군량을 운반하던 소를 쉬게 하다. 壄는 들 야. 野와 같음. ○咫尺之地(지척지지) - 작은 땅. 지척은 아주 가까운 거리. 咫 여덟 치 지. 가까운 거리 지. ○無復立者 - 다시 나누어 줄 땅이 없다. ○且楚唯毋强 - 楚만 있고 다른 강국이 없다면. ○輟食吐哺 - 밥을 먹다 말고 뱉으면서. ○豎儒(수유) - 썩은 유생. '빌어먹을 놈' ○幾敗乃公事 - 乃公은 네 아버지. 오만한 뜻이 포함된 自稱語. 여기서는 역이기에 대한 漢王.

〖國譯〗

역이기가 출발하지 않았을 때, 장량이 외지에서 돌아와 한왕을 배알하였다. 한왕은 막 식사를 하면서 말했다. "어떤 세객이 나에게 楚의 힘을 꺾을 방책을 마련하였소." 한왕은 역이기의 계책을 다 말해주고 물었다. "子房의 생각은 어떻소?"

이에 장량이 말했다. “폐하에게 그런 계책을 권한 사람이 누구입니까? 폐하의 일은 물 건너갔습니다.” 한왕이 물었다. “왜 그러한가?” 이에 장량이 말했다.

“제가 앞에 있는 젓가락을 세면서 말씀드리겠습니다. 예전에 湯王과 武王이 桀(걸)과 紂(주)를 치고 그 후손을 봉한 것은 죽은 목숨을 제압할 수 있었기 때문이었는데, 폐하는 지금 항우를 죽인 것처럼 제압할 수 있습니까? 이것이 불가한 첫째 이유입니다. 武王이 殷에 들어가 商容(상용)의 마을을 표창하고 箕子(기자)의 집 앞을 지나며 수레에서 예를 표하고 比干(비간)의 무덤에 봉분을 만들어 준 일을 지금 폐하가 할 수 있습니까? 이것이 불가한 2번째 이유입니다. 殷나라 鉅橋(거교)의 곡식을 내고 鹿臺(녹대)의 재물을 가난한 사람들에게 나누어 주었는데 지금 폐하가 그렇게 할 수 있습니까? 이것이 불가한 3번째 이유입니다. 殷에 대한 정벌이 끝나고 병거를 보통 수레로 만들고 창과 방패를 싣고 가 없애며 다시 사용하지 않겠다는 뜻을 천하에 알렸는데 폐하가 그렇게 할 수 있습니까? 이것이 4번째 이유입니다. 華山의 남쪽에서 軍馬를 쉬게 하며 다시 군사를 일으키지 않겠다고 하였는데, 지금 폐하가 그렇게 할 수 있습니까? 5번째 불가한 이유입니다. 그리고 桃林의 들판에 군량을 나르던 소들을 쉬게 하며 다시는 운반하지 않겠다고 천하에 알렸는데 지금 폐하가 할 수 있습니까? 바로 6번째 이유입니다. 그리고 천하의 무사들이 친척을 떠나와 옛 조상 무덤을 버리고, 옛 마을을 떠나서 폐하를 따르는 것은 오직 아침저녁으로 조그만 땅이라도 얻으려는 생각입니다. 그런데 지금 六國에 땅을 나누어 주면 다시는 책봉해 줄 땅이 없을 것이며 游士(유사)들이 모두 자기 주군을 섬기러 가거나 친척을 따라 옛 고향으로 간다면 폐하는 누구와 함께 천하를 차지하렵니까? 이것이 불가한 7번째 이유입니다. 그리고 楚가 강하고 다른 강자가 없다면 6국이 다시 굽혀 따를 것인데 폐하가 어떻게 그들을 신하로 만들 수 있겠습니까? 이것이 불가한 8번째 이유입니다. 폐하가 그 계책을 쓴다면 폐하의 일은 끝난 것입니다."

漢王은 식사를 멈추고 입안의 음식을 뱉으며 욕을 했다. "빌어먹을 유생이 내 일을 거의 망칠 뻔했네." 한왕은 즉시 王의 인장을 녹여버리라고 하였다.

뒷날 韓信이 齊를 격파하고 자립하여 齊王이 되겠다고 하자 한왕은 화를 내었다. 장량은 한왕을 설득했고 한왕은 장량을 시켜 齊王에게 왕의 印綬(인수)를 전하게 하였다. 이는 〈韓信傳〉에 있다.

原文

五年冬, 漢王追楚至陽夏南, 戰不利, 壁固陵, 諸侯期不至. 良說漢王, 漢王用其計, 諸侯皆至. 語在〈高紀〉.

| **註釋** | ○五年 – 前 202년. ○陽夏(양하) – 縣名. 今 河南省 周口市 관할의 太康縣. ○壁固陵 – 고릉현에서 보루를 쌓고 방어하다. 固陵은 縣名. 今 太康縣 남쪽.

〖國譯〗

한왕 5년 겨울, 한왕은 楚를 양하현 남쪽까지 추격하였으나 전세가 불리하여 固陵縣(고릉현)에 보루를 쌓고 버티었는데 제후의 군사는 기일 내 오지 않았다. 장량은 한왕을 설득했고 한왕이 그 계책을 따르자 제후의 군사들이 따라왔다. 이는 〈高帝紀〉에 있다.

原文

漢六年, 封功臣. 良未嘗有戰鬪功, 高帝曰, "運籌策帷幄中, 決勝千里外, 子房功也. 自擇齊三萬戶." 良曰, "始臣起下邳, 與上會留, 此天以臣授陛下. 陛下用臣計, 幸而時中, 臣願封留足矣, 不敢當三萬戶."

乃封良爲留侯, 與蕭何等俱封.

| **註釋** | ○運籌策帷幄中 – 장막에서 책략을 꾸며. ○幸而時中 – 다행히 가끔 적중하다.

〖**國譯**〗

漢 6년, 공신을 봉했다. 장량의 전투 공적은 없지만 高帝가 말했다. "장막 안에서 방책을 구상하여 천리 밖에서 승리를 결정지었으니 모두가 子房의 공적이오. 齊의 3만 호를 선택하시오."

그러자 장량이 말했다. "처음에 제가 下邳(하비)에서 起義하고 폐하를 留(유)에서 만났으니 이는 하늘이 저를 폐하에게 준 것입니다. 폐하께서 저의 계책을 채용하셨고 다행히 가끔 적중했을 뿐이니, 저를 留縣(유현)에 봉해 주신다면 그것으로 만족하며 3만 호를 받을 수 없습니다."

이에 장량을 留侯(유후)로 삼아 蕭何(소하) 등과 함께 봉했다.

原文

上已封大功臣二十餘人, 其餘日夜爭功而不決, 未得行封. 上居雒陽南宮, 從復道望見諸將往往數人偶語. 上曰, "此何語?" 良曰, "陛下不知乎? 此謀反耳." 上曰, "天下屬安定, 何故而反?" 良曰, "陛下起布衣, 與此屬取天下, 今陛下已爲天子, 而所封皆蕭,曹故人所親愛, 而所誅者皆平生仇怨. 今軍吏計功, 天下不足以遍封, 此屬畏陛下不能盡封, 又恐見疑過失及誅, 故相聚而謀反耳." 上乃憂曰, "爲將奈何?" 良曰, "上平生所憎, 群臣所共知, 誰最甚者?" 上曰, "雍齒與我有故怨, 數窘辱我, 我欲殺之, 爲功多, 不忍." 良曰, "今急先封雍齒, 以示群臣, 群臣見雍齒先封, 則人人自堅矣." 於是上置酒, 封雍齒爲什方侯, 而急趣丞相,御史定功行封. 群臣罷酒, 皆喜曰, "雍齒且侯, 我屬無患矣."

| 註釋 | ○雒陽南宮 – 長安으로 도읍을 옮기기 전. ○復道 – 複道. 누각과 누각 사이를 잇는 2층 구조의 길. 속칭 天橋(구름다리). ○偶語(우어) – 두세 사람씩 모여 수군대다. ○天下屬安定 – 屬은 方今. 才(겨우). ○雍齒(옹치, ? – 전 192) – 고조와 같은 고향 사람. ○數窘辱我(삭군욕아) – 옹치는 패공을 무시하고 豊邑을 들어 魏國 周市에게 투항했고 나중에는 항량에게 투항하여 패공을 곤경에 몰아넣기도 했다. ○什方侯 – 2,500호를 봉해 주었다. 今 四川省 德陽市 관할의 什邡市(십방시).

〚國譯〛

고조가 대 공신 20여 명을 봉했지만 그 나머지는 밤낮으로 공을 다투느라 결정이 나지 않아 봉할 수가 없었다. 고조는 낙양의 남궁 무지개다리에서 여러 장수들이 곳곳에 두세 명씩 모여 웅성대는 것을 보았다. 고조가 물었다. "이들이 무슨 말을 하는가?" 장량이 말했다. "폐하는 모르셨습니까? 지금 반란의 모의하고 있습니다." "천하가 겨우 안정되었는데 왜 모반하는가?" 그러자 장량이 대답했다.

"폐하께서는 평민에서 기의하여 이들과 함께 방금 천하를 차지하고서 폐하는 이미 천자가 되었으며 소하나 조참 등 가까운 사람을 제후에 봉하고 폐하가 죽인 사람들은 모두 폐하의 평생의 원수였습니다. 이제 軍吏가 공적을 조사하면서 모든 사람을 다 봉하기에는 땅이 부족하다 하였기에 이들은 폐하가 모두를 봉하지 못할 것이며 잘못이 있다고 의심을 받으면 죽을 것이 걱정되어 서로 모여 모반을 얘기하는 것입니다."

이에 고조가 걱정을 하며 물었다. "앞으로 어찌 해야 하는가?"

장량이 말했다. "폐하께서 평소 미워하며 또 여러 장수들이 다 알고 있는 자 중에서 가장 심한 자가 누구입니까?"

고조가 말했다. "雍齒(옹치)와 나는 옛부터 원한이 있고 내게 자주 애를 먹였기에 죽이고 싶었지만 공이 있어 차마 죽이지 못했소." 그러자 장량이 말했다.

"지금이라도 빨리 옹치를 먼저 봉하여 군신에게 널리 알리십시오. 여러 신하들이 옹치가 봉해진 것을 보고서는 모두들 안심할 것입니다."

이에 고조는 잔치를 벌이고 옹치를 什方侯(십방후)에 봉하면서 승상과 어사대부에게 빨리 논공행상을 마무리 하라고 하였다. 군신들은 술자리를 끝내면서 모두 기뻐하며 말했다.

"옹치도 제후가 되었으니 우리들은 걱정이 없다."

原文

劉敬說上都關中, 上疑之. 左右大臣皆山東人, 多勸上都雒陽, "雒陽東有成皐, 西有殽黽, 背河鄕雒, 其固亦足恃." 良曰, "雒陽雖有此固, 其中小, 不過數百里, 田地薄, 四面受敵, 此非用武之國. 夫關中左殽,函, 右隴,蜀, 沃野千里, 南有巴,蜀之饒, 北有胡苑之利, 阻三面而固守, 獨以一面東制諸侯. 諸侯安定, 河,渭漕輓天下, 西給京師, 諸侯有變, 順流而下, 足以委輸. 此所謂金城千里, 天府之國. 劉敬說是也." 於是上卽日駕, 西都關中.

良從入關. 性多疾, 卽道引不食穀, 閉門不出歲餘.

| 註釋 | ○劉敬 – 婁敬(누경), 본래 齊國의 戍卒. 關中 도읍을 건의하여 고조로부터 劉氏 성을 하사받았다. 高祖 7年(前 200) 흉노 정벌의 불가를 건의했으나 받아들여지지 않았고 고조는 平城에서 存亡의 위기에 처했었다. ○山東人 – 殽山(효산, 崤山) 동쪽 출신. 今 河南省 靈寶市 동북방의 殽山과 函谷關. ○雒陽(낙양) – 본래 秦의 縣名. 지금 洛陽市의 白馬寺 동쪽. ○成皐(성고) – 縣名. 今 河南省 鄭州市 관할의 滎陽市. ○殽黽(효면) – 殽山과 黽池(면지). 黽 힘쓸 민. 고을 이름 면. 맹꽁이 맹. ○背河鄕雒 – 뒤에는 황하, 앞에는 洛河. 鄕은 向과 通. ○用武之國 – 전쟁을 할 만한 땅. ○左殽,函

－동쪽으로 殽山(효산)과 함곡관. 洛陽에서는 서쪽이지만 관중(長安)에서는 동쪽. ○隴,蜀(농,촉) －서쪽으로는 隴山(陝西省 隴縣의 六盤山, 해발 2,928m)과 蜀의 岷山(민산, 해발 5,588m, 四川省과 甘肅省 경계. 유명한 九寨溝가 있음). ○巴,蜀之饒－巴郡과 蜀郡의 풍요로움. ○胡苑之利－유목민의 초원지대의 이득. 苑은 짐승을 키우는 초원. ○河,渭－황하와 渭水. 위수는 전장 800km가 넘는 황하의 대 지류로 강을 따라 天水市, 寶鷄市, 咸陽市, 西安市, 渭南市 등이 발달하였다. ○天府之國－재물이 모이는 땅. ○道引不食穀－道引(導引)은 도가의 養生法의 한 종류. 不食穀은 生食을 한다는 뜻. 장량은 50세 전후에 죽은 것으로 추정한다.

〖國譯〗

劉敬(유경)은 고조에게 關中에 도읍해야 한다고 건의했으나 고조는 확신이 없었다. 좌우의 대신들이 모두 효산 동쪽 사람들이라서 낙양에 도읍해야 한다고 권했다. "낙양의 동쪽으로는 成皐(성고)가 있고, 서쪽으로는 殽山(효산)과 黽池(면지)가 있고 황하를 등지고 洛水를 앞에 두고 있으니 그 험고한 지형에 의지할 수 있습니다."

그러나 장량이 말했다.

"낙양이 그러한 지형이지만 그 안의 땅이 협소하여 수백 리에 불과하고 토지가 척박하고 사방에서 적이 들어올 수 있기에 전쟁을 할 만한 땅은 아닙니다. 關中은 좌측으로 효산과 함곡관, 우측으로는 隴山과 蜀의 산이 있는 옥야천리의 땅이며, 남쪽으로는 巴郡과 蜀郡의 풍요로운 땅과 북쪽으로 유목민 초원의 이점이 있으며 험한 삼면이 지켜주고 동쪽 한 곳으로는 제후를 제압할 수 있습니다. 제후들이 안정되었다면 황하와 渭水(위수)를 통해 천하의 물자를 수송하여 서쪽 수도로 공급할 수 있으며 제후들이 변란을 일으키면 황하를 따라 내려오며 쉽게 (병력과 물자를) 수송할 수 있습니다. 그래서 관중 땅을 金城千里이며 天府之國이라고 합니다. 劉敬의 주장이 맞는 말입니다."

이에 고조는 즉시 옮겨 가서 서쪽 關中(長安)에 도읍하였다.

장량도 고조를 따라 관중에 들어왔다. 장량은 날 때부터 잔병이 많아 道引을 하고 생식을 하며 일 년 동안 문을 닫고 외출하지 않는 때도 있었다.

原文

上欲廢太子, 立戚夫人子趙王如意. 大臣多爭, 未能得堅決也. 呂后恐, 不知所爲. 或謂呂后曰, "留侯善畫計, 上信用之." 呂后乃使建成侯呂澤劫良, 曰, "君常爲上謀臣, 今上日欲易太子, 君安得高枕而臥?" 良曰, "始上數在急困之中, 幸用臣策, 今天下安定, 以愛欲易太子, 骨肉之間, 雖臣等百人何益!" 呂澤彊要曰, "爲我畫計." 良曰, "此難以口舌爭也. 顧上有所不能致者四人. 四人年老矣, 皆以上嫚娒士, 故逃匿山中, 義不爲漢臣. 然上高此四人. 今公誠能毋愛金玉璧帛, 令太子爲書, 卑辭安車, 因使辯士固請, 宜來. 來, 以爲客, 時從入朝, 令上見之, 則一助也."

於是呂后令呂澤使人奉太子書, 卑辭厚禮, 迎此四人. 四人至, 客建成侯所.

| 註釋 | ○廢太子 – 고조는 혜제가 유약하여 자신을 닮지 않았다고 생각하였다. 혜제는 고조가 40대 중반에 얻은 아들이다. ○戚夫人(척부인, ? – 前 194) – 今 山東省 서남부 菏澤市 定陶縣 출생. 漢王 4년부터 漢王을 시종했다. 高祖 死後에 비참한 최후. ○趙王 如意 – 前 208 – 194. ○大臣多爭 – 爭은 諫諍(간쟁). ○建成侯 呂澤(여택) – 여택은 呂后의 둘째 오빠. 呂台와 呂產의 아버지. 建成侯에 봉해진 사람은 여후의 셋째 오빠인 呂釋之(여석지)이다. 〈外戚恩澤侯表〉. 國譯은 '呂釋之'로 한다. ○日欲易太子 – 날마다 태자로 바꾸려 한다. ○四人 – 商山四皓(상산사호). '四皓'라 간칭. 秦末의 隱士인 東園公, 夏黃公, 綺里季(기리계), 甪里(녹리, 또는 角里) 先生. ○四人年老矣 – 4인이 모두 80여 세가 넘었다고 한다. ○嫚姆 – 嫚은 업신여길 만. 姆는 侮(업신여길 모)의 古字. ○安車 – 앉아서 타는 작은 수레. 옛날 수레는 서서 탔다.

〖國譯〗

고조는 태자를 폐하고 戚夫人인 소생의 아들 趙王 如意를 세우고 싶어 했다. 대신들이 여러 번 간쟁했지만 확실한 결정을 볼 수 없었다. 呂后는 크게 걱정했지만 어찌할 지를 몰랐다 어떤 사람이 여후에게 말했다. "留侯는 계책을 잘 쓰고 폐하도 그 말을 잘 따릅니다." 여후는 곧 建成侯 呂釋之(여석지)를 보내 장량을 다그치며 말했다.

"경은 언제나 폐하의 모신이었고, 지금 폐하는 날마다 태자를 바꾸고자 하는데 경은 어찌 편히 누워만 계실 수 있습니까?"

이에 장량이 말했다. "그전에야 폐하가 여러 번 위급하였기에 다행히 나의 계책을 따랐지만 이제 천하가 안정되었고 태자를 바꾸려 하는 것은 골육지간의 일이니 나 같은 신하가 백 명인들 무슨 도움이 되겠습니까?"

그러나 여석지는 "우리를 위해서라도 방법을 찾아보시오."라고 강요하였다.

이에 장량이 말했다. "이는 입씨름할 것이 아닙니다. 생각해보면, 폐하가 초치하지 못한 4인이 있습니다. 4인이 모두 연로하였고 모두가 폐하가 유생들을 무시하기에 산속에 숨었고 의리로서도 漢의 신하가 될 수 없다고 생각하고 있습니다. 그렇지만 폐하는 이 4인을 높이 생각하고 있습니다. 지금 당신이 금옥이나 비단을 아끼지 않고 또 태자로 하여금 서신을 작성하되 겸손한 언사와 편안한 수레를 가지고 말을 잘 하는 사람을 보내 진심으로 청한다면 틀림없이 올 것이며 문객으로 잘 모시면서 태자를 따라 입조하여 폐하가 볼 수 있다면 아마 도움이 될 것이요."

이에 여후는 여석지로 하여금 태자의 서신을 가지고 가서 겸손한 말과 후한 예물로 네 분을 모셔 오게 하였다. 4인이 장안에 와서 建成侯의 저택에 머물렀다.

原文

漢十一年, 黥布反, 上疾, 欲使太子往擊之. 四人相謂曰, "凡來者, 將以存太子. 太子將兵, 事危矣." 乃說建成侯曰, "太子將兵, 有功卽位不益, 無功則從此受禍. 且太子所與俱諸將, 皆與上定天下梟將也. 今乃使太子將之, 此無異使羊將狼, 皆不肯爲用, 其無功必矣. 臣聞 '母愛者子抱', 今戚夫人日夜侍御, 趙王常居前. 上曰 '終不使不肖子居愛子上', 明其代太子位必矣. 君何不急請呂后承間爲上泣言, '黥布, 天下猛將, 善用兵. 今諸將皆陛下故等夷, 乃令太子將, 此屬莫肯爲用. 且布聞之, 鼓行而西耳. 上雖疾, 强載輜車, 臥而護之, 諸將不敢不盡力. 上雖苦, 彊爲妻子計.'"

於是呂澤夜見呂后. 呂后承間爲上泣而言, 如四人意. 上曰, "吾惟之, 豎子固不足遣, 乃公自行耳."

於是上自將而東, 群臣居守, 皆送至霸上. 良疾, 强起至曲郵, 見上曰, "臣宜從, 疾甚. 楚人剽疾, 願上愼毋與楚爭鋒." 因說上令太子爲將軍監關中兵. 上謂 "子房雖疾, 强臥傅太子." 是時, 叔孫通已爲太傅, 良行少傅事.

| **註釋** | ○漢十一年 – 전 196년, 이해에 陳豨(진희 ? – 前 196)의 반란을 계기로 회음후 韓信을 죽였고, 黥布(경포)가 반란을 일으켰다. ○使羊將狼 – 羊에게 이리(狼)를 거느리게 하다. ○母愛者子抱 – 어미를 사랑하면 그 자식도 안아준다. ○故等夷 – 옛날에 같이 맞먹던 사람이었다. 고조와 옛 장수들은 같이 먹고 같이 싸웠다. ○莫肯爲用 – 부림(用)을 당하려(爲) 하지 않다(不肯). 명령을 듣지 않다. ○鼓行而西耳 – 북을 치며 (얕잡아 보고 신이 나서) 서쪽으로 진격하다. ○輜車(치거) – 덮개가 있고 앉거나 누울 수 있는 수레. ○吾惟之 – 내가 생각해 보니. ○豎子(수자) – 어린 아들. 못난 자식. ○乃公 – 네 아비. 내가. 오만한 뜻이 포함된 自稱語. ○曲郵(곡우) – 驛站(역참) 이름. 今 陝西省 西安市 臨潼區의 동북. ○剽疾(표질) – 사납고 재빠르다. ○强臥傅太子 – 병중이지만 무리하더라도 태자를 보필하다. ○叔孫通 – 43권, 〈酈陸朱劉叔孫傳〉 立傳.

〚國譯〛

漢 11년, 黥布(경포)가 반란을 일으켰고 고조는 병중이라서 태자를 보내 반란을 진압하려 했다. 商山의 4인이 함께 의논하며 말했다.

"우리가 온 것은 태자를 지키기 위해서입니다. 태자가 대군을 거느린다니 일이 다급합니다." 그리고 建成侯에게 말했다.

"太子가 출정해서 공을 세워도 태자에게는 보탬이 더 없지만 공을 못 세우면 그 때문에 화를 당할 것이요. 태자가 데리고 출정하는 여러 장수는 폐하와 함께 천하를 평정했던 억센 장수들이요. 지금 태자가 이들을 거느리는 것은 羊에게 늑대(狼)를 거느리라는 것과 같아 장수들이 명령에 잘 따르지 않을 것이기에 성공하지 못할 것은 확실합니다. 우리가 듣기로는 '어미가 사랑을 받으면 그 자식을 안아준다.' 고 했습니다. 지금 戚(척) 부인은 밤낮으로 폐하를 모시고 趙王은 늘 폐하 앞에 있습니다. 폐하께서는 '못난 아들이 아끼는 자식 위에 끝까지 있게 하지는 않겠다.' 는 말을 하시니, 분명히 趙王이 태자의 자리를 차지할 것입니다. 당신은 왜 여후께 말씀드리지 않습니까? 여후께서는 틈을 보아 '경포는 천하의 맹장이며 용병에 뛰어났습니다. 지금 여러 장수들은 예전에 모두 폐하와 함께 같이 맞먹던 사람들인데 태자에게 지휘하라면 말을 듣지 않을 것입니다. 또 경포가 이를 알면 북을 치며 서쪽으로 달려올 것입니다. 폐하께서 비록 병환중이지만 무리하더라도 輜車(치거)에 타시고 누워서라도 감독하시면 장군들이 진력하지 않을 수 없습니다. 폐하께서 고생하시더라도 제 생각에 따라주십시오.' 라고 폐하에게 울면서 하소연해야 합니다."

이에 여석지는 그 밤으로 여후를 만났다. 呂后는 틈을 보아 폐하에게 4인의 뜻과 같이 눈물을 흘리며 말했다. 결국 고조가 말했다. "내가 생각하더라도 못난 자식을 내보낼 수가 없으니 이 아비가 직접 출정하겠다."

그리고서 고조는 군사를 거느리고 동쪽으로 출정했고 남은 군신들은 霸上(패상)까지 나가 전송하였다. 장량은 병중이었지만 억지로 曲郵驛(곡우역)까지 나가 고조에게 말했다. "臣도 응당 종군해야 하는데 병이 들었습니다. 楚人은 용맹하고 날쌔니 폐하께서는 조심하시며 적과 직접 맞서지는 마십시오." 이어 고조에게 권해서 태자가 關中의 군사를 감독할 수 있게 하였다. 고조가 장량에게 말했다. "비록 子房이 병중이지만 억지로 누워서라도 태자를 지도해 주시오." 이때 숙손통이 이미 太傅(태부)로 있었기에 장량은 少傅(소부)로 태자를 모셨다.

原文

漢十二年, 上從破布歸, 疾益甚, 愈欲易太子. 良諫不聽, 因疾不視事. 叔孫太傅稱說引古, 以死爭太子. 上陽許之, 猶欲易之.

及晏, 置酒, 太子侍. 四人者從太子, 年皆八十有餘, 鬚眉皓白, 衣冠甚偉. 上怪, 問曰, "何爲者?" 四人前對, 各言其姓名. 上乃驚曰, "吾求公, 避逃我, 今公何自從吾兒游乎?"

四人曰, "陛下輕士善罵, 臣等義不辱, 故恐而亡匿. 今聞太子仁孝, 恭敬愛士, 天下莫不延頸願爲太子死者, 故臣等來."

上曰, "煩公幸卒調護太子."

| 註釋 | ○漢十二年 – 前 195년. ○愈欲易太子 – 더욱 태자를 바꾸려고 했다. ○以死爭太子 – 爭은 諍. 간언하다. ○上陽許之 – 陽은 佯(거짓 양). ○鬚眉皓白(수미호백) – 수염과 눈썹이 하얗다. ○避逃我 – 公들은 나를 피해 도망했다. 앞에 '公'이 탈락. ○延頸(연경) – 목을 늘이다. 苦待(고대)하다. ○調護 – 도와주다. 보필하다.

〖國譯〗

漢 12년, 고조는 경포를 격파하고 돌아왔으나 병환은 더 심했고 그럴수록 더 태자를 바꾸려 하였다. 장량이 간청해도 듣지 않자 장량은 병을 핑계로 더 간여하지 않았다. 숙손통은 태자의 太傅로 고금의 사례를 들어 죽음을 무릅쓰고 태자를 위해 간쟁하였다. 고조는 겉으로 허락하였지만 더욱 태자를 바꾸려 했다.

연회를 열어 술을 마실 때 태자가 시중을 들었다. 이에 4인이 태자를 따라왔는데 모두 여든 살이 넘었고 수염과 눈썹이 하얗고 의관이 아주 위엄이 있었다. 고조가 이상히 여기며 물었다. "무엇하는 사람들인가?" 4인이 앞으로 나와서 각자 성명을 말했다. 이에 고조가 놀라면서 말했다. "내가 공들을 오라 하였지만 공들은 나를 피해 숨었었는데 지금은 왜 내 아이를 따라 왔는가?" 이에 4인이 말했다

"폐하께서는 文士를 무시하고 욕을 많이 하여 우리가 두려워 피하고 숨었습니다. 지금 태자는 인자하며 효성스럽고 유생들을 공경하고 친애하기에 온 천하가 모두 기대하며 태자를 위해 죽고자 하지

않는 사람이 없기에 우리도 태자를 따라 왔습니다."

그러자 고조가 말했다. "수고스럽더라도 끝까지 태자를 도와주기 바라오."

原文

四人爲壽已畢, 趨去. 上目送之, 召戚夫人指視曰, "我欲易之, 彼四人爲之輔, 羽翼已成, 難動矣. 呂氏眞乃主矣." 戚夫人泣涕, 上曰, "爲我楚舞, 吾爲若楚歌."

歌曰, "鴻鵠高飛, 一擧千里. 羽翼以就, 橫絶四海. 橫絶四海, 又可奈何! 雖有矰繳, 尙安所施!"

歌數闋, 戚夫人歔欷流涕. 上起去, 罷酒. 竟不易太子者, 良本招此四人之力也.

| **註釋** | ○爲壽 – 잔을 들어 祝壽하다. ○指視 – 손으로 가리키다. ○乃主 – 너의 주인. 너의 어른. ○鴻鵠(홍곡) – 큰 기러기. ○矰繳(증격) – 주살. 사냥도구. 줄을 매어 쏘는 작은 화살. ○尙安所施 – 이제 어디에 쏘라! 尙 아직, 또한, 더구나(尙且). ○歌數闋 – 여러 번 노래하다. 歌는 동사로 쓰였음. 闋은 문 닫을 결. 노래 한 번. ○歔欷(허희) – 흑흑 흐느껴 울다. 歔는 흐느낄 허. 欷는 흐느낄 희.

〖國譯〗

4인이 祝壽를 마치고 종종걸음으로 나갔다. 고조는 가는 모습을 전송하며 척부인을 불러 가리키며 말했다.

"나는 태자를 바꾸려 했지만 저 4인이 태자를 보좌하니 날개가 다 생긴 것이니 바꾸기 어렵게 되었다. 呂氏가 너의 진짜 주인이로다."

척부인이 눈물을 흘리며 울자 고조가 말했다.

"나를 위해 楚의 춤을 추어 준다면, 너를 위해 내가 楚歌를 불러 주겠다."

그리고 고조가 노래를 불렀다.

"큰 기러기 높이 날아 단번에 천리를 가네.

날개가 다 생겨 四海를 가로 지르네.

사해를 가로 지르니 또 어떻게 하리!

주살이 있다 한들 이제 어디에 쏘겠는가!"

노래를 몇 번 반복했고 척부인은 흐느끼며 눈물을 흘렸다. 고조가 일어나자 술자리도 끝났다. 끝내 태자를 바꾸지 못한 것은 장량이 그 4인을 招致(초치)한 덕분이었다.

原文

良從上擊代, 出奇計下馬邑, 及立蕭相國, 所與從容言天下事甚衆, 非天下所以存亡, 故不著. 良乃稱曰, "家世相韓, 及韓滅, 不愛萬金之資, 爲韓報仇强秦, 天下震動. 今以三寸舌爲帝者師, 封萬戶, 位列侯, 此布衣之極, 於良足矣. 願棄人間事, 欲從赤松子游耳."

乃學道, 欲輕擧. 高帝崩, 呂后德良, 乃强食之, 曰, "人生一世間, 如白駒之過隙, 何自苦如此!" 良不得已, 强聽食. 後六歲薨. 謚曰文成侯.

| 註釋 | ○良從上擊代 – 고조 10년(前 197), 代國을 근거로 반란을 일으켰던 陳豨(진희)에 대한 토벌. ○馬邑 – 縣名. 今 山西省 朔州市. ○立蕭相國 – 승상에서 상국으로 명칭 변경. 상국은 漢에만 두었다. 侯國에는 相(상)을 두었다. ○故不著 – 그래서 (史書에는) 기록하지 않았다. ○赤松子 – 신선(仙人)의 이름. 神農氏 때에 적송자란 신선이 살았었는데 이 적송자는 이슬과 비를 내리게 하는 雨師(우사)라고 하였다. ○輕擧 – 升化(승화)하다. 신선은 몸이 가벼워 학을 타고 나를 수 있다고 생각했다. ○白駒過隙(백구과극) – 흰 망아지가 문틈 사이를 달려가듯 아주 짧은 시간. ○强聽食 – 억지로 火食의 음식을 먹다. ○後六歲薨 – 장량은 高后 2년(前 186)에 죽었다. 곧 高祖 死後(前 195)에 6년이 아니라 9년 뒤에 죽었다.

〖國譯〗

장량이 고조를 수행해 代國의 陳豨(진희)의 반란을 토벌할 때 奇計를 내어 馬邑縣을 함락시켰으며 蕭何를 相國으로 임명하도록 건의하였으며, 고조를 따라 조용히 천하의 일을 처리한 것이 아주 많지만 천하의 존망과 관계되는 일은 아니기에 史書에 기록하지는 않았다. 장량은 일찍이 말했었다.

"가문이 대대로 韓의 재상이었으나 韓이 멸망하면서 만금의 자산을 아까워하지 않고 韓의 원수인 강한 秦에 복수를 하려 했고 이 때문에 천하가 소란스러웠다. 지금 三寸舌로 황제의 사부가 되었고 封邑 萬戶의 列侯에 올랐으니 이는 평민으로서 가장 높이 오른 것이기에 나는 만족한다. 그러니 人間事를 잊고 赤松子를 따라 놀고 싶을 뿐이다."

장량은 道術을 익혀 신선이 되려 하였다. 고조가 죽은 뒤 여후는 장량의 덕을 많이 입었기에 억지로 火食을 권하며 말했다. "人生의 한 평생이란 것이 흰 망아지가 문틈을 지나가는 것 같이 짧거늘 어찌 스스로 이리 고생을 하십니까?" 장량은 부득이 火食을 해야만 했다. 고조가 죽은 뒤 9년에 장량도 죽었다. 시호는 文成侯이다.

原文

良始所見下邳圯上老父與書者, 後十三歲從高帝過濟北, 果得穀城山下黃石, 取而寶祠之. 及良死, 並葬黃石. 每上冢伏臘祠黃石. 子不疑嗣侯. 孝文三年坐不敬, 國除.

| **註釋** | ○寶祠 – 성대하게 제사하다. ○並葬黃石 – 黃石을 나란히 묻다. ○上冢 – 성묘하다. 총 무덤 총. 塚(무덤 총)과 同. ○伏臘(복렵) – 여름의 伏日과 臘月(섣달)의 제사. ○孝文三年 – 前 177년.

〚國譯〛

장량이 처음 下邳(하비)의 다리에서 병서를 준 노인을 만난 그 후 13년에 장량은 고조를 따라 濟北郡을 지나다가 정말로 穀城山 아래에서 黃石을 찾았고 그 돌을 가져다가 융숭하게 제사를 지냈다. 장량이 죽자 그 황석도 함께 안장했다. 해마다 성묘하거나 伏日(복일)과 선달에 黃石에게도 같이 제사를 올렸다. 아들 張不疑(장불의)가 제후를 계승했지만 孝文帝 3년에 불경죄에 걸려 나라가 없어졌다.

40-2. 陳平

原文

陳平, 陽武戶牖鄉人也. 少時家貧, 好讀書, 治黃帝,老子之術. 有田三十畝, 與兄伯居. 伯常耕田, 縱平使遊學. 平爲人長大美色, 人或謂平, “貧何食而肥若是?” 其嫂疾平之不親家生産, 曰, “亦食糠覈耳. 有叔如此, 不如無有!” 伯聞之, 逐其婦棄之.

| **註釋** | ○陳平(? − 前 178) − 여러 번 奇計로 劉邦을 도왔다. ‘反間計’, ‘離間計’가 그의 특기. ○陽武 − 縣名. 今 河南省 開封市 동쪽 蘭考縣(난고현). ○親家生産 − 집안을 고려하여 일을 하다. ○糠覈 − 쌀 겨. 糠 쌀 겨 강. 覈는 씨 핵.

〖國譯〗

陳平(진평)은 陽武縣 戶牖鄉(호유향) 사람이다. 젊어 가난했지만 독서를 좋아했고 黃帝와 老子의 학술(道家)을 공부하였다. 밭 30畝(무)가 있어 형인 陳伯(진백)과 함께 살았다. 伯(백)은 늘 농사일을 하면서도 진평이 여러 곳을 다니며 배우게 해 주었다. 진평은 키가 크고 잘생겼는데 사람들이 가끔 “가난한데 무엇을 먹고 저렇게 살이 졌을까?”라고 하였다. 그의 형수는 진평이 농사일을 하지 않는 것을 미워해서 “쌀겨나 먹고 살아야 하는데! 시동생이 저러니 없는 것만 못하다.”라고 말했다. 진백이 이를 알고서는 아내를 쫓아버렸다.

原文

及平長, 可取婦, 富人莫與者, 貧者平亦媿之. 久之, 戶牖富人張負有女孫, 五嫁夫輒死, 人莫敢取, 平欲得之. 邑中有大喪, 平家貧侍喪, 以先往後罷爲助. 張負既見之喪所, 獨視偉平, 平亦以故後去. 負隨平至其家, 家乃負郭窮巷, 以席爲門, 然門外多長者車轍. 張負歸, 謂其子仲曰, "吾欲以女孫予陳平." 仲曰, "平貧不事事, 一縣中盡笑其所爲, 獨奈何予之女?" 負曰, "固有美如陳平長貧者乎?" 卒與女. 爲平貧, 乃假貸幣以聘, 予酒肉之資以內婦. 負戒其孫曰, "毋以貧故, 事人不謹. 事兄伯如事乃父, 事嫂如事乃母." 平既取張氏女, 資用益饒, 游道日廣.

| 註釋 | ○取婦 – 아내를 맞이하다. 取는 娶(장가들 취)와 同. ○媿之(괴지) – 媿 부끄러울 괴. 愧와 同. 가난한 집에 장가드는 것을 부끄럽게 생각하다. ○侍喪 – 喪家를 돕다. ○獨視偉平 – 키가 큰 陳平을 특별하다고 보았다. ○以席爲門 – 자리(席)로 대문으로 하다. 가난한 집. ○貧不事事 – 가난한데도 일을 하지 않다. ○游道日廣 – 교제 범위가 날로 넓어졌다.

〖國譯〗

진평이 성인이 되어 장가를 들어야 하는데 부자는 딸을 줄 사람이 없었고 가난한 집은 진평이 부끄럽게 여겼다. 얼마 있어, 호유향의 부자인 張負(장부)에게 손녀가 있었는데 5번 결혼할 때마다 남편이 바로 죽어 누가 데려가려 하지 않았는데 진평이 맞이하려 하였다. 마을에 큰 喪事가 있자 진평은 집이 가난하기에 喪家의 일을 맡아 하는데 일찍 가서 늦게 돌아가며 돕고 있었다. 장부는 진평을 상가에서 보고서 키가 큰 진평을 특별하게 보았고, 진평도 그것을 알고 일부러 늦게 돌아가곤 했다. 장부가 진평을 따라 집에 가보니 집은 성곽에 붙은 가난한 골목에 있고 헌 자리로 출입문을 가렸지만 문 밖엔 長者들의 수레 자국이 많이 있었다.

장부가 돌아와 그 아들 張仲(장중)에게 말했다. "나는 손녀를 진평에게 주려고 한다." 그러자 장중이 말했다. "진평은 가난한데도 제 일을 하지 않아 현의 모든 사람들이 그가 하는 짓을 비웃는데 특히나 딸을 왜 그에게 줘야 합니까?" 이에 장부가 말했다. "진평처럼 그렇게 잘생긴 사람이 끝까지 가난뱅이로 살겠느냐?"

그리고 마침내 딸을 진평에게 주었다. 진평이 가난하기 때문에 돈을 임시로 빌려 주어 예물을 갖추게 하였고 잔치에 쓸 술과 고기 값을 주어 아내를 데려가게 하였다. 장부는 그 손녀를 가르치며 말했다. "가난한 집이라고 어른 모시기를 게을리 하지 마라. 시아주버니 伯을 아버지처럼 모시고 그 형수를 어머니처럼 모시어라." 진평은 장씨의 딸을 맞이한 뒤에 씀씀이가 넉넉해지자 날마다 더 멀리 다니며 교제할 수 있었다.

原文

里中社, 平爲宰, 分肉甚均. 里父老曰, "善, 陳孺子之爲宰!" 平曰, "嗟乎, 使平得宰天下, 亦如此肉矣!"

| 註釋 | ○社 – 토지신에 대한 제사. 1里는 25호. ○宰 – 祭肉을 나누는 사람.

〖國譯〗

마을에서 토지신에 대한 제사 뒤에 진평이 제사 지낸 고기를 나누어 주었는데 아주 공평하였다. 마을의 父老가 말했다. "잘하네! 진씨네 젊은이가 잘 분배하네!"

진평도 말했다. "아! 내가 천하를 주무를 수 있다면 이 고기 나눠 주듯 하리라!"

原文

陳涉起王, 使周市略地, 立魏咎爲魏王, 與秦軍相攻於臨濟. 平已前謝兄伯, 從少年往事魏王咎, 爲太僕. 說魏王, 王不聽. 人或讒之, 平亡去.

| 註釋 | ○周市(주불, ? – 前 208) – 魏人. 陳勝(陳涉)이 기의한 이후에 주불은 魏地를 평정하고 魏 왕족 魏咎(위구)를 위왕으로 세우고 자신은 魏相이 되었다. 市(무릎 가리개 불. 巾部 1획). 31권, 〈陳勝項籍傳〉 참고. ○魏咎(위구, ? – 前 208) – 戰國時代 魏國의 公子. 陳勝이 稱王한 뒤, 魏咎를 魏王에 봉했다. ○太僕(태복) – 거마를 담당하는 관리.

〖國譯〗

陳涉이 기의하고 왕이 된 뒤에 周市(주불)을 시켜 魏 지역을 공략한 다음, 魏咎(위구)를 위왕에 봉했는데, 위구는 臨濟(임제)란 곳에서 秦軍과 서로 대치하고 있었다. 진평은 형 伯을 떠나 젊은이들과 함께 위왕 위구를 섬겼고 太僕(태복)이 되었다. 누군가가 진평을 위왕에게 무고하자 진평은 도망 나왔다.

原文

項羽略地至河上, 平往歸之, 從入破秦, 賜爵卿. 項羽之東王彭城也, 漢王還定三秦而東. 殷王反楚, 項羽乃以平爲信武君, 將魏王客在楚者往擊, 殷降而還. 項王使項悍拜平爲都尉, 賜金二十溢. 居無何, 漢攻下殷. 項王怒, 將誅定殷者. 平懼誅, 乃封其金與印, 使使歸項王, 而平身間行杖劍亡. 度河, 船人見其美丈夫, 獨行, 疑其亡將, 要下當有寶器金玉, 目之, 欲殺平. 平心恐, 乃解衣臝而佐刺船. 船人知其無有, 乃止.

| **註釋** | ○賜爵卿 – 卿과 같은 작위를 주다. ○殷王 – 司馬卬(사마앙, ? – 前 205). 본래 趙의 將軍. 項羽의 鉅鹿之戰(거록지전) 이후 항우를 따라 入關했었다. 나중에 漢王 劉邦에게 투항했다가 楚軍에 패해 죽었다. ○項悍(항한) – 項羽의 부장. ○都尉 – 將軍 바로 아래의 武官. ○居無何 – 얼마지 않아. ○要下 – 腰下. 허리춤. ○臝 – 벌거벗을 나(라). 裸와 同. ○佐刺船 – 배 젓는 일을 돕다.

〖國譯〗

項羽가 여러 지역을 토벌하며 황하에 이르자 진평은 항우를 찾아가 의탁하였고 항우를 따라 관중에 들어가 秦을 격파하였으며 卿(경)에 해당하는 작위를 받았다. 항우는 동쪽으로 가서 팽성에 도읍했으며, 漢王은 三秦을 차지한 뒤 동쪽으로 진출하였다. 殷王(은왕) 司馬卬(사마앙)이 楚에 반기를 들자 항우는 진평을 信武君에 봉하고 魏王의 빈객으로 楚에 있는 사람들을 거느리고 가서 공격케 하니 진평은 殷王의 투항을 받고 돌아왔다. 항왕은 項悍(항한)을 시켜 진평을 都尉에 임명하면서 황금 20溢(일, 400냥)을 하사하였다. 그러나 얼마 안 되어 漢이 殷을 공격하여 함락시켰다. 항왕은 화가 나서 殷의 반란을 평정했던 사람들을 죽이려 하였다. 진평은 죽을까 두려워서 항왕으로부터 받은 金과 封印을 사람을 시켜 항왕에게 돌려보내고 단신으로 칼만 차고 샛길을 찾아 도망하였다.

황하를 건너가는데, 사공은 미남 장부가 홀로 가는 것을 보고 도망치는 장수라 생각하면서 허리춤에 응당 보물이나 金玉이 있을 것이라 생각하여 틈을 보아 진평을 죽이려고 하였다. 진평은 속으로 겁이 나서 바로 옷을 벗고 알몸으로 같이 배를 저었다. 사공은 진평이 가진 것이 없음을 알고 그만 두었다.

原文

平遂至修武降漢, 因魏無知求見漢王, 漢王召入. 是時, 萬石君石奮爲中涓, 受平謁. 平等十人俱進, 賜食. 王曰, "罷, 就捨矣." 平曰, "臣爲事來, 所言不可以過今日." 於是漢王與語而說之, 問曰, "子居楚何官?" 平曰, "爲都尉." 是日拜平爲都尉, 使參乘, 典護軍. 諸將盡讙, 曰, "大王一日得楚之亡卒, 未知高下, 而卽與共載, 使監護長者!" 漢王聞之, 愈益幸平, 遂與東伐項王. 至彭城, 爲楚所敗, 引師而還. 收散兵至滎陽, 以平爲亞將, 屬韓王信, 軍廣武.

| 註釋 | ○修武 - 縣名. 今 河南省 焦作市(초작시) 修武縣. ○魏無知(위무지) - 一名 魏倩(위천), 漢王의 책사. 진평을 추천한 공로로 고조로부터 큰 상을 받았으며 진평을 변호했다. ○萬石君 石奮(석분, ? - 前 124) - 46권, 〈萬石衛直周張傳〉에 立傳. ○中涓(중연) - 涓人, 황제 측근의 시종관. ○平謁 - 진평의 명함. 謁(아뢸 알)은 名帖(명첩). ○就捨矣 - 객사에 가서 쉬시오. ○使參乘 - 참승을 시키다. 수레의 좌측에 주인이나 尊者, 가운데는 御者. 우측에 타는 사람을 參乘, 또는 車右라고 하였다. ○典護軍 - 護軍은 장수를 감찰하는 직위. ○廣武 - 城 이름. 今 河南省 滎陽市 동북.

〖國譯〗

진평은 마침내 修武縣에 도착하여 漢에 투항하였고 魏無知(위무지)를 통해 漢王을 만나게 되어 漢王에게 불려 들어갔다. 이때 萬石君인 石奮(석분)이 中涓(중연)으로 진평의 명첩을 받았다. 진평 등 10명이 함께 들어가 한왕이 내리는 식사를 하였다. 한왕이 "이제 그만 합시다. 돌아가 쉬시오."라고 말했다. 진평은 "臣은 일이 있어 들어왔고, 또 말씀 드릴 일은 오늘을 넘길 수 없습니다."라고 말했다.

이에 漢王은 진평과 이야기를 나눈 뒤 좋아하며 말했다. "그대는 楚에서 무슨 벼슬이었나?" 진평은 "都尉이었습니다."라고 대답했다.

한왕은 그날 바로 진평을 도위에 임명하고 參乘으로 護軍의 업무를 담당하게 하였다. 그러자 諸將이 모두 떠들며 말했다. “大王은 어느 날 楚에서 도망친 졸개를 능력이 어떤지도 모르고 바로 수레를 함께 타게 하고 우리 같은 상급자를 감독하게 하였다.”

한왕은 이를 알고도 더욱더 진평을 신임하면서 마침내 함께 동쪽으로 항왕을 정벌케 하였다. 彭城(팽성)에 이르러 楚에게 패하여 군사를 이끌고 회군했고 흩어진 병력을 수습하여 滎陽(형양)에 머물면서 진평을 亞將으로 승진시킨 뒤, 韓王 韓信에 소속시켜 廣武城에 주둔케 하였다.

原文

絳,灌等或讒平曰, “平雖美丈夫, 如冠玉耳, 其中未必有也. 聞平居家時盜其嫂, 事魏王不容, 亡而歸楚. 歸楚不中, 又亡歸漢. 今大王尊官之, 令護軍. 臣聞平使諸將, 金多者得善處, 金少者得惡處. 平, 反覆亂臣也, 願王察之.” 漢王疑之, 以讓無知, 問曰, “有之乎?” 無知曰, “有.” 漢王曰, “公言其賢人何也?” 對曰, “臣之所言者, 能也, 陛下所問者, 行也. 今有尾生,孝已之行, 而無益於勝敗之數, 陛下何暇用之乎? 今楚,漢相距, 臣進奇謀之士, 顧其計誠足以利國家耳. 盜嫂, 受金又安足疑乎?” 漢王召平而問曰, “吾聞先生事魏不遂, 事楚而去, 今又從吾游, 信者固多心乎?”

平曰, “臣事魏王, 魏王不能用臣說, 故去事項王. 項王不信人, 其所任愛, 非諸項卽妻之昆弟, 雖有奇士不能用. 臣居楚聞漢王之能用人, 故歸大王. 裸身來, 不受金無以爲資. 誠臣計畫有可采者, 願大王用之. 使無可用者, 大王所賜金具在, 請封輸官, 得請骸骨." 漢王乃謝, 厚賜, 拜以爲護軍中尉, 盡護諸將. 諸將乃不敢復言.

| **註釋** | ○絳,灌 - 絳侯(강후) 周勃(주발)과 灌嬰(관영). ○讒平 - 讒은 헐뜯을 참. ○其中未必有也 - 그 속은 틀림없이 비었을 것이다. 겉만 그럴싸하고 실력은 없다. ○尾生(미생) - 尾生之信. 《莊子 盜跖》에 나오는 융통성 없는 사람의 우직한 신의. ○孝已(효이) - 殷나라 高宗 武丁의 아들. 효도를 다했으나 모친이 일찍 죽은 뒤 고종은 후처의 말에 현혹되어 아들을 방축해 죽게 했다. ○盜嫂 - 형수와 간통을 하다. ○信者固多心乎 - 신의를 지킨다는 사람이 정말 딴 마음이 있는가? ○具在 - 具는 俱. ○請封輸官 - 봉해서 관에 납부하겠습니다. ○得請骸骨 - 骸骨(해골)은 사람의 뼈. 신체. 사임하다.

〖國譯〗

絳侯(강후) 周勃(주발)과 灌嬰(관영) 등이 간혹 진평을 참소하며 말했다. "진평이 비록 미남자이지만 마치 冠에 매단 옥처럼 그 속은 틀림없이 비었을 것입니다. 소문대로라면 진평은 집에 있을 때 형수와 사통하였으며 魏王을 섬겼으나 수용되지 않자 도망해서 楚에 갔다가 다시 漢에 왔습니다. 지금 대왕께서는 그를 높은 자리에 올려 여러 장수를 감독케 하였습니다. 신이 알기로는, 진평은 장수를 거느리면서 돈을 많이 바친 자는 좋은 자리를, 적게 준 자는 나쁜 자리를 주었습니다. 진평은 언제든 배반할 난신이오니 폐하께서는 살펴 보십시오."

漢王은 진평을 못 믿어 魏無知를 꾸짖으며 물었다. "그런 일이 있는가?" 위무지는 "있습니다."라고 대답했다. 漢王이 물었다. "그렇다면 公이 말한 현인은 왜 그 모양인가?"

이에 위무지가 말했다.

"臣이 말한 것은 능력이고, 폐하가 묻고 계신 것은 행실입니다. 지금 尾生이나 孝已(효이)와 같은 행실은 승패를 가르는 술수에 무익하거늘 폐하는 그런 사람을 어디에 쓰겠습니까? 지금 楚와 漢이 서로 싸우기에 특이한 재주를 가진 사람을 추천하면서 그 재능이 정말 나라를 이롭게 할 수 있는 가만을 생각하였습니다. 형수와 私通하고 뇌물을 받은 것을 그렇게 의심해야 합니까?"

漢王이 진평을 불러 물었다. "내가 듣기로, 선생은 위왕을 섬겼으나 뜻을 못 이루고 楚召를 섬기다가 떠나와서 지금 나를 따르고 있는데, 신의를 가진 사람은 그렇게 딴 마음을 갖고 있는가?" 그러자 진평이 대답하였다.

"臣이 魏王을 섬겼지만 魏王은 臣의 말을 채용하지 않았기에 위왕을 떠나 項王을 섬겼습니다. 項王은 타인을 믿지 않는데 그가 믿는 사람들은 항씨 일족이 아니면 아내의 형제들이었으며 특별한 인재가 있어도 등용하지 못했습니다. 신은 楚에 있으면서 한왕께서 사람을 잘 등용한다고 들었기에 대왕을 찾아왔습니다. 저는 맨몸으로 왔기에 돈을 받지 않으면 생활 밑천을 마련할 길이 없었습니다. 신의 계책이 정말 쓸만하다면 대왕께서 계책을 받아 주십시오. 쓸만한 것이 없다면 대왕께서 주신 돈이 그대로 있으니 봉해서 나라에 보내고 저는 고향으로 돌아가겠습니다."

한왕은 진평에게 알았다고 말한 뒤, 더 많은 재물을 하사하고 진평을 護軍中尉에 임명하여 장수 모두를 감독케 하였다. 여러 장수들은 이후로는 감히 말을 더 하지 못했다.

原文

其後, 楚急擊, 絶漢甬道, 圍漢王於滎陽城. 漢王患之, 請割滎陽以西和. 項王弗聽. 漢王謂平曰, "天下紛紛, 何時定乎?" 平曰, "項王爲人, 恭敬愛人, 士之廉節好禮者多歸之. 至於行功賞爵邑, 重之, 士亦以此不附. 今大王嫚而少禮, 士之廉節者不來, 然大王能饒人以爵邑, 士之頑頓耆利無恥者亦多歸漢. 誠各去兩短, 集兩長, 天下指麾卽定矣. 然大王資侮人, 不能得廉節之士. 顧楚有可亂者, 彼項王骨鯁之臣亞父,鍾離眛,龍且,周殷之屬, 不過數人耳. 大王能出捐數萬斤金, 行反間, 間其君臣, 以疑其心, 項王爲人意忌信讒, 必內相誅. 漢因擧兵而攻之, 破楚必矣."

漢王以爲然, 乃出黃金四萬斤予平, 恣所爲, 不問出入.

| **註釋** | ○甬道(용도) – 담으로 에워싼 군수물자 공급용 도로. ○弗聽 – 따르지 않다. 弗은 不. 목적어가 없는 동사를 부정, 不보다 강한 의미. ○重之 – 몹시 아까워하다. ○饒人以爵邑 – 작읍을 넉넉하게 주다. 施賞이 厚하다. ○頑頓(완돈) – 염치를 모르다. ○耆利 – 嗜利(기리, 利를 좋아하다). ○指

麾 – 指揮하다. 麾 대장 기 휘. ○貪侮 – 천성이 건방져 남을 업신여기다. 侮는 업신여길 모. 侮의 古字. ○亞父(아부) – 항우는 范增(범증)을 아부라 부르며 존경했었다. ○鍾離眜(종리매, ? – 前 201) – 項羽의 명장. 鍾離는 복성. 항우가 죽은 뒤 楚王 韓信을 찾아가 의탁했다가 한신의 배신을 알고 자결했다.《史記 淮陰侯列傳》에는 '昧' 로 기록. ○龍且(용저, ? – 前 203) – 楚의 장수. 齊王 韓信에게 패전하여 戰死. ○周殷(주은) – 항우의 大司馬. 한왕 5년 漢에 투항. 九江王 英布와 함께 항우를 공격. ○行反間 – 反間은 적을 이간시키다. ○數萬斤金 – 漢代 1斤은 16兩, 현행 法으로는 1斤 220g, 1兩은 13.8g이였다. 1萬斤이면 2,200kg. 이 무게에 해당하는 금전.

〖國譯〗

그 뒤에, 楚는 맹렬히 공격하여 漢의 甬道(용도)를 끊고 漢王을 滎陽城(형양성)에서 포위하였다. 漢王이 두려워 형양 서쪽의 땅을 나누어 주고 화해하려 했으나 楚는 거부하였다. 한왕이 진평에게 말했다. "천하 형세를 종잡을 수 없으니 언제 안정이 되겠는가?"

이에 진평이 말했다. "項王은 사람을 공경하고 아껴주니 염치와 절개를 알고 예를 따지는 사람이 항우를 많이 따랐습니다. 그러나 논공행상을 할 때 항우는 몹시 인색하기에 무사들이 이 때문에 따라붙지 않습니다. 지금 대왕께서는 오만하고 무례하기에 염치와 지조가 있는 문사들이 찾아오지 않지만 대왕께서는 부하들에게 식읍을 아주 후하게 주기에 부끄러운 것도 모르고 이득만을 좋아하고 염치 없는 자들이 漢에 많이 왔습니다. 그러하니 양쪽의 단점을 버리고 장점을 취하여 천하를 지휘하면 곧 안정될 것입니다. 그렇지만 대왕께서는 천성적으로 사람을 업신여기는 분이니 염치와 절개를 지키는 사람을 끌어 모을 수는 없습니다. 楚에서 분열시킬만한 사람을 헤아려 본다면 저 항왕의 강골 신하인 亞父 범증과 鍾離昧(종리매), 龍且(용저), 周殷(주은)과 같은 불과 몇 사람입니다. 大王께서 수만 근의 金을 내실 수 있어 반간계를 써서 그쪽 군신을 이간질하여 서로 의심케 하면 항왕은 그 사람됨이 시기심이 많고 참언을 잘 믿기에 틀림없이 서로 죽일 것입니다. 漢은 그 틈에 군사를 일으켜 공격하면 틀림없이 楚를 격파할 수 있습니다."

한왕은 옳다고 생각하며, 곧 4만 근의 돈을 진평에게 주며 마음대로 처분하게 하고 사용한 것을 묻지 않았다.

原文

平旣多以金縱反間於楚軍, 宣言諸將鐘離昧等爲項王將, 功多矣, 然終不得列地而王, 欲與漢爲一, 以滅項氏, 分王其地. 項王果疑之, 使使至漢. 漢爲太牢之具, 擧進, 見楚使, 卽陽驚曰, "以爲亞父使, 乃項王使也!" 復持去, 以惡草具進楚使. 使歸, 具以報項王, 果大疑亞父. 亞父欲急擊下滎陽城, 項王不信, 不肯聽亞父. 亞父聞項王疑之, 乃大怒曰, "天下事大定矣, 君王自爲之! 願乞骸骨歸!"

歸未至彭城, 疽發背而死.

| 註釋 | ○以金縱反間 – 돈으로 반간계를 펴다. 縱은 풀어놓을 종. ○太牢(태뢰) – 牛, 豚(돈), 羊의 고기로 준비한 음식상. ○陽驚 – 陽은 佯(거짓 양). ○惡草具(악초구) – 초라한 草食 밥상. ○疽 – 등창 저. 악성 腫氣(종기)는 옛날에 아주 흔한 外傷(외상)이었다.

〖國譯〗

진평은 많은 돈을 써서 楚나라 군사를 상대로 반간계를 펴면서 소문을 내었는데 '鍾離昧(종리매)를 비롯한 여러 장수들은 항왕의 장수로 많은 공을 세웠지만 끝내 땅을 나눠 제후에 봉해질 수 없기에 漢과 한 편이 되어 項氏 일족을 멸망시키고 그 땅을 나누어 王이 될 것이라' 고 하였다. 그러자 항왕은 과연 장수들을 의심하면서 사신을 보내왔다.

漢에서는 큰 잔칫상을 들여보냈다가 깜짝 놀란 척하며 말했다. "亞父의 사자인줄 알았더니 바로 項王의 사자이네!" 그러면서 다시 갖고 나간 뒤에 형편없는 채소 반찬 밥상으로 楚의 사신을 대접했다. 사자가 돌아가 모든 것을 항왕에게 보고하자 예상대로 亞父를 의심하기 시작했다. 아부 범증이 滎陽城(형양성)을 빨리 공격해야 한다고 건의했으나 항왕은 믿지 않고 아부의 건의를 따르지 않았다. 아부 범증은 항왕이 자신을 의심한다는 사실을 알고 크게 화를 내며 말했다.

"천하 대사는 완전히 결판났으니 王은 혼자 처리하시오! 이 몸은 고향에 돌아가겠습니다!"

범증은 귀향하여 팽성까지도 못가서 등창으로 죽었다.

原文

平乃夜出女子二千人滎陽東門, 楚因擊之. 平乃與漢王從城西門出去. 遂入關, 收聚兵而復東.

明年, 淮陰侯信破齊, 自立爲假齊王, 使使言之漢王. 漢王怒而罵, 平躡漢王. 漢王寤, 乃厚遇齊使, 使張良往立信爲齊王. 於是封平以戶牖鄕. 用其計策, 卒滅楚.

| **註釋** | ○夜出女子二千人 - 漢將 紀信이 漢王으로, 부녀자들을 군사로 위장하고 나갔다. 31권, 〈陳勝項籍傳〉 참고. ○躡 - 밟을 섭.

〖**國譯**〗

이에 진평이 밤에 여인 2천 명을 滎陽(형양) 동쪽 성문으로 내 보내자 楚가 추격했다. 진평과 漢王은 성의 서문으로 탈출하였다. 마침내 관중에 들어가 군사를 모아 다시 동쪽으로 진출하였다.

그 다음 해(한왕 4년), 회음 후 한신이 齊 땅을 차지하고 자립하여 임시로 齊王이 되겠다고 사자를 한왕에게 보내왔다. 한왕이 화를 내며 욕을 하자 진평은 한왕의 발을 밟았다. 한왕도 눈치를 채고 齊에서 온 사신을 후대하였고 장량을 보내 한신을 齊王으로 봉했다. 그리고 진평을 戶牖鄕(호유향)에 봉했다. 한왕은 진평의 계책을 채용했고 마침내 楚를 멸망시켰다.

原文

漢六年, 人有上書告楚王韓信反. 高帝問諸將, 諸將曰, "亟發兵坑豎子耳." 高帝默然. 以問平, 平固辭謝, 曰, "諸將云何?" 上具告之. 平曰, "人之上書言信反, 人有聞知者乎?" 曰, "未有." 曰, "信知之乎?" 曰, "弗知." 平曰, "陛下兵精孰與楚?" 上曰, "不能過也." 平曰, "陛下將用兵有能敵韓信者乎?" 上曰, "莫及也." 平曰, "今兵不如楚精, 將弗及, 而擧兵擊之, 是趣之戰也, 竊爲陛下危之." 上曰, "爲之奈何?"

平曰, "古者天子巡狩, 會諸侯. 南方有雲夢, 陛下弟出, 僞游雲夢, 會諸侯於陳. 陳, 楚之西界, 信聞天子以好出遊, 其勢必郊迎謁. 而陛下因禽之, 特一力士之事耳." 高帝以爲然, 乃發使告諸侯會陳, "吾將南遊雲夢." 上因隨以行. 行至陳, 楚王信果郊迎道中. 高帝豫具武士, 見信, 卽執縛之. 語在〈信傳〉.

| 註釋 | ○漢六年 − 前 201년. ○楚王韓信反 − 項羽를 죽이고(前 202년), 한왕은 신속하게 제왕 한신의 병권을 빼앗고 楚王으로 봉해 下邳(하비)에 도읍케 하였다. ○亟 − 빠를 극. 자주 기. ○人有聞知者乎 − 앞 구절의 人은 투서한 사람, 이 구절의 人은 제 3자. ○是趣之戰也 − 이는 싸움을 거는 것입니다. ○巡狩(순수) − 巡은 行也. 狩 사냥 수. 守와 通. ○雲夢(운몽) − 湖北省 江漢 평원에 있는 중국 최대의 담수호(늪지대)였으나 지금은 거의 육지화하였고 湖北省 洪湖市에 洪湖만 남아 옛 자취를 보여주고 있다. ○弟 − 다만, 그런데, 그러나. 副詞로 쓰였다. 第와 通. ○其勢必郊迎謁 − 형편상 필히 교외에 나와 맞이하고 알현할 것이다.

〖國譯〗

漢 6년, 어떤 이가 楚王 韓信이 반역을 꾸미고 있다는 글을 올렸다. 고조가 諸將에게 묻자, 장수들은 "빨리 發兵하여 어린놈을 묻어

버리십시오."라고 말했다. 고조는 말이 없었다. 고조가 진평에게 묻자, 진평은 굳이 말을 아끼다가 물었다. "장수들은 무어라 하였습니까?" 고조가 장수들의 뜻을 말해주었다. 진평이 물었다. "한신이 배반한다는 글이 올랐다는 것을 아는 사람이 또 있습니까?" "없다." "한신은 알고 있습니까?" "알지 못할 것이다." 진평이 물었다. "폐하의 군사와 楚兵은 누가 더 강합니까?" "저쪽보다 나은 것은 없다." "폐하가 군사를 지휘해서 한신을 이길 수 있습니까?" "그만 못할 것이다." "지금 군사가 楚보다 강하지도 않고 장수가 한신만 못한데 거병하여 楚를 공격한다면 저쪽에 싸움을 거는 것이니 혹 폐하에게 위험할 수도 있습니다." "어떻게 해야 하는가?"라고 고조가 물었다. 이에 진평이 말했다.

"옛날에 천자는 巡狩(순수)를 하며 제후들을 불러 만났습니다. 남쪽에 雲夢(운몽)이라는 큰 호수가 있는데 폐하께서는 일단 출발하시면서 거짓으로 운몽에 순수한다 하시며 제후들을 陳縣에 모이라 하십시오. 진현은 楚의 서쪽 경계이니 한신은 천자가 순수하러 출발했다는 소식을 들으면 반드시 교외에 나와 맞이하고 알현할 것이니 폐하께서 한신을 사로잡으려면 다만 力士 한 사람의 일입니다."

고조는 그 말을 옳다고 여겨 사자들을 보내 제후를 陳에 모이게 하면서 "나는 남쪽 운몽을 순수할 것이다."라고 하였다. 그리고 고조는 출발하였다. 고조가 陳에 도착하기 전에 예상대로 楚王 한신은 중간에 나와 영접했다. 고조는 武士를 준비시켰다가 한신을 보자 즉시 체포해 포박하였다. 이는 〈韓信傳〉에 있다.

原文

遂會諸侯於陳. 還至雒陽, 與功臣剖符定封, 封平爲戶牖侯, 世世勿絶. 平辭曰, "此非臣之功也." 上曰, "吾用先生計謀, 戰勝克敵, 非功而何?" 平曰, "非魏無知臣安得進?" 上曰, "若子可謂不背本矣!" 乃復賞魏無知.

| 註釋 | ○非功而何 – 功이 아니라면 무엇인가? ○安得進 – 어찌 진언을 할 수 있었겠습니까? ○若子 – 若은 如也. 子는 상대방에 대한 존칭.

〖國譯〗

고조는 陳에서 제후와 회동을 마쳤다. 낙양을 되돌아와 공신들과 부절을 나눠 가지며 제후로 봉했는데 진평을 戶牖侯(호유후)로 봉하고 대를 이어 끊지 않겠다고 하였다. 그러자 진평이 사양하며 말했다. "이는 저의 공적이 아닙니다." 그러자 고조가 물었다. "내가 선생의 계책에 따라 전투에서 이겼고 적을 무찔렀는데 그것이 공적이 아니라면 무엇인가?" 진평이 말했다. "魏無知(위무지)가 없었다면 臣이 어떻게 계책을 진언했겠습니까?"

고조가 말했다. "그대야 말로 근본을 잊지 않는 사람이다." 그리고 다시 위무지에게도 상을 내렸다.

原文

其明年, 平從擊韓王信於代. 至平城, 爲匈奴圍, 七日不得食. 高帝用平奇計, 使單于閼氏解, 圍以得開. 高帝既出,其計秘, 世莫得聞. 高帝南過曲逆, 上其城, 望室屋甚大, 曰, "壯哉縣! 吾行天下, 獨見雒陽與是耳." 顧問御史, "曲逆戶口幾何?" 對曰, "始秦時三萬餘戶, 間者兵數起, 多亡匿, 今見五千餘戶." 於是詔御史, 更封平爲曲逆侯, 盡食之, 除前所食戶牖.

| **註釋** | ○其明年 - 前 200년. ○韓王信(? - 前 196) - 戰國 韓의 宗室로 劉邦에 의해 韓王으로 봉해졌는데 한을 배반하고 흉노에 투항. 前 196년 漢軍과 싸운다가 전사. 33권, 〈魏豹田儋韓王信傳〉에 입전. ○平城(평성) - 縣名. 今 山西省 북부의 大同市 동북쪽. ○爲匈奴圍 - 평성의 백등산에서 포위되었는데, 이를 '平城之役'이라 한다. 진평의 '奇計'란 진평이 '美人圖'를 보내 '황제가 포위되었는데 포위를 풀려고 이런 미인을 單于에 보내려 한다.' 면서 많은 예물을 주자 선우의 正妻가 총애를 잃을까 걱정하여 선우를 설득했다고 한다. 진실 여부를 떠나 이는 陳平만이 낼 수 있는 '奇計'임은 틀림없다. ○單于閼氏(선우연지) - 單于(선우)는 흉노의 왕. 그 부인을 閼氏(연지)라 호칭한다. ○世莫得聞 - 세상 사람들은 알지 못했다. 당당한 계책이라 할 수는 없다. ○曲逆(곡역) - 縣名. 今 河北省 保定市 관할의 順平縣. ○幾何 - 몇. 얼마?

〖國譯〗

그 다음 해에 진평은 고조를 따라 代國 韓王 信을 토벌하였다. 平城에서 흉노에 포위되어 7일간 먹을 수도 없었다. 고조는 진평의 기이한 계략을 써서 單于(선우)의 閼氏(연지)로 하여금 포위를 풀게 하였다. 고조는 위기에서 벗어났는데 그 계략을 비밀로 하였기에 세상에서는 알지 못했다. 고조가 남으로 내려와 曲逆縣(곡역현)을 지날 때 그 성에 올라 가옥들이 매우 장려한 것을 보고 말했다. "정말 큰 고을이다. 내가 천하를 돌아다녔지만 낙양과 이곳뿐이로다." 그리고 어사대부를 돌아보며 물었다. "곡역현의 호구가 얼마인가?" 어사대부는 "예전 秦 시절에는 3만여 호였으나 요즈음 병란을 자주 겪어 많이 도망하였기에 지금은 5천여 호 정도입니다." 이에 어사대부에게 명하여 진평을 곡역후로 봉하며 전체를 식읍으로 하고 이전의 식읍이었던 호유향은 빼라고 하였다.

原文

平自初從, 至天下定後, 常以護軍中尉從擊臧荼,陳豨,黥布. 凡六出奇計, 輒益邑封. 奇計或頗秘, 世莫得聞也.

| **註釋** | ○常 - 嘗과 通. ○臧荼(장도, ? - 前 202) - 燕王 韓廣의 部將, 項羽에 협력하여 燕王에 봉해졌다가 나중에 遼東王 한광을 치고 옛 燕國을 통일했다. 전 202에 漢에 반기를 들었다가 패해 죽었다. ○黥布(경포) - 九江王 英布. ○凡六出奇計 - 楚의 君臣을 이간시키고, 여인들을 형양성 동문으로 내 보내 한왕을 탈출시켰고, 한신이 齊王이 되겠다고 했을 때 한왕의 발등을 밟아 암시를 주었으며, 운몽에 순수한다고 하여 한신을 생포하였고, 平城에서 흉노의 포위를 풀게 했으며, 진희와 경포의 반란을 진압한 奇計를 꼽는다.

〚國譯〛

진평이 처음 한왕을 수행한 이후부터 천하를 평정할 때까지 늘 護軍中尉로 고조를 수행하며 臧荼(장도), 陳豨(진희), 黥布(경포)의 반란을 진압하였다. 모두 6번 기이한 계략을 내었고 그때마다 식읍이 늘었다. 진평의 奇計 중 어떤 것은 비밀이라서 세상에 알려지지 않았다.

原文

高帝從擊布軍還, 病創, 徐行至長安. 燕王盧綰反, 上使樊噲以相國將兵擊之. 旣行, 人有短惡噲者. 高帝怒曰, "噲見吾病, 乃幾我死也!" 用平計, 召絳侯周勃受詔床下, 曰, "陳平乘馳傳載勃代噲將, 平至軍中卽斬噲頭!" 二人旣受詔, 馳傳未至軍, 行計曰, "樊噲, 帝之故人, 功多, 又呂后女弟呂須夫, 有親且貴, 帝以忿怒故欲斬之, 卽恐後悔. 寧囚而致上, 令上自誅之." 未至軍, 爲壇, 以節召樊噲. 噲受詔, 卽反接, 載檻車詣長安, 而令周勃代將兵定燕.

| 註釋 | ○病創 - 상처(創傷)가 병이 되다. ○燕王 盧綰(노관, 前 256 - 194) - 고조와 한마을, 한 날에 태어나 어려서부터 벗으로 지냈다. 한때 고조의 신임을 받아 燕王에 봉해졌으나 陳豨(진희) 및 匈奴와 밀통 사실이 알려져 漢의 공격을 받자 흉노로 도망했고 거기서 죽었다. 34권, 〈韓彭英盧吳傳〉立傳. ○短惡 - 헐뜯다. 참소하다. ○乃幾我死也 - 내가 죽기를 바라는 모

양이다! ○呂須(여수) - 呂后의 여동생. 번쾌의 아내. ○寧囚而致上 - 차라리 가두워 황제에게 보내서. ○檻車(함거) - 죄수 호송용 수레.

〖國譯〗

고조는 경포의 반군을 격파하였지만 돌아오면서 상처가 병이 되어 천천히 장안에 도착하였다. 燕王인 盧綰(노관)이 반란을 일으키자 고조는 樊噲(번쾌)를 相國의 직함으로 군사를 거느리고 출정하여 토벌케 하였다. 번쾌가 출발한 뒤에 번쾌를 모함하는 자가 있었다. 고조는 화를 내며 말했다. "번쾌는 내가 병든 것을 보고 죽기를 바라고 있는가!" 고조는 진평의 계획대로 강후 周勃(주발)을 병상으로 불러 말했다. "陳平은 주발과 함께 驛(역)의 수레를 타고 달려가되 진평은 軍營에 도착하는대로 번쾌의 머리를 베도록 하라!"

두 사람이 황제의 명을 받고 역의 수레를 타고 가서 번쾌의 군영에 이르기 전에 의논을 하였다. "번쾌는 황제의 옛 친구이며 공도 많고, 또 呂后의 동생 呂須(여수)의 남편으로 친척이며, 또 귀한 사람인데 폐하가 비록 분노 때문에 죽이라 했지만 아마 곧 후회할 것입니다. 차라리 가두어 보내서 황제가 직접 죽이게 하는 것이 나을 것입니다."

진평은 군부대에 이르기 전에 단을 만들고 황제의 符節(부절)로 번쾌를 불렀다. 번쾌가 詔命(조명)을 받으러 오자 바로 팔을 뒤로 묶어 함거에 태워 장안으로 보냈고 주발로 하여금 대신 군사를 거느려 燕을 평정케 하였다.

原文

平行聞高帝崩, 平恐呂后及呂須怒, 乃馳傳先去. 逢使者詔平與灌嬰屯於滎陽. 平受詔, 立復馳至宮, 哭殊悲, 因奏事喪前. 呂后哀之, 曰, "君出休矣!" 平畏讒之就, 因固請之得宿衛中. 太后乃以爲郎中令, 日傅教帝. 是後, 呂須讒乃不得行. 樊噲至, 卽赦復爵邑.

惠帝五年, 相國曹參薨, 安國侯王陵爲右丞相, 平爲左丞相.

| 註釋 | ○高帝崩 – 재위 12년, 前 195년. ○讒之就 – 참소가 통하다. 就는 成也. ○宿衛中 – 궁중에서 숙위하다. ○郎中令 – 궁궐 출입을 통제하고 경비하는 관직명. 九卿의 하나. ○日傅教帝 – '曰傅教帝'가 되어야 문리가 잘 통함. 황제를 도와주다. 傅는 相之. ○惠帝五年 – 前 190년.

〖國譯〗

진평은 장안에 돌아가는 도중에 황제가 죽었다는 소식을 듣고 진평은 呂后와 呂須(여수)가 자신에게 원한을 가질 것이라 걱정하며 역마를 달려 먼저 돌아왔다. 도중에 진평과 灌嬰(관영)은 滎陽(형양)에 주둔하라는 명을 받았다. 진평을 詔書(조서)를 받고서도 즉시 말을 달려 궁에 들어가 아주 슬프게 통곡하며 國喪 전의 일을 여후에게 아뢰었다. 여후는 슬퍼하면서 말했다. "경은 나가 쉬십시오."

진평은 참소가 들어올까 걱정하며 굳이 궁중에서 숙위하겠다고 말했다. 태후는 진평을 郎中令으로 삼고 새 황제를 도와주라고 말했다. 이후로 여수는 진평을 참소할 수가 없었다. 그리고 번쾌가 장안에 돌아오자 즉시 사면하고 옛 지위를 회복시켰다.

惠帝 5년에, 상국인 曹參이 죽자 안국후 王陵은 우승상, 진평은 좌승상이 되었다.

40-3. 王陵

原文

王陵, 沛人也. 始爲縣豪, 高祖微時兄事陵. 及高祖起沛, 入咸陽, 陵亦聚黨數千人, 居南陽, 不肯從沛公. 及漢王之還擊項籍, 陵乃以兵屬漢. 項羽取陵母置軍中, 陵使至, 則東鄉坐陵母, 欲以招陵. 陵母旣私送使者, 泣曰, "願爲老妾語陵, 善事漢王. 漢王長者, 毋以老妾故持二心. 妾以死送使者." 遂伏劍而死. 項王怒, 亨陵母. 陵卒從漢王定天下. 以善雍齒, 雍齒, 高祖之仇, 陵又本無從漢之意, 以故後封陵, 爲安國侯.

| 註釋 | ○王陵(왕릉, ? - 前 180) - 高祖 6년(前 201)에 安國侯에 봉해졌다. ○縣豪 - 縣의 호족. 고을의 세력가. ○南陽 - 郡名. 치소는 宛縣(今 河南省 南陽市). ○亨陵母 - 왕릉의 모친을 삶아버리다. 亨은 烹(삶을 팽)과 通. 今 江蘇省 徐州市 王陵路에 '王陵母墓'가 있다. ○安國 - 縣名. 今 河北省

保定市 관할 安國市. '藥都' '天下第一藥市'로 유명.

〖國譯〗

王陵은 沛縣 사람이다. 전부터 패현의 호족이었기에 高祖가 평민일 때 형으로 섬겼다. 高祖가 패현에서 기의하고 咸陽에 입성할 때, 왕릉 역시 수천의 무리를 거느리고 南陽郡에 머물면서 沛公을 따르려 하지 않았다. 漢王이 다시 나와 항적(항우)을 공격할 때 왕릉은 병력을 거느리고 漢에 소속되었다.

項羽는 왕릉의 모친을 군중에 잡아 두고 있었는데 왕릉의 사자가 왔을 때 동편 높은 자리에 왕릉의 모친을 앉혀놓고 왕릉을 오게 하라고 시켰다. 왕릉의 모친은 사자가 떠나갈 때 몰래 만나 울면서 말했다. "이 늙은 사람을 위해 아들에게 漢王을 잘 섬기라고 말해 주시오. 한왕은 長者이시니, 이 어미 때문에 두 마음을 갖지 말라고 하고 이 몸은 죽음으로 당신을 보내겠소." 그리고서는 스스로 칼로 찔러 죽었다. 項王은 화가 나서 왕릉 모친 시신을 삶아버렸다. 왕릉은 끝까지 한왕이 천하를 평정하도록 따랐다. 왕릉은 雍齒(옹치)와 친했었는데 옹치가 고조의 원수였으며 또 왕릉이 처음에 한왕을 따르려 하지 않았기 때문에 늦게 제후에 피봉 되어 安國侯가 되었다.

原文

陵爲人少文任氣, 好直言, 爲右丞相二歲, 惠帝崩. 高后欲立諸呂爲王, 問陵. 陵曰, "高皇帝刑白馬而盟曰, '非劉氏而王者, 天下共擊之.' 今王呂氏, 非約也." 太后不說.

問左丞相平及絳侯周勃等, 皆曰, "高帝定天下, 王子弟, 今太后稱制, 欲王昆弟諸呂, 無所不可." 太后喜. 罷朝, 陵讓平, 勃曰, "始與高帝歃血而盟, 諸君不在邪? 今高帝崩, 太后女主, 欲王呂氏, 諸君縱欲阿意背約, 何面目見高帝於地下乎!"

平曰, "於面折廷爭, 臣不如君. 全社稷, 定劉氏後, 君亦不如臣." 陵無以應之. 於是呂太后欲廢陵, 乃陽遷陵爲帝太傅, 實奪之相權. 陵怒, 謝病免, 杜門竟不朝請, 十年而薨.

| 註釋 | ○少文任氣 - 꾸밈이 없고 생각나는 대로 행하다. 文은 꾸밈, 또는 숨기거나 속이다. ○刑白馬而盟 - 백마를 죽여 피로 맹서하다(白馬之盟). 刑은 죽이다. ○歃血(삽혈) - 피를 바르다. 마실 삽. 歃血(삽혈)과 同. ○面折廷爭 - 얼굴을 맞대고 비판하며 조정에서 간쟁을 하다. ○謝病免 - 병을 핑계로 면직하다. ○朝請 - 朝는 제후가 봄에 천자를 뵙는 일. 請은 가을에 뵙는 것. ○十年而薨 - 《사기》에는 七年으로 되어 있다.

〖國譯〗

王陵은 사람이 꾸미지 않고 곧이곧대로 행동하며 직언을 잘했는데 우승상이 되고 2년째에 惠帝가 죽었다. 高后는 여러 呂氏들을 王을 삼고 싶어 왕릉에게 물었다. 왕릉은 "고조께서는 백마를 잡아 맹서하시면서 '유씨가 아니면서 왕을 하려는 자는 천하가 함께 격파하자' 고 하셨으니, 지금 呂氏를 왕으로 봉하는 것은 약속에 어긋납니다."라고 말했다. 태후는 기분이 좋지 않았다.

태후가 좌승상 진평과 絳侯(강후) 周勃(주발) 등에 묻자, 모두 "고조께서 천하를 차지하시고 자제를 王으로 봉했는데 지금 태후께서 황제 일을 하시니 형제나 여씨들을 왕으로 봉하려 하신다면 안 될 것은 없습니다."라고 했다. 太后는 기뻤다. 조회를 파하고 왕릉이 진평과 주발을 비난하며 말했다. "전에 고조와 피를 마시며 맹서를 할 때 그대들은 없었습니까? 지금 고조께서 돌아가시고 태후가 女主로 여씨들을 왕으로 삼으려 하는데 당신들은 마음 내키는 대로 아부하며 맹약을 저버리는데 무슨 면목으로 지하에서 고조를 뵐 것입니까?"

그러자 진평이 말했다. "얼굴을 맞대고 비판하거나 조정에서 간쟁을 한다면 우리가 당신만 못합니다. 그러나 사직을 보존하고 유씨의 후손들을 안정시키는 일은 당신 또한 우리만 못할 것입니다."

왕릉은 할 말이 없었다. 이에 여태후는 왕릉을 축출하고자 일부러 왕릉을 황제의 태부로 자리를 옮기게 하였는데 실제는 재상의 권한을 뺏은 것이었다. 왕릉은 화가 나서 병을 핑계로 면직한 뒤에 두문불출하고 봄이나 가을에 황제를 알현하지 않았고, 십 년 뒤에 죽었다.

原文

陵之免, 呂太后徙平爲右丞相, 以辟陽侯審食其爲左丞相. 食其亦沛人也. 漢王之敗彭城西, 楚取太上皇, 呂后爲質, 食其以舍人侍呂后. 其後從破項籍爲侯, 幸於呂太后. 及爲相, 不治, 監宮中, 如郎中令, 公卿百官皆因決事.

呂須常以平前爲高帝謀執樊噲, 數讒平曰, "爲丞相不治事, 日飮醇酒, 戱婦人." 平聞, 日益甚. 呂太后聞之, 私喜.

面質呂須於平前, 曰, "鄙語曰 '兒婦人口不可用', 顧君與我何如耳, 無畏呂須之讒."

| 註釋 | ○辟陽侯 審食其(심이기, ? - 前 177) - 沛公은 부친 劉太公을 형 劉喜(仲)와 審食其이 보살피도록 하였다. 한왕 2년(前 205)에 항우에 패한 한왕은 가족을 버리고 탈출했고, 부친과 呂后는 항우의 포로가 되었는데 심이기는 끝까지 여후를 모셨다. 심이기는 高祖 6년(前 201)에 辟陽侯(벽양후, 今 河北省 衡州市 관할 冀州市)에 봉해졌다. ○舍人 - 관직명. 侍衛(시위) 담당. ○不治 - 좌승상 업무를 수행하지 않다. ○私喜 - 呂后는 전권을 행사할 수 있기에 좋아했다. ○面質 - 面對하다. ○顧 - 생각해 보다.

〖國譯〗

왕릉이 사직하자 여태후는 진평을 옮겨 우승상에 임명하고, 벽양후인 審食其(심이기)를 좌승상에 임명하였다. 심이기도 패현 사람이었다. 漢王이 팽성 서쪽에서 대패할 때, 楚에서는 태상황과 여후를 인질로 잡았는데 심이기는 舍人(사인)으로 呂后를 모셨다. 그 뒤 항적을 격파한 뒤 심이기는 제후가 되어 여태후의 신임을 받았었는데 이제 승상이 되었고, 일반 정사는 담당하지 않고 궁중을 감독하였는데 郎中令과 같아 공경과 백관이 모두 심이기를 통해 결재를 받았다.

呂須(여수)는 늘 진평이 고조를 위해 번쾌를 잡았다고 생각하여 진평을 여러 번 참소하였다. "승상이 되어서는 업무는 하지 않고 날마다 좋은 술을 마시고 부녀자를 희롱합니다.” 진평은 그런 말을 듣고 날마다 술을 더 마셨다. 여태후는 듣고서 속으로 기뻐하였다.

여태후는 여수를 대면하면서 진평에게 말했다. “속담에 어린애와 부녀자의 말은 들을 것이 없다 하였는데, 생각해보면 내가 승상을 대하는 것이 어떻든가요? 여수가 헐뜯는 말을 걱정하지 마십시오.”

原文

呂太后多立諸呂爲王, 平僞聽之. 及呂太后崩, 平與太尉勃合謀, 卒誅諸呂, 立文帝, 平本謀也. 審食其免相, 文帝立, 擧以爲相. 太尉勃親以兵誅呂氏, 功多. 平欲讓勃位, 乃謝病. 文帝初立, 怪平病, 問之. 平曰, “高帝時, 勃功不如臣, 及誅諸呂, 臣功亦不如勃. 願以相讓勃.” 於是乃以太尉勃爲右丞相, 位第一, 平徙爲左丞相, 位第二. 賜平金千斤, 益封三千戶.

| **註釋** | ○僞聽之 – 겉으로 순종하다. ○呂太后崩 – 여태후는 前 241년생(고조는 前 256년생)이다. 皇后(前 202 – 195)에 이어 皇太后(前 195 – 180). ○勃合謀 – 周勃(주발, ? – 前 169). ○擧以爲相 – 모두가 승상이 되어야 한다고 생각하다. 擧는 皆也.

〖國譯〗

여태후가 많은 여씨들을 王으로 봉할 때 진평은 겉으로 그에 따랐다. 여태후가 죽자 진평과 太尉 주발은 함께 일을 꾸며 여씨들을 모두 죽이고 文帝를 옹립하였는데 진평이 계획을 주동하였다. 심이기는 좌승상을 사임하였고, 문제가 즉위하자 모두가 주발을 승상이라 생각하였다. 태위 주발은 직접 군사를 거느리고 여씨들을 제거하는 공이 많았다. 진평은 주발에게 우승상 자리를 양보하려고 병을 이유로 사임하려 했다. 문제는 즉위하고서 진평의 병을 이상히 여겨 물었다. 진평이 말했다. "고조 때 주발의 공은 저만 못했습니다만 이번에 여씨들을 제거하는데 저의 공은 주발만 못합니다. 저는 주발에게 승상 자리를 양보하고자 합니다." 이에 태위 주발을 우승상 제1위로 하고 진평을 좌승상에 임명하여 2위로 하였다. 문제는 진평에게 금전 천근을 하사하고 봉읍 3천 호를 더 보태주었다.

原文

居頃之, 上益明習國家事, 朝而問右丞相勃曰, "天下一歲決獄幾何?" 勃謝不知. 問, "天下錢穀一歲出入幾何?" 勃又謝不知. 汗出洽背, 媿不能對. 上亦問左丞相平. 平曰, "各有主者." 上曰, "主者爲誰乎?" 平曰, "陛下卽問決獄, 責廷尉. 問錢穀, 責治粟內史." 上曰, "苟各有主者, 而君所主何事也?" 平謝曰, "主臣! 陛下不知其駑下, 使待罪宰相. 宰相者, 上佐天子理陰陽, 順四時, 下遂萬物之宜, 外塡撫四夷諸侯, 內親附百姓, 使卿大夫各得任其職也." 上稱善. 勃大慚, 出而讓平曰, "君獨不素敎我乎!" 平笑曰, "君居其位, 獨不知其任邪? 且陛下卽問長安盜賊數, 又欲强對邪?" 於是絳侯自知其能弗如平遠矣. 居頃之, 勃謝免相, 而平顓爲丞相.

| 註釋 | ○居頃之 – 얼마 뒤에. ○決獄 – 죄수로 판결이 나다. ○洽背 – 등을 다 적시다. ○媿 – 愧와 同. ○各有主者 – 각각 주관자가 있습니다. ○治粟內史(치속내사) – 전곡과 국가 재정을 담당하는 九卿의 하나. ○主臣 – 황공한 마음의 표현. '황공무지하옵니다.' ○駑下 – 자신에 대한 卑稱(비칭). ○使待罪宰相 – 待罪(대죄)는 자신의 담당하는 직분에 대한 겸손한 표현. ○遂萬物之宜 – 遂는 申也. 만물이 적절히 자라게 하다. ○獨 – 유독, 단지. ○又欲强對邪 – 또 어떻게 대답하려 했습니까? 强은 勉强(억지로 하다). ○顓爲丞相 – 顓은 멋대로 할 전. 專과 同.

『國譯』

얼마 후에, 문제는 국사에 더욱 밝았는데 조회를 하면서 우승상 주발에게 물었다. "천하에 1년에 재판을 받는 자가 얼마나 되는가?" 주발은 모른다고 사죄하였다. 문제가 다시 "온 나라에 1년간 돈이나 곡식의 출납 숫자가 얼마나 되는가?" 주발은 또 모른다고 사죄하였다. 등에 식은땀이 나서 부끄러워 바로 대면할 수가 없었다.

문제가 다시 좌승상 진평에게 물었다. 진평은 "각각 담당 관리가 있습니다."라고 말했다. 문제가 물었다. "담당이란 누구인가?" 진평이 대답했다. "폐하께서 재판 건수를 알고 싶으시면 정위에게 물으셔야 합니다. 전곡의 숫자는 치속내사에게 물으셔야 합니다."

문제가 물었다. "각각의 일에 담당자가 있다면 승상은 무슨 일을 담당합니까?" 진평이 사죄하며 말했다.

"죽을 죄를 지었습니다. 폐하께서는 저의 둔재를 모르시고 저에게 재상의 중임을 맡게 하셨습니다. 재상이란 위로는 天子를 보좌하여 음양을 고르게 하고 四時를 순환케 하며, 아래로는 만물이 때맞춰 성장케 하고, 밖으로는 四夷와 제후들을 어루만지며, 안으로는 백성들을 가까이 살펴주면서 경과 대부들로 하여금 직분을 충실히 수행토록 해야 합니다."

문제는 옳은 말이라고 칭찬하였다. 주발은 크게 부끄러워하며 나오면서 진평을 나무랐다.

"좌승상은 왜 평소에 그런 것을 나에게 말해 주지 않았소!"

진평이 웃으면서 말했다. "승상께서는 그 자리에 계시면서 자기 임무도 모르셨습니까? 만약 폐하께서 장안의 도둑놈 숫자를 물으시면 또 어떻게 대답하려 하셨습니까?"

이에 강후는 자신의 능력이 진평보다 한참 못하다는 것을 깨달았다. 얼마 후, 주발이 우승상을 사임하자 진평이 홀로 승상을 맡았다.

原文

孝文二年, 平薨, 謚曰獻侯. 傳子至曾孫何, 坐略人妻棄市. 王陵亦至玄孫, 坐酎金國除. 辟陽侯食其免後三歲而爲淮南王所殺, 文帝令其子平嗣侯. 淄川王反, 辟陽近淄川, 平降之, 國除.

始, 平曰, "我多陰謀, 道家之所禁. 吾世卽廢, 亦已矣, 終不能復起, 以吾多陰禍也."

其後曾孫陳掌以衛氏親戚貴, 願得續封, 然終不得也.

| **註釋** | ○孝文二年 - 前 178년. ○酎金(주금) - 제후들은 漢 皇室 종묘의 제사 비용으로 바쳐야 하는 소정의 金을 酎金이라 했다. 그 분량이 부족하거나 품질이 나쁘면 처벌 받았다. ○淮南王 - 회남왕 劉長은 高祖와 趙姬 사이에 출생한 제 7자인데, 呂后와 審食其가 趙姬를 돌봐주지 않아 죽게 한 것에 대한 복수로 文帝 3년에 심이기를 직접 죽였다. 회남왕 劉長의 長子가 바로《淮南子》의 저자인 劉安이다. ○淄川王(치천왕) - 齊 悼惠王 劉肥의 아들 劉賢(高祖의 孫子), 景帝 때 오초칠국의 난에 가담. 치소는 劇城(今 山東省 동부) 濰坊市(유방시) 관할 壽光市. ○衛氏 - 衛子夫(위자부), 武帝의 두 번째 皇后, 衛青(위청)의 누이. 宣帝의 증조모.

〖**國譯**〗

孝文帝 2년, 진평이 죽자 시호를 獻侯(헌후)라 했다. 작위가 아들에 이어 증손 陳何(진하)에 이어졌으나 진하는 남의 처를 빼앗은 죄로 棄市(기시)되었다. 王陵(왕릉) 또한 그 玄孫에 이르러 酎金(주금)의 법에 걸려 나라가 없어졌다. 辟陽侯 審食其(심이기)는 승상을 그만둔 지 3년에 厲王(여왕)에게 살해되었는데 文帝가 그 아들 審平에게 뒤를 잇게 하였다. 淄川王(치천왕)이 난을 일으켰을 때 辟陽(벽양)은 치천국에 가까워 심평이 항복하였고 나라는 없어졌다.

그전에 진평이 말했다. "나는 음모를 많이 썼는데 이는 道家에서 금기하는 것이다. 내 세대에서 바로 망하더라도 그뿐이지만 끝내 다시 일어나지는 못할 것이니 이는 나의 음모에 대한 재앙일 것이다."

그 뒤로 증손인 陳掌(진장)의 아내가 衛子夫의 친척으로 귀한 자리에 올랐고 봉국을 다시 이으려 했으나 끝내 제후가 되지 못했다.

40-4. 周勃

原文

周勃, 沛人. 其先卷人也, 徙沛. 勃以織薄曲爲生, 常以吹簫給喪事, 材官引强.

高祖爲沛公初起, 勃以中涓從攻胡陵, 下方與. 方與反, 與戰, 卻敵. 攻豐. 擊秦軍碭東. 還軍留及蕭. 復攻碭, 破之. 下下邑, 先登, 賜爵五大夫. 攻蘭,蒙,虞, 取之. 擊章邯車騎殿. 略定魏地. 攻轅戚,東緡, 以往至栗, 取之. 攻齧桑, 先登. 擊秦軍阿下, 破之. 追至濮陽, 下甄城. 攻都關,定陶, 襲取宛朐, 得單父令. 夜襲取臨濟, 攻壽張, 以前至卷, 破李由雍丘下. 攻開封, 先至城下爲多. 後章邯破項梁, 沛公與項羽引兵東如碭. 自初起沛還至碭, 一歲二月. 楚懷王封沛公號武安侯, 爲碭郡長. 沛公拜勃爲襄賁令. 從沛公定魏地, 攻東郡尉於成武, 破之. 攻長社, 先登. 攻穎陽,緱氏, 絶河津. 擊趙賁軍尸北. 南攻南陽守齮, 破武關,嶢關. 攻秦軍於藍田. 至咸陽, 滅秦.

| 註釋 | ○周勃(주발, ? – 前 169) – 고조는 주발을 '厚重少文하나 대사를 맡길 수 있는 사람'으로 평가했다. 文帝時 右丞相. ○卷(권) – 縣名. 今 河南省 原陽市. ○薄曲(박곡) – 양잠할 때 누에가 고치를 짓도록 올리는 섶. 자리(席)를 짜는 사람이었다고 풀이한 책도 있다. ○吹簫 – 퉁소를 불다. ○材

官引强 – 용감한 병졸(材官)로 큰 활을 쏘았다(引强). ○中涓(중연) – 황제의 측근 시종관. ○胡陵(호릉) – 縣名. 今 山東省 魚台縣 동남. ○方與(방여) – 縣名. 今 山東省 魚台縣 서쪽. ○郤敵(각적) – 적을 물리치다. 郤은 却也. ○豐 – 邑名. 今 江蘇省 徐州市 豐縣. ○碭(탕) – 秦代의 郡名. 치소는 湯縣. 今 安徽省 最北端, 宿州市 관할 湯縣. ○留,蕭 – 모두 縣名. ○藺(난), 蒙(몽), 虞(우) – 縣名. ○殿(전) – 후퇴할 때 자기 부대의 후미에서 막으며 후퇴하다. 여기서는 후속 부대. ○轅戚(원척), 東緡(동민) – 縣名. 今 山東省의 땅. ○栗(율) – 縣名. ○齧桑(설상) – 邑名. ○阿下(아하) – 東阿城의 근처. ○濮陽(복양) – 縣名. ○蘄城(기성) – 甄城(견성) – 邑名. ○都關(도관) – 縣名. ○定陶(정도) – 縣名. ○宛朐(원구) – 縣名. 今 山東省 菏澤市 서북. ○單父(선보) – 縣名. 땅이름 선. 今 山東省 菏澤市 관할의 單縣. ○壽張(수장) – 縣名. ○襄賁(양분) – 縣名. ○東郡尉 – 東郡의 都尉. ○長社(장사) – 縣名. ○潁陽(영양), 緱氏(구씨) – 縣名. 구씨는 今 河南省 洛陽市 관할의 偃師市(언사시). ○趙賁(조분) – 秦의 장군 이름. ○尸北 – 尸鄉(시향, 今 河南省)의 북쪽. ○南陽守齮 – 남양군의 태수 呂齮(여의). ○武關(무관) – 今 陝西省 商洛市 商南縣의 관문. ○嶢關(요관) – 今 陝西省 商縣 서북쪽의 관문.

〖國譯〗

周勃(주발)은 沛縣(패현) 사람이다. 그 선조는 卷縣(권현) 사람이었다. 패현으로 이사하였다. 주발은 누에고치 섶을 짜서 먹고 살면서 喪家에서 퉁소를 불어 일을 도왔고, 용감한 병사였으며 큰 활을 쏘았다.

高祖가 沛公으로 기병했을 때 주발은 中涓(중연)으로 패공을 따라 胡陵縣을 공격하였고 方與縣을 함락시켰다. 방여현에서 반기를 들자 싸워 적을 물리쳤다. 豐邑을 격파하였다. 秦軍을 碭郡 동쪽에서 격파하였다. 돌아와 留縣과 蕭縣(소현)에 주둔하였다. 다시 碭郡을 공격하여 격파하였다. 下邑縣을 함락시킬 때 성에 먼저 올라갔고 五大夫의 작위를 받았다. 藺縣, 蒙縣(몽현), 虞縣(우현)을 공격하여 탈취하였다. 장한의 戰車兵과 기병의 후미 부대를 격파하였고 옛 魏나라의 땅을 공략하고 평정하였다. 轅戚縣(원척현)과 東緡縣(동민현)을 공격하고 나아가 栗縣(율현)을 빼앗았다. 齧桑邑(설상읍)을 공격할 때 성벽에 먼저 올라갔다. 秦의 군사를 阿城 근처에서 공격하여 격파하였다. 秦軍을 추격하여 濮陽縣(복양현)에 이르렀고, 蘄邑(기읍, 甄邑)의 성을 함락시켰다. 都關縣과 定陶縣을 격파하고 宛朐縣(원구현)을 습격하여 탈취하고 單父(선보) 縣令을 생포하였다. 야간에 臨濟縣을 공격하여 빼앗고 壽張縣을 격파하고 곧바로 卷縣(권현)에 이르렀다. (秦나라) 李由(이유)의 군사를 雍丘縣(옹구현) 근처에서 격파하였다. 開封縣을 공격하였는데 성 아래에 가장 먼저 도착하기를 여러 번 했다. 뒤에 장한이 項梁(항량)을 격파하자 패공과 항우는 군사를 이끌고 동쪽 湯郡으로 돌아왔다. 패현에서 기병하여 탕군으로 돌아오기까지 1년 2개월이었다.

楚 懷王은 沛公을 武安侯로 봉하고 碭郡(탕군)의 長으로 삼았다. 패공은 주발을 襄賁縣令(양분현령)으로 임명하였다. 주발은 沛公을 따라 魏地를 평정하면서 東郡都尉를 成武에서 공격하여 격파하였다. 長社縣을 공격할 때 성에 먼저 올랐다. 穎陽縣(영양현)과 緱氏縣(구씨현)을 빼앗고 황하의 나루를 차지하였다. 秦의 장수 趙賁(조분)의 군사를 尸鄉(시향) 북쪽에서 공격하였다. 남으로 나가서 南陽郡 태수 呂齮(여의)를 공격했고 武關과 嶢關(요관)을 돌파하였다. 秦의 군사를 藍田縣에서 격파하였다. 咸陽에 들어가 秦을 멸망시켰다.

原文

項羽至, 以沛公爲漢王. 漢王賜勃爵爲威武侯. 從入漢中, 拜爲將軍. 還定三秦, 賜食邑懷德. 攻槐里,好畤, 最. 北擊趙賁, 內史保於咸陽, 最. 北救漆. 擊章平, 姚卬軍. 西定汧. 還下眉, 頻陽. 圍章邯廢丘, 破之. 西擊益已軍, 破之. 攻上邽. 東守嶢關. 擊項籍, 攻曲遇, 最. 還守敖倉, 追籍. 籍已死, 因東定楚地泗水,東海郡, 凡得二十二縣. 還守雒陽,櫟陽, 賜與穎陰侯共食鐘離. 以將軍從高祖擊燕王臧荼, 破之易下. 所將卒當馳道爲多. 賜爵列侯, 剖符世世不絕. 食絳八千二百八十戶.

| **註釋** | ○懷德(회덕) – 縣名. ○槐里(괴리) – 縣名. ○好畤(호치) – 縣名. ○最 – 공이 가장 많다. ○漆(칠) – 縣名. ○姚卬(요앙) – 章邯(장한)의 부장. ○汧(견) – 縣名. ○眉(미) – 縣名. ○頻陽(빈양) – 縣名. ○廢丘(폐구) – 縣名. ○益已(익이) – 장한의 부장. ○上邽(상규) – 縣名. 今 甘肅省 天水市. ○曲遇(곡우) – 邑名. ○泗水(사수) – 郡名. 今 安徽省 지역. ○東海郡 – 郡名, 치소는 今 山東省 남부 郯城縣(담성현). ○櫟陽(역양) – 縣名, 今 陝西省 西安市 臨潼區. ○穎陰侯(영음후) – 灌嬰(관영). ○鐘離(종리) – 縣名. 今 安徽省 지역. ○易(역) – 縣名. 今 河北省 保定市 易縣. ○當馳道 – 大路上에서 작전. 이는 황제가 갈 길을 확실하게 확보한다는 의미가 있다.

〖國譯〗

項羽가 함양에 들어와 패공을 漢王으로 봉했다. 한왕은 주발에게 威武侯(위무후)의 작위를 하사하였다. 주발은 한왕을 따라 漢中에 들어갔고 장군이 되었다. 한왕은 三秦 지역을 다시 평정하고 주발에게 懷德縣을 식읍으로 주었다. 주발은 槐里(괴리)와 好畤(호치)를 공격할 때 공이 가장 많았다. 北으로 趙賁(조분)과 內史 保(보)의 군사를 咸陽에서 격파할 때 공이 가장 많았다. 북쪽으로 漆縣을 구원했다. 章平과 姚卬(요앙)의 군사를 격파하였다. 서쪽으로 汧縣(견현)을 평정했다. 돌아와서 眉縣과 頻陽縣(빈양현)을 함락하였다. 章邯(장한)을 廢丘縣에서 포위하고 격파하였다. 서쪽으로 益已(익이)의 군사를 격파하였다. 上邽縣(상규현)을 격파하였다. 동쪽으로 嶢關(요관)을 수비하였다. 項籍을 치면서 曲遇縣을 격파하는데 공이 가장 많았다. 돌아와 敖倉(오창)을 지키다가 항적을 추격하였다. 항적이 죽은 뒤에 동쪽으로 나아가 楚地의 泗水郡과 東海郡을 평정하고 모두 22개 현을 차지하였다. 돌아와 낙양현과 櫟陽縣(역양현)을 지켰다. 고조는 주발과 穎陰侯(영음후) 관영에게 鐘離縣(종리현)을 식읍으로 주었다. 주발은 장군으로 고조를 따라 燕王 臧荼(장도)를 치고 易縣(역현) 근처에서 격파하였다. 주발이 거느린 군사들은 도로에서의 전투를 가장 많이 하였다. 주발은 열후의 작위를 받고 부절을 나눠 갖으며 작위를 대대로 잇게 한다는 약속을 받았다. 강후 주발은 絳縣(강현) 8,280호를 식읍으로 받았다.

原文

以將軍從高帝擊韓王信於代, 降下霍人. 以前至武泉, 擊胡騎, 破之武泉北. 轉攻韓信軍銅鞮, 破之. 還, 降太原六城. 擊韓信胡騎晉陽下, 破之, 下晉陽. 後擊韓信軍於硰石,破之, 追北八十里. 還攻樓煩三城, 因擊胡騎平城下, 所將卒當馳道爲多. 勃遷爲太尉.

擊陳豨, 屠馬邑. 所將卒斬豨將軍乘馬降. 轉擊韓信,陳豨,趙利軍於樓煩, 破之. 得豨將宋最, 雁門守圂. 因轉攻得雲中守遬, 丞相箕肆, 將軍博. 定雁門郡十七縣, 雲中郡十二縣. 因復擊豨靈丘, 破之, 斬豨丞相程縱,將軍陳武,都尉高肆. 定代郡九縣.

| **註釋** | ○韓王信於代 - 고조는 韓王信을 前 201년 晉陽(今 山西省 臨汾市)으로 옮겨 흉노를 방어케 하였다. 한왕신은 고조의 허락을 받아 도읍을 馬邑(今 山西省 朔州市)으로 옮겼다. 흉노의 공격을 받은 한왕신은 흉노와 단독 강화했고, 漢에서는 한왕신을 흉노와 내통한다고 의심하며 문책하자 高祖 6년(前 201) 흉노와 연합하여 漢에 반기를 들었다. 高祖 7년(前 200) 고조가 代에서 韓王信을 토벌하자 한왕신은 흉노땅으로 도주했다가 고조 11년(前 196)에 漢의 토벌로 전사한다. ○霍人(곽인) - 縣名. 今 山西省 지역. ○武泉 - 縣名. 今 內蒙古 지역. ○銅鞮(동제) - 縣名. 今 山西省 지역. ○太原 - 郡名. 今 山西省 省都. ○晉陽(진양) - 代國의 國都, 今 太原市. ○砦石(사석) - 邑名. 今 山西省 朔州市 관할 靜樂縣. ○樓煩(누번) - 縣名. 今 山西省 朔州市 남쪽의 寧武縣. ○平城 - 代郡의 지명. 今 山西省 大同市. 고조가 흉노에게 포위되어 곤욕을 치뤘던 白登之圍(백등지위)가 바로 이곳에서 발생. ○太尉 - 국방 군사 담당. 승상, 어사대부와 함께 三公의 한 사람. 秩 一萬石. ○陳豨(진희) - 趙國의 丞相으로 고조 11년(前 196)에 韓王信의 사주를 받아 漢에 反旗. 자칭 代王. ○馬邑(마읍) - 今 山西省 朔州市. ○乘馬降(승마강) - 人名. 乘馬는 복성. ○趙利 - 陳豨의 부장. ○雁門(안문) - 郡名. 군의 최고 행정 책임자인 郡守(景帝 때부터는 太守)는 질록은 2천 석이었다.

治所는 善無縣(今 山西省 朔州市 右玉縣) 동남. ○圂 – 人名. 돼지우리 환(혼). ○雲中 – 郡名. 治所는 今 내몽고 지역. ○遬 – 人名. 빠를 속. ○箕肄(기이) – 人名. ○靈丘 – 縣名.

〖國譯〗

장군 주발은 고조를 따라 韓王信을 代郡에서 격파하면서 霍人縣(곽인현)을 점령하였다. 이전에 武泉縣에서 흉노의 기병을 공격하여 武泉縣 북쪽에서 격파하였다. 군사를 돌려 韓信의 군사를 銅鞮縣(동제현)에서 공격하여 격파하였다. 돌아오면서 太原郡의 6개 城을 투항케 하였다. 또 韓信의 흉노 기병을 晉陽 부근에서 공격하여 격파하고 晉陽縣을 차지하였다. 뒤에 韓信軍을 硰石邑(사석읍)에서 격파하고 북으로 80리를 쫓아버렸다. 돌아오면서 樓煩縣(누번현)의 3개 성을 함락시켰으며 아울러 흉노 기병을 平城 근처에서 격파하였고 주발의 장졸은 馳道(치도)에서 전투를 많이 하였다. 주발은 승진하여 太尉가 되었다.

陳豨(진희)의 반란을 토벌하면서 馬邑의 적을 소탕하였다. 주발의 장졸은 진희의 장군 乘馬降(승마강)을 죽였다. 군사를 돌려 韓王 信과 진희와 부장 趙利의 군사를 樓煩縣에서 공격하여 격파하였다. 진희의 부장인 宋最(송최)와 雁門郡守인 圂(환)을 생포하였다. 이어 방향을 돌려 운중군 郡守인 遬(속)과 代의 승상 箕肄(기이), 將軍인 博(박)을 생포하였다. 안문군의 17현, 雲中郡의 12개 현을 평정하였다. 그리고 다시 진희를 영구현에서 격파하였고 진희의 승상인 程縱(정종), 장군 陳武(진무), 도위 高肄(고이)를 죽이고 代郡 9개 현을 평정하였다.

原文

燕王盧綰反, 勃以相國代樊噲將, 擊下薊, 得綰大將抵, 丞相偃, 守陘, 太尉弱, 御史大夫施屠渾都. 破綰軍上蘭, 後擊綰軍沮陽. 追至長城, 定上谷十二縣, 右北平十六縣, 遼東二十九縣, 漁陽二十二縣.

最從高帝得相國一人, 丞相二人, 將軍, 二千石各三人, 別破軍二, 下城三, 定郡五, 縣七十九, 得丞相, 大將各一人.

| 註釋 | ○燕王 盧綰(노관) - 前 197년 陳豨(진희)가 모반하자 고조가 친정에 나섰고 연왕 노관도 군사를 거느리고 진압작전에 동참하였다. 노관은 독자적으로 흉노와 연결되어 있었고 이것이 드러나자 노관은 조사를 받았고 장안으로 소환에 불응하다가 前 195년 반기를 들었고 흉노 땅으로 망명하였다. 14권, 〈韓彭英盧吳傳〉에 입전. ○薊(계) - 縣名. 今 北京市 동남. ○施屠渾都(시도혼도) - 인명. 施屠가 姓. ○上蘭(상란) - 水名. 馬蘭溪로 추정. ○沮陽(저양) - 縣名. 今 河北省 張家口市 懷來縣. 北京市 서북쪽. ○上谷 - 郡名. 치소는 沮陽縣. ○右北平 - 郡名. 治所 今 天津市 북부의 薊縣(계현). ○遼東 - 郡名. 今 遼寧省(요령성) 遼陽市. ○漁陽 - 郡名. 치소는 今 北京市 密雲縣. ○最 - 總計, 合計. ○別 - 그 외에, 곧 주발의 단독 작전.

〖國譯〗

燕王인 盧綰(노관)이 반란을 일으키자 주발은 相國의 지위로 樊噲(번쾌)를 대신하여 군사를 거느리고 薊縣(계현)을 공격 점령하고 노관의 대장인 抵(저)와 승상인 偃(언), 군수인 陘(형), 太尉인 弱(약), 御史大夫인 施屠渾都(시도혼도) 등을 생포하였다. 노관의 군사를 上蘭

(상란)이란 곳에서 격파하고 뒤에는 노관의 군사를 沮陽縣(저양현)에서 격파하였다. 노관을 추격하여 長城에 이르렀고 上谷郡의 12현과 右北平郡의 16현, 遼東郡의 29현, 漁陽郡의 22현을 평정하였다.

總計해 보면 高祖를 따라 相國 1인, 丞相 2인, 장군과 2천 석 관리 각 생포하거나 죽였고 별도로 2軍을 격파하고 3개의 城을 함락하였으며, 5개 군과 79개 현을 평정하였으며 승상과 대장 각 1인씩 생포하였다.

原文

勃爲人木强敦厚, 高帝以爲可屬大事. 勃不好文學, 每召諸生說士, 東鄕坐責之, "趣爲我語." 其椎少文如此.

勃旣定燕而歸, 高帝已崩矣, 以列侯事惠帝, 惠帝六年, 置太尉官, 以勃爲太尉. 十年, 高后崩. 呂祿以趙王爲漢上將軍, 呂産以呂王爲相國, 秉權, 欲危劉氏. 勃與丞相平, 朱虛侯章共誅諸呂. 語在〈高后紀〉

| 註釋 | ○木强 – 質朴하고 剛直(강직)하다. ○敦厚(돈후) – 인정이 많고 후덕하다. ○可屬 – 맡길 만하다. 屬은 囑(부탁할 촉). ○東鄕坐責之 – 동쪽을 보고 앉아 손님을 재촉하다. 서쪽 자리는 손님의 자리인데 주인이 앉은 것은 禮가 아니다. 鄕은 向. ○趣爲我語 – 빨리 나에게 말하시오. ○椎 – 솔직하다. 椎 방망이 추. 우둔하다. ○十年 – 주발이 태위가 되고서 10년.

〖國譯〗

주발은 질박하고 강직하며 후덕한 사람이었기에 고조는 큰일을 맡길 만하다고 생각하였다. 주발은 학문을 좋아하지 않았으니 매번 文士가 찾아오거나 이야기를 할 때면 동쪽을 보고 앉아 "나에게 할 말이나 빨리 하시오."라고 말했다. 그 투박하고 꾸밈없기가 이와 같았다.

주발이 燕(연)을 평정하고 돌아오자 고조는 이미 붕어했었다. 주발은 列侯로 혜제를 섬겼는데, 혜제 6년에 太尉의 관직을 설치하자 주발은 태위가 되었다. 태위가 되어 10년에 고후가 죽었다. 呂祿(여록)은 趙王으로 漢의 상장군이었고, 呂産은 呂王으로 상국이 되어 권력을 장악하고 유씨를 위기로 내몰았다. 주발과 승상 진평, 朱虛侯 劉章이 함께 여씨들을 주살하였다. 이는 〈高后紀〉에 있다.

原文

於是陰謀以爲'少帝及濟川,淮陽,恒山王皆非惠帝子, 呂太后以計詐名它人子, 殺其母, 養之後宮, 令孝惠子之, 立以爲後, 用强呂氏. 今已滅諸呂, 少帝卽長用事, 吾屬無類矣, 不如視諸侯賢者立之.' 遂迎立代王, 是爲孝文皇帝.

| 註釋 | ○於是 - 그때에. 이에. ~연후에. ○陰謀(음모) - 비밀리에 계획하다. ○少帝 - 劉弘(前 184 - 180년 재위)을 황제라 하였는데, 이를 後少帝라 한다. 後少帝 劉弘, 濟川王(梁王) 劉太, 淮陽王 劉武, 恒山王 劉朝 등은 惠帝의 친생자가 아니라 하여 모두 제거되었다. 38권, 〈高五王傳〉 참조.(劉

恭은 在位 前 188－184. 前 少帝라 한다.) ○令孝惠子之－혜제로 하여금 아들로 받아들이게 했다. ○少帝卽長用事－소제가 어른이 되어 권력을 행사하면. ○無類－멸족당해 후손이 없을 것이다.

〖國譯〗

그래서 몰래 계획을 세우며 생각하였다.

'少帝와 濟川王과 淮陽王(회양왕), 그리고 恒山王(항산왕)은 모두 惠帝의 아들이 아닌데 呂太后는 고의로 타인의 아들을 皇子로 꾸며 그 생모를 죽이고 후궁에서 길러 혜제의 아들로 삼아 후사를 잇게 하면서 呂氏의 세력을 강화하였다. 이제 여씨들을 죽였지만 少帝가 자라나 정치를 하게 되면 우리의 후손도 없을 것이니 제후 중에서 현명한 사람을 골라 세우는 것만 못하다.'

그리하여 代王을 맞이해 옹립하니, 이가 孝文皇帝이다.

原文

劉興居, 朱虛侯章弟也, 曰, "誅諸呂, 臣無功, 請得除宮." 乃與太僕汝陰侯滕公入宮. 滕公前謂少帝曰, "足下非劉氏, 不當立." 乃顧麾左右執戟, 皆僕兵罷. 有數人不肯去, 宦者令張釋諭告, 亦去. 滕公召乘輿車載少帝出. 少帝曰, "欲持我安之乎?" 滕公曰, "就舍少府" 乃奉天子法駕, 迎皇帝代邸, 報曰, "宮謹除." 皇帝入未央宮, 有謁者十人持戟衛端門, 曰, "天子在也, 足下何爲者?" 不得入, 太尉往喩, 乃引兵去, 皇帝遂入. 是夜, 有司分部誅濟川,淮陽,常山王及少帝於邸.

| 註釋 | ○劉興居 - 齊 悼惠王 劉肥의 三子인 劉興居. 前 182년에 東牟侯(동모후)에 봉해졌다. ○除宮 - 淸宮. ○太僕(태복) - 황제의 거마와 나라의 馬政을 관장하는 九卿의 하나. ○汝陰侯 滕公(등공) - 夏侯嬰(하후영). ○顧 - 눈짓으로 암시하다. 麾는 揮(거느릴 휘)와 通. 執戟(집극)은 衛士(위사). ○僕兵(복병) - 무기를 버리다. ○少府 - 궁중 관리와 여러 물건을 제작, 공급, 관리하였다 또 산택, 세정까지 관여하는 9경의 한 사람. ○法駕 - 御駕(어가). ○謁者(알자) - 황제 수행원. ○端門(단문) - 宮殿의 正門.

〖國譯〗

朱虛侯 劉章의 동생인 東牟侯(동모후) 劉興居가 말했다. "여씨들을 제거할 때 臣은 공이 없으니 궁중을 깨끗이 정리하고자 합니다." 유흥거는 太僕인 汝陰侯 滕公(등공, 하후영)과 같이 입궁하였다. 등공이 앞으로 가서 少帝에게 말했다. "足下는 劉氏가 아니니 황제가 될 수 없습니다." 그리고 휘하의 여러 衛兵들에게 눈짓하자 모두 무기를 놓고 가버렸다. 다른 몇 사람이 나가려 하지 않아 宦者令인 張釋(장석)이 설명하자 역시 나갔다. 등공은 탈 가마를 준비하고 少帝를 태우고 궁에서 나왔다. 少帝가 물었다. "나를 데리고 어디로 가는가?" 등공이 말했다. "少府의 관사로 갑니다." 그리고서는 天子의 法駕(법가)를 준비하여 代王의 관저에 가서 황제를 영접하며 보고하였다. "궁중을 깨끗이 정리하였습니다." 황제가 未央宮에 들어가려 하자 謁者(알자) 10명이 무기를 들고 端門(단문)을 지키면서 말했다.

"천자가 안에 계신데 당신들은 무얼 하려는가?" 들어갈 수가 없자, 太尉가 가서 설명하니 병기를 거두고 나갔고 황제는 궁으로 들어갔다. 이날 밤 각자 업무를 나누어 濟川王, 淮陽王, 常山王과 少帝를 관저에서 죽였다.

原文

文帝卽位, 以勃爲右丞相, 賜金五千斤, 邑萬戶. 居十餘月, 人或說勃曰, "君旣誅諸呂, 立代王, 威震天下, 而君受厚賞, 處尊位以厭之, 則禍及身矣!" 勃懼, 亦自危, 乃謝請歸相印. 上許之. 歲餘, 陳丞相平卒, 上復用勃爲相. 十餘月, 上曰, "前日吾召列侯就國, 或頗未能行, 丞相朕所重, 其爲朕率列侯之國." 乃免相就國.

| 註釋 | ○文帝卽位 – 前 179년. ○厭之 – 만족하다. 실컷 누리다. ○其爲朕率列侯之國 – 其 여기서는 명령이나 사역의 의미를 나타내는 助詞로 쓰였다. 率은 솔선해서. 之國의 之는 가다.

〖國譯〗

文帝는 즉위하자, 주발을 右丞相에 임명했고 5천 근의 금전을 하사했으며 식읍을 1만 호로 늘렸다. 열 달 뒤에 어떤 사람이 주발에게 말했다. "당신은 여씨들을 제거하고 代王을 옹립하여 그 위세가 천하에 진동하며 많은 상을 받았으며 높은 지위를 마음껏 누리고 있으니 곧 화가 닥칠 것입니다!" 주발은 그 말에 두려워하며 위태하다고 여겨 승상에서 사임하겠다고 요청하였다. 그러자 문제는 그를 승낙했다. 일 년 뒤에 승상 진평이 죽자 문제는 주발을 다시 재상에 임용했다. 10여 달 뒤에 문제가 말했다.

"예전에 나는 열후들을 불러 봉국으로 나가라 했지만 많은 열후가 가지 않고 있는데, 승상은 짐에게도 소중하지만 짐을 위해서 솔선해서 열후의 봉지로 나가주시오."

그래서 주발은 승상을 사임하고 봉국으로 나갔다.

原文

歲餘, 每河東守尉行縣至絳, 絳侯勃自畏恐誅, 常被甲, 令家人持兵以見. 其後人有上書告勃欲反, 下廷尉, 逮捕勃治之. 勃恐, 不知置辭. 吏稍侵辱之. 勃以千金與獄吏, 獄吏乃書牘背示之, 曰 '以公主爲證'. 公主者, 孝文帝女也, 勃太子勝之尙之, 故獄吏敎引爲證. 初, 勃之益封, 盡以予薄昭. 及繫急, 薄昭爲言薄太后, 太后亦以爲無反事. 文帝朝, 太后以冒絮提文帝, 曰, "絳侯綰皇帝璽, 將兵於北軍, 不以此時反, 今居一小縣, 顧欲反邪!" 文帝旣見勃獄辭, 乃謝曰, "吏方驗而出之." 於是使使持節赦勃, 復爵邑. 勃旣出, 曰, "吾嘗將百萬軍, 然安知獄吏之貴也!"

| **註釋** | ㅇ守尉 – 郡의 太守와 都尉. 行縣은 현을 순시하다. ㅇ絳縣(강현) – 河東郡 관할 24현의 하나. 今 山西省 臨汾市(임분시) 曲沃縣 서남. ㅇ不

知置辭 – 혐의 내용을 변명할 줄을 몰랐다. ○牘背(독배) – 木牘(나무 또는 대나무쪽)의 뒷면. 종이가 발명되기 전이니 木牘또는 竹簡에 글을 썼다. ○尙 – 配也. 높은 신분을 아내로 맞이하다. ○薄昭(박소) – 文帝의 생모인 薄太后의 친정 남동생. 薄昭는 軹侯(지후)에 봉해졌다. ○薄太后(? – 前 155) – 漢 高祖의 妾侍. 文帝의 生母. ○冒絮(모서) – 머리에 쓰는 두건. 冒는 帽와 通. 提는 던지다. ○綰 – 묶을 관. 얽어매다. 목에 걸다. ○北軍 – 수도를 방위하는 부대의 하나. ○顧欲反邪 – 顧는 도리어. 오히려. 邪는 의문어기사. 音 야. 耶(야)와 통용. ○獄辭 – 廷尉가 올린 판결문.

〖國譯〗

그 뒤 일 년 남짓에, 河東郡의 태수나 도위가 현을 순시하며 絳縣(강현)에 올 때마다 강후 주발은 죽을까 두려워하면서 늘 갑옷을 입고 家人들에게 병기를 지니게 한 뒤에 그들을 만났다. 그 뒤 어떤 사람이 주발이 반란을 꾸민다고 고발하였고, 文帝는 이 사건을 정위에게 넘겨 주발을 체포해 조사하게 하였다. 주발은 두려워서 어떻게 변호해야 할지도 몰랐다. 옥리는 점점 주발을 심하게 다루었다. 주발은 옥리에게 千金을 뇌물로 주었고, 옥리는 木簡 후면에 '공주로 하여금 변명케 하시오.' 라고 써서 보여주었다. 공주는 孝文帝의 딸로 주발의 장남 勝之(승지)가 아내로 맞이했는데 옥리가 무죄를 주장하라고 가르쳐 주었다. 그전에 주발은 추가로 받은 封地를 모두 薄昭(박소)에게 주었었다. 일이 급하게 되자 박소는 薄太后에게 말을 했고 박태후 또한 주발이 반역하지 않았다고 생각하였다. 문제가 박태후를 뵙자 태후는 머리 두건을 벗어 문제에게 던지며 말했다. "강후가 황제의 옥새를 갖고 北軍을 지휘하던 그때에도 반역하지 않았었는데, 지금 조그만 현에 살면서 반역을 하겠습니까!"

文帝도 이미 주발의 판결문을 보았기에 사죄하며 말했다. "정위가 이미 반역하지 않았다고 밝혔습니다." 그리고서는 부절을 가진 사자를 보내 주발의 작위와 식읍을 회복케 하였다. 주발이 감옥에서 나온 뒤에 말했다. "내가 전에 백만 대군을 거느렸지만 옥리가 높은 사람인 줄을 어찌 알았겠는가?"

原文

勃復就國, 孝文十一年薨, 諡曰武侯. 子勝之嗣, 尙公主不相中, 坐殺人, 死, 國絶. 一年, 弟亞夫復爲侯.

| 註釋 | ○孝文十一年 – 前 169년. ○不相中 – 不相合. ○周亞夫(주아부, ? – 前 143) – 周勃의 아들. 河內郡 太守. 七國之亂에 漢軍을 지휘하여 3개월 만에 진압. 景帝의 미움을 받아 옥사했다.

〖國譯〗

주발은 다시 封地로 돌아갔다가 효문제 11년에 죽었고 시후는 武侯(무후)라 하였다. 아들 周勝之가 뒤를 이었는데 (승지는) 공주를 아내로 맞이했으나 서로 화합하지 못하다가 살인죄에 걸려 죽었고 나라는 없어졌다. 일 년 뒤에 주승지의 동생 周亞夫가 다시 제후가 되었다.

40-5. (子) 周亞夫

原文

亞夫爲河內守時, 許負相之, "君後三歲而侯. 侯八歲, 爲將相, 持國秉, 貴重矣, 於人臣無二. 後九年而餓死."

亞夫笑曰, "臣之兄以代父侯矣, 有如卒, 子當代, 我何說侯乎? 然旣已貴如負言, 又何說餓死? 指視我." 負指其口曰, "從理入口, 此餓死法也." 居三歲, 兄絳侯勝之有罪, 文帝擇勃子賢者, 皆推亞夫, 乃封爲條侯.

| 註釋 | ○許負 - 人名. 또는 許氏 성을 가진 노파. 負는 老夫人之稱. 楚漢 전쟁 시 魏王 豹의 妃인 薄姬의 관상을 보고 '天子를 낳을 相'이라 했고, 위왕 표가 이 말을 믿고 漢王에 대한 지원을 중단하고 楚와 강화하며 중립적인 태도를 취했다. 高祖는 許負을 鳴雌亭侯(명자정후)에 봉했다. ○持國秉 - 국정을 장악하다. ○從理 - 얼굴의 세로로 그어진 주름. 從은 縱. ○條(조) - 縣名. 今 河北省 衡水市(형수시) 관할의 景縣. 山東省과 연접.

〖國譯〗

周亞夫가 河內郡 태수로 있을 때 許負(허부)가 관상을 보고서는 "당신은 3년 뒤에는 제후가 되고, 다시 8년 뒤에는 將相으로 국정을 장악할 것이니 지위가 높기로는 신하 중 최고일 것입니다. 그리고 다시 9년 뒤에 굶어 죽을 것입니다." 라고 말했다.

그러자 주아부가 웃으며 말했다. "나의 형이 아버지의 뒤를 이어 제후가 되었으니 설령 죽더라도 아들이 뒤를 이을 것인데 왜 내가 제후가 된다는 말을 하는가? 그러나 정말 노파 말대로 귀한 사람이라면 또 왜 굶어죽겠다고 하는가? 나에게 일러 주게나!"

노파는 주아부의 입을 가리키며 말했다. "세로로 난 주름이 입에 들어갔으니, 이는 굶어 죽을 상이요."

3년 뒤에 형인 강후 주승지가 죄를 짓고 처형당하자 文帝가 주발의 아들 중에서 똑똑한 사람을 고르려 하자 모두가 주아부를 추천하여 주아부를 條侯(강후)에 봉했다.

原文

文帝後六年, 匈奴大入邊. 以宗正劉禮爲將軍軍霸上, 祝茲侯徐厲爲將軍軍棘門, 以河內守亞夫爲將軍軍細柳, 以備胡. 上自勞軍, 至霸上及棘門軍, 直馳入, 將以下騎出入送迎. 已而之細柳軍, 軍士吏披甲, 銳兵刃, 彀弓弩持滿. 天子先驅至, 不得入. 先驅曰, "天子且至!" 軍門都尉曰, "軍中聞將軍之令, 不聞天子之詔." 有頃, 上至, 又不得入. 於是上使使持節詔將軍曰, "吾欲勞軍." 亞夫乃傳言開壁門. 壁門士請車騎曰, "將軍約, 軍中不得驅馳." 於是天子乃按轡徐行. 至中營, 將軍亞夫揖, 曰, "介胄之士不拜, 請以軍禮見." 天子爲動, 改容式車, 使人稱謝, "皇帝敬勞將軍." 成禮而去. 旣出軍門, 群臣皆驚. 文帝曰, "嗟乎, 此眞將軍矣! 鄕者霸上, 棘門如兒戲耳, 其將固可襲而虜也. 至於亞夫, 可得而犯邪!" 稱善者久之. 月餘, 三軍皆罷. 乃拜亞夫爲中尉.

| 註釋 | ○文帝後六年 – 前 158년, 연호를 사용하기 전에 文帝는 재위 17년(前 163)을 後元 원년이라 했다. 이것이 改元易號(개원역호)의 시작이다. 문제는 後元 7년(前 157)에 죽었다. 다음 景帝는 元年(前 156), 中元(前 149), 後元(前 143)으로 3번 改元하고, 後元 3년(前 141)에 죽었다. 무제 즉위 후, 6년을 주기로 하여 一元, 二元 … 五元이라 하였다. 五元 3년에 담당자의 건의를 받아들여 一元을 建元(前 140 – 135), 二元을 元光(前 134 – 129), 三元을 元朔(前 128 – 123), 四元을 元狩(원수, 前 122 – 117)라 하고 五元의 연호는 미정이었다. 五元 4년에 寶鼎을 얻자 五元을 元鼎(원정, 前 116 – 111)이라 하였다. 곧 연호를 처음 사용한 것은 元鼎 3년(前 114년)이었다. 이어 元封(前 110 – 105년)까지는 6년 주기였으나 太初(前 104 – 101년) 이후는 일정 주기가 없어졌다. 唐 高祖와 太宗은 재위 기간 하나의 연호를 사용했지만 一世一元의 제도가 확립된 것은 明代였다. ○勞軍 – 勞師. ○霸上(패상) – 灞上(파상). 地名. 今 陝西省 西安市 동쪽 白鹿原. ○棘門(극문) – 今 西安市 동북쪽. ○細柳(세류) – 今 陝西省 咸陽市 서남쪽, 渭水 북쪽. ○彀弓弩 – 활을 당기다. 彀는 활을 당길 구. 弩는 쇠뇌 노. ○持滿 – 힘껏 당기다. ○壁門 – 營門. ○不得驅馳 – 驅馳(구치)는 말이 빨리 달리다. ○按轡(안비) – 고삐를 잡고. 轡 고삐 비. ○介冑(개주) – 갑옷과 투구. 武裝. 不拜는 땅에 엎드려 하는 절을 하지 않다. 揖은 서서 취하는 拱手禮(공수례)이다. ○改容式車 – 엄숙한 표정으로 수레의 式(軾 식, 앞에 탄 주인의 손잡이)을 잡고 몸을 약간 굽혀 예를 표하다. 수레는 늘 서서 탄다. ○稱謝(칭사) – 선언하다. ○可得而犯邪 – 범할 수 있겠는가? 침입할 수 있겠는가? ○中尉 – 京師(수도)의 치안을 담당.

〚國譯〛

文帝 後 6년에 흉노가 대거 변경에 쳐들어 왔다. 宗正인 劉禮(유례)를 장군으로 삼아 霸上(패상)에 주둔케 하고, 祝茲侯 徐厲(서려) 장군은 棘門(극문)에 주둔케 하였으며, 河內守인 周亞夫를 장군으로 임명해서 細柳(세류)에 주둔케 하여 흉노에 대비했다.

문제가 직접 군사를 위문하려고 패상과 극문의 군영에 도착해 곧장 달려 들어갔고 장군은 말에서 내려 맞이하고 전송하였다. 그리고 細柳의 군영으로 갔는데 細柳營에서는 군사와 관리들이 갑옷을 입었고 병기는 잘 정비되었고 활과 쇠뇌를 힘껏 당기고 있었다. 천자 앞에 간 사람이 도착했으나 들어갈 수가 없었다. 앞에 간 사람이 "천자께서 곧 도착하신다."고 했지만, 軍門 도위는 "군영에서는 장군의 명령을 따르지 천자의 명을 듣지 않는다."고 말했다. 잠시 후, 천자가 도착했어도 들어가질 못했다. 그래서 천자가 부절을 가진 사자를 보내 장군에게 말하게 했다. "내가 군을 위문하고자 한다." 그러자 주아부는 군 영문을 열라고 전달했다. 영문의 장교가 車騎에게 요청했다. "장군의 명령으로 軍中에서는 말을 달릴 수 없습니다." 그래서 천자의 수레도 고삐를 잡고 천천히 들어갔다. 군영 안에 이르자 장군 주아부가 읍을 하며 말했다. "갑옷을 입은 무사는 拜禮하지 않기에 軍禮로 뵙겠습니다." 천자는 감동하여 엄숙한 표정으로 수레의 式을 잡아 예를 표했고 관리에게 사례케 하며 말했다. "황제는 장군에게 예를 표하며 위로한다." 천자는 예를 마치고 나갔다. 군문을 나온 뒤에야 여러 신하들도 모두 감탄하였다. 文帝가 말했다. "아! 이 사람이 진정한 장군이로다! 앞에 갔던 패상과 극문은 어린아이 장난과 같았으니 그 장수는 정말로 습격하여 생포할 수 있을 것이다. 주아부의 군영을 어찌 범할 수 있겠는가!"

한참을 칭찬하였다. 한달이 지나 三軍은 모두 해산했다. 문제는 주아부를 中尉로 승진시켰다.

原文

文帝且崩時, 戒太子曰, "卽有緩急, 周亞夫眞可任將兵." 文帝崩, 亞夫爲車騎將軍.

孝景帝三年, 吳,楚反. 亞夫以中尉爲太尉, 東擊吳,楚. 因自請上曰, "楚兵剽輕, 難與爭鋒. 願以梁委之, 絶其食道, 乃可制也." 上許之.

| **註釋** | ○戒太子 – 太子(劉啓, 景帝)를 訓戒하다. ○緩急(완급) – 위급한 일. ○車騎將軍 – 大將軍 다음의 고위급 무신(武帝 이후). ○孝景帝三年 – 前 154년. ○剽輕(표경) – 사납고 날쌔다. ○以梁委之 – 梁國을 포기하더라도. ○食道 – 糧道.

〖**國譯**〗

文帝가 붕어하기 직전에 태자를 훈계하며 말했다. "혹시 위급한 상황이라면 주아부에게 군사를 맡길 만하다."

문제가 죽은 뒤 주아부는 거기장군이 되었다.

孝景帝 3년에, 吳와 楚나라가 반란을 일으키자 주아부를 中尉에서 太尉로 승진시켜 동쪽의 오와 초를 토벌케 하였다. 이에 주아부가 경제에게 요청했다. "楚兵은 사납고 날쌔기에 직접 맞대결하기가 어렵습니다. 梁國을 적에 내주더라도 그들의 糧道를 끊어 바로 제압하겠습니다." 경제는 이를 허락했다.

原文

亞夫既發, 至霸上, 趙涉遮說亞夫曰, "將軍東誅吳,楚, 勝則宗廟安, 不勝則天下危, 能用臣之言乎?" 亞夫下車, 禮而問之. 涉曰, "吳王素富, 懷輯死士久矣. 此知將軍且行, 必置間人於殽,黽厄陿之間. 且兵事上神密, 將軍何不從此右去, 走藍田, 出武關, 抵雒陽, 間不過差一二日, 直入武庫, 擊鳴鼓. 諸侯聞之, 以爲將軍從天而下也." 太尉如其計. 至雒陽, 使吏搜殽,黽間, 果得吳伏兵. 乃請涉爲護軍.

| **註釋** | ○趙涉(조섭) - 人名. ○遮 - 막을 차. ○懷輯(회집) - 인심을 얻다. 輯은 모을 집. 集과 동. ○死士 - 죽기로 결심한 사람. 대의를 위해 목숨을 바칠 사람. ○間人 - 間諜(간첩). 細作. 여기서는 伏兵. ○殽,黽厄陿之間 - 殽山(효산)과 黽池(면지)의 좁고 험한 구간. 厄은 阨, 隘(좁을 애)와 同. 陿은 陜(좁을 협)과 同. 황하를 따라 今 河南省 靈寶市 - 陜縣 - 三門峽市 - 澠池에 이르는 길. ○上神密 - 神速(신속, 迅速)하고 비밀리에 하는 것이 최고이다. 上은 숭상하다. ○抵雒陽 - 抵(맞닥뜨릴 저)는 至. 雒陽은 洛陽.

〖國譯〗

주아부의 군사가 출발하여 패상에 왔을 때 趙涉(조섭)이 길에서 주아부에게 말했다. "장군이 동쪽의 吳와 楚를 치고 승리한다면 종묘가 안정되지만, 이기지 못한다면 천하가 위태로울 것인데 저의 건의를 채용할 수 있습니까?" 주아부가 수레에서 내려 예를 마치고 물었다. 조섭이 말했다. "吳王은 평소에 나라가 부유하기에 죽기로 결심한 용사들의 인심을 얻은 지 오래입니다. 그들은 장군의 이번 토벌을 알고 있기에 틀림없이 효산과 면지에 이르는 좁은 길목에 복병을 두었을 것입니다. 그리고 군사는 신속하고도 비밀리에 움직이는 것이 좋으니 장군께서 여기서 우측으로 나아가 藍田縣(남전현)을 거쳐 武關으로 나가는 길을 선택한다면 낙양에 이르는 것이 하루 이틀 정도 늦어지긴 하지만 洛陽의 武庫로 직접 들어가 공격할 수 있습니다. 그러면 제후(吳,楚)가 이를 알고서는 장군께서 하늘에서 내려왔다고 생각할 것입니다."

태위 주아부는 그 계략을 따랐다. 낙양에 도착한 뒤 사람을 보내 효산에서 면지에 이르는 지역을 수색케 하여 예상대로 吳의 복병을 생포하였다. 주아부는 조섭을 불러 護軍에 임명하였다.

原文

亞夫至, 會兵滎陽. 吳方攻梁, 梁急, 請救. 亞夫引兵東北走昌邑, 深壁而守. 梁王使使請亞夫, 亞夫守便宜, 不往. 梁上書言景帝, 景帝詔使救梁. 亞夫不奉詔, 堅壁不出, 而使輕騎兵弓高侯等絶吳,楚兵後食道. 吳,楚兵乏糧, 饑, 欲退, 數挑戰, 終不出. 夜, 軍中驚, 內相攻擊擾亂, 至於帳下, 亞夫堅臥不起. 頃之, 復定. 吳奔壁東南陬, 亞夫使備西北. 已而其精兵果奔西北, 不得入. 吳,楚旣餓, 乃引而去. 亞夫出精兵追擊, 大破吳王濞. 吳王濞棄其軍, 與壯士數千人亡走, 保於江南丹徒. 漢兵因乘勝, 遂盡虜之, 降其縣, 購吳王千金. 月餘, 越人斬吳王頭以告. 凡相守攻三月, 而吳,楚破平. 於是諸將乃以太尉計謀爲是. 由此梁孝王與亞夫有隙.

ㅣ**註釋**ㅣ ○滎陽(형양) – 縣名. 今 河南省 鄭州市 관할의 滎陽市. ○吳 – 당시 7國 亂의 주모자는 吳王 劉濞(유비)였다. 35권, 〈荊燕吳傳〉 참고. ○梁(양) – 당시 梁王 劉武(前 184 – 144)는 文帝의 次子로 景帝의 친동생이었다. 梁國의 치소는 睢陽(수양, 今 河南省 商丘市). ○昌邑 – 縣名. 今 山東省 菏澤市 鉅野縣 남쪽. ○弓高侯(궁고후) – 韓頹當(한퇴당), 韓王 信의 아들 韓頹當(한퇴당). 韓王 信은 흉노 땅에서 죽었고 그 아들은 文帝 때 漢에 歸降하였다. ○陬 – 모퉁이 추. ○丹徒(단도) – 縣名. 今 江蘇省 鎭江市.

〖國譯〗

주아부는 도착해서 滎陽(형양)에서 군사를 집합시켰다. 당시 吳는 梁을 공격하였는데 梁이 위급하자 구원을 요청하였다. 주아부는 군사를 이끌고 동북쪽 昌邑縣에 높은 보루를 구축하고 수비하였다. 梁王은 사신을 보내 주아부에게 구원을 요청했지만 주아부는 수비가 유리하다며 구원하지 않았다. 梁에서는 景帝에게 상서했고 경제가 주아부에게 梁을 구원하라고 명했다. 주아부는 명을 따르지 않고 굳게 지키며 병력을 내지 않았고 경무장한 기병과 弓高侯 등을 시켜 吳와 楚兵 배후의 糧道를 끊게 하였다. 吳와 楚의 군사는 군량이 부족해 굶주렸고 후퇴하려고 여러 차례 도전하였으나 주아부는 끝내

응전하지 않았다. 야간에 기습하여 서로 공격하며 주아부의 장막 근처가 소란했지만 주아부는 끝내 군을 출동하지 않았고 얼마 뒤 안정되었다. 오군이 성벽의 동남 모퉁이를 공격하자 주아부는 서북쪽의 방비를 강화하였다. 잠시 후에 吳의 정병이 서북쪽을 공격하였으나 입성하지 못했다. 오와 초군은 굶주리다가 병력을 철수하였다. 주아부는 정병을 내어 추격하여 吳王 劉濞(유비)의 군사를 대파하였다. 오왕 유비는 그 군사를 버리고 장사 수천 명과 함께 도망을 쳐서 長江 남쪽의 丹徒縣을 지켰다. 한의 군사는 승세를 타고 진격하여 모두를 포로로 잡거나 여러 현을 항복시키고 오왕의 머리에 현상금 천금을 걸었다. 한 달 뒤에 越人들이 오왕의 머리를 가지고 신고하였다. 수비와 공격하기 총 3개월에 吳와 楚는 평정되었다. 이에 여러 장수들은 태위 주아부의 작전이 옳았다고 생각하였다. 그러나 이 때문에 梁 孝王과 주아부는 틈이 벌어졌다.

原文

歸, 復置太尉官. 五歲, 遷爲丞相, 景帝甚重之. 上廢栗太子, 亞夫固爭之, 不得. 上由此疏之. 而梁孝王每朝, 常與太后言亞夫之短. 竇太后曰, "皇后兄王信可侯也." 上讓曰, "始南皮及章武先帝不侯, 及臣卽位, 乃侯之, 信未得封也." 竇太后曰, "人生各以時行耳. 竇長君在時, 竟不得侯, 死後, 乃其子彭祖顧得侯. 吾甚恨之. 帝趣侯信也!" 上曰, "請得與丞相計之." 亞夫曰, "高帝約 '非劉氏不得王, 非有功不得侯. 不如約, 天下共擊之'. 今信雖皇后兄, 無功, 侯之, 非約也." 上默然而沮.

| 註釋 | ○廢 栗太子(율태자) – 栗姬(율희) 소생의 景帝의 長子, 劉榮. 太子로 책봉되었다가 뒤에 폐위되어(前 150) 臨江王이 되었다. 前 151년에 景帝는 無子한 皇后 薄氏를 폐했고, 율태자도 폐위하면서 경제가 태자로 있으면서 맞이한 王氏(武帝의 생모)를 皇后로 책봉했다. ○每朝 – 제후가 매해 봄에 천자를 알현하는 것을 朝라 하였다. ○王信 – 王皇后의 친정 오빠. 景帝의 손위 妻男. ○南皮 – 南皮侯. 경제의 모친 竇太后(두태후)의 친정 오빠인 竇長君의 아들인 竇彭祖(두팽조, 경제에게는 외사촌 형제). ○章武 – 章武侯. 두태후의 친정 동생인 竇廣國. ○臣卽位 – 여기서 臣은 景帝 自身. ○各以時行 – 각자 살아 있을 때 누려야 한다는 뜻. ○沮 – 막을 저. 그만두다(止也).

〖國譯〗

주아부가 귀경하자 다시 太尉官을 설치하였다. 그 뒤 5년에 주아부는 승상이 되었고, 경제는 주아부를 매우 신임하였다. 경제가 栗太子(율태자)를 폐할 때 주아부는 열심히 간쟁하였지만 뜻을 이루지 못했다. 경제는 이 때문에 주아부와 멀어졌다. 그리고 梁孝王은 매년 봄에 천자를 알현하며 두태후와 함께 주아부를 헐뜯었다.

이에 竇太后가 말했다. "王皇后의 친정 오빠인 王信을 제후에 봉해야 합니다." 경제는 거부하며 말했다. "전에 南皮侯와 章武侯도 先帝께서 侯로 봉하지 않았기에 제가 즉위하고서야 제후에 봉했으니 지금은 王信을 봉할 수 없습니다." 그러자 두태후가 말했다. "사람은 살아있을 때 각자 복을 누려야 합니다. 竇長君(두장군)이 살아서는 끝까지 제후가 되지 못했고 죽은 뒤에야 그 아들 竇彭祖(두팽조)가 겨우 제후가 되었습니다. 내가 이를 매우 한스럽게 생각합니다. 황제는 빨리 王信을 제후로 봉하십시오." 경제는 "승상과 협의하겠습니다."라고 하였다.

이에 대하여 주아부가 말했다. "고조께서는 '유씨 아닌 자는 왕이 될 수 없으며 공을 세운 자가 아니면 제후가 될 수 없다. 이 약속대로 하지 않으면 천하가 함께 공격해야 한다.' 고 약정하셨습니다. 지금 王信이 황후의 친정 오빠이지만 공이 없으니 제후를 삼는다면 고조의 약속과 다릅니다."

경제는 할 말이 없었고 그 일은 그만두었다.

原文

其後匈奴王徐盧等五人降漢, 上欲侯之以勸後. 亞夫曰, "彼背其主降陛下, 陛下侯之, 卽何以責人臣不守節者乎?" 上曰, "丞相議不可用." 乃悉封徐盧等爲列侯. 亞夫因謝病免相.

頃之, 上居禁中, 召亞夫賜食. 獨置大胾, 無切肉, 又不置箸. 亞夫心不平, 顧謂尙席取箸. 上視而笑曰, "此非不足君所乎?" 亞夫免冠謝上. 上曰, "起." 亞夫因趨出. 上目送之, 曰, "此鞅鞅, 非少主臣也!"

| 註釋 | ○匈奴王 徐盧(서로) – 나중에 容城侯에 봉해졌다. ○侯之以勸

後 – 그들을 侯로 봉해 이후로 흉노의 투항을 권장하다. ○禁中 – 宮中. ○大胾 – 큰 고깃덩어리. 胾는 고기 덩어리 자. ○尙席 – 음식 자리를 준비하는 사람. ○此非不足君所乎 – 이는 당신이 바라는 바가 아니던가? ○鞅鞅(앙앙) – 怏怏(앙앙)과 同. 불만으로 가득 차다. ○非少主臣也 – 젊은 황제의 신하는 아니다.

〖國譯〗

그 뒤에 匈奴王 徐盧(서로) 등 5인이 漢에 투항하였다. 경제는 그들을 제후로 봉해 다른 흉노의 투항을 권장하려 했다. 이에 주아부가 말했다. "저들은 그 주군을 배신하고 폐하에 투항한 자인데, 폐하께서 그들을 제후로 봉한다면 신하로서 지조를 지키지 않는 자를 어떻게 처치하시겠습니까?" 경제는 "승상의 주장을 받아들일 수 없소."라고 말했다. 그리고 徐盧 등을 모두 열후에 봉했다. 주아부는 병을 핑계로 승상에서 물러났다.

얼마 뒤에 경제는 궁중에서 주아부를 불러 음식을 내렸다. 상에는 큰 고깃덩어리 하나만 있고 썰어 놓은 고기도 젓가락도 없었다. 주아부는 마음에 안 들어 음식을 차린 사람을 보고 젓가락을 달라고 말했다. 경제가 이를 보고 웃으며 말했다. "이것이 경이 바라는 것보다 부족하오?" 주아부는 관을 벗고 경제에게 사죄하였다. 경제가 말했다. "일어나시오." 주아부는 종종걸음으로 물러나왔다. 경제는 주아부를 바라보며 말했다. "저 불평만 가득한 사람은 젊은 주군의 신하가 아니야!"

原文

居無何, 亞夫子爲父買工官尙方甲楯五百被可以葬者. 取庸苦之, 不與錢. 庸知其盜買縣官器, 怨而上變告子, 事連汚亞夫. 書旣聞, 上下吏. 吏簿責亞夫, 亞夫不對. 上罵之曰, "吾不用也." 召詣廷尉. 廷尉責問曰, "君侯欲反何?" 亞夫曰, "臣所買器, 乃葬器也, 何謂反乎?" 吏曰, "君縱不欲反地上, 卽欲反地下耳." 吏侵之益急. 初, 吏捕亞夫, 亞夫欲自殺, 其夫人止之, 以故不得死, 遂入廷尉, 因不食五日, 歐血而死. 國絕.

| **註釋** | ○居無何 – 머지않아. 얼마 후. ○工官 – 관청에 소속된 工匠(匠人). ○尙方 – 관청 이름. 왕실에서 필요한 기물을 만드는 관청. ○甲楯(갑순) – 갑옷과 방패. 楯 방패 순. 난간. 被는 이불 피. 여기서는 (5백) 벌. ○取庸苦之 – 고용하고 품삯을 짜게 주다. 庸은 傭(품팔이 용). ○縣官器 – 皇室用 기물. 여기서 縣官은 황제를 의미. ○上變告子 – 관가에(上) 변란이 있다고(變) 주아부의 아들을(子) 고발하다(告). ○事連汚亞夫 – 사안은 아부에게까지 관련되었다. ○上下吏 – 황제는(上) (이 사건을) 담당관에게(吏) 넘겼다(下). ○吏簿責亞夫 – 관리는(吏) 문서로(簿) 주아부에게(亞夫) 따졌다(責). 처음에게 서면으로 조사했다는 뜻. ○不對 – 답변하지 않다. ○上罵之曰 – 罵 욕할 매. 之는 주아부. ○吾不用也 – 나는 필요 없어! 주아부는 없어도 된다는 뜻. ○君侯欲反何 – 당신은 왜 반역하려 했는가? 君侯는 諸侯, 곧 주아부. 反何는 도치된 문장, 何反. ○君縱不欲反地上 – 縱은 설령, 가령. 地上은 살아서. ○吏侵之益急 – 옥리는(吏) 주아부를(之) 더 심하게(益急) 고문했다(侵). ○歐血 – 嘔血(구혈). 피를 토하다.

〖國譯〗

얼마 뒤에, 주아부의 아들은 아버지를 위해 황실 기물을 제작하는 尙方의 匠人(장인)에게 갑옷과 방패 5백 벌을 부장품으로 사들였다. 그러면서 일을 시키며 품삯을 깎고도 돈을 주지 않았다. 장인은 황실용 물품을 몰래 사들인 것을 알고서 원한이 있어 관가에 변란이 있다고 주아부의 아들을 고발했고, 사건은 주아부에게도 연결이 되었다.

고발한 것이 알려지자, 景帝는 주아부를 욕하며 말했다. "나는 그를 登用 않을 것이다." 주아부는 廷尉(정위)에게 불려갔다. 정위가 따져 물었다. "당신은 왜 반역을 했는가?" 주아부가 말했다. "내가 사들인 기물은 모두 부장품인데 어찌 반역이라 하는가?" 그러자 옥리가 말했다. "설령 당신이 살아 반역하지 않았다 하더라도 지하에서 반역하려 했을 것이다." 옥리는 더욱 심하게 주아부를 다그쳤다. 그전에 옥리가 주아부를 체포하려 했을 때 주아부는 자살하려 했으나 그의 부인이 말렸기에 죽지 못했고, 정위에게 불려 간 뒤에 닷새 동안 음식을 먹지 못해 피를 토하고 죽었다. 그 侯國은 없어졌다.

原文

一歲, 上乃更封絳侯勃它子堅爲平曲侯, 續絳侯後. 傳子建德, 爲太子太傅, 坐酎金免官. 後有罪, 國除. 亞夫果餓死. 死後, 上乃封王信爲蓋侯. 至平帝元始二年, 繼絶世, 復封勃玄孫之子恭爲絳侯, 千戶.

| 註釋 | ○平帝元始二年 - 서기 2년. ○繼絶世 - 단절된 世系을 잇다. 이미 단절된 封國을 회복시키다. ○千戶 - 식읍으로 1천 호를 주다.

〖國譯〗

1년이 지나서, 景帝는 바로 강후 주발의 다른 아들인 周堅(주견)을 平曲侯로 봉해 강후의 뒤를 잇게 하였다. 다시 아들 周建德에 이어졌고, 주건덕은 太子 太傅(태부)가 되었으나 酎金(주금)에 죄에 걸려 면관되었다. 뒤에 다른 죄를 지어 후국은 없어졌다.

주아부는 정말로 굶어죽었다. 그 死後에 경제는 王信을 蓋侯(개후)에 봉했다. 平帝 元始 2년에 단절된 世系를 이으면서 주발 玄孫의 아들 周恭을 강후로 봉하고 1천 호를 식읍으로 정했다.

原文

贊曰, 聞張良之智勇, 以爲其貌魁梧奇偉, 反若婦人女子. 故孔子稱'以貌取人, 失之子羽.' 學者多疑於鬼神, 如良受書老父, 亦異矣. 高祖數離困阨, 良常有力, 豈可謂非天乎! 陳平之志, 見於社下, 傾側擾攘楚,魏之間, 卒歸於漢, 而爲謀臣. 及呂后時, 事多故矣, 平竟自免, 以智終. 王陵廷爭, 杜門自絶, 亦各其志也. 周勃爲布衣時, 鄙樸庸人, 至登輔佐, 匡國家難, 誅諸呂, 立孝文, 爲漢伊,周, 何其盛也! 始呂后問宰相, 高祖曰, "陳平智有餘, 王陵少戇, 可以佐之, 安劉氏者必勃也." 又問其次, 云 "過此以後, 非乃所及." 終皆如言, 聖矣夫!

| 註釋 | ○魁梧奇偉(괴오기위) - 체구가 장대하고 특이하고 훌륭하다. ○反 - 오히려. ○子羽 - 춘추시대, 공자의 제자인 魯 澹臺滅明(담대멸명)의 字. 못생긴 얼굴이지만 善行이 돈독했다. ○數離困阨(삭리곤액) - 자주 곤경에 처했다. 離는 罹(근심 리. 걸리다. 당하다)와 同. 遭遇(조우)하다. 困阨(곤액)은 困境과 厄運(액운). ○傾側(경측) - 경사지다. 기울다. ○擾攘(우양) - 紛亂(분란). ○鄙樸(비박) - 미천하고 질박하다. 庸人(용인)은 평범한 사람. ○少憨 - 약간 미련하다. 憨 어리석을 감. 바보스럽다. ○非乃所及 - 네가(呂后) 알 바가 아니다. 乃는 너. 너의.

〖國譯〗

班固의 論贊 : 張良의 智勇을 알고서는 체구가 장대하고 특별한 위엄이 있는 사람으로 생각했지만 그 모습은 오히려 부녀자와 같았다고 한다. 그래서 공자께서도 '외모로 사람을 고른다면 子羽(자우) 같은 인물을 놓친다.' 고 하였다. 학자들은 귀신에 대한 많은 의심을 갖고 있지만 장량에서 병서를 준 노인은 역시 기이할 뿐이다. 高祖는 여러 번 곤경을 당했었고 그때마다 장량은 큰 역할을 하였으니, 어찌 하늘의 뜻이 아니 하겠는가?

陳平의 큰 뜻은 마을 제사에서 볼 수 있었고, 어지러운 상황에서 楚와 魏나라를 헤매기도 했지만 마침내 漢에 귀부하여 謀臣이 되었다. 呂后 시대에 일이 많았지만 진평은 끝까지 화를 면하면서 지혜롭게 생을 마칠 수 있었다. 王陵은 조정에서 논쟁을 하였지만 뒤에 두문불출한 것도 역시 그의 뜻이었다. 周勃은 포의 시절에 미천하고 평범한 사람이었지만 등용되어 천자를 보좌하면서 국가의 어려움을 바로 잡았고 여씨들을 제거했으며 효문제를 옹립하여 漢의 伊尹(이윤)이고 周公이었으니 그 공적이 성대하지 않았는가? 그전에 呂后가 재상에 대해 물었을 때 高祖는 "陳平은 지혜가 넘치고 王陵은 약간 미련한데가 있지만 서로 보좌할 만하고 유씨 천하를 안정시킬 사람은 周勃(주발)이 틀림없다."고 하였다. 여후가 그 다음을 묻자 고조는 "그 뒤는 당신이 알바 아니다."하였고, 끝내 그렇게 되었으니 성스러울 뿐이다!

原文 註釋 國譯

漢書(二)
한 서

초판 인쇄 2016년 9월 13일
초판 발행 2016년 9월 20일

역 주 | 진기환
발행자 | 김동구
디자인 | 이명숙 · 양철민
발행처 | 명문당(1923. 10. 1 창립)
주 소 | 서울시 종로구 윤보선길 61(안국동)
우체국 010579-01-000682
전 화 | 02)733-3039, 734-4798(영), 733-4748(편)
팩 스 | 02)734-9209
Homepage | www.myungmundang.net
E-mail | mmdbook1@hanmail.net
등 록 | 1977. 11. 19. 제1~148호

ISBN 979-11-85704-80-7 (03820)
ISBN 979-11-85704-78-4 (세트)
30,000원